张承志作品系列

卷五·散文

草原边疆

张承志　著

人民东方出版传媒
東方出版社

葡萄架下的求知　1997 年

速写《特克斯之夜》 1976 年

目录

草原

边疆

草原

汗乌拉

汗乌拉一共有几处？

这在锡盟不容易弄清楚。在乌珠穆沁，著名的汗乌拉（蒙语：王之山或山之王）有三座。据我看来，当然我们的汗乌拉又是这三王之中的大王。

首先，我们的汗乌拉座北朝南，两襟分别是那两个小王：沙麦汗和西乌汗。其次，不仅位置在地理风水之正中央，而且上面一字甩手并排十三堆大敖包——汗敖包之祭，按牧民讲，只要白色食物（奶酒奶酪）一供，天灵地感，立即落雨。第三，我们的汗乌拉山北，是一片密密丛山，大小地名数十个，丘陵沟壑重重。山南一马平川，开阔草原——而这西南的开阔地两翼各右一条竖山流脉而下，沿这两道小山脉，凿地 9 尺便是一口好井。第四，我们的汗乌拉形状庄严，两襟舒缓，山顶高耸，像一座低平的金字塔。山顶与山腰相连处，独眼般生着一簇杏树。

我当知识青年时，经常和其他汗乌拉籍的知识青年恶战，争论山头的大王小王问题。他们说：爬上那个汗乌拉能看见内蒙古四十九旗。我就说：我们这汗乌拉上头能看见外蒙古五十一旗！抬杠顶牛到了极端时，问他一句："你们那山有山眼睛吗？"非常灵，他们马上没词儿了。

我说的，是汗乌拉山腰长着的、一丛野生的杏树。它确实非常像一只独眼，仿佛山王在俯瞰着作为臣民的我们。

风水学——认为：人杰地灵，物华天宝。这不仅仅在中原地方有超验之明，而且在草地深处也不敢不信。

大名鼎鼎的摔不倒（用马竿在马疾驰时套得它一踣摔倒）的儿马——安巴·乌兰，乃是在汗乌拉山麓长大。同时，传说般的黑马五兄弟，也是汗乌拉马群的明星。在全旗知识青年中最出色的好狗（能辨别全东乌旗知识青年气味）奥登·阿尔斯楞（无尾狮），又是汗乌拉的出身。六十年代某年大旱饮遍 6 群马 10 群牛几十群羊仍不枯干的无底井泰莱姆·忽都格，亦在汗乌拉区划之中。

人更是如此。

笔者本人敢以一文笔求生存，当然全是因为汗乌拉风水养育的缘故；而我终生认为导师，哪怕时事逝去 20 年仍然认定她是导师的我家额吉，也是在汗乌拉草原创造了她不朽的人生。写着这篇小文的此刻，她已经 71 岁了。

走遍北亚半个世界，才深刻地悟出了汗乌拉的存在方式。见识了各种各样的牧区，才知道汗乌拉草原的富饶。

东北角有险山，足以抗御寒风危难；西南角有大湖，似开放似阻拦。西北连向古歌《阿洛淖尔》，使儿童从小知道憧憬，东南条条大路，把内里和外界相连。——加上北方一线连山，南方一道碱滩“戈壁”，汗乌拉圣山居中，享有30里方圆。如此的地理，简直是绝了！

——我的文章，知之者会句句共鸣，不知者会说我故作大言。我并不想辩解。谁能相信一座远方的山，会对人产生那么永久的吸引呢？

我是写给那座山的。因为每年牧民都要毕恭毕敬地祭祀它。我的文章，是我献给那雄浑大山的祭品。

无论如何，外人永远也看不见汗乌拉草原除了斑斑营盘座座毡帐外没有一间土房的风貌了。也看不见树关节砍成的轮瓣、半圆的毡圈、白布缝的袍子、自己舂的黑炒米了。也看不见2000匹马一齐狂奔时的伟大景象了。真知灼见仍在生活的、真实的人们心里藏着，尽管汗乌拉山永恒不变地矗立不动。

2005年7月再改

劳动手册

据说，时间不但能使记忆消退，还能改变真实。我不相信。我觉得流逝的时间长河只能冲磨得往事模糊，但不可能改变记忆的本质。

瓜和豆不一样，种籽不一样果实就绝不会雷同。在不断涌动的“老三届”怀旧的思潮中，渐渐地，我感受到了这个道理。

对于记忆来说，有时需要一种证据。文物，就是由于它辨别记忆的作用，而被人们视为珍宝，视为价值连城的东西的。

对于我们浅若小溪的往事来说，有没有证明和判别的文物呢？

对于我来说，有过一件，但是丢失了。

一

插队到了第二个年头，猛地一个穷字，跳进了我们大家中间。当然不仅那时，其实直到最后离开草原我们都没有提过这个字——但是，它牢牢攫着我们的褴褛袍子，从来没有松开过一瞬。

我还是探亲在北京，或者是在山西陕北的窑洞里，才知道居然在我们之外存在着另一种插队——沙龙和沙发，钢琴和西餐，关押的爹妈和开放的女友，一月月邮局的汇款和一天天山沟的日子。

那时我压着心底的惊愕。有一瞬我突然感到汗乌拉队的知识青年们的亲切。我们队的伙伴里没有那样的公子小姐。我们三十个人虽然男是男女是女、快乐大方热情聪明，但是我们的家境大都清寒。阶级属知识青年的每一年，户籍在内蒙草原的每一天，我们都是把劳累换成工分，被蓄到年底再平均成日值——用自己挣来的一分一元，迎送了它们，养活了自己的。

大概还是从插队的第二年开始，由于第一年分红后全队知识青年几乎都欠了债，大家对出工默默地看重了。不是社会教育的什么热爱劳动，而是我们必须养活自己。在我的记忆中，穷冠全旗的汗乌拉队，没有一个人犯懒不接活儿，无非是在于什么活儿的问题上，有过两种不同的潮流。

一是放牧。在草原上，放牧是基本劳作。在纯粹的游牧业经济支撑的大草原，放牧携带着人的社会地位、邻里关系、技能和经验、人格和名声。在共产党领导下的漫长的牧业合作化时代，一切畜群归集体所有——而唯有放牧权属于个人。放牧权，有谁知道，并非每一个牧民都享有它。干辅助劳动的人，干泥水匠、打井搭圈、挖石头运木头的人，因为没有畜群也就没有尊严，没有发言权甚至受人歧视。

知识青年们为了拥有放牧权，在汗乌拉八十里方圆的草场上，付出了多少劳累呵。羊儿和马牛都是活灵灵的牲畜，若想使它们健康肥壮，人就要以身试寒，人就要白天接以黑夜地意识着它们生活。这对北京生养而且以都市学校为背景的我们来说，是一种近似脱胎换骨的要求。我们能学得十分逼真，但我们不愿蜕变。因此我们一天天劳累，渐渐感到身心疲惫。

再一类劳动是辅助性的，它近似于农民。诸如使锹抡镐搬石头和泥巴，要卖两膀子力气，可是雨雪天可以缩在火炉边，夜里更不用骑马走进刺骨的冷风。都市人比不习惯当农民更不习惯当牧民——因此各地知识青年大多进了这一门。脱了长袍换上短打，种地里的饲料大葱，把马绊了不骑，渐渐地放弃了骑马牧人的飒爽，只会说三句半蒙话，然后粗野地回骂牧民的嘲笑。

——草原世界中的两大类分工，是自古典时代（如果可能随意地把《元朝秘史》记载的13世纪定为一种标准的话）以来，亘古并存的生产劳动。和那些只因踩了两脚五七干校的泥巴就絮叨不已怨恨十年的知识阶级不同，我们的汗结成了碱，渗进了古老游牧生涯的苦涩长河之中。我们两手黏腻地接生的羊羔，繁衍了北国羊群的一份；我们挖出的井水，今天还在被牛马驼羊饮用。

那每一天的苦累，都记在工分本子上。

二

工分本的正式名称是“劳动手册”，蒙文与汉字并排印在一个灰蓝色的粗糙封皮上。后来学了蒙文，那个词，那个读做 hudelmuri 的蒙古词汇，就烙进了我的心里。

大队里有个瘸腿会计，一听见人说他是酒鬼就快乐得连连点头。每天醉醺醺的，鬼知道他怎么居然能把我们的底细摸得那么透。在任何一个公社社员的劳动手册上，都密而匀称地排列着他的手迹。他的阿拉伯数字写得非常漂亮，使我们（老牧和知青）这些卖力气的不能不叹服。第一年的年终分配时，我没有在意。但是第二年，我读着瘸会计娟秀的一排排数字，读出了那行间潜伏的一股冷酷。

每月借支十五元，全年共一百八十元。探亲借支二百元。冬季卧羊（屠宰过冬食用羊）六只，大四小二，大的每只六元小的每只四元。借羊皮八张缝袍子，每张皮折价三元……

然后是工分。放羊：一月份二十天，每天七分；二月份二十三天，每天七分；三月份二十五天，每天七分……剪毛：六月份四次，每次六分。修圈：十月份共五天，每天五分。浚井：一月份两次，每次三分。打马鬃：五月份一次，七分。装大车一次：四分。运草：八月份二十六天，每天七分。运硝：一月份六天，每天八分……

细细地读着，心里漾起了反感。难道我只挣了这么一点工分么，对醉眼朦胧的瘸会计的怀疑膨胀起来。有人掏出纸笔，一副数学家的神色，开始核实。但是没有用；漫长的一年时光里曾经有过的每一次花销——包括在队部开会时吃过的一顿羊肉面条，笼头断了的时候从仓库割下的一根皮条，都清晰地被折合成一个小小的数字，被瘸会计潇洒地抄在那小册子上。

一年的劳动挣下了上千的工分。若是我们的大队像邻居白音图嘎大队那么富，一分折合三毛钱，那么扣除一年支出的几百元后，分红可以有四五百元。但是我们队名叫汗乌拉，我们空有卖不出去的两千匹马，但是没有人家白音图嘎的十万羊群——我们的劳动日值，一天八分只有六毛多钱。干了一年，入不敷出。知识青年因为探亲路费数目大，第一年几乎人人欠账。

——合上小本子，粗糙的灰蓝封皮上蒙文的 hudelmuri debder 和“劳动手册”四个汉字，静静地并排望着自己。不由得叹了口气。有生以来，那是头一次面对沉重的生活发出的、大人气的叹息。

三

今天时隔二十几年，我固执地忆起了那个灰蓝封皮的小本子，更不知缘由地想着那两排铅印的字，hudelmuri debder 和它的译文“劳动手册”。我多么想重读一遍啊，再也没有比它里面的排排数字更真实的报告文学、游牧经济学、人类学和社会学，也没有比它更深刻的日记。我的草原履历，我的牧民史的每一天包括休息玩耍没有“劳动”的空白，都不差毫厘地一一记录在案，写在那灰蓝色的封皮里面。

那时的我们是那样勤奋。一群羊一个白天只有一个放牧工，七分；我们住在牧民家抢着放羊，结果却无意中在和自家的哥哥或阿爸抢工分。意料到积极劳动背后的利益分配，是一年之后的事——但是应当赞美那时的牧民是豪爽大度的，他们更感兴趣的是教会我们放牧。只是瘸会计的算盘一分难加，最终知识青年纷纷离开了牧民家，时称“出包”。我敢说汗乌拉队当年的新老牧民都更看重了情分：同住期间争着干辅助劳动补充收入，被生产队驱逐出包时也没有伤害感情。

早期每月二十多天的放羊记录，意味着我哥阿洛华在寻觅其他活计。后来打井拉草的记录多了，意味着我在礼让。在草原上，我用蒙语教过一年小学，讲课日子每天七分；和几名知识青年伙伴单独接过一群羊，日夜各七分——不过，当年并没有像今天一样计算。那时不在乎。

最难忘的一次苦活，也许是 1970 年冬天，去邻近的宝力格公社陶森队拉硝。那是一次雪原上的重体力劳动。夜夜铲个雪坑，和牛一块儿露宿在冻土上；刨开厚冰，一锹锹挖出恶臭的硝泥。牛累垮了，鼻绳拉断也卧地不起。没有热饭。啃一块冻得铁硬的骨头。后来，我把它给我的感受写成了一篇追述那雪路的小说，但是我忘了说明一句——只有受那样的苦，才能挣到几个八分。

今天才觉得应该准确地记录工分数目。今天我觉得，毫厘不差的工分记录，说明我们曾和边疆底层的牧人同属一类。我们仰仗着一分分记录下的沉重劳动，养活了自己，维持了社会。在轮番的严寒酷暑中，马匹承负着我们牧人，我们承负着时代的命运，没有丝毫的特权。

那些岁月像流水一样，没有谁能记住漶漫的一点一滴。那些岁月周而复始，虽然沉重但是更单调。我们渴望更加多彩的生活，于是我们离开了。走时我们只知本质流淌在自己的血液里，而忘了带上那灰蓝封皮的记录。

四

现在才感到深深的遗憾。但是，并不是因为丢失了自己青春的文物或阶级的证明，我才抱憾不已——我只是想一天天地回忆。灰蓝封皮的劳动手册已经丢失了，所以我的回忆也就不可能再清晰。一切依然如故，往事迷蒙如水，结论简单果决。我不仅没有带回灰蓝封皮的劳动手册——也没有带回一天天一年年的草地的hudelmuri，我不该奢望带回汗水和艰辛，不该强求带回褴褛和饥饱，我应该记着带回来而且不断地继续从草原补充的，是劳动的启示。

其实骑着马奔跑或者穿着毡靴跋涉雪路的感觉从未消失。以前我以为它是一种感情带来的幻觉，我没有琢磨它的滋味。

现在我觉得一种轮廓在清晰起来。

debder也就是本子并不重要，重要的是蒙古语中的hudelmuri，即劳动一词的内涵。在我的感受中，它携有着强力、劳累、野外、下层的气息和魅力。它动荡不已，不知驻足，就像二十岁的青春一样。它虽然和养家活口的谋生结合在一起，但是它的本质是动，是活鲜的生命。

向总是絮叨着“老三届”、“知青”，争论着往事是浩劫还是不悔的旧日朋友道别，我更愿寻找新的激动。

其实，在一个透明无形的、新的手册上，我们的一举一动已经被记录。留恋那个灰蓝封皮的本子，是因为昔日的劳动在今天显出了珍贵——明天或者在最终回忆的时刻，人们会怎样判断他们今日的行为呢？

我只能判断自己。我的马儿正在泥泞雨雪中迈进。生命虽然衰老但是它鼓动得更狂热。我要远离怀旧的合唱，为了明天那感动的回忆。

1995年5月

初逢钢嘎·哈拉

算不太清了，可能是在 1969 年冬或 1970 年春——反正是个冰天雪地的日子，我在东乌旗道木德戈壁公社的一个毡包里，第一次听到了《钢嘎·哈拉》这个歌名。“我们那儿的牧民不理那一套，有时候唱唱《钢嘎·哈拉》、《嘎达梅林》什么的。”一个阿勒坦黑力公社的知识青年说。“钢嘎·哈拉……嘿，好响亮的名字。黑马，漂亮黑马，黑骏马，好响亮的名字。”我咀嚼着一股新鲜感默默地想。羊粪球在铁皮炉子里烧得噼啪地溅响，轰轰的火焰的低吼冲出直竖的烟囱，溶入掠过包顶、袭卷草原的寒风。

那是开一次民办小学教师会。回队以后，我照旧赶着我那几辆拖着我们游牧小学毡包“教室”的牛车，一个小组又一个小组地逛荡着，和一小伙一小伙穿着污黑的光板皮袍的孩子们度过我那些最珍贵的日子。

那些孩子是我在人生途中遇到的最坚贞的伙伴。而且我们还一块儿用那么多亲切的歌鼓舞了我们在茫茫雪原上单调的生活。他们的家长则是一些我的旧歌子的老师；每当一天结束了，我用皮条拴好包门，然后骑马到附近一家蒙古包里过夜。由于那户人家的孩子是我的部下，所以长辈们只好收起他们可能的矜持，用古老的歌和自制的四弦琴或马头琴招待我。

我记得很快。我一边听一边看也不看地把那些简直无法捕捉的长调用简谱胡乱记在小本子上。歌词也一样，我不求甚解就先记下来。

可是《钢嘎·哈拉》不同，我清楚地记得当时我拿笔的手颤抖了。我强压着激动使劲写着，偏偏钢笔水又冻住了，只好凑到炉火上去烤——我那根笔的塑料尾也早就烧掉了，露着套墨水囊的钢管——等我好不容易记下来这首歌时，我觉得手臂和脑袋都又酸又麻，只是胸中从此增添了一支神奇的、诱惑了我长达十多年的深沉旋律。

哦，这就是《钢嘎·哈拉》，我青年时代学会的最美的一支歌。它伴我在蒙古草原上度过了那么漫长的、使我心醉神驰的生活，又伴着我在告别这第二故乡、浪迹人间的求索与成熟的十年里迎送了那样多的体验。

十年里，以这支歌为代表的我的蒙古语基础和民族知识基础，使我终于把全部力量投入对它的研究。我一直固执地认为：对这支古歌的发掘，是理解蒙古游牧世界的心理、生活、矛盾、理想，以及这一文化特点的钥匙。后来，因为一两篇稚嫩习作的发表带来的文学创作契机的出现，使我决心写小说了——我当时就对朋友们说：我将来要写一篇小说，它的内容不管是什么，题目都叫《黑骏马》！

这种“题目先行”的干法近乎开玩笑，但事实上我真是这么干的。1981 年秋，我抓住工作告一段落的机会，决心把这个天真的夙愿实现。我曾费神构思了不知多少次，但总是编不出来。时间一天天溜掉。我把歌子译出来抄好，整天对着它发呆。后来，我突然想到了结构——如果民歌在时间考验后证明是生活的精华的话，那么，这民歌描述的生活及民歌的结构，难道不应当就是作品的内容和这内容的结构么？

——《黑骏马》里唱到的那种生活故事和那种女性，在我眼前化成了我的嫂子，我的母亲，我的学生。十年后的 1981 年我去看望她们时曾有过的种种朦胧复杂的感受，都严肃地出现在我眼前。歌词终句中“不是”那个词在强烈地向我闪烁着人生哲理的光芒。

说实话，在我的意识中，我从未把自己算做蒙古民族之外的一员。我更没有丝毫怀疑过我对这种牧民的爱与责任感，我也坚信他们总在遥远的北国望着我并期待着我实践对他们的没有说过的诺言。因为命运——这个词被许多人挂在嘴上并玷污得那么可悲——把我那么深地送进了广阔的草原和朴实的牧人之间，使我得到了两种无价之宝：自由而酷烈的环境与“人民”的养育。我庆幸自己在关键的青春期得到了这两样东西，我一点也不感到什么“耽误”，半点也不觉得后悔。在生活之流的淘刷使我几乎坚信“友谊不是钢”这一格言的时候，我的蒙古哥哥寄来的每一封信都使我发冷的心又滚烫起来。人间是有真正的友谊的，而且它属于我——我在内心为此感到骄傲。

牧民在生活中的一个个影子在晃动着，仿佛在与我进行着一种纯学术的讨论。他们那么豪爽慓悍又老实巴交，那么光彩夺人又平淡单调，那么浪漫又那么实际，那么周而复始地打发生涯又那么活得惊心动魄。他们的生活那么洋溢着古朴动人的美又那么迟滞而急需前进。在这一切中，我深深感到了一种带有历史意味的庄严，感到了一种富有艺术底蕴的矛盾，感到了描写这种普通人民生活的教育意义，也感到了只有完成这种艺术概括，我和错爱我的那些牧人间曾有过的美好的一切才不至于再去忍受讥笑。

我不能放弃我对那些牧民的诺言和我上述的美学观点，所以我着意不去给《黑骏马》贴上一层“时代气息”或是其他形形色色的“新”的标签或色彩。文学中的庸俗功利主义写作是注定要被淘汰的。我只渴望使比我年轻的后来人和其他朋友，在读了我的作品后能觉得这些牧民是伟大的，是值得尊敬、热爱和为之服务的。这就是我的目的。

就这样，我把熟识的几个草原女性的生活故事编织了一下，写成了中篇小说《黑骏马》。它不是爱情题材小说——我希望它描写的是在北国，在底层，一些平凡的女性的人生。

至于小说的艺术方面就不敢说了——由于我最终也没有捕捉到一种理想的形式，更没有把它写得丰满而有力；尤其是，我最终也没有达到一步朦胧感到的飞跃——所以我是带着多少有些懊丧的心情把它交给《十月》编辑部的。我决定了用民歌来结构它——每节歌词与一节小说呼应并控制其内容和节奏，但写作中我觉得这一结构在限制着我；我决定了用抒情的叙述语言来叙述它，但我也发现这种古典的语言并非最有表现力。每一种探索都带有一种限制。我感到自己在驾驭它们并使之和谐的过程中缺乏能力。这是非常使人痛苦的。

不管怎样，时至今日我还是感到一种快感。我儿童式地想：反正我总算把这首歌唱出来了，可以有更多的人听到它和喜欢它了。虽然它也带着我的幼稚嗓音，笨拙的唱法和走了调的句子。

十几年前那个冬日毡包里悄悄潜进我心里的这支歌算是唱完了，我把更热切的希望托付给十几年后，但愿有一天我能尽情尽意地唱出其他歌子，唱出生活、历史和人民启蒙于我的一切。

1983 年 2 月 20 日

春水泛滥时

一

有时想到天道有序的证据，除了1990年的立秋之外，我还举得出二十年前在蒙古草原上的一例。

那是在锡林高勒奥深，我们的汗乌拉草原上发生的。要解释几句的有两点：一是草原的干旱无水属性，二是蒙古牧人的历法节气。

蒙古人使用中国农历：各个用通俗的译名表示主要的日子，比如春节称“查干撒拉”，即白色的月份。夏不说伏冬必数九，二十四节气择要使用。

在节气中最受重视的是清明，但与鬼神亡灵无关。漫长而循回的岁月中，清明是一个准确地结束严寒的日子。因为所谓“冬春”

其实语焉不详，都是白茫茫的恐怖——而且 habur（春天）一词的语感和形象，是比冬天更危险的一种东西。

只有“杭修”（清明）时节天道显现。那一天，无论你经历了多么漫长难熬的冬季，也不管你刚刚闯过了多么可怕凶险的春天，这一天从上午起风突然变了。开始你没有觉察，只是觉得厚厚的羊皮领子扎得脖子痒，你敞开了紧扣了一冬的领扣。

一股徐徐拂来的、不硬但无法阻挡的微风，吹在你的脖子上。

清醒如电流，传遍了全身。但是——它不冷，它是干燥的。这干燥令人琢磨，你用脖颈胸脯感受着，猛然间，你激动地伸开双臂——暖流，在天穹和雪原之间，徐徐地稳稳地行进着一层暖热干燥的气流。

一个时辰之内雪原就溶出了黑洞。正午时分打马圈羊时，原野上，向阳的雪坡上已经有一片片黑色。马蹄走上去，湿漉漉的，是被雪压了六个月的旧草。

我琢磨了好久这风。它是一种所谓“长风”，我一直觉得它是笔直而来的。

三天后，散乱草地的当年的冻牛粪变了颜色，从漆黑变得黄褐，呈着燃料的光泽。牧人们一下子高兴了。一个外来户（坝上移民）形容说：“不管你冻得比铁硬比冰凉，只要让这风一嗞，一天就干透啦！”

我喜欢他用的这个“嗞”字。确实，好像它形容着风和冻牛粪发生作用时，那具体的过程。

山坡大片大片地变色。刺眼的晃晃白雪首先在山南坡消失。倚着毡包瞟去，草原上斑驳片片，山冈都是半明半暗。

向阳的无雪草地扩展着，黑色的湿草开始摇曳。我懂了牧人们形容这个季节时，为什么使用“地变黑了”这句话。因为春天一词什么变化也没有说明，而且开始和结束也那么暧昧。而始自“杭修”的、让雪原融破露出草地、使视野中一派黝黑的季节，现在开始了。你愿称它“春天”也好，称安全的日子或生育季节也好，反正将有黑绿黄三种颜色在大地和草梢上轮番波动，等着你的马蹄践踏。

庄重地回味着那风的干燥度和温度，牧民们充满感情地，把清明译为“哈仑·杭修”，热清明。

二

若没有那股长风吹来，人们几乎忘却了硬壳般满目的积雪。触上了热清明的暖流以后，虽然雪原开裂，湿草露出，但是我们依然没有意识到什么。日子在一天天燥热起来的空气中依然平静寂寞，放羊时的心情也还是那么散漫而麻痹。

开始，当湿漉漉的牧草下面溅起水声的时候，谁也没有留意。心头稍稍掠过的念头，不过是一丝小心。地皮湿，马蹄滑，下意识地在马儿奔跑的时候，左手微微地勒了勒缰绳。

后来，阳坡完全融尽的雪，变成了一片饱涨含水的草。几乎不能再像冬天在冻土雪原上那样危险地驰骋。然而心还是没有在意：太阳的烤晒欺骗了牧人的经验——几天就会完全晒干的，瞧，不是连冻硬一冬的牛粪都被吹干了么。

温暖，在那时无疑给了牧民一种印象。那是一种常规的印象，循回的印象。那时的感受仅仅是对于季节，是感激，而不是震惊。

你残忍冷酷的雪封冰冻，你一连六个月的寒冷冬春，你折磨五畜，你杀戮残弱，你压抑人心，你限制大草原的一切和历史的行进。而现在——被牧民们难受地发音讲出口的“灰腾”、“忽勒杜”也就是冷和冻，都被“温暖”接替了。

温暖的感觉，对于一个在乌珠穆沁的严冬煎熬得毛皮开绽两颊结疤的放羊人来说，无疑是切肤之感。但是，肌肤毕竟是外表。

镂骨铭心的感受是什么呢？1970 年热清明以后，我体验到一次阳坡之雪与阴背之雪，原来是不同的。蒙古大草原使我习惯于以身心体味大自然，这又是一例。

阳坡阴背，虽然受之于天的雪量相同，但接之于风的雪量则大异。不仅如此，严冬和煦的日子里，阳坡雪多少会有软化，而背阴处雪却愈积愈多，日日坚硬。

热清明其日以后，暖风不可阻挡，阳坡雪先行崩溃。但是，草梢草叶吮吸，地表土壤蒸发，使得这些阳春温暖中的雪，有不少消失了。因此，尽管天天融雪，草根浸水，地面泞滑，但是沿山势流淌而下的雪水，若有若无，并没有引起我们这些粗心牧民的注意。

在那个融雪季节的前半，心思不只是在马蹄上留神，而且还要忙着照料羊群中的瘸羊。草皮上的积水浸泡久了，所谓偶蹄动物就会趾间溃疡，需要治它一治。

纵马挥竿，套住足脚蹒跚的羊儿，把药粉敷住伤口。让羊群停驻吃草，别走得太快拖垮了瘸羊——我们没有看见，在山阴的深沟里，遥远的一块块厚白顽固地嵌着，任天气已暖，不肯融化。

这些牧人经，这些牧业生产中的细节，不是那些叫嚷民族主义的人所能悉知的。当然，更不是那些户籍放在草原，人却住在北京沙龙的特权阶层子弟所能了解的。只有真正的牧人，只有衣袍褴褛、生计全在羊只的牧人，才能在心头刻下山坳里融雪的速度——也就是雪线的变动。

三

最开始，当两道长冈之中，两道山梁之间，顺着山势出现了一道潺潺溪流的时候，粗心的我还是没有觉察。几天后，突兀地发现在饮羊的时候，羊群不爱喝水，甚至，连最喜欢一口清冽井水的乘马，也在井台上只是嗅嗅木槽，而不像以前那样埋头长饮了。

问老人，他们呵呵笑着说：不用劳累啦，已经遍地是水啦！……

遍地遍野，涓流股股奔流着。羊群自在地涉过时，低头尝上几口。汗乌拉草原是丘陵之地，而且山势向北渐次隆起：因此不约而同，条条溪水都向南畅流。

叙述中有时间经过。从阳坡草湿，到谷间成溪，若从哈仑・杭修那一日算起，已经有约二十天数过。天道正在显现，换季已经完成。只是茫茫的造物，还没有向愚钝的我们发动一击，还没有向人世间自然界宣布警言。

任凭畜群随食随饮以后，日子里少了两天一次的饮羊，晨暮若有所失，人人都在等着什么。抬起身子，推开吱扭发涩的木门，弯腰钻出毡包眺望，只见众山的背阴死角之处，那些厚实的白色虽然有些升移，但依旧静卧不动。

震惊的时候终于来临了！

一连几天，天空中仿佛无声地发生了一种充斥四野的释放，连蒙古包的破毡子都变得热乎乎的。骑马漫步时已经忍不住解开了怀，一些马匹的肩肋腿胯已经大片脱毛。在这样的几天中走下山冈时，惊愕的马不安地甩动铁嚼，我也揉揉眼睛，想弄清自己是不是走错了地方——

一条汹涌的流水，一道清澈的疾疾奔跑的、翻着灰白泡沫的真正的河水，突然横断在眼前。

羊群已经不能涉渡。

听着羊群混乱的咩叫。我踢马走进水流。哗哗疾淌的水，在马的前肢处冲成两个小小的漩涡。瞭望上头，从远处群山般的丘陵里，雪水正浩荡而来。一条河啊，这样想着过着的几天里，它又变宽变深，在眼前呈现成一条实在的河。

心中若有所动，慌忙跑到汗乌拉峰的西侧。于是，我永生难忘地感觉到了，我僵坐鞍鞒，震惊万分地感觉到了天道在警告。

平日汗乌拉西侧有一条长长的谷地，隔开西岸与它相望的一连串红石头山。此刻那川谷之间正愤怒地奔腾着一条大河，宽百步，声如鼓，喧嚣着向南奔腾。

一冬一春里我没有来过这条山谷。

北面连山耀眼地嵌着残雪。那一瞬我明白了它的含量，也忆起了摧残我们六个月之久的一场场暴风雪。统治草原的冰雪已经被彻底战败，滔滔河水宣布着新时代的来临。

又过了几天。

在我们草原上的条条雪水河中，最大的已经过不去。水深至马腹——牧民们勒转马头，不再向更深处尝试。以后很久，我懂得了流水的向下切割，那时我才明白：为什么汗乌拉峰西侧的谷地里，有一道长长蜿蜒的、裂缝般的沟壑。牧业活动天天都在循回，但牧民们已经停止了任何举动。只是任凭畜群或吃或饮，只是留意寻找浅滩过河。此刻一切都让位给天，此刻是天道恣情表现的时候。

再恐怖的寒冷，也会如此彻底地终结。再坚实的冰雪，也会如此融解着质变。再强大的不义，也会如此奇异地灭亡。

我把这种信念刻进了心里，那时的我才只有二十二岁。

那种造河的化雪，在我全部的牧人履历中也仅此一次。乌珠穆沁的北部，毕竟是亘古的干旱草原。等到天热得草原一派新绿以后，不用说，突兀地出现的条条大河又神秘地销声匿迹了。我走到汗乌拉西侧时，总是在那道南北蜿蜒的深沟边上，出神地凝望好久。有一次和一个白胡子老人一块儿走马去西边，过那道长沟时他停住了，下了马来回踱着，打量了许久。我心里立即会意，一句也没有催促他。他注视着沟，我注视着他，草海在我们四周簌簌作响。

1995年4月5日清明

袍子经

世间有一个流行，不知从什么时候起潮起潮落，经久不息。近些年来人们从西方国家认同了它，并且以大致是肯定的语感，把它泽为“时尚”。而据我看，把西方之 fashion 译成“时尚”多少缺了一股俏味儿；不如使用“时髦、流行”等语更形象，也不如后者更具对风潮的审视与批评的用语余地。因为“时髦、流行”的基础内容，常是以历史和文化形态为根据的，人群的服装。

我也曾经被卷入一次时装大潮。只不过服装是蒙古袍子，舞台是千里草原。回想那时，我们对袍子的着迷和喜爱，远远超过今日都市里的红男绿女。那才是不仅风靡社会、而且蚀入骨髓的大 fashion，它如同魔法之衣，穿上以后，就永生都脱不下来。

一

到达草原的最初几天，我们的中学生的眼睛被夺目的色彩烧得几乎疼痛。大草原的色彩还不仅仅是绿色；它沉重起伏，奥深几重，草叶风声都带着一抹富裕。和自然相呼应，人的色彩也毫无窘穷的因素，我记得自己痴痴注视着那些踩过泥泞、踢着草梢的马靴，注视着五颜六色的镶边袍子——难道这是一穷二白的中国，难道这是那个蚂蚁般奔波在水库工地、穿着臃肿的黑棉裤的群众吗？

第一瞥往往有震撼的力量。后来我们很快就穿透了表皮，开始被生存的真实教训。但是第一眼瞥见的异族情调，以及那从骨头到皮肉的自由浪漫，却即时地被烙上了我的眼睑，左右了我一生的视点。

和南部相比，乌珠穆沁的服饰非常鲜艳。外行人所说的蒙古袍子，其实有至少两个以上不同种类。南部黄蓝各旗和苏尼特一带的袍子是“三道边”，据我们乌珠穆沁人看来过于单调。我们是在那个滥用了红色的年代的，唯一使用锦缎妆饰的地区——我猜能与我们并列的，也许还有维吾尔人坚决不向裤子投降的裙子；以及藏民缝在皮袍边上的拉薄豹皮。

锦缎是当时牧区向内地追求的唯一奢侈品，用来缝成乌珠穆沁袍子的镶边。一般说来男子尚金红，女人用银绿。六十年代不言经济，袍子上用的金银缎镶边也窄得很。

和一些比较有板有眼的社队比，我们大队发给知识青年的马鞍衣裳都是旧的；但正因此我们队的伙伴们打扮起来后完全乱真，而且因此在心理上也更多一份皈依牧民的倾向。

当然，像季节一样，袍子是从夏季的布袍子（蒙古话叫“特里克”）开始的。我最开始穿的是一件灰蓝色的绸面布袍子，给我的时候已经有些破旧了。但是它肥大合适，样式是地道的乌珠穆沁式。可以说我穿着它学会了骑马和放牧生活的初级阶段的一切本领，完成了对游牧生活方式的认同和习惯。

先是秋天的淫雨，然后是次年夏天的曝晒和各种摩擦撕拽——抱牛粪、睡野外、大雨浇透后再烤着骄阳蒸干、粗野的打闹、危险的落马、唰地跨上马鞍与鞍钉的磨砺——我的第一件蒙古袍子被磨烂了、撕破了、穿旧了，插队草原的翌年，当季节刚好轮回了一个周期以后，我暗暗吃惊地发现：自己已经两颊粗糙，袍子已经破旧褴褛，我变了。

蜕下的壳后来不知丢在哪里。可能被我家的莲花嫂子当了襁褓——第二年五一节之夜，她生下了被后人喊作五一的女孩。

蜕变期的人，若是没有那张照片，只怕也会从记忆里丢失吧。幸亏那时我们有一台一百零三元的上海牌相机，有一天模仿《静静的顿河》的插图，一人照了一张“格里高利”，而我那张，后来被我多次印在自己的作品集上。

我非常喜爱那张摄于二十岁那年夏天的，旧袍长竿，马吃草，人年轻的照片。它记录着那个时期的一切细节，特别是它记录下了我们变成牧民的纯度和自然。而那一切的重要，不用说当时的我是没有留心的；理解那一切要耗用漫长的时间和经历许多体验。

第二件袍子是布面的羔皮袍，蒙语叫“伽布卡”。由于北方游牧民族的奢侈和装饰习惯，发给我的这件伽布卡上，用的是不耐磨挂的团花紫色丝面——它的光鲜艳丽的时候早已过去，在随我进入的繁重牧业生产中，丝一根根抽落着，终于掉下一块圆圆的团花。

一个月后又掉下一个。冬春的雪季结束时，前襟已经没有掉面，露出光板的羔皮。

这件使用八十张羔皮才能缝起的伽布卡，要在后日重新掉面子——后话不提，先记一下我的第三件袍子，蒙古草原上传统意味最浓的厚羊皮大袍子——“德勒”。随着一年时光的流逝，种种肤浅的表象以及经济骨架人际关系都已经浮沉稳定，穿着八张大皮的德勒的我们，渐渐也落在了自己的阶层位置之上——毫无疑问，由于没有作为游牧生产的基本细胞，即家庭的支撑，由于我们只是单身的劳动者，更由于我们的收入过于简单而支出却难以节约，那时我们成了一种总是在贫穷边缘挣扎的牧人。

用古老的牛粪青烟熏成鲜黄色的、崭新的大羊皮袍子，在呼啸的白毛风中，在茫茫雪原的踟躇蹒跚中，一天天变黑、油污、抽缩、压薄了。

毡包的小小木扉被推开，猛地卷进寒冷的风雪和冻僵了的牧羊人。冷得已经骨头麻木，人不顾一切地靠近炉火。但是在这种时候突然闻到一股刺鼻的怪味儿。

翻来覆去地找，没有发现失火的地方。最后才看见——袖口或肘弯处，羊皮袍子抽搐了一块，抽搐的中心已被烤焦。

很快烤坏的羊皮就破成洞。听任蒙古草原冬季的寒风灌进那个破洞，是难以忍受的。不补上肌肤会冻伤，所以我学会了用羊皮在袍子上打补丁。

羊皮补丁的缝法不难。剪一块羊皮，再把这块皮子四圈的毛剪掉。然后挖掉皮德勒上烤糊的皮子，包括挖掉那些虽然没有焦黑，但是已经抽搐的部分。缝时，针脚缝在剪了毛的一圈上，让羊毛堵住洞。蒙古女人缝东西是倒拿针的，她们的补丁和原来的袍子合为一体，在折皱处一块起伏；但草地上的单身汉打羊皮补丁却学不会那种倒拿针的漂亮姿势。我们不过是胡乱把皮子钉在洞上，往往缝得羊皮揪扯着不再熨帖，穿上这种补过的羊皮德勒以后，贴身经常走着一丝嗖嗖的凉意。

我的这件皮袍穿得黑乎乎的，究竟上面打着多少个羊皮补丁，已经不能算清了。只记得直到第三个冬天它还陪伴着我；那时它又黑又油，前襟完全撕烂，羊毛从破洞里露出来，新补的皮子一块连着一块。

但是它为我抵御了蒙古草原可怖的严寒。羊皮的保暖性是奇异的，哪怕是滴水成冰地冻三尺的三九四九（蒙古牧民是数九的），牧民们在羊皮德勒里面也是精身赤膊。知识青年们大多贴肉穿一件衬衫，顶多有人穿一件绒衣。由于后来它黏涂了过多的油腻，以致几次在雪地露宿，我都觉得风没有把它吹透。

在成为牧民以后的第二或者第三个冬天，我觉得这件德勒变轻了，也变薄了。记得那时总费力地回忆第一年臃肿如球，爬不上马背的情景，而且心里感到不可思议。

语言在嘴里说得愈来愈快，袍子在身上穿得愈来愈破。但是在那些与马儿、蒙语、袍子、羊群共消长的岁月里，我们的身心发生了巨大的蜕变。从体质到关于美的观念，内蒙古，赋予了我们在日后才懂得的强大基础。

二

在冬雪还在继续加厚变硬的时候，我的裹在那件黑黑的羊皮袍里的心，已经在幻想来年自己要争取的形象，那是不折不扣的爱美，有时幻想得居然心里作痒。

草地俗言：男要俏，一身皂。我一直盼着好好挣下工分，来年夏天到公社供销社买二十尺黑布，让嫂子和额吉给我缝一件漂亮的特里克。而且领口的里子，一定要用天蓝色，我甚至存了一小块天蓝色的布，在右胸的扣子，要设法搞到两颗银制的。然后一身黑，骑一匹黑马——关于黑骏马的发想，虽然主要来源于游牧民对于马的观点，但也有一部分是为着与这种黑袍骑手的形象相和谐。

——遗憾的是，缝一袭黑袍的愿望最终也没有实现。黑马虽说骑过，但那是哥哥阿洛华的。我拥有过黄马、青马、海骝马、白马等若干匹马，但是没有在名义上拥有过黑马。袍子也一样，虽然穿过数不清的纯粹牧民的特里克伽布卡，但是真的买布的那一次，却没有买到黑布。尤其在刚刚离开草原后的头几年，我一想起这一点心里就禁不住如涌的缺憾。在生命的青春时代，我最终也没能够看见自己可能的、也许是美的样子。

不仅黑，还有白。那时的乌珠穆沁，在夏季流行镶金银边的白布袍子，可能风习一度成为过传说。后来，有一位蒙族作家向我打听：听说乌珠穆沁穿白袍子？我很得意。但八十年代归省探亲时，牧民们却说：那是因为穷啊，现在谁穿白色！弄得我愕然无语。

其实白袍和黑袍一样漂亮。它们好像对立，却有相通的本质。夏季草原上驰过的尚白骑手，连影子都显得轻捷明亮。如果鞍上的黑衣给人一种难以捉摸的美感，那么乘马加白衣则给人一种年轻夺目的光彩。只是，对往事和历史不能苛求，当年我们没有太多的追求漂亮的余裕，那时我们达到的，主要是在粗陋穷困中，体会一些特殊的美。

比如，在穿戴着三张大羊皮缝的皮裤、八张大羊皮的德勒、十几斤重的一双毡靴、头上还必须戴皮帽的隆冬，男子们流行把袍襟系得高于膝盖。可以说男女的着装区别，就在于袍襟在膝上或是没膝。邻队吉林宝力格的小伙子们把这种时髦发展到了过分的地步——他们在严冬腊月，把巨大的羊皮德勒整个提到腰以上；让前襟后摆仅仅遮在腰下一丁点儿，刚好遮住一个屁股。这么一来，袍子在他们的屁股上头兜成一个硕大的袋子，垂挂着把腰带完全挡住。

刚刚和他们打交道时，我们觉得吉林宝力格人的打扮，乃是一种草原二流子的样式。我们队里的蒙古牧民也骂他们："xinji——"，意思大致与汉语的"德性！"相当。但是，时髦的力量是不可抗拒的，不知怎么搞的，我们也莫名其妙地把袍襟愈提溜愈高，尾随上了吉林宝力格那伙现代派。

只有五十岁以上的老者，才把腰带系在胸下腰上，让袍襟垂过膝头。由于对老人的称谓之中"阿伽"偏多，因此我们把那种穿法称为"阿伽式"。用这个词议论年青男性时，含意当然是嘲笑的。顺便提一句，长久以来，见于舞台上的蒙古舞蹈或演唱，着装大多属于半男半女的"阿伽式"，直至半裸的风习浸染，他们才把袍子提得高了起来。

那时除了吉林宝力格的时髦外，使人时而感叹的，是女人的身材。

在都市，风衣或者连衣裙的精致剪裁，可能相当大地掩饰人的身材，而冬天草原上的三张大羊皮的皮裤，和六张皮的大德勒，却无论如何也应当消灭一切胖瘦和体型，把人类一律变得臃肿。

但是不然。甚至冬日包裹上厚羊皮以后，草原的竞美才刚刚开始。习惯，还有严寒，使人的动作仿佛比夏天还敏捷——而动作既然不能干扰，那么，人的美显化的仪态，就可能显现了。剩下的只是大自然赋予的躯体。

乌珠穆沁总使人回味无穷，总使人感到神秘的一个原因，也许是它的牧民们内部——那种体质构成的丰富。

有时不能不为积雪的勒勒车旁，为昏暗的牛粪火对面的那些女人的身影赞叹。在弯腰铲起一块隔年的燃料时，在跪下挤着带犊的乳牛时，在拉过客人递来的马缰时，有一些女人的腰肢奇异地在厚羊皮里面被勾勒出来。决没有一个人在冬天议论过这个话题，但也决没有一个人没有觉察这一点。她们本人更不会谈及、甚至我猜她们根本不曾意识到这一点；冬天毕竟是冬天，严酷又难熬，人只求取暖。左邻右舍都穷，哪一个都是光板羊皮，黑污褴褛。

奇怪的是，就像木船帆船入画而军舰轮船不入画、泥屋石桥入画而楼房铁桥不入画一样，乌珠穆沁冬季穿着大羊皮袍子、但是却修长姣好地在雪地里忙碌的女人身影，使人不仅难以忘怀，而且回味不已。

仿佛是一个错觉，又像是一个思路。我觉得无形中接受了一种启发。无论人怎么贫穷，如果美就不会埋没。而且，那样存活下来的美更富有韧性。

三

天真的我们，那时常常天真地做事情。比如有一段时间，我们纠缠着老人“访贫问苦”。

在汉语中，“贫”和“穷”两个字含义是不一样的。“贫农”

传达的感觉，决不能变成“穷农”。但是这个文字游戏在蒙语中完全不存在；翻译成“贫牧阶级”的蒙语，其实就是穷牧民，它只是一个描述的词，并没有汉语中的暧昧、粉饰和转义。

我那时从观念到语汇，都不懂得这个道理。访贫问苦时作时辍，终于到了第四个冬天。

经过了四番酷烈的巡回以后，服装的时髦被自然和生存两条鞭子抽打得跌到了边缘。其实我们在濒于边界的时候正临近一个转变：是振作起来寻找新的形象，还是在衣不蔽体的日子里消沉。

有一次，和李仲祺一块在一个老大娘家里喝茶，闲谈中又问起了“贫牧”的事。

“穷牧民是什么样的？……嗨，过去的穷牧民，就和你们一样呀！”她打量着我俩的破衣烂蓑，感慨地说。

接着她抚摸着仲祺的缕缕飘扬的布条条，嘴中啧啧有声。仲祺的伽布卡已经烂光，除了后背、胳肢窝、领口上下以外，完全露着千疮百孔的光板。偏偏原来布面又是红色的，烂剩的布黏在皮板子上，见风就飘起来。

然而仲祺毫不在乎，雄赳赳地在营子间昂首阔步，在马鞍上浑身红布条飘飘。那时文化的潜意识已经顽固地形成了，我们都觉得不穿袍子就无法乘马，所以仲祺也一样——只要他的烂红袍还能用带子系在腰上，他就一定要穿上它。

然而老大娘注意的不是文化而是穷富。她抚摸着，拨弄着仲祺肩头的红丝穗穗，唏嘘着叹道：可怜呀，yadao hun，真和过去的穷人一样呀！

——我感到新奇和震动。她口气散漫地使用的 yadao 一词指的是单纯的穷，这个词丝毫没有阶级的意味。我心目中的一个框架在她的声音中崩溃，而另一种新鲜的东西却开始滋生。

她揭破了那时大部分乌珠穆沁牧民的生存真实和本质。在最艰难的时候，我们已经沦于浑身褴褛，几乎就要危险地失去一切，包括或美或丑的基础。但是，正是在那个边缘上世界曾经一瞬间赤裸无遗，让我们瞥见了它的底层深处。

——不用说我们每天都在为摆脱yadao而劳作，尽管yadao是受我们尊重的阶级。我的那件紫团花丝质伽布卡后来重新换了面子，用的是深蓝色的咔叽布。后来我把它带回北京，由于长久不穿，母亲把羊羔皮拆下来给我做了一件短大衣。1985年去乌珠穆沁玩时，我又把它送给了我的一个卡车司机朋友。

冬春穿的大羊皮德勒，在分红后也新缝了一件，但是羊皮是从公社买来的。综合厂熟皮子时不像牧民用酸奶子熟，那几张羊皮被熟得变脆了，破得很快。后两个冬天里我轮流穿两件皮德勒。正当我渐渐为自己设计出了自己以后的冬季服装——里面穿一件二羊剪茬的大羊皮袍，外面套一个叫做达哈的山羊皮外套——的时候，大学招生改变了我的这条着装之路。

黑衣黑马的向往虽然没有实现，但在夏季的绚丽日子里，我随意穿着“家里”的特里克。东乌旗有一些队的知识青年与牧民之间，实现过相当深的家庭关系。穿着哥哥或嫂子的袍子，骑着毛皮闪亮的马儿，腰带在胃部以下厚实地扎紧着。绣着金银边的前襟堆在鞍鞒上，后摆压在胯下，沾不上马汗。那样的装束和骑马的方式浑然一体；穿上那种飘逸的蒙古袍以后，再骑上马会有说不出的快意和舒服。然后是颠簸散漫，然后是优越的心情和一天天养成的自由野性。

至今我还没有琢磨透彻、为什么北亚的游牧民族服尚长着，而中原农民们却穿戴短打。难道是因为，穿着长袍在马鞍上的那种奇妙的舒服感觉吗？

1981年我回去探亲时，额吉和嫂子给我缝了一件天蓝缎子面的漂亮特里克。串门时，嫂子总是卸下几颗镶玛瑙的大银扣子，让我换好后再上马。

这件袍子现在就挂在我家的衣柜里，夏天的有些日子里，我常常忍不住要使用它追寻什么的欲望。我常披上它，让它宽阔的袍襟一直垂到脚面。腰带当然也在，原样带着当年在草原弄成的折皱，我舍不得熨平了那些皱纹。

在短打的重重包围之中，我有时也会偶尔照镜子。双手拉直橘黄色的厚缎子腰带，把它摆在湛蓝的袍襟之前。我比划着，在那时捉摸着一种分寸。当然不要“阿伽式”，但是否把袍子穿成吉林宝力格的时髦样子呢？

但更多的时候不是穿，而是盖上它躺下。牧民在各个季节都是以袍为被的；在炎热的夏季午后，赤裸着肉体，把游牧民族的特里克盖在腰间。冰凉的袍子触感清晰，硬硬的镶边和银扣子摩碰着肌肤。那种时候会有一股静静的快感和喜悦袭来，我说不清它带给我的神秘感受。

1995年11月

午夜的鞍子

北京苦夏，想想都心惊肉悸。默默盯着已经大敞的夜窗，心里好像在叨叨着：快来啦，慢慢熬吧。

这样的方兴未艾的夏夜里，人容易忆起凉爽的草地。往事早不该再说了：包括山峦、营地、一张张熟悉的脸、几匹几头有名有姓的马和牛，都因为思念太过——而不是像别人那样忘得太净——而蒙混如水，闪烁不定了。往事，连同自己那非常值得怀疑是否存在过的 19 岁，如今是真的遥遥地远了。

活在莫名其妙的一片黑森林般的楼群里，在这种初夏季节，像一丛肮脏的错开的花。架上的书抽下又插上，看来看去还是只看自己爱看的那几本。脑中的事想起又忘掉，想来想去也没有个条理。

近几个月，总是不嫌乏味地回忆马。

清醒时我知道，对马的回忆，于我已经是一种印刷般的符号。开始能栩栩如生地忆起一匹匹的骨架长相，忠诚而消瘦的那黑特·海骝，美如希腊雕塑而又小又无能的“豪乌”，一匹样子凶恶似紫似灰的杂色马崩薄勒，大名鼎鼎的马倍白音塔拉的竿子马切普德勒，然后是名声更大但年衰岁老的白马亚干；最后，还有一直没有到手没能真正属我的哥哥的哈拉。但是很快它们就混乱了，旋转着，互相黏合隐现，我不能完成关于任何一匹的一个完整回忆。我猛地惊醒过来，窗外还是黑沉沉凝视着我的幢幢楼影。

我觉得有一种说不出的难受。

那些黑森森的影子矗立得很结实，它们好像永远不会裂开或粉碎。

而我听见清晰的一个声音。

像伤口一样，裂开着劈开着，像木柴被一柄无形的斧砍进。

这是什么呢？

我抽下一本书又放下。我摊开一沓纸写了几行又撕掉。我倒了一杯更浓的茶，卷起一支莫合烟。我看看表已是午夜了，我眼前又有走马灯——6匹和我情深似海的马儿旋转起来，最终使我晕眩了。那匹远星一般的马，那匹如同一个原则一条规矩般的马不再清楚。我盯它盯得眼酸，可是它渐渐退着毛色，一年年地淡漠朦胧，我追寻般拼竭全力睁大眼睛，我觉得心里的感情已经爆发成怒气了。

外面的黑夜目不转睛地和我对峙，对此我需要一个活鲜鲜的生命，而且是姣美的生命支撑自己。夜，已经深了。

我也许是错把这种需要认成了一匹马。它先是漆黑绝美的黑色哈拉，后来变成雪白柔顺的白色亚干，先后充斥着我这一隅最偏僻的神经。

唯在今夜，影像变了。

我突然想到了鞍子。这个字按汉语规律究竟是该衍化成“鞍”子呢还是“马安”子？

其实它是木头制成的。

我强忍着听那声清脆而细微的裂劈声响。它响得太逼真，撕扯着一种被自己一直压制的回忆。我仇恨地看看窗外的黑森林，它们不是树木的儿子。

劈裂声持续着响了很久，深夜中只有它，像我们那些鞍子破碎时的声音一样。

是这样，该写一写那些鞍子了。

插队 4 年，我们有整整一本鞍经。就像我们忍着不去批评那些关于马的轻薄谈论一样，我们从不多说其实更珍惜的鞍子。而 4 年里听惯了摔人碎鞍的故事，好像知识青年的鞍子特别脆，有的人可能插了 3 年队碎过四五盘鞍子，奢侈得可憎；也有的人，一直到离开草原时那盘木鞍还完好无恙。

全公社，也许全旗知识青年中最有福气的是蔡。他分得一盘银饰累累的旧鞍。银子的成色很高，马拴在哪里都被阳光照射得白灿烂漫。他早早摔碎了鞍子，后来知识青年独立出包（离开牧民家）时，给他买了一盘木架子，请两个有名的喇嘛鞍匠给他重新箍起。一直到我离开草原，那盘满是银霞的鞍子还在草地上银光灼灼，撩人心目。——蔡碎过一次鞍。

唐趁蔡修鞍时，抢了他几枚银钉，安在笼头上 3 颗，然后称自己的马具为“三星”。他那半辈子一直渴盼当马倌，然而一直到离开草原也没能实现理想，只是置了一盘白铜镶边的、苏尼特式的元宝鞍，整天幻想着套住马后坐在鞍桥后头的滋味。他除开碎过自己一盘鞍外，还骑坏过别人一个鞍子。他那盘配着“三星”笼头的鞍子很舒服，收拾得干净利索。

和一些老牧比起来，我们几个的鞍子齐整得多，可能是因为无家无宿的地位吧，生涯在马背的感觉比老牧还要强烈。我哥阿洛华在这么多年里只给我一个破鞍烂鞯的印象。他在我插队的几年里，不知被马踢碎了多少盘鞍子，我总是见他直到上马出门之前，才慌慌张张地翻出黄羊角、小刀和皮条，左绑一下，右补一块，勉强把吱扭响的鞍子扣在马背上。毡垫更是恶心，黑烂的毡絮片露出来，蹭得马腹脏脏的。

——大多是摔下马来，又没能抓住马。空鞍的马疯跑一阵以后，背上的肚带就滑松了。只要鞍子翻转到马肚子下面，马就会惊。疯马一边窜跑，一边死命要踢掉肚子下面坠着的那个又是皮子又是铁的怪物，而落马骑手只能呆呆地看着。

最后的善后事情是：没精打采地在草原上遛，在空旷的牧场上，东拣回一块破鞯皮，西寻回一只脚镫子，再试试能不能我回肚带、鞍钉。至于鞍子本身——那坚硬木头打成的木骨，已经像一具炸碎的死尸了。

我的鞍子一直没碎。虽然也饱经踢摔，但它直到最后还是那老样子：不深亮也不难看，白铜鞍条，白铜鞍钉。特殊的是两块鞯皮硬过生铁，怕是用牝牛皮做的。它大致能算多伦式，但后桥微翘一些，骑惯了觉得屁股被紧卡着，心里踏实而放松。

像年轻人不能体味生命的蓄量一样，也像蒙古谚语“新马不懂长途”里描写的那种新4岁或新5岁骏马一样；我作为我那盘翘角多伦鞍子的助主人，却并不知道这鞍的硬度。

在接近40岁的时辰回忆19岁那少年轻骑的具体往事，即使我有奇特的记忆力，也毕竟很困难了。我恍恍惚惚记不清那些摔下鞍桥、重重砸进厚厚草地或雪地的影子。顶多只有一丝感觉；觉得浑身骨头摔得现在还疼，但又觉得硬土硬石的草原又深又软，在那儿是不可能折臂断腿的。纵使每年都有数不清的牧民残废，正骨郎中在草地上醉醺醺串荡着，令人憎恶又受人崇拜——但那时的我从来不相信我的骨头会折断，就像我从未留心的、我那盘忠实鞍子从来没有裂碎一样。

好像还讪讪带着一点忿嫉。知识青年骑手们都破旧而立新，拴起了银光夺目的新马鞍；漂亮而高雅的苏尼特式元宝鞍一个个在我眼前晃动，使我永远无法和他们比试。鞍不行，连马带人都似乎失了一份锐气。其实，我并不是没有过一个关于新鞍的盼望。如果我在蒙古草原那几年能有一次机会，如果这鞍子在一次剧烈喧响中裂开，如果我再趁酒醉把阿洛华哥的黑骏马要过来而不是顾虑它的耐力太差，——那么我自信乌珠穆沁会出现一个唯美主义的年轻骑手。

当然，那也许是美丽的梦，但那个骑手不是我。广阔苛烈的大草原改造得我越过了那种小生之梦，认真地朝着一个坚毅深沉的男人走去了，并且宿命地使一盘铁打般坚硬的柏木鞍子陪伴着我。

今夜闷热而阴冷。穿衣淋漓落汗，脱衣肌肤伤寒。风呼啸着满天布云，但肯定不会落雨。推开窗子，热风如潮卷着一幢幢黑水泥的死林木，对峙般不直接扑向我的胸怀。那一定也是在一个5月初夏天气诡异的日子里，我第一次卸下鞍皮打量了我那架鞍骨。那木头纹理狰狞而坚密，看得见一株老柏树的苍劲姿影。那种老柏树不像窗外冷漠的水泥沙漠上的怪物，那种老柏树躯干已经炼成钢铁，脉管却输动着活力的绿色。柏丝纹缠绕纠绞，我恍然大悟了：马蹄可以踢得它丝丝开扣，但绝不可能踢散它的热烈内里。

其实，它已经裂缝累累了。

我震动地看着一道道黑裂的缝隙，吃惊它为什么不在那一次碎掉了事。有一道黑缝上还黏着新鲜的木屑，我知道这是前几天那次落马：我懒得系肚带撑竿上马，轰羊回来时我顺手甩了一竿套羊。羊逃了，驯熟的白马自己猛转身去追，我无所谓不可地随着举起竿子。拐一个急弯时，鞍子嗖地滑下马脊，我和没系肚带的鞍子一块摔到马肚子下头，左手无名指还勾着缰绳。

后来留下的纪念只是一根指头的小残疾——它使我学不成吉他弹唱了，但我不知道，我的柏木鞍应该在那个可悲瞬间里绝望地、清晰地响着裂开。

还有几道醒目些的裂纹，我都能大致判断它的忌日。一名牧人骑马史的经历，原来只是刻在不见天日的内里，隔着炫目的美丽银饰，或者白铜饰。

记得那一天我初次心情沉重。在毡包里昏黄的油灯下，我默默地把揭开的鞍皮又裹紧，把一颗颗银扣子和白铜花钉牢。我一言不发地收拾着，包外漆黑的；月之夜里，微闷的气浪带来羊群不安的反刍声。我用羊油勒亮了每一根皮梢条，用破布把银铜饰件打磨得雪亮。在磨旧了掀开一角的小鞍边上，我小心地缝了3针。我又修理了马绊和鞭子，一一把它们系在鞍上。我把鞍子举起，穿上一根圆木，把它悬挂在毡包的哈纳墙上，然后久久地凝视着刚刚开始的热夜。

不知为了什么，今夜我猛地想起了这盘鞍子。我后悔得胸口堵疼，为什么我毫不犹豫地把它丢在乌珠穆沁独自回来了呢，为什么我20年如一日地回忆那些虚幻得多、与我相随短暂很多的马儿，却从来没有回忆一次4个360天无一日不陪伴我的、那盘柏木骨架的翘后桥多伦鞍子呢？

说到草原，说到骑手，那鞍子拥有的意味要深远得多。

如今我突然懂了，在新疆哈萨克人是借马不借鞍的。我尊敬地漫想着，哈萨克是古老的突厥人的后裔，由许他们对牧人生涯有更本质的把握。

当骏马在飞跑的时候，它是认为骑手压着它呢，还是鞍子压着它？

我骑过上百匹马。我拥有过上十匹马。我害死过两匹马。然而马儿于我像走马灯，马和牧人的关系是变幻的。

也许会出现憧憬的马，也许会出现热恋的马，然而鞍子却恰似骑手本人。

在我的墙上，在这面一直没有装饰的墙上，应该挂着我那盘伤痕累累的鞍子。

我转眼望着这词不达意般空涂着一派纯白的墙，心里感到深深的怅惘。

20年过去了。这些日子里我发现的秘密是：悟彻一桩事物的周期是20年。无论是对插队，对历史课题，对“文化大革命”，对名篇佳作，对母亲妻女，或者是对马、对羊，对一盘鞍子。

当时光巡转了20年，我终于猛锤击头般从自己身上看见了那盘柏木鞍子时，我面对着的是北京沙漠中的水泥钢筋黑森林。它们如黑浪汹涌，压迫得我喘不过气来。而5月将末，夏行伊始，这种黑暗和苦热，这种逼人索命的季节和长夜，还刚刚开始。

空墙和随黑暗涌进的热浪在碰击。

原来，这几年里恍惚若失，只是因为在我心里的密密纹理间，缺了那柏木鞍的挤死缠咬、宁百裂而不碎的结合。

静静坐着，迎着扑胸的热风，我觉得自己这面空墙上出现了我的乘鞍。怪不得墙上总空着这么一块，原来我一直等着挂它。由于年轻时的错误，我无法挂上它膻腥风尘的原物了。但此刻我还是把它挂好了，我首先挂上了我自己觉悟了的暗悔，再挂上成年后刚刚出现的怀念，最后，我挂上了唯我才能看清的、那伤痕纵横的它的影子。

1988年5月

关于成吉思汗陵的思考

20余年来，我或者以一骑牧人之身，或者以一名考古队员之职，一直在中国大陆北方彷徨。后来久了才发觉自己有着一种观点；也许是大陆北方养育造成的一种脾性或烙印吧——我极度地要求一切外来人：首先要尊重这片大地的心情，然后才能进入。

草原、黄土高原、戈壁和沙漠都是沉默不语的。也许它们需要我代它们发言。

听说日本学者趁蒙古人民共和国沧桑巨变青黄不接之机，动员巨额坚挺的日元，与蒙古官方协议，要勘查成吉思汗陵寝——当然若找到了，发掘问题即将摆上桌面。

我听说后，一连几天，脑海里浮现的都是给我青春的乌珠穆沁草原。

我那永远无言的额吉（母亲——蒙语），若听说了，一定依然是无言的。

而我觉得这消息郁塞胸间，使我不安。

——世界从来如此，权与钱谈判，决定了一切。至于百姓的心情，是无关紧要的。

这就是学术吗？

事情既然以学术为名，我也从学术开始。

大名鼎鼎的成吉思汗殁后，葬在哪里呢？通常有两说：一在蒙古人民共和国东部的草原之间，一指中国宁夏南部的六盘山地。

在《元史》中，成吉思汗及元朝皇帝们的埋葬处，被写成“起辇谷”3字。一代代学者们推敲之后，拟音为keluren谷，即元代汉译中的“怯绿涟”河。今天多用汉字“克鲁伦”音译——那是一条名河，河谷辽阔，地表上并没有封土（即“塚”）或其他陵寝遗痕。

认为成吉思汗葬在宁夏南部（陇东）六盘山者，主要据那位大英雄猝死于对西夏国战争之中——可能虚张声势作向漠北送葬状，其实已经就地埋了。

不知道是否日本学者已经与中国政府谈判过，双管齐下，同时也向中国回民聚居的六盘山一带调查。

——其实，我本人还可以编个游戏，再指一条并非不可能的路；以供当代富翁学者参考：清代蒙文史料《黄金史纲》讲成吉思汗葬地，音为“柴麻”（chima），另外又有不少资料提及成吉思汗丧事与“萨里川”有关——那么或者可以推理“萨里川”即“萨里畏吾儿”即历史上的“黄头回鹘”居地——河西走廊之某地；若可说通，则河西大走廊尽头、甘肃西头倒是有一片神秘的山地，地名恰好叫做“昌马山”。有谁能说chima与“昌马”其音不谐？！虽作戏笔，也许在方法论上并没有与学者们相悖。

真正的成吉思汗葬地，若是动员本地人寻找，是一定可以找到的。至今尚未发现成陵，是因为学者们没有把功夫炼就——无论是在对牧人心情的尊重上，或是在因地制宜的田野考古技术上。

说到这里，我又联想起一些趣事：

若是在万顷牧草中丢了一件东西，可以用羊群来找。六十年代，当我还是一个牧羊人时，曾经多次用这个办法。有时摘下眼镜，上马刚走开几步，就再也找不到了——后来学会了用羊群。让羊群自由自在地吃着草，散成一线，朝丢失了眼镜的那片草走去。突然间，羊群在一个点上惊炸四散，挤命逃开——盯住那个点，纵马路过去，眼镜就在那里。

羊群对于草原上任何异样的东西——比如骨头、怪石、木头、皮鞭，都很敏感。我们不止一人、不只一次地用这个“羊群梳草法”找回过鞭子、书、套马竿等东西。

成吉思汗陵寝即使不起封土，也一定多少有留在地表的痕迹——如果“起辇谷”确是草原植被，那么至少应当有用羊群“梳”一遍的本领。这需要每个考古队员都应当有一点牧人味儿。

其次，也是更重要的：没有世世代代生息于斯的人不知道的事。这是一条定理。以前我当牧羊人时，从来没有留心我生活 4 年之久的汗乌拉有什么考古学遗址。后来，从北京大学考古学系（当时历史学系考古专业）毕业后，又几年来在新疆考古；有一年回到汗乌拉，便问我的蒙古哥哥阿洛华，问队里有没有什么坟呀古物的。

——结果令人吃惊：次日阿洛华哥哥领我去了年年驻夏的泰莱姆（我有 4 个夏天在那儿度过），泰莱姆山坡上有一串串几排链式古墓，在新疆我们称为乌孙或塞种墓。它们应当与斯基泰文化、汉代西域之乌孙国关系密切——那是我见过的亚洲最靠东部的这种古墓。

第三天我们又发现了突厥石人雕像，按照以前大学里和考古队里的常识，这种突厥石人很难在乌珠穆沁东头发现。

——考古学教科书就这样在两天之间过时了。然而我对于考古学的认识，从那两天之后，才刚刚开始。

我敢说：在确实埋葬着成吉思汗的那个地方，正生活着像阿洛华哥哥那样的人。他们不写书甚至不读书，但是他们熟知比书本更精确的细节。关键在于，学者们从来没有住进他们的泥屋或毡房，从来没有真正平等地以他们为师。也许还可以容忍我更尖锐的、但我自认为是更原初的质问：学者和学术难道就是如此吗？研究难道是一种新的歧视吗？

尚有其三，在沉睡安息的成吉思汗陵被惊扰之前还有一些话该说。

无论起辇谷或成吉思汗陵在蒙古草原还是在六盘山——那里都是一种宗教性很强的地域。

人人都知道藏族人的神鸟天葬，但很少有人知道蒙古人的葬法。至少在乌珠穆沁牧区，蒙古牧人对于埋葬，多少是有些忌讳的。对于这种葬法，我为了尊重，从来在作品中回避描写。比如拙作《黑骏马》中，主人公只是说：“自古以来，畜群从不来这儿吃草，人家也不靠近这儿居住。”——这就是蒙古牧人（或一部分）的天葬地。我从未进入过汗乌拉的天葬地；不进入，不言及——都是草原上无文的法律。为的是对逝者尊重，为的是遵循一种道德。

人们也许对六盘山周边的住民——回民的葬俗更生疏。我出身于回族，近年来一连6年参与着六盘山区哲合忍耶派回族的事业。在六盘山周边，处处都有回族——伊斯兰教的圣徒墓。穷苦的回民们洗过宗教的沐浴之后，虔诚地到那些圣墓上诵经悼念。我多次参加这样的活动。有时，随着一些年长的老人行走；路过一片坟园，老人捧起两掌，为死者接“都哇尔”（祈愿）；我注意到那是汉族墓，便问：“那不是回民啊。”老人对我说：

——要为众亡人举念！

举念，这是一个不易解释的词汇。它很深沉，含意尽在两字之中。

这样，我想我可以结束这篇文章了。

诚然是，学术无国界，研究不签证。但是在考古队的铁铲上，究竟有没有一种更高的道德呢？

蒙古草原由于它承载的文化的游牧性质，用一句考古学行话：草原上很难形成文化层堆积。连续两千余年的北亚游牧文化，并没有如数地留存至今。我不能说，游牧的蒙古人只有成吉思汗陵这一处国宝；但是，成吉思汗陵确是蒙古人和北亚游牧民族拥有的最贵重的遗产，——若是匆匆挖了它，那么后世的蒙古孩子就用不着学习考古学了。

“心比天高，身为下贱”，也许是我们中国文人的痼癖。但是对于蒙古高原的那万顷牧草来说，我并不是一名第三者。我在那片草海中度过了自己的青春，而且从那里获得了后日学术和文学的基础。听说了日本向成吉思汗陵伸手的消息之后，我无法安宁。我感到那茫茫青草在向我摇曳，我感到无言的牧人们正在凝视着我。明知日本富翁背后一定有数不清的蒙古人和中国人志愿当买办，我仍然决心再三挑起这个话题。

成吉思汗陵寝应当由蒙古牧民的子弟自己去决定发掘与否。如果连这样的事情也由有钱人说了算，那么人文科学便再无人道可言。

50年前，日本学者们在皇军的威风下进行了一系列考古活动；50年后，日本学者们又在日元的威风下卷土重来了。一介书生之美，清贫文章之美，难道已毫无价值了吗？

我相信，未来的某位蒙古学者——他曾经是一个牧羊小孩——会站出来为我作证；这并不是狭隘的民族主义，这是一种学者的重要道德。

我没有钱，但我有笔，这就足够了。

我能够坦然地迎接草原神明的凝视了。

1991年1月东京

起辇谷祭

大名鼎鼎的成吉思汗殁后，埋在哪里呢？

内蒙伊克昭的所谓成吉思汗陵，只不过是一座后人修砌的建筑。在《元史·太祖本纪》中，关于他的葬地有一个地名：起辇谷。重要的是，历代元朝皇帝死后，基本上也都是葬于起辇谷——可见，这词义扰人、扑朔迷离的“起辇谷”，乃是蒙古皇族的传统墓地。

起辇谷，一般蒙古历史语言学者拟音读为keluren谷，即怯绿涟河、克鲁伦河，——地在蒙古人民共和国东部的草原丘陵之间。

也有人根据这位大英雄的死地——他是在围着西夏人大逞军威时猝死的——判断葬地应在六盘山一带。恰巧六盘山——今宁夏回族自治区象征物的山麓，又有地名“斡耳朵”，ordo，蒙语宫帐，元安西王阿难答在此命令蒙古小孩行割礼信回教，更显得巧合层层。

晚期蒙文《黄金史纲》讲，葬地叫“柴麻”（chima），有的学者说此音即“起辇”，只能算大胆的假设之一种。chima倒是音近昌马；玉门关外甘肃新疆之间有一片神秘山地名叫昌马山，与成吉思汗死地隆里川（如果允许把隆里川干脆猜成“黄头回鹘”即隆里畏兀儿人的谷地的话），倒是顺路。

总而言之，成吉思汗安葬之地，或在蒙古人民共和国东部，或在旧甘肃境内。亡人已逝，只求安息。本来，后人那么起劲地关心人家坟墓的秘密，当说是一种恶癖。

话题在不久前偶尔读报，得知日本人正趁蒙古人民共和国“改革开放”，要以亿万威力强大的外汇炸弹，轰击这一科研领域。似乎已与蒙古科学院协议，动用一切土洋手段，踏查辽阔草原，发掘起辇谷。

同时，也风传糖衣（应称钱衣）炸弹也正投向宁夏甘肃，双管齐下，可见学术态度的严谨。

泱泱中华大国，当然不在乎一两处古迹。我五千年悠久文明，你是买不尽掘不完的。

借此千字文一角，我还敢再指一条昌马山的路，只怕你受不了那蛮荒绝境的戈壁风沙。

可是，蒙古草原的文化千年不变，也许挖了成吉思汗陵寝，后世的蒙古人就用不着学习考古学了。学术无国界，研究不签证，上述一切无非是关于“起辇谷”的常识随笔；但是人文科学以尊重人心为本，听说着一些新近的科研信息，总觉得像喝一杯龙井掺咖啡，其味不正。

无论起辇谷在草原或是在黄土高原，两处天地于我都有特殊的联系。插队中蒙边界草原时，我能找到万顷草海中丢失的一柄鞭子。近年在六盘山周边的回族山区，我熟知每一座山壑间的土坯拱北（圣徒墓）。那两处天地都地旷人稀，以酷烈的环境和气候保护着自己。那两个世界的人民都几百年如一日地忍受和沉默，以求一丝洁净和安宁。

在草原插队时，我的蒙古哥哥教我绕开那条安葬亡人的山沟——以至我从未进入过我们公社那条沟，多少次让羊群在沟内徘徊。

在西海固黄土山地，一些回族老人只要经过一座坟，就合起两掌为那坟主人做“都哇尔”（祈求）。他们说:“要为众亡人举念！”

但是那炸弹的威力，使我沉默了。

喧嚣就在眼前，我毫无能力。

起辇谷，我独自念着这个拗口的名字。若干年后，也许它会像流行曲一样挂在人们嘴上。它正面临的究竟是荣耀呢还是凌辱？我不知道。只是当我感到它正大睁着眼睛等待时，我应该对它说几句话。

1990 年 10 月

美女与厉鬼的风景

在阿拉杭盖（地理教科书上，这个蒙古人民共和国的省份被译写成后杭爱省）——有一个神秘的地方。

那时是深秋，千里枯草，金风逼人。在阿拉杭盖的草海里催车攒行，我觉得空寂在四面合围。不知是走场还是秋营地偏离车道；总是无人、总是无限发展的空旷一片，令人不安。

那是一种神清心静的不安——默默注视着，任风景离合，任前途变化，不思不想。

渐渐地，走近了那一对地点。

一处是火山——有诸如哈拉讨高（黑锅）、黄狗地狱等等景致。火山由于是在大草原中央喷发的——它的位置应该在中国长城与俄国西伯利亚大道之间正中处——所以遥遥望去并不雄伟。但是宽阔的草原怀抱容得下一座火山喷发的点点滴滴；有些岩浆在潮涌中原封不动地凝固了，边棱锋利；有些迸溅四射的岩渣在草丛里半扎半歪，狰狞得仍像一滴巨大的液体。走近泛滥的岩浆潮时，开始觉得恐怖。我看看天空，还是蔚蓝清澄，于是再走。倒立竖起的黄褐色石渣如棚如檐，每一秒钟都要坍塌。牧人们不知迁到了哪里，问一问知道这里并非弃地。在这种活地狱般的风景中钻着走着，我觉得在和一群厉鬼交流——它们是某种蒙古草原的门户，苛刻地审查着来者。

我心中不断回忆起我的乌珠穆沁，回忆我在那里当牧人的好成绩。天空依旧蔚蓝安详，我走近了火山的襟麓。

当我第一眼看见那满山坡密密堆起的敖包时，觉得怦然心动。不见牧人，但是满山都是牧人心情。蒙古人对大草原万里舒缓中的这个黑鬼是怎样想的呢？他们密密堆起的敖包，摆上奶酒，但没有留下一句话一个字。登上火山口，俯视着一个巨大漆黑的无底洞，我意识到那些恭敬的敖包堆是正确的。漆黑的入口，庞大的入口，倾斜泻下的入口黑壁，目力难及的洞之深底——都静悄悄地，逼你承认造物者的真实和伟大。

笔直下滑的黑黑斜坡上，生着一棵棵垂直的树。叶子枯黄，沐着阳光，美丽得如黄金薄片。如厉鬼肩上的花一般，那金箔般的叶子给了我如镂如刻的印象。在漆黑而且沿向无底深渊的斜壁上，这种美丽的金黄真不可思议；我不断地联想到生命的危险。

——那时，我觉得自己的心情离那些堆敖包表示崇敬的牧人很近。

几乎可以断定由于那黑锅火山的男性行为，附近有一个美女般的白湖。

湖名查干淖尔，颜色却蓝得离奇——仅仅比新疆赛里木湖稍逊一丁点儿。大自然真是阴阳有致。在这里我开始觉得它们才是男女；我们这些庸庸碌碌的人才是木石。

蓝蓝的波粼，闪烁着缄默的光。那样蓝，人一见便像见到一位真正的美女一样，看一眼便再也无言了。

车沿着黑锅火山下来的草路，一会儿便驶上了白湖的湖畔。轮子无声，蓝得摄魂的风景洗着视野，在静寂中变移。天空依旧稳重地笼罩我们，牧人们的影子还是一个也望不见。美同样是一种禁忌——我总觉得牧人们远远迁离白湖周边，大约也同样是为了挽救自己。

果然：在湖的尽头，在一个港汊上，我看见湖水中密密地堆着一座座敖包。那时已近傍晚；敖包如塔如林，静静浸在蓝得深沉的湖水里，像一片桅墙升出海面。那样的浓重蓝波中，浸泡温柔的永恒。

记得我惊呆地停了很久，我是最后一个离开湖畔的。古风不存了，人们都在慨叹。但是古来的牧人确实活着，只是他们不轻易出现。在无言之中能和他们交流的只有我，因为我曾是乌珠穆沁的牧人。我们都怀着危险的生命，都对美爱得畏惧。

驶远后，在一次停车时我又急忙再望了一眼：白湖在远方如一笔纯净的蓝彩，偎倚着狰狞的黑火山。

——那以后几年过去了。只要季节轮回到深秋，只要见到黄叶，我总是想到蒙古人民共和国的那一对地点。就像插队多年的草原知识青年那样，只要阴天就想起牧区的风雪，只要看见马车就想起牧人生涯一样。

危险的生命

命，究竟能忍受怎样的限度，是个古怪的，但也是个原初的问题。在中国文化人中很难讨论它，因为他们遇不上危险，早在风吹草动之际，他们就又变又叛了，不能与其讨论。人太油，不如草木。

在蒙古的阿拉杭盖，我看见了大自然对这问题的应答。那里是一处火山，我在散文《美女和厉鬼的风景》中把它称为鬼。它有“黄狗地狱”、“黑锅山口”等等一套恐怖得令人厌恶的地名系统。我猜那次火山爆发——那次恶的大喷发中，绝灭的太多了。草原和大陆都土崩瓦解，甚至连土壤都消失了。取代那一隅世界的是铁牙般的硬化熔岩，封闭千百里的炼渣壳，还有一个黑森林的地狱入口。

但是又不该跨入黑锅火山。它毕竟仅仅是茫茫草海中的一处火山而已。可以走近或离开它，可以看到它精疲力尽的边缘。不是它烧光和吞噬掉了北亚草原，而是亘古以来的大草原包容了它——看着这样的景观，很像琢磨着一个哲理。人的心张弛着，既紧张又平静。

值得反复地描写的是火山口漆黑的斜壁上那一株株黄叶。真是美得令人心惊。风吹过时，那如金箔似的黄叶抖着，反射着耀眼的光。在黑洞洞的烧得铁硬的砾石斜面上，它们的根扎在哪里，它们若跌落折断会堕落到多深，不降雨时它们靠什么生存长大，这些细节是无法从哲人般的北杭盖获得解答的。

难怪牧人们如此恐惧。祭敖包是一种不易解释的行为，而火山敖包对住在乌珠穆沁那样的肥美草原的牧人来说，更是无法想象。怀着祈求春雨祈求一羊双羔的善良愿望的老实牧民们，当他们看见马儿惊怕得后退，当他们看见步步逼近八面合围的狰狞黑牙时，他们不知怎样祈求了。

我看见一个骑黄膘马的喀尔喀老人。他朝一坯黑焦渣上摆奶酒瓶子，那瓶子放不稳。他的胡须和双手剧烈地颤抖着，当瓶子好不容易竖立在那砾石渣上时，他不顾一切地跪下去，匍伏在地。

瓶子倒了。跌下石渣块，在下面一块奇形怪状的石头上碎了。砰地一声，瓶子碎得像夭折了一条命。奶酒霎时间渗进了黑色的焦土，像无谓的流血。老人哭了起来，我不知后来他怎样离开，因为我不能再看下去。

就在那天，就在我急忙离开那个喀尔喀老牧人转过山脚以后，我突然看见了那些金叶子树。

真愧得很，我连那是什么树也没有弄清楚。树干笔直，有些像杉，叶盖呈一点伞形，也许是什么松。我只是记住了它们满身披着的、簌簌抖动的薄薄金叶。

我尝试走到了火山口的边缘上，但是我没有敢顺斜坡下去，朝下面的深处探险。一步踏动了那笔直下滑的黑渣，我猜会一直摔进无底的地狱。那时我暗自嘲笑过自己的软弱，我大声地吼过一声。可是，就像冒险和正义经常有着限度一样，我最终没有能迈出那自杀般的一步。

如果换了美国佬，大概他们会周密地计划买好直升飞机，安排好救护队、摄制组，甚至征集一对志愿在黑洞火山口结婚的男女，最后安全而无耻地“下去”。他们会在获得数据、新闻、刺激和出名的机会后，再得意洋洋地离开黑锅火山，扔下遍地的口香糖纸、可乐罐和牧人们献上的祭品作伴。

我不那样干。

我也不愿像喀尔喀老人那样落泪。我只是苦苦地思想着那长满薄薄金叶的树，猜测它们怎样在极限的危险中获得生命。我找不到结论，那斜斜倾泻直下地心的黑烧烬实在黑得深不可测，那黑烧烬中挺拔直立的金叶树又实在太明亮了。

以前我只是对它的美赞叹过。如今我要寻找它存活的原因。活着，而且美，又是在那样的险境之中，三者之上应该有个什么。

关于阿拉杭盖，我不会再写了。那儿于我是彻底的异乡。我只打算记住那些树，保留这一个印象。

或许，这个印象应该用画或摄影作品记录下来再传达给朋友和故乡人，或许这种印象只是少数人才需要的。但是，关于生命存在的处境问题，特别是关于生命、处境与美的问题，对今天的中国是急需的——至少我是这样考虑的。

在黑锅火山，除开那种金叶树外没有其他生物存活下来。这偏激地证明着一个观点：美则生，失美则死。

1992年11月

雪路的相知

辽阔的亚洲北部主要覆盖着丘陵草原。在这片草原上，主要生存着一种游牧文化。我有幸在自己最年轻好学的时候深入到这个文化以及创造这个文化的勤劳牧民的底层，长见识，添学问，逐渐地懂得了和接受了他们的思想感情，并且时光逝而心不移。近二十年来，这种思想感情奇异地在我心中保存着，发酵着，激动着，丰富着，继续在潜移默化中改变着我，要求着我，使我获得一股生命的活力。

后来，我从这片起伏的草原走了出去，但不是离开她，只是从一个点走向广袤，从一座小山走向一道道山脉，从讲一种语言的牧民中走向操不同母语的各种牧民之中；在更加宽广辽阔的这片大地上学习和工作，感受着这个文化、这个世界的灵魂。

如果从 1968 年我在内蒙草原插队算起，十几年过去了。草原蒙古族牧民在这十几年里在我的心上反复烙下他们的印记，我又用这颗带烙印的心去体会世间的一切，像热爱我的蒙古族额吉（不，应当说是像额吉爱我一样）去满怀热爱地接触哈萨克族、维吾尔族、回族、汉族的一个个与我邂逅相遇的朴实的人。我惊奇地发现，那在蒙古草原上放羊的日子，已成为我成年之后的人生路上的基石。我把 mongol 一词译为“人民”。我努力从事着我心爱的北方民族史研究，也从事着我的文学创作。

无论历史研究或是民族地区的生活都使我感到了一种统一的矛盾，感到了一种人们之间强烈的区别和有力的维系。

矛盾也许是令人感慨的，但也许是自然而然的；区别和维系相辅相成，牵动着人们的感情和心理，推动着生产和经济的发展，呈现出一种各民族文化各放异彩的局面。

然而矛盾和区别最深的形态往往是一种对人的理解。各民族间相互理解的程度问题有时是民族关系的一种实质，也是人与人关系的一种实质。我想，文学应当揭示这种人与人的关系、呼吁人与人的相互理解。我们的文学应当揭示民族关系中的这种相互理解、即所谓“相知”的问题的重要性。

我于是便用短篇小说《雪路》探讨了这种在我国北方（也许不止北方存在着这种矛盾）构成各民族之间强韧的独异的关系，或者说是民族和人们之间的“相知”的问题。

小说用我比较熟悉的一个回族人和一个蒙古人一块去运硝途中的矛盾和互助情节，试着写了他们的心理活动。探索的成功与否不是我现在打算总结的，我感兴趣的只是我们共同走在艰难旅程中的人民之间彼此“相知”的问题。我常常感到——甚至在民族地区生活以外感到这种问题的分量；感到人们相互理解和相互尊重的困难、必要和值得思考。

公元两千年前夜应当是一个科学统治的时代，发达的科学技术、工农业产品的艺术式生产以及电子计算机的精确控制应当使人类有着现代的思想观点和认识。人与人应当愈来愈相互理解和尊重；彼此具备关于对方的知识，具备一种科学的、和睦的、与现代科学和现代社会相和谐的待人态度。

但事实上这是很困难的。古诗云："相见时难别亦难。"实际上，相见时难，相知更难。

去年我在日本搞中亚蒙古史研究，见到一个日本学者写的关于中日关系的一本书，题目叫作《友好易，理解难》。他倒是也从自己的认识出发强调了这种相知问题，但他那种钱多气粗的口气，也使我们中国人觉得有伤自尊心，觉得我们和他们日本人之间的隔阂与矛盾。除了民族范畴的生活外，在北京、上海这样的城市这种问题也未必不存在。北方人与南方人之间，城市与农村之间，富起来了的地区与暂时落后的地区之间，老年人、中年人和青年人之间，年代相同但经验不同、体会不同、见解不同的人们之间，彼此之间的尊重、理解、相知远非易事。比如对于一个文学作品的争论，有时激烈之中也潜藏着这种"相知难"。

我国的北方是个充满魅力的世界，也是一个杂处着、分布着色彩各异的民族共同体和文化共同体的世界。也许这片世界还是贫瘠的或是不发达的，但这里却生存着许多优秀的精神。在我们努力地企图走向富裕、走向现代化和新的历史的时候，我们应当用一切努力来发扬这些精神。

我想，民族范畴内的一切：无论是民族的研究还是民族题材的文学，都应当有促进我们的民族之间相互了解的任务。

我在小说《雪路》里写到了人们之间缺乏了解的这种现实，也写到了我们——无论哪个民族——必须互相依存、互相帮助着走完历史安排的这条漫长道路的这更大的现实。我想，这种现实是深刻的和雄伟的，也充满了感情和热量。我们的民族文学应当描写这条雄伟历程上的奋斗，也应当揭示其中的矛盾和问题。在这征途的前方，我们会和我们的亲人一起，用各种语言歌唱我们看到的一切和胜利。

1984年8月31日

又是春天

连日来北京阴云不开，冷雨夹风，已经暴热了一场的城市又抽去了些噪闹。都市人如果说到天气，多半会用“北国之春姗姗来迟”之类的话吧，可是我想，对于散隐在这片城市中的那一小批原内蒙插队知识青年来说，虽然沉睡了很久但确实还留着的一种经验，已经像风湿病般醒了。他们心中会掠过一个沉重的念头：春天的暴风雪。他们的心会随着天空一直悄悄带着一抹阴蒙，直至酷暑再次攫住北京才会在忙碌和热苦中渐渐麻木了那个念头。

对于我，当我那么想能在《北京文学》上发表些什么的时候，季节正好巡回到了这一个五月末，阴云逼窗，树影摇风，我觉得应当回想一件事情并把它写出来。

1970年春，我正在东乌珠穆沁茫茫无边的大草原上，衣衫褴褛地和一伙肮脏的孩子在一起迎送我们的生涯。那就是我们的汗乌拉小学。可悲的油印的“乡土教材”，每人一把炒米和一小块砖茶，一头壮健的牛和一顶黑污的毡房，还有那快活嘹亮的童音齐唱的歌声。我一直认为那是我一生中最有意义的一段生活，也是我显示我这个人的能力最充分最酣畅的一段历史。我一个人能同时教蒙文和汉文；能用蒙语给孩子们讲各种各样的故事并使他们牢牢地被吸引在我身旁；我能听懂他们梦想欺骗我而使用的“黑话”——一种只用单词第一音节再加上古怪的“嘘喂”后缀的隐语——并严厉地或温和地戳穿他们；我能带着他们种菜，干泥水活，拾羊毛卖钱，我一个人的嗓子可以成为他们全体那清脆稚嫩的齐唱的低音部。

那是自信么？

不，我只是怀念，我只是怀念而已。

我只是为那往事感动太深，才如倾如泻地写满了一篇又一篇纸。甚至使人误以为是自信的某些大话和粗话，以及一种文体的流动感（我以为描写带有特殊色彩的人如牧民，主要在于把握他们的心理和意识。在《春天》里我曾企图模拟这种牧民意识），其实也只是一种怀念的表示。我出自怀念和体会已经写了一批草原小说。我想，既然真主造就我还能够怀念，又打算成全我不断去体会，我就还会写出一批草原小说。这不是由于什么自信；也不是由于为一些超高级女士（Super Lady）错爱或甚嫌不够劲的男子汉气。基于往事体验的小说是为了怀念而写作的；那里只有真诚、温柔或是苦痛。

后来，我们那所二十来个人的小学校在一个五月末游牧到了大队部。我们有了三间低矮歪斜的、熏黑而温暖的黄泥小屋作新校舍。一面红旗抖着草原上空的风，哗啦啦地飘扬在我们度完了严冬的汗乌拉小学之上。我们的歌声和琅琅书声回响在亘古寂寞的草原上，那时的山野空气似乎都有过一股不易捉摸的喜悦。

有一个小瘸子，一个十岁的牧主的儿子或是孙子，那时终日赖在我们小屋门口。开始我没有觉察（我总想为自己开脱：当时的我也只不过才刚刚二十二岁，我还不会观察生活和观察人的眼睛呢）到那个小瘸子。后来，他还是那么可怜巴巴地攀着我们的门框，睁大胆怯的眼睛望着我，我知道面前已经有了一个新问题了。

一个领导班子成员（他中学毕业，一表人才，是小孩的牧主家庭的亲戚）严厉地对我说：应该让这孩子上学。我犹豫了。我们的生产大队正处在尖锐的派系与家族斗争中，我知道另一派的牧民会立即非难我把学校办成牧主学校。我艰难创业，我们的小学生存不易——“还是你们领导先开会决定了，再让他来上学吧。”我回答说。于是那中学毕业生领导大怒了：

“不用开会！这孩子家里是牧主，他自己不是牧主！有党的政策，用不着开会！……”

可是我是软弱的。我不愿或者是我怕那种风波。我眼前只晃动着一些比这中学生更厉害更善言辞的黑壮牧民的影子。我宁愿牺牲这个念上三个月就可能腻烦，就可能拉都拉不回来的小瘸子，而绝不愿让这所风雨飘摇的小学校挨一场风暴。在“意识流”中，我是为我自己。我知道这小学校对我是多么宝贵；我知道它一完蛋我立刻就想拍屁股回北京——回城的大潮已经冲撞得我们几乎无法自制了。

小瘸子上学是微不足道的。草原儿童心中对读书的渴望绝不像高玉宝，也不像艾特玛托夫的名篇《第一个老师》中描写的那样。他们还有小狗，有新靴子，有兼为劳动和游戏的包里包外的种种乐事。长大了他们还会有骏马、毡包、酒和女人。那件事情不可能占据我的心，赖在学校小屋门口的那个小癞子其貌不扬，我还有我的索依拉、白音宝力格和始终不渝地跟随过我的小巴雅。岁月匆匆，冬去春来，我看惯了草原的既枯又荣，我滋生了牧民式的淡漠和刚硬。要我为一个草地娃娃没上过小学而忧虑简直是笑话。就这样，十多年过去了，十多个绿遍大地后再来一场狂风暴雪的春天过去了。

我自己的情况也完全变了。

1981 年春末，我于五月底回到阔别的汗乌拉草原。我在舒缓的草地上彻底获得了身心的休憩。我吃饱了就睡，从来没有失眠。有时我和牧民漫声闲谈着，从太阳高高就开始，一直喝酒至夜深。那时连醉酒也是宁静的；醉后拖着发软的双腿走出包外，我躺在柔软的草地上，微笑着看奥云娜和五一她们（都是我在草原那家里的小女孩）忙着在一个狗食盆里给我洗衣服。

然而有一天我看见了那匹死马。那个五月里，在我到达之前有过一场风雪，全东乌旗冻死了十三个马倌。湖中堆着的死马像黑色的岛，呆傻了好一阵子的草原在六月初才醒过来一般，开始料理雪灾后的丧事。

我这才知道了我们队也死在雪里的那个二十岁出头的年轻马倌就是那小癞子。几天后，我打马走上一座叫曼卡泰·海勒罕的山坡，见到了他坐骑的那匹马的尸骸。

文学应当是作家心中最后的堡垒。一个作家很难做个完人，但是他至少对自己的文学要做到真诚。不应当有作文或为文等概念，作品应当是作家淋漓的心血。为了这样的作品作家才活着，为了这样的作品青春被点燃，生命被耗尽。为了追求这样的作品，作家眼中只有一片辉煌的幻彩，而绝不会看见红地毯和金钱；为了保卫这样的自己的作品，哪怕是最弱小的作家也敢挺身而起，一直牺牲到自己心跳的最后一下。

讲这样的话是何等愚蠢啊！

然而惩罚还没有完。按照文学的铁的规律，冲动又被形式改造了。短篇小说《春天》没有写尽我对亡命春雪的小瘸子的悼念和悔恨，它只是一篇手法新颖的意识流小说。无论我们正在编辑历史的理论家们对它的不屑一顾也好，还是我们正锐意求新的年轻艺术家对它的激赏也好，对我来说，《春天》带给我了些什么呢？人真不能活得无愧无恨，后来《春天》获北京文学奖，我感到了从未有过的羞耻。

但是道路已经选定，我也许从今天开始才真的准备写作。还有那么多感动、冲动和抑制不住的情思，只是我已经注意在心中给自己一个暗示了。也许确实不应当暴露太过，也许确实不应该爱憎太烈，也许我也会改变；但是，我想小瘸子和那个青年马倌的故事将会永远教育我的，其沉重的程度会远远超过我受过的教育和说教。

至于我和《北京文学》，那又毕竟还是一次应该记住的充满温暖的合作。《春天》排印没有一个错字，包括标点。

又一个春天来了。它毕竟是活力和热情的巡回。我想，无论是我们的文学，还是《北京文学》这份杂志，或是我打算写的那些小说，都会活泼起来，兴奋起来，成长起来，因为，不管怎样，我们对这春天的理解已经深刻些了。

1985年5月29日

狗的雕像

在大时代里可以怀念人。司马迁生逢其时，所以总结那雄奇时代时，他的一部部列传写得笔下生花。愈节省笔墨愈韵味无穷；《刺客列传》只是用残墨写了几位不能不写的“恐怖主义者”——20个世纪后不知为什么连中国的电视台也操着一股盎格鲁-撒克逊式的正统秩序维护者的腔调，念出恐怖主义者几个字时带着一种判死刑的味儿，——但那《刺客列传》却是伟著《史记》的压卷之笔，永远地发射着难言的、异端的美。

活不在那种时代则容易怀念狗。比如前苏联就制作过一部狗电影《白鼻姆黑耳朵》，让人感动不已。近年来狗电影、狗电视、狗文学不用说养狗之风都常盛不衰，不能不认为其中深藏着人类的时代感和潜意识。

在日本，连狗都知道在东京涩谷车站前面有一只狗的雕像。不用说，带着一个动人的狗故事；不外是战乱离散，主人一去不返，那狗便“死心眼”，死死地在那儿等，一直等得死在它与主人约束的地方。日后，日本人为了抒发忠诚和宣扬这种死而不渝的品质（日本人非常重视这种“不渝”；侵略战争过去半个世纪了，而他们有几分“渝意”呢），——在涩谷为此狗铸了铜像。至今凡约会在涩谷的人都流行把地点定在狗像前边，以表示自己也那么忠诚；至少能做到不见不散。

在东京挣扎着的百万外国人对那条铜狗大体上态度淡漠。大约是在那儿约得多了，发觉只是给那条日本狗做了宣传，而事实上日本人远非那么守信用，尤其是无利可图的时候。于是，怀念故乡狗的现象就产生了。

狗的回忆，有复杂的动机也有复杂的联想。世上狗文学的主流大致上是吹嘘；比着吹自己的狗的奇、猛、忠、灵。不节制的例子，有描写狗不仅跟狼咬而且跟豹子咬的。而我见过的狗却都很平常，平常得像一堆土。

那是在乌珠穆沁，我在那儿插队的第三年。不用说，牧人家都有几条狗；我家的儿条狗中，有一条名叫吉里格。这种狗名字其实不算名字，草原上吉里格这个音类似于狗的通称也类乎一种唤狗的声音。

吉里格可没有那种斗虎斗豹的奇遇记，有没有直接与狼撕咬过，也弄不清楚了。它只是一只忠实的北方牧羊犬，壮健多毛，脑壳硕大，浑身是黑色，喜欢卧在包的正南方——监视着一切走近的异己者。那一年它大约是十七八岁，已经老得不能再老了，眼睛呆滞、瞳孔混浊，嗅觉也已经失敏。牙齿软了，额吉每天留心给它弄些稀食喂。它搂着一块骨头左啃右啃咬不下肉来的时候，额吉默默地蹲在地上陪着它。

那一年不仅仅是狗虚弱的一年。我插队住进的这一家牧民，因为说不清的复杂家族关系，在政治上正处于一个或者光荣地留在革命阵营、或者危险地陷进牧主阶级的边缘。草原不动声色、但是阴沉地把一种薄薄的恐怖气氛送过来，让它弥漫在我们家那顶灰旧毡包的四周。

——不是那时身在其境，不是那时身困其间，今天我是绝对无法体会也无法总结的；那时我们被身份和地位而鞭挞，我们这个家族包括我这名插住其中的知识青年，都在忍受人类最卑鄙的本性之一——歧视。

谁都知道、但谁也不说的东西最真实。

那个冬天来我家毡包串营子的人依然很多。我们包里的成员，包括刚刚 4 岁的男孩巴特尔，神色中都有一丝小心翼翼，有那么一点逢迎和胆怯。有两个例外：一个是我，刚满 20 岁的我那时虽然感到压力很大但是心中不服，受不了那些趾高气昂地来串营子的牧民。对他们我冷淡而怀着敌视，但那座毡包不由我作主，说透了我是这个包的缘分更远的客人。一家之主是额吉的独子阿洛华哥；他那赔笑脸说奉承话的一天天的日子，真叫我讨厌透了。还有一个例外是吉里格；它老糊涂了，忘了世态和处境，有时会突然闷头闷脑窜出来，咬住人的毡靴不放。它的牙齿已经没有劲头，齿尖也没有了锐利，所以一般是能吓人一跳、咬人一疼，而不会咬出血来。

真是那样：人弱得没有说一句硬话的勇气，狗弱得一嘴下去咬不出血来。然而这一切并没有突发事变，并没有戏剧性和什么特殊性，日出日暮，四野茫茫，积雪平静地随着寒风变厚着，一切都循着秩序。当一天天都是有苦说不出来时，那苦也就无所谓苦了。

1992年冬，当我从日本回来的时候，我猛地悟出了我与那一家蒙古牧民之间情分的缘由。

在东京每当路过涩谷，我都绕过去看看那条铜狗。看着它时心里想起了吉里格，我变得怀疑一切编造的狗故事，我觉得我这种心情与涩谷聚集的各国流浪汉们非常相似——因为在他们的神情中也有一丝对那钢狗的隔阂和蔑视。

在那里能看见各种外国流浪者。最谦恭的表情属于孟加拉人，最自尊而因为无法施展而显得拘束的是伊朗人，无畏地唱着歌，跳着舞以求掩饰自己的孤单和慌乱的是拉丁美洲人，为着一个共同的目标，挣小日本儿的钱，大家五湖四海地走到一起来了。人群中最隐蔽而一眼便可以发现的是中国人，当浸泡在歧视的空气中的时候，中国人是不唱歌、脸上也不会出现好斗的自尊颜色的。

我想着狗的事，趁无事好做和这些流浪汉们寻机攀谈。孟加拉人要攫住每一口食物，但不涡泯的善良天性使人微微心动。拉丁美洲人跳成一个盾形，故意不理睬世界，愈没有人扔钱他们唱得愈凶，艺术原来是穷人护心的盾。我和一个伊朗小伙子偶尔闲谈起来。凭着伊斯兰教，我们能互相信任地谈。他被一个日本警察奚落了一顿，原因是他向警察问路，那警察先把他问了个底儿掉。进入日本的伊朗小伙子大多用旅游签证入境，然后四处寻觅重体力劳动——日本人借他们一臂之力解决劳动力不足的困难，再随心所欲地收拾他们。我和他聊得很痛快，聊海湾战争，臭骂美国佬。

这时，有几个醉醺醺的穿西服的日本人围住那群拉美歌手。一个醉鬼不知为什么亢奋了，搂住那弹吉他的小伙子又蹦又跳，其相丑恶难以形容。吉他手不知所措，因为那丑恶醉鬼付了钱——我想起一个打工朋友说的话：日本人真是连男人也要调戏一番的动物。我和那伊朗小伙子停住了闲谈，看着狗像前那歌摊。我们都有点紧张，都不知那几个拉美歌手会怎样。在这个无耻的世道，人心很像火药库，爆炸只需非常小的一个火星。

但是，歧视如果有强大的贫富为依据，歧视会被社会接受。爆炸是一件非常困难的事，因为背叛了的社会太冷了，不给你一个炸的温度。

那拉美吉他手腼腆地、好不容易甩开了穿西服的鬼子他也一样，在这样的世道里人没法子炸，哪怕让鬼子“调笑”一通。

我看着这一幕，猜测着换了我会怎么样。伊朗小伙子盯着这一幕的眼光阴沉，我一时无法判断这十二伊玛目派的青年在想什么。

那一年我家最怕客。准确地说，是我和额吉两人厌恶客人。那个冬天的客人中，有不少人有那么一点像涩谷狗前面的西服醉鬼：说他坏似乎又没有坏到该揍他，说他不坏他一丁点儿一丁点儿地欺负你的心。额吉是一切的原因，因为她的出身问题（她已经是老太婆了还是逃不开出身！）弥漫而来的不祥空气，压得我们喘不过气来。

整个冬天我心情烦躁。冻硬的牛粪绊着脚，羊群渴盐硝已经急得啃围毡和车辕了。天空一连两个月阴霾不开，不下雪，只是白毛风刮得积雪一天比一天硬。下午 4 点钟羊群回盘，我们忍着冻忙着圈里圈外的活。最后忙碌完了钻进包门时，冬日的草原已经漆黑了。这种时候人全心全意想着的只是热腾腾的羊肉面条；而往往在这种时候不速之客报门进来了。

如果是能称之为朋友的客，人谁都不乏好客之心，更不用说牧人。但是若来一种心理上怀有一分欺主之意的客，那一天唯有的喘息和暖和就算完了。

七十年代初，草地上很盛行这一套。成群结队到了一家门口，进门后热热闹闹地扯皮，气氛快活融洽。而主人多是四类分子、牧主富牧——贵客临门赶紧张罗还唯恐不及，谁还会去计较微乎其微的心理！我曾在一篇小说中写到过这种天天迎接欺主之客的人，他每个月打发这些来客要用一二百斤粮食（《北望长城外》）。不用说，这一套是轮不到我家的，因此那时和以后很久我都没有认真思考过人性的这一面。

我住的阿洛华哥家轮上的，是近似歧视的一种交往。我当时只是极端地反感，但是狗咬刺猬无处下嘴，像那个在涩谷卖唱的拉美小伙子一样。然而，老狗吉里格可是不管有刺无刺，该下嘴就下嘴。它老透了，老得失去一切判断和分析的能力，老得鼻头眼睛黏糊糊分辨不清，它只凭一个大致的好恶，并且本能地行动。

那一天是个晴天，羊群疲惫地走不远便大嚼起来。中午我哥来换我回家喝茶，我就离开了羊群。

拴马时看见牧民 A 的马，配着他漂亮的银鞍。我进了包，看见额吉正在招待 A 喝茶。我端起茶碗顺便坐在门坎上，和 A 问答了几句。

这一天的 A 和往常没有什么不一样的地方。喝着茶，扯扯天气膘情，草场营盘，半个时辰后他告辞了。

吉里格突然一口咬住了他的腿。

A 惨叫（该说是惊叫）时，我们都没有弄明白发生了什么事。一向蹲踞在毡包南线面对辽阔原野的吉里格，不知什么时候守候在门口，而且似乎等候一般把大黑脑袋紧凑着门槛。很久以来，它不吠叫了，有时无缘无故地低吼几声，嗓音浓浊，分辨不清它的心情。它闷声闷气就是一口，咬住了 A 刚刚迈出门槛的靴子。

我反应过来以后马上想到的是：A 不会受伤。吉里格的牙齿已经全坏了，以前我也曾被它咬过一次，毡靴筒上只被它的牙床嵌出几个小坑。但是，A 似乎受了不可思议、无与伦比的巨大惊吓和摧残，他好像被咬漏了脑壳，那藏着已经很久的邪恶一下子泄了出来。

他抡起马棒打狗时，我的嘴角还残留着一点笑；额吉甚至还带着歉意地替他呵斥吉里格。“滚开！……你这疯狗！……打，狠狠地打！”额吉喊着。

但是，打狗的客一旦动了手，就不仅仅只想出一下气或挽回一点面子了。A 打了几棒以后，发生了一个倏忽间的变化；他动怒了，决心要打个痛快，打出威风来。

我特别记牢了这个瞬间闪过的变化。这就是那种谁都知道、但谁也不说出来的真实。A 与我家住得太近了，他和我哥的往来太频繁了，草原上今冬阶级复查的风刮得太紧了，四下里议论我们这个包的时候那敌意太明显了。A 并不是自动与我们住得这么近，草场是官们划分的；他和我哥并不是朋友，接触多只是因为住得近；他是无可争辩的贫牧成分，他犯不着让那股蔓延的敌意也沾上自己的身。我牢牢看清了他要抓住这个碴口与我家来一场矛盾纠纷；尤其今天是晴天，家里只有老太婆一个人。

一两分钟之后，A 怒吼的词汇已经变成“杀”，他咆哮着：一定要杀了老狗吉里格。

他抡圆了马棒（乌珠穆沁的鞭子都有一截圆木棒，有些人则用长马棒当鞭子），疯狂地打狗了。吉里格看不清楚，所以躲闪很慢。棒子重重打在老狗的肉体上，发出噗噗的钝声，狗看不见，便不躲闪，我听见它喉咙里咕噜噜地低声吼着，声音又粗又重。

第二次我遇见那位伊朗小伙子时，他是单独一个人。涩谷狗像前人很多，日本学生们正等着黄昏降临，然后去寻欢作乐。我和他谈到十二伊玛目，谈到中国境内的塔吉克。他的父亲和哥哥都是完成了朝觐的哈智，他对此很自豪。我问他是住在城里还是乡下，他说现在住在德黑兰，小时候在乡下放羊。

说着放羊的时候，我们都瞟了一眼那条铜狗，谁也没有说什么。

还扯到女人，伊朗人在日本都是单身打工，不带家属。不管合法的工或是黑工，他们的目标是挣上一笔钱就走，谁也不与这个国家过多纠缠。这一点与中国人非常不同。伊朗人只要日本人的钱，他们要做伊朗人；而中国人没有这么简单的原则。他反问我，为什么有那么多中国女人在日本，“她们都坐上出租车了吧？”他问。

我们都笑了。这是个挺惟妙惟肖的描写，虽然有点尖刻。但是笑了一下就作罢了，我和他都心神不定。半晌，他说，他要回伊朗去。

我问：工作没有了？

他凝视着我，点点头，接着又说道：“没有房子住。”

我无法回答一个字。劳动力缺乏的东京，自由租赁房子的东京，我们实在是太熟悉了。谁也不说、谁都清楚的是人对人的歧视。一个岛国居然歧视诸如波斯、中华那样大的古国，我们也曾奇怪和不解，但世界就是这样。

——那是我最后一次见到那位伊朗青年。我俩没有去说不愉快的事，我不愿追问他怎样被不动产商人拒绝租房，也没有追问他怎么找不到工。我俩能找着快乐的话题，更重要的是，在彼时彼刻，在那群男女包括那条铜狗中间，我们俩之间的平等和尊重是真挚的，没有染上一星肮脏的歧视病。

那天分手时，我觉得钢狗是虚伪的，狗的雕像不应该如此，因为忠实的狗遵循的是一种人类学不会的原则。但是关于怎样塑立一个狗的塑像，那天我没有想清楚。

身躯高大魁伟的伊朗——波斯小伙子消失了。我和他的邂逅已经结束。在灯光闪烁的涩谷，他的背影非常俊美。这美消失了，但是没有被歧视人的世道玷污。回到他动荡而贫穷的故乡以后，他要负起沉重的生活。但那生活毕竟不会这么压迫心灵，我想着不禁为他松了一口气。

伊朗人的思想是正确的。忍受妻儿分离的苦楚，挣它一笔钱便一去不回。不留下一丝一毫的情感和企望给他们，一切都寄托给自己的、像人一样的生活。高原的牧羊犬和美丽纯洁的波斯女人在等待着，在离开之前确实无需回顾。

他根本没有再看那铜狗一眼。他住在都市但生于牧羊人之家，我猜他一定也曾养过几条出色的好狗。在我和他之间这种似有似无的交往中，他从来没有提起铜狗一个字。或许，他只是视那条狗为一块铜，一个装饰，一个符号，一个形状，他内心深处根本没有认为那也算一条狗。

勃然大怒、复苏了体内对我家的蔑视的 A，可能不再认为吉里格是一条狗。衰弱的吉里格已经不会躲了，一动不动地立直身子，低垂着黑毛茸茸的大脑袋。马棒打在它的背上，打得它一晃一晃，但是它不会躲，不逃开。它浊哑地呼呼吼着，那声音——后来我久久回味过，但至今我不能讲明那声音里充斥着的，究竟是愤怒、是绝望、是抗议、还是轻蔑。而A愈打愈轻狂、愈打愈滋长了欺负人侮辱人的快意。“杀了它！杀！杀！”他单调地骂着，充血的眼里闪着罕见的凶光。

不知这一切都是怎样发生和转变的。A从吃惊（也可能还有疼痛）到发怒打狗，再到决心杀狗欺主——其实是杀狗斗主，他要制造与我家决裂的斗争——仅在一两分钟之间就完成了。同时，在同样的瞬间里，额吉也从吃惊、道歉、呵斥吉里格，而突然地转变为要救吉里格的命。

白发苍苍的额吉死死扑在吉里格身上，把狗压倒，用身体护住了狗。我万万没有想到，我简直不能想象，她居然会有这样的举动。

A无法下手了。他举着马棒，围着额吉转着，寻找能下手打到狗的缝隙。但额吉拼死地伏在地上，掩护着吉里格，A被瓦解了，虽然他还在骂骂咧咧——这是他这一类蒙古人的伎俩。他显然被震惊了，但他还要掩饰，他不知如何收场才好，所以只好尽着一张臭嘴唇不停地动。

我看见，侧面山岗上，笔直地冲下来一骑马。阿洛华哥发现了家门口的动静，他赶回来了。那匹马笔直地冲下陡坡，溅着一条垂直的雪雾。

这就是我，刚满20岁时的我目击的一次打狗欺主。这也是我第一次面对面地看到对人的欺侮。那时我没有懂得这种罪恶源于歧视，我更不可能想象当时我认为已经被压迫得气闷的牧民，在未来也可能去歧视别人。

这件事刀刻一般留在了我的心上。不论岁月怎样淘涮，直至今天我无法忘记它。也许，连我自己也感到古怪的、关于我和那位蒙古老人之间的感情，全是因为这个基础。有朝一日，倘若她的后代远离了那种立场和地位，或者说倘若他们也朝着更低浅、更穷的人举起马棒的时候——我和他们之间的一切就将断绝干净。

阿洛华哥马到门前，为A造成了下台阶的机会。他不用尴尬地对着一个褴褛的老太婆举着马棒了，但是他可以同儿子继续斗。

我没有介入。我哥的囊膞性早叫我烦透了。他是绝不敢一斧子、哪怕是一鞭子抡向A的。隐隐伴随了他多年的低下地位造成的软弱，使他也练就了一副嘴皮子。他只敢说，决不敢动——两个汉子吵了个天翻地覆，吵到太阳下山，A累得回了家，但是不仅没有惩罚也没有决裂，一个月后A又恬不知耻地常来常往了。

A来串营子时，不敢用头往包门里钻，而是用屁股拱开门，倒着进包。我看见他就恶心，不过，这种人太多了，我后来也就司空见惯。

其实吉里格睬也不睬他。吉里格对A如鲁迅所说，采取的是最彻底的蔑视。A以后每次来串包，都换不来一声狗叫。吉里格远远蹲在包正南方的草地上，正襟危坐，凝视着茫茫的草原。

吉里格终于衰老得到了那一天。

那是后来，有一次，它摇摇晃晃地觅食。那天太阳照得很暖。后来它晃荡回南面那片草地上，卧了下来。吉里格晚年的日子大致天天如此，在阳光下昏睡，因此谁也没有留心。

次日，它还卧在那儿。

再过了一天，它仍然卧着不动。我询问地望望额吉，额吉没有说什么。它那身漆黑的毛被风吹拂得掀动，我无法猜测它在做什么。

吉里格就这样，渐渐地溶化在我们家南方的草地上。黑毛皮溶蚀了，变得浅淡模糊。我们仍然不去惊动它。最后，应该说它消失了，那正南方草地上只剩下一个架影，像一丛芨芨草，像一个黑黝黝的土包。

翌年那儿真地出现了一个土堆，上面密集地长着意草。那一丛草比平地高出一具狗身，永远地留在了我驻过青春的营盘上。

以后几年，甚至十几年后我骑马走过那里，眺望旧营盘时，总是能清清楚楚地望见那一丛草。

写这么一个平淡的狗故事当然不合时宜。不过我早就决心写写这件事。时宜是否引人堕落我不关心；但是一个新秩序正在这个世界上形成，流行的时宜也许使人忘记这秩序可能压迫自己，因为它公开打着歧视的旗帜。

这一切方兴未艾。再写下去人会说这是故作危言。共鸣的消失，再次证明着人的变与不变。离开那条铜狗的伊朗小伙子，离开那条铜狗的我，都迎着生存、孤立、正义几个壁立的巨大质问。但是我们失去了人的参照却仍拥有狗的参照；我们能够找到答案，制造出有美的生存方式。

无论处在怎样的时代，人类中的美从没有中绝。狗通人性，正因此狗才那样动人地追随，那样始终不渝。

1992 年 12 月

草原小说集自序

如果现在已经是总结的时候，那么应该说草原是我全部文学生涯的诱因和温床。甚至该说，草原是养育了我一切特征的一种母亲。我不是在此重复十来年前那中学生作文式的语言。并非所有内蒙古草原的知识青年都需要草原，难以概括的“草原”也并非能对每一个人都引发质变，包括土生土长的本地人，其实他们并非每一个都遗传着草原的气味。还可以说，草原，以及极其神秘的游牧生活方式、骑马生活方式——是一种非常彻底的美，然而并非每一个与她有缘的人都有追求美的血质。

回忆的话多少觉得遗憾。我的作品是从草原起步的。可能有过说我写草原写得好的谣传，但是我事实上刚刚画了几笔就跑远了——大概只有一篇《黑骏马》，而且由于对草原母亲的善意和避讳，我没有敢向洞开的真实试探。原来从那么早我就无意识地遵守禁忌的原则，这一点恐怕无论是非难《黑骏马》的人或是错爱它的人都不曾觉察。

我曾经打算写一批像《黑骏马》那样篇幅的草原小说。那时我对草原有一种把握：我清楚自己对蒙古语中一系列重要语汇有着某种本质的认识，而且对纯粹游牧生活的细节记忆很深。通过对另外两种阿尔泰语言——动人的哈萨克语和僵死的满洲语的学习，我更获得了视野、参照和判断的余地。

——但是突然间我不愿再写了。究竟是为什么我很难解释清楚。由于《黑骏马》在一些人中激起的议论使我感到难过是一个原因。主动地把这个领域留给本地人的规避想法也是一个原因。但更重要的不在于此，我觉得草原母亲赋予儿子的应该是不安的游荡的气质，定居在几顶毡帐之间让马镫生锈那不算什么牧人。于是我又出发了，盲目地怀着一种坚信。

十余年后的今天我感激那时的停笔了。否则我留下的将是一批单纯的草原描摹，而不会是一连串深浅蹄印，以及它们通向的信仰。真高兴在那么弱小时敢于再次挑战，真感谢那么年轻时就做到的对写作的节制。因为那个突然的停止，才有了这个突然的实现；因为那时毅然让出了狭隘的一片草地，此刻才获得了用一册《心灵史》刻画一个信仰的中国的殊荣。

我的无形透明的坐骑，我的想象中应是漆黑颜色的骏马，我的中国式的洛西南特，在北方荒凉空旷的高原戈壁、深山远村之间，为我留下了一串串足迹。这些是印在通向《心灵史》的故乡之前，主要徘徊在新疆。

应称之天山南北更好。新疆这个地名本身带有东方强权的气味，而东土耳其斯坦之类术语更满沾着西方列强的阴谋。我所谓的天山南北，是与上述无关的世界。我讲的是美——人在草原托生为一躯自由之身之后，必须见识美，见识彻底的美，这极其重要。

就文章来说，在它走向并皈依朴素无华的美之前，应当有充分修饰的阶段。就风景来说，在它最终认识如同西海固山地那成人的、凄厉的美之前，必须显现赏心悦目的美貌。

这就是天山南北麓，世间最美丽的地方。

所以我把天山腹地的体验，以及以天山南北为环境的作品辑为此集的后半部，让它们与前半的蒙古草原小说平衡。

在这后半部中已经有了我作品的一些形式变化，尤其是《黑山羊谣》反映的向诗的转变。《黑山羊谣》完全不像《黑骏马》那样易读了，黑色也已经不是一个少年在草地阳光中看见的炫目印象；但我想，《黑山羊谣》更多地写出了我在前面提及的一种对草原的把握。

这样搁下笔毕竟是件憾事。我又是这样，总不能达到极致。不管有多少私人的体会，不管我能在这里写出多少道理——我并没有能把草原写好，没有写得丰腴和充分，没有能向怀着同类血质的青年传达完整的草原故事。这真是遗憾，我不得不向我的读者道歉。一切要靠你们自己，靠你们自己用内心的体验，来充填我的文章的残缺了。

再见。

《骑马民族国家》译后记

研究氏族社会解体时代的社会矛盾运动和国家的起源及其初期形式问题，是我国史学工作者极为重视的一个问题。众所周知，当氏族时代的末期，逐渐尖锐起来的诸类矛盾走向不可调和的高峰时，国家这一新的社会组织形式就降临到人类头上。我国史学界三十年来曾热烈展开过的很多重要学术讨论，如古代史的分期问题、中国奴隶制社会的性质问题等，实际上都是围绕着这个理论性、学术性很强的国家起源问题而进行的。

差不多三十年的国家起源研究史、新兴的考古学和民族学资料的积累，以及历史学内各种专门史（如匈奴史、突厥史）的发展，使得我们对国家起源及其形式的问题开始有了一些新的认识，即类型的认识。

用类型的眼光去看国家起源问题，就是要对具体的研究对象做具体分析，根据不同的对象所具有的不同条件，可以提出不同类型的国家组织形式、本质特点及其特有的理论体系。

江上波夫所著《骑马民族国家》一书，描绘出了一种国家的类型。全书分两部分，第一部分分别对匈奴、突厥、斯基泰、乌桓及鲜卑进行了深入浅出的分析和介绍，勾勒出欧亚大陆这些民族历史的梗概，也提出了它们之中的一些规律性现象，根据这些现象，作者提出了他对北方草原国家类型的基本观点和基本概念，这就是骑马民族—游牧国家—征服王朝的学术思想体系。在此书第二部分里，作者利用自己在欧亚大陆北方民族当中发现的一些规律，解释了日本历史中大和朝起源的历史及许多复杂的现象，从而提出：日本天皇制的大和朝的形成，乃是因大陆北方民族的一支经南朝鲜到达日本，在征服了当地的倭人之后建立的一个国家。江上波夫的这一新说首倡于 1948 年[①]，而《骑马民族国家》一书则是他在那以后经过近二十年的研究写成的阐明这一见解的著作。

日本学术界对“大和”国家的形成以及诸如《古事记》等古籍的研究源远流长。江上波夫提出的，大陆骑马民族征服日本土著，在日本建立大和王朝的崭新观点，像一块石头投入池水，激起了巨大的反响。江上波夫的观点和理论远远不是健全和严密的，日本史研究界对他的学说也多存异议；但是，他的观点和著作所以得到愈来愈广泛的重视，是因为他解释清楚了一些人们熟视无睹的重大现象。

江上波夫首先解释了古坟文化前期和后期衔接不上的现象。以前的考古学认为前期古坟文化与后期古坟文化之间的变化，是年代

① 江上波夫、冈正雄、八幡一郎、石田英一郎：《日本民族、文化源流及日本国家的形成》座谈会，1948 年 5 月。

上的进化，是文化本身发展上的飞跃。文化的飞跃常常为考古学家据为分期的依据，但这种眼光妨碍了他们注意更大的范围和更多的文化。江上波夫把古坟后期文化与匈奴和斯基泰两种文化的遗物作了大胆的比较，尖锐地指出了它们之间的共同因素。这样，首先从物质文化的研究上提出了日本古坟文化与北方民族文化具有共同性这一根本观点。

其次，江上波夫对日本的神话传说，主要是《古事记》和《日本书纪》这些文献的记载进行了严密的再研究。这一研究使用了民俗学、语言研究、文献考证等许多学科的材料。他根据在本书第一部分中提出的、北方民族中普遍存在的一些规律性现象，比较了日本国家起源史即大和建国史上一个个相应的现象。他把日本史中的天神天孙族、氏姓制度、天皇家的婚姻状况、归化人问题、天皇即位仪式等等许多问题，都纳入大陆骑马民族的体系加以成功地解释。在他的体系里，第一部分中提出的大陆北方民族的许多现象与第二部分中分析的大和朝廷的现象一一呼应，读者从他浅显易懂的叙述中搞懂了许多为专家们搞得深奥玄虚的事情。这一点，是江上波夫观点引起广泛注意的主要原因。日本许多刊物，包括一些通俗的周刊，都介绍了江上波夫的“骑马民族征服说”。日本民族学家称他为“远距离观察日本的学者”①；突厥学和蒙古学家称他进行的是“广义的民族学、历史学”研究；称他把古坟考古学研究，以及中国史籍所见的东亚历史研究“综合、统一为一体”，“必须高度评价”②。1977年11月，江上波夫在南朝鲜举行报告会，再次提出这

① 中根千枝：《人类学年刊》1974年3月。

② 护雅夫：《游牧骑马民族国家》前言、17页；1977年版。

一学术观点，得到了南朝鲜考古学界的支持[①]。

那么，《骑马民族国家》对我们研究国家起源问题，研究奴隶制、封建制等社会形态问题，又有什么参考意义呢？

江上波夫“骑马民族国家”的学术思想，对我们研究中国北方民族的国家起源问题和社会形态问题，有着带启发性的参考意义。中国北方民族的历史是整个中国史的重要组成部分，由于我国许多王朝，诸如北魏、辽、金、西夏、元、清，都是由北方民族建立的，因而这种专门史在中国历史上的意义尤显举足轻重。另外，由于中国北方民族所处的草原自然地理环境和游牧经济条件乃是世界上其他同样环境和条件的典型，因此，基于这种环境和条件而形成的国家形态也具有典型意义。在游牧经济和牧业地区诞生的国家，较之在农业经济和农业地区诞生的国家，必然有其独特的规律、形式和特点。没有这样一种指导思想，学术是难以避免错误的。中国北方民族建立的国家中，通常可以分为两种类型：一是以匈奴、突厥、蒙古汗国为代表的国家；一是以北魏、辽、金、元为代表的国家。这两种国家形态之间的本质区别及其发展上的内在联系，反映着农业经济和牧业经济，北方民族和中原民族之间，以及北方民族自身发展上的一些重要的规律。

江上波夫的研究可以供我们参考。比如说，他在这部著作中提出了一些北方民族中的规律性现象：他把日本古坟文化后期墓葬中多金银饰品、多武器、多贵族用的华美日用品的现象，与以豪华的金银珠宝为装饰的斯基泰艺术，以及诺颜乌拉匈奴墓群中的类似现象综合起来，提出骑马民族的物质文化具有“现实的、战斗的、贵

① 参阅《国外社会科学》1978 年 3 期。

族的”性质。他把日本古籍中的“天神”系统和“国神”系统加以考证，然后同匈奴的部族系统及职别比较，提出在日本大和时期和大陆草原上，有着王族掌军的原则。他还考察了大和时期的“连”和“臣”，把臣姓是与天皇氏无关的土著豪族和连姓是天皇氏建国的战斗力量这一现象与蒙古史中的“那可儿－亲兵”等现象联系起来，提出北方民族在统一和形成国家的过程中，通常出现一种“武装骑士团”成为王族的帮手的见解。江上波夫的比较极为广泛，他还根据对匈奴、突厥、契丹等族和天皇氏的谱系分析，提出了北方民族中的嫂婚制和姊妹婚制，提出了王妃在这种国家中的特殊权力；他根据突厥人杀人立石的葬俗，揭破了日本考古学中最常见的一种遗存——“埴轮”的秘密；他把天皇即位时所设的“真床追衾”和突厥人可汗即位时用的毡块、加罗建国仪式中的“红幅”联系起来，指出了它们之间共同的心理素质和宗教仪式。他分析了大和建国时的“归化人”，突厥汗国的粟特人，蒙古时期的色目人，提出了这种由“野蛮人”所建立的国家所必然依靠的中间力量。——大大小小的规律性现象，为江上波夫综合出很多，这些现象模糊地勾画出了一个基于对“天”的崇拜意识的，以一个具有绝对合法地位的氏族为中心的，依靠了一支特殊的战士军团和文明较高的归顺者的，保留着大量萨满教习惯和意识的，有着自成系统的血缘意识、婚姻制度和继承法的国家轮廓。这个国家的上层有着强烈的贵族气息，它建立在一个机动的骑马战术、战斗的民族风格、血缘色彩极强的等级关系和久经发达而又不能自给自足的游牧经济的基础之上。江上波夫的综合比较方法和他提出的这些规律性现象，是我们应注意的第一点。

江上波夫提出的，由“骑马民族—游牧帝国—征服王朝”几个概念构成的北方民族国家形态的学术思想，是值得我们借鉴的另一点。

应当指出，江上波夫除提出“骑马民族”的概念作为欧亚大陆民族（主要是中国北方民族）各不同经济的民族的共同名称外，“游牧帝国”和“征服王朝”并非他的首创。这两个概念，特别是征服王朝的概念，是日本学术界公认和通用的术语。日本历史学家田村实造在1954年提出的一篇论文①，曾清楚地叙述了这个观点。他认为，以回纥汗国为界限，上溯至匈奴时代，是“游牧帝国”时代，这是北方民族在入据农业地区以前经常建立的、“古典”式的国家；下至元清两朝，北方民族征服了中原农业区并取而代之地建立的国家，是“征服王朝”，这种政权是“中世”式的。征服王朝的观点，首先由德人魏托夫提出，而今天已成了日本学术界认识中国史的一个重要理论体系。

但是，自从江上波夫的观点问世以来，这一征服王朝理论就突破了传统的水平，进而成为包括日本在内的、整个欧亚大陆游牧和其他民族历史的一个理论体系。同时，一种新的可能也出现了：这就是日本的国家起源史可能成为研究我国北方民族史，首先是国家产生问题的参考。

游牧帝国的现象在我国北方民族史上是非常醒目的。自公元前3世纪冒顿单于的挛氏族兴起以来，一批批骑马民族相继兴起，像巨浪一样卷过东起兴安岭，西至里海之滨的广阔草原。它们在发展过程中表现出来的惊人的重复现象，似乎意味着这种国家类型自身的内在规律。无疑，日本学术界使用的游牧帝国概念并不是本质的

① 田村实造：《北亚历史世界的形成》。

概念；要认识和解释清楚这种现象，还有待于理论上和学术上艰苦的探索，但这种探索一定是从游牧经济这一本质问题出发，通过对它们种种特点的研究而进行的。

同样，征服王朝的现象也是历史的事实。像游牧帝国的问题反映了我国北方民族国家产生时期的规律一样，征服王朝的观点也反映了我国北方民族国家继续发展的规律。中国的封建文明是一个巨大的中心，又是一个复杂的共同体群。我国北方诸族在中原先进的农业文明的影响和吸引下不断地完成封建化，从而使多民族的封建文明共同体群不断加强、巩固和发展的过程，乃是中华民族历史发展的一个枢纽。征服的现象孕藏着文化上的被征服，这一点，马克思主义经典作家也曾经指出过①。

江上波夫的《骑马民族国家》发表已经十多年了。这十多年里，他的学术思想在日本和南朝鲜学术界的地位又有了提高。1974年，日本仁德陵古坟的百舌古坟群出土了木制马鞍，江上学说遂更加引动舆论。江上波夫的学术成就，是日本这一代学者中很有代表意义的一项成就。

在我国考古学界、民族学界、思想文化界和广大追求真理的人民之中，目前也正在兴起一个学习探索的高潮。在这个时候，介绍和研究江上波夫的学术观点和综合研究的方法，以求推动这个将会发生深远影响的思想大潮，是会有一定的益处的。

1979年2月于中国社会科学院研究生院

① 恩格斯：《反杜林论》。

追记

出版社决定出版这本译书，使我感到高兴。此书为我初见还是在约十年前，那时我完全一副学生心情，想不荒废时间，想好好读书，但是没书读。那时我在中国历史博物馆考古组工作，读书若吞馍，从一个朋友的父亲那里借来此书，一读便被吸引住了。因为它用考古学的眼光叙述了一遍北方民族史，这不能不使我这个考古出身又盼望考上北方民族史研究生的青年为了记熟吃透它而宁愿译它一遍。

现在回忆起来，为了学习而不辞一年劳累的经历，于我也仅仅有过这一次。不知请教过多少人，不知查对过多少资料，终于把这个通过翻译进行的学习完成了。报考研究生时，我带着这两本“资本”拜见未来的导师翁独健先生，翁先生当时就打听过出版的问题。可是对我来说，旧的学习已经结束，新的学习已经紧张开始，译稿压在纸箱之底塞在床下，一晃七年过去了。

后来我去过三次日本。1981 年初去东京池袋的古代东方博物馆时，江上波夫先生出国发掘，我只在博物馆“受付”处留下一本刊载了译稿一小节的《中国历史博物馆馆刊》（1979 年 1 期）和一张名片，然后回来了。第二次，1983 年至 1984 年我在东洋文库研究时，曾与江上先生的弟子林俊雄等人结伙，就在大厦里的古代东方博物馆内学习，但我那时已经不太想打搅江上波夫那样的大名人了，而且我也听到了大量的日本学界对此说的反议和不同评论。第三次是去年夏天，我随中国社会科学院民族研究所访日团又去了池袋的那座阳光大厦（sunshine city），终于见到了江上波夫。我漫不经心地和他提到了这回事，也听了听他对自己学说的雄心勃勃的发展设想；但我因觉得“学习”早已结束，那学习也太遥远，因此会见刚刚结束我就跑了，跑去见一个要同我谈谈“人生的原动力是什么”的大学生。我觉得有关《骑马民族国家》的事与我之间已经从此无缘了。

但是七年前的学友李零却不忘旧事；他向我重提此译并为我推荐出版。我从床底下刨出两本旧稿子，读着那上面幼稚得陌生的文字时，突然间出现了一股恍如隔世之感。

尤其是译后记。我犹豫再三，几次提笔又放下。是倚仗今天获得的一支油笔高瞻俯瞰，写它一篇花团锦绣文章呢，还是怎么办？最后我决定还是保留着原来在1979年初写的这篇译后记。那时至少比今天认真。幼稚至少比老练真诚。江上波夫的“骑马民族国家”学说既然实质上只是一种活泼的学术精神，那么我为什么不珍视我们一代人求学时曾有过的那一份童心呢？

此外，还该念及原中国历史博物馆考古组的李锡经老先生。老人已经谢世六年了，他一生为人忠厚，待世愚拙，解放初为爱国，举家离开日本，终一生忙忙碌碌勤勤恳恳。他在我译此书时是我的义务活字典，他没有想到当年和我之乎者也讲解的那些日文语义今天有用了。

是为追记。

关于早期蒙古汗国的盟誓

北方文化札记

大约在我求学的开始，一种以住民语言写成的资料为主研究的风，正微弱但有魅力地，在民族学院的校园里吹。我那时受耿世民先生的影响很深，以为最讲究的学问就是解读民族语古文献。我们传说着日本一种叫“内部史”的方法论；直至后来，一个被我们认定是内部史主将的日本朋友对我否认这回事。在如此的喜爱中有过一些钻研；这里辑入的两篇学习笔记，就是那时学习蒙古和回鹘文字的记录。但是，予我启蒙的前辈也许处在更大的迷茫之中，耿先生经常对我讲，他年轻时，没有一个人对他讲过一句“你可以用维语基础进攻古代突厥——回鹘文献”。而我今天也想说，在我年轻时，也没有人对我说过：口语的、现代的、感情的民族知识，是最宝贵的；所谓学问，与它们毫不对立。

如今都是回忆。往昔象牙塔里的学问，虽然艰深太过，却多少濡染了粗糙的我。今日活生生的现实，虽然不是学术，但文学的力量就在背后的扎实。换一句话说：溅血的呐喊，声声都拥有依据。

特别要说明的是：此集虽收入这种学习民族语资料的札记两篇，但并非意在吹嘘我如何懂得蒙语回文。我对语言的学习，可悲地仅限于浅尝辄止而已。这两篇文字远远没有什么创见，只不过在回顾时，我觉得它们的倾向，值得今天的自己体味。

1999年3月

《元朝秘史》卷三第一二三节保存了帖木只（成吉思汗）第一次即蒙古本部汗位时，蒙古诸部贵族向他立下的誓辞。这个誓词在秘史第一七九节被再次重复。同一记载也见于波斯史料《史集》。此外，《元朝秘史》中尚保存着大量可以被认为属于誓辞的资料。在蒙古人收服了中亚和波斯以后，这种誓辞又以变化了的（因文字使用而更完善的）形式在有关畏兀儿史料和波斯史料中屡屡出现。经过分析，应当承认在13世纪的蒙古汗国中存在着某种盟誓制度；这种盟誓实质上是汗国的共同契约或基本法，它维持发挥了蒙古汗国的政治军事机能。对于《元朝秘史》中记载的盟誓的研究，或许有益于探讨蒙古汗国拥有的文化水平，以及作为一个国家的蒙古汗国的独特道路。

一

本文以秘史第一二三节为中心资料进行分析。对《元朝秘史》的转写、翻译、注释至今已有很多，本文基于这些研究先提出此节的新译文，有关的探讨写入注释。

阿勒坛、忽察儿、撒察·别乞一块商量着对帖木只说："把你立为汗吧！我们[①]若是把帖木只立为汗的话：

（以下为誓辞，本文转写主要以李盖提的转写为基础，有关词汇分析加注，译文以译出词义为原则，不加汉文润饰）

① 我们：秘史汉文原文作"巴"，旁译作"俺"，为第一人称代词复数。但是，在秘史盟誓资料中，第一人称复数主语均为后置主语；这个形式乃是此节誓辞资料形式上的特点之一。使用"巴"（ba）的排列后置，首先造成了韵律的齐整和谐，使誓辞同时成为韵文（与诗、散文均不同）。这除了是一种艺术形式外，更是一种便于记忆的文体形式。此外，主语的排列的后置，强调了立誓者本人以及心甘情愿的语感，具有着内容的意义。此外，本文引用《元朝秘史》资料，均为四部丛刊本。

olon dayin-tur alginči qa'ulju	百战[①]之中做头哨奔驰。
öngge sayin ökin qatun	颜色好的姑娘贵妇、
ordo ger[②]	宫帐毡房,
qari irgen-ü	外邦百姓的,
qačar qo'a qatun öki	脸颊美的贵妇姑娘、
qarqam sayin aqta	臀节好的骟马、
qatara'ulǰu abčiraǰu öksü ba	赶得大步跑着,我们拿来给(你)。
oro'a görö'esün abala'āsu	若是围猎惯逃[③]的野兽啊,

① 战：秘史原文“答因”；旁译“敌”。小泽重男《关于(中)忽难》(耕文，1961.10)，认为这个词是dayisun（敌人）的复数形式。据此蒙古语“战争（dayin）”即应为“敌人（dayisun）”的复数形式。此节此处更应译为“战争”，因为秘史卷七第一七九节有“歹亦孙古温（daisun gü'n），敌人”，才是“敌人”一词在秘史中的形式。

② 在此句后面，白鸟库吉转写本补入如下一句：“秃(舌)里（自的）–颜（行）斡罗周（入着）斡（勒）周（得）阿卜赤(舌)（将来）刺周（着）斡（克）速（与）”。但不知此处校补依据。如果为了读通则不必，原文即可读通。“汪格（önge，颜色）”与“斡儿朵（ordo，宫殿）”都是圆唇元音，在韵文中排比为宾语；如此类推。总之，秘史此处原文并不存在读不通而必须补入句子成分的必要。

③ oro'a：秘史原文作“斡(舌)罗阿”，旁译作“狡”。这是一个游牧术语。oro'a专指虽未必性烈、但在围捕它时，有出圈离群逃走的癖习的马或动物；这个形容词所包含了一种牧民对远逃不归、竿长莫及的马或野兽无可奈何的态度。远逃不归是这种动物的性癖，并非属狡猾的本性。有些研究者，若札奇斯钦译本就根本没有解释这个语汇。

uturaǰu[1] öksü ba	我们给（你）当（队列）尖头，
ke’er-ün görö’ esün-ü	把旷野上的野兽，
ke’ēli inu niketere šiqaǰu öksü[2]	（赶得）它们肚皮挤在一处，（我们）给（你），
qun-u görö’esün-ü	把山崖上的野兽，
quya inu niketele šiqaǰu öksü ba	（赶得)它们腿挤在一处，我们给（你），
qatqulduqui üdür：	在厮杀的日子里，
qala činu busi bolqa’asu	若是违反了你的号令，
qari širi-deče	从家里、从财产那里、
qatun eme-deče manu qaqača’ ulǰu	从贵姬妻子那里，把我单独分开；
qara teri’ū manu	把我的黑头[3]，

① 秘史原文“兀秃(舌)剌周”，旁译“首先出去围着”。对这个词的理解需要对蒙古围猎方式的了解。这个词讲的是在分两翼包围猎场的、位于两队的先头骑手。因队伍出发后，以两队先头骑手的动作为号行动，所以这种先头对于围猎非常重要。

② 此句按本节韵律形式即句型来看，缺少后置主语 ba（“巴”，我们）。此处排比句中使用了四个并列的“……öksü ba”（我们给）。这一形式是规定严格的，因为后第 179 节有同样句型重复。

③ 黑头（qara teri’ū），此词真正含义是奴隶。试比较回鹘文书中的 qarabas （如：USp.NO.73、81）。所以这里包括有立誓的贵族保证，若违誓则贬为奴隶的内容。qarabaš，字面亦读为“黑头”。

qaǰar kösör-tür geǰü ot	扔到地面上去。
engke üdür:	在太平的日子里，
eye činu ebde' esü	若是破坏了你的定议[①]，
eres harad-ača	从家人、从人民那里、
eme kö' üd-eče manu hirče'ülǰü	从妻儿那里，把我离散开，
eǰe ügei qaǰar-a geǰu ot	扔到没有主人的地方去。

“他们议定了这些词句，照这样宣了誓，使帖木只名以成吉思合罕（的名号），使他当了汗。”

上举的这一段译文，据笔者看乃是《元朝秘史》中保留的最为正式、重要的誓词。它的被宣诵年代，像所谓成吉思汗即位问题一样仍需检讨。大约之，与后来的1206年丙寅称成吉思汗并列，秘史在此又叙述了一次即汗位之举。此事不见于《圣武亲征录》；年代据《蒙古源流》卷三为“岁次己酉”，为1189年。一般史界认为此次应是第一次即蒙古本部汗位。从本节史料列举的参与盟誓的贵族来看，阿勒坛是忽图拉罕第三子；撒察•别乞是合不勒罕长子斡勤巴儿黑的孙子；忽察儿和帖木只本人则都是同一世系斡勤巴儿黑兄弟、把儿坛把阿秃儿的孙子。可以清楚地看出举行这次盟誓的四

① 定议：eye，秘史原文“额耶”，旁译“商量”；小泽重男词典：“商量”；这个词指一种重要的讨论以及意见。对于汗的 ere 来说，就是一种定议。

支间血统之近，所以应当承认蒙古本部中确实曾有过一次推举帖木只为本部汗的事件。

这节由三名蒙古部贵族“议定”的盟誓，实质上是蒙古贵族与他们推举的汗之间严格订立的共同契约。贵族们以宣誓的形式正式承认汗的君权。这种君权规定无论在战争时期还是在和平时期，各部贵族都将绝对服从汗的命令，如违背誓言则甘愿被剥夺财产、沦作奴隶、以至处死。承认汗的国家统治者的绝对权力——这是盟誓时贵族们与汗之间最基本的契约。

盟誓也是具体的。13 世纪蒙古汗国的共同行动主要只有战争与围猎两项。或者说在以阿寅勒（户）为生产单位的蒙古游牧社会中，社会性集团性的行动只有两项：战争与围猎。秘史第一二三节誓辞在战争和围猎这两大社会行动中，都规定了汗对战利品的占有的优先权。

二

这个用盟誓形式决定下来的契约所以重要，主要在于这并非一个随便可以发的誓，更不是一种由于《蒙古秘史》的史诗体裁而导致的文学性表现。第一二三节的誓辞是一个一经盟誓便固定化、法律化的具体契约的条文。秘史中另外一处，即第一七九节的记载以及波斯史料《史集》的记载证明了这一点。

一七九节再次重复的誓辞，虽然在文字上有所差异，但内容与前引第一二三节是一致的。中心仍只有两点：在战争与围猎这两大共同社会性行动中，承认汗将拥有绝对的君主权。但此处史料在主语方面存在着问题[①]，因此本文仅就誓辞内容分析。先看秘史第一七九节（转写略）：

> 百战之中教我作头哨奔驰，
> 被天庇护着，
> 在掳掠敌人的时候，
> 把脸颊好的姑娘贵妇女人、

① 关于此处誓辞的主语，史料中存在着矛盾。据秘史第一二三节，立誓者为三名贵族。而在一七九节回顾这次盟誓时，秘史中主语为“必”（bi），即“我”。文中不易判断誓言是引语还是成吉思汗本人的话。谢再善在翻译蒙古达木丁苏荣的简写蒙文本秘史时，添补“你们曾对我说过”一句，使誓辞成为成吉思汗回数往事时的引语；则立誓者和后置主语 bi 仍为三贵族。

但《元朝秘史》原文（以及达木丁苏荣蒙文本）没有这样明确。《史集》的记载相去更远，《史集》中立誓的主体不仅是成吉思汗，誓言内容也被写成汗对贵族将负的义务或责任。根据秘史原典，这个后置主语 bi 仍看成成吉思汗本人。因为这个后置主语是单数，有别于第一二三节的“巴”的复数性质；此外一七九节立誓主体对汗的称呼是复数：“塔泥 (中) 合惕 孛鲁 (黑) 三 孛额速”（tan-i qat boluqsan bö’esü），译“你们若是当了汗”；这个复数的汗［(中) 合惕］与前句明确指撒察（sača）、台出（taiču）二人时所用的汗［(中) 合惕］都是复数。（见《秘史》卷六，179 节）

臀节好的骟马，

拿来给（你），——我曾这样说过。

以上是誓词的第一项内容，立誓者将承认汗在战争中的一切权力。以下是关于围猎[1]：

若让我围猎惯逃的野兽呵，

崦岩上的野物，

我（赶得）它前腿挤在一处（给）你。

山崖上的野物，

我（赶得）它后腿挤在一处（给）你。

旷野里的野兽，

我（赶得）它肚皮挤在一处（给）你。

与《元朝秘史》第一七九节相呼应的是《史集》的资料。如前所叙，《史集》此节记事在一些方面与秘史不同；但在基本内容上，即在誓辞对于战争围猎两项事业的约束方面，却与秘史完全一致。这说明在帖木只即汗位时，盟誓行为的存在和誓辞本身，都是可靠的。据《史集》：

① 关于秘史中记载的围猎，前人研究很多。吉田顺一氏还分析“旷野（ke'er）”应为草原“(中)合答（qada）”为山地；并与《史集》这节记事联系，以为围猎在这里分为草原围猎与山地围猎两种。（《东洋史研究》，40—3，pp.110—111）

如果我成了汗，成了众邦军队的领导者的话，我将有（这样的）义务：我将从人们那里把马群，把毡帐，把女人和儿童夺来，并且送给你（们）。（我将）为了你（们）把草原上的野兽，领先围捕。把山地的野兽朝你（们）的一侧赶过去。你们，阿勒坛和忽察儿两人，不要让外人在三河之地自由驻营！①

综上，尽管史料中还存在一些可以进一步商讨的问题，但已经可以肯定：在蒙古汗即位之际，他与贵族们之间有着一种特殊的仪式；在经过了这种特殊的形式之后，汗与蒙古诸部贵族之间规定了彼此的义务以及汗的权力。

值得注意的是：在前 13 世纪蒙古汗国尚未使用文字以前，这种重要的仪式或行为，是通过口头盟誓的形式来进行的。

《秘史》中使用的盟誓一词是“阿蛮　阿勒答周”(aman alda-ǰu)。阿蛮（aman）即口、嘴，是一个常用词；“阿勒答 -”（alda-）的含义，在蒙古语中主要含义是“丢失、掷下、抛出”等。《元朝秘史》中 alda- 出现共九次，均使用同样的汉字转写。其中，一次指刀脱落于地，旁译“脱了”（卷九，页十四上）；一次指流下眼泪，旁译“坠了”（卷十，页三十七下）；三次指逃跑、跑失，旁译“脱”（卷二，页十八上、页二十上等）；还有一次指“断送”，旁译“险了”（卷二，页二十五下）——其余几次均意为“宣誓”，旁译及汉字原文分如下：

① 《史集》，俄文版第 1 卷，第 2 分册，第 130 页，参照波斯文校过。

1. 阿蛮 阿勒答罢 者（aman aldabaǰe，卷八，页 43 上）
   口 开了 也者

2. 阿蛮 客连 阿勒答周 （aman kelen albaǰu, 卷八，页 10 上）
   口 舌 放着

3. 阿蛮 阿勒答罢（aman aldaǰu，卷三，页 44 上，即第 123 节）
   盟 誓着

在这个蒙古语词组的字义里，包含有郑重的、一言既出无可反悔的内容与语感。这个词组与普通的“说话（üge kel-）”完全不同。在蒙古人的观念中①，aman aldaju 的人自己已知话语掷地有声，自己意识着讲这句话的严重责任。上引诸例即使用于其它语义也不难看出，它们都带有着严肃的内容和语感。

直至进入 13 世纪初年，蒙古平定乃蛮以后，蔑儿乞人纳牙阿献美女忽阑给成吉思汗时，还曾引用过这一誓辞以表忠诚：

> 曾说过，如果遇见外邦百姓的脸颊好的姑娘贵妇，臀节好的骟马，(给) 合罕本人。(卷七，页四十八上)

这说明，帖木只即蒙古汗位时贵族们对他立下的盟誓是有效的和词句固定的。《元朝秘史》使用的诗体韵文文体，其实正是为了更准确地记录史实。或许秘史的诗体或韵文体记录方式正是由于当时蒙古汗国在尚没有文字的条件下，一切必须通过口头的话语来约

① 在今锡盟东乌珠穆沁地区的蒙古人中，这个词更具有严重认真的语感。

束彼此，而使用易于强记的民歌语言处理公共事务的体现。

三

这种盟誓还不仅仅用于汗的即位。秘史记载最多的盟誓大约还是诸部之间的结盟。

秘史卷五所载成吉思汗与客列亦惕的王罕按照两族缘分的道理（约速 yüsü）结为父子之盟时，誓词为：

今锡盟东乌珠穆沁地区的蒙古人中，这个词更具有着严重认真的语感。

向众多的敌人出征时，
一块（像）一个人去出征。
朝惯逃的野兽围猎时，
（像）一个人一块去围猎。

同时，为了重修旧好，两人还就不受挑拨、永远和睦立了誓。秘史特别注明“帖因　兀格　把剌勒都周”（teyin üge baralduǰu，议定了那样的词句）。如前所述，誓辞是经过商定的、固定而不能改动的。蒙古部与客列亦惕部的结盟事关重大，秘史不仅记载了盟誓的辞句，还细致记叙了两部间关系的由来；复述和往事重提现象的本质在于无文字的时代特点。王罕再次愿意结盟时，誓辞很简单：“现在我若再看见儿子（指帖木只）起坏心，像这样使我的血流掉！”[①]但这里却记下了关于盟誓时的部分仪式：刺破手指，把血盛在桦皮筒里。秘史另一处有关盟誓仪式的记载是卷四第一四一节，众部共推札木合为汗（“中合罕”，旁译“皇帝”）时，札木合即汗位时曾杀一种马——骒马（阿只儿合 aǰrga，格驵 ge'ün）为礼。但那种仪式应仅用于大汗（不同于一部几部之汗）[②]即位时。就这种仪式本身，《史集》记为杀“种马、公牛、公羊、公狗”[③]；《元史·耶律留哥传》记为“刑白马白牛”。对其他盟誓场合的仪式，秘史记载不多；显然秘史重视的只是“话”。

诸部在联合实行军事行动前也盟誓。秘史一〇八节有札木合谴责诸部违誓迟到三日的记载中，也提及了誓辞：

（即使）是风雪，而约会，

① 此处“宣誓”一词使用了另一个蒙语词“安答(中)合周”(andaqaǰu)，旁译为“说誓着”。这个词还见于卷 4 页 30 上，诸部共举札木合为汗时。[安答(中)合（勒）都周，andaqalduǰu，相互态]；下文卷三札木合谴责会兵误期时，“做誓”也为此词[安答(中)合儿坛，andaqartan，形动词做名词用，立誓者]。

② 刘荣焌中译本《蒙古社会制度史》为表达符拉基米尔佐夫观点区别两种汗的汉译，将大汗以汉字“合罕”，一部或几部之汗以汉字“汗”分译。中国社会科学出版社，页 101—102。有关 qan 与 qa' an 两个词的年代和内涵的研究不在本文范围。但符拉基米尔佐夫对 qan（汗）的分析有些过低。“汗”显然不仅是首领而是君主。

③ 村上正二《蒙古秘史》卷 1，页 323。

（即使）是下雨，而聚会，

我们都不能落后。

——不是（这样）说过么？

我们蒙古人（说了）行，

不就是宣了誓了么？

除开诸部之间的盟誓，蒙古本部或成吉思汗国家中也以誓约来管束军队、官员、以及各项事务。本文叙及的帖木只第一次、即蒙古汗位以后，曾经委派豁儿臣（豁儿赤，火儿赤，qorči，即弓箭手）、保兀儿臣（巴兀儿赤、博尔赤，baurči，即掌膳者，司厨）、豁纫惕（赤）（qoniči，羊倌）、帖儿格赤（tergeči，掌车者）等职。秘史卷三第一二四节中，分别就任上述各职的官员们对帖木只表示的话，实际上属于就职的誓辞。

在没有文字的早期蒙古汗国，盟誓的约束力来源于社会对这种盟誓的需要，来源于诸部人对誓言的绝对重视的观念。《元朝秘史》大量记录说明，尊重自己说过的话（兀格，üge）；遵守共同商定的决议（额耶，eye）；按照立过的誓（阿蛮　阿勒答 -，amanalda-）行动并违誓认罚，乃是前 13 世纪诸部人们的一个基本的道德观念和行动准则。

札木合在与成吉思汗敌对失败后，尽管成吉思汗表示尽释前嫌，然而札木合的观念是：

不能消化的饭食，已经一块吃了；

不能忘记的话，已经一块说了。

札木合这篇悲剧性自白中关键的词汇是“兀格思”（üges），即言语、话（复数）。使他不能再苛活下去的原因，就在于当初盟誓时那些严厉而不允许忘记的誓辞的压力。此事见于《元朝秘史》卷八第二〇一节：

坚硬结实的话已经说了，
就像我黑黑的脸皮被剥了一样，
——已经不能再见我汗兄温和的面容了。
不能忘记的话已经说了，
就像我红红的脸皮被剥了一样，
——已经不能再见我汗兄本人的面容了。

这种违誓者耻、违誓者死的观念极为普及深入。本文主要依据的帖木只即位盟誓时，立誓者三贵族之一撒察别乞在后日被杀时，成吉思汗问他的话是：“以前的日子咱们说了什么来着？”而撒察别乞和泰出（他作为撒察别乞的兄弟，据此节和第一七九节史料看，也参加了推立帖木只的盟誓）的回答是：

我们说过的话，
我们没有做到，
按照我们的话办吧。

此事见于秘史卷四页二十。显然指导双方的共同伦理观念仍然是“兀格昔颜 üges-iyen”，即自己的话。札木合、撒察别乞兄弟的结局均是死于成吉思汗之手；但是在秘史的观念中，在仪式上，他们被杀均出于情愿，杀他们是按他们自己的话办事。

相同的观念表现在《元朝秘史》中不胜枚举。誓言同样约束着蒙古汗本人。成吉思汗即位前，豁儿赤制造天命舆论，约定事成后要封万户（秃绵）、选三十美女、言听计从三事；后来成吉思汗果然践约。此事不应理解为成吉思汗贤明云云，应当认识支配事件的观念以及习惯法的原因。又：在蒙古兴起过程中，畏兀儿亦都护举国来附是最重要的历史事件；而仔细研究亦都护归附前与成吉思汗的交涉，应当认为其中也存在着某种盟誓的意味。对于此事，《元史》、《世界征服者史》、危素《西宁王忻都公神道碑》、欧阳玄《高昌偰氏家传》、赵孟頫《全公神道碑铭》等诸种史源不一的资料中均有特笔。《史集》尚讲到此次交涉是蒙古方面首先派出使节的。而交涉中亦都护的条件是：

使臣得与陛下四子之末

四子之末决非谦词，而是相当高的条件，正因此日后畏兀儿高昌王世代尚公主为制。在秘史中相对应的是“按他的话，成吉思汗说……”，也是以亦都护的“话”为基本原则。

总之，前13世纪或者蒙古兴起之初，在草原诸部和汗国事务中，盟誓行为是广泛使用的一种保护国家机能的手段。誓言本身由于社会的需要而更显得严峻，从而也深入了人们的意识之中。这样，盟誓因它的约束力和被信守而常常成为一种法的雏形——一种社会的共同契约。这种誓言从一种特殊的话（“兀格”，üge），随着历史条件的变化和需要也渐渐演化着它的形式和内涵。而在观念中，有时“话”已经被写为“道理，规矩”（“约速”yosu），如成吉思汗在向王罕历数两家友谊时，一再讲到“依着共同说了的道理”（客额勒都克先　约速阿儿，ke’eldüksenyosu-qar）；这更证明盟誓已经具有着共同法或契约的性质。同样，如下文所述，它在形式上的演变还意味着更深刻的内容。

四

《元朝秘史》中所见的这种盟誓是一种文明尚未发达的历史条件下的产物，与它关系最密切的现象即是蒙古汗国的无文字状况。由于游牧经济本身寓有的军事能力（尤其在骑兵为决胜兵种的时代）以及自匈奴、突厥以来的军事汗国传统，前 13 世纪的蒙古汗国（或称诸汗国）存在着政治军事活动与自身文化水平不协调的矛盾。

在蒙古汗国因畏兀儿亦都护国归附而最终实现的文化质变以前，蒙古汗国的早期特点非常醒目。倚仗口头传达的盟誓制度或盟誓习惯，就是这种早期性的一个特征。

关于前 13 世纪，尤其帖木只第一次即蒙古本部汗位时的蒙古国家性质和君主性质，以及 13 世纪最初十年蒙古社会、国家和君主的性质问题，不在本文讨论范围。但本文认为：帖木只第一次即汗位时的汗（秘史中有“罕”、“合罕”、“合惕”几种汉字转写形式）乃是游牧部族军事联盟的君主；此时的蒙古“兀鲁思”，乃是一种典型的早期游牧汗国类型的国家。

文化水平低下的蒙古汗国，在 1209 年前后已经征服了客烈亦惕汗国和乃蛮汗国，并全面与以东部天山为中心的畏兀儿文明相融合，在 13 世纪初叶终于完成了以拥有畏兀儿体蒙古文字为象征的文化飞跃，以前在早期汗国阶段曾以口头表述为形式的盟誓，自此以后又以变化了、进步了的形式有所出现。很多在这以后见于波斯伊儿汗国的记事和中亚记事，都带有口头盟誓传统的痕迹。

木田实信氏曾整理了波斯文献中的蒙古誓辞。在波斯文献中的 mūčalgā 一词源于蒙古语词 möčelge，有“契约、证书”的含义，本田氏根据内容释为“誓辞”；并分析了拉施特丁《史集》中出现的十三条带有誓辞（读为 mujalkā/mūčalgā 诸形式，波斯语形为 MUJLKA/MUČLKA）的史料[①]。这种波斯化了的誓辞显然已经与《元朝秘史》中的现象有所不同。它用于书写，署有签名，主要用于皇帝即位、任命官职，使用上也存在区别。但是，无疑它根源于前述的口头盟誓。这种波斯化的誓辞的另一种形式是 Xaṭṭ，志费尼《世界征服者史》中记载的有关窝阔台汗即大汗位的誓辞（Xaṭṭ），是书面誓辞的最早记录。在波斯文的蒙古史料中，上述 MUJLKA/MUČLKA 与 Xaṭṭ 两种形式，就是盟誓在波斯一伊儿汗国书写以后的形式；也就是说，它是 aman alda- 的文字形式或称文书形式。

中亚地区也同样如此。众所周知，蒙古人自征服乃蛮后便普及

① 本田实信：《蒙古的誓词》,《北大史学》10,pp.28-40。这篇论文据波斯文原典集录了全部十三条有关誓辞并着重分析了太宗即位前后的蒙古上层观念。成吉思汗在与诸子约定以窝阔台为继后，曾讲了阿勒坛、忽察儿等三贵族背誓旧事，并要求他们立下保证文书。盟誓的内容变成了新的套语，中心是对血统的承认。参考本田的研究，这一问题就可以更为系统地认识了。

畏兀儿体蒙古文字，从其时起，有关保证文书的记载开始见于史料。如志费尼书载，畏兀儿亦都护萨仑的斤（sarin tegin）被杀前后，别失八里的畏兀儿上层曾经“立下文字保证书，表明自己无罪；帖格迷失也立下保状以证明所说为真。别的畏兀儿贵族照样立下文字证书”。[①]

显然，在获得文字以后，口头盟誓在中亚已变为保证文书。虽然至今尚无这种文书的原件发现，但可以推定它一定是用畏兀儿体蒙古文或者回鹘文（畏兀儿文）书写的。以后的历史时期里，口头盟誓渐次消失于史籍，保证文书代表的观念意识也在书写普及的同时，与诸先进文明（波斯、畏兀儿、中国）融汇混合。

曾经支配蒙古人盟誓的伦理观念逐渐不再那么醒目。

1984年1月

① 《世界征服者史》，中译本上，第56页。

历史与心史

——读《元朝秘史》随笔

元史、蒙古史和北方民族史的最宝贵史料，当首推《元朝秘史》。在刻本为世所知以后，译注家蜂起，至今尚未见衰。其中著名些的海内外译本或拉丁转写本，如海涅什（E. Haenisch，转写，1935、1941；辞典，1939）、伯希和（P. Pelliot，1949，全部转写；一一六卷，法译）、达木丁苏荣（T. Damdinsuren，1947，现代蒙语缩写本）、李盖提（L. Ligeti，1971，转写本）等人的著作，都已成为不可缺少的工具书。直至这一两年还有好几种新本问世，如柯立甫的英译本（F.W.Cleaves：The Secret History of the Mongols，London，1982）、小泽重男的译注转写本（《元明秘史全释》，上、中，1984，风间书房），以及我国蒙古族学者巴雅尔的蒙文本（Bayar，1982，呼和浩特）。译注《秘史》风气之盛，在日本学者和蒙古族学者中尤为显著，如日本自 1907 年那珂通世《成吉思汗实录》以来，至今已有小林高四郎（1941，译本）、白鸟库吉（1943，叶德辉刻本及转写合印）、村上正二（1970—1976 译注本），以及前述重在分析语言的小泽重男“全释”本。我国内蒙古自治区仅在八十年代这几年里，就有道润梯步文言文汉译本；额尔登泰、乌云达赉的汉文校勘本；前述巴雅尔的蒙文译本；此外还有额尔登泰、乌云达赉、阿萨拉图三人合著的一部小而精湛的《蒙古秘史词汇选释》。

对这部资料的研究著作更是不胜枚举。除开作为引用史料或语言资料大量使用之外，仅针对此书的研究，据日本原山煌编纂的目录，截至 1978 年为止，关于元秘史的各种文字研究著作和论文就有三百六十一篇（册）（《元朝秘史关系文献目录》，1978，日本蒙古学会）。至少在蒙元史和中期蒙古语这两个领域里，秘史的被发现和被利用都使学科发生了巨大的质变。前者因秘史研究兴起而逐渐使中国学者注意了西方史料（元史研究中所谓“西方史料”指的是伊儿汗—波斯的同期史料。主要有志费尼《世界征服者史》、拉施特的《史集》等波斯文巨著。上两书根据欧文转译的中文本均已在我国出版，翁独健先生为两书做了校审并各有一序）；后者几乎可以称为因秘史的被利用而兴起的新学科。

但是，也许这部珍贵资料给历史研究者带来的主要东西还不在于上述那种学科的利用。《元朝秘史》以十二卷不大的篇幅广泛牵扯了中期蒙古语、突厥语、阿拉伯－波斯语等许多复杂且深奥的语言，又描述着从东西伯利亚直至里海和西亚广阔空间的地理、政治、风俗、人事；它既是史料又是史诗，既是信史又是神话。它行文有韵，布局怪异，记叙庞杂然而又遵循着某种系统——所以，《元朝秘史》在考验着和满足着一代代中外学者的能力及自尊心的同时，实际上暗暗地给学术以一种重要的提示：既然逝去的历史是由如此复杂的材料造成的，那么学术就应当尊重这种显然比几部传世的“书”更真实的历史本身。尤其近代以来直至今天，国际间兴起了一种新的研究方法论，即从被研究的对象自己留下的资料出发进行研究。这种资料不是太史公们或董狐们的制作，而是第一手的货色。举例的话，比如对回鹘文经济社会文书或契约的研究在世界上已成热门。研究者们先从一种现代突厥语言入门（比如先掌握维吾尔语或哈萨克语、土耳其语等现代语），然后攻研回鹘文的出土文书（这种文书是出土的一些未经整理的手写借据、地契、买卖人口文书等等芜杂的原件。是古代当时使用过而不是编纂过的实物），最后与其他资料对证而完成结论。显然，据此手法研究吐鲁番、新疆或中亚的学者，其成果要远较只翻翻线装书就提出的结论高明得多。再比如，以发掘的考古学资料为基础的研究，也具有更好的可信性。

《元朝秘史》的被利用，也给蒙古研究带来了这种性质。这部书毕竟是由当时的蒙古人自己书写并秘藏的一部内部资料，所以它的意义也就是不言而喻的了。蒙古研究中语言、历史并重的研究手段在国外已经发展了近百年。在国内，这种近代式的手段也正日见发达。如果纵目望去，所谓蒙古史的一根线条已经由疏到繁，愈来愈向一种网一样的状态发展；蒙古学的新概念开始醒目，就像一个蒙语单词里有着具象的动作、色彩准确的形象或画面、内涵的特殊内容和字面之后的某种感情一样，研究的综合倾向和开拓倾向也已经开始萌动了。

以上都是老话题了。

然而元秘史研究和蒙古研究，广言之还可以谈到整个历史研究，似乎还不应该仅限于我们传统中所说的“历史”范畴。历史研究发展太盛且太久，浩繁的内容和分支有时使我们忘记了人类探究历史时朴素的出发点。历史过程影响着人的心灵，现在人们对自己心灵历程的兴趣或许多于对自己政治经济历程的关心。所以，心史——人类历史中或为精神文化的底层基础的感情、情绪，伦理模式和思维习惯等等，应当是更重大的历史研究课题。

《元朝秘史》在这个意味上来说愈显宝贵。除开已经家喻户晓的成吉思汗之母以孤箭易折的道理解说团结的故事之外，用独特的思维方式表现独特的观念的例子在此书中不胜枚举。比如关于盟誓的重要行动（历史事件）的记载中，深深烙印着前13世纪北亚游牧世界关于誓言的观念。

扎木合反叛誓言，与成吉思汗争雄后被俘时，他的观念是：“（我们）一块吃了不能消化的吃食，一块说了不能忘记的话语”，“（如今我）已成为你领襟里的虱子，你底襟下的草刺”，“（既然）一块讲了不能违反的话，除非剥了我的黑脸皮，我再不能见你可汗的和善面孔了”。于是就戮（卷八，第二〇一节）。如此就死于誓言的例子可捡出几十条之多。关于奴隶、主仆、阶级、血统的观念也一样。贵族被领下的奴仆部将绑赴到成吉思汗之营门时，成吉思汗的观念是：“乌鸦竟捉住了黑鸭子，奴隶竟捉了他们的可汗”，遂杀献俘者。

读秘史前半时会有一个感觉，那就是秘史对蒙古部早期艰难创业的记述中，总是平静地历数着劫掠、攻杀和英雄的悍行。一道战争即是生产，强夺残杀即是壮举的道德思想的光，贯穿于对历史事件的平静叙述之中，在我们终于逐渐了解到那个文化阶段的种种特征以后，这种思维和这种道德观就显得有趣多了。

读这部书时还应该感到，草原家庭的彻底生产化与彻底社会化，是其他文化类型的家庭所不及的。由于动荡的征战和艰苦的野外游牧，蒙古人在家内的种种观念也很特殊。秘史非常准确地传达了一种豁达放任、粗犷不羁的亲子观念。

比如成吉思汗之母在制止对合撒儿的残害时讲："帖木真只把我这一个奶吃干；合赤温、斡惕赤斤俩人都吃不光这另一个奶。惟有合撒儿吃干了两个奶，使我胸脯松快"。她们的心理是壮大豪放的："谁提着你们的肩膀，使你们和男子汉一样高？谁揪着你们的脖子，使你们和别人一般齐？""你不是——暖呼呼地从这个肚皮里生出来的吗？"（卷十一，第二五四节）无疑，以上种种构筑了一个对于现代来说既新鲜又满溢活力，既亲切朴直又难究其境的暗藏的神秘框架，在这观念和情绪的框架上，串挂着的死历史是那样生动。

不过，这只是蒙古贵族的秘史。同一渊源或关系密切的另两部书——显然是蒙古底层产物的长诗《成吉思汗的两匹骏马》，却显然取材于前13世纪客烈、乃蛮部族（这两个部族与现代哈萨克族的血缘一脉相承）传说的哈萨克民间文学《萨里哈与萨曼》（《Salika-Samên》），又清楚地表明了它们与《元朝秘史》不同的立场。这是必然的，因为在历史的推移中不同集团和不同立场的人们从来都是表现出那么不同的思想感情。

这样，在高深的历史学面前总有点谦卑的文学，在比较和挖掘中又被揭示了一层意义。对历史的文学式发想并不是总该挨人轻视的；既然历史长河淹没了那么多人心的活动，既然历史本身也应当是人的心灵和情感的历史。

如果这样尝试着重新观察世界，比如说观察"蒙古"这样一个文化共同体的话，可以得到启发的东西就太多了。《元朝秘史》提示的那种神秘而生动的本质，在现实生活中可以找到感人肺腑的无数再现。随手可以举一个人们都有感触的例子：关于马的观念。

在北亚（已经不仅是蒙古）游牧世界中，人所经营的劳动对象是有生命的畜群。由于历史的迟滞循回，这种生活和生产在千百年中制造了人们的一种特殊的生命观，那就是——相当平等地看待人畜的生命。

生活过于辛苦，命运过于悲惨。希望被禁锢于一片辽阔的青草里，潮来浪去的只是生命的降临和衰亡。于是蒙古牧人在自己目所能及的世界中选择了一种寄托，一种实在但又比生活好些的希望，这就是骏马。在严酷的风雪中，在无终无止的颠簸跋涉中，马变成了人的更强有力的脚，马的速度保证着和鼓舞着人的意志和欲望。马从生产对象、从畜群的一员变成了人本身的一部，使人完成着人已经不敢想象的事业。骏马的形象使牧人的自尊心得到满足，夏季里骑着一匹漂亮骏马的牧人觉得自己的身心都在升华。

马又不属于一个阶级；既然牧业劳动已经压负在普通牧人身上，那么他们同时也得到了骑马的权利。北亚系统民间文学中，关于一匹秃尾烂背的小马在贫苦少年手里变成神骥，背着他和那位高贵出身的姑娘“绕着蒙古包飞跑三圈”，然后腾空而去的描写，无疑寄托着贫苦牧民对自己破烂毡房前那匹马儿的期望。

骏马集中了一切生物（他们觉得：包括人在内）的优点，牧人们觉得有朝一日骑上一匹神奇好马的愿望是那么珍贵。这样的心理积蓄和沉淀了多少个世纪。也就在这样一个历史中，骏马的形象和对骏马的憧憬，构成了游牧民族特殊的美意识，剽悍飞驰的骏马成了牧人心中的美神。

民歌《黑骏马》（拙作小说《黑骏马》中曾经引用）即为一例。

如果缺乏对于上述游牧民族的心情形成的理解，特别是如果缺乏对他们承受的生产和生活的样式的理解，就不能明白为什么这歌子把爱情和一匹黑马风马牛不相及地扯在一起。歌辞前部一唱三叹，从各个角度赞咏了那匹姣好的黑马；但在结尾时，在叙述完了那对男女的平淡至极的故事以后，却并没有去唱唱那匹马的结局。似乎是忘了。于是整首古歌《黑骏马》便显得缺乏匀称，头重头、脚重脚（还不是头重脚轻）。人们发现：这还是一首古怪的歌。最纯朴和最古老的生活，就这样创造出了似乎是最抽象的形式，而且这种形式已经流传了几百年了。

《元朝秘史》之“秘”，也在于它比比皆是地提示了这种心情和心理观念，又把这些真实深埋纸底。探究这纸底或纸背的内涵自然不是易事。然而更值得一问的是：当我们在研究历史的时候，真的可以对这些被埋没了的一切不屑一顾吗？尤其是回忆一下最初使我们动心研究历史时的初衷，那时的发想难道仅仅是一种幼稚吗？

历史科学也和它研究的对象一样，有着自己的客观发展规律。很难揣测将来历史研究将会怎样发展。具体地把话题扯回《元朝秘史》其书，我想当务之急还是整理出一部包括版本校勘、准确的拉丁转写的标准汉文译注本。《元朝秘史》的研究虽然已经汗牛充栋，但还不能说已经有了一部优秀的现代汉语译本。但是我想，对于人和民族的心灵历史的研究一定会有意义的；今天和未来的人会在那样的一种探寻中获得很多收益。

1985 年 3 月

阿尔丁夫牙牙学语

1

若不是这些年，知识青年怀旧的风潮一阵紧似一阵，若非他们编辑的实录笔记裹挟了我，如下这一首儿歌，我是不会把它翻出来，编入文集的。

干嘛呀？怎么啦？瞧他们问得天真无邪。好像问题从不存在，好像这个话题是蓝天白云。我怎么能跟他说：哥们，写那点事儿招人讨厌！……

三十年前，在我匹马单枪描写草原的时候，童言无忌的抒发，不意撞上了一面透明的墙。那正是对革命实施否定的大潮，由远及近方兴未艾的时候，怀疑浪漫厌恶信仰的认识，正在秋风落叶一般扫荡和普及。它成为一种语境后也变做了无形的权力，持续地给异类以压力。

我该留意别夸大。但那一段历史影响巨大。因为渐渐地，宽容或讨论的气氛稀薄了，暗示在游荡，肤浅的思潮，借知识分子的网络蔓延开来。对资本主义的皈依，成了一种真理的标准，甚至一种强迫。那时的一些人有一种汹汹的自负，坚信真理已被实践检验完毕，想不通怎么还会存在异议。愈是知名的知识分子，愈像业余的警察；他们大睁着良心的眼睛，搜寻残余的革命党。

所以，无论对知识青年或是对蒙古牧民，我已不能讲清——拒绝加入对革命的诅咒、赞美异族和自己经历的生活，究竟怎么就不合时宜。

是的，弥漫而挥之不去的正统主义和侏儒心理，总是质疑外族异类的感受。年轻的我掂量着轻重，把单薄的篇什藏起。若非为了躲避打碎，至少为了不受玷污。

后来，在草原知识青年执著的怀念中，一切又缓慢地发生了改变。无数昔日伙伴对草原的情感，无数因秩序打破陷入个人的深刻困难的、普通人的真挚情感，又占据了思想的主流。他们征集当年的文稿，把我的小诗收了进去。只是，印着这支儿歌的一页纸，依然单薄得一阵风就能把它撕破。能把它拿出去么，让它迎着驳难与刁难、阅读和审视？

2

1972年离开草原的时分，那些天涌涨波澜的思绪，撞开了心里紧闭的某一扇渴望写作的闸门。记得大概就是自那一年始，我暗自涂抹，几次写过几篇类似笔记、更像回忆的东西。

那时的我，说来可笑，别说谁是艾青海明威，我连小说散文是什么都不懂。先在重理轻文的清华附中被洗脑，后在唯知游牧的乌珠穆沁换文化——作为一名职业作家，我的一部分文学知识，并非获益于前辈的名著，而是积攒于异族的胡语。一直到今天，在我的文学里全然没有新潮古典，除了民风土语之外，剩下的不过些直露的心思！

那时强烈的冲动，还曾想用蒙文表达。在潜意识里，自己俨然是一名草原之子，需要一个蒙古名字。但它又要超越血统限制。既然蒙族作家中已经有人取名牧人之子（玛拉沁夫）、猎人之子（安柯钦夫），那我就叫“阿拉丁夫”（人民之子）！对这个笔名的含义，我甚至写过一个小说解释。蒙文诗的题目，正是“做阿尔丁夫”。只不过，是因为它有些拗口么？我只用了一两次，而没有把它正式做了自己的笔名。

上述纠缠的一切，都是从这首蒙文诗肇始的。而这首蒙文诗，其实到了发表时已被改得面目全非。所以在给一个草原知青诗文集写的《作者附记》中，我说：

> 这首模仿蒙古民歌《诺加》的蒙文诗，是……压抑不住心里的感情胡乱写下的。后来把它修改，投稿给蒙文期刊《花的原野》。发表时（1978 年 6 月号）小诗已被改动。不用说改后在语言上准确了，但也丢了不少原来的意思。当时《花的原野》杂志还用蒙文为它加上了这样的编后语：“汉族同志张承志在牧区下乡期间学会了蒙语，以上即是他的蒙文作品。”

想再找回原稿已是一件麻烦事。总不能说发表的铅字不是自己的作品吧，若想读只能读它，读“凤凰”和“准备好的衣裳”。如今读着，想哈哈狂笑，又想落几滴泪。为自己那么单薄的语言，和那么傻气的行动。

我莫非想永远地告别那支半通不通的、但是企图表达真情的短歌？抑或有一天我会重新找到它并把它改出来？我还在梦想，暗自企图重建那一连串词首用e（母亲）、a（哥哥）、h（汗乌拉）的排比段落，最终写成我一直想写的酣畅长诗。但更大的可能，还是就此为止了。这么写着不禁想，有谁能明白，我有多喜欢——悲调的蒙古格式、可爱的头韵排比？

但是奶声奶气是不必要的，哪怕心里话没有说尽。这个差强人意的删改本，毕竟是我发表过的、唯一的蒙文作品，而且是我作家生涯的第一篇铅字，怎能不留做纪念呢！

这么一想，再去用蒙文慢慢细读一过。我心中感觉新鲜，几次都忍俊不禁。本来想把它译得更土些，又觉得自己不该胡闹。哪怕“对词儿”的夹缝很窄，我还是译了两稿。唉，消失了的“查干陶勒盖”排比，其实在汉语中也有；谁若愿意，可以从汉语的“在”字里，想象蒙文的头韵。

只能是它啦。下面即我自译的《做人民之子》，它的蒙古文字的原版，是我作家生涯的第一页铅字。

一起飞回的大雁
在春天的风里出发
一腔情意写的歌

涌出了火热的胸膛

在自家包里睡的时候
冬天的夜里没有冷过
在乌珠穆沁的冬夜里
想起了额吉的恩情

在伯勒根身边的时候
穿的是准备好的衣裳
在身子暖暖的时候
懂得了伯勒根的心情

在那宽广草地的时候
性情就像小马一样
在贫苦牧民的情义里
长成了勇敢的雄鹰

在富饶边疆的时候
打下了坚固的志向
在回顾可爱家乡的时候
感情飞起了凤凰

在冬天的白毛风里
懂得了宝贝样的道理
在这一生要把它记住

汉文已是行行傻气，用蒙文读更让人大笑。但是在可笑的句子里，白纸黑字藏着不可笑的立场。也许如今的我，比牙牙学语的那一年，更企图说出这样的话、也更喜爱“阿拉丁夫”这个名字。包括语言。那是一个在语言上行动的时代：不问能力，只求诉说；无论如何，也要实现与民众的交流！……今天独自忆起，觉得那么珍贵。

所以，趁着把它再次印刷的机会，我把这一页蒙文铅字当成图片附上。也许它比手稿有些失真，但铅字毕竟是拿出来交给社会的形式，而且还有可靠的时间。

在空闲的时候，我喜欢把玩它。一遍遍吟味，读着和嗅着 1978 年的社会气息、文学热情、民族关系，以及一股亲切的油墨味。

2009 年 5 月 28 日北京

安宁的权利

进入九十年代以后再做草原之行，感觉说不清地在哪儿变了。在社会和自己、蒙古牧民和我之间，仿佛硬拱进了一个第三者。它使人别扭不快，使人心思烦乱，而且使长久的安宁被一丝丝抽去。

在都市里我已经习惯了它。换言之，我们习惯了日复一日在罪恶的喧嚣中，让双耳渐渐失聪，让眼球终日充血，让心灵的休息和宁静被扯出一根线，川流不息逝者如斯地被抽着，像抽丝，像吸血。我们在大都市里以憔悴换回存活，再拼命干才能捎回一点意义。

而漠北草原不同。那里静谧得简直能听见四十里外的一只獭子咳嗽。或者，在草海潮动时，能吞吸近在咫尺的声音。所以汽车和拖拉机常常闯到鼻子下才被人听见。

我的养生之道，是两年里去草原休憩一回。然而人多难如愿，实际上只做到十年一两度。即便如此，在沉稳的静谧和安宁中，我摄取了清风露水，也摄取了安宁和平和。身心调整一月，然后人就能重返城市前线。

原来养牧五畜的游牧民，就是在这样的环境里，费几千年时间渐渐凝结了自己的民族和传统。他们享有几十里空阔无人的前庭，依靠绵延茂密的后山。视野里遥遥出现一星人影，他们知道那是谁家的老人去寻马找牛。夜深时仿佛传来一声响动，他们会意那是北边的某某趁月色运送青贮草。酷热的夏天午后他们放心在山腰熟睡，因为毗邻的羊群今天向东面出牧了，而自家羊群应该在西山游荡。冰封雪断的冬月平原出现了两骑马，他们警惕地注视着，外人闯入的消息在傍晚前就能传遍方圆百里的所有人家。

全套的语言依这种环境和生活建立起来，教科书和外语学院是无法归纳它的。全套的传统习惯和民族心理也在这里丰满。他们剽悍，因为必须降服野性的大畜；他们勤劳，因为生计贫富成败都只在自家一户每日的安排；他们寡言，因为自幼至老不出草海，针对外界的语言从来只是在半导体收音机里听过；他们满足，因为祖辈相传直至上溯成吉思汗，生活就是如此，而且平民的富裕也就是如此；他们热情，因为他们精熟四野，他们自己在风雪中独自找马或买粮的时候，也必须投宿求人。美好的文化形象被传诵了，蒙古草原，在地球的每一个角落都拥有勇猛、古老、善良的名声。

但是，今天这一切正在遭受着粗暴的破坏。前年回草原时，以前毡房羊群布散草海的风景，被挖上了疮疤似的窟窿——原来想发财的人刨开了青草，挖出一个个土法采铜的矿井。采矿坑或是长槽，深数米；或是坑道，深不可测。草地上游荡着三五成群的闲汉，用肉引开牧民家的狗，闯进毡包抄起壶自斟自饮。夜间不时蹿过摩托，载重卡车隔几天就运走一车矿石。

以前，牧民们讲述四周地名的时候，说到奥由特，总是带着神秘的语气。“有翡翠的地方”，我听着也觉得高兴。可是如今奥由特成了破坏植被和自然的情报源，亘古以来游牧民族享有的安宁，被打破了。

去年夏天再回草原，牧民兄嫂的神经已经失衡。丑陋的黑洞愈挖愈多，家门口南边山坡上，视野中已是一片疮痍。采矿队搭的地窝子挡住路口，他们每天开着拖拉机汲水，使得水井总是几近干涸。牧民们的眼神不再自信和悠闲，他们老是紧张地盯着山梁上溜达的人影。

面对着如此新世纪，家家的狗都晕了，不知该叫该咬。黑糊糊的地窝子附近，草原上甚至奔跑着两三头猪。马驹在矿坑里摔断腿，掉队的羊被人盗走。争吵纠纷时一片混乱，你蒙他汉，各自吵嚷着对方听不懂的语言。

安宁被破坏了。古老的生活，被推上了一个边缘，摇摇欲坠。粗暴的深沟，不仅挖在奥由特的山坡上，它挖得文化、自然还有人心都伤痕累累。

牧民兄嫂整个夏天都惶惶不安，他们的面容眼看着憔悴了。有时我们正沉浸在往事追述，突然哥哥盯着我:“你能不能去和旗里的大了嘎谈？”我怔住，大了嘎即官吏，那是我最不会相谈的人种。有时我们在晚风吹拂的山顶上看风景，青青连山楚楚动人。我说：“看，和以前一模一样。”他说：“大了嘎肯定拿了钱，不是一万就是两万！”

闯入的居住者，挖破的牧场，已经使蒙古哥哥乱了方寸，神经兮兮。我被强烈地感染，心头又涌起不能改写清淡闲文的自警。可是正如他所判断，权与钱的媾和，出卖了古老的生息习惯，更出卖了牧人的安宁。

我不知说什么才好。

享有纯粹而悠久的安宁，也许是蒙古牧民的一项奢侈。虽然它才是人的基本权利。怕的是才刚刚开头，我想着打了一个寒噤。

自然保护的话题正在外面大肆流行，而自然于一户户牧人是“努特格”，这个词一层层有营盘、草场、家乡、祖国的含义。或许他们该去听听天山天池的哈萨克，以及北京三里河的“和屯”人，听听更地道的绝望和不安。我沉吟了许久，空空凝视着旱季的绿草原。

正在这时门前喧闹起来。出去看，牧羊犬咆哮着，对着远处两个怪物般的黑点狂吠。孩子们抄起套马杆，兴奋地跑去追赶。原来是挖矿人养的猪窜来了，惹得孩子们想套翻它。大人又吆狗又骂孩子，后来静了下来，像是话匣子里刚响过一个难听的插曲。当夜异常得静，包外又不时有摩托的响声。

我睁眼望着半圆形的、蒙古包的天窗。墨蓝的天穹上缀着几颗星星。还是那个古老的大陆腹心的草原之夜，它眨着眼，注视着我们的不安。

1998 年 4 月

一页的翻过

二十年多前，有一次曾经未加思索地写道，游牧草原的循环不已的历史，“也许要翻向它的最后一页了”。

这么感觉的原因，是由于那时开始出现了定居，虽然只是草拌泥房子的定居。而且，一年中迁徙的次数在减少。此外迹象还有很多，比如，一直成为大草原形象的木轮子勒勒车，有被工业生产的铁筋车取代的可能。

而今天，这“最后的一页”已经掀得雷鸣风吼。它破坏着，替代着，唆使着，蔓延着，带着粗俗而生气勃勃的欢叫，恣情地在延续了十数个世纪的旧营盘上摧枯拉朽。

何止八瓣轱辘的自制木车，连轻便铁筋车也几被废置。草原的交通与驮载，正在被拖拉机和客货吉普车所替换。越冬、春羔、驻夏，加上秋季追逐草籽和营养的频繁走场迁徙，已经变成了一座砖房和一座毡房的基本定居。热乎的火炕，夹墙后的啤酒，使年轻人不愿动荡地搬家。都市里时髦的话题——草原的褪化和沙化，首先在一座座砖房周围开始了。

嘉陵、铃木，一辆辆摩托在嘟嘟穿梭。马群里的乘马发肥，赛会上难得挑出善奔的骏马了。而且三年两年不骑，驯马暴烈难御，还原成了“生个子马”。牛则几乎都是生个子；女人们缺乏驯顺的牛去拉车打水，从百步之外的水井打一缸水，居然要男人启动柴油拖拉机，一路黑烟地兴师动众。确实，女无乘车男缺坐骑的问题，牧人不愿意骑马的问题，破天荒地出现了。

Motar 是什么意思？taisen 是什么意思？还有 yidang，erdang，lieji，听不懂的都是借词。它们分别是摩托、铁丝网、一挡、二挡、离合器，随潮水般的汉语借词涌入草地。加上啤酒瓶子，三轮货郎，盲流小偷，运牛车装修队，如今奔向乌珠穆沁草原的一切，使人目不暇接心慌意乱。

雇工即“使人”已非常普遍，而这个词曾被译成“剥削”。新页才掀开一角，就已经淘汰了第一批牺牲者；由于懒惰、病死、继承无人等原因，熟识的家族系谱中已经消失不止一家。当然相应的是迅速富裕起来的家庭，政府奖励了一个铜牌挂在哈纳墙上，上面刻着“小康户”。蒙文一侧读着让人忍俊不禁：这个词在六十年代译成“上中牧（农）”。

政治的社会秩序忽喇喇地坍塌了。当年被阶级划分理论打入凄惨底层的人，那些牧主和富牧子弟，今天不仅多是富裕人家，而且心思已在荣誉——比如热衷赛会的夺标。讽刺的是，当年的贫协主席又率先沦为贫困户；在吃光了最后一只羊以后，他和他的家庭都消失了。有人说他已去世，有人说他儿子正在某地当雇工。我听得目瞪口呆，不知其中的深意是什么。

如今牧民养狗，盼着狗真的敢开牙咬人。草原上日益增添的喧嚣和络绎往来的小贩浪人，使牧民不知怎么过日子了。一层毡的蒙古包，不可能装防盗门，它只被一根皮条随便拴住。这扇门的文化，需要一种对传统的默契。闯入者使他们紧张。

活动半径缩小了，游牧被铁丝网圈定在自家十里方圆的草场。偏偏地球变暖，雨水稀少，羊毛跌价，草地沙化，因受益于最初的改革政策而骤然富起来的牧民，因经营和运气在后来岁月里败北的牧民，感到缺乏判断明天的经验，感到自己的无力。

于是人心向神明聚集，处处是新堆起的敖包。著名的大敖包祭会，如今是年中最要紧的行事。小敖包则密不可数；在自家领地制高的山顶，在大路或辙印的当途，在逝者指引过的地点。敖包（abō），这个在蒙古学术中经久地被人讨论不已的名词和现象，或许只是在今日才闪现出一点它的本意。

诗人纳楚克道尔吉有名篇叫做《Mini Nutug》（我的家乡），这个词也被我反复学习过。它兼有营盘、家乡、草原、祖国几重含义。而今天 nutug 一词的语感多了对私有的强调，并且愈来愈频繁地指向草场承包以后，用铁丝网围住的那一小块“地盘”。

以上种种都是观察的视角，慢慢写来不忙；唯有环境的事，确实紧急：

前年回草原时，以前羊群珠散草海的风景，被挖上了疮疤似的黑窟窿。原来是承包了这片草原的一支采矿队，挖开青草，开出一个个采铜的土矿坑。采矿坑或是矩形的探槽，深数米；或是坑道，深不可测。

以前，牧民们讲述四周地名的时候，说到奥由特（oyotu），总是带着神秘的语气。“有翡翠的地方”，它既是牧民的古老家乡，也是我插队的最初营地，听着我自然也很喜欢这个地名。谁知古老地名是一种原罪，因为它招灾酿祸，引人入室，天生就是破坏安宁和自然的情报。

马驹在矿坑里摔断腿，掉队的羊被人盗走。前年发现，牧民兄嫂的神经已经失衡，我也目击了游荡成群的闲汉，夜间轰鸣的载重卡车。黑洞愈挖愈多，南边山坡一片疮痍。采矿队每天用大拖拉机运水，水井几近干涸，在水草丰足的乌珠穆沁罕见的水纠纷，终于出现了。争执时一片混乱，各自嚷着对方听不懂的语言。家家的狗都晕了，不知该叫该咬。草原上甚至奔着两三头猪；这使牧民的小儿们大感新鲜，舞着马竿子追逐。去年夏天再回草原，牧民兄嫂更加憔悴了，他们求救般地望着我，不知所措。

在都市里，我们习惯了不安的生存。换言之，我们习惯了日复一日在可怕的喧嚣中，让双耳渐渐失聪，让眼球终日充血，让心被扯出一根线，川流不息地抽丝失血。我们在大都市里，以憔悴换回存活，忘了安宁也是自己的权利。

而北方的大草原则不同。那里静谧得——据说能听见四十里外的一只獭子咳嗽。草海的潮动能吞吸近在咫尺的声音，所以经常是当汽车一直开到鼻子下头，才被人听见。

原来养牧五畜的游牧民，就是在这样的环境里，费几千年时间渐渐凝结了自己的传统。他们享有几十里空阔的前庭，又枕靠同样几十里空阔的腹地。所以视野里任何一星人影都为他们了解，知道那是谁家的老人寻马找牛；同样哪怕夜深时分的一声响动也能为他们判断，会意到那是某某趁月色运草。

环境的巨变，安宁的打破，不仅是对一种千年未改的古老心理的压力，也是对一种特殊能力的破坏——牧民们对自己不能判断感到慌乱。无力的感觉，是从未有过的。

总之，享有纯粹而悠久的安宁，也许是游牧民的一项奢侈。虽然愈是比较都市，愈感到它才是人的基本权利。不管怎样，安宁被打破了。

一连三年，每个夏季我都返回乌珠穆沁的草原，为的是在渴望的安静里休息身心；没想到，却看够了历史翻页的实相。

一年的富裕使我惊奇而满足。第二年门口就出现了闯入者；对来串门的采矿队，我不知说什么才好。我只能叨叨些保护草场，心里却满是烦恼。我的安宁也被毁了，千里迢迢地，来看破坏植被。第三年牧民兄嫂要求我立刻去为他们上诉官员，他们已经急得乱了方寸。

窥见了历史的翻页，究竟是一种收获呢，还是一种痛苦？

游牧社会的文化，是一个伟大的传统和文化。它曾经内里丰富无所不包。无论拉水的牛比赛的马，讲起来都是一本经，套套解数娓娓动人。无论语言的体系或一个单词的色彩，分析到底都会现出真理，闪起朴素的光辉。在如此世界里，男女老幼生死悲欢，无不存在得生动感人。它深藏着一种合理的社会结构，一套人与自然的和谐关系，以及一些人的基本问题。

若是培养它的环境存在，它就存在。反之它会逐步消失。不知道，人类是否已经决定要改变这个环境。尽管世界上还有各大牧区，牧养（而不是厩养）的文化还在继续；但是，如乌珠穆沁那样的，相对纯粹的游牧文化类型，过去就曾经罕见，今后更临近终结。

随着一种强力的推动，在人对富足与舒适的追求之中，在对青草和对人的侵犯之中，人声机械轰鸣噪杂，历史在以旧换新。

2000年4月再改

历史的翻页

十几年前在东洋文库，写作日文版《蒙古大草原游牧誌》的时候，我感到一场巨大的变化正在逐渐发生。从木轮车的消失和泥房子的出现等现象中，我觉察到一种躁动。于是我半是憧憬半是忧虑地写道：游牧草原的历史，“也许已经要掀向它最后的一页了”。

后来在北京，用《牧人笔记》为题出了它的中文版。时值“最后的一页”掀动得如雷鸣风吼势不可遏，我心中吃惊；为当年自己童言无忌的立论，更为这历史改页的实态。

为了探究自己的感觉，我曾经费劲地解释一个个细部。“游牧生产方式”，这是一个无所不包的世界，它一直深入到人的思路和满目的风景。只是，愈是知道它从前13世纪的突厥时代以来亘古不变，愈是熟悉那些“浪漫意味十足的木轮子”和“穿皮衣用羊毛搓绳子”的源头古老——就愈是感到随着泥坯定居点、塑料尼龙绳、铁筋车甚至拖拉机一起，闯入草原的，是一种陌生的新生活。

而今天，预感已是现实，它破坏着，替换着，唆使着，蔓延着，带着粗俗而生气勃勃的欢叫，恣情地在沿袭了十个世纪的旧营盘上摧枯拉朽。

何止是六瓣八瓣的自制木轮牛车，连铁筋轻便车也几被废置。草原上的勒勒车队，正在被拖拉机和客货吉普车替换。越冬、春羔、驻夏的三个营地，加上秋天追逐草籽和养料的敖特尔迁徙，已经变成了一座砖房和一座毡包的基本定居。热乎的火炕、夹墙后的啤酒，使年轻人不愿意动荡地搬家。草地的退化，首先在一座座砖房周围开始了。嘉陵、铃木，一辆辆摩托车在嘟嘟穿梭。马群里的乘马发肥，赛会上挑不出善奔的骏马了。两年三年不骑，乘马暴烈难驯，还原成生个子马。女人缺乏驯顺的牛拉车汲水，男人少了代步的坐骑——破天荒地，出现了蒙古人不愿骑马的新问题。

motar 是什么意思？taisen 是什么意思？还有 yidang，erdang，lieji——听不懂的词都是借词。摩托、铁丝网、一挡、二挡、离合器，汉语借词像潮水一样涌入草原。加上啤酒瓶子，三轮货郎，小偷盲流工匠，今天重返乌珠穆沁的人，会觉得目不暇接心慌意乱。以这样的速度变幻下去，新时代的草原会变成什么样子呢？

雇工已经非常普遍，而这个词曾经被译成剥削。新历史才刚刚打开，就已经淘汰了第一批牺牲者。由于懒惰、病死、继承无人等原因，熟识的家族系谱中已经溃灭了不止一家。当然相应的也有迅速富裕起来的家庭；政府奖励了一个铜牌挂在他们墙上，上面写着“小康户”。而读着蒙文一侧不禁让人忍俊不禁：这个词在六十年代译为“上中农（牧）”。

政治的社会秩序，在回眸之间忽喇喇地坍塌了。当年被阶级划分理论打入了凄惨至极的底层的人，那些牧主和富牧子弟，今天不仅多是富裕人家，而且心思更在荣誉——比如积极在赛马、摔跤、祭敖包等带有宗教意味的场合出面。最具有讽刺意味的是当年的贫协主席又是率先沦为贫困户：在吃光了最后一只羊以后，他的家庭消失了。有人说他去世了，有人说他的儿子在某地当雇工放羊。我听得目瞪口呆，不知其中的教益是什么。

三十年前的一个小孩，请我去他家过夜。我进了他整洁的红砖房，坐在铺着毛巾被的沙发上。夫妇俩都是当年我的游牧小学的学生，羊群雇人放着。邻居（这个词的词意也变了，如今往往指雇来的牧工家）的狗像一条大狼。我埋怨狗，他说："不，老师，时代不同了！现在草地上什么人都有，养狗都盼狗能咬。"我们吃饭。是米饭，先上的凉菜一红一绿：白糖拌西红柿，醋拌黄瓜。我感到他俩对我们贫穷往昔的怀念。所以，当他们向我咨询将来发展的战略时，我后悔以前在国外，没有调查一下欧洲式奶酪的加工技术。睡前我出去解手，他们紧紧抓住那狼狗，一直等我回来，后脚也迈进了门坎。我回头瞟了一眼，起伏静谧的夜草原起伏如故，熟悉的曲线一点未变。

牧人的心慢慢地陷入了紧张——自由被限定了，游牧被圈定在自家十里方圆的草场里，甚至是铁丝网里。视野和闯荡被缩小了，再也没有谁熟悉邻近的草情，更不用说有谁对半个乌珠穆沁了如指掌。屯积最大限量的青贮草应付冬天的雪害；然后盼着下雨，盼望被啃秃了的退化的草地一茬茬地长出绿草。然而偏偏地球变暖，雨水稀少，羊毛跌价，被私有化政策宠得骄奢得意的牧民，心中茫然失了方寸，他们被抽去了判断明日的经验。

于是人心向神明渐渐皈依。处处都能看见祭起的敖包。大些的著名敖包祭会，如今是年中最紧要的行事。小些的敖包密不可数，分别在脑后的山顶、在大路辙印的当途、在形状特殊的山顶、在逝者指示过的地方。敖包（obo），这个在蒙古学术中经久地被人讨论不已的名词和现象，也许只是在今天才脱露出了它的本义。

我屏住呼吸，凝视着沉默的莽莽草海。我也变得无言，喜欢藏起心底的激动。死于酗酒的诗人纳楚克·道尔吉遗有名作《我的家乡》（*Mini nutug*），赞颂和归纳了这横贯北亚的草海。nutug（努特格）这个词也曾被我再三琢磨；它兼有营盘、家乡、草原、祖国几重含义。而今天这个词已经愈来愈频繁地指向草场承包以后的那一小块地盘了——我不知道，等到草海历史再次翻页的时候，它会演变向何方。

一连三年，每个夏天我都返回蒙古的草海，去看历史翻页的实相。

第一年的富裕使我惊奇而满足。第二年我们的门口出现了闯入者，挖矿队破坏了草原的植被，更打破了牧人的安宁。第三年的夏天开始了大旱，越一冬一春没有解除。羊群从清晨就冲到了水井边卧下不动，破天荒地，水井干涸了。此刻是龙年岁末，可怕的白灾又来教训已经奢侈无度的草原了，连电视上都在号召募捐赈灾。熬到明年青草再绿时，穷富不知会颠倒几人，牲畜不知会死灭几成！

昔日的长者大多弃世。熟识的青壮，如今也减少了两三成。草海中的浮沉毕竟是严酷得多，望着陌生的一代新生的青年，听着他们似乎口音和速度都稍有差异的对答，我觉察到一种——我不愿接受的，新老交替的感觉。

那时和这时，都有梦一样诱人的地平线，有青色的晚炊和奔波的骑影。外人眼中的草原，电视机上贩卖的草原，从山峦到青草都如同骗术，那么不易分辨。

窥见了历史的翻页，究竟是一种收获呢还是一种痛苦？我不知道。“牧歌式的生活”，偶尔闪过这句不知谁制造出的话。这种话语的浅薄使我去追求生活的真实；而当呈现的魅力俘虏了人心以后，生活又轰隆隆地把一切碾得粉碎。站在茫茫大地的奥深，如同独自站在北方草原的一家定居点门口，秘密的规律如夜的潜伏，无法参透。

一个眉清目秀的青年来邀请我。去我家吧，他简捷地说。实在没有时间了，我解释道。他翻出了我和力格登（蒙古族作家）的照片，给我吧！他要求。给你，我说。我送他到包门外的草地上，暮霭浓重得几乎辨不出他的脸。您不去我家么？他发动了摩托。真的，没时间了，我抱歉地回答。他的摩托消失了，风吹来一串马达声。我目送着他消失在苍凉的草海，他留给了我一个新鲜的印象。

2001 年 7 月

金芦苇

1

那片芦苇荡曾经被我们那么向往。

原因很简单：草原是一种极其单调的世界。

在草原上真的扎下根来，把生计寄予蠕动的羊群以后，最可怕的就是天尽头的地平线。一切单调都生于那条静止的波纹，一切悲剧和熬煎都生于那条限制的阻拦。

植被只有牧草。连一根套马杆子的柳木都要从外界输入。这里是名副其实的草原，天穹之下，只有牧草。我经常称它为牧草，其实只是因为我怕说“草”这个实在是没劲的词。这样的植被，在你熟悉它以后，就变得渐渐对它不能容忍；只有草，只有草，不知是这草在养育你使你自豪地成了一个牧人；还是这草在淹没你，使你变得和羊、和草慢慢没有两样。

在内蒙古的开阔草原上，没有新疆天山北麓那种丰繁的奇异植被。没有披雪的笔直云杉，没有结着野葡萄的灌木丛，因此，也没有用黑醋栗对姑娘眼睛的比喻。

这样，年轻人成年以后，便几乎天天盼着越过那条监禁般的地平线。不出去只有衰老在单调的草地。只有走远，只有越过那条障人眼目的地平线的山影，才能看见——外界。

因此直到很久以后，无论在哪里，只要一看见牧草以外的植被，我就禁不住兴奋起来。在当牧民的那些年里，终日里满视野充斥着草，年深日久，我体内怀上了一种对丰富植被的渴病。

2

然而，我们公社的南缘有一条河，那河湾里密密地生着芦苇。我是当了牧民很久之后，才终于见到了那片金芦苇的。记得在没有看见芦苇荡之前，一边干打草的活一边学蒙语，学到 hulesu 即芦苇一词时，我强烈地感到过一种新鲜的渴望。可能只是因为那渴水般的想看到其他植物的渴望，才使我特别清晰地记住了这个词。

芦苇荡生长在我们公社南边的一条河湾。每年冬天，我们都去那里割芦苇，当地行话叫打苇子。用芟镰，即俄罗斯传入中北亚的长柄巨形镰刀的改造型，刃长尺半，不装新疆式的扶手——腰部使劲，一镰扫出两米宽的半圆，于是芦苇在清脆的嚓嚓声中，整齐地跌倒伏下。

然后把苇子一捏，捆成硬硬的一束，在空地上排好。那时不讲什么男子汉，只讲男劳力：一个男劳力孬的一天也要打出二百捆，传奇式的人物是一天能打六百捆。

接羔季节，再原始的牧业也需要挡风。今天各牧区大概都已经完成了棚圈化；包括乌珠穆沁那样的纯牧区，历史也正在急速地滑向定居时代，人们不再回忆一个时辰一个时辰熬过的几个月长的冬天，也忘记了接羔时搭的苇圈。然而，苇子性暖，干燥不冻，截至本世纪六十年代的乌珠穆沁古代游牧，应该一直是使用芦苇来救助生养在雪地上的羊羔，特别是山羊羔的。

一个牧人不仅要会认羊辨草，不仅要学会马上鞍下的畜牧技能，还要谙熟辅助劳动的本领。辅助劳动有粗木工、磨铁器、皮活刀工以及碓米炒面，还有诸如种饲料打苇子等活计。远古的最初，单纯的游牧业里缺乏辅助生产，于是河北山西的外来户就仗着娴熟的技艺在草地安下了家；而牧民们也从他们那里学习了辅助技能。每逢夏秋，外来户们深入草地代盖房子帮找井位；每逢冬春，牧民们也离家出门割苇子运木头——就这样自古有了一种和谐。

对于我，牧草之外的植被，地平线之外的河湾苇荡，只是年轻时代的一丝心情而已，但是进苇荡，打苇子，讲清楚了就是这么一种活儿。

遥远的乌珠穆沁的芦苇荡，作为单纯因而也单薄的游牧业的辅助与支撑，一直是草原的特殊一角，也是河北山西的北缘，那些贫瘠山区农民生存的一个出口。

那时的我们，即声名远扬的北京知识青年，说到底也是这种人的一部分。这些活计需要大量的壮劳动力。知识青年，其实有很多人从插队到回城，主要都是卖力气，干辅助活儿。与那些身穿褴褛棉袄的外来户们时离时聚，我们打芦苇、运石头、挖井盖房、种植饲料，干尽了使游牧业丰满平安的艰苦劳作。只不过——由于时代的偏惠，我们拥有放牧权。那时的北京知识青年是一种特殊而神秘的政治身份，这种当时并没有被重视的身份和地位，也许使我们避开了生活更严峻的一面。

马车吆进了芦苇荡，金灿灿的芦苇捆被装车拉出河套。芦苇那时主要用去搭羊圈，尤其是接羔季节的羊羔棚。马车进入苇荡时大多已经落雪。我们干的都是季节活；河套封冻后开镰打苇，落雪后运出苇子，然后伴羊群越冬。

在镜面一样的冰上，密密地长着苇墙。芟镰已经用磨石磨得飞快，“刷”地一镰扫去，镰在冰上迸击着溜滑而过，成排的芦苇驯顺地低头躺下。干这种活儿有一种快感。我打苇不多，但对这项劳动印象很深。黄金般的芦苇躺倒下来，被捆成结实的细束，满满地堆在马车上，一颤一颤地在草原的冬日景色里晃动、晃动，使人心里常出现一种温暖的感觉。

初冬的芦苇，被霜和化掉的雪变得沉重。但是太阳晒上一阵以后，苇秆上便沁出一抹逼人的金光。不小心，手被锋利的苇子划了，立即鲜血如涌。只消干上一两天，最初嚓嚓的、芦苇驯服倒下的快感就退去了；二百捆并不是一个轻易的数，那时，不仅人会敬服那些日得六百捆的农民，而且会深感任何生计的不易。

夜里睡在临时的毡包里。烤着牛粪火，望着黑天上的繁星，累乏的骨架在渐渐恢复力气。当然我们是牧羊人，心里盘算得更多的是羊群的过冬。毡包后堆着山一样高的苇捆，寒风一丝也吹不进来。有一丝满足。慢慢地，人睡熟了。

像熟睡一样，我的心淡忘了昔日打苇的生活。

几年前，我去乌珠穆沁探亲时，发现在那片芦苇荡里住着不少外来户。听着他们的一些新故事：比如说他们只要看见骆驼进了苇荡，就蜂拥而上，疯狂地把骆驼身上的毛撕个光光。我一直将信将疑。

一天，门前遥远的路尽头出现了一个影子。

习惯地在包外瞭望时，我和家人非常奇怪。因为那远影让人猜不出那是什么。走近了，渐渐猜出这是外来户在大草原上做生意。

两个身穿短袄，腰束麻绳的农民，赶着一辆单马轻便车出现了。他们的车后拴着一群狗，车上装着货。狗挤成一团，乱叫乱撞。我们站在蒙古包前，注视着他们这恶心的一行闹哄哄地走近。

两个外来户满脸惊恐，搭讪着走上前来。

车上满载着日用品。不是商店里那种百货，而是游牧日子里不能缺少但又很难买到的东西：套马杆头的楠木条儿、皮顶针、针和扣、大包的火柴、小块零卖的砖茶、金银线、花边等等——他们的买卖是：以狗换货。此外，他们包干泥水、修屋、浚井、搭棚、木匠。

我家嫂子和邻居乌巴特，还有几个本地人围住他们。

开始还是新鲜劲儿：虽然把牧人的狗拉走卖皮令人讨厌，但是，农民们精致的小商品确实很合牧民胃口。

但是不知怎么，恶作剧开始了。语言不通是一个微妙的原因。我家嫂子最起劲，她突然亢奋起来，嘎嘎笑嚷着扯住那两个寒酸鬼纠缠不休。后来她要了两个外来户的证明信。如比赛一般，乌巴特也抢了人家一把楠木条。还不干休，他们非要抓那两个外来户去“找警察”。两个以货易狗的外来户吓坏了，但他们连一句话也听不懂。我嫂子把外来户的证明塞进她的油烘烘的袍子里，满嘴大嚷道：边疆地区，你们是什么人，谁叫你们到这儿来的——要我为她翻译。

但我不能。在每一个瞬间，我都可以为两阵营的任何一方翻译。我不能译我嫂子那些简直不能想象是她讲的话，我为她从害羞变成了愤怒。我倒是很想为那穷酸的外来户翻译，但是我同样感到困难；我很难为了这两个又丑又脏、用车杠把一群不认识的狗拉得乱挤乱撞的家伙，和我的草原之家翻脸。

我穿着蒙古袍子，端着奶茶碗，他们不知道我的来历。我只是在心里突然流淌出来一股细细的泪，嫂子，被我怀念了那么久的人，她的脸上居然突然现出了一股闪闪的，由于亢奋而红涨，充满的快感已经是邪恶的凶光。我觉得自己的内心深处，不易察觉地生气了。

那一场喧闹结束时，我嫂子对我很不满。她因我拒绝翻译而没有尽兴。

单马车远去了，在下午的阳光中，那两个不入流的短棉袄扎麻绳的人，以及他们车后揪扯着的一群狂吠的狗，让我觉得恶心和讨厌，也让我震惊和不知所措，似乎他们暗示了应该属于我的一种黯淡的命运。不知是由于这两个外来户的毫无美可言的形象，还是由于我那居然学会欺侮人的嫂子的形象，我被激怒了。我和嫂子激烈地吵了一架，让她明白了我的蒙语绝不是帮她歧视人用的。

4

那一夜我没有睡着。

我不愿意、但忍不住地想起了以前，那些包括嫂子在内的，我们家过去受歧视的日子。

古代的草原形容人孤苦无依时，用过这样的话：除了尾巴没有鞭子，除了影子没有朋友。我的草原的家没有那么惨，但也曾经是贫贱破家百事哀。人敢跑到家门来打我们的狗；把我们家族亡人的遗体扔在我家附近的山上。那还都发生在我刚满二十岁的时候，我不知为自己北京的家分忧，却为草原的家痛苦。

插队中一共打过两架，两架都因为被扯上了“家庭问题”，而使我怒不可遏又难过至极。身份和地位，那时我一生唯此一次地体会过身份和地位是什么。我们家那时在草原上的地位那么低，因为额吉（母亲）的出身，我们那座破旧的毡包上空，一年年地像罩着乌云。但那时的嫂子朴实开朗，因此我一直非常喜欢她。

只是，唯有这个只是平衡了我的感情。没有这一点，我也许会走向厌恶。这就是——我的额吉和我一样，她没有参加那场使我们这个家族耻辱的、对那两个外来户的侮辱。

和我一样，额吉在那一天一言不发，站在嫂子她们和外来户之外的牛车旁，开始她可能盼着买些什么小物件，后来就只是默默地看着。在乌巴特和我嫂子闹得最厉害，强夺了外来户的证明，并且嚷嚷着要我翻译的时候，我留意过她。

我不止一次地瞟着她。我没有和额吉说一句话也没有问她任何一句；但是我的心底在央求她也在审度她。如果额吉——不，额吉是永远的，她如二十年前一样，用沉默抗议一切。我甚至突然忆起了许多，她在二十年前显示给我的许多细微小事，都似乎还有我没有咀嚼的深意。

夜里，在漆黑的毡包里躺着，我听着额吉的呼吸声，激动的心又在感动。额吉，你和我都不会忘记以前受歧视的日子。

5

我从来没有讲过此事；也没有讲过这个感觉。但是，那一天我懂得了人并不简单，我感到，在人的身上，有歧视人的恶习，有深埋的癌细胞。

在内蒙古草原上，芦苇究竟是否像牧草一样容易生长，是否占有广阔的植被面积，我不仅不清楚也不打算弄清楚。那时候喜欢吹牛，尤其喜欢把我们求生其间的那片草地说成世界第一的聚宝盆——因此，如说，额吉淖尔（母亲湖）盐池是张家口以北百万人生活的唯一盐源、汗乌拉山是内外蒙古视野最广的唯一高山、把乌珠穆沁马说成是神驹——都是因为由衷的爱。

不过，对草原的感情，不是对恶的妥协。

外来户们回到芦苇荡过夜。对于人，生存的出口就像河水的下游。他们反正要活下去。二十年前如此；我二十岁时有一个外来户朋友，在草地卖力气干泥水活，后来娶了个哑巴女人安下了家，过得非常幸福。几百年前也如此；成吉思汗以前的秘史就记载了一个名叫哈三（今天译成侯赛因）的回民的祖先，赶着羊彷徨在漠北的大草原上。

我家的毡包在夜幕降临后，静静地潜入了草原的浓暗。同样，对于人，生活的地方害怕扰乱。乌巴特和我嫂子的做法，也许已经流行了很久了，我明白在胡闹和歧视的背里，有着千年游牧于此的牧人对混乱的不安和恐惧。

我想起了插队的时候。似曾相识，快要淡忘的印象，沉重又锐利。知识青年的身份和地位问题，其实是一个深有意味的问题。歧视是多面的，体格与口齿，结伙与孤单，出身与技能，知识青年因人而异地感受着歧视的人生命题。多少伙伴自觉地躲进下九流的角落，去打井、和泥、种地，用人不愿为的苦力气躲避社会。

昨天我浑身褴褛。骑在马上，烈暑酷寒，我不仅饱受了艰苦也饱尝过歧视。昨天我曾活在最底层，一个老人对我说：过去的穷人什么样？就和你们一样呀！

遥遥望着那个河谷，遥遥想着那些焦黄的、金灿灿的芦苇，我觉得在这个年龄到来的时候，关于人，关于民族和歧视，关于生存和正义的命题也严峻地降临了。答案很难迅速得到；那墙一样竖立着的金黄的芦苇，给过人们以温暖满足，也遮住了人们的视线。

昨天我就是两面之身，那片芦苇荡和这座毡包都是我的栖身之处。今天我又是如此；我的身体又选择不定，我的心盼望着人们都顺利。

我盼那两个闯塞外的流浪汉，不要再那么一身装束。哪怕再艰难地求生，人不能全失了尊严。

我盼我嫂子不要再欺负外人哪怕一次，她其实并没有多少歧视人的力量，尤其是她更应当记着自己被歧视的过去。

我更盼望有一种神奇强大的存在出现，赋予人丰足的生活，赋予人以高尚的人性——到那时，金色的芦苇就真的成为温暖了。

巴特尔和俊仨儿

半生以来，熟悉的地方其实只有两处；内蒙古草原的汗乌拉嘎查（大队），和西海固山地的上沙沟小村。而在两个地点，相交相熟的人家又只有两家：蒙古牧民阿洛华一户，回族农民哈柔乃一门。

他们的老一辈，我执父母礼的额吉老母均已辞世；和我平辈的两族兄弟也都已是两鬓飞白、渐呈老态了。不觉间拔地而起的是孩子们，在内蒙古一族晚辈均称我“阿哈”，而西海固的家门娃娃则喊我“巴巴”。他们本是毡包角落扔着的一堆黑羊皮，本是泥屋炕上闹着的一群鼻涕虫，他们对于我是多余的，常常只是我们弟兄倾谈的打搅。但是谁架得住热乎乎的依偎、谁能不答理左一个“阿哈”右一个“巴巴”的喊叫呢？慢慢地，我不由自主地抛掉着腻烦图静的心理，把眼睛转向了他们。

这么一来，视野变了：咦，原来他们的角落，也蛮有意思！

——若要说清楚他们的事，怕又要写满两本子。我不想涉及那些串连着他们人生的要紧事，顶多说一点对这些娃娃们观察的感觉。

文化界有人提出理论：说哪怕只差一年，六十年代出生的人和七十年代出生的人截然不同。对这个理论我还在纳闷。若依我在内蒙古和西海固的观察，对小孩们来说出生年月并不重要；但是小孩们当中，确实画着一根清晰的线。

八五年回去那次，由阿洛华哥的长子、我插队那年两岁的巴特尔每天随我出游。他当时是个快长成青年的半大小子，说话的声音很轻，速度飞快，满嘴说的都使人频频感到这儿童对未来的憧憬。他在我的马左马右不断地扯起一些话题，告诉我春天打马鬃时他套翻了两个三岁马、告诉我前几天去看赛会时摔坏了马鞍。他生性不喜串门，常坐在离人家门口百步之遥的草地上守着羊群、就是不进去喝人家的茶——气得邻居们找我兄嫂质问：我家的门框子装不下你家的巴特尔吗？

重返草原时有这么一位少年骑手贴身跟随，心里感觉很舒服。望着这位新羊倌我总想起他两岁时的样子。我说："巴特尔，阿哈有一副银马嚼子，送给你了。"

他咬住追问："真的？什么时候给我？"

我说："回到北京后，马上寄给你。"

一眨眼这孩子长成了大人。九十年代末再回草原时，他皮肤粗糙，声音低沉，从羊群到马群，支撑着门户内外的一切。两个弟弟也长大了，老二是个憨憨的大儿童，骑马回来时总吼着半句歌。老三是家族中唯一在旗里上过中学的人物，如今银鞍缎袍，俨然一副独立思想的姿态。但是他们缺少巴特尔与我那种默契。一种对清贫往昔的记忆，带给双方的默契。今天我才捉摸出来——巴特尔以下的孩子（即非六十年代出生者）缺少一段“yadao（穷、苦）”记忆，所以既没有心事也没打算承当责任。他们那股子没心事的闲散劲儿源于“小康”的哺乳期；它如一个暗咒，挡开了我与他们。

观察着他们弟兄的一些细末，我有时小声问巴特尔：

“他们套马怎么样？修拖拉机呢？认识羊吗？”

“barek qatah-ugai（差不多不会），”再斟酌着语句，我试探问：“听你的话吗？”“Su——nusuh ugai（不——听）!”

他说得干脆且不耐烦。

这一边在西海固，三男三女的娃娃也都齐齐长大。长子俊仨儿出落得异常漂亮，高考失利，辗转宁夏新疆之后，他和弟弟都在兰州稳定了打工的日子。他年复一年睡板凳下大苦，挣来的钱变成了身后家里的新房子、蹦蹦车、电视机。但弟弟们的事和蒙古巴特尔一样不舒心——大弟虽然也打工在外，但基本上走了条半绿林的江湖路：打工收入只养自己，出了事一律菜刀拳头，几年没有他的音讯，更没见过他捎回家里的钱。小弟当满拉念经，好像也在第一个上坡就停了车。你若语重心长劝戒他，满拉便羞涩地垂下白帽，脸儿痛苦地涨得通红。第二年他还黏在那个坡上动弹；装备倒是更新了——买下的自行车还没见使唤，却见到他跨着摩托风驰电掣。

我每逢到了兰州就把俊仨儿喊来，仔细说上半夜家常话。除了从他那儿听来一肚子打工娃的苦处、新时代的劳资关系，以及兰州的各种人事交道之外，我发觉：这娃娃虽然正身处社会的黑黑洞底，却暗怀着振兴家族的心事。

“你弟弟，我说老二呢，在兰州常来看你？”

“不学好。上一次我恼得把他捶了两拳，从那以后再没露面。”

我惊奇地问：他干坏事了？他回答道：“坏事那娃不干。就是爱一个打架。算算自出来不知打了几遍！人家打他一下，他就一菜刀剁在人家身上。剁罢了推门就跑，打一个的，跑得不见人影。”

我沉吟着，我可真没看出来。最是老二给我打的电话多，听筒里说得甜甜的。

女儿高中毕业那个夏天，随我又去了一趟汗乌拉草原。那年我们依然由巴特尔陪同，女儿随俗按晚辈称呼，喊巴特尔“阿巴盖”（哥哥）。

畜群草场划分之后，早早成了“小康户”（这个词的蒙文，即划阶级时代的“上中牧”）的我们这个千只羊的家庭，由于三个男孩两人娶媳，而嘎查的草场已分割完毕——面临着分家则缺乏牧场、同居则诸事不便的局面。更何况，一千多头的大羊群若是划分给三个儿子一个小妹、再留给兄嫂一份的话，那么每个小户不过只有二百来个羊，小康马上就会紧巴，“上中牧”瞬间就会魔术般变成“亚道”。

我觉得弟弟们不会提出分家。大家还在尽量挤在一个屋顶之下，轮流出牧，日子也应该说和睦。这样有兴旺的感觉。可是难道三兄弟能永远这么一块住下去么？他们能否各自再创造一个千畜小康的新家呢？我在一旁注视着，微微怀着不安。

唯有巴特尔怀着同样的不安。看得出，像南边农民地方的那异族同龄人一样，他心里满是严峻未来的压力。理想的富裕牧人应该像八十年代末那样；享有四望远山一口好井的宽敞草原、山上有千只羊百匹马、门前拴着二十头乳牛。而这理想却因为潜在的再分配而渺茫了。父母已经衰老，只能指望他这长子，弟妹不负其责，不过听吩咐而动作。我心里对他多了同情，但表现出来是不妥的。

回京那天他送我们到东乌旗，完成了古老的送行礼节。晚上他用蒙语喊我女儿："你过来。"我看见他从包里掏出买来的糖果月饼，一一塞给我女儿、他远方的妹妹："再来啊，听见了？"那一会儿我非常感动。

前些天，接到了兰州老大打来的电话。好想那天他没有什么要紧话，把些个家务说完以后，我突然听见他这么说："巴巴，你等着，我一直没忘了那个念想，在北京开个铺子，顺手把您老俩口伺候上。您们岁数大了——"

我心里一惊。早年在西海固扯磨，聊到晚年的事，说累了便撇下哈柔乃兄弟，拍拍大儿子的头，开玩笑道："老了的事老了再说！我指望俊仨儿出息了，在北京安个家，顺手把我照顾上呢！"

也可能那个年代的一句话，被儿童睁着大眼听了进去，以后便一直埋在心里。而他的弟弟们，由于那时还在襁褓或还只知道在门口乱跑——所以心里就少了一件事。和兄长之间也无形地画上了一条线。

草原也普及了电话。

冬季里，我有时往他们的定居点打电话问问雪情；春季北京若下开了透雨，我就拨电话问汗乌拉下了没有。今年春节，我拨通了阿洛华哥的冬窝子，做过年的例行问候。电话里知道一个划时代的消息：他们已经毅然分了家。砖砌的新房子老大老二一家一半；兄嫂带着中学生，回到荒废多年的旧泥屋——但牲畜还合着放牧。我仔细问了细节，最后问到巴特尔。听不真，电话线里一阵白毛风的呼啸。我喊道：

“巴特尔怎么样？他好吗？”

“他放羊去了。”

我放下听筒，心里油然浮起感慨。当然，不爱串门不沾烟酒的巴特尔，在春节的日子里独自放羊去了。我没能听见他最近的嗓音，也不知道他的心底细处的纹路，但是他已是成熟的牧人，是那个雪海人家的主持者。

一代人如一阵风，在自己的疾行中，裹挟了下一代的几个。那几个就是新一代的第一层，他们最先出生、像是争着抢着要早几年挤进这个世界。于是他们成为长子，继承了前辈丢下的盼望和心情。

我盘算着什么时候给他们搭个桥：

让讲蒙古话的巴特尔去认识穆斯林的亲戚，也让黄土山沟里的俊仨儿去大草原开开眼界。说不准他们能进行全面的合作——把汗乌拉的牛羊销到西海固，把回民拿手的拉面馆子，开到北疆的交通线上。

写于 2004 年 2 月 25 日

马的颜色

在蒙古草原上，你可以见到这样的事情：一匹马在出生时是漆黑的，三年之内，你一直觉得它是一匹黑马。后来你离开了草原，一匹漆黑的影子留在你的记忆里。后来，阔别十年，或者十五年，你由于怀念又来到草原，和一位牵着灰白老马的老人坐在草地上，闲谈间你两眼景色如旧；山口、石头、草的波纹都一丝未变。

你随口问到那匹黑马。老人呵呵笑了，他指着身边伫立的灰白老马说：你不认识这匹马么？你说：不，不认识。老人笑得眯着眼，他说：孩子，这就是那匹黑马呀！

原来，马的毛皮颜色是会变的。我插队 4 年的 Hanagula 草原，有一名叫 Alagedeng 的老汉，他曾出门从 400 里方圆的地区里找回多年前丢失的马，那些马大多变了毛色。

牧人的眼睛不向于一般人类。他们不仅可以在夜间看见你看不见的东西（比如远处夜间的一头牛，地上的一块石头），而且能透过毛皮，看准骨头。

Alagedeng 找马回来那天，我在路上遇见了他。那时的我二十岁，我听他一匹匹地给我讲过十几年前那些马的颜色、性情、速度。

这种能力，在蒙语中叫“tanihu”，译成“认”。有无“认”的能力，决定一个人能不能在草原世界生存。

引用这一点草地经，是想开个玩笑：我不知我的《黑骏马》在被入译成英文以后，是什么颜色了。

亲爱的读者，你不懂中文，我不懂英文，这是我们悲惨的命运。

我盼望你能有牧人式的“tanihu”。

全家福

早就知道有些心中有数的摄影家，在同样的地点，对着同样的对象，在相隔十年数十年之后，按下快门。漫长的时间成了主题，人们端详着不禁赞叹。

而我更看重人的情义。我觉得照片只是人们丰富复杂的交往中，一些匆忙的片刻。本领要在人心交换的验证中表现，神情和细节的后面还有曲折的历史和故事——因此当我和我的蒙古家庭合影时，我们漫不经心，随随便便，因为我们怀抱着更重要的内容。

但是多少年之后翻数照片，心中还是吃了一惊。一个如我的外来青年，一个如他们的蒙古家庭，居然在同一片草地上，从 1969 年，到 1985 年，四次合影，留下一次次对别人是那么特殊、对我们是那么平常的——全家福，对，这个词即使译成蒙语也很顺口，挺合蒙古牧民对喜庆的喜爱。

其实若是追求的只是照片，我们还能使年代跨度一直拉满三十年，甚至已经步步临近的四十年。1996年和1997年我都回到草地的家，也都曾不在意地浪费过很多胶卷。但是女儿们都出嫁了，住得遥远，拖累畜群，不能约齐赶回娘家看我。和她们的小家庭的合影，毕竟和“全家”的“喜庆”不一样。

朦胧中是为着一个四十周年？2000年、2004年我都曾重返草原。合影留念已是惯例程序。只是——在我们私有的，这道小小的时间之河的流淌中，人在变幻，事在更迭，逝去的、远嫁的、新添的……不觉之间，照片的画面已经深刻地变了。

就这四张吧！它们已足够使我的人生荣耀。也许有不少人也会与底层民众有过难舍的接近，也许也有不少人拥有几张类似的留影，但我猜，在那尚还贫穷的年代的十六七年岁月里，在大人一分分衰老儿童一寸寸拔高的流程中，在乌珠穆沁蒙语的喧嚣笑闹声里，一共拍过四次全家福的人，是不会有几例的。

不过荣耀不是夸耀。它们仅仅给了我一种厚实的自尊和底气，仅仅描画了我在人群中的立场位置，而不是别的。何况——我凝视着它们，心里更多的是惊奇。我悄悄地感到不可思议。一定是有一个强大支配的存在，它在决断一切。它的意欲，使我实践。

我把这种认识讲给他们听。额吉听了，默默不语，她是不苟言笑的。哥哥听了，连连点头，他觉得我的思路好像给了他一个解答。他肯定着，说事情“一定是这样”。他奇怪地打量着我，好像在想为什么我们兄弟俩想到了一块。孩子们听了，迷惑不解，如照片所示，他们从那么小就习惯了，若是这些照片中断了，他们才会觉得莫名其妙呢。

拴着的骏马，咩叫的羊儿，不知这些性灵是否也有觉察。它们和时枯时绿的牧场草原一样，和岁岁吹拂的长风一样，来而复去，生生息息，没有影迹。

1998 年，写于济南

呜咽的马头

1

若是想概括蒙古和突厥两大游牧体系的音乐，恰好可以分析他们各自的一种乐器。突厥的今日代表是哈萨克，他们的乐器是冬不拉；而蒙古的乐器则是马头琴。冬不拉的两根肠弦被手指叮咚弹拨，琴声急若蹄音，如疾疾驰骤的生活。而马头琴的两根肠弦则被马尾轻磨慢拉，曲子悠远哀婉，如起伏无际的环境。

冬不拉先不提；至于马头琴，以及它那不可思议的缓慢悲调，则给过六十年代初生牛犊的我深刻的刺激。我对那声音，对那音质不能忘怀，它虽然只是仅仅混在空气里擦耳而过，却成了对我启蒙的文明的一环。

那时候听说过一位名叫齐·宝力高的传奇艺人，仿佛一直在我的视野之外，在看不见的地方游荡。他的故事飘忽不定，但名字却非常响亮。他在深夜出现在毡包前，然后整夜为牧民演奏。他的琴拉得出神入化，人如一位白发神仙，甚至被人误传是马头琴的发明者。

后来在日本又听说了他的消息。日本人对他好像特别感兴趣，店头排列着他的 CD。我想那很自然，肯定他在红色的风暴里遭遇连连。

所以听说北京青年报的记者邀我去听齐·宝力高的演奏会时，我觉得自己是去寻一个失去太久的旧物。那费人猜想的瘖哑声音，今晚真会活生生地为我响起么？

2

前半场是唱歌。幕间休息的时候，记者领着我，去后台拜访了大师齐·宝力高。乌珠穆沁的蒙语甚至一下子被一股莫名的激动干扰，我第一句就说："我以为您是一个九十岁八十岁的老阿爸呢。"他说："我今年五十八！"第二句说："巴合西（老师），您的阿勒的尔（名字的尊称）我不知多早就听说了，那时我正在乌珠穆沁放羊。"

他笑了，表情天真得像个儿童。一伙人也都高兴了，于是我和他那支"野马"乐队聊了天。在北京说蒙语永远是一种享受，"野马"的一群小伙子里夹着一个苏尼特旗的中年人，我瞥见他已经谢顶。他留给我特别的印象。我想，也许就因为世上已经有了齐·宝力高，他的一生将默默无闻。还有，他的琴也将总是伴奏。他指给我另一个小伙子“他是西乌珠穆沁人”；说话时音容举止都活脱一个牧民。

而齐·宝力高则脸膛通红，滔滔不绝，完全是一个豪爽的大哥。后来看了报才知道，在我观察着他的时候，记者却观察着我。

下半场开始了。

刚才和我用蒙语聊天的苏尼特人，果然是“野马”的第一琴手。他静静坐在左翼排头，紧挨着他的是西乌珠穆沁的小伙子。

声音出现的时候我还没有集中精神。人坐稳后好久一段时间，并不能使精神摆脱浮躁。我需要独自静下来，排斥开拥塞的浮躁空气。在今天这样做是非常费力的，但我必须冲出包围，让自己恢复隐蔽已久的自我。

几阵乐曲的折叠之后，我渐渐调整好了自己。春季的薄勒嘎斯太浑地的山坡上，荡漾的草波沉重而纯净。我把马笼头换了一个活结，用靴子随意勾住，然后躺下来。清新的苦艾可味儿涌入鼻腔，同时我听见了它——对准我涌流而来的琴声。

齐奏的它，在一字并肩的一排马头那儿突然涌出。由左翼那年长的苏尼特大哥和他身旁的西乌旗青年领先拉响的一声齐奏，宣布了一个门就要开启了。我差一点哭出声来，这是在焦旱的北京啊，久违的音质使我无法控制。它不是乐器，不是弓弦尾鬃的摩擦也不是马头琴的句子，它活脱是心中铭记的一个女人的嗓音。是谁呢，是佝偻的“额吉”还是甜美的“都”？我不能分辨，但我抓住了它。

齐·宝力高和他的“野马”乐队拉得在情在意。中山公园音乐堂的草海彼岸，一个锁死的营地敞开了。在窒息的声音抄袭中，它的异样令人吃惊。嘶哑的它破门而出，无视四下充斥的喧哗，那么真挚，就像骏马化成琴的时候一样。我磕着马鞯，无声地踩着草地走了进去。在这个金草的营盘里，没有侏儒的哲学，也没有伪造的艺术。

三十几年前，齐·宝力高的名字钻进我的耳朵的那一天，究竟是怎样开始和度过的？

我对自己在那个时代里获取的知识，总是感到巧合又奇异。有一篇讲到前一夜里枕着姑娘的胳膊、这一夜枕着冰凉的马鞍子的小说，有一首叹咏拥有两千名歌手、两千名摔跤手、两千名套马手的、人口两千的乌珠穆沁的短诗，还有传奇的马头琴师齐·宝力高。在我那时的心田里，这些消息如同天上播撒的种籽，它们埋藏下来并久久孕育着，和我的天性融为一体，直至变成我的初声破口而出。那曾是我的艺术和文学的启蒙。我不像别人，背诵古今的名著，我是在穿着一袭褴褛的蓝袍子、斜躺在薄勒嘎斯太洋地的草坡上的时候，得到了它。

他们怎么会知道，连同巴合西·齐·宝力高怎么会知道——如同种籽一样的、那关于文学和艺术的印象，居然能为一颗异族的心记忆，并化成了他的精神！……印象那么朦胧，马头琴师其实不是一个白髯飘拂的老者，算一算他该是一个少年。哪怕竭力回想，依然一片漶漫。齐·宝力高，这个名字是从哪里听到的？是从中学同学诺木汉家借来的书里读来的，还是从蒙古哥哥阿洛华的滔滔的讲述里听来的？

白胡子神仙拉着一柄马头琴的形象，变成了眼前这位红脸黑发的牧人。他不过比我只年长四岁，一样迎着冷冷的试炼。但是浮躁虚伪中冲出的声音已经奏响，它驹犊无畏，直截地使用真嗓子，一气倾吐了整个的命运。

我凝视着台上的齐·宝力高和他的伴当，那一色牧民组成的“野马”乐队。伴当们（这个词是从13世纪的古书里抄来的，它今天被译成朋友）静坐在大师的阴影背后，不做各自的发言。

算来在我一边放羊一边对他想象的二十岁，他只是一个少年。居然就有那么大的名气！我注视着他，此刻他正拉得忘我。他的姿态独特，不，是他的躯干已经围绕着琴，不易察觉地变了形。

齐·宝力高的骨架，被拉琴的气力磨扭成了一个固定的姿态。他右肩微耸，左胸抢出，持弓的手如潜伏半藏侧后。我凝视着他们的群雕，凝视着吐出呜咽诉说的琴上的马头，一缕沙沙的低音，从台上直直流入我的胸口。

3

按捺不住胸中冲动时，我从邻座借来了一根圆珠笔，试着在节目单的背面勾勒他的姿态。于是这篇笔记有了插图。阔别得太久了，我已经忘了人可能与艺术这么近地触碰。

传奇中死去的骏马变成了一只马头琴，如我们的母亲生下了我们。这乐器的隐喻意味非常强烈——马骨头化成了琴身，马尾化成了琴弦。但是纵使马头从上面凝视着你，如果你是个不屑子你仍然可以无视它。何况它永远沉默，如同哑巴。

至于我的民族，在漫长的移殖混血之后，骨架鬃尾和马头都隐藏了。无形的凝视更是无言的。摩擦的嗓音流出我的笔端，我留意着，它可以失误和粗糙，但没有背离那沙哑的质地。

你呢？今夜该称呼你阿哈（哥哥）或者巴合西（老师），而不该把你继续想象成白发神仙。你我还都经历过日本。你在日本感到了什么呢？当马头琴奏出《夜来香》时，巴合西，你的弦没有颤抖么？

——我的心绪如汩汩流水。在中山公园音乐堂度过的那个夜晚，使我恍如置身于薄勒嘎斯太浑地。我听懂了他使用过的三种语言，我记起了不止两个民族的命运。

苦难的马献出了它的骨骼鬃尾，它死去后，琴诞生了。姣好的马头从琴上俯瞰，它注视着齐·宝力高，也注视着我。我陶醉在听觉和冥想里，耳际流过艺术的呜咽初声。

幕落了下来。

一个时代结束了。

我醒来一般站起，草叶和蒿艾纷纷从衣襟散落。台上也站起了他们，一排并列的马头高高地望着我。巴合西·齐·宝力高再三地向观众谢幕，用右掌抚着左胸。我手里捏着那张圆珠笔速写，焦急不能再勾画他这穆斯林似的手势。那一夜从锡林高勒到北京都下了小雨，湿漉漉的草地沾湿了我的双脚，沾湿了我的感受。

——回到家，我立即想加工那张速写。但是刚刚描了几笔我就意识到：任何多余的一笔都会描坏。哪怕我没有画出那个姿态，圆珠笔追逐捕捉的，正是我要记住的他。

2002 年 5 月改毕

杭盖怀李陵

在草地放羊的时候，我总对把羊群放到北边大山上怀着一种含混的激动。那时中蒙国交恶劣，可是我总向往着国界——在我出牧最北的、白音呼布尔大队的薄叶山上，羊群吃着秋季里油脂肥嫩的明根勒草，遥遥摆在北方尽头的国界是蔚蓝色的。

有一次我们4名知识青年骑马去了边防站，吃边防军的大米饭（久违了不知多久），纵马追夜空中的一只火球（在阶级斗争严重的年代里草原上信号弹夜夜不绝），遛遍了塔勒根·敖包边防站一带的冬牧场。而真正的目的我是模糊知道的，那就是要亲眼看一看北蒙古的大地。

蒙语中的外蒙古，为什么不译成北蒙古呢，内蒙若译成南蒙或襟麓蒙古多好。

那时我们地位低下，生计严酷，心中常常怆然响着苏武牧羊的音调。至于对降了匈奴的李陵，并没有过多的留意。

二十年时光，如毛主席诗词中写的一样，“弹指一挥间”。

我没有想到自己混入中国作家代表团，来到了据说与中国已经近三十年不相往来的北蒙古。不仅越过了当年塔勒根·敖包一线的蓝色远山，而且越过了蒙古首都乌兰巴托，一直向北，向北，进入了大名鼎鼎的杭盖山脉以北。

好像两国之争，来使之命，于我都毫不相干。用不着克格勃监视，用不着一种异化了的如朗诵社论的喀尔喀方言的导游，我用我的双眼，迎接着我熟悉的景色。

秋草原上明根勒的紫花球已经散了，节令使人遗憾地已经逼近初雪。大地一望千里金黄眩目。清澈的风吹得挺拔抖擞的金叶透明如箔。杭盖，北蒙古的北屏，原来也和乌珠穆沁的丘陵一样舒缓。

我心中真的感到了怅惘。

我知道：杭盖北麓，蒙古人民共和国的阿拉杭盖省，是我人生旅途的北极了。

我再不能更北一步了。

恰似萎缩了的中国，我所能达到的，远远比不了那些人了。比如霍去病、卫青、苏武、卫律、中行说、李陵，他们的足迹都达到了贝加尔和叶尼塞流域，——即使站在杭盖之颠北眺，那里也是万里绝域。

二十年来我也变了。我厌恶霍去病、卫青之类军人。我更厌恶苏武；他和孔老二一样使人压抑。在我的北方史观中，真正使我感动的人是李陵——在阿拉杭盖的省府其其格勒特（花城之意），看着一张张蒙古人的面孔，我总觉得他们藏着一些李陵的秘密。

在一个严肃得过分的官方代表团里，站在杭盖北麓独自胡思乱想，是有点太不着边际了。

我只能尽力地远眺北方。像20年前在白音呼布尔的薄叶山上一样，杭盖以北依然是远山如线，金草如潮。遮断了我视线的一抹淡蓝，依然在天极地尽静静地一字摆开，继续着20年前的那个默语。

没有远托异乡的体验，没有怀着重归故乡时真正单纯的信念，没有在某一天突然意识到异乡的珍贵——是很难记住李陵的。不是我自己留心着、而是蒙方人员时时提醒着：你是文化交流断绝近30年后的第一批中国代表团成员——这不知缘由地使我心中轰响着李陵的句子：

子归受荣，我留受辱。

不知为什么那样感慨击心。好像在判断着将来冥冥中的一个朦胧前途。杭盖北麓一片静寂，雪白的毡庐纯洁得难以置信。我吸着清冷醇浓的空气，总怀疑这宁静那么不稳定。静若处子，动如脱兔，人在不测中遭逢这种前途并不是不可能的。尤其是当他无家可归，朝廷执行不义的时候，叛变也许是悲壮的正道。

远托异国，昔人所悲。
望风怀想，能不依依。
身之穷困，独坐愁苦。
终日无睹，但见异类。
韦韝毳幕，以御风雨。

膻肉酪浆，以充饥渴。
举目言笑，谁与为欢！
胡地玄冰，边土惨裂。
凉秋九月，塞外草衰。
夜不能寐，侧耳远听。
胡笳互动，牧马悲鸣。
吟啸成群，边声四起。
晨坐听之，不觉泪下。
……

在杭盖草原疾行而无声的秋风中，断续忆着诵着这些名句，心中的一切烦乱欲利都被荡涤一空。不知是难过，或者是激动，只觉得不能诉说，不容解释。其其格勒特下行千里的阔大草原上，异国的牧人仿佛都隐匿了，空无一人一影的金黄大海中，只有不变的景色在与我对视。

这是杭盖以北，李陵居国的景色……

我毕竟是邻国乌珠穆沁出身的牧人，我不可能视而不见：这空茫得几乎针落成雷的金秋草海里，浮动着一种深沉的亲切。

游遍阿拉杭盖，看过了塔莱特神石、讨高火山口、查干淖尔蓝海，又顺着蓝澈得呈紫黑的河道返程，我不能再向北追踪他了。不仅是不能够再穷究李陵的居地，连我的人生也已遇上它的北尽头了。

其实那篇至今感动我的名文，几可断定不是李陵作品。我明白这篇散文为什么那样工整完美，因为年逼四十我也有了作者的心境。不一定是李陵，是李家后代，也不一定是久居草地洞知游牧的人，才能写出那些句子的。只要中国不变，只要——“妨功害能之臣尽为万户侯，亲戚贪佞之类悉为廓庙宰”；如《答苏武书》这样的美文，就一定会诞生的。

叶尼塞河上游的阿巴坎，旧坚昆之地发现了汉式宫殿遗址。苏联考古学家艾赫切哈娃断言考定——除李陵不可能有他人拥有这座宫殿。两唐书中记载了大量黠戛斯（柯尔克孜）人自称李陵苗裔的族源传说；日本突厥学家护雅夫认为，黠戛斯之一部即黑发黑须黑瞳的一部，乃是李陵及降卒后裔这一传说，已经成为正史史源，但尚不是信史。

苏联女考古学家也许多了一分女性的激动和情感。日本老人学者也许抑制了一分模糊的冲动。

敦煌文书中有大量唐五代流行的民间说唱剧本，其中有所谓李陵变文若干。史家费了大力，构拟了唐五代黑暗中国的民间是怎样怀念李陵的。

——我走火入魔，不求学问而好歪途，我总觉得我隐约看见了一条人类悼念的感情流脉。而且，这悼念似乎没有对象，不像悼念李陵却像悼念自己。

很奇怪，鲁迅好像没有写过这种感情。也可能他对中国的心太重了，他与中国之间千丝万缕，纠缠得太深了。他不写，一个巨大的空白就隔开了过去和现在。

现在有谁为两千年前葬身杭盖以北的亡人感到痛楚呢？有谁还会那样面临个人与国家、道德与亡命、和平与危险的大问题呢？李陵是军人，他赌了老母妻子性命思考了抉择了。司马迁是文人，赌了自己的男身思考了写完了。我周围活得轻松如蝇的军人思考么？

我周围写得纸腐墨臭的文人思考么？

木然看着杭盖北面草地尽头的山影，我总觉得那就是唐努乌梁海的大山，也许它就是障人眼目的最后一道山——萨彦岭。在那道山影的彼岸，是匈奴右翼故地，是李陵分地的坚昆，是黑发黑瞳的柯尔克孜牧场，是一定热情的苏联考古学家艾赫切哈娃发掘的匿名宫殿。疾潮般的黄枯秋草哗哗地打着双腿，我觉得我离那边是如此接近，近得可怕。

我就在这里，在阿拉杭盖秋9月的草潮中致意吧。“男儿生以不成名，死则葬蛮夷中”——也许唯此才是通途呢。我也曾插入游牧民族的队列，我知道他们远没有孔孟之徒的伪善和凶残。李陵将军，且不说他永远成为军人文人试金石般的限界，即使只是他一缕血脉染入大漠，使黑发黑瞳的一支骑手世代怀想——难道还不够一桩美丽的壮举吗？

我默然打消了将来寻机去苏联，到叶尼塞河上游的阿巴坎宫殿遗址的奢望。我的祭心止此已够了。能够在杭盖北麓，能够在李陵自由自在射猎而没有刀笔之吏逼索的地点思想一番，已经够了。我毕竟只是一名乌珠穆沁出身的牧羊人，能够了解包括杭盖的广袤牧地，我已经平生愿足了。

真正的祭祀会有的。在日复一日的流年里，黑发黑瞳的骑手会用突厥语言默默诵祝；在沧海移断的大时代，会有人获得慷慨激烈的体验和感情，以惊天动地的举动来实行祭礼。

1988年7月

西海与东乌

许久以来，我饶有兴致地，观察为我熟悉的乌珠穆沁和西海固。当然一双眼看不了太多。我能大体把握的，只是其中麻雀般的两个点：黄土中的半个村子，草原上的一个嘎查。

我的位置恰在其间。而且，在三十年一日的时间打磨下，我与其中的人已是两代交情，瓜葛厮磨。

我躺在东乌旗的毡包，眺望西海固的高房。麻雀般的两个聚落里，各有一家与我关系亲密。我在西海固的泥屋里，给农民们讲解牧民。他们彼此之间，兴趣不能说很大——隔着的不光是地理，文化的差别，挡住了接触的可能。

我喜欢这么过日子：不光能享受两种的文明，还能享受两边的友情。在西海固我空想过高贵的橄榄树，在东乌旗我抗议过野蛮的挖矿队——但是我既不能给他们带来金钱，也不能为他们扫荡不公。

我有的不过一份情义，或者干脆说不过空空的惦记而已。

我已经习惯惦记。

我的总处于遮蔽的眼鼻耳朵，因多年的习惯早变了雷达。多年来，我侧耳倾听、凝眸注视、品味嗅觉，捕捉从东乌旗到西海固的一切消息——从动荡的所有制，到变幻的天气预报。这习惯成了癖病，成了学术观察。它的兴趣对准一切，无论昨天今天、也许还有明天。

1

这两块土地一东一西，各自处在两片大陆的奥深。代表着两种典型的地理，生养了两个著名的民族。他们都不是萎琐之辈，天生便怀着个性——不知是土地养育了人抑或是人给了土地灵气？总之他们与众不同。

那里印着血性的符号。牛马驼羊生息其中，胡麻洋芋如同野生。东乌珠穆沁和西海固，不知怎的一直声名远扬。

在贫穷的过去，无论糠菜饥荒或黑白铁灾，都没能治了他们的骄狂。仿佛有冥冥中的点拨，日子总在他们那儿成为故事。一如点石成金，说不准哪天，他们就把晦暗的穷困，变了激动的传奇。

在乌珠穆沁雪深三尺的荒原，牧人们赶着勒勒车踏上长途。运回的带壳糜子，被他们叫做哈拉巴达的黑米，被妇女们终日嗵嗵地捣碎脱壳。炒熟的黑炒米泡在热茶里，浓香弥漫了破旧的毡包。他们遍地撒下了铁丝套和夹子，捕捉咬断草根的旱獭。老人们说，獭子是穷人的肉食；而勒勒车的木轴，正巧非要用獭子油，才能润滑。

在西海固青黄不接的春季，泥屋下的窖里藏着洋芋。旱灾过后常有秋雨，所以晚收的洋芋，是绝收麦子的救济。蘸些盐，加些自家做的醋，一锅煮洋芋吃的有滋有味。只要窖里有垫底的洋芋，娃娃不会饿死，出门能换成盘缠。农民耕作播种，年年把小麦种到山上，但洋芋才是可靠的作物。何况还有颜色黑红的胡麻油——日子是能度过的，只要人吃苦下力。

严酷的自然，使人粗砺又灵秀。那些袍服褴褛的牧人，大都通晓木工、狩猎、皮具、绳毡。有人还是雕刻家，给孩子或自己刻一套精致的国际象棋。东部乌珠穆沁的套马杆长达五搯（tao，两手尽力平伸为一搯），外人举之不起，他们却能在空中划出优美弧线，套住飞奔的马耳朵、或是逃窜的狼腰。从哈萨克到阿巴嘎的牧人自惭不如，送给他们敬佩的眼神。一群东乌旗牧人并马走过，粗大的奥角尔（马杆底部）的光滑圆尖，在草地上沙沙地磨。

绝地的岁月，创造吃苦的记录。暑中斋月，粒米不进，滴水不沾。几十亩广种薄收的麦子，在骄阳中牛驮人背，一捆捆从大山顶运下来。运到家，在泥屋前的场院上，垛起一大一小的两座小山。金黄的麦子黑红的胡麻，被夕阳映衬着，显出西海固的美景。在麦垛上干活的人，会彻底忘了饥渴。一把抓起三个两个麦捆，宛似捏着三个两个馍馍。在沉默的劳作之间，风在手臂间呼呼响。哪有谁喊叫辛苦，唯有感恩不尽！

那都是古典的往事。虽然古典不尽是穷和苦，但常言道：农民受的累、牧人受的罪。农民穷，牧人苦。在日子的风吹水流之间，种种文化都被养活，都发育得丰满了。

2

我最关心的，是两个互不相干的孩子。他们是巴特尔和马三儿，我与他们的缘分，只因目击了、或许可以说是分享了——他们童年的日子。

小黑窑灶房的旁边，是一间我没睡过的半塌泥屋。娃们都是在那张泥炕上长大。这一点与草原惊人地相似：孩子们都是在玩累了以后，就地躺倒，睡得死沉。他们的父母也一模一样：不会去把乱躺一炕或一毡的小动物，费力摆成什么队形。两地二族的小孩，夜晚一般是不脱衣的，无被窝、横七竖八地，他们挤在蒙古包角落或黄泥屋炕上。不同的大约只是东乌旗的严冬，在那里冬夜大人要把小孩揽在怀里再裹上皮袍，否则一夜间孩子就会冻坏。而在夏季，两块土地的儿童一模一样，他们拉开同样的姿势、流着同样的鼻涕、睡得呼呼酣沉——虽然看见了不一样的梦。第二天早晨，随着他们一打滚爬起——新的一天开始了。虽然门外，是截然两界的景色。

西海固没有东乌旗的零下三十九度，但都说，冷，冷死了！我也感觉那儿比乌珠穆沁还冷。原因简单：那儿没有牧区的皮衣。

三岁的巴特尔，冬季穿的是一件“瓦登”。我怀疑在今天，即便在东乌旗的蒙古人里，是否还有人知道这个词。它是一种最大的羊皮缝成的、蒙古式连裤衣。除了两手、脑袋、开口掏出小鸡鸡撒尿之外，瓦登全身连腿缝死，非常暖和，不怕小孩在雪地上跑。

至于露着的脑袋——用夹子甚至用一根套马杆子，探到深洞里让梢头的马鬃缠住沙狐的皮毛，然后慢慢拖拽，拖出来一头吱吱叫着的沙狐——它就是牧人头上的狐皮帽。

——这就叫富饶。这便是草原。虽然铺冰卧雪、风餐露宿，受些罪，有些苦，但是大自然的恩惠和物产的富饶，是西海固不敢想象的。

固海西吉，穷山恶水。哪怕它脱胎换骨重生再世，也不懂得何为富饶。马仨儿何止没有牧童的瓦登！他十岁那年我初入西海固，见他精脚踩在雪地上，冻得缩着肩头。一摸，那条单裤里头就是瘦棱棱的大腿；但人们提醒我，这一家的光阴，还是不错的。

我喜欢梦一般地想象：马三儿和巴特尔交朋友的情景。

愈是一派末日的世相，我愈是固执地这么想。我梦见他们异族结拜，东西呼应，逆着大潮，在茫茫大地上互为犄角。

巴特尔放羊，静静坐在邻居门口百米之遥，就是不进去喝茶。他是个爱静的孩子，在蒙古人中非常罕见。他生性不抽不喝，尤其不爱串营子。气得邻家的女人遇上机会就骂：你们家巴特尔是什么意思？真的是我们家的门太小盛不下他，还是我们家的茶里有敌百虫？

马三儿放学回来，引上我去山里。远远看见他爹妈从山路下来了，三儿跑上去，接过架子车，瘦窄的两肩还没有车轮高。他爹朝上一瞥，我也抬头，是妹妹牡丹，在山的高头放牛。牛只两头，在山峁上啃碱土。没上过一天学的牡丹正目不转睛，站在山头望着我们。

——两个懂事好静的男孩，我对他俩抱着希望。那该多么有趣！我一直认为，他俩若是结成伙伴，一定能对付这不好捉摸的形势。我甚至考虑让他俩结识，希望他们“——把汗乌拉的牛羊销到西海固，也把回民拿手的拉面馆子开到北疆的交通线上”。

但我也明白：完全可能的事情，往往不可能办到。

3

巴特尔的弟弟在旗里当中学生，上了两年，哭着回来了。大个子的学生抢了他，老师不管。他丢了户口本，成了没户籍的小黑人。但回来后，他虽游手好闲，却摆中学生架子，举止狂妄，说话带刺，从不听哥哥一句。巴特尔心里郁闷，整天坐在山上陪羊群。

马三儿去兰州的饭馆子打工，睡了三年板凳。后来和店里一个姑娘恋爱，如今已在城里安家。两口子日日劳作，挣来的钱都用在一个孩子身上。放牛的牡丹顺从拨派，嫁了一个朴实满拉，小两口银川打工，先在高速公路浇沥青，后在乳品公司挤奶牛，日子艰辛也美满。今冬（2009）牡丹两口子用打工钱给我买了两套绒衣，我感慨着，穿了整整一冬。

巴特尔的三个姐妹都嫁了人，女孩出门都带走了牲畜。除了中学生，另一个弟弟也成家单过。羊群分成几处以后，每群都稀稀拉拉，使放羊人心里失落。父亲不在以后，再无人决定指导。加上旱灾连年，夏季水井干涸，牧草日见稀薄了。几群羊挤在一块草场，一丝潜在的危险，游荡在东乌的草原。

我猜测巴特尔一定常常伸手，不动声色地帮助弟弟们。夏天替他们治病羊，一天蹲在毛尘堵满鼻孔的羊圈。冬天独自钻进冻井，一镐镐凿碎再一把把淘出积冰。他一定满手满脸油腻帮助弟弟家剪毛，不在乎中学生外出游荡。羊群少了，吃肉节省，他在宰羊的日子，一定把弟弟们喊来，让他们吃个够——无疑如此，我了解他。我敢说我猜测的每个细节都不会有错。我知道一个蒙古男人已然出现；他的主意就是古老的礼让，他用这一手维护家族的凝聚。虽在北京，我凝视着，在岁月流逝中他会苍老，一层层脱尽儿时的形象。

马三儿的妹妹们也都结了婚，除了牡丹，她们全是农民，山里家里忙碌，拖累着孩子。弟弟们一律在城市打工，打的一律都是清真饭馆。打工的一人糊口全家不饿，他们不太劳神于将来。最近有一个有所感悟，回来娶了家乡的媳妇，加入了挣钱养家的队伍。剩下两个老人，空对几十亩荒山，心中惶惑。

马三儿被家里供养着读完了高中，差一步没有考上大学。他懂得比金钱要紧的，还有别的事情。昔日强悍的父亲，逐日正变做老人；母亲积劳成疾，眼看已熬不过去。何况穆斯林的穷家，可不光是煤炭洋芋。藏着的经书，传述的教门，总要有人承继。

他曾向我保证，念不成大学更要读书，他还打算在兰州站稳了脚就伸手帮助家里。奈何娃娃存在幼儿园每月几百元，若不去幼儿园则媳妇就不能工作；细算租房的里外里，最近咬牙借款买了房子。还债将是半辈子的主题，怎么才能扶老携幼、甚至读书呢！

我时而目击，时而遥想，最后陷入了思索。

在东乌与西海之间搭一座桥——我悄悄不再这么遐想。他们的命运，他们的前定，比我想象的远为强大。

我沉默了。在体察着自己的同时，我看清了他们的道路。

4

一旁看着的，还有一个冷冷的时间。

二十六年西海，四十二年东乌，时间跟随着我的轨迹，不离不舍但有那么一点点残酷。

刚刚数到十年的那时候，我悟到了草原上草拌泥土坯屋的含义，发现了它们是游牧中自古未曾的新事物。于是我一边捉摸自己的心思一边写：也许我们经历的，是亘古以来游牧生活的最后一页。

那时还在憧憬。最后一页之后，该是更好的新生活。遥遥念想着，也常去亲历，我清晰地感觉出，时光的推移暗藏了一股破坏的剧烈。没过多久，我的感觉就成了结论；亘古不变的游牧历史，已经翻过了它最后的一页——我掩饰着，故作镇静。

谁知后来的演进，震惊了所有蒙古人、哈萨克、西藏与肃南；震惊了一切与草原有纠缠的人。事情已经变得天大：九十年代末的哪一年，我们在著名的巴尔虎草原——那是让我们东乌珠穆沁一直艳羡不已的、远东的呼伦贝尔啊——看到了绝灭的夏季大旱，听到了一个恐怖的新词：禁牧。

谁敢把羊群赶进禁牧区，一只羊罚款一万元！……

禁牧区的铁丝网里，枯焦的褐色的草棵，低矮稀拉，盖不住泛白的黄沙。一个曾经是牧民的人，他怎能相信此刻是“七月的草如金、八月的草如银”的草原七月呢！？

我从《时光中的白马》里的电影镜头里，看到了牧民被迫卖掉残剩的羊、转移到城里打工的末日场景。忠实的老白马被卖给马戏团，被一个肥蠢的半裸女人骑上舞台。

立刻打电话给东乌，巴特尔淡淡的声音从天外传来耳际：

“草么，不好。”

“我们？嘎怪。”

这嘎怪（gaguai），差不多是凑合、勉强、还行、还活着的意思。

八四年初入西海固时，联合国正在那儿搞退耕还草，坡度15度以上的山地，都不用费劲再种。连粮食都是从国外运来，家家都拿土耳其造的“试吧个体”（意大利面条）充当凉粉，拌上醋蒜待客。

三年后，联合国走了，农民们上山，把种上的树砍掉烧柴。

十来年后，这回是中国自己干，比联合国长一倍，说是七年的计划。而且接受洋人的教训，实行验树给粮，谁的树种活了，才给谁发粮食。记得消息传来的当夜，庄子里就有人上山，连夜刨开了树坑。

我在一边冷嘲热讽：哼，怕是一旦七年过完，到了第八年，山上那几棵树苗子立即就给砍光！

没想到，国家的狠心，像是真的下定了。前不久见到一个固原干部，他说怕是退耕还草，要百年大计，长期执行呢。

只三两个县？

好像是全西北，普遍的。

我又问：那不等于国家养农民？能养活多少年？

他也说不清。

也有人说，没问题！有钱！中国有钱。只消把贪官的赃款拿出一部分，就完全可以在大西北养着农民种树！

我去问农民，但农民的特点是试探。马三儿他爹一样正在疑惑。退耕？不种地了？真格？

他好像盘算是否该老实种树了。那不等于农民都成了——工人？他不信。我也不敢信。农与工，我捉摸着，概念愈来愈混乱了。

——信仰的话题，悄悄被搁置了一旁。

马三儿似乎不太思考。他的成分，早已从贫农变了“农民工”。他背着农民工的重负和心事，不喜欢奢谈信仰的事。

信仰仿佛是农民的专有，而与工人距离甚远。他的前途，他的信仰，确实不好妄谈。

一个经济学家对我的观察饶有兴趣。他说你该记录下来，从这个角度谈谈经济。而我在等，不知等的什么。

时光无情，等到今天，我等来了一道难题。尚且不是生计的难关，不是历史的推移，我们突兀踩上的，是文化的末路。

经济学家说：别悲观，丢了的东西，能用银行里的钱买回来。环境也一样，只要敢花钱，所谓改天换地，不过小事一桩。

我想他说的对；虽然天不下雨，虽然连年干旱，但人在富裕，钱包在鼓起。只是，对紧靠文化和信仰的人，失去了便再也无从赎买。

四十年前反对牧区农垦，根本无人管理。二十年前抗议草原采矿，更是耳旁阵风。随着猫狗都在滥说环保，环境这股时髦，刚流行便已奄奄一息。

我们这辈子，可算看尽了天地沧桑。历史不仅翻了页，而且翻到了底。如今，不仅是牧被禁牧，而且还农不能农。

传奇的游牧，信仰的文明，它们的黯淡，使人难禁感伤。从草原到深山，从西海到东乌——谁知历史的前路？一切都临近了界限。

完稿于 2009 年 5 月 30 日

公社的青史

一

手头的这本小书，不是出版物，只是印刷品。它是由公社、即现在的苏木机关，土气十足又充满事业感地印制的。书题严谨：《道特淖尔苏木史志》。虽然若把它插入书架它会沦为最寒怆的一本，无人识，无人翻，在架上孤单可怜；但若是要对它细读推敲，倒可以说，它是一本翔实地道的社会学小小著作。

插队时曾爱不释手地读过一本《怎样经营牧业——给牧民们的一些建议》（蒙古人民共和国科学院编，乌兰巴托，1958年版），这回得到的这一本，又使我在离开蒙古多年以后忍不住时时摩挲。

它俩和大部头们不一样，不是有了教授头衔就能读的东西。不仅由于它们是异族语文；重要的是它们要求读者调动私人体验。是则读得生动快活，否则那将枯燥无比。

我有个不定期地淘汰不读的存书的习惯，目的是为了更妥善地保存特殊的好书。蒙古科学院那本已经藏了30年，这一本是1996年在乌珠穆沁，蒙古哥哥送我的。那时喜欢那一本的原因，是因为书里讲的都是我每天正度着的游牧日子；此时捧读这一本，是因为它正式地追述、记录和确认了一方草原——那块地方，不仅封存着我们的旧日情义、还催促我们去继续探讨新知。

二

书的分节很细。立目特别而有趣；有地理概要、牧业经济、文化教育、名人录、庙宇及历史、旧时的富人，新老角斗士等等，恰如麻雀，五脏俱全。

读这种书时，人好像立即脱掉了知识分子身份。我翻开书页，视野里出现了蒙古兄长的读书姿态——他自言自语般地，一字一字地独自沉浸在一种境界。不是读，是在享受。时而他欣赏地啧啧有声，时而不屑地撇着嘴角。更多的神情是参加的兴奋；好像这书干系着他五十年的牧人经历，他按捺不住要表达意见。

我也学着他，一开卷就仿佛回归成了牧民。

在下意识中我沿袭着旧日的习气，先读马，再找人，后翻历史，末了才瞧瞧沿革概况。于是我们这些牧民读者就满意地发现了：在这本小书里，骏马被专辟一节记载。

人么倒是可以适当忽略，要让那些伟大的马儿青史留名——这出于一种古老的公正。一读我不禁高兴起来：此书一共著录了十二匹骏马，居然有四匹为我所知。确切地说，是马的主人为我熟知。他们大都是当年的牧主子弟，三个人有两个和我一块打过井。显然——在动荡结束后的八十年代，他们一直在努力弄好马的事。这使我不禁深思；在古老的游牧文明传统中，拥有骏马，其实是一种社会地位的象征。

至于“白音塔拉黑马”，我此刻闭上眼，就能浮想起那匹马的身架。它是一匹勾背的怪马，虽然善奔，但是脊骨如刀。一场赛马结束，骑它的小孩便满屁股流血。书中说：

白音塔拉黑马于1972年道特淖尔苏木的祭典中获第一。1973年于东乌珠穆沁旗大典中获第五。

当年——它没有记载更重要的1971年，那一年是“蒙古之春”，多年的坚冰解冻，第一次旧式的传统祭典（它叫做nair，而非通俗的那达慕）在我们公社（那时也没有改称苏木）召开。那个夏天丰饶而平和，我正和一群孩子忙碌在游牧小学的毡包里。不动声色之间，一个消息在随风传播着：要开nair啦……

如清明前后的第一股暖风，如一个新时代的试探；我至今牢记着那时牧民们的眼神，以及那时弥漫的气氛。只是，黑马的脊背确实硌屁股，我听见过小学的孩子们议论它，也因此知道了白音塔拉黑马。后来，15岁的学生查干巴依拉骑它，在那次历史性的赛会上夺得第三名。书没有记录那一次，显然编者过多看重了锦标。

或许该顺便批评书的编纂者，他们在“文化教育”章里，居然对七十年代的民办教育只字未提。那是教育史上的大事；几个牧业队都出现了亘古以来最初的小学，儿童在那时背会了蒙文的“白头”字母表。我正是那时的民办教师，所以心里忿忿——我觉得即便在小小的公社，人的脑瓜里也多是正统主义。

三

我大概没有在别的哪本书里，对这个栏目哪怕瞄过一眼：党政组织历史。但是这一本，却被我读得津津有味。因为不仅里面有不少熟人，还有我离开草原那年的书记罗布桑金巴。他是一个友善的长者，特别和我还有过一点友谊。我一直想念他，可惜他早早逝去了。查了一下，果然：

> 1971 年 3 月选出了公社党委。
>
> 书记：罗布桑金巴（1971，3—1973，7）。

“著名人物”章里，选了我们大队两人。

特别是我的学生巴的父亲，最后以酗酒方式辞世的查布干齐获得了牧民式的殊荣：以“套马手”的名义入选。

> 著名套马手查布干齐，是道特淖尔苏木汗敖包嘎查的资深牧民。
>
> 其父名朋斯格；……乌梁海姓氏之家。十七岁为富户牧马，曾把汗乌拉十岁的儿马摔翻。……曾与乃门同行，乃门骑着一匹名“鼻子萨勒”的马，问道：“你若是真的是这么有名的套

马手，来把我的这马摔倒一下。”查布干齐答：“我把你那马的细脖子不套，我套在顶鬃上再拉吧。”于是乃门，摘了鼻子萨勒的鞍子，撒开它。查布干齐在顶鬃上甩竿，猛一拉，马竿的梢头断了。

书里讲了他一个小故事。其实，我知道的这位套马手的故事也不少。此外他那阿尔巴尼亚美男子的形象，曾使我费劲地猜想过许久。小册子透露给我一个重要信息；居然有根子远在阿勒泰山脉的乌梁海人！这使我更明白了乌珠穆沁构成的复杂。

居然还有这样的一章：“旧时的富人们”。可能设置这样的章节，是为了列举那些旧日富人的畜群数、使今日读者知道他们是多么冤屈——他们曾因这个数字被打入地狱底层；而今天畜群达到这个数字的人家，政府奖赏一个小康户铜牌。

我读得心情沉重，都是认识的人。但当年我们什么都不了解，包括这些数字。

阿西尼麻，西部乌珠穆沁旗代钦淖尔苏木所属乌梁海姓氏孟克之子。1958 年拥有牲畜 1365 头。宝力嘎，孛儿只斤姓氏，1958 年合作化时有畜 1014 头。旺钦，1958 年全部牲畜 643 头。……

读了才知道，首富名叫哈拉夫（此名意为黑孩子，正与红孩子乌兰夫相对），他曾拥有畜群 2930 头。其中马群 88 匹、牛 178 头、绵羊 2033 只、山羊 631 只——无疑他被划成最大的牧主，只是不知他是哪个大队的。

这样，读着“名人录”或者“旧时富人”，还会发现一些以前根本不懂的事情，比如姓氏。一般说来，蒙古草原所谓的姓氏指的是部族，它们往往源于传说，可以上溯到13世纪。只是在我们插队的时候，牧民们对此讳莫如深。

如今换了人间，人们开始炫耀出身的高贵。听说我插包的家，也是“孛儿只斤”姓氏。哥哥骄傲地对我说，我们是成吉思汗的同族！……孛儿只斤，Boljigin，这是一个我早在读《元朝秘史》的学生时代就熟悉的姓氏。若是它果真与我插队的家庭有关，当然令人兴奋；但是我想还是需要认真考证一下——考证将是很费事的。

看见我津津有味的样子，有人说：你也该入选，去找苏木说，你也该选进去。我说：滚，少恶心我！他不懂，我不仅在享受着一种——草原上的晚辈面对古代以及民族长老的感觉；而且我还保留着对游牧民族的历史记忆方式的崇敬。这是神圣的事情。他们不懂我也解释不清：被一个游牧社会认可，是怎样一件难事。

这是对许多旧事的结论和评价。它将迎接漫长的咀嚼般的议论。著录于这本小册子以后，那些牧人和那些往事，似乎就获得了某种价值确认。草原上印书毕竟是罕见的事，小册子似乎就是一种历史定论。

不过，也不一定。这本小册子也开了一个著述和评点的头。也许，已经有更好的公社史、更细微的苏木志正在蕴酿之中；也许也会有一种腐蚀，从此肇端。

我还读出了一种别的东西。何止民办小学，全书居然没有提及知识青年。为什么呢，既然人口统计笔笔清楚，而他们千真万确曾是公社社员。或者也可以说，知识青年全数溜了，也和来来往往的盲流差不多所以不用特别著录。我猜，回避全部文化革命的题目，一定是编者的原则。没有人议论这一点，我也慢慢觉得挺合适。

四

有些资料，过去好像没人知道也没人打听。我一直无从得到。比如我们今称苏木的公社概况：

> 道特淖尔苏木是在1455平方公里草原上的4个牧业嘎查组成的纯牧业苏木。据1995年的统计，共有蒙古、汉、满洲3个民族的505户、2437人。其中牧民户336户，牧民人口1732人，占总人口数的71%；而蒙古族人口，占总人口的70.07%。

如今读着这些资料，只觉活到老学到老的真理那么真切。它可以纠正以前长期的、哪怕数十年保留的错误印象。我一直以为，这里已经是草地奥深的奥深，难道蒙古族比例还不占个95%以上么？

其实不然。误解是因为眼中过于强烈地留下了乡下牧区的印象，而忽视了其实我们也很熟悉的，星点散落的小集镇。

这是一个自给自足与对外依赖——两者同样夺人眼目的文化。从很久远的古代起，这两种特点就非常显著。不小心，会在感觉中发生误差。由于绝对的交流贸易需要；由于自古以来的皮、铁、毡、银等手工业对纯粹牧业的补充功能，外来户，早就一直在默不作声但源源不断地流向草地。

读着这个数字我明白了忆起的歪斜泥屋，忆起了新庙，那个神秘的小镇。游牧世界的最奥深处，民族的构成，其实就是生活所需的方方面面的构成。形象地说，它就是行帮与匠人。也许正因为乌珠穆沁的游牧性过于纯粹，所以才需要移民来补充它的单薄造成的物质和技术困难。

但民族人口的三七开比例，毕竟是一个使人吃惊的数字。若用它比较其他民族区、比如对比河州某县或新疆南疆的某县的人口构成（缺乏论文灵感的教授们不妨一试）；我猜一定会有许多本质的发现。

随便可以再举若干方面的例子。比如，灾害记录的数字也很宝贵：

> 自1972至1995年共23年里，本苏木牲畜头数曾有3次下降，3次创历史纪录。
>
> 第一次为1977年的“铁灾”，共减少了34371头牲畜，占总数之51.15%。
>
> 第二次为1986年的灾害，减少16268头牲畜，占总数20.24%。
>
> 第三次为1992年的灾害，减少3088头牲畜，占总数3.06%。

著名的铁灾的教益是，现实重温着比如回鹘西迁的历史。它教育道：游牧经济是一种脆弱的经济。若遭遇灭顶的灾难，它的崩溃并不是不可能的。1977年仅仅是雪，就消灭了它全部财富和生活用品的一半。此外，近年来愈见频繁的小灾小害还不见记录。表格数字在教育着牧民：风调雨顺的古代已成过去，从此大小的黑白灾，将是日子的一部分。不要再幻想了，只有青贮饲料、保暖棚圈、尤其是吃苦的劳作，才能从灾害中保护和挽救自己。

五

基本生产资料，牲畜的数字也值得一记。1995年全公社的牲畜总存栏数，是12.8万余头。不知调查数字是否准确；小册子说它是历史记录，我想它没准是一种顶点。如今都说，一再扩大牲畜数量并非好办法，草原载畜量是有限的。我记下这个数字，以后可供比较。当然，这数字很正式，羊马牛驼山羊各各精确到个位数——包括18头毛驴。

遗憾的是，我们插队时，正是大势已去的年代。整个公社从1968年的149021头，跌至1972年时，锐减到60275头。牲畜减少了一半多。读着心里不仅懊丧，而且真的觉得凄凉。

不过，与全公社的锐减相对，我们汗乌拉大队（今称嘎查）从我插队到离开五个年头的统计数字，却透露着当年曾有过特别的努力——这努力，我对它记得丝丝清晰。即便在同一片草原上，其他公社大队的外人也很难想象，那是一种近乎绝望的努力。其中的“苦”已随风而去。由于它，那是我们几乎拼命的挽救，汗乌拉的牲畜数没有在表格上滑跌。它是大体稳定的，如下列的几行：

1968年：15660头

1969年：不详

1970年：13301头

1971 年：13470 头

1972 年：13258 头

然而我们走后，物换星移到了 1995 年，令人艳羡也使人伤感地、汗乌拉牲畜的总头数几乎快翻了近三倍：37374 头！……若翻开重回草原的笔记，我自己还记载了近两年的、更细致的数字。那么，我们当年的挖井修圈确实是徒劳么？或者更惨；我们的努力不过淹没在了一场悲剧之中么？

近几年我常回插队的草原的家。当太阳沉入乔布格一线山影，我与蒙古哥哥常去散步，顺便赶一只掉队的羊羔。在那种傍晚的平静漫谈中，这个话题一再地被我俩提起。他说："不！那时……现在……又有什么办法！……"

我们不愿继续扯下去。也许此刻还是感受的时候，用不着给历史结论。

六

如今在我国这印刷术的故乡，有三个搅作一团的概念：出版物、印刷品、书。我的这一本不知算不算出版物；但可以肯定它不仅是印刷品、而且是一本书。它无疑是好书，虽然没有从大招牌的出版社印出来。

如今的我蒙文已经很差。但我忍不住还是常常拿起它，一点点地慢读。好在它的内容不是什么悬念情节，每段每小节都自有头尾。这不是一本一次就要读完的书。读得多了，多次读得入神，我不禁觉得：这小书大有价值。它虽不起眼，可能被人蔑视为印刷品；但比起科学院和各色大学的那些兑水货、那些十年规划五个项目——要扎实和有趣得多。

空闲时我常取过它来浏览，不久就陷入一种享受。不像读书，这是再入自己参与过的世界、追逐自己经历过的往事。无论觉得有趣、悟懂、或是痛苦，反正我已爱不释手。一节读罢时的心境，一直能连接着六十年代的风云——那时的惊喜感慨，真是难以形容。

若是全面地逐章漫谈，还可以扯出很多题目。这一篇只能写得非常简略了，我没雄心写一本游牧社会学。那种事太装模作样，一想到自己斜歪在草地上给牧民念社会学，就忍不住先领头打起哈欠来。

有一句话叫做“永垂青史”。同时蒙古也有一部书，叫做《Guhe sodor》，“青色的经典”，意思就是“青史”。在那印刷术几乎被禁的年代，我们聊天时，提起憧憬中的《Guhe sodor》，谁吹牛道：“嘿，历史，叫青色的血管！名字多棒！……”浑然不知自己把sodor当成了sodel，把“经”当成了“筋”。

如今，向往的青史普及到乡里了。一想到自己当年插队的公社（我不习惯用新称呼“苏木”，因为那时的口头禅总是“我们公社”），居然有了自己的第一本简史或简志，心里就升起一种罕见的异样感觉。是所谓读书的快感么？不知道。反正读着滋味新鲜。

改定于2001年11月

改于2002年2月

与草枯荣

窗外是如此颓败的一派风景，人也就再无意争夺辩论。关心更加私人化，常常只顾想着自己的喜爱。就这样心境日渐通达；天边身外的事情，就宛如摆在眼前一样。凝视着它们，觉得那么亲近。

一个念头浮起不散，大多有它的引子。

那个夏天在草原，在听说了钢嘎白音的死讯时，大概不觉间就悄然咽下了一粒种子。于是在 1985 年我怀上了这个念头。它在我的腹中久久醒着，提示着我，一次次目击平凡的生死。它陪伴我用三十年的注视，仔细观察了一个民族肌体的自然代谢。

“钢嘎白音”的死讯，是在闲谈中偶尔听说的。为了躲开无聊的追踪纠缠，我已经把名字写成代号。此篇也一样：钢嘎即时髦，因为即便在物质匮乏的六十年代，他也总是打扮得人马两帅。

洁净的蓝袍子，优美的长马杆，说话温文尔雅，他的外貌酷似在北大教过我的考古教授。我亲耳听他给假天真的女知识青年讲打马鬃（还是把蒙语的术语及转写从略吧）——他居然那么耐心地对着一位酸溜溜的女生，一嘴一个“马群剪头发”。

由于我插包的家庭的关系，我在草原上的年月，若说艾勒（邻居）这个词，不能不说到他家。他一直做我家的艾勒，因此我多少见识了游牧社会中的这一层结构。今天忆起，我能就乌珠穆沁的复杂性懂得一二了，但是当年我曾好久不能习惯：眼前这位大学教授，怎能是一位驰骋酷烈草原的马倌呢！

他已经死了。

他抱养的女儿，和我家的达莫琳同岁，虽不出众，但是个文静的小女孩。他的妻子贤惠而能干，可惜因为她是牧主子女，所以当年的知识青年们对她保持距离。而牧民们很迟钝，只觉得钢嘎家是贫牧成分，而且家里那女人“不会让人饿着”，所以对知识青年不插包住入他家，表示不解。

他是与我交往最多的牧民。因为总是艾勒的关系，邻里厮磨。放羊的我，经常坐在他老婆的牛粪箱上喝茶。这女人确实有一种道德，她用大碗给客人盛饭装茶。我是证人：我目击了住他家的瘸马倌，一连两年用一只大碗。而我，到蒙语自由些以后，就推辞掉了这撑得人肚子胀的美德。

我有一张题为“回故乡之路”的照片。画面上，茫茫草海一辙车路，有一辆轻便马车，在走向地平尽头，车旁伴着一骑马，与车无言地并排而行。那是1981年之夏，我正在重归阔别9年的草原。

记得长途班车到达了公社的镇子，我下了车，迎头正巧遇到钢嘎白音。他照旧文雅地微笑，照旧遵行艾勒人的责任，问我：今天，是由他把我来了的消息带回去、我住下等家里牵马来接呢？还是立即坐他的小马车走。

我很高兴，为一切的丝毫未变，包括为他这副不变的绅士派头。

归心似箭的我决定搭他的车。画面上，赶车的少女是他的养女，车旁骑者就是他本人。也就在那一次，我发现他已病入膏肓。半路上他疼得一共两次突然下马，是胃疼呢还是肺病？最终也没搞清楚。我只记得那个靠着马脚，紧缩身子蹲着的痛苦姿势。我看着，看得难受。还记得他女儿说“阿伽，您坐吧，我来骑”；但他不睬。我猜他认为马车的颠簸更难忍。

虽然是我的重返故乡，但我只能一路默默，心潮起伏地越过了整个南部的草场。先到他家（病痛过去后，他立即恢复了绅士风度，再三邀请我在他家住一夜），再骑上他的马，绕过满水的泰莱姆湖，回到我的旧毡包、小妹妹和绿色的夜。

第二次，刚回到草原，就听说了他的离世。我有些莫名的遗憾。他的事，在迅速地被人们遗忘着。只是由于反复追问，我才知道——不能自立的寡妻已经回娘家就食。财产么，自然就与妻兄水乳难分。远嫁的女儿如今在哪儿呢，似乎已说不清楚。

我第一次目击了一个毡包的消失。

这是一个家庭的消失呵，我被它的无情和真实震动，久久咀嚼着其中冰冷的滋味。草原毕竟是一种严峻的世界，男主人死了，包中的柱子就折断了。一个崩垮中的家庭就像一个水桶漏水，它无法制止，远比它被缝起时容易。草原只承认实力，丝毫不为昔日风采惋惜。时髦马倌的事情于我是一个认识的开头；从此我便开始目击一代人的更迭换代，随着如此剧烈的社会动荡。

无论如何，与我的青春一起在同一块营盘上结伴并立过的、那钢嘎白音的齐整毡包已不复存在。后来才体会到，这无声的事实给了我一种刺激。

那次只是一次信号闪过。大自然的枯草期来了。

蓝家族（我又在起外号了）则是从政治到气质，对我们大队、对一群北京青年影响最深的一族。作为蒙古人他们显示着血脉的曲折，这个家族的男子，个个深目高鼻，身材伟岸。尤其是他们的眉眼传神——这在蒙古利亚种族是少见的，在中国则像熊猫一样稀有。一句话，他们宛如一群草地贵族。

他们是一个血统特别的家族。像《蒙古秘史》的启发一样，北亚游牧民的混血是丰富的。蓝家族的男子不怕穿上呆板的汉人制服。他们的优美来自骨架，来自比乌珠穆沁还不同的异质，宛如电影上的阿尔巴尼亚人。

这个家族的神奇老祖父，据说就和我们的下乡前后脚，仅仅在六十年代的早期去世。事隔三十年我特别想见到他，当然那不可能了。但是若能奢望那样的机会，我猜我能弄清许多大事。

老祖父是历史、是传奇、是上一代；而我只能对我目击的有所体会。

蓝家族的巴父，当年是远近的名人。他微笑着侧过脸瞟着你时，那神情活脱是一个西部片明星。现在回想，他属于最后一代靠传统技能著名的牧人。他的套马是一方的传奇。当年我们嘴里总是数落叨叨着：巴父如何能准准套住一只马耳朵半边马脸；如何被边防军用摩托车请去、长马杆子拖在一串汽油青烟后头；如何保持着把儿马套一个滚翻的记录、而且如何在老年的一次众目睽睽下还是把儿马套转了脸——吹牛是一件多么过瘾的事啊！那时忘了——他还是一位有思想的人。

由于时代的矛盾，当年我和巴父间的关系，也卷入了家族纠葛，以及讨厌的政治。似隐似现的隔阂持续着，直到我决心试试民办小学的时候。

那时我率领一群蒙古小孩，拾羊毛、种萝卜，并且下意识地不做同化帮凶——我刻钢板编了乡土教材，教蒙文。巴父的儿子巴，在那个时期忠实地追随了我，他是我紧紧依赖过的、最可靠的两三个蒙古小孩之一。

也许这个“汉人”和儿子的友谊，引起了父亲的思考。巴父在一次我回草原时表示：要和我深谈一次。我感到莫名的激动。我说：可以，我等着您。

但是除思想外，同时他还有更大的事——酗酒。从月初我回去，到第二个月初，他日以继夜地烂醉，一直醉了一个月。时而他跌撞歪斜，突然出现在谁家门口依着门框微笑，然后瘫软在地；时而纵马嘶吼，危险地把鞍子晃得忽左忽右，入魔发疯地驰过草原。一个月里不知他的去向。时而听说他在南边营子里昏睡，时而又听说他在几百里外的远方醉游。

直至离开那天我没有再见到他。

我必须回北京了。我的内心里对他依依不舍，因为我认真地盼着和他的“深谈”。我甚至奢想，这谈话将使我得到对我非常重要的、牧民的评论。但是没有；那次离别，也是我与他的永别。

蓝家族的其他几位阿尔巴尼亚美男子也都逝去了。他们去得无影无踪，就像草原上曾闪过的、那潇洒彪悍的姿态一样。

今年则更是遗憾。暑假里我带着女儿回草原，人很累，所以罕见地不愿多串门。而巴父的儿子巴——他实在住得太远了。犹豫几度，最终我还是没去他家玩。因此也就失去了最后探询他父亲的心声、他家族的真实的机会。

草海里的一个无名家族，虽然它的成员有些逝去有些活着，但是归根结底，它主导一块草原、赢得权力和荣耀的历史结束了。

后来我多次回来。人们已经对我使用这样的句子："还记得咱们这儿过去有过一个蓝家族吗？……"每逢回到这片萋萋芳草，看着草潮的荡动，我就想：逝去了的，真的就是一去不返了。

大阿伽和我的关系可是非常深厚。他有二十年马倌的光辉履历，在我们的大队，他是首席牧人、慈祥老者、无字书等一切形象的集合。当然友谊是有缘头的，主要的原因是：他是我的朋友、同班同学唐的义父。所以，在漫长的插队史中，大阿伽，自然也就与我有了一种类似叔伯的关系。

九七年么或者九六？那次我去公社（早就改称"苏木"了。但我不习惯，而且苏木一词不一定是蒙语）看他，找了好久，才发现大阿伽慢慢悠悠地，迈着牧马人的罗圈步，从新修的庙门走出来。我大喊；阿——伽——！然后随他参观了新庙。

庙里都是陌生人。有个别小喇嘛神情不太友好。当然他们不知道 1981 年恢复此庙时，他们的"格斯盖"（高级的喇嘛职务，我也不懂详细——也是我们队牧民）曾专门找到我，要求我帮助。虽然格斯盖已经死了，但我依然是大阿伽的旧日"牧友"，所以我当然有特权参观。

阿伽对他们说的话是：“这不是随便来的一个人，过去我们总是一块，我们一块放过牲畜，我们过去一块——”我听得很快乐。哈，“我们一块”，真是最棒的介绍！

接着看庙。在彩画一新的庙里合影。

庙的正庭中央，有一座白塔。我问道：“阿伽，这塔里有什么呢？”阿伽微笑着回答：“这里面，有佛。”不知为什么，我听了非常感动。

然后去家里喝茶。

他住在新庙旁边，可能我们以前也来过的那片泥屋巷子里。一盘干净的土炕，拐了一个直角，几乎占满了屋里全部空间。他的草地上的毡包早已收起；以后用或不用，要看一个小独孙子。这孙儿半大身材，条纹T恤衫，俨然一个现代小伙。初对面，他对我不知该尊敬还是该挑衅，不时地在旁边瞟着。

早就听到了阿伽当喇嘛的传闻，但传说是含糊的。

“阿伽算什么喇嘛！他就是随着喇嘛们，就是一块坐坐！”哥哥说。

“那么阿伽也有那种红的紫的，穿的东西吗？”我不会用蒙语说袈裟。

但是盘腿坐上阿伽的泥炕，端起茶碗，话就变得容易谈了。我小口喝着，望着他。比起我们一块谈论牧草马经的当年，他消瘦而垂老了。话题既然是庙和喇嘛，他依旧像以前那样，和蔼地给我讲解。真的，除了与我们的智识阶级，与一位蒙古老牧民讨论人的信仰，是容易的。

他刚从林西看病回来，表情轻松自信。“病么，就不想再看它啦。若喝药，以后只喝些蒙药吧！”

这不是一句随口的话。老人们都这么说。

谈及关键的牲畜，他告诉我：有百十来头羊，交给亲戚和女婿了。若要吃肉他们会送来。旧的蒙古包还很结实，他们需要随时可以用。阿伽嘛，就住暖和的土房子啦。

确认了我在这间小泥屋里的地位以后，那半大小子端正了礼性，双手捧来茶碗。我拿出长辈的神态，随便接过，顺手放下，并不停住和阿伽的谈话。

斟酌词汇是最要紧的。我害怕说错，挑着词儿，小心翼翼地问道："那么，在庙里，在喇嘛的数里，有阿伽吗？"

"是的，阿伽嘛，也在喇嘛的数里。"

奇怪的是，他完全重复了我的词汇。一刹那，我发觉随着这么一句话，阿伽的神情里浮起一种满足。这神情在他衰老的脸庞上，化成了不可形容的慈祥。比我们二十多岁时，比我们还一股孩子气时，还要显得慈祥。

我觉得新奇，更莫名地感动。由于在北京已经送过老人，凝视着这张消瘦的脸我心里明白：阿伽的日子不多了。

人称大阿伽的他，逝世于次年。

还有一些逝者，几乎和我没有过交往。但也许比起上述的朋友，他们的辞世更使我难过。他们是被划分为敌人阶级的人，地位在人与非人之间。知识青年似乎天然就对他们敌视，自然不会称兄道弟、认父认母。

她是一个"富牧"的女儿，年纪可能比我们稍大一些。

富牧就是农区的富农，今天说起来这个词，依然有恐怖的感觉。在提倡“实事求是”的时代里，她家曾经有多么富呢？一百来匹马，二百来只羊。不管比起今天的哪个牧民，都寒酸得令人发笑！当然还有“剥削”；她作孽的父亲使过牧工。

我还记得，我们把一个失意的下台干部秘密请来，关上门，给他吃香喷喷的小米饭羊肉汤。让他挨着个地，把队里的四类分子细细讲了一遍。

特别记得下台干部讲的、她父亲的故事：对于外来而且年轻的我们，那些传说是陌生的：由于一场风，改变了人的阶级。据说，那场罕见的白毛风可怕极了，它铺天盖地而来，草原上牲畜死亡大半。她家原来可能更富一些，因为那场风雪，家境一蹶不振。因此划分阶级时，被划成了富牧。

也就是说，她还可能遇上更大的悲剧。

一连几年，我总是扭头看见侧面、或者侧后方，看见她卑下地低着头、弯着腰，在泥水堆、在仓库、在打井盖房的工地，抱着石头，拄着镐头。她总是穿着一件泥点斑污的旧袍子，见了人就赶紧地躲闪着让路。

但是给我印象更深的是她的身材，说实话，我再也没见过这么苗条的女人。草地严冬人穿厚羊皮德勒；我们都笨重得爬不上马背；而她裹着厚羊皮还那么纤细。

走马经过她和一群牧主干活的棚圈时，我斜瞟着看过她。也许是因为那时我太年轻见识少；但确实只有她的形影，至今使我记着。我甚至觉得，女人身材的极致，就是那种包在大厚羊皮袍里的苗条。

人无论谁，都可以训斥她一顿。除了大队的劳务，谁都可以支使她和牧主们给自家干点私活。我猜谁若想把她当女人使用一下，更会是一件安全的小事。几年里，她就一直在草原的另一角，弯曲着腰蹒跚走着，卑微低贱地躲让着，抱着要缝的破烂毡子，铲着沉重的草拌泥巴。

不过运气晚晚地来了。

她被一位有权势的贫牧人物看中了。唉，谁会看不中呢？只是那男人有本事应付当时的舆论。再说，那种草原社会的舆论，怕更多正是由他们制造的。

大约在七三年或七四年，她终于成了一座插着红旗的蒙古包的主妇。但那时我已离开草原上学，喜剧的几幕，我没有看到。

听说，就在前几年，有一个冬天的早晨，她推开包门，走过南边的灰堆，蹲下来解手。就那样蹲着，再也没有起来。

我依然是听嫂子讲的，只是讲别的事的时候顺便带了一句。嫂子快人快语，讲什么都随心所欲，根本没留意我的反应。

我也没有多问，只觉得自己悄悄松了一口气。一个念头闪过心间——她总算走了。她离开了这个残忍地折磨了她、又给了她一个体面结尾的世界。

老人们都死啦——现在这是句挂在嘴上的话。

但她不是老人。嫂子的话唤起了一个一直醒着的意识。听着她的死讯，我心里非常不平静。命运的拨弄还算是慈悲，最终没有安排我"看杀"了她。但我曾冷漠地看着她的受难，也许那比死更可怕。

为死者反省么？他们不需要。

应该说，我是在很久之后，特别是在——自己也逐渐变为被歧视与被敌视的一群的成员以后——才渐渐懂得：在我们的文化里，当一部分人遭受着残酷的歧视或践踏的时候，包括我自己的他人——条件反射般的举动是：或者有意无意地参与加害；或者按时吃饭睡觉，心安理得。

她如牧草一般，绿了一场又悄然枯折了。她不会喜欢假惺惺的忏悔，因为人道的考验，每天都同样尖锐。其实就在你我身旁，每时每刻都有女性的呼救。我不参加忏悔大师们的比赛。我只想说，我没有再向人间的不平沉默。

2000 年并非什么恶心的千禧年。在亘古游牧的草原，它只是十二生肖循环的一个龙年。对穆斯林而言，它不过是一个与流年并无二致的年头，1420 年。这个夏天于我也没有任何改变。

但听人大声喊叫说：都炒千禧年呢！今年文人们都伸手“异文化”呢！

我没有出声。

文人无行，不足为训。分道扬镳已经很久，我早忘了寻章问句、小说构思。这一年，我依旧——留意着他人的苦痛而生活。在这种被我逐次认定的方式中，坚持久了，我发觉自己见识的，是种种健康的文明。哪怕这些文明的邻人举步维艰，遭受歧视，哪怕他们在默默生死，他们启示才是无限的。

老者，女性，异类，若想写下去还可以写孩子的夭折。

但我想已经可以搁笔，因为毕竟不是要展示什么。关于孩子么，虽然写得不好，以前有过一篇《又是春天》。

他们是游牧民族。没有兴趣老了就进入“药腌的生活”，更不愿意被大夫判个“无期治疗”的苦刑。病到某个程度以后，他们大都回家，余下的事托给上苍，不声张，不打搅人地、平和地逝去。

过去我看尽了他们的生存。以后，已经该注视他们的衰亡么？

我悄悄地对自己喊道：你不是在半生里，多次写过、一生向往做牧人的养子么？那么就像牧民一样，放弃此界的话语，和青草交谈吧！像抚育了你气质的草原牧人一样，随春日而蓬勃，遇冬雪而离别吧！

我喜欢在夕阳斜射的草中散步。

这习惯传染了蒙古哥哥。每天我俩都信步一圈。漫步着我俩聊个不休。我感觉胸中语言丰富。拥有语言之后，人的感觉真幸福。开个玩笑：我倒盼着哪一天人类完全不能对话。那时我就美啦，我可以自由放浪于我的乔布格、汗乌拉，我可以和埋在每一株牧草下的灵魂谈话。

起风了。

在乔布格的牧场和营地上，从远方锡林河方向一直到背后的敖包山，次第漾起了一道道牧草的大潮。就像是熟悉我的一些灵魂，依次地前来与我问好。

2000 年 11 月

掩卷追怀亦邻真
——兼以纪念翁独健师诞辰一百周年

1

对他年复一年的阅读，早已成了一种温习和独自的享受。潜读之中我常想，当代蒙古学界还有谁的学识能超过亦邻真。这本不为人知的遗著《元朝秘史（畏吾体蒙古文）》像两座连着的山，一座是步步础石的丘陵，另一座是只能仰望的冰顶。翻阅着、尤其是一遍遍读着他为此书所写的前言——《元朝秘史及其复原》，我常禁不住暗自的感叹：半个多世纪来，怕没有比它更优秀的蒙古学论文了。

许多年前，当听说了他逝世的消息时，我心里掠过一阵强烈的憾意。因为亦邻真先生（也名林沉，亦邻真是他使用元代音译的汉字姓名），是我钦佩半生、但一直未能受业求教的人。我和他只见过一面，是在翁独健先生家中。他们正在商量事情，我不敢打搅，所以没有和他多谈。后来听翁先生说，他出身的伊克明安姓氏，语音和突厥语关系密切。据说他在北京大学上学时，邵循正先生在家里挂起小黑板，对他专作培养。

他总是住在呼和浩特。而我每去内蒙却总是从北京直奔乌珠穆沁。偶尔遇上中国作协开会，我才能见到他的亲戚、著名诗人巴合西·巴·布林贝赫，我们喝一点伊利奶茶，话题总离不开亦邻真。他对我来说是一个传说，我长久地着迷于他那文学化的文笔、以及对秘史时代通盘阐释的倾向。

因为，对诸多大师染指的秘史（指 13 世纪成书的史诗《元朝秘史》，以下不再使用书名号），不要说提出新译和注释，就连对其中一节一字说几句有创见的话，也需要人所罕见的语学能力。就提出一册代表中国蒙古学界的新秘史译注本而言，亦邻真几乎是唯一具备资格的人。

这种资格表现在如下几方面：

——关于秘史时代蒙古语（即 13 世纪前后的蒙古语，日本小泽重男称之中期蒙古语）的语言学系列论文《畏吾体蒙古文和古代蒙古语语音》的发表，可视做大军未动的先行粮草。这一系列探讨，是后日写成《元朝秘史及其复原》的基础。作者显示了他罕见的志向，即全面解释秘史蒙语的语言规律。

——对古代阿拉美文字体系（它对闪米特以及中北亚民族的文字影响深远）的认识，是亦邻真另一侧面的准备。没有谁如亦邻真，能汲取回鹘文献学界的成果，把其中关于书写、文书研究中总结的规律导入蒙古文献研究。

——对浩瀚迷津般的秘史本身、以及同样浩繁的研究史(其中至少包括了语言和历史两大领域）所做的、大刀阔斧又深具逻辑的梳理。这是一项艰深工程，但亦邻真显然清晰地把秘史的枝蔓脉流，逐一理顺读通。

——另外，亦邻真对哈斯宝所著四十回缩译本蒙文《红楼梦》每回批语的汉译（《新译红楼梦回批》），表明了作者对汉语文的深刻把握。这部对哈斯宝章回批语的汉译里，亦邻真对红楼梦语言的临摹惟妙惟肖。他不多的论文、比如论述成吉思汗历史地位的（《成吉思汗与蒙古民族共同体的形成》）也是一样，在一些论文里观点也许退居于次位。作者把优美的文笔用于论文，这不仅是语言能力的表露，更显示了他的某种理想。

对亦邻真的敬意并非对他的神话。显然可以推测，前人对秘史源流的整理（尤其洪煨莲），以及回鹘一畏吾文献学界（柯立福、马洛夫）的业绩，都使他受益甚多。

2

前言《元朝秘史及其复原》是此书唯有的汉文部分。读它如攀登一道坎坷崎岖的山坡——所有的似是而非，都在一条满是砾石的坂道上，获得了矫正和引导。说它是半个世纪以来最优秀的蒙古学论文，并非一种措词或夸张。因为它包括了：秘史的编撰、缘起和源流，它与《元史》的太祖、太宗本纪、与伊尔汗国的波斯文史籍、与漠北的蒙古文写本之间的流传脉络，19世纪以降汉学暨蒙古学的诸国耆学对它的研究史，其汉文音写本《元朝秘史》之版本、音写规则以及元代汉语音韵，秘史母本乃是以畏吾体蒙古文写成的推断，以及根据回鹘文献研究和元代畏吾体蒙古文献的总结，全部构拟秘史的文字体系。

若尝试转述一下，大概能这样回顾秘史的流传源流：

当克服乃蛮之际（1206 年），成吉思汗命令归附的畏吾儿人塔塔统阿教授使用畏吾儿文字（即回鹘文）书写蒙古语的方法。从兹其后，蒙古汗国有了自己的书面文字。

鼠儿年（1228 年）在大会拥立窝阔台继承汗位之际，书记以畏吾体蒙古文写成了一种“脱卜赤颜”（Tobčiyan，汉译国史），它是汗廷禁书、秘不外传，但推测仍有某种抄本暗传草地，至少藏于少数王公贵族家中。

元朝建立，礼仪汉化，“脱卜赤颜”的编撰规矩日渐松弛。但当元廷仿照中原的史籍体例，开始编撰帝王实录时，“脱卜赤颜”作为皇家秘藏资料，成为太祖成吉思汗、太宗窝阔台汗两朝实录的底本之一。它在编纂《元史》的工作中，成为《太祖本纪》等部分的基本史源。亦邻真归纳说：依据这一底本和其他资料，曾有一种汉语写成的《太祖实录》和《太宗实录》的初稿。它又被译成蒙古文，冠以“金册”（Altan tebder）之名颁发各宗藩。此外，这部汉语稿本还衍生了一本题为《圣武亲征录》的书。

波斯依儿汗国的穆斯林史官参考了收到的“金册”，编纂了另一类波斯文蒙古史，若拉施特丁的巨著《史集》（Jāmiɣā al-Tārigi，历史之总汇之意）。这些重要的资料影响广泛，其拓展的领域和表述的文明，培育了欧洲的东方学。顺便说一句：广义的蒙古中亚之学，乃是在萨依德所谓东方学中，仅次于对伊斯兰世界表述的、规模宏大的部分。

元亡灭后，“脱卜赤颜”为明朝收藏。明初，四夷馆把此书用汉字音写并加上逐字的“旁译”（包括单词和格助词）及逐节（共计二百八十二节）的“总译”，冠以《元朝秘史》四字为题。清末，因其饱含元史和西北史地的新资料，更兼之西学因取材波斯史料而蓬勃发展，这一切使中国学人大大开眼，中国诸硕学始留意元秘史。此书价值一旦认识，便有多种刻本刊行。

在元明鼎革之间隐匿漠北的“脱卜赤颜”，在17—18世纪之间被罗卜藏丹津移录到他的著作《黄金史》（*Altan tubči*）中。他的移录，文体句子均与282节汉字音写本一致，移录数量约占《元朝秘史》三分之二。它是今日能看到的蒙古文“原文”；虽然，秘史时代的畏吾体蒙古语文异于清代规范蒙文的一些古形古韵，因罗氏的不理解而有所改动。

——以上诸大脉流之间，在年代、书题、诸本的孰后孰先、写本语言、原本面貌等问题上，存在着严密的互校互证的逻辑。每一个扣结上，都满缀着前人的苦劳。

这一切，都被亦邻真用洗炼至极而富有逻辑的语句，写进了《元朝秘史及其复原》的第一部分之中。其中，对庞杂遗产的看透疏通，对百年研究史的扎实继承——件件疏而不漏，一一纲目清晰，网罗于一篇概括之内。

亦邻真前言的第二部分是语言部分。

若是说第一部分即文献史的叙述、即他依据的史料判断，还只是亦邻真对前人研究的继承和读解；那么在第二部分里，他表达了自己一生对秘史时代蒙古语音及其畏吾体蒙文原貌的长期思索。

如开创的回鹘－畏吾文献学家一样，他对十五个畏吾体原字进行了逐字考察。其间涉及广阔，循着他试图规范化的一个逻辑。他在列举畏吾体新蒙文的语音和书写的实例的过程中，尽管看到了斑驳的不确定现象，但仍然努力总结其中存在的语言学法则。他的思路是：从回鹘（这个术语在元代写作畏吾儿、畏吾、畏兀儿等汉字）文献衍生脱胎而来的畏吾体蒙文虽然刚刚诞生尚在动荡，但远在唐代发达的回鹘文献本身，却早已成熟。元朝秘史的书写文字畏吾体蒙文，应该基本遵循着回鹘文献的语音和书写规则。

一般人都会在这个领域面前知难却步。除了诸多具体的难点之外，人们企图探寻的原文，毕竟已经早就佚失了！即便亦邻真也承认："这个复原也只能是相对的，不能奢望丝毫不差地再现原书本貌。"

但是除了探求哪怕不严整的规律，就不可能摸索秘史的原貌。前言的这一部分——即亦邻真排列全部畏吾体蒙古文的十五个原字符号，包括其拉丁、蒙古的对应表示代字、闪语字母名称（这些对西亚－中亚文字流传的追究、以及从14世纪畏吾时代返回理解回鹘文献的思路，是深具启发的）、及对这十五个原字进行的逐字的表音功能和实例梳理——是考验学识和勇气的一大作业。每个原字的论述，都是深奥的论文。亦邻真尽量搜罗语例，并竭力总结出规律。他对这十五个原字的考察，包括了它们在蒙古文献中的断代、书写规律、与元代蒙文碑铭和文献的用例比较。

只最简单地举一个例子，第一和第二元音 A。

古文献转写中以大写符号 A 表示书写状态，它分别读做 a 和 e。这两个音在回鹘文献和后来的规范蒙文中，都用一个俗称"牙"的小撇写成。这一符号在文字中极为活跃，分别在不同的条件下表示 a、e、h、n 等不同语音。此外它在词首常成为一个词的"冠"（titim），加写一个 A 从而成为 AA，即两个"牙"。亦邻真遍索汉字音写的《元朝秘史》，力图不放过一个用例，以求确定其中的a和e究竟写做A还是AA。这一工作引人入胜，但也如跋涉泥沼。最后判断两者是混用的，即凡是位于词首的e都用AA来书写。

这个工作须引入广泛的知识。比如：清代罗卜藏丹津的蒙文《黄金史》在移录秘史的某种流传母本时，把“额儿的失”用规范蒙文写做AARDIS即Ardis。亦邻真指出：这证明了18世纪的蒙古知识分子不熟悉e可以用AA表示，在抄录时以为这是一个a（规范蒙文的词首两个“牙”一定表示a)，而不知道“额儿的失”应该是Erdis，即额尔齐斯河。

——当然这只是最简化了的一个原字用例。实际上，逻辑的推导、个例的究明、确立每个原字符号的使用，是一个极为艰苦的过程。全部15个畏吾体蒙文原字书写规则的构拟，是从两方面推导的：一是从汉字音写的《元朝秘史》语音规律构拟其文字形式，一是从回鹘文献的15个字母涵盖秘史的语音。前文已叙，亦邻真为此曾做了长远的准备，即系列论文《畏吾体蒙古文和古代蒙古语语音》。他依序构建的，是所有15个字符的内涵。换言之，他总结了秘史语音的全部表记可能。

这里是学科的最难之处。

但是，语言和文字恰恰处在一个剧烈的变动期。捕捉它们的内在规律，有时会陷入顾此失彼的困境。愈是追求规律，有时就会愈多地碰上语言现实的活泼悖例。语言的历史痕迹、地区差别，以及背后的文化心理屡屡闪现，显现为某种书写的样式。亦邻真是一个有能力宏观地总结规律的学者，但他的总结还是使人担心：活泼的语言，尤其语言背后的文化因素（比如敬语表示、宗教式思维导致的特殊书写)，也许会对规律开一些玩笑。

我无力归纳亦邻真对秘史文字的如此突入。我只隐约感到：显然他对回鹘文献做过潜心的学习。在前言中他提醒读者留意马洛夫、伯希和、弗拉基米尔佐夫三人的研究。他们分别以回鹘文书、文献学、社会的结构研究为特长。这一提示解释着亦邻真的学术构成。他的秘史语言构拟，可能主要受益于回鹘文献学家马洛夫的成果。企图把亲缘文字的规律导入新生的秘史——这一思路即便还有不确之处，但其中的语言学逻辑是雄辩的。

3

如今《元朝秘史（畏吾体蒙古文）》就在眼前。

应该对这本书再描述一番：也许可以说它是简陋的，平装的封面、除前言外别无汉字、更不见作者述怀表白的附语。它通篇用专门制作的手写体畏吾字印成，所以甚至连专门面向少数民族的书店都在架不多。对着这么一本罕见的书，心里涌起的，也许不只是唏嘘感慨，也有一些对他选择的遗憾。

对这个地球上极少数的专家来说，每个畏吾体蒙文单字甚至音节，都是深湛能力的显示。在无法印刷只能墨书后付印的、被推定的原文的字里行间，少数学者可以享受与大师对话的乐趣——但人们渴望了解的、涉及突厥－波斯语言的知识；13 世纪蒙古语言的衍变例证；比欧美大师更密集的史实注释——都被隐藏在无人看懂的一册天书——畏吾体蒙文的天书复原之中。

这使儿童一直等待的智力比赛，失去了看头。他们期待的亦邻真对旧译的扫荡，终于没有看到。畏吾字复原之路其实是一种出版竞赛，在这里他其实无法和后援雄厚的日本人竞争。选择不让人读的畏吾体蒙文复原的，还有日本的蒙古语学者小泽重男。亦邻真写作这篇前言时，小泽也开始出版他豪华的多卷本《元朝秘史全释》。

八卷本的小泽复原的总售价，至少达到了一千五百美元。不仅每卷附着还原了的畏吾体蒙文，甚至第一卷还趁余兴印上了另一种可做还原的八思巴蒙文。它有逐语的日译和注释、词汇表、还原文，只是每一样都分印各卷，等于一本书拆成八份——那是名副其实的豪华鸡肋；日本学生忍痛一本本地买，一边掏钱一边苦笑。

大概，小泽重男教授以前缺乏对亦邻真系列语言论文的足够注意。当豪华本正在印行第六本时，小泽看见了亦邻真的这本书。在显然匆忙补写的后记中，他添了这么一句：

"……蒙古语首字为 e 之处，亦邻真本都用 AA（笔者注）来书写。我在《续考》（即小泽豪华八卷本的第四本以后）所收的还原文里，虽然大体也采用同样方针复原，但未必一定如此。"

——显然，亦邻真复原本的大气，使小泽多少有些慌乱。他对秘史的书写文字规律，缺乏亦邻真般彻底的认识。

《元朝秘史》，就这本空前绝后的游牧世界经典，话题几乎是无限的。或细节或宏观，人能把能力显示到极致。研究史积壤成山，译本数不胜数。后进如我国，也有若干文言白话的蒙汉译本排列。而且几乎可以推断：新的译本、注释本、研究书的出版还将乐此不疲、源源不绝。在语言和史实之海，以及浪潮般的转写译注之中，学术和读者都疲惫了。

我想：亦邻真先生的使命，应该是一部丰富的汉译注释本——在逐字地确认语源和阐释含义之后，再以精湛的汉语译出，博采史籍，细密注释，不仅解释烦恼许多学子的难点，也对一个多世纪的西方蒙古学逐字点评——须知这是我们怎样盼望的一本书啊。

或者依托现代蒙文，完成这些任务也是可能的：在制作一个语言和用字的凡例后，每逢秘史文字与规范蒙文的分歧，就在今文后面列出构拟的衍化前的原文，兼之注释，或可读通。但亦邻真的目标，却是向着已经可以判定的畏吾体蒙文本的还原。

显然，这是他心中企求追逐的最后终点，如高山流水的雅乐。

只是畏吾体的古代书写已经被时光淘汰了。尽管显示着最准确的表音，但应该承认已有过度的费解。毕竟已经不能阅读的形式，是无法传播的形式。其实开创的翻译，依然是明代初期宫廷书记那些明快的“总译”和“旁译”。还有，蒙古国学者达木丁苏荣选择了不同的路：虽然对语言的某些历史特征有多少的看过和阙失，但他的秘史是通畅的现代蒙古语还原，他使秘史变得人能其读。

或许该叹息的是：即便有过亦邻真·巴合西（师长）之后，到头来，人们还是缺乏一本优秀的译注本。不过要承认，这种哀叹，只是对汉语阅读而言。

亦邻真的举意，似乎含有微义。我想在这部今日印刷的畏吾体蒙文书的字里行间，形式里藏着他深沉的思想。

亦邻真意识着自己拥有的汉语表述能力。面对有限的时间和条件，他放弃或推迟了汉语译注本这一使命。显然他想把有生之年，用于朝着终点的攀登。既然百年的研究史证明了秘史原本是一种畏吾体蒙文本，那么终点的研究就是构拟并复原它。既然它的主人和读者主要是蒙古人，那么就不必追求这种读者以外的更多阅读。至于是否绵密无缺、是否有碍声名的传播、是否尚存瑕疵差误，那只是一介书生的能力和私事。不可能也不必追求绝对的复原。二三音值的判定、一些史事的注解，既然不能全美，也就无关紧要。他的选择里含着某种尊严的表示，这也是一直处于弱者地位的、中国和蒙古的尊严表示。他只做向终点的一次攀援，表明自己知道身负的责任，并已经竭尽全力。

学术做到了如此火候，简直就像伯牙的碎琴。我不断地吟味书前的前言。小泽教授哪曾有如此的前言！小泽在各卷前后所附的序言附录，不过是日译说明、译注始末云云。而亦邻真，他一定觉得以此一篇前言，所有的学术话语便已道尽。尽管前言的每一小段都该单独成章详尽写透，但他却使用内容含量浓密惊人的句子，一笔写过一个领域，几乎不愿多费一字。

翁独健先生晚年一字不著，不仅惜墨如金，简直是毁笔弃墨——那只是被19世纪实证学术精神濡染的自诫态度。亦邻真悟透了先驱学者的精神，但他怀着更加复杂的心理。比翁独健先生远甚，他那高山流水的前言，几乎不在意读者的阅读，似乎只想献给冥冥之中的知音。无疑，这知音就是他的感情系之的蒙古文明，至少是他的家乡和姓氏——难怪他署名时使用“亦邻真·伊克明安泰”。翻阅得多了，一种强烈的感觉缓缓浮起：哪里只是证明自己的学术和能力，这分明是一部别辞。

——而我的小文，也只是一个无力阅读他全部语言的、后学者和效法者的悼念。无论如何，巴合西·亦邻真·伊克明安泰如一颗流星照亮过夜空。他用他的畏吾体蒙文复原本《元朝秘史》和不多的一些论著（搜罗他遗著的《亦邻真蒙古学文集》蒙汉文合印也仅有900余页），用他写与不写的分寸，给我们留下了一种治学的理想和文明儿子的感情。这与那些敬远学问大义的学者完全不同，更与那些出卖被研究的民族主体、践踏知识分子道德的学贼针锋相对。就愈来愈成为第三世界民族的奋斗目标的、文明的自我表述事业而言，亦邻真为我们提示的不是空喊，而是严谨的基础和深沉的姿态。

翁独健先生逝去了，亦邻真先生也逝去了，我们不仅离开了正义的，也离开了客观的学问的保护。但并非伪劣的学术就可以肆虐横行，在各自选择的形式上，对正义与客观、对文明本质的追求永远不会消亡。在这一思想之下，亦邻真是我们重要的导师。那些蝌蚪文畏吾体虽然深奥，但它不仅可以阅读而且可供吮吸，我们能汲取——学术的心情和立场。

完稿于2005年秋，翁独健师百年诞辰之前

时光白驹

曾经有过几个导演邀我去看他们拍摄的草原片。本来对我来说，在银幕上看草原故事是一大享受，可是总是因为忙，竟一次也没能去看。有一次当我无奈推辞时，一位导演的话使我吃惊了。他说：明天来看片就是朋友，不来就是……！

就是什么呢？

大汗时代的朋友（那可儿，nohur）一词，是一种一生结伴、以命相托的关系，而不是一种廉价的吹捧者。他认错了人没什么；而我要追寻的，是和真的那可儿一起，维护我们一直称为母亲的草原。

所以接到宁才的电话时，说实话我犹豫了一瞬。但鬼使神差的事是常有的，当我坐在八一厂的放映厅里，看见一片旱渴枯焦的草原在银幕上浮现时，我意识到了一种严肃。

这部电影描述了一个在城市化、沙漠化、商品化的狂飙暴风扫荡之下，惊恐、抵抗、迷惑、呼救的牧民家庭。青绿的家乡已彻底蜕变成荒漠，止不住的羊在衰竭渴死，贩羊皮成了聪明人致富的手段。可怕的铁丝网如同草海布雷，白马悠闲吃草之际踩中陷阱，险些被铁丝网缠死。泛滥的公司和资本的喧嚣闯入草地深处，毡包前，安宁的天赋之权被无情地侵略了。同时空洞的虚荣也在蔓延，到处有人自称孛儿只斤（Borjigin，成吉思汗氏族）姓氏，却不见他们星点的实干。

牧人祖传的所有权观念和秋营盘一起，在土地国有的堂堂名义下，一句话就被掳掠剥夺。以待客为传统、视买卖为耻辱的游牧民族被迫经商的足迹是历史性的：站在汽车奔突的危险边界，他们拥有的只是一缸酸奶，却没有价格和零售工具。一个平淡的情节看得我惊心动魄：尽数卖光残存羊群、准备进城打工的一场戏，残酷地写出了脆弱的游牧业濒临的破灭。皮已不存，其毛焉附，生存方式的穷途也是美的末路，白马最后还是被卖掉了。当美好的白马被一个肥蠢的半裸女人骑着走上歌厅前台，为红男绿女的狂浪欢乐助兴时，我明白了事态的严重。这是古典的浩劫，是高贵的游牧文化的受辱。

结尾的雕琢与否，已经不要紧了；总之骑马的牧人被迫走向语言不通的城镇。那匹化作了精灵的白马留恋着他，使牧人观众的泪水夺眶而下！

电影代整个困境中的草原提出疑问，因为突兀的一切太难理解。我也一样，我和牧民们一起瞠目结舌。难道历史的翻页，一定就意味着传统的破灭么？难道真的无法挽救一个古老文化、甚至无法挽救一匹马么？这不合人意的现实，难道真是那么合理么？但是这不是一部环境片或抗议片；它只是表达了牧人在历史剧烈变革中的震惊，代那些无言的人，诉说了满心的紧张和对千年传统的留恋。

放映还没结束，我就决定要为它写些什么。想起前面提及的“那可儿”，我感到异化了的朋友观的肤浅。

我以为，这是八十年代以来最好的一部草原电影。它的叙事甚至有些神异，因为情节的脚步那么平常，但寓含的指向却深具意味。几个次要人物：在时光中萎缩了气质的陶高，其实在今日的蒙古世界比比皆是。结巴地学说蒙语的汉族司机，是一种牧人魅力和思想的同盟者。孛儿只斤·比利格也是必要的，他的刻画，给了误解民族精神的倾向以轻轻的一掌。

电影用蒙语娓娓道来，许多对话使人过耳难忘。如苏木书记的话很精彩：“你的秋营盘？你的秋营盘是谁的？是苏木的。苏木又是谁的？苏木是旗的。旗又是谁的？——国家的！”还有比利格也演得惟妙惟肖：“咦，你刚才喊我什么？”“比利格。”“不，是孛儿只斤·比利格！成吉思汗的黄金家族！”不用说陶高倒卖白马时的蒙汉双舌头戏——都写得、演得轻灵而有趣。白马一角也没有选美找一匹罕世奇骏担当，而是让一匹普通的老白马出场——它那么平凡真实，简直就和我离开草原时告别的那匹白马一模一样。

不用说著名女演员娜仁花的表演分寸严谨（她只是忘了在卖酸奶时把车卸了让牛歇息），导演兼男主角的宁才，络腮胡子虎背熊腰，在银幕上传达了一种牧人的亲切。他们踏着满地沙砺的咔喳的靴子声，如今日沙漠草原上，苦涩的牧人的心跳。

大作品往往是朴实无华的。这部电影毫无炫弄民俗的花哨，它叙事的朴素，甚至使人猜测出自一种老练的手笔。其实不然，作者只是些普通的草原儿女，我甚至怀疑他们是否意识到了自己的尖锐。日子一般的平凡镜头，把人引到了历史的关口。待人吃惊时，故事的毡帐已经搭成。

电影的题目叫做《季风中的马》，但蒙文旁译却是《Qak-un saral》。这个蒙语词组一下子抓住了我。它译回来很难：saral 是一种白马的颜色，它不能使用“白”（čaγan），因为后者纯白如同理想。而 qak 则是时间、时光之意。这个题目起得好——它隐喻了一种文明、一个民族在狂暴的时光变移之中的姿态和立场。一匹驳杂的白马挺立时间之中，系着我们的情感，如我们自己的象征。同时，科尔沁草原出身的大胡子那可儿也有个好名字，宁才的原文是“能赛”，neng sayin，“更好”，如牧人朴实的希冀。这个片名引我久久地遐想。有一个汉语词叫做“白驹过隙”，它强调的是时光的迅疾无常。牧人的思路有所不同，他们渴望的是——白驹在时光中的永恒。

这是一次文明内部的发言。在浮躁的风潮之中，它的观众必然是有限的。在侏儒主义浸淫的今天，它还可能受到冷遇之外的讥讽。但是蒙古、哈萨克、西藏和裕固，整个北亚的游牧民族都会支持它。现实愈是严峻、褪化愈是惨烈、对民族价值的侵犯愈是肆无忌惮，它就愈会显示出一种道德的力量和悲悯的警喻。

我们曾期待地说，真正深刻表达游牧文化的作品，应该产生于牧民的儿子之间。虽然，前定在成全这样的人之前，会严厉地要求他的许多素质——现在，我们终于辨清了出现的人影，虽然路还正长。

2005年4月9日

二十八年的额吉

额吉去世的消息，是偶然听到的。我们去找一个来北京看病的牧民，找到昌平农村的一家小旅馆。问好笑闹着，我顺口问候额吉，可是话出口时，我把“额吉她好么”问成了“她还在么”，话出口时我觉得自己脸色变了。在他谨慎地讲出来以前，第一眼看见他的神情，我就明白了。像一口气被突然憋住了一样，直至午夜回到家里。

在桌旁坐下，心里空空的。去年冬天我居然毫无感觉。窗外洞黑，一股难忍的愤怒席卷了我。我望着黑夜，遥远的草原猛地逼近眼前。我不能再耽误，我已经使她失望。像又被抽去了一根骨头，单薄的感觉那么清晰。

十几天后，我到达了乌珠穆沁。

绿海般的大草原依旧荡漾起伏。像是抚慰，二十八年，我凝视着想到。这个数字也叫人吃惊，已是与她结识的第二十八个年头。

就这样，不可思议地心又倾斜了回来。次年夏天，我带着孩子，又千里迢迢奔赴那座拥挤的破毡包，住了一阵。嫂子抢在前面，挡住了我的教法。她要求孩子喊她“额吉”。一时我有异样的感觉：在我的失了准头的眼里，嫂子永远只是额吉的儿媳，也永远只是个少妇。

这些年岁月轮回得飞快，转眼一年，又是一年，二十八年在眨眼工夫里变成了三十年。我不仅应该承认嫂子的意识，而且必须承认算术：我已经和当年的额吉同龄。那么还要追忆么，在这无情的时代，在这干旱的旧日营盘？

一

我好像写过，我写你写得手都酸了心都累了；我好像狂妄地说过，我要把额吉这个词输进汉语。但是我并没有听到过你的回答。相反，我却不止一次地听到过一种追问，它在问出之前已经带着挑衅的怀疑。它没有从我的笔下读出照例该有的刺激，没有发现应该丑恶的现实。我则经常勃然大怒，记不清多少次驱逐来客，多少次出口伤人。是我写得太甜么，是我在我的草原写作中美化么，我不愿纠缠学术的或敌意的追问。因为缠绕我的是一个更潜在的问题，关于发言者资格的问题，关于文化的声音和主人的问题。

追问是一种不好的毛病，由于它的轻佻。

不必回顾早期那些中学生作文了，至少从《黑骏马》的写作开始，我警觉到自己的纸笔之外，还存在着一种严峻的禁忌。我不是蒙古人，这是一个血统的缘起。我是一个被蒙古游牧文明改造了的人，这是一个力量的缘起。在那时，人们都还只是用四百字或五百字的稿纸的时候，我就总是一边写着一边看见她——那个乌珠穆沁老妇的沉默形象。我早写过，我家额吉是位饱经沧桑的女性，她一生对外界缄默着，我继承了她对这可怕世间的不信任。

笔虽然年轻却撞上了巨大的命题。我虽然一气写去，心里却咀嚼着带回城里的那沉默形象。喊她额吉，是风俗也是历史，但更是浪漫和愿望。我和艾洛华哥毕竟不一样，这使人多少伤感，但它是事实。

从来文化之中就有一种闯入者。这种人会向两极分化。一些或者严谨地或者狂妄地以代言人自居；他们解释着概括着，要不就吮吸着榨取着沉默的文明乳房，在发达的外界功成名就。

另一种人大多不为世间知晓，他们大都皈依了或者遵从了沉默的法则。他们在爱得至深的同时也尝到了浓烈的苦味。不仅在双语的边界上，他们在分裂的立场上痛苦。

血统就是发言权么？即便有了血统就可以无忌地发言么？

我们即便不是闯入者，也是被掷入者；是被六十年代的时代狂潮卷裹掷抛到千里草原的一群青少年。至于我则早在插队一年以前，就闯入到阿巴哈纳尔旗，品尝过异域的美味。额吉和我的关系并非偶然形成。但我毕竟不是她的亲生儿子，我不愿僭越。

那时流畅地写着，而心里却时轻时重地抱着这个矛盾。人群和人群，社会和社会，早有更基本的交流，不过有时天然，有时残酷。牧民，追逐水草放牧五畜的人，过去只是对彼岸的茶叶、绸缎，今天是对风力发电机和廉价吉普车感兴趣。他们说过要和这隔膜的世界做细微的交流么，用异样的语言，用制作的文学？

额吉一生的遭遇，已经被我在心里完成了一个勾勒。旧时代的那一部分，我至今在体味和探究。新社会的半部，我曾与她若即若离地分担承受。她如一棵草，是个自然的女人，前半生饱尝的都是家庭不幸，生存和养育的艰难；后半生承受的多是政治的胁迫，不过是没有太悲惨，厄运和幸运夹杂。

我确信突破了一个无形界限的人，同时可能突破血统的隔膜。但是，你难道跨越了关口？你具备代她发言的资格吗？

我不知道。尽管写了半生，我并没有找到结论。审判要你来做出，额吉。我只是约束了文章也约束了自己。我只是感到：代言的方式，永远是危险的。听见对我的草原小说的过分夸奖时，我的心头常掠过不安，我害怕——我加入的是一种漫长的侵略和压迫。

青草浓密。这里是我放牧的第一个营盘，位于乔布格盆地一片草原的西北角。如今已经不再是合作化时代，瞧，连我的文字都把地理范围缩小到自家牧场。我已经觉得汗乌拉草原的概念太宽阔，开口闭口总是自家的草场。巧合的是，分草场时我家得到的乔布格，是1968年秋天我住进牧民家庭的、我的第一个营地。记忆阵阵醒来。右手是奥由特，左边是乌兰陶勒盖，当中有清澈的水井，和一条狭窄的硝土碱草。一切都和与你相逢的那年一样。

额吉，如今我形单影只，独自立马站在这里。我看见你的灵魂徘徊飘荡，在乔布格，在你曾经望着我上马下马的旧营盘上。

二

传话的人说，她死在冬天。那个冬天我在云南的村寨里。那两年我总是在夏季去北方，入冬则一意惦着南国。六盘路上满是路障，我在它的周边绕来绕去，伺机一头闯入。我冷冷在外围转着，这个外围，几乎有半个中国之大。连年在云南，有冬日明丽的太阳，有丰富的百拉提月份[①]的生活。我已经沉吟着，狠狠地凝视着那座瘦窄的大山好几年了，我确实忘记了极北草地的隆冬，忘记了燃料、白毛风、畜群和枯草；也忘记了我的蒙古母亲。

我不知是否该责备自己：偏偏在那个冬天里我没有想到她。可是，即便得到了消息，我能在冰天雪地的冬天，找到御寒的皮袍、穿越雪封的坝上、熬过零下三十多度的夜路，到达乌珠穆沁并且抵达我们的冬窝子么？

现在我才来，确实更多是为了自己。我有那么多的话堵噎在心，不倾倒干净我会病倒。额吉，我要到你的荫下休息和医治。

时代使得语言呈现得奇特。我向额吉和艾洛华哥的求学，大致限定在纯粹游牧的生活方式之内。口语，偏狭而急速地发育着，只向着游牧生活的范畴倾斜。一方面，我和牧民们之间已经细致入微地谈论草场、膘情、春雪和冬雪，谈论成千的羊群和单独的一只羊

① 百拉提月，指伊斯兰教历的八月，在这个月里，家家念诵忏悔词，准备即将到临的斋月。

羔，更谈及社会的各支血系和家族、某人的底细以至秘事；但是我没有学会一个考古、证券、哪怕关于楼房的词儿。

现在流行的词是“话语、语境”。在当年的额吉与我之间，不仅一切交流都在最严峻的语境下进行，而且，也许我们使用的也是一套非常微妙的话语。我们夜夜的漫声细语并非全无忌讳；它们既在政治威胁的限制之下，又在古老禁忌的规矩之中。它是相当全面的蒙古语，但又没有金融宗教物理摩登，好像根本就不存在那些语目。今天我半学究地发现：语言其实可以在基本语汇里发达。在前六十年代的草原，除了强加于草原的开会、语录、批修之外，朴素的基本语，支撑了整个牧区的社会和生活。

可是，若想谈些复杂的事呢？

亘古不变的石砬子敖包山下，新庙如今才真的彩画一新。一座可能真是镏金的黄灿灿的庙顶，在敖包鸟瞰下静静地闪烁。当年我多是采用转述办法，表达自己不会说的话。算算又是离开了十多年，我又经历了很多事情。为了畅谈个痛快，行前我甚至新学了一批辞汇。我特别想给他们讲讲我所谓的“戴白帽子的民族”，我甚至联想到额吉倾听时的警觉眼神。

但是她已经“不在”了。蒙语对逝世一事也用回避的表达。“死”这个词忌讳出口，用“不在”说出来，更加语感沉重。用这样的语言谈着额吉，我和艾洛华哥都有些受不了，我们小心地选择着，尽量谈得简单和概括。

若是环境再好一些，我会对着她安息的山谷，念几节悼念的经文。可是我觉得那也许是强加于人，所以一直犹豫着没有提出要求。我走了一趟新庙，但是没有缴纳布施，回来后又觉得后悔。

哥哥并非孤陋寡闻。我感觉得出，他在捉摸我的变化，他听得谨慎而专心。他无疑在用我的过去分析着我的现在。我讲他听，他似乎知道一切都不是戏耍，甚至我觉得他把事情看得很透。

一天早上，我醒来听他说，刚刚去背后的山顶祭了敖包下来。我有些不高兴。他说自己没有办法去北边正举行的敖包会，孩子已经去了。看来他掩饰了前几天的焦躁。我问，孩子去了还不够么？他说，我说的是乔布格这里。总之他自己带上奶豆腐，祭了乔布格的敖包。

奶豆腐摆在南边吗？我问。他说是。走着上去的？骑那匹黑马。祭的时候人要跪吗？他说当然跪。他觉察到我的不快，解释说：以前额吉的父亲，我们的吉林宝力格的老父亲说过，要记住祭这个敖包。所以，我就在今天早晨，在天刚蒙蒙亮的时候，上去祭了。

我发现，他是在对我介绍自己。我突然明白了：在这漫长的世事沧桑过程里，不仅是我，还有他，一个最普通的蒙古牧民——我们都变了。我不再怨恨他没带上我，我意识到他的做法中内藏的严肃。用另一种文化来解释的话，他还在服丧。在和艾洛华哥对坐的那个早晨，我切肤地感到额吉尚未走远。

那么，就像1981年、额吉的六十本命年我从北京赶来一样，这次我仍然算是来对了。不知是因为把敖包祭了，还是因为对难缠的我讲过了，哥哥又松弛下来。望着他，我暗自想，人人都有一颗负重的心；而且最终都把这颗心托付给了冥冥之中的存在。

还不仅这么多。我对这样的简朴仪礼感到向往。它像一滴血溶在日子的水里，几乎只剩下一丝的举念和随意的形式。在蒙古草原不尽涌来的启发中，我总是不知所措。在这座不起眼的灰旧毡包里，我曾看见过一个古老的社会模式，一种人，现在又看见了一种深有意味的信仰。

或许额吉于我更是一种象征；但我也并没有直露它的含意。我从来就没打算给世间提供消遣。我不会把从她那儿获得的知识尤其是秘密，猴急地签名叫卖。她使我在这片草地上，在乔布格和汗乌拉，模糊地悟到了禁忌，嗅到了神秘。她只是不知道后来我在西海固，把这一切实践得淋漓尽致。

我家有过一匹黑马，那是艾洛华哥的坐骑。它确实给过我很深的影响，但它并不是额吉养活的。①额吉倒是喂活过一匹马驹子。那是在一个春天的毁灭之后。夜里突然刮起了白毛风，大队的马群冲进雨雪交加的泰莱姆湖，一层层地摔倒，一层层堆了起来，冻死在泥泞的水里。早晨包门外面，立着一匹死了母亲的小黄马，额吉把它领回来，用奶瓶喂活了它。

如今小黄驹子长大了。我走到水井旁边，看见黄儿马②领着一群骒马，慢慢踱来饮水。正是傍晚时分，曝烤的毒阳终于黯淡了。空气凉爽，我随着艾洛华哥，徒步向乔布格的方圆四方散步。他讲了一些额吉临终前的情况，我默默地听，知道额吉临终结束得很快，没有太多折磨。

漫长的、情义的体验呵，你使我复杂了。

① 指小说《黑骏马》里养活暴风雪后孤儿马驹的情节。

② 儿马，即种马。

三

幸亏我把她和艾洛华哥硬逼着，来了一趟北京。这么想不知对不对，我似乎认为，那也许多少可以算是一个报答。她毕竟玩了一趟北京；若是没有这么一个小小的报答，今天我实在无地自容。

那件事漫漶迷朦，记不起细末。于是想起额吉离开北京后，我曾经写过一篇东西。找出1987年的《北京草原》，翻看着觉得恍如隔世。可能是由于不满意自己旧作中意识流变体字的败笔吧，这篇记录没有收进任何集子。

发黄的旧杂志里的字，使我不住吃惊。那时，由于傻，由于没有心事压迫，我写得多么轻松自如。只后悔那时一头钻进“小说”，而懒惰地不愿细细实录。我怕叙述；娓娓道来的文体，好像只属于另外一类作家。记得我和谁说过，我说我额吉来北京那些天的件件小事、每天每时都是珍贵的文学。

此刻虽然是机会，我还是没有心思回头补记。我不愿唠叨额吉访问北京的日程表。读着那篇随意至极的小说，又觉得正因为傻而无心，它才有点意思。

艾洛华哥好不容易才大着胆，咬了熊猫形状的冰棍。额吉在厨房好像又被复查阶级的工作组拦截，紧张地大喊我的蒙古名字——她不敢关掉煤气。八十年代的北京公共汽车上，还有人给少数民族的老太太让座。那可怕的苦夏，柏油路熔化得黏着咬着鞋底子。在北海公园的树荫下，额吉和咯咯大笑的女儿玩耍。一个老外带着个翻译围着我们转悠。那翻译一脸给土著施恩的表情，过来问能不能让额吉和那欧洲老太太合影，我恶狠狠地说：NO！

我教会妻子三句蒙语：额吉，我走啦（早上上班时用）；额吉，你们今天过得好么（晚上回来时用）；还有最重要的：额吉，多吃！小女儿那时才三岁多，被我训练得一会扑过去亲额吉脸一口。我们在三里屯的简易楼里，邻居家家赞叹我招待插队的房东；这一点，够人民子弟兵们学上两辈子。因为此刻我又想邀请艾洛华哥来北京，估计若想穿着蒙古袍子住进我军的大院，大概要先受上一个月的“政审”和“安检”。一想用蒙古话说这两个词儿我就恶心。

和牧民住进北京的简易楼，那滋味比住进蒙古包还特别。虽然没有门栏外的牛犊和狗，没有视野尽头的地平线，可是额吉在北京必须依靠着我。从开煤气到关电灯，我像真正的儿子一样照管一切。吐木勒，吐木勒，她总在不停地叫着我的蒙古名字，叫得我美滋滋的。她对我说的话，比在草地的几年还要多。我多么喜欢她那无奈的、一切任我怎么办的神情呵！

最遗憾、最最遗憾的是，差一点我就能使额吉见到班禅！

我有一个要好的藏族作家朋友。他和班禅·额尔登尼喇嘛有密切的联系。额吉尚未驾到北京时我们就商量好了，一定让班禅接见我额吉。那将是多么快乐的一场民族大团结呀！更重要的是，我要让整个乌珠穆沁，让党委书记和葛根活佛，都羡慕他们从来不放在眼里的额吉。

准备一直顺畅，班禅活佛的平易非常有名。

可是，就在额吉抵达的前两天，活佛远行青海教区。那时家家都没有电话，可是跑一趟和平里好像不费事。反正每一两天，我就和朋友联系一次。“佛爷还没有回来。放心吧，一回到北京马上通知你。”可是日子一天天过去了，“怎么还没有回来呢？奇怪！”最后朋友的老婆、朋友的朋友，好几个相关的藏族朋友都为我们着急了：“还没有回来！怎么办呢！”

最后的两天绝望了。我对哥哥和额吉，可怎么解释呢？我的心淹没在一派憾意里，那股可惜劲儿和原来盘算的快活一样强烈。直至多年以后的今天，我突然觉察到，当时额吉并不叹息，就像开始也没有兴奋一样。她只是默默等待，不奢望，不显露。最后不如愿时，就像没有盼望过一样不动声色。

倒是实现了两位母亲的会见。

我心里充满独自的欣赏，瞟着她们。我喜欢这罕见的场面，因为我而出现了。在那个炎热的夏日，母亲和额吉紧挨着，她们都不知说什么好。我催促着，聊吧，有我当翻译。可是她们只是静静坐着，费力地笑着，对着面前丰盛的筵席。她们比平日更少言寡语，好像只是坐等我的下一个行动。显然她们都意识到了：既然眼看着花儿结了这么大的苞蕾，那么它反正是要开放了。而且最后会结下果实。显然她们对花朵和果实感到忐忑不安，她们似乎都担心我这么与众不同。

我长久地注视着她们，揣摸她们的心情。谜底究竟是什么呢？

四

随着对突厥源流的了解，我对蒙古草原的理解日益广义化。我逐渐有了一些把握。但是从细末和广度，在两处察觉到优势的我，心底却鼓动起离别的欲望。我寻觅着新的出发，准备扑洒过去的，是一种双数的感情。

后来，而且是在遥远的日本东洋文库，有一次学习回鹘文养子文书，我突然意识到，养子的观念和习俗在北亚草原的普遍。

养子，tejesen hū，这是一个多么语感温暖的词！后来我便半是认真地，用乌珠穆沁口语里的这个词自喻。

其实，连真正的抱养也未曾有过。只是挨着冻羊粪燃起的炉火，睡前要由额吉掖紧皮被。只是那个苦恼人的年代，它一下子就把人扔进草海，扔到了这乔布格的营盘上。一切都在这个营盘上实现了；那毡片磨烂的我们的家，那种非常接近了家庭关系的加入和承认。不，我再不能容忍什么民族学、社会学、人类学。我不能容忍用“调查”替换这种关系，我不能容忍凌驾民众的精英发言。

如同你，蹒跚走完自己的路，哪怕一生穷愁潦倒。不去向世界开口，追逐着水草变移和牛羊饱暖，径自完成自己的生命。这才是作为人的存活，才值得为之生死一番。反之，屈从官宪媚权拜金，在别人制定的模式中蝇营苟活，那是腐烂和失败，是可笑的自虐。

你逝去了，像早晚会发生的一样，像牧草枯荣一样。你的文明里没有吊孝，我赶到乔布格，是与你别离呢，还是最后和你重聚？

我没有解决关于文明发言人的理论。不过我想，也许我用一生的感情和实践，为解决这个问题提供了参考。

一切都过于私人化了。

即便在告别的文字里，额吉，我不愿渲染你的故事，抛出去供外人围观。作家的水平，就在于写与不写之间。我要执行守秘和规避的原则。我总在琢磨——你和人民的沉默。你可以安享你的安宁，你是我独自继承的遗产。我谨在这里向你道别，并遵守这个约束。

牵着马，散步在乔布格的旧营盘上，我悄悄数着。二十八年，居然真的有了二十八年。我突然觉得它是一个天成的题目。我决定写一首蒙文的诗歌。就像最初我套用民歌《诺加》，填写了作家生涯的第一笔一样，我企图用一首《厄鲁特》的格式，写一首总结的蒙古歌。

用诗表达的企图，连贯了二十八或者三十年。不用说那个《人民之子》（应该译成“平民之子”，蒙语……算了吧）——八十年代我还曾准备使用全部蒙文“白字头”的排列，写一首长诗，后来当然由于能力不足而放弃。那里面有“赞颂恩情家乡的歌这么多呵，而宽阔的草原沉默沉默”；还有“已经衰老青春不逝这是什么病呢？更细数的话我并不是从你所生”等等句子。

不能的我已经不想强求。总结的话不及早说，等机会遗失殆尽要后悔。用尽字母表的豪华设想是不现实的，然而，我毕竟是我，我要用她的话语，留下几句。我应该为这一切，留下几句蒙文诗。

念头袭来的当夜，我睁眼望着天窗，失眠了。睡着前我已经默哼着，做出了几个小节，次日早晨我把它们追忆着抄到纸上。那一次剩余的草原日子，我是沉浸在头韵和比兴里渡过的。回到北京后我以为马上可以收尾，并且已经准备向第一次我发表作品的蒙文刊物——《花的原野》投稿。

但是到了第二年，我决定把它带回草原去再改。在聚会的席间，我也曾经忍不住唱起过它。虽然屡屡修改，它一直停留在未完状态。此刻已是从1968年计数的第三十个年头，《二十八年的额吉》还没有写完。我喜欢在夜深时拿出它来，字斟句酌一会儿，渐渐沉入幻境。我喜欢反复地，在韵脚、对仗、一个个质感音声不同的单词里徘徊。除了叹息修养的欠缺，我逐渐发觉了：其实我想表达的，在题目里就表达完了。额吉，额吉，其实我用小说、用散文，还觉得不够而要用诗表达的，只是“额吉”而已。

我打算在这篇散文里录下几节，充作束尾。

最后挑了四节八句。我决心这一次做到语言的严谨，绝对不能再让所谓国际通用的转写乱七八糟。果然，请一位蒙古族的长辈帮助校对转写的时候，他也觉得费力：使用书面语和标准的蒙文诗律吧，作者我首先感到别扭。合乎语法的句子陌生并且转义，好多词儿都不是我会说的了。最后，他说，你干脆就直接转写乌珠穆沁口语吧！

他的话，突兀地使我想起学《蒙古秘史》时，听过的一句费解的话：“它是把口语直接写进去的书。”[①]寻思着觉得新奇。此刻写下的，是经过蒙古族专家校对，但是又与辞典不尽相同的、我用乌珠穆沁口语写的几句小诗。

我写着，不禁觉得这一切实在太难得了，心里涌漾起舍不得的感情。

以下就是这几句诗的蒙语转写，以及字面的汉语直译。

Arban jurγan-u saran-u gegen tang-ās oroju irele
Alhun alhun tan-u aisui jam-du ösün boijiγsan bi mön

① 这句话，是已故的村上正二教授告诉我的、一句据说是蒙古学家田清波提出的论断。

十六的月光，从天窗那儿射进来
一步步接近你的路上，长大的是我

Horin naiman jil-ün nutug-tu mori mini joγsōd yabuhu ügei
Hūcin-iyan cmüsügsen ta bol aγu ton-u dōtura baina

二十八年前的旧盘上，马儿停住不走
衣着褴褛的你，是在伟大者的数中

Culūtai obō-yin dōγur bol angkan-u Gűngse mőn
Cima-yi amujūlsan Sűme nada-du sayihan őngge-tai

有石头的敖包下面，是以前的公社
使你安宁了的庙宇，在我眼里颜色好看

Harihu edür-tü hola-yi harād dabhur dabhur ūl
Halūn cejin-ü dotor-ās jöhen uilaju baina

离去那天向远眺望，一层层的山连山
滚烫的胸膛里头，正柔软地哭着

1996 年 7 月 腹稿于内蒙
1998 年 4 月 写成于北京

阿尔善

——谨把此文献给我的蒙古兄长

听到他去世的消息时，心里掠过的感觉很奇怪。并无悲哀，只是平静。许久之后，空虚和惆怅才如一派寂静的水，逐渐地涌入，轻轻地充斥了胸膛。我舒服地沉默于遐思中，思绪如在白色的雾里。说不出那淡泊而深不见底的伤感。只有一星意识闪烁着：若是到了我自己的那一天，朋友们的感觉大概也就是这样。

毕竟是电话时代。只用了几天，我和草原上的方车弟就打消了残存的一丝侥幸。或许不该叫它噩耗，它只是因为来得太早，才出人意料。

我的蒙古哥哥逝于年初隆冬之际。

据已经变成了未亡人的嫂子在电话里说：傍晚时他在门口闲走，回来说头疼，接着躺下就不行了。

我在电话线的这一头静静听着，舌头处在一种凝固状态，说不出一个词。

和方车——他是另一个唤他为“阿布盖”的人——商量了我俩的办法。我们对蒙古人的事不能算外行。我们知道：在这种时刻，其实谁也再做不了什么。

但是那样太不甘心了……

那么，就是要献上布施请出喇嘛，为我们三十年的亡兄念一次经。其余的，所有堵在心里的和盼望做的，都不能做了。

嫂子在电话里说：我们蒙古人，人去了又能做什么呢？到庙里，经啊什么的念上一念……

那天的电话打得好难，我握着听筒但说不出话。嫂子毕竟不是他；我的三十五六年的义兄，我在走进世界以后结识的第一个兄弟相称的人，如今死了。另外一个真实也接踵而至：虽然我们强求地留下了她，虽然我们已经别而不舍既别又聚——它若去时无情绝义，如一块透明的冰，如一盏玻璃的灯，人间的情义，若是没有血缘的维系一旦冰消灯碎——那时分的滋味不敢多想，那里面的道理不能深究！

……用以前写过的词句表达：我和草原的情分，怕是真的要断了！

十几天后，收到了方车弟寄来的一封信。还没有拆开信，他的电话已经打来。办妥了，他说。他说话从来简单得让人恨。怎么办的？仔细说说！我催着。于是他讲述了由三女婿斯琴巴特尔陪同，去庙里诵经的过程。由于插队时代三教俱废，我对他描述得很生疏。若要知道详细，恐怕还要等我自己去问一遍。他讲罢催我拆开信封，我打开，一个小小的黄纸包落在手掌里。

“是什么？藏药么？”我问道。

“不是药，是——阿尔善！”遥远的草海彼岸，他的嗓音像一丝风声。

一

我不愿在如此时代再摊开稿纸，描写我这位异族的哥哥。只是为了完成一个最低程度的仪式，才提起笔来。刚划过数行我已经自知：想得最多的，正是不想写、不能写和写不出来的。

默默思索着，心里总觉得，此刻不过是代表我和方车弟两人，为一块不存在的墓碑写一篇悼词。即便我俩，对与他情分的看法，也存在着相当的差异。人已去了，我的事情，无非是填平这点差异。

在人去世后追加赞美是不必要的。其实还是传统的观点和习俗更深刻：人死了，活着的为他祝福，伤感同时是给自己的，因为留给自己的余裕也不多了，像往昔一样，我的事不过就是追随他。

我哥哥在亘古的游牧草原上，不仅缺乏传奇色彩，甚至是个平庸的人。但是我喜欢他；捉摸他的思路，容忍他的缺点。如同一堆牛粪火烤着大小两块黑石头一样，我依偎着他，潜伏和出世，历数了一个时代、三十七年。

在弱者群里他不起眼地挣扎了半生，虽然没有太大业绩。在世风日下中他是一个忿忿的批评者，虽然开口并不负责任。他不是那种驰骋剽悍的草原传奇人物，他总是顾东丢西、半截马竿、破鞍碎韂。额吉不仅全部承担了包外门口的杂活，而且常骑上自己的小青马，帮他出牧或者轰马。我牢记着当年那种半是嘲讽、从四周斜睨而来的——社会的眼神。他们恶意地瞟着我们，瞟着我哥多少可笑的形象，他们判断他熬不了多久就要完蛋了。

但是我们的家族让他们失算了。

虽然不是风流的牧马人，但他天生一副认羊的锐眼。在畜群分割到户以后，羊群显示出牧业命脉的本质。额吉，也许还有我，暗暗予他特殊的帮助。三个儿子参差长大，三个女婿各有千秋，阿·乃玛克（aimaγ，家族）的名字，愈是靠后就愈是响亮起来。

因为我的奔波，方车弟愈来愈深地卷入了和这家人的关系。但方车弟的态度，更多是投桃报李得寸还尺，不像我拘泥于思想含义。

但方车弟个人，也与这个家有着一缕纠葛。

外来汉族移民与蒙古牧民的关系，是一种有趣的依存。方车是一名草地移民的儿子，因为身躯愈来愈胖，被这个家族唤做“塔勒根”（胖子）。远在苏军坦克如雪崩般涌入、新庙“解放”的年代，他的家族就和哥哥家的窝棚比邻而居。孤苦的额吉抚养着我哥一个儿子，邻居的唐格特（tanget，牧民对方车父亲的称呼）的膝下，却是儿女成群。额吉的牧民心绪被诱发了，她和邻居商量抱养一个儿子过来，给我哥哥做伴。

这件事最终没能落实。尽管如此，此事被我和方车弟重视——

打算抱养的是哪一个呢？方车家弟兄七八个。方车说：好像当年挑的，是老四或者老五。我却希望，那个差点当了蒙古人的小孩就是方车。这样才最合逻辑，别人都看着不像。这件旧案使我们兴奋；它暗示着人与人之间早有一层前定的关系，这关系如影随身，伴着人的一生，神秘地左右了人的感情。

由于六十年代的散漫和缺乏礼数，我们队的知识青年对同龄的牧民缺乏正式称呼。我对蒙古哥哥一直直呼其名，他也从来未曾予以纠正，直到九十年代初，一次回草原时孩子们问我：

——Aha，ta yaji Aja-gi ner-ir dōrje be？

（哥哥，您为什么用名字喊阿伽呢）

我才羞愧难当；当场宣布正式称呼哥哥为“阿布盖”（Abgai）。

其实我也有苦衷；阿布盖这个称呼曾使我踌躇许久，因为在新疆的额鲁特蒙古语中，它的意思是“媳妇”！在新疆考古时，那些西蒙古人听我用 Mini Abgai 说起我哥哥，就一副坏相忍俊不禁。这使我不愿选择这个麻烦且太常用的词儿，总幻想找一个特殊而响亮的称谓为我专用，这才显得缺乏教养地“用名字喊了哥哥！”——被家里的小崽子将了一军以后，我们开始严格使用乌珠穆沁的礼数称谓。但此情已成勉强，因为兄弟已经分离，整个正确的称呼，是在八九十年代一趟趟的“省亲之旅”中确定的——这多少不够滋味。但是我想家门里的人，还有方车弟他们会爱听这些，因为三十七年的情义，就是这么一点点建造的。

方车弟在这件事上比我懂规矩。称谓确定以后再次回内蒙，他开车送我到了蒙古包。当我听见他郑重地呼唤哥哥“阿布盖”时，心里很舒服。一是感到了方车主动与我并列共做了弟兄，二是因为这标志着这个称呼得到了社会的认同。

——这一套用汉语解释起来很麻烦，但这样的关系使我感动。方车弟追随着我、语气认真地称他阿布盖，这是一种确认，它确认了许多有含义的东西。

我也趁此对这篇小文说明一点——

按照草原上不能直呼长辈名字的礼性，我原想在本文前半称蒙古亡兄为“阿哈讷尔泰”（Aha ner tay），但它的意思本是“那个叫哥哥名字的人”，多少不妥。于是我只好使用“蒙古哥哥、我哥哥、我哥”等等词汇，进行避讳……

文章写到这里以后我可以使用“阿布盖”了；我希望读者知道用它是为了草原的避讳礼数，因为他已经逝去，不再是那个随意玩笑的哥哥。现在对他讲的每句话写的每个字，都会传向冥冥之中他的灵魂，不能再有丝毫的不慎。

一切都是往事了。

我从两千里之外赶到乌珠穆沁。方车弟开上他的东风车陪我来到这座毡包。喝着不加炒米的奶茶，说着轻快的蒙语，时而唤一声阿布盖。我们评论社会，商量家务，游牧世界的方方面面，如清风流过耳际。阿布盖，他毕竟是一个中心，他走了，我们之间的故事也戛然中止。

二

刚刚插包他家的第一个冬季，那时政治气氛紧张，经常开会。

记得有一夜我俩开完了会，在漆黑的雪原上并马回家。马蹄踏破厚厚的积雪咔嚓咔嚓得非常悦耳。我正走得高兴，不料他突然翻身下马，蹲在雪地上，痛苦地蜷做一团。我发现他在低声呻吟，慌得不知如何是好。蹲了一阵他又挣着踩上马镫。直到缓步摸回自己的毡包，我们没有说一句话。

那是头一回我觉察他患着病，后来虽然听赤脚医生七嘴八舌地说他的肺或肝怎样怎样，但那时我和他都已经习惯了。

次日一早天晴病散，他又精神十足，叼着一根烟，斜歪在草地上，天南地北胡扯起来。

阴沉的政治云彩，那时聚在我们这顶毡包上空不散，而且直接压迫着我这个知识青年的精神。如今我想，大队里存在着一些蓄意想整阿布盖的人，他们的目标并不太大，就是——想让阿布盖和额吉戴上白布条，把他们赶进干泥水活的四类分子群落里去。

不知为什么他们一直没能成功。我有时独自沉吟往事的时候，分析那大概是因为划分阶级的一些政策条文有利于我们留在贫下中牧阵营，而没能让他们如愿。但是我更相信是一种微妙的助力，因为比我们干净得多的家族也未逃厄运；而我们的运气是不可思议的，一个虽然不是任人践踏，但也是饱受歧视的寡母独子的小家族，不仅经济扶摇而上，而且名气愈来愈大。

在那个时期里阿布盖的健康正在恶化。比较严重的一次犯病，如今我已经记不清了。那次，他在公社卫生院住了一些天，额吉赶牛车去看他，脸色紧迫，脾气暴躁，我至今记得那天的每个细节。

在更漫长的、我离开了草原以后与他们继续交往的年月里，渐渐他不再骑马了。九十年代初我从国外返回，再去草原探望时，他喜欢傍晚在门前草地上闲走。我俩也因之迅速养成了散步的习惯，在暮霭中，漫步自家的营盘，细细倾吐分离后的经历，以及郁积的心事。

他更加愤世嫉俗，总是恨恨地咒骂愈演愈烈的坏人坏事。流行乌珠穆沁的小矿坑最使他仇恨，那些阑入草原纵深的采矿队，不仅挖烂了植被山岗，也毁坏了他的心情。在他看来，奥由特山梁上挖铜矿石的窝棚，简直就是世纪末的万恶之渊薮。他以最坏的判断进行分析，态度激烈得甚至使我吃惊。

不久阿布盖不再滔滔不绝，时而情绪不好，有些罕言寡语。难得再与他长时间畅谈，唯散步时是一些例外。最后几次的重逢中，值得记忆的都是我们在营地四周的漫步。

他在我的一侧走着，嗓音低浊，有时很慈祥。我意识到他老了。他满腹怀着焦躁，但已经不太宣泄。可是，我居然没看出他的病弱，只多少感到他内心的绝望、茫然与反抗。

最后一次和女儿回草原时，看到他六十岁的白月（春节）的“纪勒”（本命年，jil）时录制的一个光盘。他举行了私人的“奈勒”（nair，祝会），赛马、摔跤、几项游艺都从自家畜群里拿出二岁马、二岁牛和羯羊作奖赏。来客呢，不管以前关系如何，也清一色地献给他金线绚烂的袍子和茶砖。

那是隆冬深雪里的奈勒，但来客们显然兴致很高。听说除了大队里另一个老人（齐姆为他的额吉活到八十一岁，举行过以骆驼为头赏的奈勒），阿布盖的这一次纪念的祝会，于无声之中撕掉了一页旧历史。我默默注视着屏幕，某某，还有某某，他们给予我们的苦楚，甚至给我个人的压力，至今仍没有消退。但那些当年对我们这穷窘的一家咄咄相逼的、在政治和经济上都春风得意的人们——如今捧着金绣的袍服，礼性十足地来到新年白月的六十本命“纪勒”，给阿布盖祝寿来了。

我当年的小学教师搭档乌力记的儿子、青年诗人乌日图纳斯图夺取了摔跤第一，忘了谁的马得了赛马头名。一匹匹“修德勒克”

（三岁马）、一头头“比鲁”（二岁牛）真地被牵出来，由阿布盖亲手交给优胜者。

嫂子孩子在一边解释说，当夜刮起了白毛风，来客都被留宿。翌晨，粗制的光盘上，彩色绣金的袍子眼花缭乱地闪烁，醉眼惺忪的牧民们摇晃着告辞，一辆辆破吉普蹚开雪雾，驶向茫茫雪海。

我看得津津有味，甚至看得惊心动魄。他没有太勇武或太花哨的轶事，他只靠平凡的羊倌本领，在一辈子里繁衍了自己的家族、畜群和财富。于是，也让我在不经意的观察中，看到了他六十年的轨迹，意识到了他在无情的草原社会，赢得的荣誉。哦，那些敬上贺礼的牧人们是否也意识到了这些？他的儿女们是否也意识到了这些？

我已经可以停步了，不必再深寻体味。就像我不可能在冬雪中向那奈勒盛会跋涉一样，在那张光碟播完的时候，我看见了结束的信号。

三

阿尔善，arshan，一般说来，在蒙语中指的是药泉或矿泉。方车弟用邮局印制的信封，当然不可能寄来药泉水。打开小小的黄纸包，里面是一些粉末，像是莜面，拌着白糖。

我以自己的知识质疑这个纸包，叫宝贝叫神物什么都行，但它不该叫做“阿尔善”。问蒙古人，说法纷纭。我要求方车弟专程去了东乌旗的喇嘛库仑庙，资深的喇嘛与蒙医都确认说：它就是阿尔善，虽然它不是水。长途电话里仔细听了一遍后，我理解了，它是一个象征，是医人心灵的阿尔善。方车的蒙语很好，不会当面听错。何况在这种事情上，名称只是一个符号。

就这样，时至如此一刻，我又学到了一种乌珠穆沁风俗。

方车弟在电话里说：喇嘛吩咐，每天用舌头舔一点，一共七天舔完。他补充说：我舔了，有点甜。我问：你去拜了佛？他说：是啊。我想问得再详细，但一面问着心里明白：若想知道详尽，除非我回一次东乌旗。

总而言之，方车弟代表着他和我，专程到了遥远的新庙镇，在我们家族的三女婿斯琴巴特尔陪同下，把我俩的布施献上，并完成了佛庙里悼念亡兄阿布盖的全套仪式。

也就是说，佛庙里和家族中的人都明白：这是两个以逝者为兄长的人，尤其一个远在北京——他们为去冬逝去的一个牧人，做了一件藏传佛教的法事。在北京的那个遥控指挥，东乌旗的这个躬身实践。事情做得相当规矩，那个牧民的亡魂，已经得到了安慰。

但是有谁知道其中的分寸？

——作为一个弟弟，我必须完成草原礼数。作为一个穆斯林，我不能做到庙中拜佛。这是多么微妙、多么隐秘、多么无人知晓唯我寸心自知的、小小的一件事！我有不能躬身实践的一些动作，但我更要以哥哥的仪礼，完成对他的悼念。

在遥远的北京，我暗中咀嚼着——这不显痕迹的、文化的差异。我似乎感到四周的注视。我喜欢那一刻沉吟掂量的感觉，不是谁都能感受这一切，并非谁都能享受如此深邃的文化。我没有犹豫，我知道这正是我独特经历的一幕，一定有一个“双全”的方式等着我。

都说，如果你足够心诚，那么你最终不会为难。就连方车弟也不会想到：当他走进了新庙、在喇嘛的命令下一项项完成规矩时，他简直正在应运而生。他代我奉献了心情，也替我做完了仪式。在无人觉察的时间流动里，他恰如其分地插入缝隙，使事情达到了双全两美。

如果把从1968年夏天插队乌珠穆沁草原以来、漫漫绵延三十七年的这个长故事收尾——没准，阿布盖的辞世与我们的悼亡，倒是比较像一个差强人意的句号。

我和嫂子通话的那天，可能我的话题勾人不快，似乎她并不太附和我。她说，就在下午，要去为儿子抱养一个婴儿。地点在查干淖尔。那婴儿刚出生几天，已经谈妥了。今天去看一看，若中意，再让婴儿吃几天奶，然后就抱回家。可能车正在外面等，她的口气有些急。

“我现在不走不行了——”她说。我听着一怔，突然醒来一般，赶紧挂断了电话。

那天坐在电话旁，我陷入了痴痴的冥想。阿布盖去了，但是一个婴儿又来了。与我已经无缘的、那个在两千里外的草原被阿布盖家族抱养的小生命，不知为什么令人感到象征的意味。我琢磨着，心头浮起不恰当的联想：就像在那个严峻的年代，压迫的乌云遮盖时，北京的兄弟也到了。

看来新的巡回已经开始。由我和阿布盖艰难演出了这么多年的一幕历史，真的已经结束了。新的一代不会在意我们的故事，就像我们也不再为他们操心一样。电话挂断的刹那，仿佛有咔嚓的一响，心里的一根血管也被切断。就像我以前写过的句子：我和这片青青草原的关系断了。

我包好“阿尔善”，把它和二十年前额吉给我缝的一个黄布药包护身符摆在一起。两样东西很相像，都是不起眼的小包，说不清的故事心意。没有花七天舔完它，我打算把它珍藏起来。黄布包“俄姆”早就挂在台灯上，现在我把它也系了上去。灯光下，两个小包摇闪着，古怪而亲切。

我与“蒙古”这深沉的文明，竭尽人的半生相交相知，最后剩下的就是它们。额吉一辈子磨难，但是她培育了阿布盖和我两个儿子。阿布盖突兀走了，不再接受生的艰辛。留给我的前路也历历可数，我们都要皈依这伟大的前定。何况新鲜的小生命，又从查干淖尔诞生了，她（或是他）也是家族的加入者，像是要和我一样，继续否定血统的狭隘。

在北京的夜里，我独自笑了。迎着我，黄药包和阿尔善还在晃动，在灯影里如陪伴的灵魂。

2005 年 12 月 写于 Puebla

2006 年 8 月 修改于北京

牧人笔记

1983年作者曾在日本出版了日文版的《内蒙古大草原游牧誌》。该书在日本出版后，再版了六次，成为外国人了解中国内蒙古游牧社会的一册指南。《牧人笔记》是在此基础上，作者补充新作而成。今天，古老的游牧生产方式已经濒临着质变，游牧社会的传统历史，如著者早已预感的一样，翻向了它最后的一页。所以，随时光流逝，本书将越来越呈现出它的文化意义和美学价值。

——本书出版时的编者按语

小序：折一根芨芨草做笔

1983年5月至翌年，我在日本的东洋文库进修研究了一年。不敢称为“留学”的是，我当时没有打算为自己捞一个洋学位，因此虽然我去不少大学旁听过，但都是听凭兴趣所至，东游西荡。在接触学人中，渐渐地发现：当年在内蒙古草原当牧人时的油盐酱醋衣食住行，都居然被人视为“学问”。这使我百思不解，但是也挺高兴。再后来，我更发现，学者们对他们故作高深吟咏哼唱的对象，即专业之主体；从人到世界的了解，其苍白令人好笑。于是我开始认真了，想随意地写一写培育了我的青春的牧人生活，显示一点生活教益和学院学究的对峙。恰好那时又有一位非常好的合作者和理解者，在他的耐心帮助和过细的诱导下，我出版了《蒙古大草原游牧誌》一书。这本书后来在日本重印了六次。

工作过程曾经非常愉快。当时我们常常是闲扯一般，对一个个草地掌故神吹大聊。编译的日本合作者记下一些笔记，然后整理成成段的文字。日文版可以说是更富于细处描写的，补充了很多数字、表格和解释。中文原稿后来大致成了一个参考，只起着一种脉络的作用。

从那以后，转瞬已是十二年。

在这么长的时间里，我的意识中，只觉得自己出版过一本日文著作。有人问起中文原稿时，我总觉得：出版文字既然是外文，还问那草稿做什么呢？

八十年代后期有不少出版社向我追索这部中文原稿。我回答，中文不那么细致，中文是非常随意的，有一点像散文。可是对这部中文稿感兴趣的出版社还是想看看它。于是我翻开书柜纸箱找，这回大吃一惊：它不见了。

中文原稿，因我的不在意，丢了。

直至三年前我还觉得无所谓。在《三份没有印在书上的前言》中我写道：

> 那书的原稿是一册薄薄的散文回想，原来盼它题为《青色的草原》，后来居然被我弄丢了，不知放到了哪里。稿子里没有出版了的这一套牧人经，是一册平静的回忆和归纳。
>
> 我不觉得太可惜。因为整个那个时期的我，对于草原的回想都存在一种浅薄。我也许要纠正它，若付诸行动的话我再重写一本……

两年前写这篇追述时，我已经就自己的这本书做了清理，遗憾已经古旧，重做不知期日，我的念头在另一个思索上——在我个人面临的语境和表述的现实面前，实践使用外国语的写作，是一项严肃的选择和具有深味的现象。

但是，前些天收拾书物时，发现了一个纸包，我两手尘土，解开一看——

丢失了的中文原稿，静静地摆在眼前。

找回来了，十二年前的稿子。

我多是好奇地，马上捧着它，重读了一遍。不是模糊记忆中对它的印象，而是白纸上的黑字，我读着一个十二年前的自己。应当说我觉得有点新鲜和惊奇。

那时的笔触多么年轻，那时的心境多么单纯，同时，那时概括的勇气和结论的坚决，是多么使今天的我羡慕。

我居然敢于用那么简单的例子，用那么有限的一介牧人的日常生活，就兴致勃勃、在情在意地勾画起一个巨大的世界。因为什么呢？我对当时的动机饶有兴趣。今天看，也许用当时我身处的学术界来分析是比较确切的：我在学术界求学，但我本能地感到四年纯粹牧人的生活，从社会地位的感铭到全面的蒙古语对思维的改造——使我不能皈依大学和研究所的学术。加之，那时的一切对我是宽容的，我的本能的异议，被掩护在人们对我能讲出的有趣细节的欣赏里。箭头快活地飞过去了，带着清脆的呼哨，而没有碰上墙壁的折断。中文的《黑骏马》是这样，日文的《蒙古大草原游牧誌》也是这样。

今天我准备把这部中文稿出版时，我的愿望仍然是强调哺育过我的文化的意义。今天世界不再把我当成个可以宽容的孩子了，诚恳的驳难，恶意的诱读，都是我面临着的环境。我读过一个真挚的质疑：如果笔管里只是六八年的旧式理想，那么你究竟能坚持多久？我想，六六年抑或六八年的人和理想已经被改造了，从骨头到语言，我紧紧攀援日夜吮吸的，是另一种强大的、未被认知的、底层民众的价值观点和文化体系。这“另一种”千金难买；因为依附体制的知识阶级对它一无所知，他们顶多只能制造一种警察式的语境来压迫它而并不具备与它讨论的文化基础。是的，也许所谓六十年代的儿子已经找到了全新的基础，并且在体制的潮流之外跋涉着另一种道路。不仅如此，我还奢望着这“另一种”有一天会在源头上与中华文明的“这一种”清澈合流，给垂老的文明以接济，给苦闷的青年以启发。

当然，谁也不敢对奢想过多依靠。对我来说，十二年前后我的心情，主要是对教育和改造过我的蒙古草原的牧民们，宣布一个不变的感激，并上缴一份我的作业。

我把这部旧稿题为《牧人笔记》，意思是说它只是我身为牧民时的一些零碎记录，并不是洞究游牧文化的正式著作。

沉吟再三我还是放弃了修改的念头。虽然十二年前的叙述中确有不少值得斟酌之处，但那时的单纯、放松，还有随意的俯拾，却不是今天可能轻求的了。

我是用一支铅笔和一块橡皮，不假思索地一气写成的。写中偶有不妥，就擦掉换几个词。一边写一边感到了提纲；草原季节和游牧生涯的周而复始，以及与游牧生产天衣无缝丝丝入扣的牧人生活——渐渐成了我要揭示的主题。那时，离我离开草原还不太久，所有细微末节如数盛在心里，可以随写随用。就这样写了几本竖排的稿纸、——若不是日文版编译者后记中提及，我已经忘了：这份中文原稿的写作只用了约一个月时间。

写作时并没有预知今日的经济大发展。但是从定居点的建设、铁轮车的普及等等因素上，我感到了一个巨大的学术结论：远古（至少可以上溯到前 13 世纪）以来的游牧生产方式，已经濒临着质变；亘古未变的游牧社会和牧民的传统历史，已经翻向了它的最后一页。这个预感，今天正以令人震惊和激动的实态，在我们的眼前实现着和运行着。

此外，关于亲族或邻里的“艾勒”（Ayil）为游牧生产和社会基础单位的见解；关于家庭直至伦理的适应严峻的畜牧业的见解，关于牧人的生命观点以及游牧社会的神奇的和谐有序的见解——今天，不仅已经基本可以说是正确的，而且我以为，它给草原以外的人们提供的参照作用是强有力的。

关于转写符号问题，必须做一个交代。

书中使用了大量的蒙古语的名称和术语。老实说，我一直认为，对于一种色彩鲜明而且相对单纯的文化来说，一个最简捷的描写法，就是彻底地分析它的最富本质特点的专用术语系统。换句话说，可以用《草原游牧世界一百词》或《游牧民语汇三百释》等等方式，描写一个单纯的文化或民族。

——若那样做，将是一项真正的研究。然而我尽管看到了这个方向，但我不想致全力于科学；我已经多次表示过，我喜爱自由自在不受领域的束缚。我喜欢追随感性地，偶尔揭示出一些道理，但害怕繁杂地把它剖析清楚。

但是我还是大致列举了一些于游牧世界关系重大的文化语汇。出版日文版时，符号转写的问题，因日文片假名的特性没有出现。而此时使用汉语，就必须说明如下：

印刷蒙文是不可能也不妥的。最好在这个语汇系统后面注明拉丁转写。但是，蒙文书面语和口语间有一些差别——全部依照书面语转写，就会首先使我自己感到生疏和不惯。寻找一位蒙古族朋友，商量一种方案是可能的；但那仍然是一项严谨的工程，我并无十足的把握。即便那样汉语读者仍然会跳过那些字母转写读下去，而且获得不了任何读音。

我最后还是选了下策，用汉字摹写这些语汇。这样一来读到的将是近似音。而且对懂得蒙古语的读者来说，他们无法核对。这是我应该事先向这一部分读者致歉的，你们了解我当年只是放羊，并没有机会受到规范的语文训练。将来，或者在汉音后再加确切的转写，或者附录一个有原文、转写、释义的语汇表。但是我觉得光阴紧迫，请允许我暂付阙如，以后再做补足吧。

近年我删定了以草原为题材的、比较集中诉说了我对我额吉的感悟和怀念的《金草地》一书，取代了另一部写坏了的长篇。此外我出版过一本《草原小说选》；并且在《黑山羊谣》《错开的花》《海骚》等诗体作品的一些章节中，尽我微力描述过草原游牧文化。《黑骏马》有英文、日文、哈萨克文的版本，我相信未来的蒙文本将是最好的一个译本。

后来，我有过一个有意识的努力，即把草原描写到新疆。这与突厥世界乃是蒙古文明的母体这一认识有关。天山、阿勒泰都是与蒙古同类的游牧文化。

我写得非常之少，后列的目录是收录这些作品的单行本书名。有兴趣的读者可以从这个目录中读到我全部的草原题材作品，当然，有些太差的早期篇什被我删除了。

这一本《牧人笔记》是小说体和诗体作品以外的、有关蒙古草原作品的总集；除了《牧人笔记》外，还收进了这个领域内的主要散文甚至论文。我猜以后我还会多少写一些关于草原的文字，那时或许还会在这个目录中再增加一册，或者增订这本《牧人笔记》。

《牧人笔记》中的行政称呼，照十二年前的旧例未变。当然，人民公社已经改称苏木，生产大队换称为巴嘎，读者们自会一目了然。我没有企图统一改变，因为这本笔记是得于那个时代。对汉族读者也许还该注明一句：内蒙古牧区的旗相当于县，苏木（公社）相当于乡，巴嘎（大队）相当于村、队。

粗略地把这部旧稿整理一遍以后，再品味我一生中围绕蒙古学术的，种种学习和变动，还有最终也没有安宁下来的心思，能说一些什么呢？是的，情绪激烈时我自责的浅薄，其深处未必没有隐忍和回避。但是正如孩子气的追述和用例显出的，短短四年的游牧生涯，对于我们的目的——让穿褴褛皮袍子和冻得两颊疤伤的牧人对学术发言——又确实是太单薄了。

所以，我再说一遍我只是呼唤，我觉得真正活生生地分析蒙古游牧文化的著作，应当产生于牧民的儿子们之间。虽然比例和概率会非常之小，虽然前定在成全这样一个人之前要严厉地要求他的许多素质，虽然他不仅要忠诚于游牧民族的本质还要具备广阔的胸怀和真理的原则；但是我坚信，游牧文化的母亲一定会养育出这样的优秀儿子。

我为蒙古游牧世界完成的，上述这一点点写作确实微不足道。但是，我想我多少抗击了学术和文学中，特别是在所谓民族学社会学领域中横行的，无视民众主体、缺乏真实体验的某种殖民主义色彩浓重的风习。我嘲笑并且破坏了那些伪学的贵族打扮，不管他们怎样不承认和佯作镇静，不管他们怎样恼羞成怒和漫画我的道路——未来由牧民的孩子们创造的游牧世界的文学形象和学术体系，一定将挟裹着风雪的寒气、携带着羊皮的温暖、遵循着四季的周始和五畜的规律，以全套的牧人话语被描写出来。人人都可以等待，这种局面必将出现。

这样写着，似乎出现了一种和草原、和牧民道别的伤感和沉重。是的，其实我早已郑重道别，离开培育了我和黑骏马的亲切世界，投向了后来的旅程。只是难舍难别，既别又目，依然如旧地向你们索取着支撑和证据。但是这本《牧人笔记》恐怕是我此生关于蒙古草原的最后的作品了，我把它献给你们，盼望你们的家族中因为有过我这个养子（tejigsen—hū）而高兴。

Bayartai

Temur · 张承志

1995 年 12 月

第一章　摇篮

我说汗乌拉草原是一个摇篮。因为在它辽阔的怀抱里，一年一度地孕育着生命。汗乌拉的骏马、牛羊、骆驼，年年在这片青青的草原上生羔产犊，蒙古包里也一个又一个地跑出来顽健可爱的儿童。这片草原是种种生命的摇篮，也是古朴的蒙古文化的摇篮。它是我的蒙古“哥哥”阿洛华（arhua）祖祖辈辈生息的土地，也是我自己人生的第二故乡。我们因这里的水土，因这里的气候，因这里酷烈的生活和持久的传统——而逐渐变成了今天的我们。

汗乌拉（han uula）是我们生产大队的名字，也是我们这片草原中央的一座大山的名字。它的意思是“山之王”。虽然它的相对高度只有一百多米，但在这片地形舒缓的草原上，这座山显得非常雄峻。在这座山的顶峰上，从东向西一字排开着九个巨大的敖包（oboo），所以人们也称这座山为“汗敖包”（han oboo）。在山南麓的一个岩缝里，长着一簇汗乌拉草原唯有的小树。由于树木在这里是极其珍奇的东西，所以我特地在这里讲到这丛小树。这丛野生的灌木是我们汗乌拉草原在迄止七十年代以前，唯一的一丛非草本植物。以汗乌拉山为中心向四野伸展着的、那一望无际的丘陵草原，就是我们的生产队领土。

汗乌拉生产大队属于内蒙古自治区最富饶的一个盟：锡林格勒盟（šiliin gool aimaγ）。有人说，内蒙古有一颗明珠，它的名字叫乌珠穆沁——而我们汗乌拉就位于锡林格勒盟最北部的东乌珠穆沁旗（jűün üjümüčin hušuu）之中，是明珠最美丽的一部分。

在东乌珠穆沁旗的东部，有一座著名的喇嘛寺，名叫新庙（šine süme）。汗乌拉生产大队所属的道特淖尔人民公社（duutu nuur）就设在新庙镇上。从汗乌拉生产队部到新庙镇之间共有二十三公里，有一道宽阔的车辙印大道把我们大队和新庙这小小的政治、经济、文化中心相连。

在天气晴朗的日子里，在汗乌拉山顶上可以眺望见远近几百公里的山峦和草原。虽然并不像我哥哥阿洛华所说的那样可以一眼看尽四十九个旗的牧场，但我确实在那山顶的九个敖包上面看到了很远很远的地方，包括北方外蒙古境内的一些山岭。听老年人说，从前经常在汗乌拉山举行祭敖包的大会（nair），摔跤和套马都在这山脚下举行。

汗乌拉生产大队的领土约有一千平方公里左右。从大队最西南的泰莱姆湖（telim nuur）到最东面的冬牧场——额尔登·讨勒盖山（erdeni tolγoi），至少有四十公里远。南北稍少一些，从大队北界的胡布（hubul）山脉到南边的狭长的乃林戈壁（narin γobi）约有二十五公里左右。但是，由于各个大队之间以及牧业人民公社之间有一些交叉地带，所以我们汗乌拉畜群游牧的范围通常大于一千平方公里。羊群和牛群约能越界五公里左右，而马群、骆驼群常常越界很远，至少两千平方公里的地域中活动。不言而喻，牧马人终日长距离奔波，他们是极其劳累的。

汗乌拉草原水草丰美。在这片草原上有不少使我们引以为自豪的名胜之地。如南部乃林戈壁的硝土碱草地；德勒斯乌珠尔（derestü üjüür）的芨芨草；大队西部的名叫哥尔其莱的井（gečirai hoteg）等等，最著名的是泰莱姆湖南岸的石头井。这口水井只有一尺深，但在六十年代的某一个大旱之年，全队的井都干枯了，这口井承担了全部汗乌拉近两千多匹马，近一万五千头羊，还有近三千头牛的饮水，日夜抽水，而这口宝井居然不干。大队南界的乃林戈壁是一处最理想的夏牧场，夏季这儿有一条弯弯的季节河，有无数积水的小湖，湖滨落满水鸟，草多是含盐量大的优质牧草。乃林戈壁北面是一片平坦的草原，汗乌拉的种种盛会，如剪马鬃、卖马和文艺演出都在这儿举行。东部尽头的额尔登·讨勒盖山（erdeni tolγoi）和查干山（čaγaan）之间，是我们过去主要的冬季牧场。这里是著名的无水草原，以前无数次打井找水的尝试都失败了。但是这里牧草极其丰盛。冬天，在连绵的山岗中间，积雪柔软，气候温和，我们和畜群一起，以洁净的积雪当水，一次次地在这里度过恬静而漫长的冬天。

在1970年前后，汗乌拉大队共有约六十户人家，一般均以一个蒙古包（monγol ger）为单位。这六十户人家的总人口约在三百五十人左右。至1980年前后，人口已增至四百多人。全部为蒙古族。汗乌拉使用蒙古语的一种乌珠穆沁方言。这种方言的语调极为柔和、轻灵、优美。我认为它比起我听到过的南部察哈尔方言、东部喀喇沁方言、西部苏尼特方言以及新疆的卫拉特语以及乌梁海方言，要柔和好听得多。汗乌拉是内蒙古草原的真正纵深，一切都是纯粹的蒙古式。1968 年有三十余名北京知识青年曾来此接受牧民再教育，下乡在生产大队当牧民，另外还有两户汉族移民。但他们后来都离开了汗乌拉。汗乌拉草原依然如旧，居住其中的蒙古人们日出而作，日入而息，在富饶而严酷的环境中建设着自己的生活。

交通工具主要是两种：男人的马和女人的牛车。每个蒙古家庭都有一辆白毡顶棚的棚车（ham tergen），在不太忙的时候，女人们总是套上一条老实善走的犍牛，乘着这种棚车去亲戚家串门，棚车里面坐着她的孩子们，都穿着鲜艳的新蒙古袍。在草原上人们是不走一步路的，哪怕只有一百米远，也一定骑上马去。女人们平时照管家务，很少用马，但她们同样是骑马的好手。在男人们生病或者需要的时候，她们在马上同样能飞一般驰骤。当然，除了马和车这两件基本的交通工具外，也还有些大些和新式些的，比如四匹马拉的大车和现代的拖拉机、卡车。

汗乌拉生产大队的经济是单纯的畜牧业。汗乌拉约有十至十五群羊（因为经常分群，所以群数不固定）六群马，十群牛，一群骆驼。秋天因大量屠宰和卖出，加上自然死亡，所以数量减少，而春天又因接羔而使数目膨胀，所以在七十年代中，羊群总数一般在一万头上下，牛群总数在两千头上下，马群也在两千上下浮动。在灾害性风雪到来时，马群损失最大；而在缓慢的积雪造成的雪灾时节，羊群损失最大。这样，虽然每年春天都能接下大批仔畜，但牲畜总数的增殖却很困难。蒙古草原传统的游牧生产方式与严酷的自然条件、还有庞大的畜群量之间存在着一种极限，在毁灭性灾害到来的时候（特别是春季的风雪），这种极限便被突破。古老的游牧生产方式的灾害承受力如果一被突破，经济就发生崩溃。反之，如果草原能连续几年保证无灾害的话，马上又会出现立竿见影的繁荣。也许，这就是理解历史上许多游牧民族兴衰史的关键。

我想，从1970年前后已经开始，包括目前在内的二十年中间，也许是内蒙古游牧经济发生质变的二十年。至今为止，种种科学的畜牧、饲料、配种、兽医、定居技术还不能够统治草原。汗乌拉的蒙古牧民仍然喜欢住蒙古包、喜欢用自己种种原始但有效的办法处理游牧生活中的困难。新疆伊犁巩乃斯（kunnais）细毛羊的引进还是不如普通土种蒙古羊受人喜爱——但是，一场巨大的变化正在逐渐发生。最引人注目的一个变化的特征是：传统的木轮车已经在汗乌拉草原濒于绝迹，铁轮子已经代替着浪漫意味十足的木轮子普及在每个蒙古包门前的水缸车（usun tergen）、棚车、箱车（abdar tergen）和普通的辕车（hangγai tergen）上。此外，定居点（一座土圈加上两户人家的泥屋）虽然还远不如蒙古包有魅力，但蒙古牧民已经至少决心利用那座坚固的羊圈——我们汗乌拉的传统冬营地：额尔登·讨勒盖已经趋于放弃。冬营地和夏营地之间的区别和距离已经大大缩短。游牧方式中最基本的活动——搬迁移动减少了；由于牧场的肥美，近年来已经出现了在一年中仅仅在秋天走一次场（oter）的现象；也就是说，冬、春、夏三季已经大体不远离定居点居住。

不过，总体上来看，畜牧业经济仍然维持着不完全的自给自足、商品交换的特点。汗乌拉人仍在吃羊肉和奶食，穿皮衣，用羊毛、皮条和马鬃制造各种各样的绳索工具。但是粮食、茶砖、烟、木料（尤其是制套马竿的柳条、制造车的桦木）、鞍具、绸布——

则倚仗新庙的人民公社所在地输入。在上述商品中，茶砖、粮食是最关键的两项。

新庙镇还云集着大批各种各样的手工业者，主要包括皮匠、银匠、铁匠、木匠、泥水匠，以及各种各样身怀一技之长的手工业者。这些人多是河北、山西北部的移民，他们的技艺有力地补充着单纯的游牧经济，使整个草原的生产、交换和生活有条不紊地维持着。新庙镇在解放以后，除了继续保持着其商品集散中心的性质之外，也是行政、文化、教育、卫生中心。镇上设有邮电局、兽医站、医院、税务所、中学（蒙、汉文两种）、公安派出所、粮站、商店、综合手工业工厂、水利队、拖拉机站等等单位。汗乌拉以及它的姊妹牧业生产大队：白音图嘎（bayin tuγ）、道特淖尔（duutu nuur）等队的牧民，各自顺着草原上那种蜿蜒在草丛中的多股车辙印组成的大道，骑着马，驱着牛车，来到这里；卖掉羊毛、牛羊、皮子，买回粮食、茶砖及其他生活用品。

汗乌拉队有若干大大小小的家族，这些家族的界限由于复杂的通婚已经变得不明显。一个主要的家族是阿尔拉（araliin aimaγ）家族。我在内蒙古时，阿尔拉家族的老祖母还在世。他家主要的几个儿子的家系，囊括了汗乌拉人口的近60%以上。但近十几年来，由于其他一些家族的男孩大量增多，有一些原来人数很少的家族正在变得比阿尔拉家族更醒目。总的来说，汗乌拉生产大队的组织和汗乌拉原有的血缘关系大致吻合。许多牧民虽然在邻生产大队或邻人民公社有着自己的亲戚，但生产队主体却还都是汗乌拉的几个家族。

在解放后三十年来，由于医疗条件和其他条件的改善，汗乌拉的人口正在迅速增加。我以为，在八十年代初期，草原上已经出现了有史以来最初的劳动力过剩情况。以一户牧民家为例：此家人在

1970 年以前，只有男主人一个劳动力，而在 1981 年，他的三个儿子都已成人，需要畜群放牧劳动。然而他家却和另一户牧民合牧一群羊，只需要一个劳动力。这样，三个男人都处于无劳动无职业状况，只干些零工和季节性工作。

劳动力过剩现象当然只根据目前的分群数目才存在，劳动力过剩当然更不是人口过剩。但是，严酷的自然条件却严重地限制着牲畜数目的绝对增长率，在保证每群数目的前提下，汗乌拉畜群的分群机会总是较少。这样，自然气候条件、牲畜数目条件、劳动力和人口以及消费需要等条件，都在要求着汗乌拉草原出现一场变革——而这一变革也许将最终结束迷人的、古老的游牧传统。

汗乌拉大队拥有小学校一所，创始于 1970 年。由于草原上牧民居住分散，这种牧区小学多为寄宿制。初创期间，也曾使用过巡回教学的方法。现在汗乌拉的男性牧民中，百分之八十以上均可以简单地读和写。由于蒙古文字的拼音特点，很多牧民都靠自学而掌握了蒙文，文盲在汗乌拉以至乌珠穆沁牧民中并不常见。所以，草原比起中国内地的僻远农村来说，文化水平要稍高一些。

这里过去信奉藏传佛教。在东乌珠穆沁草原，沿交通线平均五十公里就有一座喇嘛庙。现在喇嘛均已还俗，变为普通牧民。但是随着形势的变化，过去一些当喇嘛的人又有重操旧业之念。最显著的一个潮头是参拜甘肃南部甘南藏族自治州境内的著名金瓦寺——拉卜楞寺（labrung kiid）。至目前为止，汗乌拉有一位虔诚的教徒已经去了拉卜楞寺两次，新庙镇的喇嘛庙也完全可能再修建起来。但是从根本上说，蒙古牧民的宗教意识并不是很浓的，经常可以听到牧民对喇嘛开玩笑，也很难在乌珠穆沁看到诸如青海、甘南、西藏那样的，至少在老年人中根深蒂固的宗教意识，更看不到诸如哈萨克、维吾尔、回族那样浓烈的宗教感情。但是，今后的二十年同样是一个变革时期，在这二十年中，随着人们各种条件的好转，人们将对曾经是自己文化一部分的藏传佛教遗产怎样看呢？将来的内蒙古和汗乌拉，将会出现一种怎样的状况呢？这些都是很难预料的。

但是，无论如何，汗乌拉将和过去一样，仍是一片青青的大草原。它拥有的山峦、湖泊、水井、戈壁、平原，都将继续保持到很远很远的将来。只是，作为蒙古史研究者最渴望了解的一切现状，一切具有民族学参考意义的社会、经济、生活状况及细节，也许已经要掀向它最后的一页了。将来的汗乌拉蒙古牧民，也许将在更文明、更先进、更科学的方法和形式中度过自己的畜牧生活。从额吉淖尔——母亲湖（eeji nuur）拉盐的，也许将是卡车而不再是那种阿因钦（ayinčin）的牛车队；牧民们住的也许不再是蒙古包，而是漂亮的别墅。羊群的分群、出牧、饮水、配种、剪毛、接羔，也许将会采用连我也不能理解的新技术——但是，我想，汗乌拉仍然是汗乌拉，它仍将用自己辽阔草原上的青草继续哺育着那遥远的新蒙古文化，它将继续被将来的知识牧民称为自己的摇篮。

只是，作为一种保存至今的古老文化，作为一种理解蒙古历史的活的参照体，对乌珠穆沁草原的种种民族和文化的研究已经迫在眉睫。而我对乌珠穆沁的一角——汗乌拉草原的这些简单而且随意性很强的往事追忆，也不过是对那种真正科学而全面的民族学研究的呼唤而已。

第二章　生命

1969 年 5 月 1 日国际劳动节的下午，我从北京远道回到了汗乌拉。我回到了哥哥阿洛华家里，一家人高兴地站在包门口迎接了我，其中嫂子莲花只是站在哥哥身旁对我笑着。当天夜里，我参加了晚会以后又回到家里时，发现嫂子正躺在包的一角呻吟，母亲正在照顾着她，我这个傻瓜直到这时才明白——原来她要生小孩了！

哥哥派我去找汗乌拉的接生员。我骑上马，在黑夜里找到了那个女人的家。汗乌拉的接生员有一匹队里发给的乘马。我和她骑着马回到自己家。我躺在门外的毡子上，听着包里嫂子的呻吟声。天快亮时，比那启明的乔里玛星更早地，一声尖锐的婴儿啼声响彻了草原，一个小生命在我眼前降生了。这是年轻的我第一次怀着新鲜而好奇的心情，迎接了一个小小的生命。

这个孩子今天已经差不多十五岁。她的名字是我取的：乌尼琪——忠诚。然而，因为她生在五一节之夜，所以整个汗乌拉草原的蒙古牧民都随着她的母亲称呼她“五一”（用汉语“五·一”的发音）。她母亲生她一共休息了三天，我记得第四天早上，莲花嫂子就又在门外忙着接羔了。蒙古妇女通常全是这样，生孩子对她们并不是什么太了不得的事，然而产后三天就在户外奔跑忙碌，却是都市女性无法想象的事情。

在五一出生之后，这个家庭又增添了五个孩子，至今为止，我的嫂子一共生了八个孩子。这八个孩子中的第四个斯钦·巴特尔在出生以后几个月，生急病死去了。当时正是我哥哥阿洛华心情和处境不好的时候。这个男孩子的死，不仅对哥哥的感情是个打击，而且对我们整个家族的情绪和生活都是个无声的打击。当斯钦·巴特尔的尸体被阿洛华抱着，独马走进黑夜里的草原深处以后，母亲只是默默地擦了擦眼泪，在草原上，痛苦是必须默默地吞咽的。

然而，在汗乌拉，我深深感受到了生命的庄严和伟大。毕竟小斯钦·巴特尔只是一种代价。我的哥哥阿洛华从一个只有一顶黑脏的小帐篷、一匹黑马、一匹红马的贫苦软弱的普通牧人，变成了有三个儿子四个女儿的家族的主人。我们这个家族拥有着最坚强的老母亲，最能干最爽朗的女主人，最漂亮的女孩子和最活泼的男孩子。我们已经成为汗乌拉草原受人羡慕的一个新家族。我从这个过程中似乎看见了最古老的人类与自然斗争的形式，看到了一种诞生和生存的美。老母亲枯涩的眼睛总是在一派青草覆盖了残冬的白草，在新生婴儿响亮地号啕着被包进蒙古摇篮（乌里给）里，在成千上万的小羊羔、小马驹和小牛犊用它们的哞叫声淹没了草原时，就又显得明亮起来，仿佛是补充进了一股新的生命。

汗乌拉的接羔季节是在春季末期，平均日期为四月五日左右。因为这里习惯在秋末十一月初把单独分牧了一年的种羊放入普通羊群中配种，母羊怀胎五月，整个冬天用吃饱的干草和夏秋积成的身上的膘来维持着腹中的小生命。这样，在漫长的五个月冬天结束时，坚持熬过了冬天的母羊们在刚刚化净了雪的山坡上开始分娩了。

接羔之前先要把家从冬营地迁入春营地，并在春营地的盘（呼和·努特格）上立起芦苇或是毡子的保暖棚，棚里铺上厚厚的干羊粪（绝不能用当年冬天的冻羊粪，必须用前一年的，已经被春风夏日完全吹透晒干的那种青色的羊粪，蒙语称为呼和·毫克），这个芦苇棚是为绵羊羔准备的。此外，把蒙古包的西南角用两块拦板隔成一个小小的圈，地上同样铺上干燥的青羊粪末，——这个室内的小角落是准备安置山羊羔的。

在蒙古语中，“努特格”（nutuγ）有着下述的几层含义：

首先，努特格一词的最基本含义是“营盘”“牲畜夜晚卧下的地方”。这个词含有的视觉印象是一块大体为圆形的、为羊粪牛粪覆盖为黑色的土地。畜群在卧睡中早吃尽了这块土地上的草，远远望去，像是草原上印上的一个黑印。

这个词引申的含义是“领地、地盘、故乡和祖国”。其中最主要的含义为“故乡”。

在游牧民的术语中，努特格分为“黑色”及“青色”两类。它们各分别表示夏秋牧场的营盘，即夏秋的“黑盘”和冬春牧场的因厚厚的羊粪层而不冻的“青盘”。在冬季或春季搬家迁徙时，为了让羊群夜晚能在干燥的地面上卧睡，必须找到以前的冬春营盘，即“呼和·努特格”（göhe nutuγ），青营盘。

一切准备就绪，买足粮食、茶砖，从马群换来保养了一年的，最结实、膘情最好的马，准备接羔。

羊群接羔不能只有一家人。一般来说至少需要两个蒙古包，分别放牧带羔羊和不带羔羊。羊群在没有生羔前称为“索外”，意即无仔。接羔后，每天牧羊人傍晚把新生羔的母羊和仔羊从群中分出来，交给从无到有的带羔羊群，即“撒合”群。在大约四十五天的接羔周期中，“索外”群愈来愈大，而“撒合”群愈来愈小。“撒合”群每天总在包附近吃草，而“索外”群因为没有羊羔拖累，每天出牧很远。放“索外”的牧羊人永远背着一个毡子制的接羔袋，把山羊羔背回来（而绵羊羔则尽量让母羊自己生、自己舐、自己领回家）。搬来与原来的牧羊人同住、大多担负“撒合”或者“索外”中一种放牧的包，称为艾勒；而在通常的蒙古人观念中，几个蒙古包组成的小聚落也称为一个艾勒。这是蒙古游牧社会组织最基本的一种形式，通常艾勒的组织往往与亲属关系有关，但更重要的仍然是对牧民生产能力的挑选。

因为，接羔季节的生产中，最关键的本领在于“认识”，蒙古语叫“坦恩那”，一群羊在四五十天中将生下四百以上羊羔，要绝对准确地认识每只羊羔及它的母亲，而决不发生混淆，这决不是一件简单的事。乌珠穆沁牧民的辨认牲畜的能力简直是不可思议的天赋。我认为，这种认识能力简直是与生俱来的一种特异功能。一匹黑马从三岁遗失，到十几岁时毛皮变成了灰白色，然而我们汗乌拉的老牧民却能从邻社的马群中一眼把它认出来。

曾在我面前呱呱落地的五一（乌尼琪），在我 1981 年再次看见她时，已经是个勤快的少女。她在春季接羔时一再表现出辨认牲畜的天才。在她之后出生的，只有八岁的妹妹奥云娜则专门认识山羊羔，那个小女孩在一片雪白的山羊羔中如数家珍地指出哪个山羊羔是哪个白山羊的孩子，哪个白山羊是哪个小羊羔的妈妈的本领，真使人惊叹不已。而我的嫂子，莲花却自己认为（其他牧民也公认）虽然对绵羊认得很好，但却不太认识山羊羔。

接羔季节是牧业生产的关键。对于牧业经济来说，一年的三季全可以说是春季的准备。整个冬天的目的其实只有一个：那就是保住畜群的膘情并借以保住母畜腹中的仔畜。同样，夏季的水膘（乌松·塔勒根）和秋季的油膘（讨森·塔勒根）也是为了迎接严酷的冬天并争取春天接羔顺利。只有春季接羔顺利才能增加牲畜的绝对增长率。蒙古牧民们在这一年的周期中显示着一个可称艺术的游牧技能。我哥哥阿洛华的家庭经常在春季制造出使汗乌拉羡慕不已的接羔成绩。由于他们劳动的勤奋和家里人劳动力的齐备，接羔成活率经常超过百分之百。也就是说，活下来的羊羔数比当年生羔的母羊数还多。这种成绩说明，不仅阿洛华的羊群在春季接羔中几乎没有发生羊羔死亡的现象，而且他的母羊经常一胎双羔。双羔蒙古语称为“依合勒”；这种依合勒证明着母羊的强壮，配种过程的合理和放牧的出色。依合勒使操劳一年的牧民的脸上终于现出了欣慰的微笑。在蒙古草原，有关生养的一切单词，对人类和对家畜都是一样的，而人是很难得生双胞胎的，所以，当一头雪白的大山羊领着两只或是三只活蹦乱跳的小羔在春天的草地上嬉戏的时候，草原上所有大人和孩子的满心喜悦简直是难以形容的。春天把生命输入了大地，青草、畜群、还有人都充满了生命的活力。

马群和牛群，以及骆驼群的接羔要比羊群容易一些，一般用不着人去过多地照顾。马群生驹也是在春季，那时草原上万马嘶鸣，给人带来振奋的心情。但是由于马是大畜，在产驹时如果遇到特殊的困难，就要比羊群难于应付得多。比如难产。羊如果发生难产，牧羊人（放牧“索外”的牧羊人）就抓住母羊，用手把生不出来的羊羔掏出来，然后再把胎衣涂在母羊嘴上，使它迅速认识自己的孩子。这个助产的过程有五分钟就够了。然而马群却大不一样。骒马在难产中往往坚持着随马群走，抓住它、按住它，从它腹中拉出马驹子都决不是容易事。这样，难产马驹的成活率比羊群要低。

我曾经听过汗乌拉的一个马倌讲他处理难产。那匹骒马已经躺在草地上奄奄一息。当时正是深夜，在漆黑的草原上找不到任何人帮忙。那马倌是个胆大的人，他用手摸了很久之后说：“马驹子死在骒马肚子里了，如果这样躺着，这匹骒马也会死掉。”但是那匹精疲力尽的骒马无论如何也不可能自己把一匹死马驹生出来了，牧马人犹豫再三，决心冒险救骒马。他手持短刀，把手臂伸入骒马肚子，在马腹中把那匹死马驹用刀肢解，然后把肢解了的血肉一块块掏出来，一直在深夜旷野上忙了几个小时。最后，那匹骒马终于抬起了身子，半卧了起来。

这是一场极其艰难的奋斗。刀子在马腹中不能伤害骒马，又要找准死马驹的骨缝切割，空间又如此狭窄，而且马倌又只能单臂活动，从各种条件来说，这种事情都太难了，但是牧马人还是掏出了死马驹，救活了母马。

牛群的情形与马、羊不同，一般没有那样复杂。因为乳牛是分散到各个牧民家放牧的，所以接犊一般都在各户牧民家里。汗乌拉平均一户牧民只有四五头乳牛，放牛的人家多一些，但也不过是十头乳牛左右。再加上乳牛生犊的时间不像羊、马那样固定，所以接牛犊也不像羊群接羔那样兴师动众。一般来说，把新生的小牛犊让母牛舐干，每晚拴在蒙古包里的西南角，也就行了。

但在生命降临的时候，有时世界会不欢迎或者反对这新生的小生命。母畜有时不认自己生下的仔畜，当孩子上前来吃奶时，她们却又踢又顶。这种母畜有一个专用的蒙古语词，叫做“高楞开依”，很难译出这个词包含的全部内容。当羊群或者牛群中出现了高楞开依的时候，蒙古妇女采取的措施带有着很大的迷信意味和人情意味。比如，如果有一只母山羊是高楞开依，妇女们抱住这只羊，一面挤着它的奶，一面唱着歌。她们用手掌把挤出的奶涂在小山羊羔的尾巴上和头顶上，然后按着母羊的头让它去舐。如果高楞开依羊坚决不认羔，她们就打它。这样唱着、挤着、教着、打着，一直到高楞开依母羊变成了认羔的温顺的好母羊为止。也就是说，变成了“阿睦勒开依”为止。“阿睦勒开依”的含义正与“高楞开依”相反。

乳牛出现了高楞开依，是最难办的。因为众所周知，牛有个牛脾气，通常那些乳牛是很难改变自己不认子的主意的。于是，牧民们就用很多办法来对付这些高楞开依乳牛。比如把一条狗和牛犊一块绑在乳牛腹下，让牛犊吃奶。当乳牛想用角顶或踢自己的孩子的时候，它就同时顶了或是踢了那条狗。狗必然反击，开口咬乳牛。这样，在狗咬的教训下，那乳牛渐渐懂了一个道理：这条小牛犊在吃自己的奶的时候，最好老老实实地一动不动。如果自己不接受它吃奶，就会被一条恶狗狠狠地咬——时间长了，像其他高楞开依一样，它也变成了阿睦勒开依。

遗憾的是，在东乌珠穆沁，骆驼很少，甚至有一些生产大队或人民公社的马，见了骆驼就会受惊。我们的汗乌拉倒是有一群骆驼，一共差不多五十头左右，但我本人没有放过骆驼，不太了解骆驼羔降生的情况。

春天，蒙古语的“哈布尔”一词实际上在草原上并不包含多少温暖、和风、绿草、鲜花之类的内容。在蒙古草原上的春天气候和景观，实际上与冬天没有很大区别。人们还是穿着皮袍子。在五月到来之前大地上并没有绿色的青草。春天的风雪威胁甚至比冬天更可怕。尽管从四月初开始，吹过大草原的风已经不像冬天那样刺骨，积雪融化后，原野已经变成黑色——但是，春天——哈布尔在蒙古人的意识中仍是个与“冬天”差不多的、内涵严峻的词汇。

然而春天毕竟是春天。哈布尔一词仍然给蒙古游牧民带来了和其他地方的人类共同的兴奋和希望。因为在游牧世界里，春天一词中含有的“生命”的含义平衡了那些风雪严寒和荒凉的景观，骤然降临草原的成千上万的幼小生命在欢叫着，呼喊着，用它们的活力感染着，鼓舞着草原牧民的心。也许，蒙古牧民在这凛冽的北国之春里，年复一年地感受到了更多的温暖、生机和希望，感受到了更多的关于生命的理解。从我与蒙古牧民结识的体验中，我深深感觉到：他们对生命的理解，对生命的尊重都是极为独特的，极为宽厚和充满着爱的。无论是对一条老狗，一匹马驹，一只小鸟，一个弃儿或私生子，一个孤苦老人，一个异乡来客，都是这样。有时，不理解他们的外来人可能会觉得他们待人略嫌冷漠，经营牲畜的本领又过于神奇。其实，他们待人时总觉得人该比羊马更坚强，因此不屑于多施温存；他们放牧则以人道视畜道，爱惜牲畜如同爱孩子。这种粗犷的北国的思考方法和情感，永远都应当是值得敬重，值得思索的。

第三章　白色

迎接生命的春天过去了，在战胜了最后的凶恶晚雪之后，绿色以迅雷不及掩耳之势一下子淹没了草原，太阳变得又亮又烫，羊群变得愈来愈肥，汗乌拉人穿上了雪白的单袍子——夏天到了。

蒙古人称这个季节为苏根·恰克，意为“奶季”。用奶制成的一切乳制品，在蒙古语中统称“查干·亦得”，即白色的食物。

夏季的牧业劳动虽然忙碌(洗羊、灌药打虫、剪毛、打马鬃……)，但人们活动的核心却不在于这些劳动了。从表面上看，牧人们在这些不是以艾勒为单位，而是以全生产大队、半个或三分之一个生产大队、或是以几个公社为单位举行的劳动中，似乎交际的目的大于生产的目的，游乐的气氛压倒了劳动的气氛。但是在实际上，夏天仍然有着一个至关重要的任务——为冬天筹备“查干·亦得”。

不仅我们汗乌拉一处，整个东部乌珠穆沁地区，都没有挤马奶和挤骆驼奶的习惯。与之相反，我们这里流行的是挤羊奶。我想，这也许与我们这里羊群发达有关。游牧民的一个本质，可以说就是向一切产奶的家养动物索取奶食品。因为他们的食品结构尽管不仅在近代、甚至可能在古代就已经有了很大的改革和丰富化、粮食化。但我深信游牧民族最本质的食品结构只有两种：即肉食和奶食（正是由于这种食品结构的原因，游牧民族必须取得茶叶来消化食物，维持生理需求，这才有了与农耕民族、尤其是汉民族之间的后来发展得日益丰富和复杂的关系）。在汗乌拉生产队，取得牛奶以外的奶食资源的方式是：挤羊奶。

挤羊奶一般在六月开始，大约挤一个月时间。这时的羊羔已经相当壮大，可以吃青草来补充营养。而草原上这样的黄金季节是很短暂的，八月进入初秋后必须抓油膘走场，九月就要剪秋毛，牧民能从羊羔身上榨取的时间，只有这个六月。

关于挤羊奶，牧民们半开玩笑地为自己制造理由说：夏天羊羔吃得太好，肥得太快，身体上油脂增加得太多，这样，油脂长得比皮长得快，皮就会胀破，在夏天伤口会生蛆。这种分析是牧民们为挤羊奶制造的一个心安理得的借口。实际上，在冬天积雪成灾时，夏季未挤过奶的羊群与挤过奶的羊群相比，体力差别并不是没有的。那时牧民们会说：“他家的羊群不怕这雪，因为夏天没有挤过奶嘛！”

挤奶无疑是抢仔畜的食物。但牧民们准确地掌握着羊群体力和越冬时需要的膘情的分寸，又能把羊群养肥，使之顺利越冬；又尽可能多地为自己储存下大量奶食品——这样看来，在夏天人们的眼光仍紧紧地盯着冬天。

挤羊奶的时候人们非常忙碌。每天傍晚要把母羊和羊羔分开过夜，清晨拴起母羊，开始挤奶。挤过奶后把羊羔放回它们母亲那里，让母羊吃草，羊羔吃奶。傍晚再一次把母羊和小羊分开过夜。刚开始时，羊群不习惯这种新生活，分群、守夜、挤奶都很困难。挤了几天以后，羊群就习惯了，整个挤羊奶的过程也不那么忙乱了。

在夏日的草地上，成排的母羊被妇女们用一条长长的绳子巧妙地拴成一排，一动也不能动。女人们则手提小桶，开始依次挤奶。儿童们把一桶桶羊奶提进包内，把奶倒入灶上的大铁锅里。通常一个锅一个灶是不够的，至少要有两个到三个大锅，终日架在牛粪火上温奶。

在这个六月，汗乌拉的每一个蒙古包，甚至整个汗乌拉的草原上空，都弥漫着一股发酵的酸奶的味道。到处都可以看到雪白的奶浆一桶桶倾入锅中，倾入酸奶缸中，到处的蒙古包顶上都晒着一片片雪白的奶豆腐（霍洛达）。

这就是“查干·亦得”。这就是白色的奶食品。汗乌拉制作的奶食虽然也是多种多样的，但并不像内蒙古南部有些地方（比如正蓝旗、镶黄旗）那样，在奶中加糖做成甜奶食。在奶豆腐的质量上，也不如那些南部旗、县制作得那么干净；而是比较粗糙，时时可以吃到几根羊毛。但乌珠穆沁的查干·亦得也像全部纵深草原的生活一样，比起南部来更浓烈、更醇厚、更豪放。

这种白色的食物花色繁多，但总的来说主要有两大类：一类是奶皮子（角黑）制成的乳制品，味甜；另一类是提炼了黄油（夏拉·讨骚）之后的酸奶制品，主要是酸奶豆腐（霍洛达）。在汗乌拉草原，奶皮子制成的甜奶食以及各种与此类似的甜奶食并不很流行，我们通常在奶季里制作的乳食品主要只有两种：黄油及酸奶豆腐。这也是游牧世界的主要白色食品。

奶制品的另一主要项目是奶酒。汗乌拉不挤马奶，奶酒的原料仍然是牛奶及羊奶。这是一种简单的蒸馏酒，用两个大铁锅相扣，把煮沸的牛奶蒸馏成一种酒精含量很低的，色透明而微微浑浊，味道稍稍发酸的酒。由于这种奶酒的来源是挤来的奶，所以这种酒的名称也用“挤”（撒合）一词作词根，叫做“撒勒·艾里合”。有时为了与中国内地产的蒸馏酒——白酒（有趣的是，蒙古语却称白酒为黑酒：哈拉·艾里合）相区别，也称奶酒为“蒙古酒”（蒙古勒·艾里合）。

包括奶酒在内，汗乌拉的白色食物——奶制品，查干·亦得主要就是这些。我想，也许是这些白色的食品，雪白的乳浆在远古的什么时候给了游牧民以灵感的启发吧，蒙古牧民似乎对这种白色的食物有着一种特殊的喜爱和尊重。从“查干”（白色）这个词中，蒙古牧民发展了远远超出了颜色概念的思想感情。在这些形象思维的游牧民心目中，纯洁的白色是他们观念中的美的比喻物。比如说，牧民称心地好的人为“查干·色特格里太”，意即“有着白色的心的人”。这种美的观念其实也许可以追溯到更古老的突厥时代和更辽阔的地域。在新疆哈萨克牧民的语汇中，对“白色”的使用更是渗透了这种美的观念。比如“丰收的麦田”为“阿克·比代”（白庄稼）；“美丽的姑娘”为“阿克·塔玛克”（白脖颈）等等。“阿克”即为各种突厥语言的“白色”，它使用的方式及其深藏的意识，实际上和后来形成的蒙古人使用“查干”，是一样的。

在草原的最底层，我在自己最年轻的时候，确实看到了许多“查干·色特格里太”的人。他们为人是那样朴实而简捷，简直使人感到惊异。像我在草原上的哥哥阿洛华他一直觉得自己既然是我的“哥哥”，我的母亲就是他的母亲，他总是用错字连篇的信向我的母亲问候。但我已经不能记住那些年里我见识过的一切，记不清有着洁白的心的人们的所有脸庞，和他们所做的一切好事了。今天能够回忆起来的，只剩下那些白色的奶食，和我对于“查干——白色”一词的体会。

夏季，奶季，也是一个炎热酷烈的季节。从接羔结束以后不久，我们首先忙完了给小羊羔去势，然后就收拾了春营地的棚圈车马，拆下蒙古包，开始一年中最轻松的一次迁徙。七十年代中期以后，因为冬营她已经有了坚固暖和的土石结构的棚圈，牧民们就不再愿意春天搬家，出现了有史以来最初的冬春共用营地。这样，迁出春营地的移动，实际上渐渐变成了一年中的第一次迁徙。

夏营地蒙语叫“角斯莫勒”，在这里畜群要生活一个相当长的时期。如同本书一再所说的一样，内蒙古草原正处于一个变革的缓慢过程之中，其中游牧程度减少、定居趋向加强乃是这个过程的一个最重大的内容。所以，已经出现了少数牧民在夏季营地上一直住到接近冬天的深秋，才向冬营地移动的情况。由一年四季随时移动的方式向冬夏两次性移动的方式转变，应当是今日内蒙古草原纵深发生的最值得注意的现象。虽然目前还远远没有放弃原有的搬家移动习惯，但是牧民们一经住进夏牧场的营盘，也纷纷开始搭泥灶，清理水井，女人们开始缝制新衣服——摆出准备长期住下去的样子。草原进入了一年中最舒服、最幸福的时期。在这个美丽的季节里，马群肥了，羊群肥了，白色的乳制品多得吃不完。羊羔肉又鲜又嫩，骑马用不着小心爱惜，草原上处处都是急驰往来的骑手。在这种时候，牧民们通常抓紧时间，办理一些大事，比如结婚，探望远处的亲戚。草原的车道上，常常可以看见白色毡棚的车上坐着穿新袍子的女人在朝着亲戚家前进。醉鬼在这样的季节里当然要更加起劲地喝酒，一年的艰辛紧张终于过去了，人的感情也松弛了，羊群每天等太阳一升高就卧下睡觉，马群和牛群热得终日泡在水泡子的中央。人的劳动在这短短的夏季显得松弛，于是，喝酒既能打发生活的无聊，又能压抑生活中的缺憾——我认识一个牧民，他居然整整地醉了一个月酒，每天都在昏迷中骑着马，从一座包踉踉跄跄地奔向另一家的包。蒙古人是不拒绝酒鬼的，只能陪坐着，等他喝够了，再帮助他紧紧马肚带，目送他东倒西歪地去下一家蒙古包接着喝。

在这样的夏季，奶、肉、酒都充足的夏季，蒙古牧民们需要一种振奋的激烈活动。傍晚马群饮水的时候，到马群去套马玩的人天天玩到天黑。等到剪马鬃的时候，草原就终于出现了一次活力与传统力的迸发。

剪马鬃本来是一项生产劳动，但现在已经成了一项娱乐。在打马鬃时，汗乌拉的男人们拿着乌珠穆沁地区著名的长长套马竿（约五米长），女人们穿上色彩鲜艳的新袍子，来到了我们大队西部的一片平原上。全汗乌拉的六群马都被赶到附近，四面山上狼烟滚滚。远近几个生产大队的套马手都来到这里，套马开始了。一匹匹马被套住，女人们跑上来剪去马鬃。儿童们挥舞着自己的小马竿，追逐着那些身材小巧的二岁马，男人们则专门对付那些凶恶的从未调教过的生马。在这种剪马鬃的日子里，可以看到最好的骑术、最好的套马技术和最惊险的、人和畜搏斗的场景。

剪马鬃的最后一项具有某种招待性质。我们汗乌拉把自己的所有种马全抓起来拴在一旁，傍晚，等所有自称强悍的客人和自己生产队的辛劳了一天的男人们都手持套马竿摆好阵势以后，就开始一匹一匹地放出种马。那些披着长鬃的种马飞一样地冲向牧人们排成的长长的袋状阵，而两侧的牧人们则开始纷纷举竿套它。这种套种马的游戏是不骑马的，牧人们在一瞬间不仅要套住种马的头，而且要同时全力后坐，否则飞驰的种马会把人拉出去，至少也要掳去人手中的套马竿。而技艺高超的优秀套马手则能在这一瞬把那匹身材巨大的种马套翻在地，甚至套翻一个跟头。这种时刻是一场牧人的大评比，没有本领的牧民谁也不敢站到袋形阵的袋底去。因为一匹种马可以拉倒前面的牧人，可以拖走很多根套马竿，但是最后一个人必须把它套倒。如果最后一个人套不翻这匹种马，他将名誉扫地。而套翻这样能斩将夺关的种马决不是容易事，因为那种马也和人一样，有一些是非常有名的烈性马。

在兴奋紧张的剪马鬃结束以后，剪马鬃的主人宰羊煮肉，招待各地来的客人。白色食品中的上品——黄油大块大块地搬了出来，几只野餐的大锅肉香喷鼻。牧人们在这难得的快乐晚宴中，实际上是享受着人生中最幸福的时刻。这就是奶季和夏季。这就是“查干”，白色的季节。

第四章　喜庆

羊羔长大了，马群又肥又壮。至此为止，强悍的蒙古牧民还只是忙碌，从去年冬天以来，他们一直没能真正地休息过。好像牧民的人生也随着草的枯荣，一季接一季地飞快地流逝着。生产的流程太快了，人们的心思一直集中在牲畜身上，因为无论冬天还是春天，畜群都使人感到幼弱而不放心。而现在，奶季刚刚结束，所有具有生产意味的重劳动都大体结束，人们想抓紧时间庆祝一下，想尽情享受一下生活中的幸福。而蒙古文化作为北部亚洲游牧文化的一个重要部分，也要借着“七月的草是金，八月的草是银”的美好季节显示自己的传统、炫耀自己的多彩。男人要显示自己的勇猛和力量，女人要显示自己缝工的精巧，儿童要显示自己是草原之子，连草原上成千上万的骏马也要在这夏秋之交的时节逞强争雄——这样，传统的大规模庆典——那达慕大会开始了。

那达慕是蒙古语“那达那”——玩、游艺一词的一个名词形式。不过在我们东乌旗一带，这个有关内蒙古的导游书和著作中常用的词汇却很少使用。即使在那达慕大会的场上，高悬的标语上写着那达慕的字样，牧民们在彼此自己交谈时，还是使用另一个更古老的词——奈勒。这个名称的实际内容与那达慕并无太多区别，但特指性更强，更清楚地专用于这种传统盛典，而且与传统、宗教、文化的联系也更强。

“奈勒”上的比赛项目很多，在汗乌拉那一带最流行的主要有三种：赛马、摔跤、国际象棋。而这些项目中最根本、最严肃、最使牧民动感情的其实只有两项：无鞍赛马与蒙古式摔跤。

无鞍赛马，是对骏马的严格比较。蒙古式摔跤，是对一个生产队、一个公社（历史上也许是一个部落）的严格比较。在蒙古牧民的心目中，没有比这两件事更神圣的了。

1970 年，在我们道特淖尔公社所在地——新庙镇上举行的第一次奈勒，最后变成了我们公社与邻公社——宝力格公社之间的全面竞赛。而宝力格的一个以盛产骏马和摔跤力士著称的大队——陶森·宝力格大队与我们公社的骄傲——吉林·宝力格队（我的额吉就是吉林队出身）之间，展开了主客之间争雄称霸、夺取草原荣誉桂冠的决战。

在无鞍赛马开始前，牧民把准备参加赛马的骏马（这样的马在汗乌拉两千多匹马中只选出了十匹左右）从马群抓来，白天拴起来，晚上放回马群让它吃半夜草。拴的时候，为了不使马在烈日下暴晒，牧民们搭起了用木棍和破衣服组成的凉棚。白天，骏马除了喝清凉的井水之外，一口草也不能吃。傍晚，全部十匹参加赛马的马集中起来练习，从十公里开始，跑到三十公里左右。练马结束后已是夜里，牧民在马休息之后，把马放进马群。决不能用马绊把马绊在门口吃夜草，一定要放回马群，使骏马自由地放松四腿吃草。清晨，天不亮的时候，牧民们又把它从马群抓来拴上，整整一天不吃草，等着傍晚练跑——整整这个过程叫做“拴”——维依那。据老年牧民教诲，骏马能否在比赛中取胜，一半靠马本身的能力，一半靠这种“拴”。这种拴马的学问非常深奥，总之是要求牧民根据马的脾性、膘情。将参加赛马的距离、天气的凉热做出判断。要在这个神秘的“拴”的过程中使马瘦下来，但又保持最好的体力，尤其是把马的肚子变得细些，在赛马时不能带着自己腹中的宿草。

除了这种“拴”马之外，就是让孩子——骑手作准备。一般来说，骑手全是马的主人的儿子。如果实在没有儿子，让女儿骑马去赛也可以，万不得已才去借别人的孩子。荣誉是家族的，如果赛马获胜，那么自己家的马、拴马的技术，骑马的本领，全会使这个家族出名。骑马的儿童一般在十岁左右，太小的孩子控制不住马，太大的孩子体重过重，会影响马的速度。小孩在赛马时也有许多技巧，但关键在于不能用鞭子乱打马。另外，我们那个地区一律不备鞍，不用笼头，不用银饰马嚼，小骑手一律不穿裤子，光屁股穿一件蒙古袍子或是特制的赛马服。

1970 年无鞍赛马的第一名是客人——上述的那个有名的宝力格公社陶森·宝力格大队的一匹棕色马。我看见那匹马跑完四十公里的长途，冲上终点线时，还是精力无限、低头咬着马嚼向前冲。那个陶森·宝力格的孩子身子后倾，紧紧拉着马嚼——他手中的鞭子连一次也没有用过。我们公社作为主人输了，赛马中我们公社最好的成绩，只是汗乌拉队的一匹黑马跑了第三名。

这样，全部注意力都集中到摔跤场上。陶森大队在赛马胜利以后，立即脱去了客人的谦虚和客气，他们派出近十名即使在内蒙古也极为著名的摔跤手，扬言要把这次规模盛大的奈勒盛会的优胜全部拿到手。

我们公社的著名摔跤手实际上只有四个人——兄弟三人同名，都叫依达玛，按年龄称为大依达玛、中依达玛和小依达玛。另外还有一人，就是吉林生产大队的队长：波·吐木勒。

蒙古式传统摔跤的规则简单文明：不许用手抓对方的腿，一跤决胜负。自由报名参加，全体摔跤手两人一对，摔一轮，摔跤手就只剩下一半。1970 那次奈勒大会，参加者约二百五十人左右，第一轮摔完剩下一百二十五人；第二轮摔完剩下六十三人（一人轮空）；第三轮后剩下三十二人（一人轮空）；从第四轮开始，比赛进入白热化。在这剩下的三十二名摔跤手中，我们道特淖尔的人只剩下两人：波·吐木勒和三兄弟中的中依达玛。

大依达玛开始在第一轮时不慎输了，他立刻骑上马跑到三十公里以外的乌拉盖公社，并掳来了那里的第一。小依达玛是最著名的摔跤明星，但他年轻气盛，主动要求把自己和前来挑战的陶森大队最有名的摔跤手毛乃安排为一对，早决胜负。而在这场过早开始的决战中，他被毛乃摔倒了。

等到场上只剩下四个摔跤手时，形势已经对道特淖尔公社极为不利：除了波·吐木勒之外，剩下的三名摔跤手全是客社的人。其中将与毛乃对阵的是花费了三个小时才把中依达玛摔倒的南部一个查干淖尔公社的摔跤手，他在摔倒了中依达玛进入这第七轮比赛时，已经精疲力尽了。而我方波·吐木勒遇上的，却是乌拉盖公社跑来的一个名叫吉伯的粗壮大汉。毛乃只用了一分钟就把那个刚刚坚持了三小时搏斗的对手摔倒，然后开始休息。而波·吐木勒却费了很大力气，用了大约一个小时才把那个吉伯摔倒。——决战在我们与刚刚用赛马抢走了第一的邻居陶森大队之间拉开了战幕。

当战胜一轮比赛在司会的点名声中开始后，波·吐木勒身穿一件紧身的嵌满银钉的摔跤服，百褶的白色裤子上套着他妻子绣的花套裤，跳跃上场。对面毛乃也穿着一件嵌铜钉的摔跤服，跳跃上场。全体牧民全兴奋得喊了起来。

这种跳跃，实际上应该是一种传统的摔跤舞蹈，象征着勇敢、力量和取胜的决心。我记得，那时候波·吐木勒的跳跃，把我们全公社的心都激动了。摔跤的详细过程没有必要一一细述，总之，波·吐木勒在最后干净漂亮地摔倒了毛乃，为我们道特淖尔保住了荣誉和胜利。

游艺祭典——奈勒大会的举行一般在七月下旬。这种大会一般举行三天。据老年人讲，以前曾有过七天之久的会期。现在一般只是在每年七月举行，从前举行的原则主要是宗教的需要。比如有所谓“白月初三”的大会，就是在旧历正月三日，围绕某一座神山举行。那种大会也同样有赛马和摔跤，但核心不在于庆典，而在藏传佛教的祭典，比如堆敖包，或者庙里的重大日子。但是最重要的是，在旧式的奈勒大会里，喇嘛寺庙也是这种传统体育和艺术的中心。喇嘛中的摔跤手（喇嘛·布和）和俗人牧民中的摔跤手（哈拉浑·布和）是蒙古民族传统的重要的维持者，也是潜在的游牧生产和社会秩序的，重要维持者。

在奈勒——那达慕中间，蒙古文化的许多形式和内容都被保存了下来，如民歌、说唱、锦绣等等。而更重要的不在于对骏马的吊拴具体技术，摔跤服的金碧辉煌，整个盛会的传统规矩——重要的在于蒙古民族的文化核心部分，即经营纯粹游牧业经济的蒙古人，在这种盛会中，寄托着和培养着一种蒙古民族的感情。在一年一度的奈勒喜庆中，作为一个游牧民族典型的蒙古民族共同体在这种时候强化着、提高着它的文化。外来人在这种盛会上，在摔跤手和参加赛马的儿童身上，会强烈地感受到对游牧民族的尊敬。在这样的时候，连古老的草原都显示出一种喜悦。

这里毕竟是草原。这里毕竟是北部亚洲的夏季酷热冬天严寒的游牧世界。游牧民在一年中经常处于和大自然的残酷搏斗中，仰仗的只是千百年来丝毫未改的原始放牧技术。他们一年中辛劳太多而娱乐太少，循回无尽的游牧生涯太漫长而进步迟缓。所以，在那达慕或者在奈勒的日子里，牧民们并不仅仅是在度过一个传统的节日而已，他们是在这夏秋之交的黄金季节里，尽情地享受一年一度的、天气、草地、牲畜、人心的精华的结晶，享受着自己一年之中最大的喜悦。

第五章　迁徙

在蒙古游牧世界中，搬家迁徙是生产和生活的主要形式。在最传统的移动迁徙中，必须维持的两个最长的居留停滞时期为冬、春。春营地的羊群接羔至少需要四十五天（在秋末配种期，羊的发情期为十五天一个周期，一般经过三个周期结束配种，也就是说共需用四十五天。羊群人工配种和自然配种在配种期的时间完全一致）。加上迁入春营地前后的准备及扫尾时期，春营地实际上约要使用近两个月。此外，冬营地使用的时间最长，约四个月。

在不发生意外情况时，从上面的叙述中可知，冬春两季即便在传统游牧生活中，也处于一种接近于“定居”的状态。在这目的在于休养生息的半年里，搬家迁徙并不常见。

而夏季因为水草极为肥美，即使较长时间在一地滞住，也并不会影响畜群上膘。加上几项根本性的生产：剪羊毛、挤奶……夏季也需要某种程度的安定，牧民们在夏营地里居住的时间，实际上也是比较长的。

这样，真正具有游牧经济本身最典型色彩的季节，只有秋季了。也许，秋天不仅仅只具有着浓重的迁徙的色彩和情调，更重要的是，秋季里畜群必须迁徙移动。畜群本身的秋季特点（夏季已经肥胖，但仅仅是水膘，需要把水膘变为油膘，才足以坚持冬天的严寒岁月），以及草场本身的秋季特点（最后的青草季节，青草结实的季节，营养最好）都要求放牧方式必须变为迁徙移动。

关于敖特尔（otor），就我的经验而言，在汗乌拉地区主要指非正常迁徙游牧活动。

比如，在经常性的由春向夏、由冬到春以及夏季的移至驻夏地、冬初的迁入冬窝子时，牧民们并不特指这是敖特尔。只有在秋天为了使畜群节制饮水、吃结实的好草以求膘情的最好状态时，蒙古包或者简易蒙古包频繁移动，日日搬家，才称为“走敖特尔”。再如，冬季为了让马群避开畜群拥挤的冬营地，保证冬牧场的牛群羊群牧草够吃，牧马人会远牧无人草原，他们住在一个马倌包，远离家园，马群一直等到冬尽才回到自己家乡——这种迁徙也称为敖特尔。

总之，敖特尔指的是追加的、特殊的搬家迁徙，它与正常的搬迁不尽相同。

在内蒙古牧区，这种初秋的频繁移动称为“敖特尔”，但随地方含义略有不同。这是一个在外部世界相对有所流传的词汇。敖特尔大约在八月初开始，大约进行四十天左右。

敖特尔有两种走法：一种办法是使老人儿童留守在原来的包里，牧羊人以最简便的方式出发。或者用一个帐篷，或者只用一辆车（夜里睡在草地上，用车运毡子、炉灶等）去走敖特尔。汗乌拉比较流行的迁徙式样是，拆开蒙古包，把粗笨的家、蒙古包的木折墙全部存起来，用牛车仅仅装上包顶的一半，每晚住下来时，卸下这包顶，把半圆形的包顶支撑在草地上，就搭成一个三角锥形的简易包。在汗乌拉蒙古人称住入这种包为“套包格”，戏称这种住法为“光屁股住”。

另一种走敖特尔的方法，就是不改变任何居住形式和成员组成，全家移动。这样搬迁，行李显得过重过多，劳动强度和在拆包安包的过程中费时间也太多，所以牧民们即使因为种种具体的原因而必须全家走场，也一定要把包中的东西减少到最低限度。

秋初走敖特尔的办法与一般普通的移动搬家不太一样，在这个季节里的关键是要使羊群身上的肉变成一种坚硬的“油膘”，在蒙语中这个术语称为“陶森·塔勒根”。顾名思义，在可能的条件下，要想尽一切办法使羊群少喝水或者不喝水。一般来说，三天左右才饮一次羊。甚至，我知道有一个牧民，他按照自己的心得，创造了十五天不饮羊的纪录。因为他找到了一处长满了含水量很大的明根勒草、以及叫做骆驼尾草的草地。羊群在初秋的走敖特尔，从某种意义上来说就是寻找这种富有营养和水分的草。除开用使羊吃含水量多的草以减少饮水量之外，初秋敖特尔中还有一项目的，是使羊吃结实的草。草籽中有很好的营养，在秋季对羊群的膘情有着很重要的关系。

秋季敖特尔开始后，羊群要走到很远的地方，在有的时候，常常是清晨羊群与帐幕车同时出发，每天羊群都在新的地方住宿。而更多的时候，羊群只是朝着一个目标而去。比如我们在1970年前后，每年秋天都喜欢前往一个名字叫做伯耶的山里去，因为那座山上长满了明根勒草。在初秋季节，明根勒草上开着一个个紫红色的花球，羊群在那片紫红色的花下面，一整天头也不抬地吃草。羊群迅速地胖了，连毛皮都显得颜色与往常不同，雪白耀眼。两天或者三天以后，再用清凉干净的井水饮羊一次，然后再出发去寻找更肥美的水草地。

全家搬家走敖特尔时，大多在前一天傍晚拆掉蒙古包，并装好车。当夜，人们只用毡子在地上露宿，棚车里大多睡着带孩子的女人。女人们拆了包，捆好了车，就去挤牛奶。只要这天能挤一桶奶，一般就用这桶奶煮面条吃。在篝火旁的草地上环坐着，吃着牛奶煮的挂面，望着秋夜天空的繁星，心情确实是很愉快的。

秋天的敖特尔，并不只是为了羊群。在走敖特尔的时候，在平日难得有时间，有机会到达的那些僻远的大山里，男人开始忙碌地打旱獭，女人则在辛勤地捡蘑菇。这两项副业的收入，有时要超过一个牧羊人家庭靠卖羊毛和羊的收入。

在夏秋两季，草原上空每飘来一大片云彩，就会降一场雨水。由于这种气候条件，山岗上长满了白色的蘑菇。从远处看去一圈一圈的，很像一些巨大的白色圆环嵌在草坡上。不过蘑菇种类很多，一定要摘那种小而圆的白蘑，而不能摘其他形形色色的大蘑菇。白蘑摘回来后，女人们用牛粪火的灰烬把蘑菇烙烤一下，然后在蒙古包顶上晒干。这种晒干的白蘑很值钱，一公斤约可以卖三四元以上。

男人在秋季几乎都变成了职业猎人。蒙古牧民本来就都兼有着一半猎人的身份。在秋季的猎获物主要是满山打洞的旱獭。猎取旱獭的工具主要是铁夹子，牧人们把铁夹埋在獭洞入口，用土伪装起来，然后回家。第二天上午再来这个洞口检查。一般牧人都有十来个铁夹子，每天早晚两次忙着检查夹子、埋夹子。旱獭是一种不安宁的动物，每天总是在自己的几个洞窟之间跑来跑去。而只要它一踏上埋好的铁夹子，铁夹就会啪地合闭，把它的一只脚牢牢地夹在里面。铁夹有一根用铁链系在夹子上的铁钉，这只钉子深深地钉在地上，一只旱獭是不可能把钉子拔出来逃走的。第二天猎人来检查时，看见被捕获的旱獭后，就用马棒打死它，然后把它从铁夹上取下来，拴在马鞍上带回家去。那只铁夹又被猎人埋在一个新的洞口，等着下一个猎获物的到来。

我们公社打旱獭的专家是前面讲过的吉林宝力格大队的三兄弟摔跤手之中的哥哥——大依达玛。有一天傍晚我亲眼见他带着将近二十只死旱獭回家，他家的男女老幼那天傍晚都在忙着剥旱獭皮。旱獭的皮下脂肪很厚，所以剥皮并不是一件容易事。不过，成年的大旱獭皮一张可以卖三四元，每天如果能打十只旱獭，只算皮子一项收入，就等于城市熟练工人或研究所工作人员半月左右的工资。

在汗乌拉山北部、东部的山岗丘陵地区遍布着旱獭洞，每年秋季正是旱獭最活跃的时候。这时，每天从早到晚总可以看见山上有人在独自骑马走着。那就是牧民们在寻找安放铁夹的地方或是在检查夹子。在秋季走敖特尔结束的时候，本领高强的牧民们装着整整一牛车晒干的旱獭皮和大袋大袋的干白蘑前往公社——新庙镇，在新庙镇有一个土产畜产品收购站，牧民们在那里卖掉獭皮和干白蘑，换成钱后，大批地买回缝袍子的绸缎，牛皮马靴，毡子，花绒垫毯以及其他生活用品。如果这个秋天的打旱獭、拣蘑菇的成绩真的很好，牧民们就可以实现重大的生产资料和生活资料的更新——买一顶全新的蒙古包、置办新的金属的箱子车、或者把全部牛车的木轮取消，换为新的铁轮子。

此外还有一些稍显奢侈、但却关系着牧民的感情的费用，比如年老的牧民都想为自己的儿子留下一套镶银的鞍具。而这种银鞍具的银料和加工费用都是极为高昂的。这类钱的储存，经常也全要靠秋季。

这样，在我们汗乌拉和其他的一些邻近生产队出现了这样的现象，即畜牧业产品的价值——羊毛、肉、皮张、活畜的价值，并不高于牧民其他游牧业以外的副产品的价值。有时牧民的消费需要，要依靠其他手段来满足。

这种状况，在八十年代因政府大规模提高了畜牧业产品的收购价格，已经得到极大的改善。现在内蒙古一只羊的价格，比起十五年前已经提高了五倍至十倍。牧民们的生活消费水平已经大大提高。但是，从秋季敖特尔中旱獭、白蘑两项收入的故事看来，畜牧业经济，甚至于畜牧文化本身自古以来就存在着这样的问题：畜牧业经济本身创造的商品决不是一种高档商品。在条件发生变化以后（比如植物性黄油的普及，人工厩养畜牧业的发展，畜力使用的减少，毛纺织业地位的下降或毛纺品的需求减少等等），草原游牧经济必须寻找其他的出路。

敖特尔结束了，出牧的牧羊人赶着肥壮的羊群回来，与留守的老幼汇合，立即举家迁往下一个营地。这时，草原已经在不知不觉之间脱去了一层绿色，大地呈现出一片微黄的色调。只有下了马才能看清：草已经只有下半截是绿色的，而草梢已经变黄变脆，蒙古语称这种现象说：草已经变白了。

生产早在草地变白以前就已经又紧张起来了。漫长的冬季很快就要到了，牧民们必须尽全力为越冬作好准备。我在这里用“尽全力”一词的意思是，汗乌拉队以及整个内蒙古大部分牧业生产队的越冬准备，从来只是尽力而为。而前面第一章中曾讲到的“传统的游牧生产方式、严酷的自然条件、庞大的畜群数量”之间有一种不协调的矛盾，这种矛盾主要表现在青贮饲料的储备上。

从七月开始，草原就动员了自己可能拿出的全部力量来打草。汗乌拉队拥有供两台拖拉机的机引打草机（每台拖拉机牵引三台，共六台）。这六台打草机可以用马牵引。除此以外，还有大量人工打草（用芟镰）补足。六台机引打草机在一天之内就可以把一条山沟里的所有牧草全部割倒，堆成堆——但是，整整三个月打下的青贮草仅仅够喂养汗乌拉的一点点弱畜。弱畜总数仅仅是汗乌拉畜群的1%左右。如果要求对全部汗乌拉两万头以上牲畜实行青贮草喂养越冬的办法，是根本不可能做到的清谈。然而，把希望完全寄托在牲畜自身的体力上，或寄托在天气不恶化之上，在自然界与牲畜生命力的危险平衡之间保存自己的游牧生涯，又决不是一种好办法。至少，这种办法使得自然界总用灾害限制着牲畜头数的增长，从而使整个游牧经济停滞不前。

八月下旬，在草梢变白之前，打草结束了。参加打草的牧民从草场的山里回到了家里。接着，全部队里的三辆四马大车就开始运草。马车上捆着宽宽的底架，一马车可以装上长八米、宽四米、高五米的青贮草。这些青贮草主要供应弱马、弱牛、荷兰种牛、种羊、新疆种羊、大车马。这几种特殊牲畜都有坚固的定居冬营地，有专门修建的青贮草圈。

普通的马群、羊群、牛群现在还享受不到这种特殊待遇，马群是流浪者，而且并不害怕冬天的威胁。然而牛群和羊群却要作好准备，尤其是最基本的牲畜——羊群。

我曾经在这个时候和哥哥一起，赶到我们的冬营地去修圈子。我们用铁锹把旧营盘上的羊粪砖挖起来，在羊盘的西北面摆成一个半圆形的墙壁，等着入冬后再增修东南面的一半。这个劳动非常累，但关键的是不能穿马靴，而要穿蒙古靴。挖羊粪砖是很有趣的，人跳起来，用双脚同时踏上铁锹，使铁锹尽可能深地插入羊粪层，然后一压锹把——有时可以一下子挖起半米大小的一块。羊粪砖，是冬天羊群密集地挤在羊圈中，层层积成的羊粪结成的。羊住在羊粪砖圈里越冬很暖和，而秋天挖出来的这种羊粪砖圈又是很理想的燃料。

讲到燃料，也是秋季牧民的一项重要事情，冬天的严寒需要大量燃料才能克服。所以，在秋季由于雨水减少，旷野里的牛粪和旧营盘上的羊粪、牛粪都干透了。勤劳的牧民人家早在春天就在为下一个冬天准备燃料，至迟在这个草已变白的秋天必须准备好一冬需用的燃料。草原上每天都能看到女人在用筐背牛粪，用车运牛粪或羊粪。一个蒙古包一个冬天至少需要用二十牛车燃料，这些燃料都必须在秋天备齐。

晚秋会下一场初雪。有趣的是，汗乌拉在1968年、1969年和1971年这三年的初雪日，都是9月26日。1970年似乎仅仅迟了一天或两天，这说明内蒙古草原的寒流具有着相当规律的周期。

初雪在第二天就开始融化。不久之后，草原又是一片草浪起伏。但是，这时的草浪已经不是一片碧绿，初雪之后，草完全变白了。从九月底的最后几天开始，十月份的风也变成了一种萧瑟的秋日金风。人们换上了薄皮袍或者羔皮袍，晚秋到了，冬天不会远了。草原进入了防火期。牧民实行了秋季的最后一次迁徙，搬到靠近冬营地的一个地点，在这个秋营盘上要过得尽量长，至少要等冬营地已经被雪覆盖，畜群可以在那无水草原上吃雪解渴以后，再搬入最后的冬营地。一般来说，我们当时都是拖到十一月底左右再进入冬营地。因为至少要爱惜冬营地附近的草。严寒就在眼前，牧民们早已收起了夏日那种纵情欢乐的心情，小心翼翼地等着秋天最后的日子结束。

第六章　雪国

大约在十一月上中旬，草地上空降下第三场雪以后，草原就变成了一片银色世界。这一片白茫的景观将变得愈来愈严酷，直至来年的四月为止。

初雪因为很快就融化了，人们的心还留在秋天。可是，当搬家的车队徐徐驶入冬营地那一片银白世界以后，当牧人们看着自己的马蹄在光滑晶莹的雪地上踏出第一串深深的脚印的时候，他们才意识到：冬天就在身旁。

一般说来，冬天的大草原是宁静的。在没有风雪的日子里，每天上午，羊群一直关在圈里，近十点钟才出盘吃草。冬天的白昼在多山的汗乌拉显得更短，下午四时多，太阳已经挨上了西面的山顶，四时半左右，天就黑了下来。每天出牧的时间顶多只有六个多小时。

在冬天的日子里，我们都穿着全身皮毛。八张羊皮缝成的大皮袍子（德勒）、皮裤、皮帽子，脚上穿着毡靴。皮袍子有两只马蹄形的袖口，在野外行走时，抓着缰绳的手躲在袖口里，可以躲开刺骨的寒风。

蒙古包在冬营地安放得格外牢靠端正，家里的所有毡子和毯子都用在加厚包壁的厚度。一般来说，整个包有两层围毡，在西北侧更加上一层，共三层。包里面沿着木折墙挂上一圈围毡或毯子。有些聪明的牧民还在顶毡上嵌上一块玻璃，然后把用来采光的半扇天窗也盖得严严实实。炉灶安放在正中，炉火烧得铁皮烟筒红了一半。地上的垫毡也尽量铺厚，如果没有很多垫毡，牧民们有时就铺上生牛犊皮。鞍具挂在西南角的折叠木棍墙上，沿墙堆满全部皮被、皮袍，夜里当被子用。整个蒙古包外垂在地面上的毡角都用雪埋住压紧——这样，除了寒风依然可能透过毡子吹得人背后发凉外，在蒙古包里可以制造一个温暖的小世界。

进入冬营地以后，生产和生活需要的第一件事是宰好全部冬天的肉食羊。秋天以后，羊群不会再继续长膘，只会逐渐消瘦，必须趁最肥的时候宰杀；但是，如果在秋季屠宰，肉食又无法保存。于是，游牧民们利用冬天这个大冷藏库，在初冬屠宰。宰羊时一般以艾勒作为单位：两家男人分工，一人宰羊并剥皮，一人开膛剔肉。两家女人也一块整理内脏，把肠子洗净，灌成血肠，然后把所有内脏装进羊胃里，像是一个皮口袋。男人们把带着许多肉的骨头分解好，把粗粗剔下的羊肉叠成方块，放在案板上。这块托着肉的案板在包外放十分钟，叠好的肉就冻硬了。女人们的羊内脏口袋也一样，冻硬后放进早已经不能盛水的木制水缸里。叠好的羊肉则放进箱车里。这些肉一般要吃到来年五月中旬为止。即使到了来年五月，因为羊群还没有上膘，肉食还是比较困难的，那时每个人家都宰一只羯羊（骟羊）以接济生活。在我作为牧民的几年时间里，每冬每人平均吃六只羊。

冬屠并不仅是为了生活。这次屠宰也是对弱畜的一次淘汰。被杀掉吃肉的都是没有生育能力的、年龄老、体力弱，越冬困难的牲畜。在汗乌拉队，因为牛群数量少，弱牛一般很少屠宰，主要还是吃羊。如果羊肉不够，再选一些弱马屠宰补充。

冬天骑乘的马很容易消瘦，在隆冬季节，如果冬天谁骑着马快跑，人们将会在背后责备他。年幼的马都被放回马群，人们冬天骑的都是一些身躯高大的老马。在汗乌拉，放羊人冬天还能分配来一头骆驼，骑骆驼放羊很安心，但是骆驼走得很慢，个子又高，所以骑骆驼比起骑马要冷一些，我和阿洛华哥哥都不喜欢骑骆驼。1970年给我骑的那头骆驼总是在叫，骑着它就要听它叫一天，心里很烦。而孩子们却非常喜欢骆驼。阿洛华的儿子巴特尔学骆驼叫学得一点不差，常常使人们上当受骗。

在冬季天气好的时候。我们尽量把羊群放到远处去，把包附近的草留在风雪天气时让羊群吃。冬营地全都位于一个山坡的南麓山脚下。蒙古包正北的南坡，在冬季是最避风，最暖和的地方，蒙语称为恩格尔。对于一个羊群的冬营地来说，最重要的是恩格尔的好坏。恩格尔的避风程度、草的质量与高度，是关系到风雪天灾时牲畜安全的重大因素。我在草原上从没有见过那种静静的、纷纷扬扬地下雪，草原的雪总是伴着风，而这种风吹雪——就是著名的“白毛风”。

在一般白毛风的日子里，我和家里所有人，老母亲、嫂子，一齐出动，用鞭子把羊群顶风向北赶。羊群很快就会习惯狂风，在人的驱赶下朝北方的山凹徐徐走去。进入山凹——恩格尔以后，风势显得小了，羊群开始吃草。但是天太冷了，羊群会被风吹得节节后退。牧羊人的任务就是在这时拦截住羊群，强迫羊群停住吃草。这样要坚持五个小时左右，羊群出牧的距离不会超过两公里。恩格尔被牧民们视为救命的地方，是很有道理的。如果上午让羊群顺风向南出牧，羊群会顺风跑个不停，傍晚回不到家。在风雪的日子里顶风出牧，对于牧羊人来说绝不是一件容易的事。在这样的日子里，牧羊人的脸冻坏了，手脚冻坏了。在草原上，如果看见人们脸上的颧骨处有两块紫红色的疤，那就是冬天的标志。

虽然秋天以前已经准备了大量燃料，在冬天人们还是尽量节省着这些宝贵的干燃料。牧羊人冬天用得最多的燃料是前一夜的冻羊粪。如果铁皮炉子好烧的话，冻羊粪球可以燃烧得极为旺盛。后来我们还发明了封火——临睡前把冻羊粪加足，然后把烟筒挪开，把炉子底部透风的地方用灰埋好，第二天清晨，只要拨开埋好的灰，把烟筒放在炉子上，两分钟后炉子就会烧得通红。在草原的冬季，蒙古包里的温度是人的生命可以得到补足和休息的重大来源，生活在这片雪国变成了生产的一部分，而生活和生产在这时只有一个目的：战胜严寒，保护人和牲畜的生命。

人的感情在这冰雪天地也会发生变化。检验人的道德和友谊的标准提高了、严峻了。1971 年冬季，我遇到了永远无法忘记的一场大雪灾。雪的灾害，蒙古人称为白灾，如果冬季无雪，畜群在严寒中干渴，则叫黑灾。那一年据老年人说，三十年前有过这样一场白灾，但春天化得很快，1971 年那场白灾，一直维持到来年春天四月中旬以后。羊羔生在雪地里，连白发苍苍的老人都惊奇不已。

那年冬天的雪是逐渐增大的，到了一月份，方圆百里，已经覆盖着一层又冻又厚的雪壳。除了马群外，牛群和羊群已经无法吃草。我们放弃了温暖的冬营地，开始冬季走场，以敖特尔的形式朝着传说雪小的外界的陌生地方迁移。那时大队和行政体系已经不存在了，判断迅速的羊群早就移出了冬营地，行动迟缓的，因为大雪封锁，开始搬上山顶——这是不再考虑人的冷暖，以羊群能吃草为原则的危险措施。

我们搬迁到了额仁高比公社的地界内，驻在一个名叫哈拉戈壁的地方。这里确实比起汗乌拉雪要薄得多，也软得多。在这里大致住到了二月底。在哈拉戈壁我们认识了一户邻队的牧民人家。在冰天雪地的哈拉戈壁，只有我们这两群羊，我们相依为命，互相支援，没有粮食吃，就去对方的家里借，搬家没有牛，就用对方家里的牛。那些生动的件件小事，至今还清晰地浮现在我的眼前。当然，如果提到这样的事，那还可以写上不知多少页。

记不清是在哪一年了，有一个寒风凛冽的冬天，我正在山岗上放羊。我让骆驼卧在地上，然后我坐在骆驼南侧，用它高大的身躯挡着风。这时，我的蒙古母亲——额吉突然出现在山岗上。原来她专程给我送来了两只马蹄袖。那两只马蹄袖是用新羊皮缝的，非常暖和。在当时还非常年轻的我的心上，那时突然出现了一道闪电，突然意识到一种感情。在这荒凉辽阔的雪国，我懂得了，也找到了人们之间最实在朴素的友谊。

人们总是用各种眼光来看待内蒙古的民族关系，有的人喜欢粉饰，有的人喜欢挑剔，其实他们怎么可能理解牧民间的关系呢？特别是在北国、在风雪中的人的关系呢？

1970—1971 年的白灾中，我们共移动迁徙二十次。最后，平原已是一片坚硬的雪海，不用说羊群刨雪吃草，就连马也无法行走。当然山沟地带的积雪已经其深难测。我们也把蒙古包搬上了山顶，每天让羊群沿着山脊在一连串山顶吃草。山顶因为风大草矮，是积不住雪的。有时，在通向那些逶迤相连的山梁的路上，有一片平地——雪海，我们就用木锹在这片雪海中挖出一条小路，人在前面挖，羊群在后面跟着，排成长队走上那些山脊。当羊群终于在山顶上散开吃草的时候，在山岗上纵目眺望，远近的山顶上都扎着一顶顶灰旧的蒙古包——为了羊群的生存，它们都从温暖的冬营地迁出，离开了自己的恩格尔和冬营盘的庇护，搬上了山顶。雪国仍然是寂静的和冷酷的，狂风仍然带着尖锐的呼啸。但是我深深地感到了游牧民族的坚忍和伟大，如果世界只剩下汗乌拉的山顶上没有雪的话，我想，我们也一定会不顾一切地向着那座高高的大山移动，把蒙古包搬到那九座大敖包的旁边。

平常可以纵着马，唱着歌一跃而过的平地，现在连骆驼走进去不久，也累得站在深达一米的雪中一动不动。1971 年 2 月，我们曾经在夜里用铁锹挖出一条路，把陷在雪里的骆驼救了出来。而在伙伴们还没有带着铁锹来到之前，那头爱叫的骆驼一声声地哀叫着，在深夜里，我第一次懂得了什么是冬天的恐怖。

幸而，这样的白灾并非每年一次。

在正常的冬天里还有一件必须做的事，就是运盐。畜群在冬天必须补充体内的盐分和各种矿物质。而在汗乌拉队领内尽管也有如同乃林戈壁（转写成“高比”也许好一点，因为内蒙的戈壁与新疆的砾石戈壁完全是两回事）那样的盐碱草滩，但是这种草地提供的盐和其他矿物质营养远远不够畜群的需要。所以，长途运输者——赶牛车队的阿因钦的任务又增加了一个：运盐运硝。在新庙镇以东一百五十公里的地方，有一个盐湖，名叫额吉淖尔（母亲湖）。它出产的食盐远销半个内蒙古自治区。在冬天里，我们大队也经常派出自己的马车队或牛车队去额吉淖尔运盐。此外，前文叙及的邻社摔跤力士毛乃的生产大队陶森宝力格，有一个硝湖。那硝湖里满是黑色的硝泥，即使在冬天也很难上冻。我们用牛车从陶森的硝湖运来硝泥，每天傍晚让归牧的羊群舐食。有了盐或者硝泥，羊群就可以更安全地越冬。至于牛群和马群，对盐分的需要量更大。牧牛人的门口如果缺少了盐块，牛就会啃食包外的一切东西：牛车上的皮挽具、口袋、旧衣服、骨头等等。有一次我在包外换袍子，把腰带忘在门口。结果这条长约七米的缎腰带就被牛全部吞吃掉。几乎可以说，游牧粗饲的牛直至目前为止，一直非常缺乏盐分。马群更是如此。但因为马群移动迅速，所以牧马人每隔三四天就驱马前往盐碱好的“戈壁”地里吃碱草，舐硝土，所以马群的缺盐问题并不显得像牛群那么严重。对马群来说，冬天关键的问题在于足够的草场。然而冬季的白草不会再生出来。如果冬季马群和羊群住得太靠近，马群会把羊群的草场全吃光，尤其是半夜马群潜入恩格尔吃草的话，牧羊人和牧马人会因此伤感情或发生纠纷。这样，马群只有远走他乡，到不妨碍羊群的地方去驻冬。我们大队的马群在冬天经常合六群为一群，几个马倌带着一顶帐篷，到很远的地方去。在这个马倌的帐篷里也有一套传统的规矩。主要的一条是：由年纪最小的一个人担负做饭煮茶的劳动。这个年纪最小的人是大家的弟弟（都），他必须守护着帐篷里的火（嘎拉）。在一切蒙古男人集体外出的时候，都有这样的一个“火弟弟”——嘎林都被马上选出。而年长的男人们，则对他承担的那份工作负责。

冬季还是恬静的。在没有白灾，积雪柔软的冬天，由于燃料充足、肉食丰富、工作简单，甚至冬天比夏秋还显得安闲幸福。但是为了保护这种安宁的生活，必须击退另一种灾害——狼灾。

冬季打狼是多山草原的传统。因为在我们的冬营地以东，有相当辽阔的一片地区是没有利用的、各社队交界的边缘地带。每到冬天这里狼害相当猖狂。有一年冬天，我因为稍稍离开羊群了一会儿，有一条狼就在白天冲进羊群，咬死了七只羊。有次冬夜饿狼靠近羊圈，终夜嚎叫，不肯离去。我们点起火炬，大声吆喊，最后骑马冲去驱散它们，但那些饿狼仍然整夜围着羊圈嚎叫。不仅在冬天，即使夏季，狼害也是从不间断的，它威胁着羊圈、牛群、驼群；有时连自卫能力强大的马群也难免于难。

各队联合打狼时，动员全大队所有男人参加。马队到达准备围猎的地区以后，全体骑手分成两队，拉开约三百至五百米间隔，从两翼包围狼害最盛的地区。这样，一个巨大的圆圈阵顺着山峰的顶部形成了。围的时候，马队要顺着高山走，以便彼此看得见，也便于望寻找狼踪。

圆阵形成时，两队领头的骑手彼此间也相距三百至五百米。这时他们两人一齐下马，全部远近山顶上的骑手也下马，无声地表示一切准备就绪。接着，这两个人又一齐上马，全体骑手也上马。打狼开始了。

圆阵上的骑手们早已分为单数和双数两组，单数一般全是经验丰富的牧民，双数则是弱一些的人。这时双数骑手纵马冲入被包围的地区，大声吆喊，把狼赶出来并追累，等到狼逃向圆阵以外时，外圈的单数骑手立即接着追。这些人大多有两匹马，一匹累乏后立即换乘另一匹——这匹马是快马，而且无鞍、只有嚼铁，和赛马时一样。轮在单数的双马骑手必须把狼追垮，并且杀死。一般来说，一条狼在这种两个人三匹马的高速追击之下，最后很难活着逃走。按照传统，狼皮属于年纪最小的人——大家的弟弟——嘎林都。由此可知，弱幼者在草原社会中地位的两面性。

漫长的冬天就这样一天一天地过去了。等到牧人们终于盼来了最使人高兴的节气——哈仑·杭修（热的清明节），大地上空吹来的风突然变得湿润而且微微带暖意的时候，其实连春天也已经逝去了一半。

冬营地门口的牛粪铺满了一大片，包背后大山南麓的恩格尔已经在一冬被羊群啃得又光又秃。冬贮青草已经颜色发灰，不太显得珍贵。牧民们绷紧的神经松弛了，他们冻伤的脸上现着倦意。终于，冬天结束了。

第七章　血脉

在蒙古牧区，家庭和家族的构成是相当复杂的。但是这些家庭和家族都出身于西乌珠穆沁旗。大致除大约由四个蒙古包组成的父名叫阿洛的一个小家族是后移来的南部蒙古人外，基本上没有其他的旗县出身的人家。

在牧民之间使用的口语中，家族称为艾玛克。一般以那个家族的男性祖先的名字当成这个家族的名称，如上述小外来家族，可称为“阿洛·艾玛克”。但是这种称呼在实际中很少使用，在当着某家族成员的面的时候，一般来说，称呼或者提到某某艾玛克时，是有些失礼的。可能初次接触的人都注意不去讲这些称谓，以免在交谈中造成一种疏远。

但是，在实际上，家族观念在人们中间是极为清晰的。在蒙古人的游牧社会中，由于亲戚在生产互助的力量，以及分散孤立的家庭——蒙古包游牧生产细胞能力的有限，人们极其重视亲戚关系。艾玛克，在有些时候往往是比生产大队更有韧性的一层游牧生产组织。实际上，在汗乌拉生产大队中的几个生产小组，就大体上是这几个家族的行政化。

在汗乌拉的家族中，主要为一个名叫“阿尔列·艾玛克”的大家族。这个家族的开创者和老家长阿尔拉，我没有见到过他。在我到达内蒙古的时候（1968 年），他已经去世多年了。他的妻子还在，住在一个儿子家。

阿尔拉家族共拥有十座左右蒙古包，也就是说，它的子女（阿尔拉即老家长的儿女）包及孙子一辈的蒙古包共有十余座，如果再加上女婿们和其他更远一些的亲戚，这个家族几乎拥有汗乌拉队半数以上的蒙古包——户。再兼之因阿尔拉老人的几个儿子都是极其有名、极富放牧经验的牧民，所以，阿尔拉家族在全大队的地位也是最高的。首先由于游牧生产的能力，一般导致家族的富裕兴旺。兼之，阿尔拉家族成员的阶级成分几乎清一色均为贫苦牧民，所以应当说阿尔列·艾玛克在当年的汗乌拉大队的经济地位、政治地位都显得更高一些。

除了这个人数最多的阿尔拉大家族以外，汗乌拉队还有几个家族。我哥哥艾洛华所出身的家族不在汗乌拉队，而在远在本队北方的吉林宝力格大队，在这里，他的家是因嫂子（她名叫莲花）的关系，属于一个较小的家族的。这个家族主要以嫂子和她的哥哥，以及另一些远亲组成。亲戚主要分布于生活范围以外，所以，我们并不是一个很强的家族。

但是，我的蒙古哥哥一共有三个男孩和四个女孩，完全可以想象在十五年以后，汗乌拉队将出现一个“阿洛华·艾玛克”。其实这种新的称呼已经出现了，因为这户人家勤劳谨慎，近年来放牧成绩优秀，在生产队事务中的发言权日益提高，所以有时人们已经用“阿洛华·艾玛克”来称呼包括我的这个家族。

从这种家族的特征可以看出，蒙古游牧社会中的家族，实际上就是亲戚。与中国内地的汉族家族之间，很难说有什么重要的区别。

如果要指出这种家族的特点，我认为：最根本的特点在于：蒙古游牧民中的家族结构也和家庭结构一样，是一种生产单位的自然结合。另外一个现象是：未婚女人的家庭在家族中可以与男性家长的家庭并列。相反，出嫁的女人却同时地是嫁娶双方的纽带，并不能把女婿的蒙古包简单地划清艾玛克。在广泛的通婚中，艾玛克一词的使用变得少了，而且语感轻松随意。有时我觉得它不过是指“那伙人”而已，并没有严格的血缘含意。

家族与家族之间并不是互相隔离或对立的。在复杂的通婚状况下，家族也在发生着变化。兄弟之间的联系在一代人之间是很牢固的，但是只要隔了一代，这种关系就开始显得疏远。而女婿则因为其男子汉的生产经济地位，在家族中显得比隔代的同姓兄弟更亲。

所以，我感觉到，乌珠穆沁的游牧民家族结构并不是一个很强有力的结构。血缘的维持，对血缘的记忆和认识，都主要表现在同代人之间；以及父子、父女两代人之间。对更疏远一些的亲族的血缘观点尽管是清晰的，但并不是很强烈的。这种血缘观念和家族观念使我感到：乌珠穆沁的亲族血缘关系已经褪尽了原始性和古代色彩，而显得比较具有近代味道。实际上，在至少相当大的蒙古族地区，“姓”是不存在或不重要的。人只有名字，而没有姓。只有在同名的情况下，为了清楚区别两个同名人，才在称呼他们的名字的时候，在前面加上其父名的第一个音节，以示区别。比如我家的男孩叫巴特尔，因为在汗乌拉至少有十几个名叫巴特尔的儿童，所以人们在称呼时加上他的父名的第一个音节，称这个男孩为艾·巴特尔——这样的“姓”当然很难成为一种血缘关系最基本的标识和源头。蒙古游牧民们并没有什么特殊的保护血缘的要求。因为，他们是拥有北亚最纯粹的游牧文化的蒙古人，这已经足够——这是一种宏大的血统和传统的认识。

家族亲戚大致上分为两大类：母亲系统和父亲系统。一切因母亲的关系而存在的甥舅亲戚，蒙语通称之为“纳合齐”，一切因父亲的关系而存在的叔伯亲戚，蒙语通称之为“阿巴嘎”。这种纳合齐或是阿巴嘎关系包括极广，每个蒙古人都记着自己的这些纳合齐与阿巴嘎。在外出时，蒙古游牧民几乎是不会找旅馆里留宿的，他们一定是找到自己的亲戚，在亲戚家住宿。从儿童开始，谁都牢记着自己的两系亲戚。

在这种家族关系中，表现得最丰富、最有人情味的是彼此之间的称谓。在汗乌拉草原诸如“爸爸”“妈妈”“哥哥”“姐姐”这些称谓，实际上在一个家庭（包）内是几乎不存在的。作为一个个单词，上述这些称谓大体上只用于对第三者的谈话中，或者只用于谈论别人的时候。而在自己家庭内部，彼此间使用一种“习惯称谓”。这种称谓说起来有些可笑，但我还是认为它们是按照孩子的习惯称谓形成的。比如，我家的巴特尔，把自己的母亲——我的嫂子即莲花，称为“阿娘”，这样，家里所有比他年幼的孩子，以及全生产大队比嫂子年轻的人都称呼嫂子为阿娘。再如我哥哥的母亲，哥哥并不称她为额吉（这个词汇是一个泛指的蒙古语词，当然它应译成“母亲”，但也可译成奶奶、姥姥、老大娘等等一切敬称），而称她为“安巴”。于是嫂子、家族里和全大队所有的晚辈全随之称她为“安巴”。我家的一切亲戚，尤其是远在吉林宝力格的纳合齐们，也全称她为安巴。这些诸如阿娘、安巴、吉伽、阿嘎、阿义、阿巴盖、艾外巴巴等等称谓是没有具体的含义的，也没有辈分的使用区别。只有少数一部分称谓有着性别上的使用限定，比如上述的“阿娘”，只能使用在对女性的称呼上，而像安巴、阿玛就是一些无性别的称谓。

在蒙古游牧社会中，最基层的游牧生产单位是艾勒，这个词在蒙古的古典史诗《蒙古秘史》中用汉字写成“阿寅勒”。应当指出的是，一个艾勒，不一定是一个蒙古包，而两个或三个蒙古包组成的艾勒（有时也称为浩特），却一般都是亲戚，家族纽带被系在对游牧生产的巩固上。

艾勒（ayil）这个词的根本含义应当译为“牧场上的一个聚落”。称之为聚落的原因在于有时它代表的不仅仅是一座蒙古包。在游牧生产中，由于一座蒙古包有时不能承担一个畜群的劳动，所以包与包组成一个艾勒，放牧这个畜群。在这种时候，艾勒一词的复数含义就显露出来。但是，在牧民生活中，艾勒还有其他一些用法，比如组成一个聚落的两个或几个蒙古包里的人家相互之间，互相也称对方为艾勒。这时的艾勒一词中有“邻居”“我们的合作者”“一块放牧这群牲畜的人家”等含义。因为这种聚落中每个包的位置大致上是有规定的，所以在相互称呼时常常称为“东艾勒”或者“西艾勒”，于是此时艾勒这个词中也有“包”和“东边或西边的那座蒙古包”的意思。在一般情况下，作为游牧生产基本单位的艾勒，往往是由亲戚组成的。所以艾勒也是一种血缘的生产单位。

如上所述，艾勒这个语词使用的范围和它的可译范围都是很广泛的。理解艾勒的关键在于，应当懂得它是草原游牧世界的细胞和最基本单位。它是一种被放牧一个畜群所需要的劳动量规定包的数量的一个包或几个包组成的聚落。这种聚落往往由父子、兄弟、翁婿、养父子、连襟等等血缘亲族关系组成；所以，艾勒又是一种血缘的游牧生产单位、牧民的劳动力组织和蒙古包的搭配聚合。

在辽阔的草原上，星罗棋布的点点白色毡包，就是这样由生产需要和血缘关系组织着的、由一个个艾勒所组成的游牧社会。

就在这样的一种为游牧生产协调了的社会、血缘的蒙古包中，牧民们在传递着自己的血脉，迎送着自己的生涯。

血缘关系中其实表现了一种对个人和个性的强调与重视，在这种文化中有一种追求现世的意识。人老了，纵使拥有光荣的历史，满腹的经验，也不再被社会重视。社会上地位最高的人是既有经验，又有应付牧业生活的力量与能力的人，一般均为四十岁左右的壮年男性牧民。而老年人则开始不受重视，在公共事务中，老年人不再多加干预，喜欢日复一日地在自己的包里消磨时间。草地世界的蒙古老人似乎有一种谦虚的随分安命的思想。人至晚年，老人们纷纷卸下自己鞍子上的银饰，精心为儿子制作一盘全新的镶银马鞍，把希望全都寄托在儿子身上。甚至有的老人不再缝制新衣服，习惯穿一件破旧的、颜色古素的袍子。与此相应，草原的牧人对老年人的尊重也不夸张，在老人逝殁以后，他们表现出来的悲伤一般来说也是有限的。严酷的游牧生产把一切全改变了，包括感情的表现。女性的家庭更是如此，在一个女人当家的蒙古包里，只要儿子到了十几岁，能够从事一般的放牧，这个蒙古包就开始用儿子的名字命名，人们称呼一个家庭或一个包时，只使用那个家庭里的长子的名字。

在这里又可以看到蒙古人对自己的血脉继承的重视，这种重视又显得非常强烈。总之游牧社会中的亲族关系耐人寻味，我总觉得它拥有更多的真理。

由于生产的需要和财产、血脉的继承的需要，无子女家庭广泛地存在抱养养子的习惯。这种广泛性甚至表现在有子女的家庭中。有不少牧民都愿意抱养一个孩子。养子与抱养他（她）的家庭的感情远远深于生养自己的家庭。这种养子的蒙语叫“特借森•乎”。是它有力地调整了蒙古游牧社会中家庭生产能力的不均衡，也有效地解决了财产继承问题以及很多由于无子女造成的心理、感情问题。更重要的是：养子观念使得蒙古人对一座蒙古包，或者说一个家的观念有了很多非常独特的看法。游牧社会的人并不过于迷恋自己的父母的家。出了嫁的女人和被抱养走的孩子都不太多回忆自己出身的家。而每一个蒙古包里的人，也不觉得来到自己家住的外来人有什么值得排斥和奇怪的。这样，除了养子之外，还有一些自由劳动者长年住在其他牧民家里，为那家补足劳动力。

1968年，有约三十名北京中学毕业生来到了汗乌拉，从城里人变成普通游牧民，插入生产大队入籍。这三十名知识青年大体都选择了一家蒙古牧民家，住入包里共同劳动。在这些北京青年的心中，这是一种谋生的手段和工作的形式，在当时的思想境界中，这种手段和形式更是与普通的人民团结、结合、建立友谊的办法。而在纯粹游牧的蒙古牧民的心目中，这些北京的青年人和他们见惯了的那些草原自由劳动者一样，是按照住进艾勒的传统生活和劳动的人。一些心地格外善良的人，尤其是老年妇女，则把这些北京青年看成自己的养子。在他们中间，曾经有过许许多多感人至深的故事，在一些蒙古包里，牧民和“新”牧民都表现过一些最好的品质，都感到过一种人情的美和温暖。

总之，在汗乌拉也许并没有保存下一种盘根错节源头上溯成吉思汗的血缘亲族系谱，但是在这个游牧世界里，确实存在着特点显著的关于家族、血缘、继承的概念和传统。造成蒙古游牧民这种复杂的血缘观念及家族观念的重要原因之一，即在处于严酷自然条件和传统游牧生产方式之间的——游牧生涯本身。

第八章　牧民

古老的游牧文化造就了一种人。这种人具备的全部优点与能力都与游牧文化相关联，也全都只有在游牧生活中才可能表现出来。这种人在整个北亚、在整个阿尔泰语言覆盖的范围内都被称为“玛拉·钦”，这个“钦”是一个表示职业的单词后缀，可以译为“者”或“人”；而成为这个单词的词根的词“玛拉”，甚至连发音在阿尔泰诸语言中都是一致的，它的含义是“牲畜”。所以，尽管“——钦”后缀的发音在不同的具体语言中各有微小的差别，而玛拉·钦都能译为“牧民”“放牧的人”“牧人”。

牧人——这是从远古以来出现了的一种特殊的人。在游牧世界里，一个男人和一个女人结婚以后便组成了一个家庭，这个家庭如上文所叙述的一样，是蒙古游牧世界最小的生产单位，是草原社会的细胞。在这个最小的组织里，男人和女人都严格地按照游牧生产的分工而生活劳动，有条不紊地做完从日出到次日日出的所有一天的工作。也许，蒙古游牧民与农民、商人、军人、工人、手工业者等等所有其他职业的人的最根本的区别就在于：一切其他职业的人都把工作和生活分为两个部分，工作之外就是生活，工作的技能与生活没有直接关系，甚至工作与生活之间存在着严重的对立。而牧人则不同。牧人的工作与生活完全一体化了，工作就是生活，至少工作的技能往往是生活的技能。在草原上，不存在一个生活杂乱无章，没有女人或是缺少男人，连一顶毡帐也没有，反而能出色地从事牧业生产劳动的家庭。牧人需要一个家庭，一方面是人的需要，但也是生产的需要，乳牛需要有女人挤奶，山羊羔要在包里过夜，整个畜群要靠着一个蒙古包或帐篷卧下。游牧生产深深地侵入了人的生活，活的马牛羊要与活的人取得生存节奏的协调——这就是全部游牧生活的浪漫与奇异的根本原因。

在这种生活——生产方式下，汗乌拉的男人和女人一代又一代地成长起来了。

汗乌拉由于两个原因——丘陵山岗地形导致的冬季多雪，以及传统的马群数量庞大——所以是男子汉的摇篮。

从表及里地看，牧人男子首先最惊人的本领是套马。前面第四章已经讲到了在打马鬃盛会时，男人们套种马的情景。套马技术是使外来人彻底折服的一种惊险技术。我一生中走过许多牧区，但还是深感到，无论哈萨克族牧人，还是西藏等族牧人的套索，虽然完全是一种软的捕具，想必难度很大，但是还是比不上乌珠穆沁马杆套马效率高。

我们大队最著名的套马能手有两名：一个名叫查布干齐，另外一个较为年轻的名叫乌力记。他们的套马技术名震整个草原。查布干齐是一名经验丰富的中年牧人，由于他套马著名，远近人民公社或解放军如果有了无法驯服的烈性马，就请他前去帮助。一个草原上的牧民，能坐上摩托车，拖着长长的套马竿，前往外地去套马，在草原上是罕见的事和真正的荣誉。在草原上剪马鬃的时候，他总是站在牧民站成的口袋阵的最后，而不管冲阵的种马多么狂暴，他总能把那马套得摔一个跟头，至少能把那马套得转过身来。听说他总能使套索正巧套住马的一只耳朵和半边脸。当然在千钧一发的瞬间套得这样准，这样巧妙，是极不容易的。

至于较年青的套马手乌力记呢？我曾亲眼看见过他在一个山坡上，一竿子套倒了一匹顺着下坡狂奔的种马。那匹种马被他套得顺着斜坡滚了一圈。在场的人都欢呼起来。

表面的强悍经常表现在男人与牲畜，男人与野兽之间。男人们能借助一点技术，抓住马尾，把奔跑中的马一下子摔倒。有的男人抓住牛角和牛赌气，最后把牛角折断。在结婚时，女方家里要让未来的女婿折断羊颈骨，表示他有力量支撑家庭。男孩子们从很小年纪就开始摔牛犊，套羊，骑着马追逐一岁或二岁的小马。在草原上，男人们行为粗野，动作散漫，他们使草原充满了一股强悍的气息。

但是，这种强悍仅仅是一种表面的印象。深藏在牧人们中间的真正的男性性格要远比这种强悍复杂得多。作为一个草原游牧世界的男人，最重要的气质和本领，也绝不是这种匹夫之勇的内容。一个男性牧民最重要的本领，实际上是辨认牲畜，所谓“坦恩那”。一个牧马人的能力并不在于套马，而在于认识三百多匹的马群。大家公认，认识羊、认识牛的牧人比比皆是，而认识马群的人就不太多了。认识骆驼是最难的，我们大队真正认识骆驼的牧人，只有阿尔拉家族的长子，德高望重的德吉格勒。

除了这种游牧世界以外的人无论如何也不能理解的“认识”牲畜的能力外，草原男人的作用主要表现在应付特殊困难时的能力。在游牧生活中经常遇到意想不到的困难，男人们一定要在四顾无人的草海中独自解决它。阿洛华哥哥曾在山坡上独自一骑分开了两群混在一起的羊。有两个男人曾在冰天雪地的夜里用牛车运来了远在几十公里外的硝，一天一夜滴水粒米未进，只是吃地上的积雪。有无数牧民在暴风雪中独自一骑追逐着马群，使马群安全返回。包括孩子，从小就锻炼得极富独立奋斗的能力。著名套马手查布干齐的儿子巴雅，在十二岁的时候，就一个人赶着一辆轻马车走了一次长途，在草原上传为美谈。

在强悍、勇猛、孤胆这些性格以外，游牧世界的男人又有着一种韧性。他们可以把一块铁磨成一柄小刀，可以用磨石把不中意的铁工具磨成自己喜爱的形状。生活又赋予了他们这样一种韧性，使这些能骑着快马把一头狼套住打死的男子汉有时显得平静而随和。在蒙古男人之间，我从未见过动手打架的事情，尽管有些时候实在需要打一架。

男人的生活内容被固定在游牧生活的一部分之中，主要是在“外面”。放牧、套马、找寻丢失的家畜、带上狗打猎、出远门运输、用传统办法给牲畜治病，修理牛车、修理和制作马具、与社会上的人们交际、在祭典上摔跤……主要的中心工作只有一件：在白天出去放牧。这是游牧生活本身分配给男性的事情，这种分工塑造培育了草原男性牧人的一切能力和性格。

游牧世界的女性，也在这种生产制约的生活中养育了自己的特征和性格。与男性相对应，蒙古草原的女人的分工在“里面”。但是这种蒙古包里面的一切决不同于农民和工人，因为她们所从事的一切并不仅仅是家务。

在移动迁徙时，男人赶着畜群在野外先走了，女性负责赶着牛车队搬家。在人手够用时，女人自己拆包和立包。蒙古包立起之后，女人们马上整理羊盘，准备燃料，用水车运水。在一个地点居住滞留时，女人永远负责门口（羊或牛卧的营盘）的清理，挤奶，照顾牛犊和乳牛，给缺奶的小羊羔或牛犊用奶瓶补奶，修补半圆形羊圈用的挡风毡。在男人们上场摔跤时，女人们要为男人绣制颜色鲜艳的套裤，摔跤手的荣誉中，也有女人女红的一份功劳。在春季接羔大忙季节里，女人发挥着远比男人更重要的作用。男人放牧回来，只是把带羔的母羊清点着分到“撒合”群里，把接羔袋里的山羊羔交给女人，就不再过问了。春季里主要的劳动全靠女人。甚至她们每天都把羊羔分开，今天是我的，明天是你的，这样把四五百只羊羔清楚地分到几个女人名下，整整一个春季都分工负责，包括把不认羔的那些“高楞开依”母畜驯服。

但是，接羔毕竟是一种特别的季节性劳动。对于一个草原女人来说，真正属于她的劳动是在夜间。夜里给羊群守夜，是蒙古女人的独有本领，她们能够一面睡觉一面听着门外羊群的动静，并且清楚地分出哪些声响是羊群自己的声响，哪些声响则是狼来了，或者是羊群离开了营盘的声响。一个女人，从她成年开始担负守夜任务以后，一直到老，一生中基本上不会有完全安心的睡眠。

草地上的女人们在这样的人生中也培养了她们自己独有的思想意识。她们对自己的这种实际上是过于沉重的生活并不感觉沉重。她们本分地既承担着全部家庭的劳务，又承担着牧业生产的一半。她们在生了孩子之后的第二天，至多是第三、四天就出去劳动时，并不觉得有什么艰难或委屈。她们对男人的观点就像对自己的观点一样，认为男人应该在野外铺冰卧雪风餐露宿，应该去玩那些危险的套马游戏，暴风雪中男人出牧时，女人从不表示担忧或温情。

游牧世界的女人以生养孩子为光荣。在汗乌拉队存在着大量无子女家庭，所以有子女的女人就一定会生养许多孩子。母亲不仅能给自己创造幸福，也能壮大自己的家族及家族在社会上的地位，并通过输出养子为自己的家族建立丰富的社会关系。加之游牧生活的简便，增添一个孩子并不用增加多少消费，一块羊皮既是襁褓，又可以缝成皮袍，奶缸里盛出一碗奶，孩子就可以活下来——在每年亲手接下无数小生命的生活中，蒙古女人习惯了看待生命。她们决不厌弃任何一个生命，同时也不像城市妇女那样，把一个孩子的生命看得像金枝玉叶那样珍贵。

就这样，男人和女人被自然地分别开来了。他们各自担负着游牧生产的一部分，和谐地把一种要求与人的生活一体化的经济生产分别担当了起来。在世界上种种家庭类型中，这种蒙古牧人的家庭也许是一种最强固、与生产联系最密切的家庭类型。在这种生产制约下，一个牧人的结婚首先具有重要的经济意义。从来没有一个缺少主妇的家庭或缺少男主人的家庭能胜任游牧劳动，没有女人或没有男人的家庭全是些生产能力低下，生活混乱不堪，茶里没有黄油和奶，门前的牛车支离破碎的家庭。这种家庭无法承担一个畜群的放牧，只能给别人家配充“艾勒”，从事辅助性工作——当然，他们也不可能有很高的社会地位。

最理想的游牧家庭是这样的：男人身强力壮，不仅勇猛，而且富有牧业经验；女人勤勉能干，善于应付接羔的种种难题。最好家中还有一个老人，专门照顾牛犊，教训小孩在主人病重时帮一帮忙。孩子也很重要：拾羊毛，赶羊入圈，追逐牛犊，在玩耍的同时帮助干一些大人反而不能胜任的工作。这样的家庭必然兴旺而富有活力，生产和生活都进行得顺利而气氛愉快。我插队时住的阿洛华家就是这种家庭的典型。

在纯牧区的男人和女人成熟的年龄很小，一般在十五岁左右，人们就显得很有大人气。实际上，正好在十五岁左右，男孩子和姑娘都变得能承担大人的劳动。十五岁左右的男孩已经终日放牧（除马群之外），十五岁左右的少女也已经熟悉了蒙古包内的一切劳动。这时的少男少女除了还缺乏经验和地位之外，其实因为从儿童时代就开始的学习，他们已经能胜任牧人的一切了。

大致从这个年龄开始，尤其是兄弟多的男孩子，已经在盼望着能有自己的蒙古包。只要一结婚，分出自己的新蒙古包，他就取得了真正的牧人的社会地位。在这个时期里，草原上的少男少女也开始了交往，婚前的性关系也大多是从这个时期开始的，古老的传统和道德观念对他们的关系是不反对的，但这也带来了一些特殊的家庭，即无男人的带孩子的女主人家庭。有的这种女主人直到四十多岁还带着几个孩子独撑门户，可以想象她们的生活是很艰难的。不过一般来说，即使是这样的女人最终也会结婚，因为她们的劳动生产能力决不会不为男人考虑。

这就是“玛拉·钦”——牧人。这是一种因独特的自然条件、一种由于独特的游牧经济和游牧生活培育出来的人的类型。草原上的青草养育着巨大的畜群。牲畜的价值使人们不知耕耘而能求温饱，人的生活习惯、思维方法、道德伦理、能力体质甚至语言中的语汇构成，都和这种游牧生活紧密协调。男人和女人的分工像白天和黑夜一样，有条有理，细致清晰，和谐得天衣无缝。这种牧人很难去适应另一种生活方式。同样，都市中的人们虽然廉价地欣赏这种生活，但很少有人真正能适应他们的这种生活方式。北京知识青年来而复去，几年中曾给这草海中激起了一些波浪，对这几年人们议论纷纭——其实，如果人们从这种类型的眼光出发去分析一切，也许会得出深切得多，也宽容得多的结论。

第九章　朋友

游牧民的社会是与外界隔离得相当远的社会。由于游牧生产的“艾勒”单位制，在艾勒之间不仅空间相距遥远，就本质来说，社会交往也是非常简单的。社会内部实际上也存在着某种彼此隔绝和孤立。每一户牧民大致上仅是在自己的营盘（努特格）上，在自己家，（格勒）和邻居（艾勒）之间，围绕着自己负责的畜群（玛拉）生活。

在这种封闭性、独立性、自我性很强的社会中，人们在艾勒以外，最重要的存在是什么呢？他们的朋友，他们和自己家人以外，他们对自己个人以外，最重要的联系和友情的寄托在哪里呢？

是牲畜。牧人的真正朋友是羊、马、牛，是蒙古包前的狗。他们一生都为这些有生命的动物操劳，他们一代代地和这些异类的生命一起诞生成长，把自己的一切享受、幸福、未来和憧憬都托付给了这些生灵。在出牧归牧间我触到了牧人们和这些无言的朋友之间的友谊，我觉得，这种友谊是外人根本无法理解的。人们也许会觉得，牧民因为常年放牧牲畜，所以自然会喜欢牲畜。其实，如果他们知道每只羊，每条狗和每匹马都在它们的主人心中留有着一个生动的故事的话，他们就会改变自己的看法的。

像讲人一样我也可以讲一些羊、马、牛、骆驼和狗的故事。

有一年冬天，在冰天雪地中，我们发现羊群中有一只母羊生羔了。那是一只棕色的花斑点的小绵羊羔。冬天生羔决不是好事情，这是因为春季为羊羔去势时没有把全部公羊羔查清的缘故。这样的羊羔无法跟着成年的大羊在风雪严寒中坚持几个月时光。

可是，春季工作的疏忽带来了可怕的后果：我的羊群一共生了近八十只绵羊羔。我们全力以赴，冬季里日夜操劳，但是——最终近八十只羊羔全死了。活下来的只有一只，只有一只绵羊羔活到今天：它就是最初出生的那只棕色花斑点的绵羊羔。它为自己的命也向严冬付出了代价：它的尾巴冻掉了。

这只秃尾巴的棕花点小绵羊羔和我们一起度过了整个冬天。每天我们给它单独喂奶，后来就给它吃人吃的饭。这只小羊每天傍晚都会离群跑来，站在蒙古包门口咩咩地叫。后来它每天晚上从牧场回来，都堵着蒙古包门站着，等着和我们共进晚餐。一般说来，羊的尾巴像骆驼的峰一样，是羊储存脂肪和体力的地方，驼峰一倒，羊尾一瘦，它们的生命就垂危了。可是这只棕色花点的秃尾巴小羊尽管没有尾巴，却长得非常健壮。因为它除了吃草，吃母羊奶，还每天吃一顿人吃的饭。

春天到了，又有几百只羊羔生了下来。这只棕色花点的秃尾巴小羊和那些羊羔站在一起，整整比那一片小羊高一头。那时冰雪已经融化，满地都是新草，死亡的威胁终于消失了。我们看着这只又大又胖的花羊羔，想起冬季里死去的那八十只羊羔，心里无限感慨。以后工作忙碌起来了，肥美的青草也长起来了，没有必要再单独为这只小羊羔喂奶添饭了。在日复一日的劳累和忙碌中，我们逐渐地忘记了它。一年过去了。

第二年春天，成百成百的羊羔又降临草原，我们又在一片咩叫中每天纵马驰骤着。晚上吃饭时，人疲乏得连话也不愿意多说。

有一天吃晚饭时我们突然发现远处有一只带羔羊正朝着包门站着。那是一只身躯高大、毛皮平滑的大绵羊。它身上一片一片棕色的花斑在夕阳照耀下显得颜色浓重。在那头高大的母羊身旁，站着一只褐色的小羊羔。

我记得，那是我一生里唯一的一次与羊对视着。当时心里涌起了一股从来没有尝到过的滋味。也许它突然回忆起了一年多前在这个蒙古包门前的情景？也许它觉得这包门口有什么在对它呼唤？而我们这些人，我们当时只想着，瞧，它已经成了大羊了，它已经生羔了。我们一直看着它摇着断尾巴，慢慢地走回羊群，那只小羊羔欢蹦乱跳地跟着它。

我放过四年羊，我照管过的羊可能在三千只左右。但只有这只羊永远留在我的记忆里。

我们还有过一头花牛。这条牛在三岁那年因为用角顶伤了一匹和它拴在一起的马，后来凶性不改，于是被牧民锯掉了两只大弯犄角。它即使只有半截犄角，顶人的本性也仍然不改，我就曾经被它顶得摔倒在地上一次。

上文曾经写过的，1970 年 11 月开始，1971 年 4 月结束的大白灾的冬天，我们一冬搬家迁移二十次。在那个艰难的、辗转迁移的冬天，这条断角的大花牛是我们能够一次一次从大雪封盖的绝境突围而出，向着新营地跋涉的最重要的保证。

牛的故事不可能是生动的，断角大花牛经历的一切，其实只是拖着满载着蒙古包、羊圈的围毡的沉重牛车，在深深的积雪中一步一步地走。在冬天搬家迁徙时，我们一般使用五辆到六辆牛车，其中水缸车、箱子车、棚车之外，蒙古包用两辆车分装：一辆装包顶

（天窗、支顶木棍以及包顶盖毡），一辆装包墙部分（木折墙和围毡）。如果还有一辆车，就装皮被杂物和一些燃料。这些车里，最重的一辆是装包顶的那一辆。而在那个冬天里，断角大花牛不仅永远拉这辆车，而且在它的车上还要装上两片折墙和两块大围毡。当车队在雪原上行进时，人们看见这辆装得又高又重的车，总是停下来默默地看一会儿。而断角大花牛不仅从不挣缰绳，从不累得卧下，从不发怒耍脾气，反而永远走在最前面。它不单拖着重负，而且还在前面踩碎积雪开出道路。

记得有一次朝一个山顶迁移。车队走到山脚下，所有的牛全累垮了。我们大声吆喊，用鞭子打，拽拉着缰绳，但一切无济于事——几条牛已经没有一点爬上坡路的信心和力量了。我们最后只好依靠断角大花牛。把牛车队拆开，首先把断角花牛的包顶车赶上了新营地，然后卸下其他几头累垮的牛，换上断角花牛，用这一头牛把其他五辆车——依次拖上山岗。牵着牛在深雪里一趟趟走着，我自己也累得两腿酸软——那雪实在太深了。但是断角牛却瞪着红红的眼睛，喘着粗气，一步不停地向上攀登。五辆车就这样，一辆辆地被这条牛拉上了宿营地，那时已是夜晚。

半夜出了包门查看，见其他牛卧倒的卧倒，吃草的吃草去了，只有这条断角大花牛依然站在包前一动不动。它还在喘气，瞪圆的眼睛里满是怒火。这使我感到非常惊奇。至今我还在回味那天晚上的情景，我觉得这条断角牛并不是靠力量，而是拼一股心气，在深深的积雪中把六辆沉重的牛车拉上那座山岗的。牛的个性很隐蔽，但这种拼挣的个性一旦显露，那是任哪一种牲畜也比不了的。

在游牧世界里，关于狗的各种传说实在太多了，即使不是游牧民，即使是都市里的人，也早从各种介绍中对狗这种动物拥有很多知识。所以我也不准备用我们那些普普通通的蒙古草原的狗，去和那些传奇的狗相比较。这里只简单地写一点狗在牧民生活中的作用。

一个蒙古包最好有两条狗。如果只有一条，它会在打架时或者遇上野兽时，因为孤胆不足，缺乏助威者而发挥不出它的能力。但是养狗也不能养太多，因为狗一天要吃不少食物，通常牧民都是单独为狗作饭喂它们的。狗太多会严重侵犯人的粮食。狗的最重要能力就是吠叫。好狗一般不乱吠，但无论白天黑夜，只要发现任何异常动静，它立即狂吠不已。这样，守夜的女人就可以根据狗的声音来判断是否需要出去看一看。这种吠叫是人对狗最基本的要求。不爱吠叫的狗和乱吠乱叫的狗都不能算好狗。

在基本要求之下，牧人对狗还有一条最低要求，这就是绝对不允许玩畜群。有的狗有玩畜群，尤其是玩羊群的恶癖。它们把羊群赶得东奔西散，截住一只羊把它吓得浑身发抖。更有恶者，有的恶狗喜欢咬羊——这就与狼相差不多了。这种行为蒙古牧人统称为“玩”，这样的狗必须教训或清除。教训的方法是：把两只大山羊同那条恶狗拴在一块，让山羊用角顶狗，如果这条狗敢张口咬山羊，旁边的人立即用鞭子重打它的嘴。一直到它对山羊极为恐惧为止。如果这样教训之后，那狗依然恶习不改，那么就只有杀死它。在草原社会，人们有权利要求那种恶狗的主人杀掉他的狗。按照牧民之间的习惯，自己的狗如果玩了别人的羊群，主人要主动杀掉这狗以示歉意。

当然，对狗还有一条高标准的要求：跑得快。在草原上，敢和恶狼搏斗，敢见了狼依然冲上去咬的狗虽然处处都有，但毕竟这样的好狗是太少了。就像牧民们虽然人人都会用铁夹子捕旱獭，而能用铁夹捕狼的人却很少一样。一条好狗，首先要善跑。因为牧民都经营一点小狩猎，除了捕杀旱獭之外，牧人猎手的主要捕获目标是狐狸和沙狐。而这两种野兽的特点都在于跑得快。牧民猎手的打猎方法与真正的森林猎人或山地猎人很不一样，他们主要的战术只有一个：骑着快马追。而在这种疯狂的追逐中，狗一定要追上那条狐狸，并且将其咬住。跑得不快的狗无法追上狐狸，牧人们往往在挑选狗崽时，就根据它们的血统、体型来决定取舍。

狗实在是太通人性了。似乎有一种印象：认为马和狗是人的无言的朋友。关于马的话留在后面再讲，而如果需要在马与狗之间比比高低的话，那么还是要承认：狗绝对是最通人性的动物。狗随着主人迁徙四方，和主人吃一个锅里的饭，它们给牧民们的意识中灌输了一种特别的想法，这种想法就是：马、牛、羊好虽好，毕竟是畜群，是"玛拉"，是生产劳动中的动物；而狗虽然不是人，但也不是玛拉，至少是这个家庭中的成员。似乎狗是介于人与畜群之间的一种特殊动物。

蒙古牧民们也许给外人一种稍嫌冷淡的印象。可是我在阿洛华哥哥家住的时候，我渐渐理解了他们对感情的理解和表达感情的方式。我们家有一条老狗，名叫吉里格。它从狗崽时代就被老母亲养着，当我认识它时，它已经二十岁了，整天睡觉，眼神混浊，脸上烂了一大块皮。它的皮毛是黑色的，但那时已经黯无光泽。它看不清楚走来的人，有时连我们自己家的人也咬。可是夜里只要另一条年轻的黄狗一叫，它马上爬起来，愤怒地叫着，格格地咬着牙。它永远忠实地卧在包门前的牛粪堆旁，好像在坚守着自己的工作岗位。其实我们都知道：吉里格快死了。

有一天有一个牧民被吉里格咬了一口，那个牧民大怒，抡着一根粗木头要打死这老黑狗。这时老母亲从包里冲了出来，张开双手拦阻着那个男人，但那狂怒的人却推开母亲，抡圆木棒朝老狗乱打。白发苍苍的老母亲突然不顾一切地扑在黑狗身上，护住狗，像护住一个病孩子。

连那个正要逞凶的牧人也惊呆了。后来我多次捉摸过额吉的行为。还不仅是爱惜狗；好像那一瞬打狗的人和挨打的狗对于她来说，只有强弱区别，而没有太多人畜的区别，她那时举动的意味，是超越我的想象的。

母亲——额吉——就是这样对待牲畜和一切动物的。自从那条黑狗的事件以后，我一下子意识到了牧民的内涵有多深重。在她的意识中，牲畜和动物本来都是和人差不多的东西。她并不十分觉得自己比这些动物高贵，只觉得那些老狗、弱牛、被“高楞开依”抛弃的小羊、暴风雪中失去了骒马的马驹子比自己可怜。游牧民族在他们的世界里的一切传奇式的本能的奥秘也许就在这里：牧民们对牲畜是将心比心，他们用对待人类的心肠去对待牲畜，这就是他们的成功的原因。后来我才回想起额吉以前曾喂养了多少牛犊，曾用奶瓶救活了多少缺奶的小羊。我也明白了为什么她能在1980年冬天喂养弱牛，创一头不死的纪录，被评为全东乌旗劳动模范的原因。在游牧生活中固然有许多技术和奥妙，但是由于游牧业的生产对象是活的、有生命的畜群，所以人必须也要用一种充满生命感的办法去对待这种生产。外来人永远掌握不了游牧技能甚至熟悉不了游牧生活，这是因为他们不能也不愿意让生产劳动变成自己的生活本身，也因为他们只看见那些牲畜的价值和价格，而永远没有蒙古牧人那种已溶化在血液中的、对于那些有生命的动物的感情和观点。

而这生气勃勃的、源源而生的动物也在安慰着牧人们的人生。我家额吉遍尝人间辛酸，但年迈花甲仍然能纵马飞奔，仍然显得那样健康结实，我想也并不一定是由于体质和环境的原因。在她真心真意、年复一年的劳动中，在她用人的母爱去对待牛马狗羊、当然还有人的生命的一生中，她也得到了自己的快乐。那些被她放牧过、照料过、或者是救活过的充满活力的生命，包括我，也都回报着她，描绘或者注释着她这位母亲的生命。

第十章　古歌

蒙古民族是个有名的民族。可能是因为成吉思汗的功业，对蒙古草原的关心、对蒙古历史的兴趣，在现代世界也一直在流行。关于蒙古的知识的普及是相当惊人的。不过研究者和一切对蒙古游牧世界感兴趣的人都更希望了解的是：蒙古游牧民是怎样的人，以及他们的内心世界。无疑，对于一个民族文化的共同体的了解，也包括对民族历史的研究，都不应该也不可能离开了解这个民族的内心世界。如果不能了解作为研究对象的人和这些人的想法，就有可能出现研究者和被研究者在立场上的分歧，使研究本身成为偏见。

然而游牧世界人的内心世界是怎样的呢？

虽然不是产生于汗乌拉队，甚至不是产生在内蒙古的一首西部卫拉特的蒙古民歌中这样唱道：

名叫特克斯的地方

是多么平的地方啊

你生在那里的家乡
是多么好的家乡啊

在上面地方耸起的
是金顶的庙呵

在人的心里藏着的
是多么美的希望啊

也许这些自古流传的蒙古民歌最能反映蒙古游牧民的心理。草原也许是美丽绝伦的，但牧人们更深知草原的荒凉单调，在灾害时节他们更天天咀嚼着草原的恐怖和无情。在这片辽阔的世界里长大成人，他们早把那一丝外来人式的罗曼蒂克忘得干干净净。他们眼中没有草原，只有一种种具体的草，哪些草有毒，哪些草能使母羊下奶，哪些草水分多，可以在秋季敖特尔的时候把羊群赶来。他们眼中只有汗乌拉、白音乌拉等一座座山的名称和形状。当风和日暖的日子里，他们有时望着西天的晚霞，心里也会偶尔一动。他们也可能想到这晚霞是美的——但是一个牧人决不会在这种念头上多费心思。他们总是刚想说几句赞美草原的话就又咽了回去。对他们自己的家乡，对这片茫茫的草海他们觉得无法表达自己的感受。所以，上面引用了的那首《特克斯》，最终也没有找到或使用一些撼人心腑的词汇。“多么好的家乡”——可是歌手们会摇摇头，苦笑一下，他们自己无法告诉人们这家乡有多么好。似乎蒙古语本身也提供不出关于“好”的其他语汇。在普通的条件下，蒙古语对一切诸如美丽、美好、迷人、秀丽、绚烂、漂亮等等内容的表达只有一个词：“赛汗”，也就是——好。这首歌子使用了“多么”（牙莫勒），已经相当于一种最高级句式了。

但是牧人们并不以为这首歌词汇贫乏。或者说正因为他们是蒙古牧人，他们才最后放弃了所有装饰色彩浓烈的词汇，而采用了这个最平淡无奇的“好”。这一句简短的赞叹仿佛本身就带着它在被唱出来以前的那些踌躇、欲言又止的复杂心绪，以及一声沉重的叹息。简朴的叠句，平凡的用词，单纯得不能再单纯的意念和情感，组成了蒙古传统民歌的基调。

这种朴素、单纯、内向得近乎不善表达的心理性格，与流传外界的骑马英雄、豪爽热情的形象相去甚远。但是应当承认，那种形象不仅仅是表面的，而且是一种被外界人们再加工过的肤浅形象。其实，草地的牧人即使在表达他们最粗犷最强烈的生活和情感时，也并没有去对这种生活本身抒发某种都市式的浪漫情思。他们仍然一板一眼地，按着讲究的传统规矩拉着长调且咏且唱。比如歌唱一个著名摔跤手的搏斗的古歌《独龙章》：

十两黄金的摔跤服哟
在他的背上闪着光

十个旗里数第一的独龙章
只看见他快快地把别人摔倒

二十两彩线绣的套裤

在他的腰下闪着光

二十个旗里数第一的独龙章
没听说他有哪次被别人摔倒

这样从摔跤手的摔跤服一直唱完他的靴子以后，再慢慢地唱到决战。那歌子还是不紧不慢的：

阿爸喇嘛是个大麻子
他坐着双辕车上了场

远方旗里来的独龙章
抓住他快快地摔倒了

这种长调一般都有很多段落。加上蒙古式的自由旋律，这样的歌声节奏舒缓。还有伴奏的乐器马头琴本身的音质低沉呜咽，决不像哈萨克族的乐器——冬不拉那样，天然的节奏就酷似马蹄；所以，大概可以说：蒙古民歌是不能传达过分轻松的心情的。即使是快活兴奋的主题，歌曲也把它们改造得开阔而舒展，也强迫它们变得平静和沉思。我想，这应当是蒙古草原的自然特点（无边无际的开阔草原）塑造出的蒙古游牧民的一种性格特点。这种心理和性格特点的含蓄、平淡和不露声色，有时会给来到草原上走马看花的客人留下冷漠的印象。

然而，在这种不善抒发的性格中，同时又永远冲动着一种持久的抒发的渴望。毕竟蒙古民族是一个唱歌的民族。那种朴素的表达方式和抒发方式大约早在远古就已经被他们习惯。他们经营牧业，每一年体验一轮自然界生命的缩环，人的价值和畜群、和青草的价值总在他们的心目中被简单地比较。他们对人生的总结和概括异常简单和中肯。对于这种简单又中肯的感受来说，那种单纯的形式不仅是足够的，而且在他们看来是异常动人的。对这种生活的真谛，他们编了无法尽数的歌子，世代流传，咏唱不已。比如歌唱父母主题的歌子，可以不胜枚举。其中《乃林呼和》这样写道：

冬天的夜真长啊
抱着我喂我奶的是我母亲

用榆树的木头啊
给我做摇篮的是我父亲

秋天的夜真长啊
搂着我喂我奶的是我母亲

用松树的木头啊
给我做玩具的是我父亲
……

这样用春夏秋冬四季的夜晚，反复咏叹母亲的哺育之情，用四种树木制成的不同的器具，反复回忆父亲的爱护之恩。反复的叠唱，加上蒙古长调的一唱三叹的拖长的旋律，使得蒙古包内夜晚的聚会弥漫着深沉的情感。

汗乌拉最高的山如果放在中国内地，也不过是一座低矮的小丘，名叫“山之王”，实际上这里只是一片地形起伏的草原。但是与其他邻近的人民公社或生产大队相比，我们汗乌拉毕竟是山地。难于纵马驰骋，冬季雪落成灾。在这个即使在内蒙古也算得上气候严酷，天灾频繁的世界里，牧人的心早就在大自然和逐水草迁徙的生活中磨练得沉着而坚强。在他们的歌曲中很难找到对自己生活中勇敢品质的赞颂，即使在他们日常的交谈中，也几乎听不到他们对自己这强悍的一面的炫耀。骑烈马、摔跤场、暴风雪、千里迁移、捕杀恶狼——这些光荣的经历对牧人来说只不过是日常生活，他们从不表达和诉说这些内容。热烈的生活和热烈的心理特征都被这种自然环境和这种生活的循回不已改造得平淡。在蒙古民间传统艺术中，从不追求外向的、热烈的、悍勇的、男性的表现。这些独特而又显得矛盾的特点，使得对蒙古游牧民的内心世界的理解变得困难。

本书前面的章节已经反复讲了纯牧区的蒙古人的家庭即是游牧经济的最基本单位。也许可以说：牧民们对家庭的本质，对家庭的关系已经咀嚼再三，体味至深。他们把家庭成员的关系当做社会关系的基本来看待和理会，因此，在蒙古民歌中，除了对父母，尤其是母亲的赞咏之外，还有对哥哥、对弟弟、对姐姐、对妹妹、对妻子、对情人的各种各样的主题。我认为，正是由于家庭对游牧民的意义至关紧要，所以也许只有这些粗鲁而缺乏教育的牧人才对家庭的体会最为深刻。

在母亲主题的古歌中，蒙古人总是追述着自己儿时的弱小，对母亲喂奶的举动满腹报答之情。在那些简单的歌词后面，藏着一种他们对这种天然的母性行为的惊奇和感激。同样，在爱情主题的古歌中，他们也总是对朦胧感到的美好感情与现实生活的无法一致怀着一种固执的疑问。他们把这个永远流行的主题用重复的质疑和对比；变成了一种异常简练的真知灼见。如著名古歌《钢嘎·哈拉》——在歌子一开始，在刚刚讲到歌中的“女人”形象时就说：

她已经嫁到——很远的地方去了

接着，这首歌开始反复地讲述生活的这种缺憾。但牧人的歌手在这里使用的是一种不外露的抒情。

路过了一口——名叫哈莱的井
那井台上没有——水桶和水槽

路过了两个——当成艾勒的包
那包里没有——我思念的妹妹

向牧羊的人打听询问
（只有）她运羊粪去了的消息

向牧牛的人打听询问
（只有）她运牛粪去了的消息
……

这样的古歌达到了怎样的艺术效果，概括了怎样普遍的生活和人性完全是另一个题目，在这里我想说的是：蒙古牧民在唱这支歌时，联想到的只是草原上日复一日的普通生活，只是一些最平常不过的景状事情。在对现实的平静、恬淡的顺从调子中，他们坚持着自己对生活的朴素疑问。

汗乌拉和蒙古草原上的牧人们究竟有着怎样的内心世界呢？这个问题是很难从正面作出准确而全面的回答的。但是可以肯定的是，草原的牧人是一种在游牧世界里安分随命的人，他们的每一种性格特征都有一种相应的蒙古游牧生活的特征作依据。传奇式的骑马英雄式的浪漫形象与这种人的真实是非常不一样的。

前文已经叙及了我们草原的蒙古牧民与羊、牛、狗等动物之间的关系。其实牧人真正的朋友还应该算是马。在蒙古牧人的心目中，骏马集中了一切动物的优点，在游牧生产劳动中，马变成了人的脚，马的速度保证着和鼓舞着人的意志和欲望，马从生产对象、畜群中的一员化为人本身的一部分，使人的能力得到成倍的提高。骏马的形象使牧人的自尊心得到满足，夏季骑着一匹漂亮骏马的牧人觉得自己的身心都在升华着。这种即使在游牧生涯中也显得珍贵的事情，在漫长的历史中逐渐变成了牧人内心世界里最美好的一部分。骏马的形象和对骏马的想象憧憬，构成了游牧民特殊的美意识，神奇的骏马是牧人心中的美神。

在蒙古民歌中，几乎所有歌的题目都是一匹马。比如引用过的《乃林·呼和》——身材修长的青马；《钢嘎·哈拉》——黑色的骏马，等等。不仅歌名使用一匹马的名字，歌词中也大量使用对骏马的描写。如赞美母亲的《乃林·呼和》，是这样的：

身体细长的，那匹青马哟
在向着阳光的草地上甩着头

已经到了八十岁的，我的母亲哟
她比阳光更早地照耀了我

再比如《钢嘎·哈拉》一首的始句，也是在赞颂一匹黑骏马的种种仪态：

漂亮的——那匹黑色的马哟
站在那里——样子多漂亮

唯一的——那可爱的妹妹哟
她已经嫁到——很远的地方去了

美丽的——那匹黑色的马哟
拴在那里——样子多优美

善良的——那心好的妹妹哟
她已经嫁到——很远的地方去了
……

听众可能已经习惯了蒙古古歌的这种唱法，但实际上这种唱法本身是不可思议的：无论是青马和母亲之间，还是黑马和情人之间，都毫无任何联系；歌曲结尾时也没有再去唱唱那青马或是黑马的结局。最纯朴和古老的民族创造下似乎是最抽象的形式，而且这种形式已经流传了几百年了。

其实，对于古歌的这种形式也许可以寻找一种简单的解释。游牧民在企图诉说自己最宝贵的那部分心情的时候，他们也试图寻找一个比平淡单调的生活更有魅力和光彩的精神。但是他们的生活、环境和传统为他们提供的美好象征只有一个——那就是一匹骏马。他们唱出了这匹骏马，就等于唱出了他们心中的一切崇高纯洁的感情。骏马——游牧民族的美神，它永远给终日辛勤的劳苦牧民带来温暖的安慰和神奇的憧憬。

在这个篇幅很短的小册子里，以中国内蒙古的一个小小的生产大队为基础，简单地介绍了一个游牧的社会的生活和生产的循环过程——春夏秋冬四季的主要内容，以及社会、畜群和人。由于游牧民族畜群的主体是羊（无论在使用价值方面还是在商品价值上），所以这本书更多地是从一个牧羊人的立场和眼光出发写成的。由于设计好的写法，也由于时间和篇幅的限制，我无法把这种游牧生活写得全面和细致。好在对游牧民族的全面而细致的认知和理解本身还是一个方兴未艾的方向，将来会有真正深入的研究和介绍问世的。我希望我的读者们在读了这本小书后能够有所感触，更希望人们能够理解那样的一个汗乌拉，那样的一个草原和那样的一个中国。因为就在那样一个世界里，人们战胜着自然和贫穷并创造着美，人们在顽强地寻找着人生的正道和意义。

1983 年 12 月于日本完成

1995 年 12 月于北京整理

《牧人笔记》后记——折一根芨芨草做笔

1983年5月至翌年，我在日本的东洋文库进修研究了一年。那一年，在朋友的劝诱下，试着描写了一遍内蒙古的游牧世界。后来整理之后，出版了《蒙古大草原游牧誌》一书。这本书后来在日本重印了六次。

书出后我不仅不满甚至觉得遗憾。因为这个日文版的蒙古文化小书只是一大堆细节的累积，它从春到冬，细数流水账，有很多数字、表格，充斥着不厌其烦的解释。

就这样，中文写的原稿只成了一个参考和脉络，与日文著作已经很不相同，从那以后，转瞬已是十二年。

在《三份没有印在书上的前言》中我写道：

> 那书的原稿是一册薄薄的散文回想，原来把它题为《青色的草原》，后来居然被我弄丢了，不知放到了哪里。稿子里没有出版了的这一套牧人经，是一册平静的回忆和归纳。我不觉得太可惜。因为整个那个时期的我，对于草原的回想都存在一种浅薄。我也许要纠正它，若付诸行动的话我再重写一本。……（1993．4—6）

收拾书物时，发现了一个纸包，我两手尘土，解开一看——丢失了的中文原稿，静静地摆在眼前。

找回来了，十二年前的稿子。

我是多么好奇地，马上捧着它，重读了一遍。不是模糊记忆中对它的印象，而是白纸上的黑字，我读着一个十二年前的自己。应当说我觉得有点新鲜和惊奇。

那时的笔触多年轻，那时的心境多单纯，同时，那时概括的勇气和结论的坚决大胆，是多么使今天的我羡慕。

我居然敢于用那么简单的例子，用那么有限的一介牧人的日常生活，就兴致勃勃在情在意地勾画起一个巨大的世界。因为什么呢？我对当时的动机饶有兴趣。今天看，也许用当时我身处的学术界来分析是比较确切的：我在学术界求学，但我本能地感到四年纯粹牧人的生活，从社会地位的感铭到全面的蒙古语对思维的改造——使我不能皈依大学和研究所的学术。加之，那时的一切对我是宽容的，我的本能的异议，被掩护在人们对我能讲出的有趣细节的欣赏里。箭头快活地飞过去了，带着清脆的呼哨，而没有碰上墙壁的折断。中文的《黑骏马》是这样，日文的《蒙古大草原游牧誌》也是这样。

我读过一个针对我的很认真的质疑：

如果笔管里只是1968年的旧式理想，那么你究竟能坚持多久？

我想，1966年抑或1968年的人和理想已经被改造了，从骨头到语言，我紧紧攀援、日夜吮吸的，是另一种强大的、未被认知的、底层民众的价值观点和文化体系。这“另一种”千金难买；因为依附体制的智识阶级对它一无所知，他们顶多只能制造一种警察式的语境来压迫它，而并不具备与它讨论的文化基础。是的，也许所谓六十年代的儿子已经找到了全新的基础，并且在体制的潮流之外跋涉着另一种道路。不仅如此，我还奢望着这“另一种”有一天会在源头上与中华文明的“这一种”清澈合流，给垂老的文明以接济，给苦闷的青年以启发……

我总想把小说以外的蒙古题材写作，寻机都题为“牧人笔记”。这意思是说：它们只是我身为牧民时的一些零碎记录，并不是洞究游牧文化的正式著作。

沉吟再三我还是放弃了修改的念头。虽然十二年前的叙述中确有不少值得斟酌之处，但那时单纯、放松，还有随意的俯拾，却不是今天可能轻求的了……

写作时并没有预知今日的经济大发展。但是从定居点的建设、铁轮车的普及等等因素上，我感到了一个巨大的学术结论：远古（至少可以上溯到前 13 世纪）以来的游牧生产方式，已经濒临着质变；亘古未变的游牧社会和牧民的传统历史，已经翻向了它的最后一页。这个预感，今天正以令人震惊和激动的实态，在我们的眼前实现着和运行着。

此外，关于家庭包括邻居的“艾勒”（Ayil）为游牧生产和社会基础单位的见解，关于家庭直至伦理的适应严峻的畜牧业的见解，关于牧人的生命观点以及游牧社会的和谐有序的见解——今天，不仅已经基本可以说是正确的，而且我以为，它给草原以外的人们提供的参照作用是有力的。

近年我删定了以草原为题材的、比较集中诉说了我对我额吉的感悟和怀念的《金草地》一书，取代了另一部写坏了的长篇。此外我出版过一本《草原小说选》并且在《黑山羊谣》《错开的花》《海骚》等诗体作品的一些章节中，尽我微力描述过草原游牧文化。《黑骏马》有英文、日文、哈萨克文的版本，我盼望未来的蒙文本将是较好的一个译本。

以后将陆续补充、分几次完成的《牧人笔记》，将是小说体和诗体作品以外的、有关蒙古草原作品的总集；除了文学作品外，我还收进了这个领域内的主要散文甚至论文。总之，种种的不尽如人意使我开始执意盼望，在身后能留下一本比小说有意思一点的《牧人笔记》。

粗略地把这部旧稿整理一遍以后再品味我一生中围绕蒙古学术的种种学习和变动，还有最终也没有安宁下来的心思，能说一些什么呢？是的，总结自己时我自责浅薄，其深处未必没有隐忍和回避。但是正如孩子气的追述和用例显出的，短短四年的游牧生涯，对于我们的目的——让穿褴褛皮袍子和冻得两颊伤疤的牧人对学术发言——又确实是太单薄了。

所以，我再说一遍我只是呼唤，我觉得真正活生生地分析蒙古游牧文化的著作，应当产生于牧民的儿子们之间。虽然比例和概率会非常之小，虽然前定在成全这样一个人之前要严厉地要求他的许多素质，虽然他不仅要忠诚于游牧民族的本质还要具备广阔的胸怀和真理的原则；但是我坚信，游牧文化的母亲一定会养育出这样的优秀儿子。

我为蒙古游牧世界完成的，上述一点点写作确实微不足道。但是，我想我多少抗击了学术和文学中，特别是在所谓民族学社会领域中横行的，无视民众主体、缺乏真实体验的某种殖民主义色彩浓重的风习。我嘲笑了那些伪学的贵族打扮，不管他们怎样佯作镇静，不管他们怎样恼羞成怒和漫画我的道路——未来由牧民的孩子们创造的游牧世界的文学形象和学术体系，一定将挟裹着风雪的寒气、携带着羊皮的温暖、遵循着四季的周始和五畜的规律，以全套的牧人话语被描写出来。人人都可以等待，这种局面必将出现。

这样写着，似乎出现了一种和草原、和牧民道别的伤感和沉重。是的，其实我早已郑重道别，离开培育了我和黑骏马的亲切世界，投向了后来的旅程。只是难舍难别，既别又念，依然如旧地向你们索取着支撑和证据。

但是这本《牧人笔记》恐怕是我此生关于蒙古草原的最后作品了，我把它献给你们，盼望你们因为家族中有过我这个养子（tejigsen-hu）而高兴。

Bayartai（再见）！

Temur（特木勒）·张承志

1995 年 12 月写于北京

1997 年 3 月改于济南

附录：

《牧人笔记》蒙文拉丁转写

汗乌拉	（han uula）
敖包	（oboo）
汗敖包	（han oboo）
锡林格勒盟	（šiliin gool aimaγ）
东乌珠穆沁	（jüün üjümüčin hušuu）

新庙　　（šine süme）

道特淖尔　　（duutu nuur）

泰莱姆湖　　（telim nuur）

额尔登·讨勒盖　　（erdeni tolγoi）

胡布　　（hubul）

乃林戈壁　　（narin γobi）

德勒斯乌珠儿　　（derestü üjüür）

查干　　（čaγaan）

蒙古包　　（mongγol ger）

棚车　　（ham tergen）

水缸车　　（usun tergen）

箱车　　（abdar tergen）

辕车　　（hangγai tergen）

白音图嘎　　（bayin tuγ）

阿尔拉　　（araliin aimaγ）

拉卜楞寺　　（labrung kiid）

母亲湖　　（eeji nuur）

阿因钦　　（ayinčin）

摇篮　　（ölögi）

呼和·努特格　　（göhe nutuγ）

羊粪　　（horoγol）

牛粪　　（arγal）

索外　　（subai）

撒合　　（saah）

认识　　（tanina）

水膘	（usun taryan）
油膘	（tosun taryan）
依合勒	（ihir）
高楞开依	（γolonghai）
阿睦勒开依	（amurhai）
哈布尔	（habur）
哈布尔基	（haburjaan）
苏根·恰克	（sügiinčaγ）
查干·亦得	（čaγaan idee）
酸奶	（airaγ）
奶豆腐	（horod）
奶皮子	（jööhi）
黄油	（šar toso）
奶酒	（saaliin arhi）
查干·色特格里太	（čaγaan sedhiltei）
角斯莫勒	（jusumal）
角斯楞	（jusulang）
套马杆	（uurγa）
马鬃	（del）
种马	（ajirγa）
那达慕	（naadum）
奈勒	（nair）
栓	（uyana）
喇嘛·布和	（lama böhe）
哈拉浑·布和	（hara hün böhe）

走场，敖特尔	（tabarγa，tarbaγa）
旱獭	（otor）
羊粪砖	（hörjeng）
薄皮袍	（nimgin deel）
羔皮袍	（jabčaa）
羯羊	（er honi）
恩格尔	（engger）
白毛风	（šuurγan）
白灾	（čaγaan jud）
黑灾	（hara jud）
火	（γal）
哈仑·杭修，热清明	（haluun hangši）
纳合齐	（naγača）
阿巴嘎	（abaγa）
特借森·乎	（tejeesen hüü）
玛拉	（mal）

边疆

序《心的新疆》

新疆是什么？

对我来说，新疆不是开土拓边的标志。所谓新疆，就是心灵的向往，是高尚的人心，九死不悔一定要抵达的境界。

不，唯独对心灵而言，新疆一语方能成立。

新疆是什么？昔日肤浅的句子，只能留下一句。你说：新疆是海拔 –154 米的吐鲁番盆低地和海拔 7000 米的汗·腾格里雪峰之间那相互心许又永远不能如愿的爱恋。新疆是前浪已经死灭后浪又汹涌过来的英勇自绝的叶尔羌河，是不问方向不论对错自由自在神秘消失了的铁色额尔齐斯。

新疆是我找到一条古路的阿勒泰，新疆是我度过人生美丽瞬间的天山。新疆是允许我沿盆地深入了一串地点的吐鲁番和塔里木。

新疆是——白音宝力格在薄暮中骑马趟过河水、里铁甫江把葡萄送进晾房、金师傅在泉水旁留下遗骨、海里派巴斯提高声念起颂词——的一片新大陆，是我一生追求但不能抵达的家乡。

是的，新疆是我的爱情的一半，是我的知识的核心。

新疆是什么？

新疆是——那被我当作了楷模的、一位尊贵的喀什噶尔褴褛乞丐的微笑。

新疆是——那首写在黑牢壁上的烈士的诗。啊，我看得真切：它一直居高临下凝视着我，使我永远警惕文人的骄狂。

新疆是——那颗惦念着儿子的母亲的心。民歌唱到：她被儿子杀害后，一颗心挂在树上继续惦念儿子。那颗心被哈语和蒙语都称作 Jüreg，它今天仍挂在树梢上。

新疆是什么？

新疆是文学质地的试场，新疆是今生来世的枢纽。

新疆是无情隔绝中的隐藏小径。新疆是语言隔膜中的神秘交流。新疆是一块考验来客的面纱，忍受着浅薄的呱噪，静候着世人的醒悟。

我——

我凭创造者的美意，一步闯入了新疆。

虽然只留下些单薄寒碜的文字，但是，在新疆，我半生讴歌了——对他者的爱。是的，他者的尊严、他者的原则、他者的文明。因为所谓人道主义，就是对他者的尊重。

是的，在新疆，我完成了向美与清洁的皈依。

我的文学，在新疆完成了人道与美的奠基。

此刻我心里涌动着对新疆的感激。只有我清楚这感激有多深沉。

Kuday-em bêrsê，jênê körsermez！

我与你相约来世，我的——心的新疆！

张承志

2012 年 4 月 21 日

不写伊犁

一辆面包车飞驰在巴伐利亚，在碧波般的丘峦间浮沉。高速公路本来应该是不和谐的，我心里厌厌地嘀咕。绿林子齐齐拥着驶来了，又静静地掠过去。真绿，绿山绿树绿草绿色的大地，当然我在乌珠穆沁见识过更辽阔更丰富的绿色，我不至于向一切绿地欢呼。我留心一丝，我懒懒地从视野中分辨层次。

人脸也显得发绿。可能是受了丰饶的滋润吧，人们脸上浮动着光洁的满足。即便此刻我也不能嘲讽人们，因为当时我也曾经频频点头。我不能像一切历史的干净人一样，在事后说当初我曾经怎样想云云。

而时速一百四十公里的车仍在飞驰。宽阔的两条灰带子在绿野里扭着涌来。它无声音无气息，无颠簸无激动。久之，启示消失了，我终于感到不和谐的只有我自己。我的毛病在于我太敏感于绿色。

巴伐利亚的绿世界仍在起伏涌动。

刚离开了一座城市，此刻又奔向一座城市。我怀疑我还能不能记住这些城市，我猜我至多只能记住这一派浓郁的绿。日耳曼——德意志之旅仍在这不可思议的滞缓绿浪中消磨。

放眼望去，巴伐利亚被绿林装饰得静谧的原野仍是无声无息。

我是一个绿色的专家或鉴赏家么？

为什么我在挑剔呢。

后来我平心静气了。我欣赏地研究那些蓝草碧树。说实话它们生得很美，像物质时代的欧洲美女。处处葱葱郁郁，林间弥漫着潮湿和苦香。说那些松柏类的乔木叶子充满肉感使人恶心也是玩笑；因为伊犁深山里也荡漾杀气呢。几年前，有一天醒来时我发现自己裹着雨衣睡在一片肥绿的荨麻叶子中央，当时我曾吓得怦怦心跳（碰上能疼死）。

一阵凉风挟着些雨丝拂来。这凉风又沉又潮，浓浓的湿绿中藏着一丝嘲弄和一种分量。

我的裤角打湿了。我像在猜谜。巴伐利亚起伏无声的阴沉绿野，沉重浓湿的夹雨凉风，好像正含而不露地对我沉默着，等着我的悟性。

我猜不透，我默默地大声地在心里说。

我感到疲倦，因为无缘和隔阂。

我努力使自己平静，努力心平气和，努力在余下的几天里少出差错。因为我已经不抱奢望；这是一次失败之旅，我闯入一个无法突破的绿网，我不能像在蒙古草原上一样同它的灵性直接交谈，也不能像在伊斯兰山区一样与它心感神交。我失去了手段，我无法表现，我甚至没有机会像在伊犁一样学上半首《Ak bulak》，然后再用歌词里的三个半单词向哈萨克老人问好。我已经走过了几个城市，沿着这条扭曲在忧郁绿海中的灰色公路，我走过了几个城市但是我已经忘掉了它们，我心中焦急我暗中责骂自己但我束手无策。

别人也有这种心情么？

我为自己与巴伐利亚的这种关系，我为自己与这浓重葱绿的无缘而难过。

看来，人和山水之间也有规定的缘分。人并不是一种为所欲为、畅行无阻的动物。为了不忘却，人发明了照相机、笔记本和录音带，可是有缘的山水不需要这些。十年前我初进伊犁，在那绚美难再的特克斯河畔我只有一卷两角五分钱的处理胶卷（我那时的工资三十九元五角整）——然而我却用全部身心摄下了、录下了、牢记了我的伊犁。伊犁，美的首都。十多年来，因为和她的缘分，我变得多么自豪、多么富有呐。

当然我决不是在埋怨巴伐利亚。我只是在自己生命之中看见了一次红灯。我懂得禁忌和尽头，我知道：我不该再过分地要求了。伊犁已经承认和答应了我，我其实已经获得了太多的幸福。这世界难道还不够辽阔么，北方中国，内陆亚洲……我感悟地平静了。

巴伐利亚在欢度猎人节。观光地的小店里挂满了雄鹿铜盘饰。昔日城堡主人的石头官邸里挂着一只只干枯的鹿头。乐队捧着巨型玻璃杯边奏边饮。这座城市叫什么？我不知道。我习惯同时了解一个村庄的两套地名：阿克苏和查干乌苏，布拉克和宝力格。我记不住我不懂的地名，我记不住我还没有把它和我的人生相联系的地名。所以——我只能说我到过所谓的巴伐利亚。而巴伐利亚是什么？

这样的呓语该结束得快一点。

在巴伐利亚我只有一个意识是清醒的。我在巴伐利亚的混沌绿色中视力衰弱，但我的视野之底幻觉般浮着一丝别的绿色。说我在巴伐利亚的时时刻刻都思念着伊犁都痛苦于游子之情都回忆着祖国山河那是恶心的——但我在那些绿丘墨浪中确实怀着一份保留、一份对比。我如同警惕般保持着一根弦的紧张。我不能承认它是中心，我像一个绿色的裁判官像一个美丽的鉴赏家一样默默叨叨着。我那时心绪倦懒，两眼呆滞，心里似睡似想。但是我明白我在使用我全部的体验和知识，我明白我心中还有一个伊犁。

这样的伊犁，在这样的心情中和题目下，我最好还是不写吧。

车又穿过了一片丘陵中的物质之域。珠光宝气璀璨夺目的橱窗掠过后，那巴伐利亚的沉郁绿色又抢夺了全部视野。悦目，我暗中想，这流溢不止的绿色使你再三再四地想过“悦目”这个词。绿啊……墨绿的新林子，鲜绿的草坡，远处低卧平缓的绿丘，近旁浓绿的伞状松柏大树，高速公路在绿天地里无声地飘，我觉得这公路的目的就是要我完成和承认这绿的巡礼。

它绿得神气么？它绿得不可思议么？它绿得像从天而降的草原么？它绿得像人工的苍山老林么？它绿得阴沉么？它绿得不祥么？它绿得渗透了德意志的哲学气味么？它绿得隐藏着日耳曼的高傲狂妄么？我不知道。我的视野被它攻占了，我的两眼被这巴伐利亚之绿掠劫一空。我猜我的肌肤和两颊也许也染上了这种绿色。

然而我的心在微笑。

尽管我说过，我不能在这儿描写伊犁。

也许有一个热情偏执的巴伐利亚青年，也许他和巴伐利亚有着长达十年的感情纠葛，也许他和一位想象中的巴伐利亚美人失之交臂，也许他后来盼着重归巴伐利亚但事不如心——我想他会和我发生一场最激烈最尖锐的争论。他决不会向我服输。他会因这郁郁苍苍漫山遍野的绿色而越来越倔。他会厌恶我对我嗤之以鼻。他最后会沉默，因为他觉得和我争论本身就是错误的。他收藏了激动和动情，他走了。

是的，我了解他。

所以我根本不写我心中的伊犁。

1987年7月

荒芜英雄路

传奇的阿勒泰山脉终于摆在我两眼之前了。比起天山也许确实多少有些舒缓，但依然是雨坡松林黑郁，阳坡绿草明媚。

对于新疆来说，这是偏僻的死角，然而我却清楚它应当是通路。幸亏蚌书的研究所生涯没能泯尽我的想象，我一直在心中揣摸那路在哪里。

看了阿勒泰郊外的白桦林，没有想象的雪白。小城当心也有一座树林，清澈的白浪翻卷的河上，有一座圆木桥。背后是闭塞的丘陵大山，积雪还斑驳可辨，但已经划不出雪线了。然而从蒙古高原到中亚细亚，我偏执地相信该有一条路线。你不该闭塞着遮住小城，只显给我一些白桦林清河水。我说的是路，是具体的“路”而不仅是路线——那时我顽固地想。

路应当就埋在阿勒泰的这重重山间。

石堆墓如链在左面隐现。草地荒漠化后，五月的芨芨草已经快啃光了。广阔的视野中有褐色的和铁色的秃山，使人难以想象这里居然就是阿勒泰的著名领土。

过北屯时，有一蠢肥的女人上车，活像西陲蝴蝶迷。粗俗无耻至极，对司机怒吼“坐你大腿上”。小屯、小聚落，中国人才造得出来的呆若木鸡的红砖平房不时推出，刺人眼膜的红色长条中走出几个流氓相的小伙，愣愣地盯着汽车看。这种戈壁荒地的住民居然活得健壮，在干旱得连岩石都龟裂的荒裸山脚迎送无聊人生，每天最大的事情是——看几辆过往的汽车。

然而那条道路应该在此。

我怀着的，是非常不合历史学者习惯的一种偏执。为什么呢？

就应当在这里。既然英雄时代的蒙古人以这里为通道，走向了广阔的中西亚，那么路就一定应当埋藏在这里。而且，我还判定这里应当有大量蒙古后裔。尽管我初次走向阿勒泰边缘，但我相信主观的感觉，我相信我只要见到蒙古人就能挖掘出那条道路。

到了青河县。如我判断，“青河”二字是蒙语“青格勒”的音译和意译。我兴奋地打断介绍，要求找几个当地蒙古人座谈。第一个见到的是县武装部长 Dika，土尔扈特部蒙族军人，我开门见山动员他说：咱们要找到成吉思汗走过的那条路，不能让那条路埋在这里！

Dika 激动了。

他取出万分之一的军用地图，用一根粗指头指着上面的等高线：“这里，在 hara—balaqik—tu，有路。”他说的是蒙语。

接连几天我同本地全部老辈蒙古人谈着，唱着，喝着。青河县境的蒙古后裔是乌梁海人，讲一种远不如伊犁的厄鲁特方言那么和谐有致的难懂方言。但我们坚持不用汉语。那时用汉语会出现泄密和玷污的语感。有一个老太婆反复问道：能唱么？能唱阿睦尔撒纳么？真的唱了阿睦尔撒纳也没关系么？

于是，反叛的英雄颂就唱起来了。

阿睦尔撒纳是北京的蒙古史界再三表态与之划清界限的叛乱首领。

正在忙着蒙古史硕士生论文的我，当时听着瘦骨嶙峋的老太婆醉酒高歌，倾诉着对阿睦尔撒纳的崇拜时，浑身每个毛孔都流动着“入伙”的快感。不知为什么快活得鼻子呛酸，觉得自己体内的邪恶在古怪地排泄。而那歌声比在内蒙唱时显得更加撕扯和凶急，我心中学来不久的史学诸原则在醺醉中哗哗响着崩垮塌落。听着阿睦尔撒纳的赞歌，手足舞蹈在一伙陌生的乌梁海人中间，有一刹我觉得昏昏然放松了。算了，为什么非要考古寻觅，那条古代通路比起这首叛歌又有多大意义呢？

但是，蒙古人对成吉思汗的感情可不像汉族人对他们领袖那样实用主义。蒙古人对成吉思汗的爱是绝对的。所以，既然我断言这里应该有一条让成吉思汗四十匹挽马拖着的宫帐大车（ordo teregen）走过的古路，那么乌梁海部就一定要把它找出来，事情一定要成功；我是否有斗志已经无关紧要。

方向是青河县东风公社，中蒙边界。但是没有车。枯坐在招待所里，干等。

我们住一个套间。后来来了一些当今最有权势的财政局或物资局的人，背信弃义的招待所就把他们安排进了我们里间，使我们当夜就变成了他们的值夜护兵。气愤得我每天往他们屋里吐痰，扔脏纸（当然趁他们外出时）。一直到Bata来的那个下午才结束儿童抗议战争，继续正业。

Bata是博州出身的察哈尔蒙古人，武装部干事，天天盼调到博州温泉县去。他扬言若到了温泉，就是“他妈的一等干事”；若不让他调，他就怠工。Bata闯进屋子，吓得我停住了对里屋的骚扰战。他大吼道：出发！有车了！出发！

走向大名鼎鼎的东风公社边界，途中依然满目疮痍。走向哈尔嘎特山沟的两岸，处处是一种青红色的灼烫砂块。不见畜群，不知夏营地在哪里。沿途星点不均地看见一些乌孙时代的链式墓，还有一处突厥石人墓——这也暗示着古代蒙古高原到中亚的交流。边境线静悄悄，连风都压低嗓音似吹似听。古怪地突然想到北京的长安大街，若是那条路也变成这般荒凉，该是多有意思呢。

在乱石丛生的山坡上颠簸着，吉普车像坦克在斗勇争狠。石头在枯柴篷篷中倔强地挡着，地势在蛮荒之中升高了。

车猛地刹住了。

Bata回头对我说：“喏，就是这儿。”

我揉揉眼睛，茫然不知所措。我在死寂的石头堆里走了几步，疲懒得想躺下睡一会儿。青白的烫人阳光高高充斥，那些石堆上的苔藓都是焦枯的。

我揉着酸痛的眼睛，费劲地踩着怪石走了几步。地势升高，右手出现了蒙古人民共和国的领土。我突然看见了一条痕迹，有一个形状突然出现了：峥嵘的怪石整齐地排成十米宽的一条宽带，朝着哈尔嘎特左手的山顶伸去。青草枯干地刺出石缝，荆棘刺网般缠绕着这条尖石带。路，清清楚楚地静悄悄停在山坡上。

我不能理解。我惊慌地环顾四野，天地之间一片死寂。

静得像是一切都被抽空了。没有气流，没有地热，荆棘般的芨芨草像插在石缝里的锈箭。顶着凝住的阳光登高一些，巨石垒筑的大道像一条死去万年的死蛇，白白地反射着一种青绿的白光。我的脑子在一瞬间便计算了、归纳了、整理了、判断了，我在寂静中只用了一瞬就判断完毕。只是我古怪地被施了妖术，我觉得死亡般的荒芜正疾疾地蔓延上我的心，我觉得恐怖的白昼缄默正悄悄地封死着我的喉咙。

“Bata，tele jam muna。”我艰难地对那个察哈尔军人说。说出口我就觉得嗓子被重重地堵塞了，心头也猛然沉沉地坠下来。

Bata 向其他人转译说：是那条路。他还亢奋地补充：是成吉思汗本人的路，已经肯定了！已经决定了！成吉思汗本人的路！嘿，干得好哇兄弟！

独自一条嗓子在空旷里倏然逝去了。

其实我没有多少依据。惟一依据是路宽十余米，以石方垫起了凹陷。在青河迤逦的草原上，这种道路无疑是为了车。而恰巧成吉思汗的宫帐大车又见于史料，所以——我解释着。愈讲朋友们越兴奋，而我自己却愈讲愈茫然。

全部洞悉一切的是阿勒泰。它沉默不给我一言相助。但我知道它支持我的感觉。

是这样。完全是因为感觉，使我嗅到了这条湮灭的英雄路。

哈萨克司机 Toral 把吉普开成了坦克。车在尖牙怪石上蹦着，我们吵嚷着追着，把石头搬着填给车轮。吉普车奇迹般在陡坡上蠕动了，离开荒凉的哈尔嘎特，向对面的夏牧场攀登。

我告诉Tora1，从成吉思汗以后，这是第一辆上了这条路的车。大家哄笑着，马上叫他Tora1汗。

黄昏时分，降到了美丽的夏牧场，地名也是蒙语：Hara–Barqiktu，黑泥巴。肥美的绿草无声地涌着，五畜归牧，毡房上的炊烟浓浓。

远方有些骑手的影子在疾忽地闪着，像在捕一匹马子。浴着最后一抹金晖的山坡上，两条狗终于舒服得禁不住伸伸懒腰，然后打着滚滑下坡来。女人们悄然游来游去，孩子们默默地盯着凝视。沉甸甸的蓝黑降下来，溶进苍茫的夕照。一位哈萨克老者恭敬地把手抚住胸，好像朝我们问了好。他背后有一道蓝醉的溪水，静静地碎成斑斓的紫缎色。

同样的宁寂啊，我想。

就这么静静地，我仿佛眼睁睁看见一切都在沉入暮色。无论是七个世纪以前那壮举般的行军，无论是大名鼎鼎的成吉思汗或阿睦尔撒纳，无论是石砌的草原大道还是几千年星星点点遗下的各式古墓：一切在这片黑泥巴上都黯淡地沉灭了。山影灰了，树林淡了，毡包模糊了，炊烟终于和天地融成一色，轻轻拥推着这异界般的夏牧场吐出一个久久的喘息。

野望消沉了，堕入仿佛情欲般的夏夜草原的游魂般的呼吸之中。

Bata从毡帐里出来。唤我快些进去。哈萨克人迎宾的礼性，还有煮熟的羊肉已经准备就绪了。

那条古道应当备忘如下：

经蒙古人民共和国境内一座叫做乌兰大坂（Ulan Daban）的山口，自 34 号界碑进入阿勒泰。于克勒干敖包东侧南下，绕边、中、花三个海子；与自 35 号界碑入境的另一条古路于卡增大坂（Kazen Daban）以东汇合。汇合后的大道遇滩消失，遇山修起，陡谷石筑，通向山外的哈尔嘎特大通道。

然后，再汇合（或并行）自中蒙国界六十七号界碑处 Baka 一 ebi 至盐湖、再至 Ike-ebi 的大道，南下准噶尔将军戈壁，直指木垒或吉木萨尔一线的古路。

《长春真人西游记》载："二红出当路。又三十里咸卤地。前至白骨甸地皆黑石。"

问了牧人们，Baka 和 Ike（小、大）两座山都是红色。中有 Dabsu，蒙语盐池。醉酒高歌的老妇人念念不绝地叨叨着乌兰大坂，显然那是自蒙古高原进入中亚的最大咽喉，可惜我不可能越境去查人家的领土。

写上这几行文牍是为了备忘么？也许只有我知道它的"史学"价值。在日本时谈到这次调查，见到过许多羡慕和怂恿的眼光。好像我也曾经打算过再深钻一下，搞一篇海内外扬名的论文。从青柯武装部 Dika 部长那儿我已经抄了万分之一图的图号，难道我不曾准备让这条死路在学术上再活跃一番么？

黑泥巴（用蒙语写成"哈拉·巴勒其嘎特"就优雅了）草原皓月当空。脚旁蒙古的山和境内这边的山都苍茫无依。说不清为什么草地漾动般悄悄在动，山影林影都在忍受着高海拔的清冷。我披衣出外，肩肘间涌着清白的雾。心中被冻得一怔，接着就充满了冰冽的凉意。

老主人也披衣出来了，我猜他是担心狗会咬我。我在月光下望着他，只觉得他漆黑得像一个阴界的魂。我想问候或搭讪几句，但是我没有几句哈语。我沉默着，他也默默等着我。我想出了一句：

“Jakse jaylaw。”好夏牧场；我听见自己的嗓音像一声塑料人的响声。

“Jaylaw jakse。”他赞同地答。夏牧场好，接着他突然深深地叹了一口气。

我们都陷入了无言。

不，我永远也不会去搞那篇什么论文了。仅仅在这篇散文中留一条线索，让哪位偶然翻翻文学作品的学者去青河考察吧。或者去巴音乌里盖——外蒙古拥有着那座乌兰大坂的省份去考察吧，他们会发现整整一条成吉思汗的石筑大道。

英雄的时代结束了。

我只独自一人默默悼念英雄。我不干那种事情——当年英雄帐下几十万战士没有一个人屑于干那种事情。

英雄的道路如今荒芜了。无论是在散发着恶臭的蝴蝶迷们的路边小聚落点，还是在满目灼伤铁黑千里的青格勒河，哪怕在忧伤而美丽的黑泥巴草原的夏夜里，如今你不可能仿效，如今你找不到大时代的那些骄子的踪迹了。

老人探询地望着我，欠着身躯。

我抱歉地道着谢，迈回了毡房木门。

真的，从那以后，我再也没有重访阿勒泰。我也没有搞那个“科学研究”；因为我一翻开资料就觉得有一种嚼英雄粪便的感觉。我只是永远地怀念着阿勒泰大山，我清晰地看见有一条雄壮的大河般的道路，在山间谷底奔腾蜿蜒。没有人知道它，只有我和那些牧人想着它。

1988 年 7 月

不剌城

不剌城是元朝控制东部中亚的几座城市之一，意思是钢（bolat），曾经转写成孛罗、普剌等汉字记入《元史》。但是自14世纪以后，中亚这座城市萧条了，后来终于毁灭。不用说，后世对不剌城的考古钩沉也就开始，关于它的论述见于各中亚、新疆学人的文章。

但是，元代不剌城的地貌，只有一个模糊的结论。大体上说来，今天新疆博尔塔拉蒙古自治州的州府处的一座古城残骸，就是不剌城遗址。

我曾经两次在那座城址上调查过，由于新疆至今没有建立起一个考古上称为标型学的系列，因此从处处遗址上抬来的陶片无人能断代，只能猜，根据已经人所断定属于哪个朝代的城址上拣来的陶片，人大致凭感觉，说这座城“像”是7—15世纪的。这样，基本的根据还是文献；古代旅人留下的记录，是确定中亚新疆几乎全部城址的首要根据。

在博尔塔拉，我们判断大致上是元代不剌城的那座废墟，倒是符合文献记录的。

那是一片太阳击溃土壤的世界。天太热，空气太干燥，日射中的各种有害光线太厉害，所以城址整个都是酥的；土被烤成白薯皮一样的褐色片片，走在遗址中间，齐踝陷进焦干的土粉，步履艰难。满脸都是汗碱，呼吸也觉得急促。

天山从这个废墟上望去像一道海市蜃楼，升腾着炫目的气流，山顶不知是雪是云，一抹朦胧的淡白。古云“铁打的营盘流水的兵”，而七百年前的蒙古汗的朝廷造成的却是“土夯的营盘流水的人”。

那个时代潮水般地来了。那个时代又落潮般地逝去了。城毁灭了，人不见了。

末一次去调查此城时，我承认自己再也无力发现新线索。我决定结束调查时，忽然想到，寻找那古代的潮寻找那逝去的人，累得连年轻的考古学都衰老了。

我放弃寻找的目标，今天可以在这篇散文中公布了：我一直企图发现不剌城的条顿人奴隶墓地。

旅行家罗布鲁克的威廉（Wilhelm Von Rudruk）记载着：一些条顿奴隶（德国人）被迁到距塔拉斯一个月路程的不剌，在那里淘金和制造武器。天主教修道士威廉企图找到他们，但是在茫茫的中亚，他只是听到风吹叶般的零星传说。他写下的 Bolac，是否真的就是不剌城，而博尔塔拉河谷里被我丈量过两遍的那个土围子是否不剌城，都很难穷究了。

而我一直对日耳曼人——骄傲的德国人变成蒙古汗的奴隶这件事留心。由游牧的、刚刚学会书写没有多久的牧民奴役白种的、以优越感著称的德国人，我不知应该怎样评价这件事。罗布鲁克的威廉怅怅地离开了，连他的路线都已经不易弄清。那些奴隶悄无声息地消失了，也许他们的遭遇非常残酷。

我曾经渴望找到墓。不剌遗址上没有制造武器的痕迹，但是有许多冶铁遗迹。窑土、炼渣、铁水凝成的铁疙瘩散布各个角落——那是日耳曼奴隶的劳苦场吗？

1958年这里曾经大炼钢铁，地名不剌即钢，并非没有缘故。无法一块块地鉴别炼渣的年代，纵使有了C^{14}、热发光等许多物理鉴定法。

我没有找到应有的日耳曼奴隶基地——而且一瞬间多少年过去，我也没有再去寻找。

今年在统一的德国，现代版的对人的歧视运动发难了。在日本，听着德国新纳粹的凶残和嚣张消息，会有一种身近感。歧视人，歧视穷人，歧视穷人的祖国——世界像一个流氓，无论用多少个世纪也不可能让他学好。本世纪初日本发生关东地震，他们居然把地震之罪也转嫁给朝鲜人和中国人，在地震的废墟上野蛮屠杀。新纳粹显示的是人的恶的本质；面临欺辱的并不仅仅是居留德国的土耳其人。

我忽然想起了不剌城。

那些炼渣是哪个年代的呢？为什么不坚持搞清楚呢？我开始懊悔。

或许一个由恶主宰的世界正在形成。应该有勇气面对这个世界，也应该有勇气清算自己的恶质。历史是循环的，不应该不相信世界还将改变。

1992年12月

汉家寨

那是大风景和大地貌荟萃的一个点。我从天山大坂上下来，心被四野的宁寂——那充斥天宇六合的恐怖一样的死寂包裹着，听着马蹄声单调地试探着和这静默碰击，不由得屏住了呼吸。

若是没有这匹马弄出的蹄音，或许还好受些。三百里空山绝谷，一路单骑，我回想着，不觉一阵阵荫凉袭向周身。那种山野之静是永恒的：一旦你被它收容过，有生残年便再也无法离开它了。无论后来我走到哪里，总是两眼幻视、满心幻觉，天涯何处都像是那个铁色戈壁，都那么空旷宁寂、四顾无援。我只有凭着一种茫然的感觉，任那匹伊犁马负着我，一步步远离了背后的雄伟天山。

和北麓的蓝松嫩草判若两地——天山南麓是大地被烤伤的一块皮肤。除开一种维吾尔语叫uga的毒草是碧绿色以外，岩石是酥碎的红石，土壤是淡红色的焦土。山坳褶皱之间，风蚀的痕迹像刀割一样清晰，狞恶的尖石棱一浪浪堆起，布满着正对太阳的一面山坡。马在这种血一样的碎石中谨慎地选择着落蹄之地，我在暴晒中晕眩了，怔怔地觉得马的脚踝早已被那些尖利的石刃割破了。

然而，亲眼看着大地倾斜，亲眼看着从高山牧场向不毛之地的一步步一分分的憔悴衰老，心中感受是奇异的。这就是地理，我默想。前方蜃气迷蒙处是海拔负一百五十四米的吐鲁番盆地最低处的艾丁湖。那湖早在万年之前就被烤干了，我想。背后却是天山；冰峰泉水，松林牧场都远远地离我去了。一切只有大地的倾斜；左右一望，只见大地斜斜地延伸。嶙峋石头，焦渴土壤，连同我的坐骑和我自己，都在向前方向深处斜斜地倾斜。

——那时，我独自一人，八面十方数百里内只有我一人单骑，向导已经返回了。在那种过于雄大磅礴的荒凉自然之中，我觉得自己渺小得连悲哀都是徒劳。

就这样，走近了汉家寨。

仅仅有一炷烟在怅怅升起，猛然间感到所谓“大漠孤烟直”并没有写出一种残酷。

汉家寨只是几间破泥屋；它坐落在新疆吐鲁番北、天山以南的一片铁灰色的砾石戈壁正中。无植被的枯山像铁渣堆一样，在三个方向汇指着它——三道裸山之间，是三条巨流般的黑戈壁，寸草不生，平平地铺向三个可怕的远方。因此，地图上又标着另一个地名叫三岔口；这个地点在我以后的生涯中总是被我反复回忆，咀嚼吟味，我总是无法忘记它。

仿佛它是我人生的答案。

我走进汉家寨时，天色昏暮了。太阳仍在肆虐，阳光射入眼帘时，一瞬间觉得疼痛。可是，那种将结束的白炽已经变了，汉家寨日落前的炫目白昼中已经有一种寒气存在。

几间破泥屋里，看来住着几户人。

不知从什么时候起，有了这样一个地名。新疆的汉语地名大多起源久远，汉代以来这里便有中原人屯垦生息，唐宋时更因为设府置县，使无望的甘陕移民迁到了这种异域。

真是异域——三道巨大空茫的戈壁滩一望无尽，前是无人烟的盐碱低地，后是无植被的红石高山。汉家寨，如一枚被人丢弃的棋子，如一粒生锈的弹丸，孤零零地存在于这巨大得恐怖的大自然中。

三个方向都像可怕的暗示。我只敢张望，再也不敢朝那些入口催动一下马匹了。

独自伫立在汉家寨下午的阳光里，我看见自己的影子一直拖向地平线，又黑又长。

三面平坦坦的铁色砾石滩上，都反射着灼烫的亮光，像热带的海面。

默立久了，突然意识到什么。转过头来，左右两座泥屋门口，各有一个人在盯着我。一个是位老汉，一个是七八岁的小女孩。

他们痴痴盯着我。我猜他们已经好久没有见过外来人了。老少两人都是汉人服饰；一瞬间我明白了，这地方确实叫做汉家寨。

我想了想，指着一道戈壁问道：

——它通到哪里？

老人摇摇头。女孩不眨眼地盯着我。

我又指着另一道：

——这条路呢？

老人只微微摇了一下头，便不动了。女孩还是那么盯住我不眨眼睛。

犹豫了一下，我费劲地指向最后一道戈壁滩。太阳正向那里滑下，白炽得令人无法瞭望。地平线上铁色熔成银色，闪烁着数不清的亮点。

我刚刚指着，还没有开口，那老移民突然钻进了泥屋。

我呆呆地举着手站在原地。

那小姑娘一动不动，她一直凝视着我，不知是为了什么。这女孩穿一件破红花棉袄，污黑的棉絮露在肩上襟上。她的眼睛黑亮——好多年以后，我总觉得那便是我女儿的眼睛。

在那块绝地里，他们究竟怎样生存下来，种什么，吃什么，至今仍是一个谜。但是这不是幻觉也不是神话。汉家寨可以在任何一张好一点的地图上找到。《宋史·高昌传》据使臣王延德旅行记，有“又两日至汉家砦”之语。“砦”就是寨，都是人坚守的地方。从宋至今，汉家寨至少已经坚守着生存了一千多年了。

独自再面对着那三面绝境，我心里想：这里一定还是有一口食可觅，人一定还是能找到一种生存下去的手段。

次日下午，我离开了汉家寨，继续向吐鲁番盆地前行。大地倾斜得更急剧了，笔直的斜面上，几百里铺伸的黑砾石齐齐地晃闪着白光。回首天山，整个南麓都浮升出来了，峥嵘嶙峋，难以言状。俯瞰前方的吐鲁番，蜃气中已经绰约现出了绿洲的轮廓。在如此悲凉严峻的风景中上路，心中涌起着一股决绝的气概。

我走下第一道坡坎时，回转身来想再看看汉家寨。它已经被起伏的戈壁滩遮住了一半，只露出泥屋的屋顶窗洞。那无言的老人再也没有出现。我等了一会儿，最后遗憾地离开了。

千年以来，人为着让生命存活曾忍受了多少辛苦，像我这样的人是无法揣测的。我只是隐隐感到了人的坚守，感到了那坚守如这风景一般苍凉广阔。

走过一个转弯处——我知道再也不会有和汉家寨重逢的日子了——我激动地勒转马缰。遥遥地，我看见了那堆泥屋的黄褐中，有一个小巧的红艳身影，是那小女孩的破红棉袄。那时的天山已经完全升起于北方，横挡住大陆，冰峰和干沟裸谷相衬映，向着我倾泻般伸延的，是汉家寨那三岔戈壁的万吨铁石。

我强忍住心中的激动，继续着我的长旅。从那一日我永别了汉家寨。也是从那一日起，无论我走到哪里，都在不知不觉之间，坚守着什么。

我不知道那是什么。我只觉得它与汉家寨这地名天衣无缝。在美国，在日本，我总是倔强地回忆着汉家寨，仔细想着每一个细节。直至南麓天山在阳光照耀下的、伤痕累累的山体都清晰地重现，直至大陆的倾斜面、吐鲁番低地的白色蜃气，以及每一块灼烫的砾石都逼真地重现，直至当年走过汉家寨戈壁时有过的那种空山绝谷的难言感受充盈在心底胸间。

嵌在门框里的耀眼绿色

一

对我来说，它位于整个北亚草原的处处。

在天山深处的哈萨克家里，我的视野和瞳子受过一次烙烫般的冲击。那是从毡房深处，穿过敞开的木扉，一方亮得耀眼的、鲜嫩欲滴的绿色正嵌在那里。山麓的松林、满漾的草潮在那长方形的绿彩里浮动摇曳，生灵般栩栩如生。哈萨克的孩子们拥有这样的视野，而且是从孩提时代——我这么想着，总觉得自己悟出了一个什么道理。

后来我心里便存上了这么一个意象。我多次在文字中提及它。在一篇记叙自己人生美丽瞬间的作品中，我把在那一方明亮绿色中穿来穿去的孩子，写成了一个绝美的少妇，记不清她是克烈部落的，或是属于柯扎依部落。在另一篇描写休息之家的短文里，我把这个意象的场景改成蒙古草原，把穿行闪幻于那方绿色的人物，换成我家的五一。但我始终觉得描写乏力，摄影更乏力，我表达不出——门框嵌住的一方明绿带给我的感受。

二

人要获得怎样的机缘，才能和美如此接近呢？人若是生于如此的美景，又会被造化怎样的气质呢？人要是怀着这样的蕴藏和气质，又为什么默默无语、不求表达呢？

这个问题，其实极其重大。

我曾经非常考证地问一个哈萨克：“以前，天池真的只是你们部落的夏营地吗？”

“是的。我一千个保证，是这样。”

他不仅斩钉截铁，而且充满哲理地直视着我回答。

那么我就懂了。为什么我们和别人，和那些精英大家总是格格不入？为什么人与人有着不同的观点、哲学、倾向，以及立场？——原因很简单，我们的血性不同。我们之间的分歧不是由于哲学，而是由于气质。

气质和血性，如天山上的冰川一样，是一切的源头。也许我热爱的气质，我珍惜的血性，它的起源还是一个谜。但这仅仅是就我而言。对天山和北亚草原的牧人们则不同，他们的美质，起源于无双的美景，孕育萌生于自由自在的大自然。这样的牧人天地，完全不同于制造轻狂文人的单元小区，这样的天人和谐、地杰人灵，是造物千年一施的美意。

以后，它就要退隐消失，一逝不返了。

1999年2月

莫合烟与我

一

抽莫合烟的新疆人，当然数不胜数。

但是远居新疆以外的人抽莫合烟，而且坚持不懈者，我猜大概只有我。

那一年第一次到了伊犁，住在伊宁五一旅社，我们中国历史博物馆和新疆博物馆的考古队正集结着。办完了北疆文物干部培训班，我们就要下乡发掘。

管后勤的同志通知，通过关系已经弄来了两大麻袋清水河产的莫合烟，每人分一公斤——记得那时我并非很想买，似乎兴趣并不很大。一天，我到伊犁街上闲逛去了，晚上回到旅社，发现考古队的人正挤着分烟。我完全是可有可无地、不要好像没有什么好干的一般，要了一公斤。

——但是，那一公斤莫合烟的美味，以后抽了上百公斤也没有重现一次。那时的烟实在太好了，而且并非传说中的“赛”级烟，仅仅谦虚地自标一级烟，定价也只是每公斤四元七角。

我带着那一公斤烟，在伊犁住了四五个月。不用说抽完以后，也买过场部之类地方的三元多钱一公斤的次等烟，找过维族人摊子上自己对掺的劣等烟，还求兵团职工帮助搞再加工——总而言之我算明白那天五一旅社里分配的一公斤，真真是不能复得，而且是遥远得可望而不可即了！

美丽的天山生活，骑马的生活，使用游牧的阿尔泰语言的生活，至少需要莫合烟的陪伴。这个道理也许简单极了，可是我却到今天才发现。

每天我带着一个装着烟的信封出门，把烟纸卷成一筒。漫山遍野都是湿漉漉的草味儿，在山麓的工地坐下，掏出烟的动作是下意识的。人们最开始夸奖我的烟的时候，我并没有明白。今天我时时忆起那时人们的表情，那是由衷的赞美和羡慕。人们公认，我的烟虽然不是“赛福鼎级”特制烟，但是不比“赛”级烟差。

我没有抽过那种传说的特种烟，我也并不相信特殊了就一定会好。我只是记住了伊宁五一旅社的那神妙的一公斤，永远晕晕地回味着它的香味。怎么办呢，那浓烈但是并不呛辣的烟香，我无法描述。

二

莫合烟是什么，其实要讲得清楚不是一件容易的事。在苏俄文学非常强地影响中国的时候，我还是一个小孩。但是，翻译小说中的“马合烟的呛人的辣味”等等句子，不仅给我一人留下了印象。

今天真的打算写它一写了，可是对莫合烟一词的语源我没有把握。这在我是不乐意做的；我习惯把事情背后的历史和文化两件事先弄清，尤其是从语言上先弄清楚以后，再判断和发言。这是年轻时代在内蒙古当牧民被第二语言改造的结果，也是在哈萨克的影响下，愈来愈懂得了由语言追寻本质的可能性以后的结果。

这个词，究竟是一个俄语单词，还是中亚的一个突厥语词，很难说得准确。现在维哈各语都是“moherka”，汉译“莫合”是从维哈等语借来还是源于俄语，不知道。

但是它对从俄罗斯到亚洲中部的文化，产生过一股细细的，但是韧性很强的影响，则是肯定的事，不仅上述俄罗斯翻译文学，可以判定：整个中亚包括新疆全域和今天的哈萨克斯坦周边，加上比如外蒙古等后来被影响的地方，都是莫合烟的浓雾覆盖的地区。

闹不好，它是世界的名列前茅的几大烟草之一，也未可知。莫合烟的原料，是青海地区称为黄烟的一种烟草。黄烟的起源，也许联系着莫合烟的语言根源。我在青海东部的乐都，和当地的农民们一起，每天抽着它度日，每天发掘着著名的柳湾彩陶。

黄烟是一种可怕的烈性烟，名称为黄烟，但颜色碧绿。更重要的是，这种烟叶即使晒干了也仍然是碧绿的；叶片不仅绿，而且厚，晒干揉碎后它是一把绿色的小颗粒。

制作莫合烟的诀窍，是烟秆加烟叶。

它不是农民庭院里造得出来的，它必须出于作坊。在作坊里（今天当然是在工厂里），机器把烟秆粉碎成小米大小，焙得焦黄。然后把碧绿的叶子颗粒掺进粉碎了的黄烟秆颗粒中，清油焙炒，守住火候，加工而成。因此，成品莫合烟的颜色，黄绿相间。

烟纸不能用任何软纸、硬纸、粉连纸和不透气的纸。不知为什么，报纸的纸质和这烟性相合。因此，新疆人爱订报。在粗放的生活中，没有谁在乎报纸上的黑油墨，人们把报纸的横竖纹理和软硬质感，捉摸得比编辑记者细致多少倍。有一个快乐的通说——维吾尔文版的《新疆日报》第三版（这一版上较少讨厌的大字标语和黑白照片），是卷莫合烟的最佳烟票。

各地都生产莫合烟，都有烟厂。传奇的烟厂在伊犁清水河。我非常遗憾没有参观过那个工厂；但是向往着和寻找着它的真品，抽着它的不同凡响的制品，我觉得保持这种对清水河的神秘感也挺好。我认为，伊犁清水河莫合烟厂应该由国家立法保护。不用说，它没有八钢七纺等新疆大厂牛气，但是长久以来，它保护着一种情调诱人的文化。

三

一个威风凛凛的老人，骑着高头的伊犁马，气势汹汹地高喊着奔来。近了，他朝你挥着一片纸。这个风景，在过去的天山里很常见——你若懂得这个风景就算你懂得新疆。

他要你把烟盒拿出来，他必须要卷一支；他已经绝对忍不住了。这不仅平常而且正常。习惯这种事，并在这种交流中感受朴实、学习语言、体会传统，是理解新疆的途径。

老人下马来时，你最好注意到，他居然还有纸——上文已述，七十年代的新疆报纸是专用于卷莫合烟的；但是，因为人人都在忙着卷，一天一张的报纸不够用。那时严重缺乏烟纸，缺得人们撕画报、撕牛皮纸、撕糊墙纸，烟鬼们买纸、要纸、到处找纸。

莫合烟的白雾缭绕而起，一种奇妙的晕眩弥漫开来。

你要是想来点小小的恶作剧，就在抽纸烟的人旁边卷根莫合烟。深深地吐出来以后，浓浓的烈味儿就不再散开，使人完全闻不到纸烟的味道。不仅如此，抽纸烟的人抽着自己的烟，却满鼻子都是你的浓味儿，他们觉得生气无聊，恨而无计。他们的抽烟，这阵子被你弄得没了乐趣。

尽管近年来抽得少了，我的莫合烟史也已达十八年。不，我不承认这叫上了瘾。我认为这是爱情。人之间的情，互相渴望拼命追寻，很少能有能与我和莫合烟之间的关系相比的。第一次离别新疆以后，我就致函伊宁文教局一位锡伯族朋友，求他一定为我弄上那种好烟，以便我带回北京。

新疆有一个传闻：当年崔嵬导演《天山的红花》，曾经对莫合烟赞不绝口，然后说：给我弄两麻袋捎上回北京！我不太相信这个传说。我不信他能一抽到底，更不信“两麻袋”在北京能遇上知音。倒是我，舍不得莫合烟如同舍不得朋友；我把它抽到了日本，抽到了美国，抽到了蒙古和加拿大。

后来我和《伊犁河》编辑商量：我以后在他们的刊物上发表文

章不要稿费，只要他们给我寄烟。王蒙部长回新疆时我也乘机求了他捎烟；我心里窃喜官僚们孝敬部长的烟闹不好是“赛”级呢，他带回的是两公斤“呛嗓子”。

应当说最帮忙的是热爱文史、喜爱使用维语交际的广东人、伊犁地区卫生局的老赖。十年来我收到的莫合烟，以他寄的最好。

托人带莫合烟最重要的条件是其人必须抽莫合烟。我必须尖锐地说，在新疆也有无数人在遗弃这种宝贝。

渐渐地，我的烟源变成了在北京工作的几个淳朴的哈萨克朋友；但他们没有打通后门掏出优质烟的习惯和途径——如今，我在北京抽着的，大体是这种不香但没有怪味，缺乏浓烈但也不呛嗓子，比纸烟好但再也不是那一年伊犁五一旅社那种绝品的莫合烟了。

四

说说它的国际故事吧。

1987 年飞抵旧金山时，飞机播音警告：旧金山空港实行全港禁烟。而飞得疲乏时，我曾忍不住躲进厕所里抽了一口，写抽了一口的原因是，当我关门、掏烟、撕纸（我也习惯把报纸边再撕窄一点，让它易黏）、卷好、点燃、深深吸入一口以后，警铃响了！两个美国女熊在门外又砸又吼，那警铃声可以吓死任何心脏病人——那个细节使我第一次感到美国人绝不是如宣传的那样以“人”为原则。我忍着耳朵被震得疼痛的愤怒，回到了座位。那两个熊一样胖的空姐一直到我下机都怒目而视。

旧金山机场里全港禁烟，意味着厕所也无法利用——但我胜利地在大厅里抽完了一支。

一天，在纽约著名的格林威治村一家大酒吧里，我和两个朋友喝着谈着，摸出了我的铁盒。那晚我们很悠闲，心情舒畅，莫合烟卷得完全是新疆标准，两头一般粗，扁扁地压出一个巧妙的烟嘴。

我轻松地点燃一根火柴，轻轻吸燃，把烟吐向大厅，想让他们都分享一点新疆情调。

这时，我发现全酒吧的人都停止了吃喝，笑着在看我。远处甚至有人站起来朝我张望。我很奇怪，向同伴询问。欣赏我的一个说："人们认为你真胆大，敢公开这么放肆地吸毒。"另一个绷不住劲了："一会儿警察来了，会化验你的莫合烟。你了解这烟的成分吗？"

我毛了。穷凶极恶的警察，最好让我一辈子都别搭理他们。

在华盛顿纪念碑前，我满心对美国都是厌恶的感觉。点燃一支莫合烟，朝它一吹。这时，有一股异香飘过，我一转头，看见一个大约是南美人的青年，正掩饰地扭过身子。他走远后回头朝我笑了，露出雪白的牙齿——他用毒品，我用莫合烟，大概都表达了一种对体制的模糊的反感。

而日本是烟国。在日本汉学界，中亚研究是他们夸口的领域。我曾把吉木萨尔产的塑料袋装莫合烟放在研究室——但他们没有人吸。我想火候之差就在这里，不抽莫合烟当然不足议论，但是兴趣与感情、专业划分与人生所爱之间，并不是没有区别的。莫合烟如一种感受的母语，在那弥漫的雾中，培育纯正和深度。

后来，我在日本也不太当众吸莫合烟了，就像再也不愿轻易与人议论自己的文学一样。若没有理解，便多是误解，在十几年的莫合烟雾缭绕中，我慢慢学会了不表现以及沉默。卷莫合烟的动作，如今很难使人明白这是表达浪漫主义追求的行为——那么用不着再向人表现。

包括今日的北京，如今我决不费力给人讲解莫合烟学。若有人问我为什么卷这个，我就干脆地回答：没钱。

莫合烟还给我留着一件海外悬案。去年在加拿大逗留两月，求国内寄了一公斤。此烟被加拿大农业或税收部门发现，在包裹上盖了一个章，并通知我他们可能找我问询，但我扔了他们的签证走了。或许他们此刻还在研究化验吧，不知道。

还有蒙古，1988年在乌兰巴托买过一小包苏制纸包的莫合烟，像一小包碎黄豆。苏制莫合烟粗糙如此，使我非常惊讶。那包烟使我对前苏—东欧有了一个特殊印象，也更对新疆体会了一分。非常希望，若干年后，他们能有近似清水河的莫合烟生产出来。

但是也有更加重要的一个学术感觉在靠近：莫合烟的语言来源一定要快些弄清，因为这种烟的发源地和中心，很可能并不在西部中亚或者俄国，而就在新疆。

从制作的精致有味，和流通的活泼动情这两点来看，这个感觉很可能会变成真的结论。

日出天山外

差不多十七年前的夏天，我在昭苏发掘古墓。

工作无论什么都永远是枯燥的；我在工余和厄鲁特少年巴帕交上了朋友，整天混在一起，在天山山麓的草坡松林之中东游西晃。

我住的五公社招待所负责人正是巴帕的母亲——她连每天中午光临十分钟为我们考古队开箱取馕都毫无热情，恨得同行们咬牙切齿——却在自己家里为做客的我做拉条子吃。

几个月里几乎全是用蒙语讲话；内蒙方言和西部卫拉特方言之间巨大的差异，使昭苏人认为我的蒙语并非尚要深造，而是毫无缺点。这种不无狭隘的错爱使我常常不安，经常正色申明我并非蒙古人。

招待所每天两个馕的日子没有乐趣，但是厄鲁特人内部的交往却很有意思。渐渐地，我想稍微认真些地了解一番了，于是便跟着巴帕在猎人、退休教师、老喇嘛中间拜访，转遍了昭苏——蒙古地（mongol-kulai）的各处坍塌卡伦，破烂寺庙。

决定去昭苏县城即 mongol-kulai 那天，五公社旁边的团结牧场有一辆去伊犁的便车。

车上面拉着方形的打捆机打成的羊毛捆，驾驶员在最顶部空开一捆大的面积，对我吹牛说“比沙发还舒服”。

夜三时半，卡车蠕动了。吱吱作响的高耸的羊毛捆晃动着，漆黑中猛地倾斜，摔得我们死死抓住大绳不放。夜天山朦胧不见边缘，只有雨一样湿的草原露水在手上脸上擦落。

巴帕——他的学名是白音宝力格，高中毕业生，曾在托忒蒙文版的《新疆日报》上发表小诗，而那时我尚未发表一个铅字——在车速快起来以后，开始害怕了。伊犁山地的司机开车太凶猛，他们不考虑急泻的雪水河滩、泥泞的翻浆路和将要越过的乌孙山大坂的恐怖。他们只想着一个念头：当天赶到伊犁。羊毛捆散了架，在高出车栏板两米的半空沉重地摇摆，坐在顶上的我们俩像两块石头，被狠狠地又摔又扔。巴帕闭紧嘴，攀住绳，后来死死揪住我。卡车如一头独自发疯的黑虎，沿着山麓斜面的坑洼道路在狂奔。

风呼呼地在耳际尖叫，草丛发着尖锐的哨音。有几次车上的羊毛垛像是要坍塌，车几乎要翻掉，巴帕已经失声惊叫了，但是猛地一晃车又驶上了平地。

渐渐地，五公社、四公社、三公社——现在当然改称夏台、查干乌苏、阿克牙孜了，在山麓一字排开的这些集落远去了，车从边境笔直地对准昭苏——对准了东方的启明星，当然我和巴帕用蒙语称它乔里玛星。

这儿是两道山脉中间的川谷，看不见的特克斯河应该在车左。高高地和一个蒙古小伙子——而不是姑娘——挤在车顶的羊毛捆中间，觉得自己是在这辽阔迷茫的世界正中央。

未曾察觉之间，前方的暗色正在消退，天和地已经能够区分。巨大的、视野从未如此辽阔的一种分界，那时就那么蹲踞在正前方的极尽之处，威严而庄重地等待着我们。然后，这前方无垠的两色黑暗之间出现了一条伸延两翼的鲜明的火红，那么狭细，那么长，那么红艳——我激动得惊呆不语，连头脑都震动得僵硬了。

我从西极的边境看见最远的东方，看见天山日出的体验，唯此一次。

此刻我同样不会愚蠢地描述它。用文字或口语都不可能表达它。十多年前写作我的一篇小说《黑骏马》时，我就明白了语言面对这种世界呈现在庄严瞬间的绝望——我在《黑骏马》中写过："话语已不能形容。这是我一生中见到的最美好、最壮丽的一次黎明。"

十几年了，我对自己对描述它的放弃，总感到正确和意味深长。

十几年了，我对它的记忆如同斧雕刀刻，不仅没有忘却而且以它支撑了我的一切原则。如今距那次昭苏原野上的日出已经恍如隔世了，但是那大视野大天地之间诞生的一线夺目的红霞，却一直燃烧在我的心中，世事愈黯淡它就更明亮，此界愈污浊它就在彼岸更加纯净美丽。

新疆人真幸福，只须稍稍给予一点交通之便，或是马匹或是拉货的便车（买办及外国观光客的冷气小轿车却不行）——出城便可以与美相遇。

我盼着再去找一次巴帕，哪怕他已经年岁太大。若能如愿这次不乘羊毛车，我约他骑马从波马或夏台前往Mongol-kulai。再走一次夏季天山草原的夜路，再迎对一次天山彼岸的壮丽日出。我盼望，或能如愿，我将获得的是一种最终的鼓励和满足。

如画的旅程

六十年代末，我们一伙朋友青春结伴，前赴内蒙草原插队当牧民时，曾有一箱藏书。从大部头的《法国革命史》到种种小说，陪伴我们度过了山岗上望着羊群的许多寂寞日子。其中有一套《译文》，大约是全套五十本，集满了五十年代以来许多中短篇名作名译。那时不懂得爱惜书，上马前揣一本在袍子里，读着时，突然发现羊群不见了，立即胡乱塞进怀，纵马就跑——这样弄烂、弄丢了这套书的大部分。

梅里美的名著《嘉尔曼》，更通俗的译名是《卡门》，就是那时初读的。那时没有注意、也不知道作者是谁以及他如何有名，但那时读得太入神、太仔细，不仅能对答如流地背诵出其中的句子段落，而且懵懵懂懂地把那里面描写过的人和生活当成了自己追求的理想——直至二十年以后，直至二十年后新的二十岁的人都放弃了自己还在苦苦追寻——我才明了自己曾接受过怎样强烈的吸引和诱感。

那个译本中有幅插图。

二十多年来我对那幅插图的印象，也同样任岁月淘涮没有一丝磨灭。

那是一幅铜版画，当然是黑白的，细线条描出了一个凶悍的汉子骑一匹骏马，鞍桥上倒挂一条枪，走在高山密林深处。在他的鞍后，半骑半偎地坐着一个美女，头靠在他的肩上。题目是《龙达的走私贩子和他的情妇》；我无法形容那张三十二开纸面上黑白线条中满盈的征服了我的、难言的美。

那以后二十年我没有提到过这画。

三年前，我偶然想起这个画面，并对一个好朋友谈了。朋友居然找到了《译文》，为我复印了那张当插图的铜版画。

我正在出远门的前夕。这时的我与这幅铜版画重逢，激起了我要把它画成大幅油画的欲望。

离乡背井或走上世界，应当怀着这样一种幻象，应该有这样浪漫长旅的梦想。

背景只能是天山式的崇山峻岭，不知为什么我总把极限的旅程、美的极限的旅程与天山北麓联系在一起。尽管，我正步步远离天山。

时隔如此之久，凝视着那幅铜版画时我抑制不住心里的震动。这是纯粹自由的旅途，这是纯粹浪漫的旅途——因此，自由加浪漫就构成基本的美么？

也可能，朴素或清贫也是所谓合格旅人的一个条件。我彻底地蔑视老外的旅行，我甚至厌恶旅游这个词汇。真正的有美的意味的长旅中，应当有艰苦，有饥饿和干渴、褴褛和盘缠罄尽。路线应是底层民众生存中的移动线，旅人的方式应当同他们谋生的方式相似。

这种长旅是自然的一部分，而不是冒渎自然。每当我看到漆得花花绿绿的汽车在“越野拉力”，每当看见用羽绒服打扮得花里胡哨的登山队漂流队——我就觉得他们在触忌，对神圣的旅途实行侮辱冒犯。

我渴望自己来实现另一种长旅。据实说我多少实现过一些：我骑马越过东部天山的一条古道，我赶毛驴车走遍过火焰山每一条沟谷，我全部使用蒙语只身调查过塔城到博乐到阿勒泰的全部元代古城和全部蒙古人地区——那一次美不胜收的记忆，使我自以为能够画好这幅油画。

但是，根据19世纪的铜版画《龙达的走私贩子和他的情妇》开始的油画，没有画成。

我是在日本开始画的。第一次画出底子，第二次便画得不伦不类。改了又改，一共画了整整两年，钉在内框上的画从北京背到日本又背回北京，而画仍然没有画完。

我明白此刻的我画不完它了。

但我没有琢磨透画失败的原因。当然，世界的不义尤其是对旅人即穷人的歧视是一大原因。不要说龙达的走私贩子，就连第三世界的教授也在到处被拒绝签证。我亲自目睹那些印度人、东欧人、拉美人、东南亚人、阿拉伯人在海关和领事馆时满脸的屈辱神情时，心便感到抽搐。更不用说中国人；世界对中国的歧视简直是绝对的。就是这样，我们开创了地球上一条条伟大的通道，而现在道路对我们关闭了。

还有更重要的原因。随着时代的平庸化，我们血液中的活力也失去了诱困和共鸣。向往自由和浪漫一旦困难起来，坚持追求就变得非常之难。我觉得难，我感到无能和无力。

没有心的跳动，没有血的潮动，笔触和色彩都失去了灵感。我把那幅半成品挂在角落，不愿再提起它，这是我内心的一次大失败。

——这时，昔日的新疆，青春的新疆在我的心里复活了。它摇撼着我，它诱惑着我，使我首先重温关于旅途和旅人的意义。

还有旅程的限界。我已经对无节制的旅行毫无兴趣。我不愿再去美国或欧洲遛一次两次，我的心第二次瞄准了——美栖身的新疆。

从特克斯到巴音布拉克，从开都河到额尔齐斯，从吉木萨尔到焉耆，那一组组一种种的风景人事历史生涯，都正在我们心里逐渐苏醒，一点点清晰起来。整座天山，包括赤裸不毛只生醉马的uga草的南麓，仿佛都在无声地唤着我的名字。

1992年—1993年

叶密里的小姑娘

有两种情况使人怀旧，一是上了岁数，二是多了经历。不知怎么搞的，我虽然讨厌自己也没办法的是：如今翻开新疆考古的田野笔记，见了鬼一般，总忍不住一丝伤春的感觉。

一回，硬封皮里掉出来几页纸，看了好久才明白，那是当年画的“四方”。我半是好奇半是懒懒地，图纸一抖，掉出一张薄薄的纸。辨认了好久，才读出一个模糊的蒙文字：“乌伽”。怔了一阵，我意识到，这是她的信，也忆起了信的事。里头讲，她要一套俄语讲义。

记得我寄的，是我刚读过的北师大编的俄文讲义。而书寄走以后，我就和那个厄鲁特的小山羊失去了联系。

多少年过去了，但总是不能忘记她，那个厄鲁特小姑娘。在考古路上，她总是在四角的夯土墙上，跳来蹦去，活像草滩的黄羊。

她不理睬我制止的话——在额敏河的冷闪闪的波光下，蒙古人的小女儿尚未发育的身影，闪跳在似紫若蓝的，远方也迷里的河岸上。

那些地方，如今对于我如同天堑隔断。怎么就那么难去呢？

我常常不解地自问。独自遐想时，天山的那个多少偏僻的一隅，总是弥漫着尘雾，太阳火热但是射不透那些尘埃。远处一线的天山有一条银顶，似有似无，在无限处谜语一般地闪烁。

那里是蒙古和哈萨克的牧场，是我在年轻时代求学的地方。一隔多少年了，我想念那些地方的熟人，总盘算再去遛遛，我知道：我和那些酸文人不同，只要我笔直地走进那些调查半游耍，三个城，我跑过不止一次。

今年再去一次？

其实，一共是三条大的谷地，被指状伸出的几道山脉彼此隔开，仿佛三道草的海水朝着一个方向冲来。三条谷地里，各有一座古城，其中最有名的是阿力麻里，最神秘的是不刺，叶密里多少有些语焉不详。

三城之一的叶密里，和阿力麻里以及不刺城互成犄角，排做了一幅扇面。它们各自控制着一片肥美的牧场，和一条关隘。我原来的目的是彻底搞清三座城的地理位置，后来就把和牧人们交朋友当了正业。

当然，神经兮兮地念叨“叶密里”的，只是我。对似是而非地和文献书本捉迷藏的、沉默又扰人的干焦夯土圈子，厄鲁特蒙古人是不叫什么叶密里的，他们只保守地呼之为“德勒伯斤”。厄鲁特牧民可不像那伙新潮探险队，讲古老的蒙古话的时候，人也很难带上那种做作的电视台腔。遗址只是土圈子，“德勒伯斤”只是描述它——即四角，四方块。

在乌伽的心目里，我是来自蒙古本部的客人。她的欢喜里面，有着西部蒙古人对青青内蒙的美好向往。不标准的发音被原谅，错误的说法被忽略，她和另一个蒙古丫头一起，陪我跑遍了河岸的所有废墟。

我们在化雪不久的，清澈的深蓝，甚至蓝中呈着醉人紫色的额敏河畔，查遍了每一处可疑的地方，为着确认元朝大汗的叶密里城。那时我像生了什么偏执病症，老是要去一个个地跑城——在半个中亚，在一处处曝晒得成了酥皮土堆的遗址上，窜来窜去，寻寻觅觅。

额敏河，其实就是那些叶密里或者也迷力，大致发音是emol，哈萨克释为生命，蒙古解做鞍子；他们解释完了以后，我说还得证明一下子。他们奇怪地问：为什么？是呀，如今我也闹不清干嘛非要麻烦北京上海的诸位四眼兄，难道哈萨克和厄鲁特从祖先到今人一直住在emol不算数，只有统一了也瞒也迷里叶密里这些大舌头音，才算解决了古城地望了吗？

纯朴的乌伽，善良的厄鲁特！他们不觉得我的这种汉人脑子多么绕人，嘴里念叨着德勒伯斤，德勒伯斤，随着我奔波在额敏河两岸，考古跑城。跑过清朝的卡伦，小乌伽非要在城墙上跳房子。涉过透明的额敏河，她们两个女伴要打够水仗，洗够头发。唉，你不能想象新疆，那些美好的民族，哪怕你说的绕人荒唐，只要你稍懂礼性，你的事就很容易变了他们的私事。

河上游的德勒伯斤，是和大名鼎鼎的叶密里不沾边的马圈。

河对面的德勒伯斤，是一座近代的哨所。最远处，在沿着和边的芦苇和遍地蓝花的马镰草地走了好久，最后爬上山岗以后，看见的那个德勒伯斤，干脆是一处幽秘的环形山凹！它不折不扣确实有四个角，半围着圈，德勒伯斤包含的它都具备。但是它不是城，不是人工的任何东西，它是山野，是奥深草原，是大自然的波动。我牢牢记得：一种巨大的、书呆子被揭露的体验，一种对蒙古语词入木三分的内涵的体验，攫住了我。

在那宛如边墙一样的山岗上，我眺望着遥远的塔尔巴哈台，眺望着美丽的夏秋之际的天山草原，两眼的触觉只觉美极了，心胸畅快极了。小乌伽和她的女友笑闹着，又在陡坎上显示山羊技。蹦跳之中，厄鲁特小女儿的叫嚷好听极了——而叫嚷的、重复最多的词儿，还是那个德勒伯斤，四方。

那一天，我觉察到了考古学的不幸。怪不得如今干考古的那么气急败坏，摆弄一根领带，对镜贴花黄，不放过哪怕三流的风头。

学究的一二发想，在丰满的大自然和生动的众民族中，太渺小了。

县政府把我交付给乌伽（她是县政府的通讯员）以后，我就照例倚靠着蒙古人的小社会，考古和交游。我对蒙古语并不精通，但我对民族语环境里的那种气氛，却喜欢得如醉如痴。

不用说乌伽只是小孩子一个；八十年代初期我走遍北疆，做到全部使用蒙语，包括开调查会。一座吉普车里人人都会说汉话，但我们都不说它。由蒙译哈，从哈到维，这么费事有必要么？我也这么问过。但是问答之间，双方都哈哈大笑。

对小乌伽没有机会自我介绍，开始想有必要吗，后来却从心里渐渐浮出一丝不安来。在太盛情的时候，我小心翼翼地，想强调自己的血统，想告诉他们——我不是这个而是那个，不是蒙古人而是蒙古的自己人。

而讲清楚不是易事。要知道当关系稳定后，当大家都为现状自豪时，人很难“下来”。我愈加不安，在我临走前夕，乌伽的爷爷（长辈和男子早就该露面了）设宴招待我，我怕这么随波逐流会造成欺骗，于是决心讲个明白。但难极了，好像总是在我开口时，小姑娘不是去厨房，就是去邻居家借东西了。

不是这个，就真的是那个么？在杯盘碗盏之间，能讲清楚乌珠穆沁，讲清楚插队插包，讲清楚如同抱养的情分，以及分离的无情么？

我离开那天，乌伽去车站帮我买走塔城的长途车票。那天她没机会表达或是伤别或是活泼的心境，车站拥挤成一个团团，我们冲锋一般在维吾尔、蒙古和哈萨克的人堆里使劲。小乌伽拿出了她完全可以打败一个班的维族丫头的语言解数，摇着那个腰身桶样粗的售票员大娘，一嘴一个甜甜的“阿帕依”（姐姐），为我们争到有座的票。

那天她那口纯熟的维语使我神往，我总在回味那难忘的、尘土飞扬的长途站，我揣摩那汽油桶阿帕的心理，判断她听着甜甜的“阿帕依”时的滋味。我猜她肯定没有闹清，人堆里这个焦急地求她的，嗓音尖细的小孩究竟是什么民族。后来，记得我还在日本用大概是什么“关于中亚孩提双语者”为题，在大学讲坛打工，给一伙听得津津有味的教授讲过乌伽以及许多新疆儿童的故事。

我只是不知道，经过了那次宴会，厄鲁特女孩是怎样想的。当时他们神色不动，我也觉得多余，干嘛扯出一个血统问题呢。那一天依然长天碧透，我离开 emol 走向辽阔的北疆。从塔城到阿勒泰，从博尔塔拉到伊犁，用一些无足轻重的“四角”当引子，我依然终日地使用心爱的蒙语，从一地到另一地，若有所思又毫无目的，寻求追逐着与人的交流。与察哈尔人，与乌梁海人。再通过他们（可不光是翻译而已），与哈萨克，与维吾尔。

干了一个世纪也没有个标准，地底下没分出个地层，地上头也没有标准器型。慢慢地我的兴趣转移了，再也不去猜谜望气，做考古状。我接受了厄鲁特的思路，一切都是“四方”。重要的是现存的生命。

我渐渐改了习惯。与其对着晒酥的土围子发愁，不如在蒙古人、或者在哈萨克的家里，纵情地玩（或谈）它个东方既白。

慢慢地，谁都知道这是不务正业。听说有些考古科的师弟，对我很是不满，说再也不追随我了。他们说，以前不光对我的书见一本买一本，而且就连考古都学我跑新疆。我听了莫名其妙，心想你跟着我干什么，难道苍蝇还不多么。

随便讲个小故事就考糊了你这优等生——你懂什么叫德勒伯斤吗？

再去看看她么？看她嫁给了一个怎样的丈夫？去吃吃几顿伶俐的厄鲁特阿布盖（这个词我们解为哥哥，厄鲁特人却解作嫂子或媳妇）做的饭？

不，也许我更想看看的，是她在长途车站，急切地对那维族售票员喊着“阿帕依”的情景。我甚至不由得自己悄悄喊了起来，“阿帕依！”那声音多么随便，多么亲近，多么让人莫名地伤感啊。我总是陷入这种遐想，这真不是好兆头。

那是，愉快的时光。那时大家都浪费水一般，浪费着谁也没有意识到的和谐。虽然那时开的玩笑更多，争吵也不少，可是还有足够的余裕。那时我们彼此需要，谁也不必顾虑太多。走塔城，到莎车深深的巷子里去吧，和维族汉子以及女人们一起唱吧，快乐地说出蒙语哈语。道路上很安全。哦，逝去了的那些，是多么可爱的日子，多么和平的日子啊。

考古么？你是在问“四方”或者“四角”么？

在茫茫的天山南北麓，在文明的渊薮里，在那些由大漠枯山，戈壁牧场拼成的伟大世界里，“德勒伯斤”太多了！有唐朝的都督府，元朝的巴里克，清朝的卡伦。也有哈萨克的冬窝子，蒙古人的牛圈。它们或者规整，或者残缺，守着谜底不泄漏一滴。它们和牛圈一样，如山凹一般，像古城似的，一色地蹲踞沉默，罩盖着浓密。

2001 年 1 月改定

凝固火焰

走出来几个小时以后，我开始后悔没有听从里铁甫的劝告。说是劝告，其实只是一个威吓的眼神和一个词：kün。里铁甫夸张地眨着眼皮，满眼都是恐怖。他翘起那个粗硬的大下巴来，让整个脸膛都浴进白熔的毒日光里。

感谢主，我幸好知道这个词，kün 是太阳。我也抬起下巴，试着朝上瞟去，额间和脸颊立即淹进一片火烫的灼烤中。我当然知道 kün 是太阳，一个人哪怕只学了三天维语也知道这个词的。可是我觉得茫然，尽管满天都飘洒般密布着那灼烙般烤人的光线。那光芒如水如银，在天穹间流溢着逼近，从里铁甫的小庄院里出来时，我完全没有想到这个 kün 的厉害。

路左一字排开默默的火焰山。我们的毛驴车微微颤着，匀匀地响着一个寂寞的节奏。维吾尔人在车前斜斜立起两根交叉的木棍，使车子显得重心均衡。我微微感到有一点对里铁甫的歉意；此刻他不再劝我了。他的眉宇间流露着一丝忧郁。他有时轻轻抚摸着青驴子一耸一耸的尾巴，脸庞总是在一动之间就倏然变换明暗，阳光照耀的颧骨下巴，还是那么沉默着，硬硬地前伸成一个铲形。我猜这下巴后面的喉咙里可能也有不少生动的话，可是没有希望，我不懂维语，他不懂汉语，天上有一派刺人肌脉般灼烧着的毒花花的日光，地上是一条蜿蜒不语的鲜红得眩目的火焰山。

我每分钟都想捧起那只水壶，咚咚地把凉水灌满肚皮里面那些焦干的肠子。我觉得驴车在颤簸的时候，那些肠子像些干芦草一般叭叭地裂响，毒日头仿佛刺着它们，要快快地把它们全烤干烤碎掉。可是里铁甫瞧也不瞧那两只水壶，我不知道他是真的不渴，还是在默默地忍着干渴。

我们已经在火焰山里转了两天了。

天气实在太热了。我发现理解吐鲁番盆地好像用不着读那么多书，只要在这片土地上曝烤几天就够了。可是我已经决心走遍火焰山里的几条山沟，因为它们实在是大名鼎鼎。我找到里铁甫的时候依靠了翻译，所以我一路上总是安慰自己说，没关系，里铁甫当时肯定全听懂了，他明白我要干的事。

可是我不懂维语，他不懂汉语。我们俩在赶着毛驴车走进干裂得沟壑密布的火焰山以后，就陷入了无言的沉默。

白晃晃的蓝天上有一个烧成白炽的球，阳光撒在戈壁滩上，噗噗地溅着轻飘不落的灰尘。额上留不住汗水，举手一抹，手指沙沙有声地擦下一层白碱。

漫野摊开的青灰色砾石吸尽了光亮，黑沉沉地像是一片烧烫的铁块。只有火焰山依然鲜红地壁立路旁，一道道颤抖般弯曲的深沟交相拧扭着向上挣扎，在利齿般参差的山顶一线攒成一个个凸起的赤红的尖。

这真是一道不可思议的山。没有植被，没有河水溪泉，没有矿藏，没有能够耕作的土壤。但是有惊心动魄的鲜明的红色。无法理解的、愤怒般的焦渴的红色。

在山脚下，沿着平原戈壁和山体之间的小道，我们的毛驴车在缓缓蠕行。我最后忍不住还是摘下水壶，可是里铁甫动也不动地依样握着鞭子。我想了想，又在心里狠狠地拼了一口气，然后把水壶挂回车前板上交叉支着的木棍叉架上。“吐鲁番学”，我想着这个新名词，眯细眼皮躲开明晃晃的毒日光，眼皮不知是浮肿了还是干裂了，睁眨一下都觉得疼痛。学者们为这道荒山和这块盆地写了堆成山的书，可是他们也许从来没有被这里残酷的炎热灼烤过。对他们来说，“吐鲁番学”也许只是一个虚假的梦。青毛驴踢踏有致地踩着碎石小道，拐进了一个沟口，两侧鲜红浓重的山崖猛地挤压过来，我觉得眼帘里充斥的红色强光立即刺伤了脑子深处的什么地方。

“里铁甫江！”我把书本和电影里的知识用上，试着加上了一个尊敬称谓“江”。

“唔？”他在浓眉下挑起眼角瞟着我。

“里铁甫江，……yol？”这是去哪里的路呢？

“……Murtuk。”他回答说。

道路通向木头沟，我想。Murtuk一定就是木头沟。我回忆着法国国会图书馆和大英博物馆里的文书编号。“M”，我想起这个字母就是代表文书出土地木头沟。我马上想和里铁甫滔滔不绝地谈一谈，可是话语在喉咙里堵塞着。我急了，伸手在额上抹了一把，粗糙的汗碱渍得手掌有些难受。赤裸的鲜红山岩纹理狰狞，岩缝深处的暗红最后化成黑暗。我没有敢再拾起头瞟瞟太阳，毛驴蹚起细蒙蒙的干燥粉尘，在车旁浮摇着淡红的浅色。

“木头沟吗？”我又问道。

“Murtuk。”里铁甫肯定地点了点头。

“亚克西 yol。”我想说好地方。但我说的是“好路”。

“Yahxi yol。”他又听懂了，他赞同地点点头。

木头沟。好地方，好道路。我想不起我还知道几句维语。亚克西这个词连他妈的上海幼儿园里的小孩都懂。木头沟里的山崖笔直地曳出一条斜坡，均净的细红沙平平滑滑的，像一面斜斜撑起的红镜子，引逗着人想往上爬。在这面红镜子顶端，那些鲜红吓人的沟壑又颤抖着上升起来，一股股一道道地纠缠着，拧挣着，前后在一个圆圆的尖山头上汇攒成一团拱起的火苗。我觉得那山像是一个血流满面的粗野哑巴，他愤怒地向上窜跳着，可是喊不出声来。

次日，我们已经来到南麓。倾斜的盆地边缘升腾着灰蒙蒙的尘埃，太阳依旧从清晨起就毒辣辣地高高蹲踞在高空之上。我们是清晨五点启程的，从清晨五点起天气就一直保持着残忍的炎热。空荡荡的水壶在木叉架上寂寞地晃荡着。我已经丧失了意志，一口口地，终于还是我一个人把那水喝光了。

“kün，”我困难地挣开烤烂的嘴唇，想挤出一个笑容。我觉得嘴唇上那层硬痂正慢慢地想要封住我的嘴巴。“kün，”我笑出来了。

里铁甫也笑了笑，点了点头：“kün。”他做了个夸张的、威吓又无可奈何的姿势，对着天上那轮白炽的球比划了一下。我觉得他像是在安慰我。白晃晃的强光还在倾泻着，在触着戈壁的地方激起阵阵眩目的蜃气。

“yol——”我想说“路远”，可是我只会说“路”。

里铁甫赞同地点点头："啊，yol，yol。"

南麓的道路笔直地伸入迷茫的白朦朦尘埃。我们的毛驴车像一粒青石子，在空阔的戈壁上缓缓滚着。火焰山现在矗立在路右，密密的纹沟竖立着，绞结成一个个圆光的火苗，连成一条红褐色的山脊。我再也搜寻不出一句维语了，我只会说 kün 和 yol 天地之间也确实只有那轮熔化的烈日和一条焦旱的道路。

"yol——"我又挑起话题，做了个无奈的手势。

里铁甫笑了，维吾尔人都笑得有风度。

"yol。"他点点头，重复说。

我们的路还长，四天里我们只穿过了吐峪沟、胜金口、木头沟，前面应该有一个更加大名鼎鼎的葡萄沟。这些地方我终于亲眼见过了，虽然我只能和它们在沉默和烤晒中对话。yol 正长，kün 是残酷的，我不懂维语，里铁甫江不懂汉语。可是我们的小青毛驴拉着我们，我们的驴车已经在火焰山里穿插了四天了。

"yol……亚克西。"我想出了一句话。

"yol yahxi。"里铁甫肯定地答道。我觉得他没有一丝迟疑。"道路，是很好的。"我在心里又为他翻译了一遍。

当路过村庄的时候，我们在井口上灌了水壶，也让小青毛驴喝足了井水，吃饱了玉米粒。可是奇怪的是：里铁甫即使看见清冽的井水，也依然微笑着不喝一口。我把头埋进吊桶，把头浸进那透人心肺的清凉之中，一直浸到耳朵和后脑。我潜在桶底憋足气长饮不休，一直到觉得肚子里的水上升着，涨到胸口，涨到喉咙，一直到我确实知道我的干焦的肠子已经被水完全浸泡透了，我才猛地冲出水面。

"里铁甫江！"我大喊道，我拼命指着新汲的满满一桶水。

他说了一句。我知道他在说："我不渴。"

"里铁甫江！"我摇晃着水桶喊着，清亮的井水从桶边溅洒出来。

他笑着走过来，但还在说着那句"我不渴"。

我对他的耐渴能力感到生气。"kün！"我愤怒地指指那高空中熔成一团模糊的毒阳，又一挥手，"yol！"这是艰苦的长征！你为什么不喝水：我大喊着，觉得似乎是对他报答着，也觉得在喊叫中获得着发狂的欢喜。

"kün！ yol！火焰山！"我又一挥手，指向那道逶迤的鲜红山脉。

"喂，火焰山。"里铁甫点着头说。原来他也懂一句汉语，他知道这道山脉的汉语名称读作"火焰山"。他不情愿地在水桶旁蹲下，绅士般轻轻掬起一捧水，啜了两口，又站起来。

我简直惊呆了。"你难道不渴呀，咱们在四十五度高温中，在戈壁滩上曝晒了四天了，这水多么清甜！"我干脆用汉语说起来。

他又重复了一句我已经熟悉了的"我不渴"。我真想趁机学会他这句格言般的维语，但那声音轻灵地飞远了。

"火焰山！"我绝望地又指指那狰狞的山脉。

"火焰山，火焰山 yahxi。"他赞同地说，我不知道他在赞同什么，虽然我也没有说火焰山不好。我坚决地端起桶来，端到他的脸前。

里铁甫快活地笑了，不好意思地接过桶放下。他又绅士般掬起一捧，像喝咖啡似的轻轻啜了两口。"……"他又轻灵地说了一遍那句格言，我刚想捉住那句话，它又飘飘地飞远了。

我想临出发前再喝一次。桶里满溢的清水上映着一团晃闪的暗红火焰。我迟疑了一下，没有把嘴浸进去。井水渐渐静止了，那水面上浮动的山脉影子也慢慢凝固成一个清晰的影像。我望着它，觉得有些舍不得，于是我就学着里铁甫，决心不再喝了。

毛驴车疲倦地走着，我斜躺在车板上，借着里铁甫的脊背遮住一些毒日头的白光。我们已经穿过了几条山沟，调查了那些闻名已久的圣徒墓和千佛洞。里铁甫还是正襟危坐地扶着木叉架，垂下的鞭梢在青驴子的屁股上轻拂着。

火焰山依然在路侧一字排开，万道沟壑直直竖立着，在蓝白的眩目阳光下颤栗。它真的是火焰，我想。谁知道远古时代、史前时代、地质时代的事情呢？我猜那时这里一定曾经燃着一片疯狂的火。一定是因为什么原因骤然变冷，熊熊的一山火焰还在闪跳着，就原样凝固了，变成了这样一条不可思议的山脉。一定是这样，我想，除此无法理解。我盯着烈日曝烤下的这道低低的山脉，觉得那战栗着颤跳着的火苗纹理使我心里无法平静。

“里铁甫江！”我唤道，“——火焰山。”我望着这道低矮地压抑着的鲜红连山，忍不住想和里铁甫交流一番。激烈的、残酷的、流血的、喑哑的鲜红荒山，你埋葬着什么呢？

里铁甫转过头来，也望着那道连山。我看见在里铁甫眼里流闪着亲切忧郁的神情。“火焰山。”他应道，他的“焰”字发音很奇特，“火焰山 yahxi。”他慢声说道。

火焰山好，可是为什么呢？我叹了口气。毫无办法。我们两人只凭着三个单词无论如何是无法交流的。就像我和这火焰山一样，只凭着这颤抖的鲜红颜色，我们是无法互相交流的。

每一个山尖都是一簇熊熊的火。当它正战栗着激动地燃烧的时候，突然不知什么使它凝固住了。但它一定拼尽全力地挣扎过，所以造成了这些密密的垂直纹理。它也许满心痛苦，我想道，它也许饱含希望。它也许永远死了，它也许暗蓄着伟大的力量。我心里掠过一股空空的遗憾，脸上又皱又疼，我感觉到了满颊结成一层薄壳的汗碱。我失败了吗？也许我失败了，我想。我无法和它交流。我也许和那些吐鲁番学家一样无法和它交流，因为它不告诉我，它只是神秘莫测地向我露出一派跃动灼眼的红色。我只能……我只能围着它转转。

我忍不住扯住里铁甫的肩。

“里铁甫江！火焰山——？”我努力挤开脸上的碱壳，向他做出一个探询的神色。

里铁甫漫不经心地瞟瞟山脉，轻轻地点着头说：“啊，火焰山，火焰山。”我急了，我没办法从他这副和事佬式的表情中找到回答，我又扯过他的肩头来，狠狠地对着他的脸做了一个表示决不能理解的、疑问的姿势。

也许……他懂了我的问题。他迟疑着，谨慎地打量着那鲜红的山脉，久久没有说话。我盯牢了他的表情。我觉得，我的同伴知道得很多，他和这山之间隐藏着一种理解。

他开口了。“火焰山——yahxi。”

我失望得愤怒。可是我没有说什么。因为我听出他的这个格言似乎很复杂。

傍晚时分我们来到一处坍塌的小泥屋旁。

这座建筑很古怪。不知是谁用火焰山上的红岩石堆砌起几面墙壁，再用红胶泥抹在一把红柳条子上充做屋顶，把它孤零零地安放在这个荒僻的地方。里铁甫也变得很古怪，他卸下毛驴，独自一人跑到那里去了，睬也不睬我。天空终于收敛起可恶的毒焰，四野里变得开始清晰宜目，戈壁滩也开始显现出难得的铁灰色。我揉了揉眼睛，长长地吁了一口气。

此地正倚着火焰山的崖壁，股股扭挣般弯曲的沟纹就在眼前红红地升起。我懒懒地踱着，深浅不平地踢着地上的沙，朝那小小的泥石建筑走去，一边走我一边想到：我好像正在直直地走进火焰山里头。

里铁甫在那石头墙里独自跪着。

后来他就忙着修理小屋，他搬来山崖上滚下的红石头，补着石墙上的洞。又爬上屋顶，整理着那片柳条盖顶。我不知说什么好，默默地随着他干了起来。天色迅速地暗了下来，可是抱在怀里的石头依然滚热。汗水开始还只是一滴一线，后来就顺着脸颊纵流起来，搅和着脸上的碱污。

天黑透了。

我和里铁甫铺开驴车上的垫毡，并排睡在戈壁滩上。风正在脑后的山崖上唰唰地剥着碎石和沙土。那里也许埋葬着一位圣徒吧，我暗暗地想。我很想听里铁甫讲讲那座小屋的故事，可是我们之间没有语言。

我转过脸，望了望一旁的里铁甫。

在薄明的夜色里，里铁甫朝我微微一笑。

又走了一天，我们终于看见了葡萄沟的浓浓绿荫。习惯了眩目的黄沙、戈壁和焦裂的火焰山的眼睛，突然间酸疼难忍，仿佛那一条狭长的浓艳绿色反而刺眼难看似的。

当毛驴车一摇一摇地靠近了那片绿荫以后，眼睛不再酸疼了。可是我仍然像进入了幻梦一样觉得：一切都是和谐的，只有那片浓翠欲流的绿地反差鲜明，显得那么扎眼。

后来又看见了渠水。一条有些浑浊的水翻着白浪，流势很猛地在渠道里哗哗喧嚣着，向前面的村庄流去了。

我不断地扭过头来，瞟着兀立在一旁的那条赤红嶙峋的山脉。我愈来愈觉得怅然若失，我知道这绿荫掩映的渠水正向我告知着一个终结的信号。在这静悄悄的焦旱的鲜红山脉里，我已经跋涉了六天，我已经体会过了我应该经受残酷烤晒，我已经尽了全力，我得到了些什么呢？

里铁甫也时时转过脸打量着我。他在侧着脸庞瞟着的时候，表情安详又漂亮。我在心里苦笑着，回忆着我们之间那四个可怜的共同语词。戈壁滩在远方浩荡地伸展着，茫茫无际又平坦得出奇。火焰山渐渐移向侧后，开始变得遥远。我把水壶送给里铁甫，他微笑着摇了摇头。我想了想，拧开壶盖，也学着他的样子，像绅士喝咖啡似的轻轻啜了一口。

渠水边出现了一株茂盛的大树。

里铁甫开始活泼起来，他勒住车，向我比划着说着。我茫然地摇了摇头，我已经没有勇气继续用那四个词奋斗。而里铁甫还在耐心地解释着，用粗硬的手指打出一个个手势。

我叹了口气，点了点头。行啊，行啊，我同意你，我同意你的任何一个词。可是我真想听听你给我讲讲那间奇怪的石屋子，那里埋葬着一个伟大的圣徒吗？

里铁甫爬上了树。我立即明白了：桑葚！原来这是一株根深叶肥的大桑树，原来里铁甫在建议我一块上树吃桑葚。他在树上勤奋地摘着，明晃晃的阳光从树缝里倾泻着，遮挡着露出的蓝空。

我也爬上一根枝叉，摘下一颗湿润的、水嘟嘟的白桑葚，我的手指立即湿了，又湿又黏。接着，我们两人就大吞大嚼起来。我们彼此递过一些特别饱满的肥大桑葚，成捧成把地填进嘴中。叶缝里泻下的阳光被搅乱了，在我们的手上、在碧绿的叶子上、在里铁甫的肩头上忽明忽暗地闪烁着。我突然心花怒放了。

“里铁甫江！”我快活地喊了起来。里铁甫转过脸来。他大睁着眼睛，活像个贪馋的孩子一样笑着。

“kün！”我乱嚷着。

里铁甫快乐地笑了，露出雪白的牙齿。维吾尔人笑得真是优雅。

“哈哈！ yol！”他也喊道。

我又喊道：“火焰山！”我学着他的“焰”。

他大笑着回答：“yahxi！”

阳光在枝杈树叶间闪烁着，疯狂地从一片叶子上跳到另一片叶子上。我捕捉不住这阳光飞行的路线。我大嚼着甜蜜的吐鲁番白桑葚，不时瞟着那道鲜红醒目的山脉。火焰山依然一言不发，默默地逆着骄阳向上挣跳，每一丝火苗都历历可数地凝固着。我心里突然掠过一阵难过，不知为什么，我觉得我和这道坚韧的山脉已经有了深深的爱情。

我们的小毛驴又匀匀地走开了。车身轻微地晃动着，循着一个寂寞又舒适的节奏。葡萄沟两侧毗连的农舍和白杨树在晃动中缓缓后移着。这是考察路线上的最后一站，我想着，结束啦，就要告别里铁甫江啦。我疲倦得沉沉欲睡。我仿佛感到一丝惋惜。我又感到对里铁甫的一种莫名的歉意，于是我把头歪靠在他风尘仆仆的肩膀上，昏昏地睡了。kün，yol，火焰山，yahxi，我好像在睡梦中念叨着这四个词。

辽阔的大地上燃起了一条长长的火。火苗快活地疯狂地蔓延着，在崇山峻岭和深入海底的盆地之间举行了一个壮美的祭典。但是突然之间，火焰被魔法凝固在原地，从此后流逝了千年万年。火焰感到愤怒，它仍然不屈地保持着熊熊的姿态。

在它的怀抱里，在它挣扎时裂开的条条山沟里，白杨树和桑树，小麦和葡萄沿着沟水成长起来了，浓稠的绿色装点着赤裸的鲜红色。

王延德行记与天山硇砂

1. 引言

硇砂（Sal ammnniac）之名自魏晋以来直至清季，常见于诸种史籍与药书。硇音 náo，《玉篇》作女交切；《集韵》为尼交切。其异体字有硵、铙、砚、硇等，又称“北庭砂”。自唐宋诸种“本草”流传至明李时珍编纂《本草纲目》，医家早熟知此物出于西域。此外，中外地质学界在对天山的探险调查和研究中，也多少注意了硇砂这种矿物。史学界对西域硇砂的研究较少，除劳费尔（B.Laufer）等人曾有过一些研究外[①]，对硇砂进行了专题的深入考察的，主要

① B.Laufer：Sino-Iranica（《中国伊兰卷》），芝加哥，1919 年，pp.503—508。

是日本学者松田寿男。他在其名著《古代天山的历史地理学研究》一书中，认真进行了对硇砂史料的校勘和考证，并称硇砂之考在他的天山研究中，“时时成为重要的钥匙”[①]。

松田氏认为，通过硇砂研究，可以推断：宋代王延德不仅如周知的一样曾出使高昌，而且还曾继而西行，到过远距高昌千里以外的龟兹。此外，他还对成为《宋史·高昌传》史源的王延德《西州程记》提出尖锐的质疑，认为现行本是一个有严重错简脱删的残本[②]。其说之继承者长泽和俊更进而动手，对《宋史·高昌传》搞了一个“足本复原”。

1980年我在考察王延德高昌至北庭之间的天山旧道时，发现了元代别失八里（Bešbalïq）冶场——吉木萨尔县水西沟冶铁遗址，并判定其地即王延德描述过的硇砂产地。但我并未对这个问题作出实证的论述，更没有进而涉及历史上的硇砂有关问题[③]。松田氏之书于1970年增补再版以来，一再为日本史学界提出的王延德龟兹西行说，也一直没有得到认真的讨论。

① 松田寿男《古代天山の历史地理学の研究》，早稻田大学出版部，1970年11月增补版。序言，p.4。

② 同上书，pp.399—413，补考一：《天山に産する硇砂について》p.92注61；p.263注43；p. 285等处。

③ 拙文《王延德高昌—北庭路线考》，日文；1981，アジア・アフリカ言語文化研究22，pp. 139—157。

2. 王延德的硇砂记载及其西行龟兹说

宋王延德出使高昌回鹘，于太平兴国六年（981年）出发，雍熙元年（984年）返回，归而撰成《西州程记》一篇，即元初所修《宋史·高昌传》史源。其行记在叙及王延德自高昌北赴北庭会见高昌回鹘师子王（Arslan）之后，有如下文字："北廷北山中出硇砂。山中尝有烟气涌起，无云雾。至夕，光焰若炬火，照见禽鼠皆赤。采硇砂者著木底鞋取之，若皮为底者即焦。下有穴，生青泥，出穴外即变为砂石。土人取以治皮。城中多楼台卉木。人白皙端正，性工巧，善治金银铜铁为器及攻玉。善马直绢一匹，其驽马充食，才直一丈。贫者皆食肉。西抵安西，即唐之西境。"[①]因北廷（Bešbalïq）之北方为准噶尔盆地南缘沙漠，并无山脉，所以史学界通常以"北山"二字为"南山"之误。然松田寿男认为误字并非"北山"，而是"北廷"；此地不应为北庭，此二字应为"安西"。王延德所见产硇砂之山，应为龟兹（唐安西都护府）之北山，即天山南麓。王延德之行记在收入《宋史》之际已非全文，而是一个有佚脱错简，或已被删改的残本。其中王延德自高昌至北庭地区继而西行直至龟兹的描述已佚。上引文中，自"城中多楼台卉木"以下的记载，察其内容不似北庭风物，应当认为更接近于龟兹的特点。根据是，历代文献记载中从未见北庭一带有硇砂出产之记录；可是关于龟兹硇

① 据王国维《古行记校录》所收点校本《王延德使高昌记》引。

砂之产，却早有大量文献可证[①]。

松田氏此考，确有很多道理。首先，据史料可确定的硇砂产地，确实仅有龟兹一地。据杜佑《通典》卷191龟兹条引已佚之裴矩《隋西域图记》载："龟兹，汉时通焉。王理延城，都白山之南二百里。《隋西域图记》云：白山一名阿羯山，常有火及烟，即是出硇砂之处。"[②]已佚之释道安《西域记》又肯定这一现象。《太平御览》卷871引释氏文云："屈茨国有山，夜则有光火，昼则恒烟焉。"[③]《魏书》卷102龟兹国条亦云："又出细毡，饶铜、铁、铅、麖皮、氍毹、铙沙、盐绿、雌黄……"[④]这一记载又见于《周书》卷50、《隋书》卷83、《北史》卷97。另外，《通典》卷6食货赋税项所列之西域每年常贡中，记有安西硇砂："安西都护府：贡硐砂五十斤，绯毡五领。"[⑤]清人椿园七十一《西域闻见录》卷2："（库车）土产搭连布、铜、硝磺、磁砂。出磁砂之山在城北，山多石洞，春夏秋洞中皆火，夜望如万点灯光，人不可近。冬日极寒时，大雪火熄，土人往取砂，赤身而入。砂产洞中，如钟乳形，

① 松田寿男《古代天山の历史地理学の研究》，早稻田大学出版部，1970年11月增补版。pp.399—413，补考一：《天山に産する硇砂について》p.92注61；p.263注43；p. 285等处。

②《通典》，商务印书馆1935年影印本，页1031。

③《太平御览》卷871火部四烟项，中华书局影印本页3860。

④《魏书》卷102，中华书局点校本，页2266—2267。原作"沙"，点校本已校。

⑤《通典》，商务印书馆1935年影印本，页35。

故为难得也。”[①]此外，清人如王树枬等，亦记录了与椿园七十一相同的库车硇砂产地和采取方法。

综上所述，根据文献已可肯定龟兹（库车）历来出产硇砂。1928年，我国考古学家黄文弼在库车北山Timür-ken附近的Hamamtaw发现并调查了硇砂洞，从而彻底确定了这一硇砂产地[②]。1975年，长泽和俊发表《关于王延德的〈使高昌记〉》一文，干脆臆测应有的《宋史·高昌传》，大胆提出复原[③]。这样，对于王延德行记即《宋史·高昌传》现存本的质疑，以及对王延德可能西至龟兹的推论，就愈加有力了。

松田寿男主要是对唐以前的汉文史料进行了深入的校勘和整理。在这一点上，他的硇砂研究要较之劳费尔见长。但是，他对史料的使用存在着下列问题：

其一，据《宋史》卷309《王延德传》，王延德奉命出使西域，目的地仅有高昌回鹘居国，而并无西去龟兹之命，《传》云：“六年，会高昌国遣使朝贡，太宗以远人输诚，遣延德与殿前承旨白勋使焉。”

其二，王延德所撰行记明题“西州（高昌）程记”，并未题及安西或龟兹。《王延德传》云：“雍熙二年使还。撰《西州程记》以献。授崇仪副使，掌御厨。”

其三，通观王延德行记，所到之处，描写堪称细致。自高昌至

① 《西域闻见录》，青照堂丛书本三编页21下，乾隆24年刊。

② 黄文弼《塔里木盆地考古记》，1958年科学出版社，页32—33。

③ 长泽和俊《王延徳の〈使高昌记〉について》1975，《东洋学术研究》。

龟兹物异路遥，王延德对银山道上的种种，决无过而不记之理。至于佚落删简之推论，并无可靠的证据可依。而“城中多楼台卉木”以下一节，也未必与北庭风貌不符。北庭至高昌地区是文明汇聚之地；商贾、铸冶、攻玉匠人云集未必即是安西城中的景色。

更重要的是，松田氏“王延德龟兹西行说”的提出，在方法上是根据多数记载否定孤证。此外，在宋至明史料中，尽管除王延德行记外没有明言北庭出产硇砂的例子，但也提示了许多地点的可能性。在这样的情况下，仍然仅仅注重库车一地是欠妥的。

这一问题随着多学科的综合研究和新资料的补充，今天已经可以解决了。

3．天山硇砂地点及其成因

据《元史》卷12世祖至元十九年五月乙酉条，别失八里城附近当有铁矿冶场：“元帅綦公直言：‘乞黥逃军，仍使从军；及设立冶场于别十八里，鼓铸农器。’从之。”[①]再据《元史》卷165《綦公直传》，綦公直为北庭都元帅府元帅。关于冶场，可参见《元史》卷85《百官志》铸泻等铜局、镔铁局等条。这一组元代史料使我们注意到别失八里城附近应当存在铁矿和冶铁工场这一重要事实。

1980年，我根据这一线索发现了吉木萨尔县境内博格达山（Boγdo-ula）北麓的水西沟冶铁遗址（坐标为：东经88°58′，北纬

① 《元史》卷12，中华书局点校本，页243。

43°56′），并以它为确定别失八里地望之一证[①]。

在讨论硇砂问题时，我根据我国地质学界对吉木萨尔水西沟煤矿、铁矿的研究，发现早在1945年我国地质学者已在水西沟发现了硇砂并细致研究了它的生成原因。据关士聪《孚远南乡之非金属矿产》所记："煤层经自然燃烧，每产生硇砂、硫磺等物。水西沟南大槽自然燃烧带即产硇砂。纯者色洁白；间有做黄绿或灰绿色者，多如土块状产出。比重甚小。生于自然燃烧煤层附近之砾岩层、砂岩层及黄土砾石层等之裂隙中。此一燃烧带东西长约八百公尺，然裂隙之长短宽狭无定。最长者约五公尺，最宽者仅二十公分。……其表面多为久经熏焙之细灰所掩复。采取硇砂，偶一不慎，有陷入火坑之危险，多不能深之。故硇砂之确实深度，目前尚无法测知。"[②]关于这种煤层在地下自然燃烧造成的景象，关士聪又记录道："自然燃烧现象，至今尚存。白日起烟，夜晚飞火，时有红绿火焰冒出。"[③]关氏这一宝贵记录与宋王延德行记酷似。

《唐本草》云："硇砂出西戎，形如牙硝，光净者良。"[④]《中药志》硇砂条称Sal ammoniac为"白硇砂"；白硇砂主要成分为氯化

① 见《王延德高昌—北庭路线考》，日文；1981，アジア・アフリカ言語文化研究22，pp.139—157。我在文章中提到的"水溪沟"即水西沟。

② 关士聪《孚远南乡之非金属矿产》，1945.7，新疆地质调查所，《地质矿产简报》（16），油印本。

③ 同上。

④ 《本草纲目》卷11石部硇砂项，人民卫生出版社1957年影印光绪十一年张氏味古斋本。

铵（NH_4Cl），不同于紫硇砂（主要成分为氯化钠 NaCl）[①]。水西沟所产硇砂"纯者色洁白"，正合医家所需。据此，亦可理解李时珍所云"以北庭生者为上，人称为北庭砂"一语[②]，未必是无据之辞。

我国地质学家袁复礼曾把新疆天山中侏罗纪地层中的煤层命名为"水西沟煤系"[③]。这一煤系普遍存在地下自燃。关于水西沟煤系的地下自燃问题，1942 年我国地质学者黄汲清、程裕祺、杨钟健等曾有研究，认为这种自燃是侏罗纪煤层中的常见现象。他们指出，这种自燃的产物，主要是硇砂和硫磺，另外还有明矾与雄黄："侏罗纪煤层自然燃烧带之产品——自然硫磺、硇砂、明矾及雄黄……见于已趋衰弱之自燃带。正盛烧者，以温度过高不易凝结；已停止燃烧者易被侵蚀。……在库车 Kzil-taγ，四种全有；库车北之 Zamnčin（?）-taγ，亦有硇砂。……硇砂由当地人采运库车，售与银匠焊冶用。"[④]。

关于硇砂生成原因，地质学界认为："此类矿物，往往采取不久，又有少量产生。其来源皆与燃烧带裂隙中上升之气流有关，当

① 《中药志》第四册第 30 条：硇砂。1961 年人民卫生出版社，中国医学科学院药物所编。

② 《本草纲目》卷 11 石部硇砂项，人民卫生出版社 1957 年影印光绪十一年张氏味古斋本。

③ 关士聪《孚远南乡之非金属矿产》，1945.7，新疆地质调查所，《地质矿产简报》(16)，油印本。

④ 黄汲清、程裕祺、杨钟健等《新疆石油以外矿产调查报告》，1943 年，稿本。

为硫、二氧化硫、铔（铵？）、氯等气体。明矾为气体与岩石中钾铝等化合而成；而其余三种均为气体直接化合，附着于明矾上。上四种物质可在火山口找到。煤之自燃可与小型火山爆发相比，而实非火山喷发也。”[①]这种煤层自燃现象亦早为前人所理解。据曾炳熿《新疆吐鲁番厅乡土志》所载：“今厅北荒峤中有火山数处，恒起烟雾，隐现无定。盖煤硫各矿发火自烧，不知。几何年矣。”这一材料更证实了东部博格达山脉煤层自燃现象的活跃[②]。

以松田氏为代表的以往史学界对硇砂的追寻，一直围绕火山活动进行。现在看来，其成因主要应当是煤层自燃。

据前引关士聪调查报告及黄汲清等氏调查报告，天山山脉中已知的有煤层自燃的地点，至少有吉木萨尔、库车、乌苏、乌鲁木齐、巩留、吐鲁番、托克逊、和硕、焉耆等地。也就是说，上述新疆天山南北麓各地点，都存在生成硇砂的条件。此外，据地质调查资料，新疆已确认曾有硇砂发现的地点，有库车、吉木萨尔、奇台（北部沙漠中之煤窑）[③]、叶尔羌、莎车等处[④]。俄国探险家 П.П. Семенов 在 19 世纪中叶首次踏勘天山时，亦在伊犁河流域的天山山脉中发现一个硇砂产地；而且他比我国地质界更早地正确解释了硇

① 黄汲清、程裕祺、杨钟健等《新疆石油以外矿产调查报告》，1943 年，稿本。

② 同上。

③ 《奇台北山煤窑煤田检查报告》，1959 年，油印本。

④ 王恒升《新疆省地质矿产调查及开发五年计划》（又名《矿产门》），1946 年，稿本。

砂的煤层自燃成因[1]。可以说，硇砂分布范围遍及全部天山两麓。因此，本文称之为天山硇砂。

由于天山山脉及其邻近地域侏罗纪地层的发育，以及煤层自燃现象的持久与普遍，使硇砂自有史以来一直是天山特产。

4．东西关系史上的硇砂之贡

天山硇砂因其种种药效而为中医喜用。如明方以智《物理小识》称:“小孩吞铁针，服硇砂、皂角，愈。”[2]另外，如赵希鹄《洞天清录集》也记载了仿造青铜器工艺中，以硇砂粉做腊茶色的技术[3]。古代中原一直仰仗西域的硇砂输入，而天山硇砂进入中原的主要途径是进贡。西域的硇砂之贡是十分引人注意的。《魏书》、《周书》、《北史》、《隋书》之《西域传》均有库车硇砂出产的史料，松田寿男已经细致整理，本文前亦有所征引。唐至五代有关硇砂史料，大多不能指明产地，仅记人贡之史事。前引杜佑《通典·食货·赋税·每年常贡》：“安西都护府：贡硇砂五十斤、绯毡五领。北庭都护府：贡阴牙角五双、速藿角十双、阿魏截根二十斤。”《旧五代史》

① П.П. Семенов: Пугешесгвие В Тянъ-Шанъ，1958，Москва. 日译本，树下节《天山纪行》，1977。河出书房新屋，p.131。

② 转引自《新疆日报》，1981.5.27，孙伯昌《北庭砂的故事》。另据此文讲，清乾隆年间北京药店曾有人亲赴“高昌北庭山中”采硇砂。

③ 参见松田书 p.407 原注 25。

卷138记后周与回鹘关系云："显德六年二月，又遣使朝贡，献玉并硇砂等物。皆不纳。所入马，量给价钱。时世宗以玉虽称宝，无益国用，故因而却之。"可知，从五代时期，民族关系史中的这种入贡，已经有了"求贡"的苗头。这种关系已经使中原正统王朝感到压力和经济负担的沉重。同书又记沙州之贡云："其所贡硇砂、羚羊角、波斯锦、安西白氎、金星矾、大鹏砂、毦褐、玉团，皆因其来者以名见，而卒立世次，史皆失其纪。"因敦煌（沙州）带扼东西交通咽喉，所以所贡硇砂可能获自西域。但是，不能排除河西走廊硇砂出产的可能性。

宋代，由于西夏的崛起，西域向中原的硇砂进贡及贸易状况比较复杂。西夏的强盛曾在一定程度上遮断东西交通，正如李元昊所自称："吐蕃、塔塔、张掖、交河，莫不从服。"[①]西夏确曾控制了回鹘（甘州和西州两支），并从回鹘人处获得西域特产，硇砂成为西夏贡宋的一宗物品。据《宋史·食货志》载："西夏自景德四年于保安军置榷场，以缯帛、罗绮易驼马、牛羊、玉、毡毯、甘草，以香药、瓷漆器、姜桂等物易蜜蜡、麝脐、毛褐、羱羚角、硇砂、柴胡、苁蓉、红花、翎毛。"西夏贡物中，似有不少种来自塔里木盆地诸绿洲。不过。西夏也可能从甘肃等地获得硇砂（下文引述的甘州回鹘亦同）。许多中草药学书籍在著录硇砂时，均指出产地包括甘肃[②]。

① 《宋史》卷485（夏国传），中华书局点校本页13996。

② 见《本草纲目》卷11石部硇砂项，人民卫生出版社1957年影印光绪十一年张氏味古斋本；又见《中药材手册拾遗》，北京，1973年；又见《药材学》，人民卫生出版社。

另外，关士聪、黄汲清等调查报告中亦指出：甘肃省永登窑街的“窑街石”，乃是地下煤层自燃时烧成的一种判断自燃现象的标识物。再参照《元史》卷12《世祖纪》中“给甘州纳硫黄贫乏户钞”条，河西硇砂的存在及其为甘州回鹘、西夏的利用，也应注意。

沙州曹氏时期，对宋亦有硇砂之贡。据《宋史》卷490《沙州传》记：“至天圣初，遣使来谢，贡乳香、硇砂、玉团。自景祐至皇祐中，凡七贡方物。”

总的说来，宋代西域与中原的贡献往来还较通畅。于阗虽远，然而硇砂进贡却很频繁，《宋史·于阗传》载：“熙宁以来，远不逾一二岁，近则岁再至。所贡珠玉、珊瑚、翡翠、象牙、乳香、木香、琥珀、花蕊布、硇砂、龙盐、西锦、玉鞦辔马、腽肭脐。”

无论西夏、沙州、甘州回鹘或是西域诸国，对于入贡中原王朝都是积极的。除了为了获得金帛赐物外，他们频繁入贡主要是为了加强贸易手段，以输出剩余的西域土产来解决或补充自身经济上的严重缺乏。这种求贡是不发达的自然经济难以支撑国家负担的状况下，表现在民族关系史中的一个现象。宋代对这种情况后来竟难以应付，《宋史·于阗传》载：“知秦州游师雄言：‘于阗、大食、拂菻等国贡奉，般次踵至，有司惮于供赉，抑留边方，限二岁一进。’”①

元代资料较少。亦都护巴而术阿而忒的斤（Balčuq arat tigin）首次贡于成吉思汗的诸物之中，不见硇砂。后来自阿里不哥（Alaq bökä）发难，西域战事不绝，天山地区贡于元朝的硇砂情况不能穷

① 可参考戴锡章《西夏纪》卷13。

究。综观之，似乎葡萄酒之贡远过于硇砂等传统贡品。目前仅见《元史》中泰定四年十二月戊申一条记载："诸王孛罗遣使贡硇砂。赐钞二千锭。"

明代，由于《实录》和《高昌馆来文》等原始材料保存至今，硇砂之贡和有关的地点记载又丰富起来。《高昌馆来文》中硇砂史料共见三条。其一为："哈剌怀地面也先不花王叩头奏：今仰慕朝廷好名声，特差头目皮尔马哈麻等进贡珊瑚二支、玛瑙二块、番红花五十斤、硇砂二十斤。就乞讨大红织金胸背段子、通袖膝襕段子、汤瓶、马鞊等物。望赐与的。奏得圣旨知道。"[①]此条史料的回鹘文本和下文将引的另两条的回鹘文本，三次提供了硇砂的回鹘语形式。比如此条中"硇砂二十斤"，转写为：nušadïr äγ on, nušadïr 亦可转写为 nošadïr，其中 -dïr 亦作 -tïr。"二十"之"二"，通常应作 äki 或 iki。"哈剌怀地面"，回鹘文为"qar-aqoi ir"。

这里应提到硇砂一语的语源问题。汉语词硇砂（náo-ša）和回鹘语词 nušadïr 之间的近似，早已使人怀疑它们之间的借词关系。除本文引用的《高昌馆来文》回鹘文外，现知记载硇砂的另一件回鹘文献为 G.R.Rahmati 发表的吐鲁番所获畏兀儿医学文献[②]。苏联科学院《古突厥语辞典》之 nušatär / nušadir 条就据这一回鹘文献而立[③]。回鹘文献年代的晚近和汉文文献硇砂记载出现的久远（至少可以

① 《高昌馆来文》，北京图书馆藏明钞本。

② G.R.Rachmati: Zur Heilkunde der Uigureu, 1930, SPAW (sitzungsbefichte d. K. Preussischen Akademie d. Wissenschaften) pp.451—473。

③ Древнетюрксклй споваръ，苏联科学院，1969，列宁格勒，p.361。

上溯到北朝时期)，使得以前有的学者推测 nušadïr 的波斯语形式 nūšādur 来源于汉语。如 H.E.Stapleton 就认为波斯语词 nūšādur 中的音节 nau-ša．完全可以分析为汉语词根。但是这种意见遭到劳费尔（B.Laufer）的驳斥。B.Laufer 根据中国史籍对硇砂产地的记载，由产地而求语源，认为硇砂一语源于粟特语。他推断这个词是一个 navša 或 nafša．类型的粟特语借词；而波斯语的 našāidir 及其变体 nušādir、nūušadir、naušādur、nōšādur 等形式均是后来的发展形式。这个粟特语词应与波斯语词 neft（石脑油）有关系[①]。

B.Laufer 的这一分析值得重视。因为汉语记载年代虽早，但硇砂是一种主要产于中亚的土产，汉语对它的概念应当晚于中亚某古代语言。使用汉字“铙沙”及其变体字转写其名也很像古代汉文的译写习惯。但是，在没有找到年代早于汉文硇砂记载的中亚古代语文献证据以前，或者在没有提出可靠的语言比较分析以前，我们尚不能对硇砂——nāušadïr 一词的语源作出结论。

《高昌馆来文》另两篇硇砂史料均属哈密地面（qamul ir）。其一：“哈密地面差使臣法虎儿丁等，大明皇帝洪福前叩头奏：奴婢每在路行走艰难，多受劳苦。今将玉石、硇砂、皮条等物进贡到京，恩赐与的。奏得圣旨知道。”其二：“哈密地面差来使臣法虎儿丁，大明皇帝前叩头奏：奴婢路途行走艰难，仰赖朝廷洪福，平安到京。今将骟马四匹、硇砂、皮条等物进贡。怎生恩赐，奏得圣旨知道。”

① 见 B.Laufer：Sino-Iranica（《中国伊兰卷》），芝加哥，1919 年，pp.505—506，并见 p.505 劳费尔原注 4。

《明实录》中有关硇砂史料，依编年为序，略录一二于下。《明太宗实录》卷59永乐六年九月戊申："哈密卫所镇抚黑的儿等及哈剌火州回回阿力迭力失等来朝，进硇砂。赐之钞币。"同书卷114永乐十七年九月乙巳：哈密"贡马三千五百四十六匹，及貂鼠皮、硇砂等物"。同书《仁宗实录》卷7洪熙元年二月壬寅，因哈密贡硫磺，竟使明朝生疑："前不闻哈密产此物，先帝时亦不曾有进。缘此数端，皆须计虑。虏中既有硫磺，则制造火器，不患无人。猝遇，亦须有备。"硫磺因多与硇砂共生，松田氏在其著作中亦网罗了不少硫磺史料与硇砂互证。本文止述硇砂，有关硫磺史料一概不录。但这条记载反映明代哈密地区的特殊地位，所以特为引出。明代无论硇砂硫磺，史料中记录的地点首推哈密。以前"不闻哈密产此物"，正意味着哈密在某种意义上取代过往昔别失八里——高昌的地位，成为东西交通和关系中一时的枢纽和集散地。直至宪宗成化六年，哈密的这种地位仍很明确："成化六年十二月丙午，哈密等地面使臣马黑麻等请以所带玉石、大黄、硇砂易买纱罗、段并布，……不可许。"

本文着重于松田寿男使用较少的宋至明代的史料，对东西民族关系史上的硇砂进贡问题作了粗略梳理。可以看出，天山硇砂输入中原的过程，尽管因政权的更迭和形势的变化不乏曲折，但输入的形式却始终主要是入贡。

5．结语

松田寿男氏的硇砂研究及其结论的基点，是置于对库车（龟兹）硇砂出产的大量记载之上的。本文虽然根据元别失八里冶场遗址的发现及其他实地踏查的材料推翻了他的结论，但并非否认库车硇砂地点的重要性，特别是在注意到 B.Laufer 对硇砂语源系统的分析之后。正确的结论是：宋代王延德所撰之《西州程记》，即《宋史·高昌传》这一史料是可靠的，目前尚不能找到怀疑它的证据。

元代畏兀儿人内部状况

元代畏兀儿地区和人民的历史情况，因其时代条件的特殊和史料的多样性而比较复杂。根据畏兀儿内部资料——由畏兀儿人用自己本族文字写下的文献资料和他们遗留的实物资料的研究，使我们有可能接触和探究一些很细致的领域里的历史真实，并使之成为理解 13—14 世纪人民状况的参考。

本文主要依据元代回鹘文世俗文书资料，并参用其他资料进行研究。文中引用的文书均已经过断代证明属于元代。根据前人研究，下述条件为文书断代标准：

文书中有“yastuq”即元钞单位“锭”者[①]；

① 见耿世民：《亦都护高昌王世勋碑研究》，《考古学报》，1980 年

文书中有“čao”即“钞”之音译者①；

文书中有“uluγ suu”即蒙古皇帝、陛下者②；

文书中明记大汗姓名，如 ögödäy（窝阔台）者；

文书中有“yasa”即蒙古法律“札撒”者；

文书中有“doruγa”即蒙古长官“达鲁花（赤）”者。

此外，银货单位 satir、baqïr 分别代表元代之银一两、一钱；文书中出现这两个量词者有可能属于元代③；又，文书中以 aqa/aγa 这个蒙古语词代替前蒙古时代的突厥——回鹘文献中的突厥语词 iči 来表示“兄，哥哥”一词者，亦可能属于元代（即蒙古统治时代）④。但本文不以上述两条作为选择文书的基本断代标准，仅在必要时据此选用某些文书。

第 4 期。（接前页）碑文Ⅱ，第 49 行；Ⅲ，第 1 行。“on iki tümän ök čao yastuq”（宝钞十二万锭）。又见护雅夫：《回鹘文消费借贷文书》，《西域文化研究》，第四册，第 226 页。

① 见耿世民：《亦都护高昌王世勋碑研究》，《考古学报》，1980 年第 4 期。碑文Ⅱ，第 49 行；Ⅲ，第 1 行。“on iki tümän ök čao yastuq”（宝钞十二万锭）。又见护雅夫：《回鹘文消费借贷文书》，《西域文化研究》，第四册，第 226 页。

② uluγ suu 一词系指蒙古皇帝的解读者为 L.Ligeti（李盖提）。他是根据对居庸关小字刻文造塔功德记中的蒙古文铭文与回鹘文铭文的对照研究，正确地提出这一解读的。

③ Müller：Uigurische Glossen.ss.319—322。又见前田直典：《元代货币单位》，《社会经济史学》，14−4。

④ 护雅夫：《回鹘文葡萄园卖渡文书》，《东洋学报》，42−4，第 30 页。

本文称经过上述标准断代的文书为元代回鹘文书，这类文书在本文中引用者共 16 件。加上年代虽晚但内容涉及元代的 USp.No.22 文书一件，年代未定，但与本文内容关系较大的回鹘文书四件，以及蒙古文文书一件，共计 22 件非汉文史料。

下面是引用的元代回鹘文书及其他文书资料的序号、原编号、本文参考利用的研究者姓名的一览表。

序号	原编号	研究者
[1]	斌通 No.3	山田，耿世民，梅村
[2]	伊斯坦布尔 No.35	梅村，山田
[3]	冯家昇土地文书	梅村，冯家昇
[4]	URD. No.2	Малов，山田，梅村
[5]	USp. No.115	梅村
[6]	T. Ⅱ. Čiqtim.No.5	梅村
[7]	T.M.95.D.181	山田，梅村
[8]	T.M.206.D.187	山田
*[9]	USp.No.61	山田
*[10]	USp.No.56	山田
[11]	DUD.No.2	Малов，山田
*[12]	T. Ⅱ.Čiqtim.No.7	山田
[13]	USp.No.12	Radloff，护雅夫
[14]	USp.No.22	Arat
[15]	URD.No.3	山田

序号	原编号	研究者
*[16]	USp.No.98	山田
[17]	斌通 No.2	山田
[18]	奥登堡 No.1	MaЛOB，江上
[19]	Ramstedt.N0.2	山田，梅村
[20]	USp.No.16	梅村
[21]	USp.No.57	山田
[22]	T.Ⅱ.D.224	Ramstedt

* 号者为年代未定的回鹘文书。

需要说明，本文参考和利用的22件文书资料均为国内外研究者根据原件或照片解读；为了尊重这些研究及存真，本文除对个别文书的转写（使用维吾尔新文字或其他方法者）予以再转写外，一般保留其原有的正字法特点。文书编号尽量使用较常见的文献集编号。上表中原编号项及研究者项的文献缩写及姓名缩写所代表的参考文献，附于全文末尾。

1. 畏兀儿人中的蒙古统治秩序

自击破乃蛮和畏兀儿亦都护国顺附以来，蒙古统治迅速地在东部天山南北麓的畏兀儿居地建立起来。这一强大而富有威慑力的统治甚至深入到畏兀儿人民的意识之中，其突出的表现是：自唐以来广泛流通的回鹘契约文书中出现了对蒙古统治体系的“祝福”套

语。可举出的带有这种祝福套语的文书，如冯家昇刊布的斌通 No.3 文书 [1]：①

uluγ suu-qa buyan- ï tägzün	愿赐福陛下，
anta basa，aqa ini oγul-lar-qa	然后，赐福给诸兄
buyan-ï tägzün，	弟皇子们，
basa qoču il bägäd-lärinä，	并给高昌的别克们，
ančaši-lar-qa，	给按察使们，
šazïnayγuči -qa buyan-ï tägzün.	给沙津爱兀赤赐福。

这种祝福套语仅出现于元代回鹘文书中，套语的内容和格式也尚不能说流行；但是，民事契约中出现这种对皇室的祝福套语的现象仍是极为特殊的。底层平民向皇帝及皇族祝福的现象源于深刻的精神控制。可以说，这种异常的祝福套语实际上揭示着蒙古统治的强硬。

同样，元代回鹘文书中独有的把从蒙古大汗直至各级官员都作为纳罚对象的另一种套语，即认罚套语②，则说明蒙古统治不仅控制着畏兀儿人的精神，而且以强制的经济手段，造成了畏兀儿人社会经济生活中的不可触犯的秩序。和祝福套语不同，认罚套语是严厉的惩罚手段，它保证了即使在琐碎的民事纠纷中也有元朝最高统

① 斌通文书的最初发表和研究者为冯家昇。但因其错误甚多，后来曾为其他研究者根据照片（李盖提、山田、梅村）和原件（耿世民）反复再研究。本文主要依据山田的转写。

② 村坦称这种套语为“违约纳罚官文言”。见引用文献：梅村。

治者控制的影子。这类套语在元代回鹘文书中出现得要频繁得多，如伊斯坦布尔 No.35 文书 [2]：

čam čarïm qïlsar-lar	再生衅端的那些人，
uluɣ su̯ü-kä bir altun yastuq	将以给大汗一锭金，
ičgar-i[äɣïlïq]-qa bir kümüš yastuq	内库一锭银，
bägät-lär-kä birär ädär-kä	给别克们乘
yarašu at qïsɣut birip.	马各一为罚。

这件文书说明大汗、内库、官员均要纳罚。

再见冯家昇刊布的土地买卖文书 [3]：

čam čarïm qïlsar-lar	再生衅端的人们，
uluɣ su̯ü-kä bir altun yastuq basïp	敬纳大汗一锭金，
il bäg-lär iŋä	给国家之别克们
ädär-kä yaraɣu at birip.	以全鞍马

这种格式的套语最为常见，所谓“别克们”（bäg-lär）是畏兀儿人对全部官员的泛称。

再见奥登堡文书之一（马洛夫 URD.No.2）中的套语 [4]，它宣誓如毁约则要：

ögödäy su̯ü-siŋä iki yu̯rüŋ ạdan ötünüp	呈献窝阔台陛下二头驼，
yambï balïq ṭaruyo-larïŋa	给俺鼻城达鲁花赤们

ädär-kä yarašu at birip.　　可来的马。

这一文书因同时涉及窝阔台汗及达鲁花赤，所以也是研究蒙古前期历史，以及中亚达鲁花赤制度的最早的史料之一。

畏兀儿王亦都护（iduq-qut）也是违约者的认罚对象之一。其接受的保证罚金数目，低于大汗（uluγ suu）；约同于或稍低于汗庭诸皇子（aqa ini tigit-lär），正与其所谓黄金氏族第五子的身份相符。但是，在有认罚套语的元代回鹘文书中，亦都护出现较少且不稳定，这说明蒙古统治者已经逐步消除着吐鲁番绿洲居民关于亦都护是他们惟一的“幸福之主”的认识。如 USp.No.115[5]:

uluγ su̯ü-kä biš altun yastuq　　谨呈陛下五锭金；

aqa ini tigit-lär-kä birär altun yastuq qïsarïq ötünüp.　　及（敬呈）皇子兄弟们各一锭金。

ïduq-qu-tqa bir altun yastuq kögürüp.　　交付亦都护一锭金。

对亦都护与诸皇子的纳罚金额虽同为一锭金(bir altunyastuq)，但文书中对皇子们称“谨呈”（qïsarïp ötünüp）；对亦都护却称“交付”（kögürüp）。这一区别揭示了亦都护地位中所谓第五子的具体情况：即亦都护既享有大约同于皇子的待遇（认罚金额同），又明显地低于皇子。元代畏兀儿人心目中的主宰已是蒙古朝廷，他们必须承认这一统治秩序，并把这一秩序视为自己私人事务的保证。这一点下文还将涉及到。

当然，套语化的认罚数目必将在一定程度上流于形式，可以推测缴纳罚金、罚畜的事情不会太多。但并不因此就可以认为此类套语只是空话。因为绝大多数立约者不敢毁约。如下引 T. Ⅱ . Čiqtim. No.5 遗嘱文书 [6]：

män tösimi aγïr igkä tägmiš-kä	因我 tösimi 患重病，
ädgü ayïγ bolγaï män tip	我以自己吉凶难卜，
kišim šïlaŋ-qa bitig qoṭdum.	我留给我妻 šïlaŋ 文书。

重病人在这份遗嘱中安排了对家庭的要求，并在认罚套语中规定了家中亲人如毁约则应向大汗以下各级认罚的金额。不能想象这样的文书没有约束力，这一点应是看待吐鲁番文书的一个基本认识。

蒙古大汗的权威、达鲁花赤及诸别克的政权体系，以及蒙古法札撒在畏兀儿地的实施（见前引 URD.No.2 中“yasa-taqï qïn-qa tä gsüü”《依札撒受罚》之句），同时控制着畏兀儿人的生活与思想，并在绿洲上形成了一种集权主义的秩序。

这一秩序有无进步作用呢？

吐鲁番绿洲严酷的气候条件及狭窄的面积，与其丰饶的出产存在着尖锐的矛盾。这一矛盾自古至今靠博格达山（Boγdo）南麓诸沟的雪水和坎儿井（gariz）水的灌溉解决。水是中亚绿洲农业命脉所系，也是民间纠纷之源。畏兀儿人有着视水为财的观念，如前引 [3] 文书：

bu kün-tin mïnča,	从今天往后，
bu borluq-qa,yir-kä,	这葡萄园、这土地、
suv-qa，äv-kä，barq-qa......	这水、这家、这家财……

水在这里是财产之一项。应当承认这种意识是中亚绿洲农民所独有的。吐鲁番哈喇火州出土的蒙古语文件 T. Ⅱ .D.224[22] 中，专门谈及了高昌的水的管理问题：

ene Asan-i qoǰo-yin usun-i	委任此 Asan，
ǰos sanč-a ded bolun	以 ǰos sanč-a 为辅，
medelüg[ei]kemen tušibei	为掌高昌水事者。

这份蒙文文书的重要性在于它可能是一份大汗发出的敕命。文书题头有“ölǰei-temürüge[man]u”（我 ölǰei-temür 之旨）之语；接受敕命者有包括亦都护在内的高昌诸官员。可以认为，蒙古统治时代在吐鲁番曾对灌溉用水实行过集中的管理。这种管理在前引元代回鹘文书 [1] 中，对“按察使”（ančasï）的祝福套语中也能看到。至元年间畏兀提刑按察司之设及按察使对水的管理，《元史》中有明确记载①；斌通文书中的按察使为复数（anč-asï-lar），当包括副使、佥事等按察司衙门官员。正因用水问题的重要，农民们才向掌管水利的按察使们祝福；而在按察司撤销时期，像前引蒙古语敕命提示的一样，吐鲁番也有其他劝农掌水官员。如 USp.No.22 文书中，就有“农民官”（tarigči-bäg）之称（见第 31 行）。

从元代吐鲁番用水管理的分析中，可以看出元代畏兀儿地区和

① 关于畏兀提刑按察司，《元史 • 世祖纪》至元十五年诏：“立提刑按察司于畏吾儿分地。”（中华书局点校本，第 204 页）。次年又追加说明：“命畏吾界内计亩输税。……并劝农官人按察司。增副使、佥事各一员，兼职劝农水利事。”（第 211 页）。后于至元十八年罢。

农民中曾有过的农业管理秩序，而这一秩序对绿洲类型农业经济的进步意义则是可能的。

2. 畏兀儿经济中的农商特点

西迁回鹘文化在东部天山两麓与原有文化融合后，到宋元时已经发展成一种成熟的特殊封建文明。回鹘文书对这种文明的农商特点有不少细致的记载。

畏兀儿人中的土地兼并、贫富两极分化现象背后蕴藏着一种商业化倾向。这种倾向可以在契约文书中描述的财产转移、商业资本筹集、旨在商业目的的土地买卖（如葡萄园买卖）中看到。如 T.M.95. D.181 文书 [7] 中的立约目的：

yuŋlaq-lïγ böz kärgäk bolup，　因为需用棉布，
alpïš-tïn älig tas böz ilig-tä alïp. 从 alpïš 处借来粗布 50（束）。

交易额更大的棉布文书为 T.M.206-D.187[8]：

yṳz älig qalïn böz alḍïmïz　（换）得厚布 150（束）。

上引两通棉布文书中交换的布匹数量，显然不是为了日用。除了这种筹集商品的例子之外，也有些目的是直接为筹集资金。

如 USp.N0.61 [9]：

yuŋlaq-lïγ kümüš kärgäk bolup. 因需要用银子，

这件文书和前引两件棉布文书一样，为了筹集银款而出卖人口。在冯家昇土地文书中 [3] 更明确筹款目的是为了外用（或许是经商）：

taydu-qa yoŋlaq-lïγ čao yastuq kärgäk bolup. 因需要在大都使用钞锭，

为往大都，筹款者卖尽了全部家产，如前节所叙，包括水也一并卖出。立约者显然准备离开畏兀儿地内迁谋生，其谋生手段中，经商的可能性是比较大的。

上引四件回鹘文书多少揭示了畏兀儿人买卖中的筹集商业资本的性质。前人研究证明，回鹘文书表明当时存在两次或三次出卖和购买的人物[①]。这一现象除了表明贫富分化的严重外，也反映着畏兀儿人对生产资料（尤其是对土地的观念）的某种淡薄心理。这种心理状况，显然与中原惟以土地为本的思维方式是存在区别的。

自然条件、耕作传统和位于商路要冲的地理位置，决定了畏兀儿农业经济的亦农亦商特点。棉花和葡萄的种植也因此显得特别醒目。因此，回鹘文书中有关棉布和葡萄园的买卖交易也很突出。棉布交易除上几例外，USp.No.56 文书 [10] 也可以作为一证：

① 护雅夫：《回鹘文买卖文书》，《内陆亚细亚史论集》1，第 136 页，国书刊行会，1980 年。

böz kärgäk bolup	（因为）需用棉布，
bulat-tïn yu̯z böz alïp	从 bulat 处取棉布 100（束）。

这百束棉布的交换品是立约者曾从别人处买来的一名女奴。这件文书年代不明，但至少可说明自唐代后半以来，这种旨在商业资本筹集的买卖已盛行于吐鲁番。

频繁的棉布交易也反映着吐鲁番手工棉纺业的发达。回鹘文书证明回鹘——畏兀儿人中存在专业化的纺织户或纺织工（bözči）。如 T.II.Čiqtim.No.7 文书（即 USp.No.73+81）[12] 中有：

……atlγ äbči qarabaš böz- či	名叫……的女奴织工。

在这件文书中，这名女奴织工属于一个叫做 toyïn čoq 的人。这意味着手工纺织业的某种家内形式，以及僧侣、富人对工匠的掌握形式。

元代当然维持着这种棉布的买卖交易，同时进行的奴隶买卖也更经常。如 DUD.No.2 文书 [11]：

küŋüm-ni bädrüz-kä älig iki	把我的女婢以 52
baq-lïγ böz-kä torqu tomludu sadtïm.	束棉布为价卖给bädrüz。

这件文书中提供了棉布单位“束”（baq/baγ）。

商业价值较大的葡萄园交易更为醒目。前引文书 [2] 在大量的葡萄园文书中较为典型：

maŋa tärpiš-kä yoŋlaq-lïγ	我 tärpiš 因为需
čao yastuq kärgäk bolup	用钞锭，
aḍam-nïŋ maŋa ülüs-tä	把（曾是）我父亲的、位
täggän taysaŋ-taqï on altï ar	于 taysaŋ 之十六人耕种
kömär borluq-ta，maŋa tägär	的葡萄园中，属我的 čïrquš
čïrquš-tïn alïp öŋdun sïŋar-ïn	前面的，
alïp yarïm borluqum-nï	我的园子的一半，
udčï buqa、äsän ikägu-tin	从 udčï-buqa 和 äsän 两人处，
yuz yastuq čao alïp	得到 100 锭钞，（而）
toγuru tomlïdu satdïm.	确实卖出。

这一文书说明：绿洲葡萄园具有相当的规模（十六人耕作）；园主为一户人家；细致的划分使家庭（族）成员拥有个人名下的一份园子；在家长殁后，家庭成员常以这种产业进行商业性交易。

葡萄酒在元代的重要商业意义，使得吐鲁番盆地的葡萄园种植和交换受到很大刺激①。在畏兀儿农民心中，葡萄园位于财产之首。

① 有关葡萄酒的汉文史料很多，散见《元史》本纪和《元典章》等史籍中。其中，据忽思慧《饮膳正要》卷三载："蒲萄酒，……有西蕃者，有哈剌火者[者]，有平阳太原者，其味都不及哈剌火者、田地酒最佳。"田地城即为《元史·西北地附录》之鲁古尘。今 lukčun，也是吐鲁番名城。由此可知畏兀儿地葡萄种植意义。又见《元史·顺帝纪》至正七年十月戊戌载，"西蕃盗起二百余所，陷哈剌火州，劫供御葡萄酒，杀使臣"。可知元廷有使臣往畏兀儿地办酒务。这种使臣或与回鹘文葡萄园文书中的 ilči（使节），yalawač（使臣）有关，值得注意。

前引 [3] 文书中，就列葡萄园（borluq）于土地、水、家、财之首。相反，在回鹘文书中有关农产品，以及种植粮食作物的土地买卖就比较少见。

在元代畏兀儿人中的葡萄园买卖交易中，有的金额达 600 锭钞之多，甚至连买主也只能先支付一部分。这就是 USp.No.12 文书 [13]：

Quču-taki taisan borluq	高昌的 taisan 葡萄园
balïq borluq，	（和）balïq[城] 葡萄园，
taštïn qač bölük yirnin sataqï，	（及）界石处部分土地价
alti yüz yastuq čao icintin	共 600 锭钞中的
yüz yastuq birip，	100 锭已经支付，
qalɣan biš yüz yastuq čao qaltï	剩下有 500 锭钞……

这件六百锭钞的交易，无论是对买主还是对卖主，都是一次地产或资金的较大规模的获得。文书中卖主 oqul-tekin 夫妇乃是买主的兄嫂（oqul-tekin yänkämïs），这种关系更反映着一些畏兀儿人的经济与家庭的特点。

总之，上面分析的种种细节都带有一种浓厚的畏兀儿色彩。显然，畏兀儿地的商路要冲位置使得自古以来冲击此地的商业文化（主要是由穆斯林商队承担的），逐渐深入了绿洲的经济生活，并成为畏兀儿文明的一个组成部分。这一点也是本文一再使用的“畏兀儿农商经济”概念的根据。

3. 元代畏兀儿人的依附农和养子

蒙元时代畏兀儿人内部存在着严重的阶级对立和贫富两极分化[①]。在这个范畴里，本文着重探讨依附农问题和养子问题。

自由农的依附农化是封建农村发展的趋势。在畏兀儿人中，依附农主要是成为贵族和官吏的种植园（以葡萄种植园为主）园丁，——这就是著名的USp.No.22文书中的所谓inčupaxče。

inču的含义约为采邑、封地。关于它出现的年代，吉洪诺夫（Тнхонов）指出，这种inču的出现是与蒙古的征服相关联的。

并且，他直接把符拉基米尔佐夫（Владнмнрцов）对《元朝秘史》中的“奄出”（inǰe）一词的研究视为回鹘文献中inču的解释，但他并未从语言角度给予实证[②]。不过，如果《元朝秘史》第43节、第208节中的“奄出”及《元史》卷120《术赤台传》中的“引

① 元代汉文史料中有关畏兀儿地区凋敝、人民饥饿流散的记载很多。《元史》本纪中，仅至元年间就有十五年十月辛酉、十七年七月己酉、十六年十月戊午、十七年二月丙申、十七年十月癸巳、二十二年十月戊午、二十六年二月壬戌、二十六年四月壬子等大量有关畏兀儿地区灾异饥馑和赈济的记录。

② Д. И. Тнхонов：Хозяйство и общественный строй уйгурского государства X-XIV.вв.1966. АН. СССР. СТР.162—163。

者”与 inču 同源[①]，则中亚确立 inču 制度的时代也就可能是元代。

畏兀儿人心目中的 inču 应是贵族和官吏的庄园。在 USp.No.21 文书中，则指出它经常是一种葡萄种植园（inču bor-luq）[②]。

写于察合台后王吐黑鲁克・帖木儿汗（Tuqluq Tämür）时期的 USp.No.22 文书不仅具体地描述了 inču 园丁的经济生活状况，而且极为珍贵地记录了整个蒙古时代（以察合台汗控制时期为主）inču 制度的某些规定。

据 USp.No.22 文书，inču 园丁，即庄园依附农享有不受征税的权利。这件请愿文书罗列了共计十一位蒙古汗（主要是察合台汗）统治期间，官员在吐鲁番课税时一律不向 inču 园丁征税的历史，如 Arat 转写研究的下引一节 [14]：

[kibek] kan čakinta，	在怯别汗时期，
yabγu-beg kalan kesip，	yabγu 别克来征税，
inču baγčilar-γa kalan kesmiši yok.	对 inču 园丁没有征税。

文中的 yabγu 别克，据前人考证就是吐鲁番出土的蒙古语文献中的 ǰabaγu，他是怯别汗在东突厥斯坦的负责官员[③]。察合台汗对

① 村上正二《蒙古秘史》译注本，第一册，P.48；第二册，P.414。他认为：“突厥语之 inču/inǰu 来源于蒙古语之 emčü/ömči，意为‘使属于自己’，‘从嫁’。”这样看来，吉洪诺夫的分析或许不误。

② 见 USp. No. 21. 第 3 行。

③ L.V.Clark，On a Mongol decree of Yisün Temür（1339），Central Asiatic Journal.19—3.1975.p.198。

原畏兀儿地区固有制度和秩序的维持态度是很值得研究的。

如这节引文一样，申诉请愿文书历数了 inču 在蒙古人治下不课税的权利，它说明破产的自由民一旦依附贵族庄园，就可以享有一定程度的安定。当然，其代价也是巨大的。

其次，如《秘史》提示，蒙古语文献中的“奄出”（inǰe）有 inǰe ayil（从户）、inǰe mori（从马）；畏兀儿 inču 的依附农也常以“户”为单位。这种“从户”在 USp.No.22 请愿文书中亦有表现（第 48 行）：

aγa ini-lerimiz birle baγni edlep	我们兄弟一起种着园子。

蒙古时代贵族庄园不受课税的权利，至 14 世纪后叶信奉伊斯兰教的吐黑鲁克·帖木儿汗控制吐鲁番以后，才被破坏。这份请愿书正是依附农们不堪课税（kalan/qalan）和徭役（alban）之苦，才向大汗申诉的。

发达成熟的封建社会盛行奴隶买卖之风，元代回鹘文书中大量的奴隶买卖记载正说明了这一点。然而，畏兀儿人中的奴隶问题比较复杂和富有特点，本文以下准备着重分析与奴隶问题关系密切的养子问题。

先看 URD.No.3 文书 [15]：

inim antso-nï soγmïš-ïmz	把我弟弟 antso 给亲戚
toγnaq šilawnti-qa，	toγnaq šilawnti 处，
süt säwinč-i yägrmi stir kümüš	以乳礼 20 两银

alïp，oγul-luq birtimz.　　　　（为价），使其当养子。

由上可知养子抱养经常在亲戚之间进行，乳礼（süt säwinči）是抱养的代价。畏兀儿人的养子在名义上具有家庭成员的地位甚至儿子的地位。先看斌通 No.3 文书：

bindung atlïγ qïrq yas-lïγ qïday	由于名叫斌通的 40
oγlan-ïn nom bitig bilir üšün，	岁的汉人男儿识字，
toγuz yastuq čao birip yulup altïm	就用 9 锭钞买来。
mn siwsi taisi-qa，kisim-kä，	给我薛赛大师及妻，
uluγ oγul bolup. äwim-ni，barq-ïm-nï，	做大儿子。我家、财产，
igiläp asïrap yorïz-un.	（由他）进行管理①。

在抱养人薛赛大师（Siwsi taisi）的观念里，斌通是养子且是长子（uluγ oγul），文书写于庚辰年（1280 年）八月。然而斌通的原主（可称送养者）在同时所写的斌通 No.2 文书中，却认为斌通是作为奴隶（qarabaš，黑头）卖掉的。他写的不是养子文书，而是地道的奴隶买卖文书 [17]:

① 斌通 No.3 文书所引部分参用耿世民与山田两人研究。其中 qïday 耿、山田释“契丹”，梅村释“中国人”；本文释为“汉人”，以避免直指西辽人或笼统称“中国”。且“汉人”在元代兼有契丹、汉等族内涵。另因冯家昇错译最关键的 orul（儿子）为“乌拉马”，其研究自然无法参考了。

män aḍaï tutuŋ-qa yoŋlaq-lïγ	我阿体都统因为需用钞，
čao kärgäk bolup，pintuŋ atlγ	把我的叫斌通的
qitay är qarabaš-ïm-nï siwsai	汉人男奴隶给薛赛大师
taiši-qa …toquz čao yastuq-qa	以九锭钞（为价），
toγuru satdïm.	确实卖出。

显然，养子有时也是一种奴隶。在立约双方的观念上有着极大的差异，这种差异又以一种他们共知的联系来平衡。我认为，这种联系就是养子观念。

对斌通来说，从奴隶（qarubaš）地位转变为大儿子（uluγ oγul），是身份上的巨变；但在本质上（即立约人某种观念上），斌通仍是一个买来的劳动力，是事实上的家奴。

交付“乳礼”抱养的养子与汉人斌通的情况有所区别，但养子肯定也受到人身限制。奥登堡（Ol’denburg）第二次吐鲁番探险队所获的一组元代回鹘文书很说明问题。其一 [18]：

öz-üm-ta toγmiz titsu atlïγ oγlum-ni	把我亲生子 titsu，
čintsu sila-qa üš yil-liγ tutcuγ birtim.	典与 čintsu sila 三年。

在立此文书时，titsu 是有期的典当人质。文书约定典银 10 两（on satir），三年期满后质子回家，文书立于猪年。但是，次年（犬年）又立一件契约，即前引 URD.No.2，父亲因经济窘迫而把质子 titsu 进而让与债主，充其养子：

titso atlγ oγlum-nï	把我的叫做 titso 的儿子。

čintso ayay-qa tägimlig-kä	给尊敬的 čintso，
süt säwinči yärim yasḍuq alïp	以乳礼半锭（为价），
oyul-luq birtim.	给其做养子。

从而可知，养子入户的卖身性质确实是存在的。奥登堡文书描述了这一过程的经济背景和被迫性质，也记录了另一更重要的问题：即蒙古法律（yasa）对养子制度的保护。URD.No.2 称，如有违约致衅者：

yasa-taqï qïn-qa tägṣün-lär.	其将受札撒(规定)的罚。

在编号为 USp.No.98 的回鹘文书（年代未定）中，详尽保留有畏兀儿（回鹘）人中“养子法”（oyul törü-si）的史料。文书首先提出：生父按“国法”（il törü-si）送子 [16]：

oylum-nï suḍbaq-qa il törü-si	把我的儿子按国法
birlä oyul-luq birdim.	给 suḍbaq 做养子

然后说明养子依“养子法”尽诸种义务：

bu oyul，sutmaq-nïŋ birmiš ašïn yip	这养子，吃 sutmaq 的饭，
anïmïš iš-in qïlïp	做给的活儿，
oyul törüsi birlä ölginčä	按养子法至死
köni bïšïy tapïnṣün.	正直地尊重他。

第三部分，要求养父依“养子法”尽义务，其中包括视为亲生，代为娶妻等项：

suḍbaq ymä…oγul törüsinčä tuḍup.　Suḍbaq 也…行养子法。

最后警告，养子毁约治背父之罪：

törü yarγu yosun-ï birlä,　依法律裁定的规定，

aḍa yaṣmïš yaṣuq-qa tägṣün.　处以背父之罪。

通过上面引文，我们可以大致推测：养子法（oγul törü-si）的内容，由对送养者、对抱养者、对养子本人三方面的具体规定组成。由于文书称此法为“国法”（il törü-si），所以这种法律很可能就是前引奥登堡文书 [4] 中的蒙古大法——札撒（yasa）。因为，在养子法规定的抱养人义务中，有“qïz alïp birip”（为他娶姑娘——成亲）一条。在这种遵守的法律原则上，所谓养子法与卫拉特法典第 27 条“养父母须完全（负责）考虑养子的结婚（费用）”完全一致。这一现象至少是富于启发性的①。

① 卫拉特法典，田山茂据苏联科学院藏蒙文写本日译，《内陆亚细亚史论集》1，第 291 页，国书刊行会，1980 年版。本文根据蒙古法与回鹘文书中养子法的相似，认为 USp.No.98 文书也可能属于元代。但年代问题并非此文书主要问题，关键在于回鹘文书与卫拉特法典之间这种值得研究的联系。

养子的家奴色彩，其实在其脱离抱养家庭时必须拥有释放文书方面也可窥知。Ramstedt.No.2 文书 [19] 记载了一个濒死者与官员、亲人商议后，决定解除和养子的关系：

buqa qulï atlγ oγul-ïn-qa…	对名叫buqa qulï的养子，
boš bitig birtim.	我给他自由文书。

无疑养子中有着大量悲惨故事，本文引用的不少元代回鹘文献都多少揭示了他们的境遇。USp.No.116 文书 [20] 则记录了养子的逃亡：

män qïtay qaya-nïŋ sunsač	我汉人海牙的，名叫 sunsač
atlaγ qïtay oγlan-ïm yašïp.	的汉人养子丢失了。

综上，可以看出元代畏兀儿人中养子的双重性质：即养子在生产劳动中的家奴性质和在家庭里、在名义上或事实上的儿子（甚至是继承人）的性质。这两种性质在长期历史中的互相渗透。

造成传统性的养子抱养习惯的条件有两点：即以家庭为基本单位的生产和社会上各家庭间劳动力的不平衡。缺乏劳动力的家庭必须修补他们的家庭以维持生产，无后的家庭必须考虑养老与继承问题。这样，就造成了养子的抱养风气。我认为，这种养子抱养是一种北方民族社会的特有产物。或者进一步说，元代畏兀儿社会中的养子制度有可能源于它的回鹘时代。回鹘文书中流露出来的国法（il törü-si）及养子法（oγul törü-si）与蒙古法律之间的和谐，说明着它们在文化渊源上的相通。而元代畏兀养子抱养的具体细节与现代蒙古人中的养子状况的相似，更说明这种分析的可能①。

回鹘人带着自己的传统，在东部天山两麓定居以后，绿洲的经济特点把个体农户这一生产单位锻炼得成熟起来，并同时把他们原有的养子抱养习惯改造成为适合生产规模需要和阶级分化要求的、畏兀儿式的养子制度。“oγul-luq bol-”（做养子）不仅巩固着畏兀儿人的基本生产单位的能力，而且还模糊、调和着存在于家庭内部的阶级关系。

养子抱养的习惯导致了畏兀儿人的某些特殊的家庭关系和观念。USp.N0.57 文书 [21] 中，父兄三人以 60 金为价卖掉儿子（可能是养子）：

altmïš altun alïp	得了 60 金，
mübäräk qoč aḍlïγ oγlum-nï	把我的儿子 mütbäräk qoč，
män dda-sï××，aqa-sï××，	（由）我，他的父亲 ××、他哥哥
aqa-sï××,	××、
üucägü birla bolup	三人一起．
toγuru tomlïdu sadtïm	（把他）确实卖出。

卖主均为 mübaräk qoč 的父兄（文书中均标明领属成分 -sï，

① 至少在乌珠穆沁地区存在下述两种人：1. 无子女家庭抱养的孩子，蒙语为“tejigesen huu”；2. 长期住入某一家庭，为之补充劳动力以求生的人，蒙语称这一方式为“ayil-du son-a”。这两种人中常常存在着家内奴隶（ger-ün borol）。这是畏兀儿养子习惯的一个民族学注释。

“他的”），无论被卖掉的人是养子还是亲生子，这件文书都是对元代畏兀儿家庭内部情况的一个剖析。再如前引 T.II.Čiqtim.No.5 文书中，濒死的户主立约，以严厉的罚金规定约束自己的家人将维持家庭现状。显然，由于经济的和文化的原因，造成了一种显得松散的家庭类型①。而对这种家庭内部状况，尤其是其中养子状况的研究，乃是理解畏兀儿文明问题的一个重要角度。

结语

如上，本文主要以元代回鹘文书和其他文书资料为基础，探讨了畏兀儿的政治、经济：社会（包括习惯）三个范畴内的若干具体问题。大量史实说明：元代畏兀儿人在这三个方面都有着自己独特的状况，这种特殊性的发展为后来维吾尔民族的形成奠定了基础；而蒙古统治的时代，则使畏兀儿的封建主义社会在各方面都进一步趋向于成熟。

① 甚至内迁畏兀儿人中也有这种家庭问题。《元典章》卷 19 户部•家财《爷的钱物要份子》中说：“不拣什么民户里畏吾儿每，爷的钱物争竞，自厮打厮争的多上头：今后他的孩儿每根前与分子呵，爷与来的要者；爷的言语休违者。又爷时不曾分了，爷死之后，爷的钱物，一年其间，他这孩儿每分要了者。一年休过了者。圣旨这般晓谕了。……”（沈刻，页 15）汉文史料与回鹘文史料在这点上是一致的。

引用文献及缩写

USp：W. Radloff，Uigursche Sprachdenkmäler，ed. S. Malov. 列宁格勒，1928 年。

山田：山田信夫：《回鹘文奴婢文书及养子文书》，《大阪大学文学部纪要》16，第 165—267 页，1972 年。

梅村：梅村坦：《具有违约罚纳官语句的文书》，《东洋学报》58-3、4，第 1-39 页。

耿世民：《两件回鹘文契约的考释》,《中央民族学院学报》,1978 年第 2 期，第 43—49 页。

URD：С.Е.Малов, уйгурскне рукописиые документы экследнции С.Ф. Олденбурга. 列宁格勒，1932 年。Эан. Института Восгоковедення АНСССР. СТР. 126—146。

护：护雅夫:《回鹘文买卖文书》,《内陆亚细亚史论集》1, 第 122—139 页，国书刊行会，1964 年。

DUD：С.Е.Малов，Два уйгурскнх документу 塔什干. 1927. стр. 387—394。

冯家昇：Э•捷尼舍夫、冯家昇:《元代畏兀儿文契约二种》,《历史研究》，1954 年第 1 期，第 119—134 页。

Arat：R.Rahmeti. Arat，Türk Tarih Arkeologya ve Efnografya Dergisi III. 第 10l—112 页。1937 年。

江上：江上波夫：《奥登堡探险队所获回鹘文书》，《蒙古学》3。

Ramstedt：G.J.Ramstedt,Mongolische Briefe aus Idiqut-Schähri bei Turfan，Sitzungsberichite der könlglichen Prenssischen Academie der Wissenschaft. 第 843—844 页，柏林，1909 年。

夏台小忆

夏台只是一个乡的名字，地在新疆昭苏县。当时它这个称谓使用不多，一般被人俗称为五公社。它和三公社（阿克牙孜）、四公社（查干乌苏）一字并肩，组成了天山北麓最美丽的一条风景线，终点叫波马。

后来我出访过几个国家，见过阿尔卑斯山、落基山等一些大山大岭——我才明白了：夏台、阿克牙孜一直到波马连成的 100 多公里天山北麓的蓝松白雪，乃是这个地球上最美的地带。

当然人们会不以为然。但是若能列举几十项标准为众山选美，我想不出其他山脉有什么击败天山这一段山体的可能。

唉，夏台，我在你怀里度过的 5 个月！

夏台又不仅仅是一个乡一个公社，而是西域史上一个著名地点。唐玄奘西游取经，越过一道冰岭——即是此地。另外，比如准噶尔的英雄，也是经夏台翻过冰大坂逃往南疆的。夏台，意即梯子，指攀登冰峰的坂道形势。夏台其地，不仅是南北疆的交通咽喉，而且是中国与印欧之间所谓丝绸之路的要冲。

于是，小镇如巢，众鸟来栖，夏台的两条土路百十座散落泥屋，便成了许多民族的浪人居留的家乡。

夏台如同梅里美写过的直布罗陀：每走10步就能听到一种不同的语言。

诺伽斜着她不信任的眼睛，不情愿地用蒙语应了一声。我知道她认为我应当说汉语。

她的个子比其他15岁的小姑娘高一些，淡黄头发，眼珠微绿，非常漂亮——她兼有俄罗斯人的身架和傲气、以及蒙古人的颧骨和朴实。

她父亲，收割机手乌力记巴特尔已经喝得醉了。那些年我总是喝酒，正像这些年我总不喝酒——草原世界的媒介是酒，宗教世界的禁忌是酒。我心里有一种激动：为我发现的这种人激动。什么语言学院的教授专家，什么外交部的首席翻译，一切陈腐的崇敬都在夏台这间圆木和泥的小屋里崩垮了。诺伽，这15岁的混血小姑娘，是我有生以来见过的唯一的语言天才。

她和父亲讲蒙语的厄鲁特方言，和母亲讲俄语；她妈妈是一位流入新疆的苏联人。在社会上，从两三岁牙牙学语时就和维族哈族的娃娃玩在一起，所以她的维语哈语都如母语一般纯正。

加上她在学校上汉语班（夏台的小学比北京大学还棒，它使用维、哈、蒙、汉4种语言授课，不同民族的儿童可以自由挑选）——所以，小诺伽就是一个兼通5种语言的天才。

或者不应该用天才来解释。也许秘密的根源只在夏台；只要有夏台这个美丽而奇妙的小村庄，就会有像诺伽一样美妙的人。

我绝望地回忆着脑子里残剩的几粒俄语渣渣，在一张纸上企图和那俄罗斯女人笔谈。但是毫无希望——北京的一流高中、科学院的研究生院，在这里都被宣判了它们教育的失败。当然，也宣判了我以上学为人生这种存在方式的失败。我只能用蒙语和那女人谈一点点。

我求乌力记巴特尔；他不仅喝醉了而且不会俄语。诺伽的母亲用俄语对女儿讲了几句，但小姑娘调皮地一歪头，就是不给我翻译。

唉，那夏台的沮丧也是意味深长的！

后来，就一直没有再能去一次夏台。我有时做梦都觉得那蓝松白雪在向我涌来。汗腾格里 7000 米高的银峰像一个矛尖。山麓的斜坡上舒展开一派牧草，种类比内蒙古草原复杂十倍。夏台入口的地方有一处有鹿的山洼；梅花鹿，真的在那里散步。风景中有呛味有潮腥，有不同的种族和秘事。那种风景对于许多人是排斥的，对于有些人却又让他取之不竭。那种景色不但美而且大有学问，但是文人墨客又无法掌握。当你被成全了能够入门理解它时——这美会唤醒一种深刻的感情。

我会写很多关于夏台的回忆。我还会争取画出夏台的美色。最终目标是——在将来，在可能性赐予我身的时候，我一定要在夏台盖一栋自己的小房子。

1990 年 10 月

夏台之恋

夏台是一个天山中的山口，一个聚落和地点，现在大概是一个乡的维吾尔语地名吧，它们位于新疆西极的Mongol-kulai，意即蒙古人的草场，官名昭苏县——的一隅，与查干乌苏、阿克牙孜等地相接。不用说，这些地名中只有夏台（梯子）是早期形成的自然地名，指的是从这山口通向冰大坂的险路像梯子一样。

夏台和它的近邻——当时称为三公社的阿克牙孜、四公社的阿克苏、红旗农场的木扎特一字并肩，组成了天山北麓最美丽的一条风景线，在国境的一个名叫波马的清代哨卡上，这条壮阔的风景才告一段落。

我总喜欢问人，你认为世界上什么地方最美。等他们说上半天以后，我就给他们讲讲夏台作为总结。这似乎有一点矫情。但并不完全是吹牛而已。先不讲主要的想法，只就风景来说，我也是真正地研究过许多风景，包括被吹得很多的阿尔卑斯山脉、从美国直至加拿大北部的落基山脉、中国的三山五岳、太行昆仑、以及日本的各条山脉以后，最后才得出的结论。

应该相信我：夏台一线的一百多公里天山北麓的蓝松白雪，确是这个地球上最美的地带。

我特别喜爱的，还不是夏台领域中的那漫山遍野的天山腹地的美。久久体味着，会觉得慢慢地被它摄去了心魂、并久久陶醉不已的，是那自然聚落的宁静。用流行语来说是团结，用更准确些的语词来说是和平；用我喜爱的感受语言来说，那是一种深沉的安宁。

已经是应该提醒我们珍视这安宁的时候了。

夏台不仅是一个乡一个公社，而且是西域史上的一条著名通道的起点。唐玄奘西游取经，越过冰岭——即是在此地进山，通过了这条险道的。另外，比如准噶尔与清朝的最后一战，也是以夏台为依托；以胜则为王、败则为寇、北疆不保则翻大坂跑南疆为战略，靠这一条路下的赌注。最终汗王还是经夏台翻过了冰大坂并被杀于南疆，完结了他的反叛大业。从此可知冰岭古道、即夏台道的意义，不知为什么这意义没有被聪明的知识分子们留意。

夏台（shata）一语意为梯子，一般它被认为是维吾尔语。但无疑，这个地名远在南疆的维吾尔人骑着毛驴顺着古道翻山来临之前很久，就早已存在了。能肯定的只是：这是一个属于突厥语言的、形容冰岭道的险峻形势的比拟地名。

夏台其地，如上随意的记述，不仅当称南北新疆的交通咽喉，而且是中国与印欧之间、所谓丝绸之路的要冲。

于是，小镇如巢，众鸟来栖。夏台的两条土路百十座散落泥屋，便成了许多民族的浪人居留的家乡。

从正东和正西方面溪水一样汇来的东干人（回回）、俄罗斯人、乌兹别克人和塔塔尔人，骑着毛驴从南疆翻山而来的、后来名称为维吾尔的耕种人（他们被游牧民族的牧人们称为塔兰其，即农民）——来到此地便落地生根。在山麓尽头的平坦原野上搭起松木屋，种上高高的青杨，一排排隔出宽敞的院落。邻而不近，友而不狎，夏台遵守着一种规矩，一天天地度着非常自然的生活。

夏台如同梅里美描写过的直布罗陀——每走十步就能听见一种不同的语言。你也读过《嘉尔曼》，但你不可能去直布罗陀，因为老外不给穷人签证。可是你可以去夏台，至少可以去伊犁。去看看人类交往的汇集点。

人们告诉我，这一家是乌兹别克人。主人深深鞠躬，推开栅栏门邀请——我为那时的礼貌谢绝遗恨终生。走在潮湿的碎石大道上，人们又告诉我，那一户是柯尔柯孜，如今我欣慰地回味着与那家柯尔柯孜牧民整整一个夏天的友谊。至于更神秘的一些住民，一些避罪的回族人，当时太年轻的我没有留意和他们交往。

首先接触的是娜嘉一家人。娜嘉是一个历史的偶然性制造的女孩，当年十五岁。她的母亲和姨两姐妹在本世纪初的政治动荡的驱赶下，越境进入了新疆伊犁。娜嘉的母亲听说我学过一点儿俄语，就坐下来打算和我长谈。但不可能，我的俄语早就还给老师了，她丈夫根本不懂俄语也没有兴趣。那俄罗斯女人用一种沉思的眼神注视着我，她有一种静静的、高贵的韵味。我猜，一定是这个夏台使她获得了喘息，在夏台这个小小的地方，在终于相信已经远离了炮火和恐怖以后，她身上溢出了这种韵味。

娜嘉则是个又像汉族又像维吾尔的女孩。用她父亲、厄鲁特蒙古康拜因手、嗜酒的汉子乌力记巴特尔的原话来说，当年俄罗斯两姐妹来到夏台时，他“只是拿上了丑的一个”；于是小娜嘉就成了一个厄鲁特和俄罗斯的混血小姑娘。她的个子比其他十五岁的小姑娘高一些，淡黄头发，眼珠微绿，相当漂亮——她兼有俄罗斯人的身架和傲气，以及蒙古人的颧骨和朴实。

那些年我总是喝酒，就像这些年总不喝酒一样。人有时需要放纵做解脱，有时又需要禁忌做解脱。我和乌力记巴特尔之间使用蒙语。但是对小娜嘉说时，她总是斜着不信任的眼睛，不情愿地应上一声。我知道她认为我应该说汉语。她还不懂，我是在品味难得的人生机缘。那时我心里总是在激动，我为发现了这种人和这种地方、更为我与他们能成为朋友而激动。

她会五种语言。和父亲讲蒙语的古老西部方言。和母亲讲俄语。她使用维语和哈语为社会语言（夏台也是一个小社会）；因为从两三岁牙牙学语时起就和维哈娃娃玩在一起、并长到十五岁，所以她的维语哈语讲得都和母语一样纯正。

但她的父母和她自己选择了汉语学校。

夏台的小学比世界上任何一所摆架子的大学都棒。它同时用维吾尔语、哈萨克语、蒙古托忒语，以及汉语四种语言在各年级授课——不同民族的儿童在入学时，可以和家长捉摸决定，自由挑选一种进入学习。娜嘉挑的是汉语。这种对汉语的重视，是一种流水般的自然选择，没有任何强迫和外力。这种现象，我在六十年代的乌珠穆沁草原也见到过。

一个兼通五种语言的真正的小天才，就这样在夏台诞生了。没有什么教授专家或外交部首席翻译能和她比较。创造她的是夏台的小小社会，和平的，多族属多语言多文化的、美好的夏台社会。

更使人感到魅力的是哈萨克。

哈萨克，至今这是一个诚恳、守信用、珍视古老传统的象征。

在夏台，我见过一个身躯雄大、肩上架着鹰，跨着一匹枣红大马的哈萨克老人。他摇摇晃晃、威风凛凛地纵马跑过我身旁，那一刹那就使我的心里刻进了他红马黑鹰的形象。后来我在中央民族学院旁听哈语时，把那架鹰老人的印象草草用钢笔画了下来，没想到被一个同班的哈族同学珍存了好多年，我感激这同学，非常想为他好好重画一张，至今尚没有如愿。

那时我在干考古的活。考古队常常请兵团的人领上，一行人骑马去喝马奶子。在山口一座毡房前下了马。那时连兵团的农垦职工都深具礼性，他们在毡房门口先把特意准备好的水果糖和饼干分给小孩们，然后才弯腰进门。他们全懂得用水壶洗手三遍，而绝对不会洗后甩手上的水滴。

那时在夏台第一次听见了哈萨克的歌，比如《Ak bulak》（白泉）。哈萨克是一个文学色彩强烈的民族。在天山的溪流旁扎下营帐，就使他们获得了对山泉溪水的灵感。

被歌曲征服的体会是一种极其宝贵的东西。在我至今为止的人生中，被一曲歌震撼而永生不忘的体验，第一次是在乌珠穆沁，听到的歌子是《Nailin guhe》（修长的青马）；如果数下去，第二次身心震动时听见的歌就是《Ak bulak》。

这首歌和很多哈萨克歌曲一样：必须要有那样的主人和客人，在那样一个没有干扰的地方，等到那种空气中飘荡起亲切的哈萨克气氛的时候，才能唱好。歌者凝视着松林中穿过的风，凝视着这天山牧场、这家乡、这银发的老母亲和毡房正中的红红篝火；或者，心里想着难以对她启齿的美女。然后他激动了，诉说起来。

《滕王阁序》里有所谓赏心乐事良辰美景的“四美并具”一

句。而这种天山深处的、哈萨克人非常讲究的歌唱条件，远比王勃的名篇本质得多。

冬不拉伴唱的哈语歌子，大都是粗哑焦躁的男声，如抢白如争辩。在急促的冬不拉弦音催促下，他们的嗓音显得非常感人。我没有直接听过哈萨克的女人唱。只是后来在北京的哈族朋友穆塔里和阿力肯家里，常听到一个阿拉木图的女歌手唱的一盘题作《一句话》的磁带，我觉得那歌真和梦一样，简直不可接近。

和两家哈萨克牧民有过难忘的交往。

缘分开始都是由于喝茶。后来我才明白，对于我这样的牧民出身的人来说，进毡房喝奶茶不用说是享受和运气——然而对很多知识分子却不然。他们只是应酬或一次性解渴，他们是永远不会为奶茶所魅了的。而我那年是穿着内蒙带回的马靴去夏台的，惟我知道：若是都在一面山麓草地上，作为邻居度过夏天，每日一起喝茶——人与人结成的便已经是重要的关系。

每天我都在这两家哈萨克家里喝茶。午间在一个会汉语的年轻人巴音岱家；工作中休息时在一个丈夫是柯尔柯孜人的女人家，她有五十来岁。一次，天山上下了大雨，我被淋得湿透，落汤鸡一般从工地跑进她家时，她迎着我喊道：balam！这个“m”是第一个称领属附加成分，即“我的”的意思。她喊的是“我的孩子”。多少年过去了，我一直无法忘掉她使用的这个语法，以及在天山大雨中的她急切的声音。

哈萨克人的马，大量地销往内地。伊犁马身架高大，卖价远比蒙古马高得多。事实上夏台一带的哈萨克和遥远的蒙古牧民竞争的焦点，主要就是卖马。我见过一次成交后马群赶出天山时的情景。

马是卖给河北省安国县的，安国人以大车老板的另一种锐眼，准确地剔除病马、挑出骏马，他们的一套本事很使哈萨克和厄鲁特牧人敬服或嫉恨，但更重要的是只有他们才能一次付出几万元的巨款。这笔钱在当时决非小可，成交后一连几天夏台都满溢着快乐。

马群要经特克斯河的宽谷进入新源，直指著名的那拉提大坂。翻过那低平的山口后，马群就可以在辽阔的巴音布鲁克边牧边行，不待消瘦就可以直指乌鲁木齐背后。

不用说，路上艰难险阻无数。所以在送马的人里，必须包括路径熟悉的老者、锐气十足能迎击危险的小伙子、还有翻译——那年是一个“犯了严重的生活问题错误”的汉族中年人；他的一口流畅的哈语把他从劳改队救了出来，使他转瞬之间成了送马一行的首脑人物。我看见他在马鞍上乐不可支，笑得前仰后翻。

突然一声响，马群轰动了，围观的孩子们尖叫着逃开。像开闸后的洪水一样，马群互相冲撞着跑起来，雷声般的蹄音咚咚地敲击大地并震着人的面胸。前后几个送马人威风地大声吼着什么，故意把马打得飞驰如风，向观看的妇女们显示。大马群，扬着冲天的尘土，嘶啸着滚滚地离开了夏台。

那些日子平凡、宁静、劳累，总在淡淡的感动浸泡之中。

清晨，一边望着近在咫尺的庞大天山在眼前褪着雾气——乳白的缕缕雾气，从山腰滑下来，一边去河畔洗脸。捧起的河水是刚刚融化几小时的雪水。三掬水洗罢，两颊冰得难以忍受，两手的十指直到骨头都冻痛了。我从不敢多洗。

这种横着流下来的山溪卷着白沫，都汇入特克斯河。夏台河，只是这些溪流中的一条。而特克斯河也仅仅是伟大的伊犁河的一条支流。站在河岸望着特克斯的朦胧原野时，无法形容的新鲜山风强劲地推着自己的肩。

就这样，上午开始了。圆木屋上方升起一支支灰白的炊烟，馕和奶茶的气味开始出现，渐渐地充满了夏台的全部缝隙，使人心里从上午就踏实了。然后去干活，太阳升高后去毡房喝茶，那哈萨克老母亲经常为我准备一小盆酸奶子。再干活到正午，去巴音岱家。那时满屋都是哈萨克，午茶在拨弄着冬不拉的漫谈中，一直会延续到下午。

伊犁的克扎依（kezay）部落的哈萨克人的奶茶，是用极浓的茶、盐、鲜奶和奶皮子依次兑好后，再用大茶炊里的滚水冲成的。修正我这样的在乌珠穆沁草原成人的嗜奶茶者的习惯决非易事，但是我日后在北京喝奶茶时，还是改用了哈萨克的克扎依部落方式。

日暮时，回家时，整整的一个世界、一条山脉都面对着自己。它们被天山的落日染成难以言状的一派金红。

还有远近兵团农场的人们。

最难忘的是红旗二农场的雷班长。是他让给了我那匹黑马。在内蒙古我并没有福气得到这样的骏马，何况又是漆黑的毛色。去天山确定发掘的墓群时，大家都骑马，我被雷班长的黑马迷得神魂颠倒。于是我尽量好好表现：把内蒙古的地道牧民的姿势先让他看清，然后再提出换马的恳求。后来——后来骑那匹黑马就成了我的特权。它性格和善但上马时疯狂地打转，小走时拼命般撕扯嚼子。跑起来如箭如风，怒气冲天地笔直地冲下山麓、撞着树枝跳过草丛，仿佛要去牺牲。那才是真正的黑骏马。我视那骑黑马进天山的时光为自己生命的美丽瞬间，至今我无法忘记那匹漆黑的快马，也无法忘记把它让给我的兵团战士雷班长。

雷班长的家是一个半地穴的地窝子。令人叹服的是他的地窝子挖成了单元住宅。有门厅有厨房、有分开的一间间卧室、墙用白灰刷得又平又白，室内各条线缝笔直。我参观得目瞪口呆，这活活是一个北京或上海梦呐，当然是先设计、再拉线、准确地挖好地下空间以后，再一次盖成屋顶。我想得出来的玩笑话只有：可惜没有浴室和凉台。他听后哈哈大笑，说：还缺那匹黑马的马房呢。

他们在辽阔无际的麦田里劳作。他们把梦想深深地寄托在这片大地上。他们从遥远的内地家乡娶来媳妇，只挖了一个地窝子以供生存。他们同样善良好客，身上满溢着中国人的淳朴气息。他们把孩子生在这片土地上。也把对未来的希望都寄托在这片土地上，他们的妻子被天山的太阳晒得黝黑，他们的孩子已经是土生土长的新疆人。

过去我不喜欢过多地描写他们，是因为我更喜欢所谓异族情调。而今天的世界迫我留意另一方面。在今天，不关心他们同样是不义。

有一个原来一直很模糊的阴影近两年来突然清晰起来。它阴沉地盘旋在中国的上方，寻找着什么。

我突然想起了给了我以重大熏陶和寄托的夏台。也许已经到了最后清理关于新疆的感情、到了写完这夏台之恋的时候了。

在国外的每一天我都感到被一种空气逼迫。海湾战争以后，西方包括日本为了他们不便明说的阴暗目的，如饥似渴地盼着中国肢裂。中国边疆正在被不怀好意地加热研究。源头远在汉代移民的新疆汉族，近来更是他们的攻击之的。尽管美国完全是一个移民窝，而且是一个建立在对印第安的灭绝屠杀基础上的移民国家；日本则不仅曾经向南北美洲和中国东北大量移民，而且至今对“满洲国”念念不忘。对于这些他们是决不会提一句的，在西方国家煽动民族主义的聒噪声中，我发现无法讲清一句话——汉族也是人。

同样，被鲁迅先生唤做智识阶级的中国文化上层也是不会提一句的。他们有一种敏感，他们不得罪今后“国际化”以后恐怕越来越重要的“外国朋友”，也不触犯快要成为世道的丑恶。他们不会爱上谁更不用说爱上一个村庄。他们是苟活的天才，他们的奸狡堂堂正正。新疆也罢信仰也罢，党也罢族也罢甚至祖国也罢，没有他们不可能背叛的事物。何况区区夏台。他们是——后天若有危机明天才考虑背叛路子的人。对于直言危机的人，他们轻则损他故作多情，重则骂他是危险分子。

而我只追求正义，我只以底层生存的人为信条。在 1933 年的这个时刻，我必须说，在夏台的美之中，也有汉族民众的创造。

回民进入这里的路是最秘密和最艰难的。

谁也不知道那些粗悍的甘肃、宁夏、青海的农民是怎样来到这里的。他们不向外人随便讲自己的事，当然，除了别有用心的人和他们内部的人以外，也没有人关心过他们。我遵守这种人心的禁忌，从不多问，直到很久之后。

后来，在回民们的泥屋里，他们终于相信了我是一个真正的回民的儿子。这才渐渐体会出他们流入特克斯一举的内涵。听着他们的迢迢千里长途的故事，我动情了，说，等我有一天非给寺里散个大乜贴（心愿）不成！不想他们严肃地对我说：乜贴，这不是能随意讲出口的，等到做到了的那一天再讲不迟。你不讲，主也知道。为甚非要哇哇地讲呢。

回民进入新疆的源头，是清代回民起义失败后，被流放至此的罪人们。后来，藉着他们的音讯，家乡人找来了。

静悄悄地，一些人在黑夜里住下了。第二天他们就开始找活干。十天八天下来，他们守住了一个存活的活计，然后不管多苦多危险他们也决不会再撒开手。直到能打土坯盖下一间房子。

这一间泥屋会让第二个闯新疆的“自己人”落脚，等着他盖起自己泥屋的时候，万一有了几家人互成邻里，那么长大的树和攒下的钱，还有打下的土坯，就能盖起一座小小的清真寺。

世上，也许没有谁在宗教功课的严谨上能和回民比。回民以自己真诚的信仰操守，首先使维吾尔人服了气——遥远的古代实现的这一步关键至极。这是一个信仰和精神直接使人获得了生存条件的、很特殊的例子。为了伊斯兰教不怕牺牲的回民靠着伊斯兰教在新疆立下了脚。他们有信仰，他们说汉语并在内地长大成人。信仰的中国人在新疆站住了脚——这一点干系重大。我预感，回民们完成的，也许是对新疆今后意义最深刻的一件事业。

口气大好吹牛的乌鲁木齐汉族朋友，完全不知道这其实与他们的小日子关系重大。在他们常常用酗酒打发的一天天日子中，持完全相反的禁酒生活的一些回民，已经在二百年的光阴里建成了一个新疆里的新疆。

沿着谁也不知的路线，手里没有一张地图，但他们走得很准很踏实。戈壁滩上的徒步，饥饿和语言不通，二百年来如一日地走进新疆的苦楚，并没有被谁同情。但是他们忍住了。他们已经有了自家的路数，说得时髦些已经有了自己的网络系统。回民的黄泥小屋和简陋的清真寺遍布了伊犁和全部南北新疆。夏台也有这样的黄泥小屋，星星点点地，神秘地连接着，一直散满了特克斯和更远的地方。

特克斯一带盛产贝母。在夏台，不用进山，就在草地上低低头，眼明的立即就能看见满地的草药。这草药，是回民们生存、喘息、立足，然后慢慢富裕起来的救命草。挖上贝母再干上能有多少就干多少的活计，数数攒上的钱，买上一头黄牛赶回甘肃宁夏的老家——是可能的。问他们时，他们憨憨笑了。他们的白帽子在天山松杉牧草的浓绿中，白得耀眼。

夏台的美好，夏台的安宁，夏台的和平，不知为什么使人感伤，似乎真有一种无形的巨大神力创造了如此动人的和平，如此美好的夏台。她太美好了；以至人不能不担心，当力量移变时她会不会被破坏和被侵犯。这只是胡思乱想么，不知道。至少是一种古老的担忧。中国自古把它称为忧国。类似的古老情绪也可以在很多少数民族的古典音乐里感受到。我想，那些哀惋而激烈、在简单至极又无法解明的几句话里一唱三叹的歌子，一定也是起源于这种情绪。

夏台本地有一首叫《特克斯》（Tekes）的厄鲁特古歌，我以前不明其意时就曾被它吸引过。

> 名叫特克斯的地方，是多么平坦的地方
> 你生在那里的家乡，是多么好的家乡
> 在北边山上耸起的，是金顶子的庙
> 在人们中间盼着的，是多么好的命运

它总是在反复地叠唱一个词：yamor（多么）。究竟多么好、多么远、多么美，歌者心中的“多么”的程度是怎样的呢？听者只能一次次地被浸染，但并没有听到解释。这不是赞歌，是一种奇异的感伤。也许《Ak bulak》也一样，歌者唱出了心绪，但没有找到语词，于是他们再也不去寻求语词，而永远只在情绪中陶醉。正因此，我深深地被这些歌子吸引，心里总是结束不了对它们的咀嚼体味。

我说的还不是这种或那种歌子。不是维吾尔或哈萨克今天习惯的旋律节奏。也许我想说的是音乐；也许我想只凭感觉臆断一个重大的命题。不能简单地以“歌”概括，它是歌，是音乐，是情绪或情调，更是一种难言的原则。有一个很费解的词——天籁，中文把无法比拟由天而降的声音称为天籁，而我更向往其中的精神。

自从经历了夏台体验以后，这种从印度到新疆的音乐使我着迷了二十年。如果被迷恋如此之久则可以说这是爱情的话，那么应当说，多少年以来我一直深爱着这种无法言喻的东西，永远地在心里听着、等着、寻找着她的呼唤。

一个长长的、颤抖着在天空激烈折扭的灵魂，驾着那么悦耳那么神妙的声音袭来了。第一次听见那音响时，并没有注意同时袭来的它。就在那个瞬间它借着音乐永远地埋在了我们心里。那时我们还不知道这就是它，甚至并不知道自己已经被改造。

我说的不是新疆音乐。

后来我渐渐感到，这种音乐和它所依据的一种神奇的气质和血脉，无论其源流、范围、伟力，都远远不是我所能认识的。但我清楚自己的过程：我是从夏台开始，在不觉地向一种音乐、一种情调、一种反感庸俗和体制的姿势倾斜，一天天地倾斜，并再也不能离开它。

我说不尽——自己有多么喜欢这块蔑视官僚和体制的土地。不过今天该补充一句：浪漫的情调和优美的生活方式，决非是以恶和歧视为内核的民族敌视主义。在日本我发现，街上卖这种货的商人突然多了。我想，反体制，就应该先对这些帝国主义反它一家伙。在国外，每一天我都有被逼迫讲的感觉。他们以为我是回族因此就应该主张独立。他们不会懂得：正因为我有异族的血统，边疆的经历、伊斯兰的信仰，我才更要向一切危害人道和破坏美的东西宣布异议。

文章该结束了。

遗憾的是，无法在这末尾加上我记忆了二十多年的、那夏台桥边的一张画。那是一个真的生活场景，一个真的画面。因为这么多年来，尤其是最近两年，晕眩的视野总是一次次地幻变成那张画。

——夏台河上有一座木桥。在阳光曝晒的桥边泥地里，每天每天，总是有两个光屁股的小孩在玩耍。

那是一座用伐来的天山的松树和杉树一层层斜着垒起的、像汽车弹簧一样的古老木桥。那时我几乎每天都去找一个叫巴森的厄鲁特老头闲谈。

巴森老人是个守桥的。他无家无业，一生不知道是怎样打发着最后到了夏台。在夏台，每逢秋夏之交天山上的洪水下来的季节，他就住进桥边的一个木头屋子，守上白沫喷溅雪水咆哮的三个月、挣上百十元钱。等冰封夏台路以后，他就靠这些钱吃喝。他的小木棚屋和另外两家人的房子搭在一起。

那两家，一家是维族，一家是回族。

两家都有一个一两岁的光屁股的小男孩。说他们是小男孩不如说他们是两个小动物。每天，除了吃和睡他们可能爬向各自的母亲以外，他们与各自的大人毫无关系。他们日出而始、日入而息地天天玩。当然，大人也根本不搭理他俩。夜里，两家的房子由他们随便睡哪家，亲妈不会去找。两家的女人早就习惯了在吃饭时，给爬到跟前的两个都盛上，而且决不能偏心——否则天下就要大乱。

在桥边的泥地里，天山的强烈阳光晒着两个光溜溜的小动物。他俩永远快乐地玩在一起，闹在一起，滚在一起，缠在一起，哭笑在一起。特别是，他们总是在吱呀吱呀、吧唧吧唧地，不知说着什么。

在一旁津津有味地吸着莫合烟，我和巴森老人兴致勃勃地看着他们玩。我问，他们说的是什么呀，巴森老人说：那话么，人长大了就再也不会说了。

今天觉得巴森讲得很有意思。他俩无疑将是真正的bilingualist，双语持有者，对彼此的语言精通得入骨入髓——但是，他们将忘记在夏台、在那原始古朴的老木桥旁，在耳畔惊涛如雷、世界单纯至极的一小块泥地里，他们使用过的语言。那语言也许被树干砌筑的老木桥记住了，也许被日以继夜地奔流的雪水河冲走了，但我想那是人的原初的语言。人和人初次对话时的语言。纯真而无邪，一点也没有被污染的语言。

这张画即使能够出现在文字旁边也无济于事；因为无论如何，谁也没有办法重现他们的初声，没有办法记录下那起源的语言了。

后来，就一直没有再能去一次夏台。我有时做梦都觉得那蓝松白雪在向我涌来。汗腾格里（蒙语：天王）七千米高的银峰像一个剑的尖头。山麓的斜坡上一派缓重地潮动的牧草，种类比内蒙古草原复杂十倍。我还总想起夏台入口的山里，那个叫malaltai（有鹿的地方）的山洼；梅花鹿，真的在那里散步。风景中有潮腥的呛味，与我有过缘分的所有的人，从巴森老人到那哈萨克母亲，从娜嘉一家到木桥旁的那两个小生灵般的娃娃——都与我在一起。夏台真是一个秘密，她排斥了那么多的人却让我取之不竭体味不尽。她改造了我，赋予了我以一种宝贵的气质和感情。

我曾一直幻想，将来有了余裕要在夏台盖一间自己的小房子。也用天山的松杉原木，挨着奔腾的雪水。

如今觉得，盖房子的梦，大概只能留给我的孩子去实现了。回味着那些事，心里只觉得不可思议。

不知为什么，我的心里那座木桥的形影愈逼真，就愈有紧张的感觉袭来。在南部斯拉夫，在亚洲和非洲，只因族别不同人们就在相互残杀。西方导演了一切然后又在布施和平。我命定不能以享受美而告退下阵。我只能一次次拿起笔来，为了我深爱的母国，更为了我追求的正义。

夏台形式一刻刻地在我的思想中清晰起来，使我开始意识到：它远远不仅是一个美丽的小地方，它的形式是人们必须遵守的生存的准则。

——任何事情，任何心愿或爱情，都应该有一个结尾。对于新疆和夏台也是如此。所以，这篇文章是关于那个天山深处小小聚落、以及我对她的情感的总结。写了它十年以后，我感到它提及的是一些要紧的大事，我想对它字斟句酌一番，但又觉得不必。

我想，顾虑别人的误读是不必要的。若是它真的被赋予了大的命题，那么它要经受的验证将会多次反复。我不觉得它有哪儿过了时；反倒觉得，要是没有它，我还真不知该怎样说明我自己。

所以，在补充了这么几句以后——

谨把这篇散文献给你，夏台。

写于 1993 年 4—6 月，日本归来

审定于 2005 年 9 月，美国侵略伊拉克之际

Olar

这个词，简单至极，并无歧义，只用三个字母就可以写出来。它是代词，意思是“他们”，每天说在人们的口头，每个初学者在第一周就能在语法书上遇到它。他是 Ol，他的复数即他们是 Olar。

我学会它，却绕了一个远远的大圈子。

我是从阿拉伯语的苏菲一词，从东干人的深处，满脚黏上了苏菲的泥巴之后，才开始留意——其实从年轻时代就屡屡投奔的新疆的。我打听有关苏菲的话题，人们告诉我，这个术语在这儿叫做“依珊”。他们看我听着费力，就说：

就是 Olar！

意思是“他们”。

我顿时感到一种灵感。我听见 Olar 这个词的时候，耳朵里就觉得一震，好响亮！

多谢那时的听觉，使我没有与它失之交臂。当然，在那一瞬我还没意识到：自己正经历着一次名副其实的振聋发聩。我只是停顿一下，稍稍琢磨，咦，什么？暗藏的响亮，怪怪的魅力！是它内含的淡淡哲学味儿，还是它那轻灵的发音？陕甘宁青四省的体验知识涌来心底，为我提供参考注释。我敏感地记住了它。不管怎样，比起别的地区世界，它的这种表达多了一层含意。说不准，恰恰这一层正是本质。是这样吗？ Olar，他们！

最深奥的词是最简单的。同时，最普通的词儿也最厉害。它让你一刹那就明白了它的含义，它也让你一生都猜不透它的含义。

多少年来，我的心里一直悄悄开着一个小小讨论会。

Olar，他们是正统主流之外的一部分么？是那样的一个场景么？正统派望着远处指点道：看，他们。

或者完全不能这般猜测。深刻的哲人懂得：大路之外还有小路，普通人之外还有他们。出于这样的认识，哲人们尊敬地称呼道：他们。

——我沉吟着，在遐想中调动知识，左右驳难，如黑暗中独行。思来想去，我累了。恐怕就和“他们”本身一样，我不会获得一个清晰的答案。

神秘恰在于此，魅力恰在于此，否则还叫什么神秘主义！ Olar，他们！

作为一种新鲜的知识，我的追究才刚刚决意开头。对他们拥有的美丽文化，我的迷恋也正在如醉如痴之中。话题可以跳开，我理解了自己的蒙古草原时代。原来那是一次奠基，从那时起，我们就习惯了一种方式。我们错把它当作是习惯了一种生活、甚至只是习惯了奶茶羊肉。如今我懂了：我们习惯的方式，是善解、尊重和喜爱他人的原则。

艰辛的青春时代经历的奠基，不仅价比千金而且是手中武器。2000 年来临时，媒体和一些下作文人粉墨登场，炒作千禧。我说：“并非什么恶心的千禧年。在亘古游牧的草原，它只是十二生肖循环的一个龙年。这一年，我依旧——留意着他人的苦痛而生活。”[①]

他人的概念，如种籽入土，永远地长在了我的心里。

“Olar”在底层深沉的体验，比不上强力的话语压迫。前不久，由媒体举行的、对美国作家苏珊·桑塔格的纪念，说到底本质就是这样。

苏珊·桑塔格以她“注视他人的受刑”的态度，每见路有不平，常做拍案直言，赢得了媒体的喝彩和大众的尊重。但在把桑塔格炒作为一个新圣徒的热潮中，她常关怀的“他人”是缺席的。虽然也曾诚邀他人，无奈其开口土语村言，涉及往往逸脱于时尚，主题更不合苏珊式话语；加之土语双关、村言可疑，谁会为了这种噢拉怪音，坏了哗众以谋大利的中产阶级理想！

于是这样的现象出现了：一面是纪念关注他人的她，一面又排斥他人对她的发言。有趣的不是笨拙的文明作态，而是其中语言学的悖论。希望还要推后；歌舞升平之中，流行的风习仍是“不论男女，并不以他人的尊严而喜怒。”[②]

初春天气正好，应该舒展筋骨了。沿着天山公路，再次来到南疆。行前我查阅了所有专业书籍，从诗歌的源流，到果木的栽培。

① 见张承志散文《如草枯荣》。

② 见张承志散文《人道和文化的参照》。

由于心想着 Olar 一词，好像怀里揣着一幅地图。一个黄昏，天际红霞如镀。我独自徘徊在冰山黑湖，一个人静心回首，检视了自己以前的作品。

若只是写得苍白，倒算是幸事……粼粼的金波无言地闪烁着，没有谁理睬我的思绪。我写道：“我为自己有意无意对他人文化的歧视而羞耻。”[①]带着这样的思绪，离开了帕米尔，我继续着旅途。和田、叶尔羌、疏勒和喀什、甚至早已熟视无睹的吐鲁番，都魔术般地脱衣蜕皮，为我幻现出新鲜的面貌。感触随时而生，新知接踵来临。Olar，在他们丰饶的土地上，我如破网入水的鱼，激动、快乐、享受着一场陶醉。

也许我们经历的，是巨大的命题。

虽然我们拥有的，是缩小的话语。

当学会尊重他人、又得到了他们的回报——人好像就不再害怕孤独。你体会过么？这是一种真实的心理。

我终于把道德的要求诉诸于各方。那一天我懂了：最初，为什么深刻的古代哲人选择了 Olar 为名称。因为一切人，包括“他们”自己，都必须“懂得关心他人的尊严，懂得和平与正义的意味。”[②]隔阂与误解，哪怕它们就是大山，也正可怜地等待铲除——等待山如飞絮雷电扫荡，一切狭隘都被打通的日子。

这个名字的妙处，在它暗示了一个思想的方向、一种爱人的倾

① 见张承志散文《人道和文化的参照》。

② 见张承志散文《他人的尊严：纪念苏珊·桑塔格》所引 1990 年的题词。

向。Olar，把方向对准他们！它发音简单，朗朗上口，含义明确。而且只要真心想做，实践于生活也并不太难。

在茫茫的人世间，我咀嚼着这个词汇，摸索独行。是的，关心他人，才是真的人道主义。哲学也好，派别也罢，或一个人——唯此才算具有了生命，否则一切都不过骗术而已。Olar，我在整个北中国且行且吟，从乌珠穆沁到塔里木、从祁连山到西海固。在长旅中，它是我的路标和规矩，伴我走过一站一站。Olar，我常觉得不可思议：一个词，平衡了我半生的文章学业。

2005 年 2 月 3 日写毕

Uyingiz

这样的地方，大多是一些或者优美或者贫瘠的地点。风景也许阔达，视野也可能被遮蔽，但是一点是共同的，它非常秘密。每当我特别想清理思想的时候，不，毋宁说每当我的肉体无论如何必须休息、必须获得一点最低限的滋润的时候，我就悄悄地来到这里。

这样的休息之国，这样的参悟秘地，大都在一些几省交界的地方。当然你知道，到处有一些两省、三省或数省的边境妙地。像很多地方一样，老百姓的故事，虽然没有被划入浩劫，但往往也是一本受难史。

非常奇怪，只要我来到这里，就在抵达的瞬间，在看见静谧的荒山，或被太阳照亮的草地的瞬间，我就觉得身心都开始获得休息。一种清醒的情绪开始升起。不用说，对每一个心灵感到疲惫的人来说，这种感受都异常重要。

十几年前的一个午后，我和孩子留在毡包里。

那一年她是十七岁吗？她穿一件浅红色的单袍子，从泥灶上搬起热腾腾的铁锅。穿过小木门，视野里是大草原，乌珠穆沁那么舒展地在前面起伏。盛夏的阳光，照得远处的草地蜃气升腾。

有一会儿我好像醒悟过来，刹那地意识到她的存在。灶台前默默忙碌的这个蒙古少女，千真万确就是那个春天的婴儿。我同时意识到，这么多年自己还停留在那个春天。我不相信自己已经变老。我只是觉得有些衰弱和疲惫。

她一点儿也不等待我地成熟了。额吉和母亲不在，姐姐已经出嫁，她在作为第四个女人操持家务。她唤着我：阿哈，喝茶呀。

我只点点头，没有应声。她就把茶碗放在我面前的矮桌上。奶茶静静地凝起一层淡黄的薄皮。我躺下了，从敞开的小木门远眺。我以前从来没有多么留意她；那么久我一直为她的姐姐兴奋，她的姐姐当年被我们看做小天使。可是姐姐出嫁已久，眼前只有妹妹。那个下午我第一次发觉，婴儿已经变成了忙碌家务的少女。我还发觉，她如今的操劳中，有一件事就是照顾我的下午茶。

在这种情况下，还干什么事业呢，我只想一刻刻一天天地，消磨这样的时间。我渐渐完全进入忘我。冥想着，注视着一派丰饶草原，是一件难得的乐事。我品味着惊奇。我一个个地目击了她们的变化，我居然注视了她们的成长。风景渐渐显现，又在我眼前朦胧。

那年，我和几个朋友结伴，从北麓的一个山口进入了天山。

那一次行前就知道只有一夜时间，但我们的心情是不管时间短暂与否，我们盼望在天山里消磨哪怕一个瞬间。山谷叫做库勒萨依。森林夹着太窄的沟，哈萨克人的毡房一层高过一层，沿着山坡搭着。

两个骑马的孩子赶着牛，窄窄的山沟尽头有低低的雪山。问答间，清脆的声音在山崖石头上击碰，每一丝余音都响亮地传荡。两骑马远去了。我在一根干枯的松木上坐下，看着上方狭长的天空，白昼从松林梢头一层层退尽，直到余晖完全从山麓牧场消失。几乎是不眨眼地，我迎接了那唯一一夜的来临。

当然，那一夜我们和天山之间的交流，只是一些断片。我却深深依恋那一夜，哪怕只看见一片叶子，几棵树木，我也觉得珍贵。哪怕是一厢情愿，哪怕是主观和唯心，哪怕是对大自然和民众们的单相思，我们成功了。

我早有一个决心，就这样：一生中我要从一个个山口，一次次地靠近天山。有时会像在蒙古草原一样，遭受心灵的激烈感动；有时只能简单地过上一夜几夜，呼吸一些新鲜的空气。反正会有所思，有所得，也会找到宝贵的休息。

有一回我用画描写了它。那是一张随意的油画写生；画面的远处正在下雨，孤立地平线的两个小山被雨洗过，鲜嫩得像是女人动人的乳房。近处道路泥泞，但色彩丰富明亮。

究竟是什么时候已经记不清了，那次，我问起一个小山坡的地名时，牧民的妻子说了句什么，她的句子里有 üyingiz 这么一个声音。

这个响声在被我听见的那一瞬间，像是什么突然跌落、什么一下子破碎了一样，没有音响，却轰然震动。我心里不由得一怔。那时我正醉心品味她的女声，连同远隔敌意和隔阂的绿山谷；那个古老的词飘然掠过，像是一声轻柔的天籁。

üyingiz，蒙语是“努特格钦”，汉语是“你的家”。而我听见，它在悄悄告诉我，它是我的秘密的休息地。不能尽译；它摄人的滋味，不可知。

美丽瞬间

那天清晨，当他踩着草地上的露水去牵马时，他并不知道一切竟会是这样。那时霞光刚刚从雪牙般的连峰缺口里流溢出来，他不知道，那些在蓝空中排列着的冰峰背后还有汗腾格里。后来他才恍惚回忆起来了：那天清晨当看见霞光从山口喷射而出的时候，整个天穹都传响过一派纯净的乐声，束束光芒都曾像颤抖的琴弦一样闪烁。后来马蹄的敲击淹没了那奇妙的音乐。他多少有些为自己的旧习惯懊悔；因为他莫名其妙地兴奋起来了，他微微虚坐，他踩稳铁镫，他用左手的三个手指勾住长长的缰绳，他微醉似的随意摇晃着腰杆，呼吸着黑马鬃毛间升腾着的一股汗腥。天山腹地里的景致先是迷住了他，使他兴奋而燥热；接着就使他醉了，他忘记了这里是天山，忘记了成排成片青春勃发的蓝郁松林，忘记了洒满阳光的明亮耀眼的绿绿的山间草地，忘记了在褐色的岩壁下静静地蹲伏着的一些榫卯式的木屋。他只顾习惯地纵开马，又快活地猛一仰身把马缰收住。他在那些蓝幽幽的巨大云杉的阴影里闪电般一穿而过，在那些明亮嫩绿的山间牧场的夏草丛上怒声大笑。他在自己潇洒又危险的骑法上头晕目眩，在胯间那匹漆黑俊美的马儿的颠簸中一刹比一刹更沉坠入一片和谐的快感。现在像是能够回忆了，像是现在又恍然听见了那些风的啸声。那激动的风啸从暗蓝而浓郁的松林梢头一掠而过，然后无影无踪地消失在深谷和绿彩鲜明的草地里，直到下一次又在远处那片云杉林上面尖锐地响起来，但是那不是风啸，他回想着，从那天清晨起一切就都不一样：朝霞中传送着一支纯净的乐曲，从上游，从阿合牙孜，从查干乌苏，从古城堡的断墙那边一荡千里地传来的一支启示的神圣乐曲。他觉得一切真是异样的，只是很可惜，人往往当事而迷，意识不到那瞬间的启示。其实，那天山里传荡的乐声谁都应当立即听见，她简直像伸手就可以捉住的一只低飞的燕子，她简直像涂抹在蓝天上的一笔鲜艳的浓彩。

朝归途转过马头时，一切都骤然变了。一行人进山本来是要选择发掘的乌孙墓，这种圆圆的土堆墓在这里漫山遍野都是，可是后来大家好像都忘记了选墓的事，几匹马就那样忽快忽慢地在峰峦山谷里奔驰着，像是几个随心所欲的流浪汉。墓葬处处可见，看来古代的乌孙人活得很兴旺。大家互相望望就决定了：其实挖掘可以随便开始，挖哪个都一样。工作嘛，怎么干其实都一样，用不着多想什么，后来连考古队的老队长也放松了姿势。他在纵马驰向一座长满野葡萄的小山时听见老队长哼起了一支古怪的歌。于是马队朝归途转头，天山里强烈的阳光把一串黑黑的长影印在明艳欲滴的嫩绿草地上。而他想起来了，他终于回想起来那一刹空中的风和乐声都抖响了一下，然后骤然变了。那以后一直到他们回到团部，耳际缭绕的尽是一派充满生机的欢畅乐响。

后来雷班长就答应了换马。出发的时候，团场政委叼着烟卷说，拣几匹老实得抽也不走的马子给他们骑。军垦团场是一支退役的骑兵，他们的马厩里没有抽也不走的懒马和老实马。海拉提骑的那匹黄骒马面目狰狞，光滑的脖颈上有一块手掌大的皱伤疤。他骑的是一匹身躯粗壮的大白走马。然而都比不上雷班长那匹黑马，雷班长的黑马简直美得迷人，在马队里又挣又跳，浑身闪着一亮一灭的漆光。他看见雷班长那漂亮黑马时简直惊呆了，那黑马在马队里简直像一个在人群里光彩四射的太美丽太出众的姑娘。天山的一座座雪峰在头顶盘旋着移动，扰乱着云层里泄漏出来的晃眼的霞光。绿得让人难以相信的山坡一片片地迎面浮过来，又默默地退开去。哈萨克人的座座静谧的毡房安坐在一些巧妙的角落，青灰的炊烟神秘地微笑着。他重心后倾，压住马臀，白走马拉开大步，两只打了铁掌的笨重后蹄击在裸石上，迸着一连串清脆的响声。雷班长开始还笑着夸奖他，后来就一直听他大吹蒙古草原上的故事。那里是乌珠穆沁。那里一望无际、一目千里。那里的草浪茫茫万顷，牧场舒展平缓，那里是真正的大草原。可是那里没有高傲得蔚蓝的雪峰，忧郁的挺拔松林，白白泡沫像雪一样不透明的冲腾放浪的河。那里没有这么绚烂的野葡萄和暗绿的含蓄地滑过草丛的特克斯大河。当雷班长稍稍惊愕地张开嘴巴时，当他讲到那匹蒙古马在山坡上摔了一个圆圈跟头时，他紧跟着一句提出了换马的要求。

哦，我的黑马，他默默地回想着。

我的腰肢那么敏捷有力，骑坐那么随意轻松。晶莹的冰川即使在夏季里也从不融化，它映出了一个黑马骑手的矫健影子。一行行一排排松杉热烈地张开枝干挺直胸脯。从发蓝的深色林间，逆着阳光，一派明晃晃的绿草地环绕在马前马后。归途上赛马接着赛马，黑骏马佑助着我永远跑在前头。啊，那从伊犁就打开了的五彩长画，那从阿合牙孜东部的远山就奏响了的天山的圣乐。我懊悔无法一一记忆。我庆幸我这么牢地记忆着。不是人人都有幸遭逢的，不是谁一生都能够有一次的。蓝的晴空，雪的山顶，被远远的松林染成蓝色的山腰，从斜滑的半山倾泻而下的明亮的草原，哈萨克人的神秘毡房，飘浮的炊烟和巡走的云团，下游河谷上空的迷蒙，青春的年华和快活的心境，渴望中的烈酒和疯狂的奔驰，和姑娘完全是两回事然而又比姑娘更美更有魅力的骏马，一匹漆黑闪亮的黑色骏马——都不是可以轻易获得的。它们的相聚，它们为你而在此时此地相聚，为一个世界，这完全是真主的美意。

换马以后，雷班长跨着白走马不见了。他和行列中唯一的哈萨克海拉提并马在前。海拉提下颚坚韧，激动得面色通红。海拉提双手紧握缰绳，目不转睛地注视着。他觉得在海拉提紧锁的眉间源源流着一支急骤动情的冬不拉曲子。叮咚的音响清晰地震动着附近的空气。那是什么曲子呢？他想问问海拉提，可是他只是朝海拉提投去一个询问的眼色。海拉提微微侧转一下那张刚毅的脸，还给他一个紧张的笑容。悦耳的冬不拉曲子响得更强烈，此时完全合上了八只马蹄在裸石上击打的节拍。那曲子是什么呢？《Ak bulak》，或者是《Engbêk küyi》？不知道。也许那曲子应该叫海拉提，叫哈萨克，或者叫天山，叫美丽的生命。我们俩都不该去挖墓考古，他想道，我们俩也不应该去当农夫锄草耕土，不应该当干部和知识分子，不应该当兵团战士或康拜因手。我们俩都不应该工作，他快活地想。

喂！海拉提唤着他。

怎么？他笑了。

马奶子。海拉提挤挤眼睛，他露出一口好看的白牙。

前面山脚下，在三株又粗又直的巨大塔松旁边，静静地卧着两顶毡房，那毡房其实又灰暗又破旧；他刚刚望见它们的时候还曾经皱起了眉头，因为他觉得它们的天窗是歪斜的。乌珠穆沁讲究搭成稳重浑圆的毡房，他以乌珠穆沁人的身份想对这两座巨大然而有些歪斜的毡房评头论足。可是他没有能。海拉提脸上莫名其妙地涨起红潮，他看见海拉提变成了一个孩子。从海拉提颤抖的眼神中那冬不拉奏得急促了，像是要冲上蓝天挺住并裹胁那支缥缈的曲子。一束锐利耀眼的光照在谷间露出来的一角冰峰上，那儿白炽得能使人双眼一黑。小小的马队突然低低地齐声唤道：哦，汗腾格里。他知道这是绵延两千里的天山山脉主峰。他没有想到能在这儿看见这座传奇的主峰。太阳的光点在嫩绿的阳坡上闪烁成明亮温柔的一片，有只毛蓬蓬的黑花狗在那阳坡上舒服得打着滚。海拉提不是精神抖擞，海拉提不是自治区考古队的干部，海拉提不是在工作，他想。海拉提是满怀神圣，海拉提是哈萨克巴郎子，海拉提是在认真地度过着他最喜爱的生活。海拉提正在不语之间蒸发升华着。海拉提的全身四肢和每一个关节毛发都正在迅速挥发成音符，正在叛变成一根牧草，化成这山谷里的轻风，企图逃之夭夭。

唉，我理解你，他赞美地瞟着海拉提僵硬的骑姿和悄悄痉挛着的脸。我们都不该干这些，我们俩最好从今天起结伙流浪；今天你带我来天山腹地，明天我邀你去蒙古高原。人们往往太粗心了，他觉得和海拉提相比自己也太粗心了，因为只有海拉提最早意识到今天的含义。海拉提一上马就深深激动了，显然是他的哈萨克的血燃烧着他。海拉提一直按捺不住地满面通红，声音在古怪地颤抖。他心里突然涌起了一阵尊敬。人啊，他悄然地想道，人是多么不一样哪。

天山里的太阳不知藏在哪里，白昼是因为那些被强烈阳光照亮的一块块草地和山岩才存在的。群山夹着一个凹口，在那里露出了白炽的冰峰汗腾格里。它代替太阳照耀着天山草原，照射着向阳的草地和山岩。一共有五匹马在跑，五匹马的挂掌带铁的蹄子无声无息。头顶上，浓得像要坠下来的白云团疾驶着，蓝蓝的长空上层一定正起着风。马蹄无声无息地在一片片浴着阳光的绿草里划过，对准着那两座隐居深山的哈萨克人的毡房。太静了。四周静寂得像是人突然失去了耳朵。他在那一瞬间丢失了云间巡行的那支圣乐，也丢失了震彻他耳鼓的、从海拉提身上源源涌出的那支冬不拉曲。他仔细地想使自己想起来什么，他觉得自己正纵马跑向一个什么边缘。

忧伤的蓝郁和明亮的鹅绿都在无声中飞着。

其实，当他敏捷地从黑马背上一跃而下，扯过缰绳在拴马桩上打了一个活结时，当他匆匆瞥了一眼那位哈萨克姑娘就一头钻进昏暗的帐内时，他什么也没有意识到。他早就醉了。从清晨起，这世界就冲撞着摧毁着他，又多情地引逗着抚弄着他。似乎他在拼命地在空白一片的脑海里回忆一个名叫乌珠穆沁的地方，似乎他在拼命地寻找什么，但是实际上他醉了。他醉在其中又不知自己在哪里。他只记得，几个人在那顶巨大得惊人的毡房里坐定以后，他用考究的姿势盘腿坐下——这是乌珠穆沁赠送给他的本领之一。他不明白他为什么偏要回忆那个万里以外的地方，他的头脑有些承受不了这么辽阔的遐思。

从那以后十年过去了。

他有好多个对于十年的数法。从那天以后，他在新疆，在地球上的这条美丽山脉里奔波了十年，或者说他的灵魂被空中穿梭在白云团里的那支圣乐挟卷了十年。后来他无数次睡过哈萨克人真挚的毡房，后来他能用哈萨克语向老人合乎礼性地问候安好，后来他看见过无数的哈萨克姑娘，可是他再也没有见过那一瞬间他见到的——美人。

那挤马奶的哈萨克族姑娘美得使人十年后才感到目瞪口呆。Ak tamak，他静静地想着。十年后他感到自己懂了这个哈语词。

那姑娘脸颈雪白。海拉提说她是柯扎依部落人。她衣裙上黏满奶渍和油污。她瞥过一眼，人们就慌忙纷纷低下头。她瞭望门外阳光涂满的草地时，她的眼睛乌黑晶莹。她探询地环顾客人并端起酸马奶桶时，她的眼睛蔚蓝如水。海拉提已经舌头僵直额头冒汗笨头笨脑。他听不懂但他觉得出海拉提想讲得彬彬有礼但已经语法混乱。毡帐里高悬着一柄古铜色的冬不拉琴，悦耳动人的旋律在炉火上面轻盈地跳动。昏黑的毡顶被烟熏火燎得散着清苦的呛鼻味儿，浑浊洁白的酸马奶子咚咚灌下肚腹，再漾起来一股酸热的微醺。团场政委、雷班长摸出早已准备好的饼干糖果散给一群孩子；这尊重人的礼仪随随便便地把帐内的空气变得亲切愉快。考古队的老队长显然不习惯——他疲乏得睡了，可是他的脑袋和毡房角落里的一个襁褓中的婴儿挤在一起，逗得那哈萨克美女终于忍俊不禁了。她抿住嘴只笑了一声，就羞得走出门去，可是她笑的那一瞬他觉得心里烫了一下。他猜大家的心里都觉得烫了一下。敞开的小木门嵌着满溢的明亮绿色，那姑娘走进了那片绿色，在长方的门框里灵巧得像一头小鹿。她可能是去取马奶子，她在那有魔力的门框里消失了。宽大的毡房里同时响着一放松的吁气声。飘闪不定的那支冬不拉曲子划出一个调皮的滑音。

毡房内，上首坐着一位白髯老人，穿着一件厚实的黑条绒皮领棉衣。他很想试试使用几天前向海拉提学来的几句哈语，就向老人问好，并询问酣睡在角落里的婴儿是男孩子还是女孩子。是马倌，老人微笑着回答。海拉提解释这是女孩子的意思。那么男孩呢？生男孩则称为羊倌。为什么，难道不是牧马人更适合男子汉吗？因为我们喜爱马。马……它“骏”，您懂吗？另外，马是真主造化的一种清洁的动物，还有，马儿的性情难以捉摸，就像姑娘一样。毡房里哄然一声，人们都惊服了。多么美好的思路啊。真的，这位美丽的哈萨克姑娘性情如何呢？这世上有谁能捉摸出她的心思呢？

正在这时，那姑娘提着一只牛皮桶出现在小木门框住的那块亮晃晃的绿色中。她弯腰进门，微侧着头把奶子倾入待客的大铜盆，她的姿态姣好优雅。她的细细的马靴翘着后跟，像是轻轻踏着那支劳动舞曲——《Engbêk küyi》的某个节拍。一束阳光照在她的脖颈上。一束穿过门框外的绿色的、被染绿的阳光照得她的脖颈像一截圆润的玉。海拉提已经喝了八碗，他也喝了八碗。海拉提一直沉默不语，那支从毡房顶飘下的曲子缠绕在姑娘身上。海拉提突然转过脸对着他。唱歌吧！海拉提粗声地说。于是开始了歌唱。海拉提唱了一支又一支，其中唱了怀念故乡的《Ak bulak》，这支歌昨天他听海拉提唱过一遍。但是海拉提没有唱另一个“白色”，另一个 Ak，没有唱那支能概括一切爱情的《Ak tamak》，虽然他知道海拉提胸中奔腾冲撞的音符全是那支《Ak tamak》。

他喝完第八碗马奶子后唱了一支蒙古语的歌，《锡林河》的第一段。喝完第十碗时他又唱了一支赞颂乌珠穆沁摔跤手的《独龙章》。马奶子原来真的可以醉人。乌珠穆沁不挤骒马。听说在内蒙古西部草原上才挤骒马，所以今天他是初次喝酸马奶子。后来他醉了，这个醉是马奶子的醉。他隐约觉得自己在同时醉了两场。他摇晃着又唱了《松树高高山上的树》。唱了《细长青马》、《紫红快马》和《四方褐色马》。他凝视着小木门外忽蓝忽绿的那块长方形的明亮，沉重的浪头冲击着他的心，使他回忆着乌珠穆沁草原。政委和雷班长合唱了《学习雷锋好榜样》，角落里的白髯老人点着头说：雷锋，雷锋 jakse。jakse 是人人皆知的词，它和蒙古语的“赛汗”一样都是“好”的意思。考古队老队长被推醒后，唱了《有一个小和尚泪汪汪》。毡房里的人都昏昏半醉，但是没有谁敢请那姑娘也唱一支。

白髯老人摘下了冬不拉琴。琴面光滑地流动着黯淡的光。老人嗓音沙哑，似说似诉。海拉提大声宣布，这就是著名的《黑走马》——《kara jorga》。乌珠穆沁也有一支同样著名的歌，他想，《黑骏马》。他觉得喉头哽住了。kara jorga 在快步前进。冬不拉琴的肠弦丁丁冬冬。划过肠弦的手指在音箱上敲出乱真的蹄声。他同时听见了一支悲怆辽远的《黑骏马》，眼前清晰地出现了乌珠穆沁的舒缓草原，两支歌在此起彼伏，两匹黑色的神马在比翼交飞。他心里深深地惊奇着，因为从乌珠穆沁到伊犁，整个北亚都在憧憬一匹黑马。

那哈萨克姑娘在门口送客人们上马。

他解下黑马的缰绳。海拉提正揪扯得那匹强悍的胸颈上结着光荣疤痕的黄骠马抖甩鬃发。他突然发现那姑娘近近地立在一边，他的心慌乱了。他想用学来的哈语向她致谢，可是他忘了“谢谢”那个词。他晕头转向地踩镫跨上马背，突然听见那姑娘高高的喊声。

“啊，kara jorga！……”

他俯首望见了自己的黑马。哦，黑走马。黑色，他的脑海中劈开着无声的闪电。高贵、神圣、精灵般可望不可即的黑色。而你是白色，白色是真正的纯洁和绝美。Ak tamak，美丽的姑娘。kara jorga，黑走马。黑与白，蒙古草原和哈萨克天山。深不可测的，永生的认识啊。

然而在那一瞬间他只是害羞得要命。他不敢看那双摄人心魂的若黑若蓝的眼睛。空中的乐声猛扑而下，草地上的灿烂阳光被撞击得迸溅出火星。幸福是不可置信的，幸福是千真万确的，他笑了，终于没有用哈语道出那句谢语。海拉提纵马驰出了营地；他身不由己地也纵马冲出。他曾想向那姑娘挥挥手或是说一句什么，可是狂风般袭来的音乐如潮如啸，他在疯狂的驰骤中被淹没了知觉。

这真不可思议，他想着。沉重的大步在戈壁上引出一声声单调的声响，戈壁上弥漫着烫人的热气流。他费力地把背囊换了下肩，继续在暴晒下赶路。十年前的事情了，还记着。他笑了。他用了十年时间细致地了解了这条山脉，现在这条山脉在他心中成了一本宏大的书。可是不知为什么他总是回忆着那一天。也许不为什么，他觉得他只是惯了，他只是习惯于在这回忆中反复咀嚼着一种辉煌的滋味。

从清晨起就一直高高逡巡的那支圣洁的乐曲，此时暴雨般倾泻下来。天山蓝郁的阴坡绷直了松枝，铮铮地摇曳着奏出节拍。迎着金黄的阳光，炫目的绿草地仍在流淌蔓延，光彩照人地诱惑着激昂和英勇。海拉提——黄骠马卷着一连串黄黄的烟球，冬不拉曲子震耳欲聋。不可思议的疯狂节奏击打着大地的胸膛，前方一字摆开愈逼愈近的迷蒙河谷。扶摇的雾霭颤抖着，终于模糊了更远的视野。

那姑娘临别时的一声高喊像一个掷向天空的银铃，疾走涌落的音乐立即吞没了抢跑了她。

疯狂的赛马愈来愈无法控制。骏马咬死了嚼铁，恶狠狠地冲突着，红黄的火星闪灭在裸石上。链状的古墓一排排苏醒了，草茎上噼啪有声地冒出新生的草芽。他放声狂笑着，莫名其妙地怪叫。天山多辽阔，生命多美好！黑马突然柔韧地伸长了腰腹，他觉察到身下的四条马腿突然离开草皮低飞。他收短马缰，伏下胸脯，顺手把帽檐拉转到脑后，一股强风立即拖着哨音顺着两耳向后逝去。黑马疾驰着，黄膘马转眼间已经失踪。抓住生命吧，他迅速地想。他从牙缝里挤出一声嘘嘘的哨声，那一派音乐又从马头前方轰然一声拔地而起。滚滚的裸石四处飞溅着粉碎着，切入那疯狂的旋律之中。他已经听不见背后黄膘马喘吁，听不见团长、雷班长和考古队长的声音。他大笑着，口中似唱似喊。他重重地抽了黑马唯一的一鞭，于是一切都飞起来了。明亮的草坡，晶莹的冰峰，蓝幽幽的松林和雪白的河水都飞上天空，旋转着欢唱着，托扶着簇拥着他和他的黑马在茫茫世界里疾行。

那狂热的音乐只间歇了微微一瞬，几乎觉察不出的一瞬。因为海拉提追上来说团场政委摔伤了，他疲惫地踏着陷脚的青沙砾赶着路，胶鞋底烫得像是已经被戈壁烧熔了。能记得起来的只是政委摔伤了，他搜索着记忆。后来为了包扎伤口进了一个村落般的地方。好像是个畜牧队。他完全记不清究竟怎么坐到那伙厄鲁特人中间的了，他只瞥了他们一眼就意识到马上有一场可怕的烂醉。那还是我第一次见到厄鲁特蒙古人，他默默地想道。音乐仅仅在那会儿停歇了一瞬，天上的云朵在重新聚集，它们颜色黯淡却滑走无声。一丝闪烁的细绿在云团之间飘游着，散布和连结着不安宁的气氛。一个新的大潮，一个要充溢“今天”的快乐精灵已经逼近了，它催促着畜牧队的那个细眼睛医生，催促着头上绑上白绷带的政委。

政委是一条山东好汉。他不耐烦地催促着医生包扎，又催促着备酒的牧民，于是真正的豪饮开始了。早已醉了的他又开始了第三场大醉。这里难道不是乌珠穆沁吗？他在心里大声问道。次序是相反的，血脉带着习惯，这里首先是歌。于是政委粗声大笑，于是政委重重地拍着他的肩膀喊叫。于是海拉提跳起舞来，乐不可支地自己为自己吆喊着伴奏。他惊异地望着人们又望着外面逶迤的雪山，他抵御不了这样的醇烈，他彻底醉了。

那清草的苦味漾上来了，那牛粪的青烟漫过来了，那茫茫原野上隐现的三股辙印徐徐伸过来了，那逝去不返的知识青年的艰辛和青春复活了。这里难道不是乌珠穆沁吗？

“在那绿色的湖边，有一匹马在拖着笼头跑；性情温和的诺伽，嫁到远离家乡的地方去了。”这是《绿色的湖》。“在它初生的一岁，你看它已经拴在车上；在它短尾的两岁，你看它已经飞奔如箭。”这是《阿洛淖尔》。“上阵的力士靠的是，靠的是好抓的银褡裢；吃奶的我们靠的是，靠的是好心的父母亲。”这是《有龙的柱》。他忘情地唱着这些过去的歌，人们应和着，女人抹着泪水。原来这些歌不仅在乌珠穆沁，原来在天山深处它们也在流传，他脑海里闪着这些念头，心里尽是发现了珍宝一样的快感和新鲜。

“看看吧！”政委酩酊大醉了，重重地用拳头砸着他的肩膀。看看！这是内蒙古的知识青年！看看！骑着马像飞一样！……海拉提狂笑起来，他知道海拉提是插队吐鲁番的知识青年。酒像用魔术变出来似的源源捧到面前。小小的土坯屋子里挤得水泄不通。他勾起了厄鲁特人对蒙古大草原的怀念，厄鲁特人勾起了他对青春往事的记忆。眼睛在兴奋地闪光，颧骨上泛出微红。喉音浓重的方言听不清楚但他已经听懂。哗哗注入酒碗的透明液体在燃烧，在流成一条不尽的小河。他纵开酒量开怀暴饮，他解除了对自己的一切约束。“mini hu，oje”，他听见有个衰老的声音唤道，他心里一热。但在那一霎间他没有敢相信这亲切的声音。后来，他又听见了一遍：

“我的儿子，喝吧。”

从人群里颤巍巍地站起来一个瘦骨嶙峋的老太婆。她的白发和捧着酒碗的枯臂一块儿抖着。她衣衫破旧，辨不清是蓝是红。她的嘴角埋没在皱纹的沟壑中，一双浑浊的老眼直愣愣地、专注地凝视着他。他有些忍不住了，他觉得自己也许会哭出声来。他用左手托住右手腕接过酒碗，把满满的一碗“烈火”吞到腹中。于是那老妇人慢慢站稳了，扯了扯硬油布般的袍襟。

一声尖锐的呼喊撕开了泥草的屋顶，辽阔的天穹和雪山草原喧嚣着涌进了屋中。低低伏着的音乐呼啸而起，刹那间淹没了一切。拴在门外的马儿嘶了起来，天山庄严地开始移动。“名叫特克斯的地方，是多么好的地方啊。你和我住着的家乡，是多么好的家乡啊。”那干瘦的老妇人胸音嘶哑，拖长的尾腔猛然间就变成一根细细的线，变成一股辨不出声音但有节拍的气。在歌子从高处直落而下时，吐出的单词和着曲调，才准准地接上原来在无声处行走的节拍。《特克斯》，有人介绍说。那老妇人仍然在引吭高歌，她神情紧张而郑重。她仰面朝天，毫不理睬满满挤着的人们。她双拳痉挛着攥紧，向那支高飞的长调竭尽全力地输送着单词、曲调、锐利的拖音和全哑后仍在坚持不断掉的一口气。他惊呆了。人们开始随着合唱起来，合唱很快又变成互不相关的一片独唱。像拥挤着驰骋不息的马群，像阵阵兴起此起彼伏的天山松涛，像一望茫茫汹涌翻卷的大海的浪。“在北方山坡耸立着的，是金瓦的寺庙啊。在你我心里隐藏着的，是干净的希望啊。”……

告辞时分已是黄昏。暮色弥漫的天边，霞火涂抹成一片斑斓。黑马飞奔时肌腱在闪动着，浓浓的红彩在黑缎子上明灭。裹胁着他的疾风掀去了扣在后脑勺上的帽子，热热的酒气融进了额上的汗。黑马在飞驰中真的变成了那匹为半个亚洲憧憬的神骥，他自由自在地骑着，觉得自己是那样无畏、英俊、年轻和前程无限。黑走马，黑骏马，他在颠簸中搂紧了光滑的马颈。冬不拉，《特克斯》，他快乐地回想着那白髯的老者和银发的老妇人。辛勤劳动的哈萨克美人，《Ak tamak》梦幻般的洁白，在蓝松林和绿草地环绕的天山雪岭中似沉似浮。喷薄迸射的晚霞映红了天宇中飞行的音乐，现在他能辨得出那支浑厚乐曲中的丝丝毫毫。他烂醉如泥，又在清醒地体会。他和那匹黑马胶黏着浑成一体，在这天山的深处，在一派生机盎然的圣乐中忘情地狂奔着。

红艳的霞云渐渐黯淡，显出了沉重的分量。它斜斜地朝世界尽头沉下去，空旷开来的清冷的长天中出现了一弯皎好的镰月。

他仍然在戈壁滩上大步走着，背包压得肩头火辣辣的。戈壁上空的太阳干燥而凶狠，烤烧得大地曝起一层焦糊的尘灰。古道偏开了公路线，在附近的村庄里他没找到马匹。

但他惯了。他习惯了一边大步踏着砾石，一边自由自在地遐想。真的，像那个哈萨克白胡子老汉讲的一样，他舐着干裂的嘴唇想，一生中能有那样一天，真是由于真主的美意。

他抬起头来，望了望天空。发蓝的强光立刻灼疼了他的眼睛。人生能有这样的一瞬是不容易的，他低头继续赶路。尖利的砾石被踏得陷下去，在铁色的粗沙中吱吱地响。人也许不但应该记着生活中的艰难，更应该记着体验过的美好。也许，能够争得并记住美丽的东西，要付出漫长得多的磨难和痛苦。戈壁隆起了一道低梁，迎着阳光的梁顶亮晶晶地闪烁着。他爬得很慢，鞋子吃力地从铁黑的热沙里拔出来。在梁顶上他仔细查对了地图，然后继续向前走。他心里充满了踏实和满足。还有二十公里，宿地已经不算太远。他可以走得再快一些，天黑之前，他就能走到那个有泉水的小村庄了。

辉煌的波马

——献给我的导师翁独健先生

风掠过松树林子的梢头，林子上空便一处接一处地响起了铮铮的弦音。云杉和塔松都轻盈地摇曳起来，抚着天山的前麓。山前的襟麓草原一派鹅绿，温柔地微微起伏着，直到舒展在模糊的远处，又悄无声息地没入特克斯河的暮色。我顺着这片向下倾斜的鹅绿色草地走。每天傍晚时分，当我顺着这片明亮的草地向下走去时，都觉得心里满是奇异的喜悦。长风在天上，在松林梢尖悦耳地响着，那里颜色蓝蒙蒙的那么神秘。我几乎忘了阿迪亚，更忘了碎娃子。有时我的甩动的手触着黑狗毛茸茸的脑门，可是我想不起来这是它。蓝蒙蒙的林子梢尖上次第漾流着一股尖锐的音响，像是琴上的弦被一根接一根地重重拨开。满眼的鹅黄嫩绿流溢着，沉重混沌地伸向前方的特克斯河谷。我们总是这么走着，从冰峰耸立的天山长峡里出来，顺着明亮亮的嫩草地朝家走，看着阿迪亚和碎娃子甩着小手的笨样子，我总觉得我一直就是这么走着的。眼睛太空阔，转着脖子也看不完这些蓝梢的松林、绿绿的前麓、浑浊的河谷。我不转着脖子看，我只是呆呆地盯着前方，眼睛里茫然模糊，心里却看见了特克斯雄浑的暮霭、向前方和两翼温柔地流动的山前草地、身后那愈来愈远的峥嵘冰冷的天山。

我醒了一般突然喘了一口气。

我停住脚望了望阿迪亚和碎娃子，于是我禁不住笑出了声。他们俩哧哧地喘着，一声不吭地正走得凶。一样地挺着鼓鼓的小圆肚皮，一样地撅着油黑的小硬屁股。我看见四只小脏脚丫已经给牧草染绿了，肚皮下面的两只小雀雀沾着泥。阿迪亚神色匆匆，碎娃子满脸严肃。他俩急急地甩着小手，活像两只精赤的直立着赶路的雪鸡。黑狗轻提四脚，一探一探的毛蓬蓬的头正巧和他们俩的脑袋一般高。看见我停住脚步，他俩就互相叽咕了一句话，他俩的话我听不懂。接着，他俩就急匆匆地擦着我走到前头，甩着的小手好像不耐烦地碰着了我。

他们急着回家呢，我想，快要落日啦。

阿迪亚满头稀薄的黄毛在阳光照射下透明了。穿过那片黄黄的透明，我仿佛看见他那颗急匆匆晃动的小脑袋。然后是一根黑油油的脏脖颈，连着他的可笑的直立的雪鸡般的小身子。你披着的是件什么呀？蓑衣还是草帘子呢？蓝颜色还是红颜色呢？也许还不能算什么衣服，不能算厄鲁特人的无镶边的袍子。你身上披着的那飘飘的褴褛片片只能叫做“阿迪亚服”。我从背后望着阿迪亚，心里一阵阵地涌涨起一种不可思议的感觉。阿迪亚却不理会我。阿迪亚挺着他黑亮亮圆滚滚的小肚子，那小肚皮下面连着的两根细细的小黑腿正在从浓草里唰唰地划过。天色迅速地暗着，阿迪亚心里急了，我很清楚他是为了一碗奶子泡的炸面块焦急。

碎娃子和阿迪亚长得齐齐的一般高。碎娃子的脏污的小脸上长着一对晶亮的眼睛。他干脆赤条条、裸着小搓板骨和两瓣黑得脱皮的小屁股。可是他戴着一顶白帽子。他那帽子被天山里的草浆、被山峡里浑黄的雪水、被田野里黑土壤的泥巴染得失了本色。阳光烤着碎娃子那两只小黑肩头，可是我知道碎娃子不会觉得烤烫；天山的襟麓上正飘来寒凉的暮气，凉暮正在这片夕阳染得一派金黄的草地上悄悄弥漫。碎娃子不会理睬天气。碎娃子也正急急地甩开被草浆沾得绿糊糊的小腿杆，拼命地朝波马走。中午，碎娃子家架起了炉灶火，说是要烤锅盔吃；碎娃子盼那锅盔的焦香味已经盼得红眼了。

我觉得背后的冰峰还在无声地稳稳地退着，退得离我们愈来愈远。松杉林的梢尖上那锐利的铮铮声还在一下下拨响，我看不见，所以我不知道究竟是空中的风拨响了松林的梢尖，还是松林用梢尖拨响了空中的风。它们都是蓝色的，我想道。出山以后视野突然间开阔了，在我眼前，嫩绿的柔软草滩像是从山口里一泻而出。它一泻而出，融进黄灿灿的阳光里，金黄夺目地向两裾散开，一直扩展到前方依稀可辨的波马。

这是人间么，我暗中在默默地想。或者，这是今世么？每逢来到天山深处，每当我在夏季里回到波马，我总是抑制不住这种胡思乱想。天山太美了。我重重咽下一口唾液。天山里的波马呢，我努力打断了自己的思路。波马是天山的中核。波马有多美丽，应该是我们自己独有的一个秘密。我自从干上水文这一行以来，年年夏天都往波马跑，我发觉我已经悄悄地把波马看成是自己私有的世界了。

阿迪亚和碎娃子突然扭成了一团。在耀眼的阳光里，两个黑亮的小肉体纠缠着在绒毯般的浓草里滚。他俩凶狠地捶着对方的背，口齿不清地咒骂着我听不懂的话。我一惊：打起来啦，这两个小崽子！我三步两步冲过一滩蓝绿的长草，在捉住他俩的那一刹那我摔倒了。

阿迪亚瞪着一对牛犊似的圆眼睛叫嚷着，尖嗓子嗷嗷地喊出一些什么。

碎娃子头上的脏白帽歪扣着，他鼓着小黑脸蛋，不依不饶地吼出一些更怪的词。

我听不懂。我没有办法，只好揪住他们的耳朵，一手揪住一只，把这两个刚三岁就想称霸天山的小泥鳅从草地上揪得站起来。我又掀起阿迪亚屁股上的布缕缕，扳过碎娃子赤条条一丝不挂的腚沟，毫不客气地一人揍了一掌。

两个小黑鬼怒气冲冲地往前走。

我喘了一口气，跟上了他们。我看见已经降得很低的太阳从西侧扫来一道金黄的光带，两个小家伙在光里浴着，变成了两只正在神气地直立行走的旱獭。金黄灿灿的小旱獭翘首挺胸，划过浓密的山麓上的牧草，急不可待又怒气冲冲地走着。前面波马的木桥已经显出了一个模糊的拱影。

两个小家伙突然飞跑起来，精光的脚丫啪啪地溅着取过土的洼地里的积水。圆木叠成的拱桥慢腾腾地扭转着，渐渐露出它的侧面。一间泥屋和一顶三角毡帐篷也悄无声息地从地面下一点点升起。阿迪亚啪地摔倒在水洼里，我看见碎娃子扯住他的衣领帮他站了起来。两个小黑孩不停声地哇哇嚷着，我听不懂他们的语言。那间泥屋和那顶黑帐篷还在稳稳地上升，渐渐地躯体露出地面。大桥还在旋转，显现出一个汽车弹簧般的侧影。碎娃子冲上那高高的地面，阿迪亚踢着滚落的砾石。他们突然分开，各自朝三角形的黑毡帐篷和泥糊的地窝小屋冲去。炊烟横扫着弥漫过来，灰白柔和的炊烟像纱像雾，把两个三岁的小黑孩子淹没在一片浑白之中。

波马的太阳就要沉没了。

木桥还没有腐朽。我拍着一根根粗糙的松木杆，下到河滩去查水文数据。其实用不着天天检查，埋在水池的测杆只不过是摆摆样子。天山的雨季还没有来呢，翻腾的河水这时候酷似一堆堆乱撞的碧玉。这不是大山洪，我想着，还是瞟了一眼。就在这时我看见了碎爷正在洗。我随手把测标上的数据写在记录夹上，然后踩着石头打算离开河滩。我看见碎爷的那一瞬好像意识到：我记录的时候只是顺手写了些什么，我可能写的并不是测杆上的数字。我只顾着向碎爷招呼：

“碎爷，洗洗么？”

碎爷慌忙站起身来。我看见他踉跄了一下，一只脚溅进雪花般的河水里。“莫慌！您老人家莫慌！”我忙喊着，埋怨自己碍了碎爷的事。

“娃娃们，我给捉回来啦。”我搭讪说。

“唔个碎娃哩。”老汉慨叹道。我听不懂碎爷的甘肃土话。我只是知道碎爷正在就着冰冷的雪山水“洗”呢。碎爷其实和他那宝贝孙子一样。碎娃子迷上了荒荒的天山，碎爷迷上了这股冲腾宣泄的雪水。

碎爷恭恭敬敬地站着，我看得出他是在等着我走。他的一只瘦骨嶙峋的脚动也不动地插在冰水里，碧绿的冰水冲漩而来，在那只脚杆上撞成粉粉的雪花。碎爷的脸庞是一张朴直诚实的脸庞，我从这张脸庞上看到了一丝警觉。我不敢再打搅了，于是我一下子跳上了岸。

“您忙吧，碎爷，我走啦。”我慌忙道着别，离开了河岸。

浓白的晚炊飘漾在河岸上。这里是波马，正对着天山大坂的山口，松树杆打成的木桥架在雪水河最窄的这个峭岸上，一条路从这桥上背着各奔前程，守桥的是两户人家——碎爷家住一间半地穴式的泥棚屋；巴僧阿爸家住一顶黑毡蒙成的三角形帐篷。这就是波马，天山最腹心处的小地方波马。在这里再也看不见别的人家，看不见一群牛羊。四方各有上千里的辽阔视野里，除了雪山、松林、山麓草原、冰融的河水、涌来的白云之外，什么也没有了。哦，还有我。但我只是每年夏季来监测一次水情，顺便检查一下桥架。我来的时候顺便住在这两家，可惜的是我听不懂他们的话。

我在巴僧阿爸门口的拴马桩前坐了下来。我舒了一口气，把记录好的水文观测本扔在草地上。巴僧阿爸褪下了两条袖管，像西藏人一样把它系在腰间。巴僧阿爸的赤膊上汗珠滚滚，一些硬腱子肉在赤裸又松弛的皮肤下游着跳着，像罩在薄薄铜皮下的一些小鱼。

“阿莫尔赛汗摆努？”

我用我会说的这么半句蒙语向他问好。巴僧阿爸立即兴致勃勃地回答了长长一串。我望着他那身铜皮般的干硬皮肤，我不能想象这身皱巴的铜皮真的是人的皮肤。在夕阳之中，巴僧阿爸起劲地用一把锉打磨着拴马桩，松木的呛鼻香味在空气中郁结不散。他锉着、磨着，可能是浮想联翩地用那柄锉在木桩上弄出一些奇怪的纹道。巴僧阿爸又用胳臂磨蹭那粗糙的纹道。他弯过手肘，吭吭地喘着粗气，肘部的皮肤里突出一个吓人的骨节头。他用小臂外侧嗤嗤地打磨锉过的木头。吭！吭！他倔强地喘着，那拴马桩渐渐呈现出一层黯淡油亮的光泽。

波马也渐渐凉爽了。

太阳又离西方天际的山影近了一分。

碎娃子咬着一块香脆的锅盔，嘴里咯吧咯吧地响着。他一边嚼着，一边挺着黑亮的肚皮走向帐篷，沾满泥巴的小雀雀翘着，一副神气相。

阿迪亚端着一只黄杨木碗，从帐篷里钻了出来。他的褴褛索索的小袍子在风里飘着，像一个破烂的披风。他很小心地捧着自己的木碗，但碗里热腾腾的牛奶还是不断溅洒出来。他扭动着小屁股朝前走去，嘴里咕噜不清地发出一些响声，不知是舔着奶皮子还是在发馋。

两个小黑孩各自挺着肚皮，站在傍晚的草地上，你啄一下我舔一下，互相吃着朋友的饮食。我伏在草地上看着他俩，看得津津有味。阿迪亚一块块从碎娃子手里掰下锅盔焦黄的硬边儿，填进嘴里细细地咀嚼。碎娃子探出细细的黑脖子，小口小口地喝着阿迪亚捧着的奶。就在这时炊烟散尽了，这边的帐篷和那边的泥屋都响起了清脆的锅勺碗盏的声音。

我抬起头来一看，碎爷晃晃悠悠地从河岸那儿走回来了。他朝我笑笑，也朝巴僧阿爸笑笑。巴僧老头也打磨够了他的拴马桩，满意地叉腰站着，铜皮般的皮肤上汗水滴滴。

要吃晚饭啦，我想。

两家人都在门口的草地上吃饭。碎娃子、阿迪亚和我三个人都左右乱抓地吃两家。巴僧阿爸和碎爷则端坐在各自的门口，默默地吃着自己的奶子泡“包尔撒克”和烤得焦脆的锅盔。我觉得两个老汉吃饭的姿势很相像，最相像的是他俩的嘴巴踏着一个拍子，同时同步地一嚼一嚼。有一块黑云朵，不，它又变成一条黑云丝，遮住了将沉的落日，四野里的山峦和草滩蓝蓝地黯淡了。原野和波马四外的世界都静悄悄地低伏在一派暗蓝的暮霭中，绵绵远去的天山峰峦伏隐了，变成一长排峥嵘的雕塑。远方特克斯河谷首先没入暗，那条荡漾的乳白色消失了。已经听不见松林梢头上掠响的那一丝锐烈悦耳的风了。

我知道碎爷隐瞒的事情。去年我捎来那张平反安抚的通知信时，碎爷仍然若无其事地摇摇头。“吾个事，吾个嘛，不，不。”他摇头时眼睛陷得很深，陷在眼凹里的一块阴影里。他安详得让人惊讶，他拂了拂身上的碎褂子，就慢腾腾地走向木桥。木桥那儿的河水正惊天动地地掀撞着雷一般的浪涛，大堆大堆的光滑绿冰急速滑下，在河石和桥桩上撞成粉碎的雪沫。他朝那桥走去，根本不理睬我手里的那块纸片。我拿着那块纸片不知所措。去年夏天波马下来了洪水，嚣天的狂涛猛冲猛撞地攻打木桥，在桥下面撞击起硝烟般的大团雪雾。碎爷该是甘肃的阿訇，五八年正念着经就被一根麻绳拴到了狱里。但是碎爷说他是青海人氏，甘肃那么好的地方他还没福气去浪一浪。碎爷该是住了三年狱，后来转成劳改时逃来新疆隐匿；但是碎爷说他是青海的金客子，淘金子追金脉，顺南疆的阿尔金山来到了北疆。我把那张纸片塞进他的泥屋里不管了，可是他把那纸片又抛进泛滥的河水里冲走了。碎爷吃锅盔已经显得牙齿不便，碎爷吃锅盔时用手掌在嘴边上捧着，把捧住的渣渣填进嘴里以后，碎爷总是闭紧嘴，再闭上眼皮，两腮一动一动地慢慢地嚼。碎爷闭上眼皮嚼着锅盔渣的时候，脸上千千万万的皱纹会舒展开来，舒展成一种幸福的表情。天山旷野的景色在那时悄悄围住碎爷，我在那时看见天山旷野的景色都渗着、混着变成了苍苍茫茫的一片。

碎爷搬过一只焦黄的大锅盔。碎爷把那只大锅盔摆在我面前，然后蹲下来。暮色愈来愈重，那轮落日正在黑云丝丝里潜行。碎爷用力搬牢那只白面锅盔，使劲一折把它掰成两个半圆扇。碎爷喘吁吁的，银胡须在他红红的脸膛上乱颤。碎爷又用力一折，再一折，锅盔整整齐齐地被掰成了四半。“呶，吾个，吃。”他朝我推着，烤熟的发面的香味扑鼻而来，“呶，吃。”他催促着。

我毫无办法。我知道我哪怕已经撑得半死也要再掰上吃。黄焦焦圆滚滚的一个大锅盔已经为我掰碎，掰碎的锅盔再不好存放了。碎爷根本不承认甘肃的那些事，碎爷根本不过问那张白纸上的事。我无可奈何地叹了口气，掂起一角香喷喷的锅盔。于是碎爷又回到他的老位置上盘腿坐好，细细地咀嚼起来。他用一只枯瘦的大手捧在嘴边，把洒落的渣渣填进嘴，以后，我看见他闭上眼，脸上就浮现出一种幸福的表情。

巴僧阿爸靠着他的三角黑包，一碗棕色的奶茶摆在他脚边。他看见我瞥见他时，就咧嘴露出一个憨憨的笑容。他笑的时候，眼睛就眯成了细细一条缝。巴僧阿爸放心大胆地敞胸露乳，古铜皮似的皮肤下浮出一个被奶茶灌得圆鼓鼓的肚子。黯淡的、已经像水一样柔和的阳光抹在巴僧阿爸的鼓肚皮上，我觉得我像是看见了一只铜鼓，看见了一只年深岁久、已经生锈的骑士的铜兜鍪。

波马是巴僧阿爸土生土长的故乡。我估计巴僧阿爸大概从来没有离开过波马。我为自己学不会他们厄鲁特人的话而讨厌自己，因为巴僧阿爸会讲哈萨克语、维吾尔语、柯尔克孜语，但就是不会讲倒霉的汉话。巴僧阿爸这一生打猎放牧伐木作战什么都干过，但是没有离开过波马。我望着波马迷人的晚色，我心里满是理解的心情。

当然不能离开，这样的地方，像波马这样的地方，一旦找到了，谁会舍得离开呢。

巴僧阿爸又把我面前的大碗斟满。天山里的厄鲁特人也像哈萨克人一样用大碗喝奶茶。奶茶又烫又咸，在我浑身的血管中驱赶着劳累。我喝得满头大汗。我望望巴僧阿爸，巴僧阿爸也喝得汗流浃背。他望着我开心地咧开嘴笑了，笑得古铜色的脸上眯出了两条细缝。巴僧家有一头乳牛，有一条黑狗，但是没有马，只有拴马桩。巴僧阿爸对他的那根拴马桩充满感情，无论任何时候，只要他走过那根刻着图案花纹的木桩，他都要慨叹般抚摸它一下。“奥，奥，塔奥呀。”阿爸用手指着我面前的大海碗。我知道这话的意思准是“喝，喝，你喝呀”。我捧起碗，咕嘟嘟地长饮一气，又咬了一口香喷喷的锅盔。嘿，我心里怪好笑地想，大胖子和摔跤的壮汉就是这样诞生的。两个老人夹着你逼你吃，吃饱了还要逼你吃，怎么能不吃成胖子呢。

巴僧阿爸醉了一般，摇晃着站了起来，又摇晃着走了过来。我想欠身接过他手里的大茶壶时，他朝我做了个恐吓的手势。我半跪着身，看着巴僧阿爸又把我的海碗斟满，我下决心吃炸了肚子也要陪他们吃到底了。

巴僧阿爸顺手搂住那棵打磨得又滑又亮的雕花木桩。笨拙又温柔地抚着木桩头上的花纹，像只大棕熊在抚摸自己的熊娃一样。是啊，没有马，我同情地想。我企图从那根光滑的雕花木桩子中看见一匹漂亮的骏马。可是我没有看见。也许阿爸看见啦，我想。正在这时突然有一抹红色显现在那根雕花木桩上。我吃惊地一抬头，看见了——波马的日落。

天地间万物都镀上了一片金红。

波马的太阳正在鲜艳的红霞中沉没。

碎娃子惊奇地停止了玩耍。他撅着黑亮的光屁股，向前迈了一步，浴进了那红艳得难以相信的霞光里。镀红的草地上挺着肚皮站着一个赤裸的婴孩。这婴孩浑身火红，头顶上那小白帽子像是一块燃着火苗的旗。

阿迪亚发出一声欢叫，他拽拽一身褴褛的红布条，赤红的小脚丫踩着燃红的草地，无声无息地走向他的伙伴。长风从远方、从夕阳庄严沉没的天际直直吹来，阿迪亚身上的火焰抖闪着，时明时暗地变幻着。

波马刹那间陌生了。我认识的那个天山腹地里的波马不是这样。我突然觉得恐怖。我紧张地环顾四周，只见峻峭的冰峰变成了熔红的剑，山峦变成了蔓延的火，草原变成了鲜红波涌的一片大海。我又觉得欢欣，觉得我的这双眼睛正注视着一个庄严辉煌的什么。我静静地坐了起来，双手搂紧自己的膝盖。我的心里似乎也流进了那燃烧的红霞，它此刻正在我的胸腔里烧得凶猛。一天难道就是这样结束么？草原变幻的大画，巡视着草原和天山的太阳，还有生机勃勃的万物，难道就是这样终止么？

在一片红彤的天山心腹的中心，两家人和一座桥组成的波马在这一刻间燃烧起来。半埋在草滩里的那间歪斜的泥糊屋像是一只烧炽了的红岩。尖尖翘着的那顶三角毡帐篷变成了一柄火苗蹿起的火伞。河床里奔走着浓红的熔浆，松木桥像烧掉了妆饰的灼灼钢骨。两个三岁的孩子惊奇地站住了，舒服欣喜地伸展着他们纤细的挂着霞火的手臂，像两块烧得发红的石块，像两只误入了火海的旱獭。两位长者凝视屏息地坐着，倚着他们各自的家。我猜他们一定也和我一样感到五脏六腑都在燃烧熔化，因为他们的前胸上也鲜艳地镀着金红的霞焰。这是人间么？我激动得痛苦难忍。这是今世么？我觉得我简直发疯般盯着望着这一切，好像我要用眼睛吞掉这瞬间出现的陌生波马。它马上就会消失的，我难过地想。

红醉的残日已经完全沉没了。

巴僧阿爸突然引吭高歌。阿爸唱歌的姿势很有意思：他盘定双腿坐在自家的黑三角包前，双手按膝，身子却前俯后仰地剧烈地大摇大晃。他时而低头，时而下巴朝天，嘶哑辽远地唱起了一支长调。

“阿睦尔……撒纳……嗨依哟嗬依……”巴僧阿爸的这支歌我不知听了多少遍。但我只是在波马听了这么多遍。古歌《阿睦尔撒纳》是厄鲁特人的英雄颂，也是公认的反叛之歌。在伊犁、在乌苏、在乌鲁木齐，我从未听到任何一个人敢唱这支歌子——然而这里是波马。巴僧阿爸不读报，巴僧阿爸不理睬外面对他这位不沾亲的远祖的闲话，巴僧阿爸在波马唱什么也没有人管。这首歌我听得太熟了，所以我已经懂了几句：

阿睦尔……撒纳……嗨依哟……
命里平安的……英雄……嗬依……

巴僧阿爸唱得如痴如醉，半个天空中燃遍的红光被他的久久拖着的长腔渐渐送走。巴僧阿爸端坐着，撑着双膝的两只手上又渐渐恢复着古铜色。歌声又尖又粗，又细又厚，在红霞收褪着的青空上激烈地起伏飞翔。我看见阿爸凝视着那夕照美景的一对眼睛里，隐约闪露着一种沉重的忧伤。美丽的红霞就要消失啦，我想，它真的只出现了一瞬间就要消失啦。巴僧阿爸，用颂歌送别了天空中的烈火。他看着红霞褪去的时候，一定想到了阿睦尔撒纳的命运，也许还想到了自己生命的垂暮。我心里突然一怔，感到我这次可没有白来一趟，我在波马看到了一个终止。

这时有一阵音乐不易察觉地浮现了。它缓缓如诉说，沙哑又动人，重负和悲愤中流行着一股——我仔细地听着——希望和祈念。一泻千里的雪山冰河陡然肃穆了；最后的、黑暗来临之前的青色的明亮中突然呈现出一派神圣。草潮开始激动地摇曳，流水又恢复了轰鸣，我觉得猝不及防，我差点流出泪水。

碎爷开始了礼拜。

碎爷长跪在黄泥糊抹的泥巴屋前，嘴唇颤抖着正在诵经。他那枯瘦的沟壑密布的脸膛上，那紧张地凝聚着的诚挚、苦难、渴求的神情简直摧人肺腑。碎爷滔滔地低声倾诉着，那奇妙的话语出口迎风，倏忽化成音乐向长空飞去。碎爷也老啦，我望着那束飘颤的银须想，碎爷也像巴僧阿爸一样，面对着自己的暮日。可是碎爷心里盛着一个海，碎爷有他深藏不露的惊天动地的阅历。无论是造反举义、背井离乡、冤狱折磨，碎爷一概不谈不论。碎爷在长流水里沐浴，在洁净的波马举礼，碎爷用不着一张白纸片证明自己，碎爷有一颗打不垮的心。

这是一天中的最后一刻了。

波马要在焰霞洗过的青空中终止这一天。

碎娃子和阿迪亚手拉着手，在露珠挂满的草地上玩耍。我们这些大人没有事情，都蛮有兴致地看着他俩。阿迪亚披一身褴褛，一甩一甩地迈着大步，像个没有上马的小骑手。碎娃子仍然全身精赤，撅着小小的黑屁股蛋，头上的小白帽在微明中骄傲地闪亮。

他俩突然争吵起来，争得激烈而凶狠。牙牙学语的厄鲁特蒙语和甘肃土话谁也听不懂。我猜他俩都说不准一句自家的语言，可是他俩却不觉得别扭。巴僧阿爸摇摇头笑了，碎爷也摇摇头笑了，两位老人相对看了一眼，又摇摇头。我知道两家人互相不通语言，阿迪亚和碎娃子是两家交流的纽带。

两个三岁小孩又突然和好了，狂笑着搂作一团，在明亮的草滩上抱着打滚，空旷无际的波马传响着他俩铃一般的欢笑声。两位老人坐在自家的毡包和泥屋前，看得入了迷。

只有我静静地躺在两家之间的草地上，心里久久涌荡着难言的激动。这是我在波马度过的一个傍晚；波马在我这双还年轻的眼睛里，辉煌地终止了它的这一天。我静静地躺着，舍不得离开还带着体温的大地草原。我不再去遐想，我只是让身体吮吸着这徐徐传来的温暖，等待着波马的残昼一丝丝地从我身边抽尽。

登上玛扎尔之顶

在白雪皑皑的路上靠近了玛扎尔时，心里浮起异样的感觉。我已经是第几次来？记不清了。只是每一次都是考古队，观光客。白雪覆盖了天山条条山峦，远近都那么宁寂和白净。

头一次造访吐乎鲁克·铁木尔汗的圣墓，我是北疆文物干部培训班的成员。踏春野游一般，男挑女逗地在元朝的阿力麻里古城蹓跶，顺便居然发现了一大箩元代瓷器。酒酣饭饱，一行人溜溜达达地，参观了这位曾率十六万帐游牧蒙古人皈依伊斯兰教的大汗陵寝。

当然那号参观毫无收获。我由于考古癖，还留心记下了瓷砖贴面的产地问题，拍下了大门两侧那不知是维吾尔文还是阿拉伯文的铭记。听着参观团成员大肆谈论香妃乾隆，心里也没有什么感觉。

时光弹指而过。

我虽远在天外，不知为什么，却好像一直记挂着这座玛扎尔。虽然在后来的日子里，我见过的玛扎尔、拱北（均意即圣徒墓）不计其数。

铭文也请专家译过。

九七年隆冬，我不是从北京或乌市，而是从与这座雄伟玛扎尔邻近的、另一处拱北出发，前往探望吐乎鲁克·铁木尔汗玛扎尔的。不是旅游客出门的夏季，而是真正旅人登程的严冬；不是为了参观，而是为了纪念——我与一行东干人的阿訇满拉同道，正式前往吐乎鲁克·铁木尔汗的巨大玛扎尔，对这里的文明表示礼仪。

一位衣服破旧的维族老汉，现在是玛扎尔的看守人。二十年过去，陵墓已经修葺一过。老汉听懂了我们的来意，急急跑进圆顶下的小门。等我一步跨入，见他已经在里面铺上毛毯。墓室内空旷巨大，维吾尔等民族比我们更懂，他们常使用这些“房子”，让路人投宿，让朋友聚会。

开始时，也许维族老汉还不敢对我们的真伪确认，所以他不和我们商量，就径自独个念起了首章。我们赶紧跟上，气氛一下子肃穆而动人。

就这样，憨厚的维吾尔老汉见识了东干人最谨严的礼仪，从念词到调子。念完一齐抬手，为遥遥的亡人，更为我们的交往和团结，满心希望地做了祈求。

老汉高兴了！他跑前跑后，引我们去看玛扎尔的每一个角落。我告诉他我来过，我不愿意有一丁点观光客的样子。但是我说不清楚，他大概只听了个“算了吧，算了吧”的语感。但老汉不愿就此结束，老汉古铜色的脸庞闪闪发光。他抓住我的手臂，大步走向穹顶下的一角。

那里有穹顶式中亚建筑的一部分：旋转阶梯。老汉拉着我登上台阶。他在上，我在下，身子像钻洞一样紧贴着旋梯的土壁。我觉得非常有趣，啧啧称叹。老汉愉快地笑了，大概是在他迎送观光客的日子里，终于有了等来朋友的一天？

我们登上了在整个中亚都十分著名的、吐乎鲁克·铁木尔汗的陵寝之顶。放眼望去，国境线、边防站、口岸、村庄……都历历在目。伟大的天山长卷绵延，充斥视野两极。好一场大雪，它给了以往总是在绿色季节的夏秋来到的我——清洌新鲜的震动。

别时那么舍不得。我和维族老人久久拉着手。我早晨并没有预料到，今天会这样登上玛扎尔之顶。看来他也觉得意外。也许他感到了，外面还有很多朋友，为此而兴奋不已。我呢，则沉浸在对自己的回忆里，不住咀嚼着自己的变化。这古老的玛扎尔能作证：就在它脚下，变化确实发生了。

1998 年 6 月

从大坂到鱼儿沟

一

那一年我毫无目的，走了神一般地到了新疆。

到达以后，我从冥思中醒来，明白自己并没有任何非来的理由。所以那年的旅行特别随意，在吐鲁番的冬日乡村，游游走走，看看艾丁湖之类以前漏过的地点，和一些青年阿林讨论些学问。

如今我不再考古；到处都是我自己的，所谓青春的遗迹。已经是不用确认，也丝丝入扣地熟记着一些地点。走在火焰山背面的土路上，斜阳映在前面戈壁上的，就活脱像是自己往昔的影子。

弄不清目的，就一个个地找旧地点，然后用 20 世纪最末几天的眼光，把它打量一番。正值白拉提的月份，村子里人人都忙，谁也没有留意我的情绪。三十年的结果，就是获得了在村子里这随意的徘徊。

渐渐地，心里忆起了昔日的同路人。我因为没有什么急事，心里就油然生了见他们一面的意。若能遇见，那就有趣了。天地人间，这些年沧桑变化，若能推心置腹畅谈一顿，该多么痛快。

牙尔湖，胜金口，默默地我们走着。如今的坐骑，已经不是泉子街公社的马，而是一辆价值60万的丰田越野。它无声地驰过崎岖山路，使我缓缓地穿过绵软松陷的、火焰山南麓的黄土。陪同的都是哲合忍耶的弟兄，他们只想着陪我旅一个游。

没有见到一个旧人。没有那一块走下冰川的向导，那赶毛驴的东干汉子，那寂静的三叉戈壁居民。没有迎头遇上一个维吾尔的牧人，或哈萨克的小姑娘。

二

那些一瞬的朋友，现在忆来，模糊而亲切。那么关键的时刻，是他们伸出的一臂，成全了事情也成就了你。

后来分了手，视野中的他们，就如车窗侧后疾疾退去的树，永远地褪去了。留在车窗里面和现实中的，只剩了你。没准就是从那天起，你开始了回忆。但是他们再也不曾重现。

呜呜的寒风裹胁着白色的雪尘，锐利的风哨里，屋子都低低蹲踞在戈壁滩上，视野里，是冬季的吐鲁番。这对我是陌生的，我和路边的塑料袋、和白色污染般的旅游客一样，从来没见过吐鲁番的冬雪。

盯着初逢的，这片著名火洲上的积雪，我突兀地想到了一个，又是一个。这么近，能不能看看他们呢——脑子里的这个念头，刚出现就挥之不去，它鬼一般，立刻缠住了我，使我摆脱不开。最后迟疑着迈开了一步。

一丝念头油然而起。你渴望一次再见。确实，隔了三十年你懂了：只有窗外树木一样疾疾退去的他们，才是你的挚友。

“有一个赶毛驴的，我记不清他的名字了。只记得，脸上有些麻子。八〇年的九月，从吉木萨尔的大坂下来——”

我接着讲了那个故事，讲讲大坂上我得了人家好大的照顾，若是能寻上，当面道个谢多好。听着我的话，陪着的波音师傅（他开一辆像波音 747 的巨型大轿子车）和他兄弟都立住了脚，表情很认真。我一边说着，一边也渐渐把话当了真。我被自己的讲述拥裹着，说着说着，心思成了决意。

他俩寻思着，眼里一股遍知全吐鲁番的各族人等的劲头。我一面费力地回忆，一面描述着。好像是脸上有几颗浅麻点，个子嘛不高，黑棉袄，赶着五六个毛驴。从泉子街那边过来，天山里有一个维族人的地窝子……他俩听着，脸上渐渐浮出有了结论的神情。“怕不是算粒儿姐夫吧！”他俩说。

猛然间，脑子里掠过一个古怪的念头，我直直地觉得，没准最要紧的事就是这个，去寻访曾经深山大漠地邂逅的人们，随便回顾。

这么一见，就是打开着肚皮，让两个心砰地撞上。已然不能再回那天山的地窝子，但可以在一处白杨黄泥的庄户小院，喝一个热茶，感叹一阵子那时的行头穷窘，野营孤单，叹惜一番大坂风景。可以一道摇摇头，苦笑着，彼此体会一阵——不好意思的热乎乎滋味。

可不是么，没有更要紧的事了。

那个算粒儿姐夫，能见得上么？

走，上车！他的家，就住在这河湾后头。

但是在我的记忆里，下山路上，在三叉口以前的一条山沟旁，他和我分了手。我记得他左拐弯，吆赶着他那五六个毛驴驮子，顺着山沟朝左走了。当时我在鞍上，用斯坦因的地图打量过他的方向。一个叫桃树沟的地名，被一条路连着，标在南麓的斜面上。

三

而这里，是交河流淌过的绿洲，是葡萄最茂密的地方。它和那寸草不生的狰狞南麓，完全不是一回事。

好久没有这么害羞般的紧张了。在波音师傅兄弟身后站着，当他们拉着手问候的时候，我打量着这位姐夫。

像么？脑子里记忆一阵清晰，当年的毛驴客如现眼前。虽然眉眼姿势都不同，头发也已然花白。我等着紧紧的握手。过了十几年，他不就是应该变成这样么？

两兄弟介绍了我，仔细叙述了我讲的十几年旧事，并问他们的姐夫是否记得。说罢他们停住嘴，看着我们俩。

算粒儿姐夫沉吟了一会儿，开口了："找的，怕不是我，"他盘算着说道，"从1975年起，我就再也没走过大坂。手里没有毛驴的日子，就更早了。"

我是否失望了？说不清。似乎我也盼着这么个结果。

——发生在那么大的山里，发生了那么久的事情，若是都能够心想事成，若是不论怎样相忘江湖的人，都能拐个弯就到了他的门上——难道那才不失望，那才是顺理成章的事么？

我正这么想着，却听见，波音师傅一边就这么说了。

四个人呵呵笑了，接着进屋吃茶，喧了一阵各式各样的话题。这个家院很静谧，和几家邻里都隔着一面坡。干葡萄的晾房，红辣子的串挂，看得我出神。一条分叉从大河里流出来的水，波光粼粼地，从山崖处绕过来，护着他的门口。对面视界开阔，能望见天山隐约的雪顶。

这里确实是波音师傅的算粒儿姐夫的家。他也是半辈子在两麓跋涉，赶着毛驴驮着葡萄。他和那年我在山里邂逅的回族毛驴客一样，甚至连长相都一样；微驼着背，个子不高，有几颗淡淡的麻子。

虽然说，人若相像时简直两人如同一个；但是，算粒儿姐夫并不是在海拔三千多米的冰川上，把一条棉裤让给了我的回回毛驴客。

不是他。我没有找到那一个。

四

在这块盆地，我还有一个念想再见一次的人，里铁普。

那时遥遥望着北面的天山，我忆不起自己曾怎样从那儿下来。那时他不抽烟，而我正对莫合烟爱不释手。太累的时候他也卷了一支。被他胖胖的妻子埋怨，说我教坏了她丈夫。我是怎么听懂的呢？

夜里那么随意地，就宿在维族聚居的鱼儿沟。吃过香甜的拉条子，就在里铁普的泥坯小院里闲坐。里外飘忽着好听的维语，多么和平的时光！记忆漫漶不清。究竟我怎样度过的那一夜？我一句维语不会，但好像我们一晚上都在交谈。

清晨，在小院门口，孩子要骑我的马。决定放弃马，改用毛驴车是再后一天的事。我们围着骑马的孩子照了一张相，然后就世事茫茫。

我凝视着照片上的那个维吾尔小孩。如今你已是一个维吾尔男子。此刻我终于明白了，唯有他们才是我的证人。我不埋怨拖延得已经太晚，尽管我跑得太远，不知为了什么浪费自己，而没有抓紧。我应该回去，找到他们，取回已经寄放太久的，我的珍宝。

如今只有照片最忠实。甚至它记录着鱼儿沟口的，一座圆拱建筑。你是一座拱北呢，还是一座寺？暗自问着，我听见自己声音颤抖，随即又被掩饰了。

关于里铁普江的心事，我没有对波音师傅兄弟说。我想，如果我决意办这件事的话，我会不远万里再来。

捏着照片，我突然想：照片在那年交给了吐鲁番文管所，请他们代交。可是他们践约了吗？我凝视着。二十年过去了，如今你已是必须承担责任的男子，你是你的维吾尔民族的青年。你是在种葡萄么，还是当了一名学经的塔里甫？你还记得么，在你当巴郎子的时候，你曾经随着父亲，陪一个人远走戈壁。你还记得骑过那人的枣红马么？

越野车无声地驰过戈壁，可以看见罕见的残雪。如今我满心奢侈；认定里铁普的毛驴车，胜过正为我服务的丰田。这一次，就算是来看冬日的吐鲁番吧。时机不到，可以让脚印保持尘封，让往事继续沉睡。反正就在这儿，我们埋下了记号。

而且背景是那么巨大；有火洲的积雪，天山的斜面。吐鲁番如今对我是亲切的，处处有里铁普兄弟和算粒儿姐夫。

我沉浸在满足的感觉中，随着浪头一样的舒服颠簸。是的，我们不仅打发了岁月，而且把私人的痕迹，埋进了铁色的戈壁，和神秘烟村之中。

它们是来世的矿藏，挖出来的人，会分享我们尝到的滋味——它甜美又奇特。

2000 年 7 月

火焰山小考

全世界儿童都知道孙悟空。无视中国怎样江山不幸，无论中国人怎样招人歧视，孙悟空与小说《西游记》，总是中国永远的属物。其中孙悟空一行长旅中的遭遇之地，如火焰山，也永远是人们憧憬的胜地。

火焰山，据小说描写，在长安城正西，山上烈焰千年不灭。可是，后人精心研读后，考定火焰山确有其地，神话常常生于现实，火焰山在今新疆（或日本人爱称谓的东土耳其斯坦）东端吐鲁番。

火焰山的故事，其实还没有讲完。

1

吐鲁番是维吾尔人最古老的故乡之一，地名辗转变化，今称 Turpan，是亚洲东部著名盆地，盆地正中艾丁湖水面海拔负 154 米，以盛产葡萄甜瓜为人称颂。

在吐鲁番盆地正北，有一道颜色鲜红、寸草不生、沟壑挣扭如火苗丝丝的浅山。哪怕只是看它一眼，也觉得眼瞳灼病，如烤如烫。长久以来——但是确切的年代不详——此山被用汉语唤作火焰山。

1982 年，我先是骑马、后乘毛驴车踏查火焰山时，钻遍了这道盆地北缘的鲜红山脉中的每一条山沟。从胜金口、吐峪沟、木头沟、直至葡萄沟、桃儿沟、大河沿沟。

1982 年几近恐怖的曝晒至今记忆犹新。火焰山，它那外貌酷似一丝丝火苗挣跳的形象，也牢牢地留在了我的心里。

那次我们离开“火焰山”，纵向地向正北走了一条路线——即从吐鲁番盆地北缘的这条村落密集的浅山走向天山山脉主体的路线。起点是木头沟，在 19 世纪末诸大盗探险队的文件中，它被标为 Multuk；终点是煤窑沟，一个天山南麓斜坡上维吾尔、回族混居采煤的大村庄。煤窑沟坐落在倾斜的天山南坡上，出门便要弯腰爬山，或者顺坡下山。维吾尔村与回族村之间有一道大路相隔，各有一座清真寺，互不混扰，相敬相远。住民中，辈辈以挖煤求生者很多。

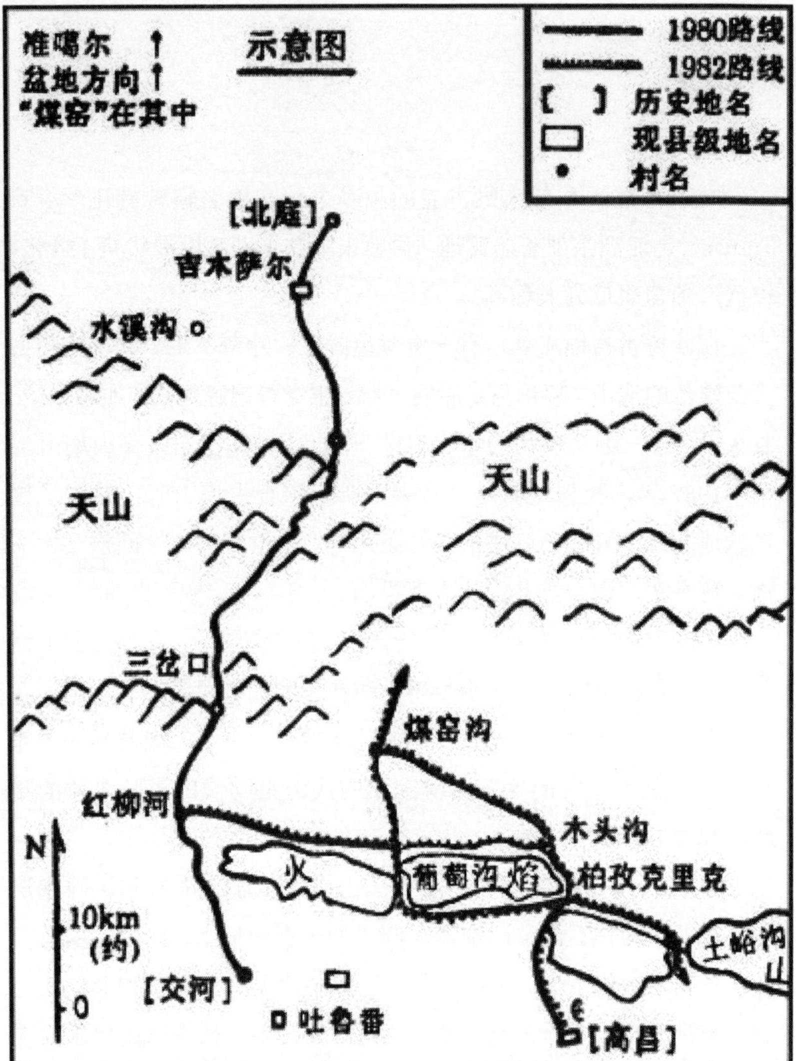

示意图
准噶尔
盆地方向
"煤窑"在其中
1980路线
1982路线
[ ] 历史地名
现县级地名
村名
[北庭]
吉木萨尔
水磨沟
天山
天山
三岔口
煤窑沟
红柳河
木头沟
火
葡萄沟
焰
柏孜克里克
土峪沟
山
N
10km
(约)
0
[交河]
吐鲁番
[高昌]

此外，在那次调查之前两年左右，我曾骑马踏勘了此行路线以西的另一条道路——敦煌文书中称为“他地道”的天山孔道。那是一条真正自古以来使用的古代天山的历史古道。历代史书记事不断；学者们虽然并未用脚踩过那条古道上的泥，却是精心对之钻研，论文遍见中、英、日文学报刊。

其中，日本早稻田大学长泽积俊撰文，以为《宋史》关于东部西域的基本史料《高昌传》乃是断简错编，应予以校正。他在《关于王延德的使高昌记》（王延德の使高昌记について，东洋学术研究，1975，14—5）一文中，不仅认为《使高昌记》（原题《西州程记》，高昌，西州，均指今吐鲁番）即二十四史之《宋史·高昌传》史源属于错简脱删的残本；而且进而谋之，自己复原了一个“应当正确”的《宋史·高昌传》。

这是一个必败的动作。于是我决定钻研这个问题。我在1980年骑马调查了天山东部的古代通道即王延德当年代表宋朝出使高昌的通道——沿途景物遗痕，一一与那位使节1000年前的记录相合不二。

——言及这些的原因，是由于话题都围绕着对火焰山的理解。

2

关键在于一种西天路上的特产——硇砂。宋朝使臣王延德在笔记中写道：“北庭北山中出硇砂。山中尝有烟气涌起。无云雾，至夕，光焰若炬火，照见禽鼠皆赤。采硇砂者著木底鞋取之；若皮为底者，即焦。下有穴，生青泥，出穴外即变为砂石。”这里指到的怪物产“硇砂”，是历朝历代西域诸国向中原皇帝必进的贡物。治《西游记》的人未能关心，而搞历史的人却盯住了它。

长泽和俊重修《宋史·高昌传》之举，是建立在同一早稻田大学之松田寿男对硇砂的研究之上的。松田氏有名著《古代天山的历史地理学研究》；他自称硇砂考证在其大著之中，“时时成为重要的钥匙”。

然而偏偏是硇砂问题被他搞错了。

松田氏考定：硇砂仅仅产于龟兹（今库车）。然而，1946 年中国地质学家关士聪在吉木萨尔（北庭）水溪沟发现了硇砂。松田氏又考定：硇砂产生原因在于火山活动，而中国科学院的火山专家告诉我，如果 1000 年内天山有火山活动，那孙悟空就不是猴子而是活人。

核心在于地层。考古学和地质学的命脉都在于地层学。从甘肃到新疆，尤其在天山山脉，侏罗纪地层中的煤炭普遍存在自燃现象。这种在地下自燃的煤炭产生的气体，在地表裂隙形成多种非金属矿产——硇砂即为其一。

我曾发表论文《王延德行记与天山硇砂》（文史，20 辑），整理了这个问题，并且指出松田、长泽之论不确；此事已无须再论。

而且，学者们通常认为（包括我）——“北庭北山中出硇砂”一句中“北山”应该改为“南山”；因为水溪沟位于北庭南方。其实，再三吟味王延德的“小西游记”，他描写的是高昌国四至，即高昌国境内。高昌王通过夏宫北庭一直控制到阿勒泰南麓，至今人均泛称阿勒泰山、北塔山为“北山”。其中准噶尔荒漠盆地亦在北庭控制之中。准噶尔盆地中有一处地名煤窑的地方，据 1959 年中国地质学家调查，那遥远的北方也有硇砂出产。看来，不仅《宋史·高昌传》全文改动不得，连一个“北”字也未免敢轻易乱改。修正《宋史·高昌传》壮举，犯了史家大忌。

——真正值得注意的是：人们憧憬不已的美丽天山究竟是怎样一道山脉？《西游记》中大书特书的火焰山，难道真的就是吐鲁番北面那道焦渴鲜红的低矮小山么？

3

对小说进行实证确是荒谬的。但是《西游记》一书虚虚实实，往往以真实为神怪。人们已经熟知：小说《西游记》是因唐高僧玄奘西域壮游而逐渐编成的。唐宋以来，人们对西域传奇的山河故事，往往基于这种秘境壮行而产生。其中必有真实——包括一座烈焰熊熊的奇山，也未必全是想象力的创造，

日本松田——长泽逻辑是错误的；因为它的思路是：历代硇砂史料多见库车（南疆，古龟兹国），仅宋王延德一条即《宋史·高吕传》记有北庭（北疆，今吉木萨尔），因此少数必误，《宋史》当改。这种逻辑的错误在于它不懂历史和历史残片（史料）间的关系。

然而，小说《西游记》中记载的火焰山很可能基于天山山脉的煤层自燃现象——因为天山南北麓均是古代东西交通孔道（丝绸之路）的主线，北庭或库车，一在山北一在山南，在昔日确实有过山中火起的奇观——盛唐以来奔波于那路上的旅人不可能没有耳闻目睹——见闻流入中原，在民间酿为传奇——后日为编纂《西游记》的人引发灵感；这种逻辑却是顺理成章的，因为它符合中国古典名

著与古人知识之间的规律。

否定吐鲁番盆地北缘那道浅红色小山即火焰山，尚为时过早。尤其是，我们尚不能准确地判定维吾尔族住民对它的称谓之一——“Ko Yan Zan 即火焰山”，这个汉语借词或汉语地名产生的年代。

但是，据黄汲清、关士聪等民国时代的新疆地质学家们记载：吉木萨尔（古北庭）出产硇砂的煤层自燃地点之火势，正逐渐变小。笔者本人于 1980 年调查该地时，火苗已熄。可知在四五十年间，那火势一直在变弱。回首宋人王延德目睹的照亮了鼠獭的火势，可以感到千年前确实曾有大火，千年内渐渐衰竭。若如此，唐代之天山某个地点，难过不可能真的烈焰熊熊，难道不足以使旅人目瞪口呆叹为观止么？

作此小文，只求使读者对古典名著《西游记》增添一点兴趣，并且对天山——那道雄奇美丽的大山脉增添一点知识。

《西游记》确是伟大的，它使我们对自然的憧憬更加深沉了。至于天山，它的知识是学不完读不尽的。谁能想到那道蓝松白雪的山脉里，还曾经有过熊熊燃烧的峰谷呢？

1991 年 1 月东京

2011 年 5 月 22 日增删

冰山之父

人会常常想念山脉；但恼人的是，走向任何一条山脉，前段的路都漫长之极。尤其在西北，不用说当代那些伟大的设计师，连古人也一样——把城镇布置在远离山麓的平地，然后顺手一根线地用路把它们串起来。这样，看山易，进山难，望山跑死马。何况人多是心高技寡，靠的多是长途班车。所以真正地让自己进入深山，其实不是易事。我更一样。还没有看见山，准备探访的山脉还远在天外时，我已经遗憾只能在一个地点接触；已经为那接触的短暂而难过了。

黄土高原若算一个海，我把兰州当成码头。的确，它的功能就像个旱码头，汇集着八方的穷乡僻壤，集散着外界的花红酒绿。它并不独自拥有甚么文化，它展现结论，不演绎证据。包括黄土高原的内涵风物；须得离开这个码头几步，或南下河州，或东去平凉，才能找到源流，尝出滋味。因为暗暗怀着这么一种个人地理学，我常常把兰州当旅途的起点。但是这次我要跳过这亲切的高原；闭紧双眼，遏止情感，略去这一大块高原，努力地把痴痴的心思，向尽可能遥远的天地发散寄托。因此，熟悉的兰州，此行是一块跳板。

但若投奔大山，还要像闯过关口一样，穿越三个地理地带：除去黄土高原，还有河西走廊，以及一个个焦旱枯裂的山前干沟区。

从兰州出发，要跋涉的下一个大地理区是河西走廊。穿行在这一条紧紧夹在沙漠高原中间的、名副其实的地球上的大走廊上，车行如飞。戈壁的风，顺着走廊凶猛地冲来，粗粝地打着人的脸。走廊显出形相后，右翼是平坦的沙化原野，连着一条白亮的沙漠边缘线；左翼是退开的远山，向阳面褶皱峥嵘，沿走廊一字排开。那就是我打算投奔的、几条山脉的第一条，祁连山。

但是进山还早；人不能避开的第三个地理区，是干沟旱土的山前浅山区。无论在哪里，谁也避不开这段煎熬。特别是在新疆。对着山影，绕着沟壑，满目都是不毛的石砾。更可恨的是居民点却建在这种地方，为着水更为着出山的交通。公路从来在远离牧场的、焦旱狰狞的山前绕行。

久久的忍耐一概略去。

如今回忆起来，心里开始为出发前的决心高兴。在这个难熬的苦夏，怀着说不出的渴盼，我跋涉过了这些山前的阻拦，探访了三条山脉。

一

祁连山，胭脂山，匈奴给它六畜生命，汉武使它史上留名。

黄昏降临了，四合的一幢幢寒山次第黯淡。我注视着它，清冷的暮色确实与别处不同。行政语言把这儿称做肃南；其实它是祁连山脉的整整一半，是黑黄两部裕固人（尧乎尔，hara–xiara yogor）居住的北麓。

大自然，以前是向往和憧憬的对象，但今天是逃难的去处。远在围攻还没有兴起时，我就决定：夏天之前，一定要竭力接近雄大的山脉，找到牧人和自然还有清冽的空气，渡过这个思想的闰八月。

说不出的舒服和快意。山脉，如今我住在它的怀里。果然，在祁连山里，白日也相当安静。山头有变移的雪线，大多时候，顶上柔和的白雪总是被云遮着。雪线下面的山坡，隐约衬涂着一层费人捉摸的色调，是它使祁连山和其他的大山区别开了。是甚么呢，我猜不透。总之，像是它被覆盖在植被下的本色，闪烁在青黑绿三者之间。想着，突然失声笑了，我知道我又在漫不经心地猜测。摇摇头——不能深究了，否则必须二次插队。

在这山里一切单纯。十字街的镇子，河州人的馆子。沿着河滩，有淘金沙的大汉出没；帐房附近，养的是平犄角的藏羊。只有高处的森林，在雪线下一派墨黑。七月仲夏的山里，不停地涌出风来，在这日落时分，飒飒地响。

礼性很重要。虽然不敢奢望更大的收获，但我想哪怕只是为着礼性，进了祁连山就要拜访今天此山的主角，裕固人。

他们是古代的逃难者。我在书上学过他们的事。在一个养鹿的牧场，天上移动着大团大团的乌云。“黑”裕固人在这里放牧，他们说突厥语。有趣的是，他们使用古代称谓，把回族称做 sart。我喜欢听他们说几个简单句，多少做些记录。挡路一般，一架墨绿的大山在我眼前立起，拖曳着一泻而下的坡麓。这座山给我留下了清晰的印象。它的顶如戴着帽子，仅是在那高处生着浓暗的树林。那是我第一次见到裕固族牧民。要落雨了，天非常冷。被砍了茸的鹿，骑着马的牧民，都急着回家，在微黑的溪流上哗哗涉过。

书上说，史称回鹘西迁的民族大迁徙；具体说是一场绝灭的大雪灾，把他们从北方蒙古高原赶到了河西甘州，逃难到了祁连山，慢慢地喘息恢复。但是他们自己却根据一首古歌，说祖先是从西边一个叫“西只哈只”的旧地迁来的。这个地名使人连想吐鲁番的旧称西州或者和卓；总之，也是被逼迫逃难出走。

我听得饶有兴味，若是以前我会热衷这项考证。现在我只想和他们随意闲谈，享受平和的气氛。喜庆地被选了裕固二字来做称谓、其实今天一共还不到一万之数、却分别说着蒙古和突厥两种不同语言的 yogor 人，不知为什么也说不准在什么时代，结伴来到了祁连北麓。无疑藏民给了关键的条件，所以从他们的举止里，能辨出一点藏民的味道。富裕巩固么，这不最重要。关键的是，他们存活下来了。

后来在一个贴近祁连山脉的分水脊线的牧场，又接触了讲蒙古语言的“黄”裕固人。那次是背靠一道山梁，不由得想入非非：再爬一阵，山那边就是青海，祁连山脉的南麓。他们也住藏民式的牛毛帐篷。一条河分开流了，深绿的山中草原沿地势分成巨大的分岔。他们也称回族为 sart，口语中的辅音有古代特征。这是第一次；在古代匈奴人悲歌“失我胭脂山，使我妇女无颜色”的地方，在甘州回鹘人、或者“西只哈只”的 yogor 人靠着高寒的山，还有稀薄的草生存下来的地方，我喝了他们的奶茶。

不知为什么，逃难者都选择了荒凉的祁连山脉。后来进入了 20 世纪，每隔十年，居然就有一批人偶然或必然地投向祁连山避难。蒙古独立后，一支喀尔喀蒙古人迁来这里；当然他们是被革命驱赶出家乡，流落到祁连山贫瘠的草原的。三十年代后半期，一支长征的红军也逃进山里；他们却是为着革命全军覆灭，残存的一股逃进祁连山，在大山的掩护下最后逃生的。最后还有一支哈萨克人；历史强加于他们的苦难，以及他们向着祁连山脉的迁徙，很少有人知道。

端详着这个比内蒙古的草原要稀薄、比新疆的草原要简单，可是比它们任何一处都贫穷的高山牧场，我心中不由得暗暗称奇。事物是处于神秘之中的，看来的确如此。这里是一种边境，隔断杀伐和残害的边境。只要逃到了这里，就能获得奄奄一息的生存。这里又是一块活地，性命和生计的活地。它不靠丰腴肥沃，只要付出劳苦，就能得到一点点余地和繁衍。

在安下心来以后，一如往常我遭逢着真实和吐露。我不动声色地倾听，暗中压下不平和激动。这个夏天，我常常咀嚼这复杂的矛盾。没有话语的环境，只有自然的话题任人谈论。我到处求教，学习关于原生林和次生林，打听云杉、圆柏和柴白杨。青海大通来的淘金人住在河床里，用推土机挖开石砾层，把五米厚的沙子全部过水。我过去说出切口，问问金脉的走向，听听他们的生计，让野地的山风吹拂我们一会儿。

想想南北各大山林，恐怕祁连森林最荒瘠。荒漠戈壁直到山的腹地还在伸延，山表草薄树瘦。在这道荒凉贫瘠的山里，森林生长缓慢。山上太冷，树木的年轮才仅仅只有一毫米。一棵树长成碗口粗的直径，居然要花上四十年时间。但即便如此，山上的每一棵树仍然使劲地伸开吸管般的根须，拎一串水桶般地黏挂着一团团含水的湿土——然后让水成滴、渗漏、淌出、汇集，在凹地就地势形成小溪，最后在谷间和沟里变成河流。昔日只是让匈奴六畜蕃息的祁连山脉，今天不言羸弱抽血化水，一共送出了三十多条滔滔的河水出山，滋灌喂养着金张掖、银武威和走廊上一连串的绿洲，喂养沙漠般蔓延的开垦建筑，喂养不尽的人贪兽欲。

森林齐齐地摇摆着枝梢，连峰在极远的东西两翼消失。站在这么浩莽的大山里，人清晰地觉察出身体的苏醒，和一丝温暖的喜悦。我也可以从祁连山吮吸一滴水，不由得这样想。留一个念想，再来时我要直取真实。从乌鞘岭到阿克塞，这个地带长宽合适，朴实单纯。抬头仰望，嵌在岩石缝里的冰雪是灰蓝色的，随着一天的终结，它正渐渐地逐次变暗。

无论对生存或思想，不能缺少的条件，是一块驻营的基地。农民说，安家立业要有块地场。都市只是战场，那里缺少阴柔的滋润和灌溉。幸而我唯心地向大山求援，现在看来决定是对的。这里是祁连山，古老的牧地，智识阶级话语不通用的异域，逃亡者、牧羊人和淘金汉的求存活的地场。

站在滔滔流水边的石头上，我觉得自己也是一株柴白杨的细细根须。千里迢迢也好，一路风尘也好，满意的是我总能到达这种世界，这种世界总是接受我，给我新的可能，给我宝贵的吮吸。在雪山下面的河谷里走着，我忘了山外炎炎的夏季。林涛如同诱导，悦耳得使人留恋。祁连山的萧杀风景，平熄了心中的急躁。

二

半个月后的一个傍晚，在昌吉境内，我抵达了天山。

“山前”的折磨总算结束了，忍受了整整半天黄石头红石头，穿过了数不尽的焦干的山沟，特别是越过了康家石门的岩画之后——人们时髦地说，这岩画是世界最大的“性文化遗址”；车子转了一个弯。

——森林的梢尖，突然从下方升起来。刚刚走过的山前地带原来海拔更高。转过弯后，不留意已是阴坡，地势在颠簸中向下倾斜着。空气骤然凉爽了；曝烤之下明晃晃蜇眼生疼的，干渴的红色黄色刹那间一扫而光。亲切的，只有天山才有的浓蓝墨绿，清凉地熨着干裂的眼睛。

前进着，黄昏的夏牧场，它音乐般的美色，轻摇着满盈在刚打开的世界。已经是几年不见了呢，我算不出来。心里袭过一阵难受，我差点落下眼泪。

那个夜晚给了我久违的幸福。

天山太大，天山的全部美貌无法全窥。只能从不同的山口分别进入。多进一条峡谷，就能多看一眼天山，多住一个地点就会多一分知识。开卷有益，在这一生中，要尽量多地进入天山的条条沟谷。这次走进的天山沟谷，叫 kul-say。

这个地名的意思是“湖之谷”。因为我们亲爱的时潮是一定要在中文里印上西文来加强语言；为着平衡，我也要在我的文学中故意印些哈萨克、尧乎尔，以及蒙古等语言的转写符号。

无论如何，这次是痛苦的久别之后，四个东干人住进了哈萨克的毡房。女主人很能干，在夏牧场的浓白晚炊中，她应付和我们的交道。男人却不声不语，沉重地在草地上慢慢踱着，拖着伐倒的几根松树枝干。喝过茶以后，东干人在他们之前接起都瓦尔。我觉出女人微微一怔，男人却不动声色。

顺着 kul-say 的山谷，我和东干兄弟们漫无边际地闲谈着，散着步。熟悉的、我此生只能永远憧憬的天山深处的黄昏景色，包裹着我们。

有两个巴郎子骑着马，从峡谷的上头驰来，寂静的山间只响着他俩的清脆喊声。我问他们什么，前头的一个却在鞍上扭过身，大声问后面“他说什么”。于是我们不再纠缠巴郎们，竟自朝落满白白松枝和长满了美丽云杉的深处走去。让内蒙牧民惊讶的、哈萨克的毡房扎在陡峭的土崖上和松树的巨根旁，紧紧地一座挨着一座。羊和马都很少，只看见一些牛。

傍晚应该响彻归牧的喧嚣，而这里显然畜群已经稀少。

天黑了。

我坐在毡房门口。夜影里，清冷的空气在浸漫。不知在哪里有谁单调地拨弄着一个冬不拉。辨不出，不是常见的曲子。黑色的森林尖梢刺破紫色的天空。我感到心脏在非常舒服地休息。世间布满凶险的埋伏；但是在此刻，我感到大自然在对疲惫的我无声地抚慰。

这道山脉，对于我来说，就像一位白发飘飘、威风凛凛的导师。它对我得自蒙古乌珠穆沁草原的知识，实行了大幅的修正、补充和阐释。自从我理解了这一点以后，我就对它久久地怀着一种感情。

女主人问到晚饭时，我学着哈萨克的回家游子，说吃苏由阿什。它是把面片和羊肉、番茄和芹菜等等古来的西域菜蔬，用浓浓的肉汤煮成的。要求吃这种饭的潜台词是，不想过分麻烦更不想排场，但是盼着滋润一下在外干枯了的身体，解一解太久的疲乏。

饭后应该消化。同伴发现了一架风箱漏气的手风琴。他拉尽了会的全部哈萨克曲子。于是男人找来一个孩子，那男孩唱得非常动人。他把圆舞曲节奏的哈族歌子唱得每个节拍都饱满。由于害臊，唱那些节拍时他的童音在颤抖，他不住地依偎在那男人怀里。

晚上是游牧民的促膝闲谈的时间，我问了牛羊，部落，和山外见到的一座墓园的来历。他们也是苦难深重的克烈部落。问到迁徙的事，我震惊地听到，他们以前居然在美丽的天池驻夏。可怜的几句哈语罄尽了！但是那男人不笑，也不惊奇。他只是再回到沉默，等着我的下一句提问。我早麻木，不再自责，如今后悔学习不努力已经太晚。好在心情的交流最重要，它实现了，这个克烈部落的男子清楚了：我们不是游客。

后来还是女主人谈到，明天是他们母亲逝去的四十日。我也告诉他们，我的母亲也刚刚去世不久。这个话题虽深，但结果都很满意：双方的礼仪非常相像。东干人么，有时会翻翻随身带来的经典。那个男人从毡子上欠欠身，微微地朝我们挪近了一些。他总是注视着我，不过目光平静而柔和。他不断地使我联想起多年前，在阿勒泰腹地踏查古代道路时，相遇的一位哈族老人。那也是一个夜晚，也有夏牧场难以忘怀的夜色。只是他比那个老人更无言。

人们休息后，我又披衣出了毡帐。

月色如洗。此生中，我已经若干次在天山腹地过夜。每一夜都那么珍贵，一次次都历历在目。这无论如何又是一次，我想，求一次美好的体验要千里迢迢，而且找到后转瞬即逝。我惋惜地想着，望着迷朦的月夜。

剥落了皮的松树枝干躺在草地上，散发出白光。远处传来偶尔的犬吠，还有像女人又像孩子的，清脆的叫声。kul-say 的小潭水淹不过马膝，他们以前的夏牧场是天池。但是他们的情调一丝也没有变。我仿佛看见了他们坚持古老生活的韧性。在静夜的天山里徘徊着，我禁不住想象。我永远不能想象，若是一个孩子从小看惯了诸如天池、喀纳斯湖、赛里木湖那样的绝美景色，那对于他意味着什么。如果天池、喀纳斯、赛里木只是他们的恬静的夏牧场，他们拥有的是什么。

分手的次日早上，哈萨克的男女主人招呼着，我们又喝了一顿喷香的奶茶。喝茶时那男人仍然默默无语。然后，一如昨天，我以大哥和主客的身份领着兄弟们接了都瓦尔。当大家双手抹过脸，觉得这次天山小住已经结束的时候，那男人突然开口，低声地念起了古兰。念了一共两个短章。他念的调子很好听，念的章节是我不熟悉的。他的水平出人意料，但他意在哪里并不难猜。我们，甚至他的女人都非常感动，可是一直到告别，这个男人再没有说一句话。

三

终于，在最后的帕米尔路上，冰山出现了。

在高原过酷的曝烤下一片疮痍满目的群山路上，在我一直牢牢凝视着的灰砂石砾的尽头，突兀地出现了一些蓝白的冰。它稳稳上升着，截断了火烧土，显示出轮廓，挡住了高原。

看到他的那一瞬我就明白：决定探访帕米尔，是正确的。无论谁，当路径堵塞难以屈伸的时候，至少可以走向冰山。高原之顶的万仞冰雪，会强大地改变人的心情。帕米尔，当我还是个儿童我就听说过的世界屋脊，如今总算挣扎到了它的脚下。二十年前一念之差，于是就要经过六盘和陇山、饱尝戈壁和荒漠、经过那么多黄土高原和山脉江河之后，它才为我出现。

远处的世间，酷夏还在肆虐。但是在冰川和雪岭的缝隙之间，河水滋润了一些狭窄的草滩。地名越出了我的能力。盖孜、库尔干、斯东、塔合曼，维语混合着波斯语。基础在消失，我感到不安，剩下只有感受了，只有仰仗机遇。一般说来，人不能奢求启示。

一路藏着的任性突然按捺不住。过来的每一步，都像进入帕米尔的山岭，被灼烤得碎裂焦旱。水冲来时，岩石的山一片片翻倒下来，坍塌如泻。我们表情平静，我们忍受失散。他们百无禁忌，我们缄口不言。迎着过于巨大的命题，人会渐渐学会平和，为歧视而害羞，为压迫而叹息。在遭逢危机时，连孩子气的弟弟都成熟了。不仅如此，在诱骗和蓄意的围逼中，我们竭尽全力，为着古代的情义，掩护颓垮的文明。我们走遍了西域，在一个个异族的聚落里学习寻觅，远远地避开了自己。我们冲进东川，在孤单的逝者身边，为母亲和孩子、为女人和亲人、为自己和大家，念完了辛酸的章节。我们分手在乌鲁木齐，兄弟几乎流泪。小伙子们居然会那么眷恋，但我还是走了。就在这样的穷途，就在这样如同逃亡般的道路的终点，我看见了你；你的姓名就是启示，Musu tag Ata，冰山之父。

冰山乡现在叫塔合曼乡，河滩里是塔吉克人的夏营地。从晒得破裂的砂石坡麓上，一条河湍急地穿山而过。河水在两岸养育了一条狭长的绿草地，草又低又密，从泛碱白的河床来看，草一定是有劲的含盐草。

夏季，他们挖起连草的土坯，趁湿一块块堆砌成四方的墙。再罩上松枝石片，就安了家。这种碱土坯砌成的夏窝子干得很快，年经日久后，被直射的烈日晒得又白又硬。透风漏雨的里面，昏黑但凉爽。我喝着他们的酸奶子，随便问些无关紧要的话题。

牛马驼羊之外加上牦牛和山羊，原来这就是人所谓六畜。塔吉克牧人拥有的畜群很少，问答间我吃了一惊。三百多户人家，只有二百多匹马，绵羊七千，加上山羊，不过一万牲畜。我猛地明白了：塔吉克是一个不仅忍受着高寒酷晒，也忍受着贫苦的民族。

若一切仅在贫富，还可以由人平衡。这里是古代的大食，专生以貌美著称的塔吉克男子和女人。他们把粗织的鲜艳地毯挂在壁上，在精绣的花帽上再蒙上雪白的头巾，极度的简陋穷苦中，就出现了华丽的波斯味道。但是生的艰辛无法勾销。用内蒙牧人的目光，我看出人们活得并不轻易。后来转到冰山的另一面；那里的草地，简直就嵌在绝壁和碎岩中间。没有草，一角大的牧场，十数头的牲畜。塔吉克儿童追着山羊，攀着被烈日烤焦满山酥碎的陡峭斜面，寻找每一丛草。一头羊能卖四百元，这些钱能买半年粮。生计，全在几十个羊的身上。

不用说，我也决不问，能称之痛苦的，并不是这些游牧的辛劳。

但塔吉克人的眼睛里，好像瞟过一丝嘲笑。高耸半天的透明冰雪，慕士塔格父亲的传说，鹰笛、舞蹈和高傲的语言，毡房和土坯的夏窝子，神圣的依斯玛仪勒信仰，这一切陪伴着支撑着他们，使他们在烧伤的高原上，牢牢地抓住了骄傲与美貌，使那么多的民族深深叹羡。

喝了茶，吃了馕，我走出土屋。冰山在尘雾里时隐时现，远处白色的草皮块房子，在乳色的日射中亮暗分明。这种寂静的塔吉克的平顶小屋，和冰山之麓浑然一体，渐渐地使人忘了曝晒和灼烤，溶入了一种情调。Musu tag Ata 遮断着一切，注视着世界，仿佛在永恒地否定和肯定。

他银白的冰顶就在眼前，半隐半现。涌淌而下的冰川低在眼眉，重重地遮裹着烧伤斑驳的岩基。是的，在他身上，冰冻灼烤都是妆扮的色彩；在他脚下，痛苦灾难都是迅忽的瞬间。他像一位苏菲老人，启示着主与人之间的机密。他冰雪的白发不梳不理，缕缕冻透，直至烧石戈壁的山麓，长长拽着坚硬的棱线。隔过昏朦的阳光，他晶莹闪烁，严父般地望着我。

和所谓“旅”，和它的严峻本义真地答问的时候，人会非常难堪。由于特殊的遭遇和命定，以前的体验会令人紧张地质问。从大西北回来的路上，我曾长久地研究这个矛盾。后来，我追忆起一张张脸庞。有我描写了几句的哈萨克男人，也有我没有触及的，塔吉克的老者和东干的青年。他们都是些大器的人，谁都承担着自己的一份。我留意到，他们对什么都不强求；对世态变幻和对自己，有一种淡然的态度。而且，微微有点像那些茫茫大山，他们都喜欢沉默。

就这样，我结束了夏季对三条山脉的寻访。

确实，在穿越枯燥漫长的山前地带时，我有时觉得疲惫不堪。但是每当达到了山的深处；每当对着美好的风景，赏心悦目胸襟开阔的时候，我就感到快意，好像地气在向我灌注。虽然往往只是瞬间，但是劳累退却了，人获得了补充。

对于不少人，这都可能是一种度世的生活方式，我想。

1995 年 10 月

正午的喀什

1

站在这里心中怅然。十五年前我还年轻。那时古风的广场还没有被整肃，站在广场上就能看见传统，还有商品和文化的集散。大寺一直到台阶都被热腾腾的摊贩集市簇拥，显得随和而贴近。那时第一次见到鲜血淋漓但不停歌唱的自残乞丐，第一次见到白瓷般可爱的小姑娘。还有热烈的音乐，那是挣脱异化的一片旗帜。不用说，还有不时瞟来的，迷人心窍的眼神。十五年前的那一天，我的心被掠夺了。那一次是毕业前的实习；但不知怎么，就像走错了路一样，越过那么辽阔的大沙漠，我独自跑到了这里。于是人就再也无法不想念，春夏秋冬，我身在异乡，一丝游魂却时时在这街头游荡。

今天我又沿着沙漠的边缘，穿过绿洲，来到了这里。今天看到这些浓密的黑胡子，长到膝盖的袷袢和花帽，我已经不再惊奇了。不敢相信地，切实地踩着这里的土路，我甚至难以压捺心中的一丝莫名的伤感。今天我懂得这是逊乃，效仿的圣行。不过，衣冠须髯，几件逊乃居然能变成如此声名远扬的形象，变成一个个魅力生动的男子，这一点使人禁不住地暗暗感慨。

女人们更是如此。难言的娇美，痴醉的歌舞，和拒绝的褐色盖头巾，都不可思议地同属她们。仿佛她们神秘的女体，在不语之中暗示着彻底的快乐和禁忌。一切都藏在她们的深处。如今我能稍稍清楚地分析了；经过了时间和经验，如今我开始能猜测暗暗编织其中的经纬。心中悄然游走着一丝苍凉。我开始善意地谅解；何必对肤浅也进行讨伐呢，那是最后的残存浪漫。

毛驴子依然皮实地在炎热中拖着车，沿着田野上的林荫路小跑。青黛的绿荫遥遥伸延，这里也许是中亚最大的绿洲。风景和人都依旧。他们依然不稀罕编入公家的单位，各自在私人的铺面前头忙碌。喇叭还是丝毫不介意流行风尚，自行其是地，向世界灌注着古老的小调。钻天杨的满树叶子沾满尘土，摊子上香喷喷地、齐齐叠放着焦黄的馕。妙龄姑娘一排排走过，眉毛染成黑绿的黛色。老者在杨树下消磨着时间，双双深目不可捉摸。

我顺着著名的巷子，走走停停。我说不清自己多么喜爱这些古怪的小巷。不用说，在我生长的中原也用泥盖房子，但是同样的泥土，却堆砌出不同的气质。

一定从古时候就已经定局了。神秘的一股情调，被无形地划归了这里。从淡白色泥屋的光滑平顶上，它轻曼升起，俏皮柔韧，难以触摸，不可言说。接近它几乎是不可能的；长久以来，我一想到此生恐怕不能与它再求深交，心里就忍不住难过。哪怕是用感性或学识，哪怕仅仅想一把抓住它的一丝形影一股味道。太难了——它飘忽幻变，不做允诺。它和我们不得不寄生的此界之间，好像是隔着一层绝缘的空气或尘雾。

我年年都这样想：一切是不是已经太晚了呢。

他们却在神秘地微笑。像瓷一样白嫩的娃娃，在每一寸身条上迸射活力的姑娘，即使穿着破旧也潇洒有仪的男子，肥胖快乐的主妇，白髯碧目的老者——他们分着清楚的年龄阶梯，一层层一类类地，在这些神秘的小巷里成熟。他们总是从他们那令人艳羡的神情中，轻轻地投过来一个微笑。唉！

世间正是可怕的正午。恐怖的毒阳在放肆地曝烤着，泥抹的平顶屋一片片低伏着，在这亚洲的腹心干透、变硬，被烤成了一抹光滑的蛰白色。它们一语不发，静静地和白杨沙枣一起伸延，在天尽头化成一片淡雾。

我用鞋揉着淡白的干土。尽管头上高悬着如炽的骄阳，我心里却觉得如释重负。我发觉，在我来到的同时，目的便已经消失了。遥遥地，由于禁止使用高音喇叭而显得若有若无的、艾提尕尔深处传来的长长梆克，飘出来后变成干燥的夏风，散向炎热的中天。

是的，这里就是中亚的名城，我渴念的喀什。

2

在整个中亚或者更远的外界，人们可能没有听说过乌鲁木齐。但是一提起喀什噶尔，谁都会叹赞之神，形诸于色。

有时站在沙漠的南缘顾盼，总觉得喀什噶尔绿洲实在太辽阔了。它大得以至在胸脯上发育了不止一个市街。有的沿袭旧制，音译古语；有的顾盼水草，指地为名。当然不管街镇的历史如何，它们都是交叉通达于喀什大绿洲上的枢纽，都是拖拽着一大块村庄之网的纲结。

水量丰沛的河水浑浊地奔腾着，和条条灌渠交叉补给。眺望着无垠的绿洲，我不知去哪里走走更好。和人们闲谈时，他们说，在喀什噶尔的郊外，比如在疏勒有不少东干人，不去看看么。

疏勒离喀什很近，不知它是不是文献里讲到的，政府军经常躲进去的古丽巴哈尔堡。东干的语源已经不易究明，不时地它也被写成东甘。打听的话，只能问清楚它在哈语中读成 Donggen，在维语里念做 Tongkan。人们用现代语的惯用形猜测说，这个称谓来自 Turgan，意思是“留下”，指当年留在甘肃没有回到故乡的撒马尔罕之类地方的游子。当然也有人说，这个词就是指东部甘肃。

上一个世纪的末尾，天下沦为乱世。面对着歧视和威胁，东干人选择了争斗。于是也就尝受了迫害，最后流离失所。悲惨的故事持续了很久，不过事物终究会有结束。后来当安定又巡回归来时，人们发现，东干人已经悄悄地靠着城边定居了。

一如已往，东干人么，买卖些凉面酿皮，栽种些辣子洋芋。斤斤计较地勉强营生，紧靠着寺抱成一团。他们学了些维族话，把泥屋搭在了这片绿洲。后来世道继续稳定，他们开始出门也戴白帽子，在泥屋的庭院里，栽了些葡萄和鲜花。从劫难以后至今，刚刚过了一百年。

一对东干人的老两口，悄悄住在疏勒北郊，一个叫塔孜拱的村庄。

远远地先看见一排高耸的杨树林。顺着急流的水渠，这些树干粗粝的青白色大树笔直地密密挨着，雄壮地排成了街道。小小的院落遮掩在青杨树深处，他们的家盖在维吾尔人的聚落中间，街上依着门口，三两地有衣裙鲜艳的维族女人在闲扯。进门前抬头望望，一切都曝晒在火烫的阳光之下。

老人的眼眶深陷。投手举足之间，他很像喀什树荫下的那些维族老者。他总是迟疑地把我的话再问一遍，然后先在脸上露出确实懂了的表情，然后再慢慢开口回答。我不能不欣赏他举止中的，准确的维吾尔式的优雅。

院子宽敞得令人艳羡。沿墙矗立的巨大青杨，把院子围成小小的城堡，完全隔绝了外面的任何动静。角门通向果园，院子里架着葡萄。从檐下就密密垂满的葡萄和大片的浓绿肥叶，把一派炫目阳光架挡在上方。它只能在缝隙里闪烁，但是再也无法落下。

他姓的是在东干人里最常见的马姓，但是他的汉语已经不熟练。我竭力把普通话讲得再清楚一点，但是他却更听不懂了。在新疆我总是尽量少讲汉语。我喜欢用半通的蒙古语或几句哈萨克语，和汉语民族以外的人们打交道。但是，我没有想到在这个小院里，在同胞的老人面前，却要经过维语的翻译。

他在疏勒长大后，就投奔了维族人的毛拉念经。也在维族毛拉的主持下，当了东干人的阿訇。他安静地坐着，一个穿连衣裙的邻居女孩依偎着他，一根根吃着待客的馓子。家里没有儿子媳妇，只是老两口做伴。他抱怨地说，自己的孩子都“工作”去了，不来接他的班。他的这几句话说得断续吃力，不知是因为他的老实，还是因为他对自己的用词缺乏自信。

听着他说不准的话，人们笑了起来。大家开起玩笑，说该请个懂汉话的维族小伙子来，因为马老汉的汉语不如维语。他更窘了，无奈地摇了摇头。吃馓子的小姑娘倚赖地靠着他，香喷喷地嚼着。他不知所措地低下头，抚摸着那维族女孩的头。孩子举给他一根长长的馓子，他摇摇头，说了句什么。小姑娘应声跑了。

老大娘则活泼得多。她是完全的维吾尔装束；穿长裙，衬衫外面套着对襟的坎肩。也像维族女人一样，戴着小花帽代替盖头。比起老实的丈夫来，她的母语记忆要好得多，口音里居然还带有一些陕西腔。

她的心思只在留下我们吃饭。不管怎样坚辞，隔上一会她就再来挽留一阵。而且隔上一会，看到我们还没有马上就走的意思，她马上就跑到灶房，切上几刀或者洗一把菜。果然，等到我们坐够了，真的要告辞时，她已经把饭菜收拾了一半。这下她的态度坚决了，她拦住我——陕西话急切中显然不够了，她就用维族人的调子喊起来：“你们走的话，我，我——哭呢！”她的真心使我们局促不安。坚持告辞呢，她已经说了这样的话；不走吧，那么就要让七十多岁的老人做饭。

我突然感到，若是此刻离开，以后我会长久遗憾的。于是我跟着她跑进灶房，连声说：那让我来帮您……后来，就是富足的南疆饭菜。我什么忙也没帮上，他们宰了两只鸡。在场的人里，有一个政府要员。或许是由于我的帮腔？要么就是为了向我展示政策阳光的煦暖浩荡；饭桌上决定：可以额外给本村一个名额——去学古兰经。我心中暗暗感到震惊，但是马老汉夫妇知足的表情纠正了我。饭很香，客人们由衷地觉得打搅，再三地致谢和表示礼性。

现实而短暂的一课结束了，感慨不住涌来。离开他们的时候，我走了几步，又回过头来。我实在舍不得就这么走掉，其实我有和他们交流的全套本领。但那是完全不必要的，马老汉的平和，像是一个不变的哲理。遗憾的潮冲击着我；就这么离开喀什郊外的疏勒么。几乎是什么都没有来得及说，我还有多少家常话和心事，想和老两口说它一顿呵。

离开葡萄架，就回到了灼烫的阳光里。在密密钩连着，满身叶片簌簌摇响的大杨树下，两位老人并排站着。老大娘的花裙子飘着，脸上笑得开了花。马老汉迟疑地抬着手，好像不知怎样告别。

他们心满意足，再也与世无争。由于命运的逼迫，还有环境的濡染；短短的百年之后，从服饰到思维，不用说人生，人本身包括语言都变了，他们几乎变成了另一种人。

我抓住他瘦嶙嶙的手。白帽子下面，他苍老黝黑的脸型，愈看愈显得更像维族人。我舍不得，尽量多用了几个术语，和他道了再见。他抬了一下眼睛。大概这时他才想了想我是个什么人。在正午烈日的逼人照射下，他的眼凹愈发深陷，微笑中显出一丝忧郁。我心中微微触动。我悟到了一个罕见的道理。当在尽头处，当被生死与否生存与否的选择裹挟的时候，人会发生直到内里甚至体质的改变。

3

她坐在我的对面，沙哑的声调急促地说着，四周的土墙上满是地毯的美丽图案。和伊朗航班上的黑衣姑娘不同，也和不能见面的巴基斯坦主妇不同，当然更和西海固或者河州那些戴盖头帽子、穿短棉袄的女人不同。

有生以来这是第一次，我和一个蒙着褐色纱巾的维吾尔女人，面对面地坐在一起。她穿一袭长袍，细细的手加强着语气，轻快地做着手势。

四壁地面都被挂毯的图案填满了。从敞开的门朝院子望去，白亮的渠水正从院墙的水洞流进来，浇灌着院落中央的一簇鲜花。喀什噶尔郊外的绿洲上，每个庄院的景色都是这样；外面有耸天的白杨，渠水隔开的土坯院落，沉重的葡萄架，静静的鲜花，还有作为后院的果园。进了室内，则是满壁的挂毯，是充斥满目的波斯或和田的漂亮图案。

地毯的厚实和图案，仿佛使我身心都突然进入了休息。时间已是傍晚，我觉得自己置身于奥深之内。四外远近悄无一声，只有图案上的亮色在浮出。在这种帷帐之中，在被四围上下的织毯遮掩下，我感到近乎绝对的宁静。原来鲜艳的色彩在暗处，可以变成更深的幽静。

不知道她经历过怎样的学习知识的过程，我只是从与众不同的举止中，暗自猜测着她的修养。她蹲坐的姿态，和谈吐的韵味，都优美得令人惊奇。她随意地和我们谈着，我突然想到我的蒙古草原的莲花嫂子。就待客时的姿势而言，她们非常相像。只是我和莲花嫂子之间有着丰富的语言，而此刻我为自己不懂维语而痛苦，我只能可怜地观察，只能看看她们的生活。

她记下我的名字时，握笔的动作很敏捷，字迹潦草潇洒。她的纱巾垂下来，触到了纸上。从这一切——几乎可以无误地猜测她的形容了，只是纱巾低垂着，我看不见她的脸庞。

自遥远的十五年前起，我就对蒙面怀着一种复杂的感触。我曾经觉得遗憾；但是当我渐渐意识到歧视的顽固以后，我又理解了这种遮蔽的抗议。

蒙面是奇异的。那面纱拂送过来一丝莫名的气氛，使心在一瞬间就肃然庄重。我必须说，虽然不见眉眼，尽管隔着褐色的面纱；但是轻轻地跪坐着、用低柔沙哑的嗓音很快地诉说着的她，浑身都笼罩着一种形容不出的美。

我们交谈着一些常识的话题，她在话题稍大的时候马上说，可惜丈夫不在家。在谈话中，仿佛有一个深目黑髯的男人隐身侧后，而且我想他一定是个美男子。因为，我屡屡感到这位不在的丈夫的存在；因为她提起丈夫时的语气，有一种倚赖、把握和不易察觉的自豪。

她们是南疆的苏菲派，本地称苏菲派为“依山”（yishan）。我对她说，在黄土高原，有不少农民虽然目不识丁，却牢牢记挂着南疆。他们把喀什莎车一带的依山看做自己的源头。她听得很认真，但是并不多做回答。她说，关于这个话题，最好还是由我丈夫来谈。也许由于对依山派的判断吧，我感到在这个挂满壁毯的屋子里，悄然游走着一丝同在的严峻和热烈。我直觉地感到，在她和她追随的丈夫之间，一定有一种罕见的联系。我猜想，这里一定藏着动人的、神秘主义的故事；不仅有男女间的愉悦和结合，而且有道路上的搀扶和追随。

小院里漂荡着像是维吾尔古歌一样的音乐，它一跌三转，动听地流动着。我赞叹时，没想到她回答说，那是她录的一些自己念的经文。我又禁不住暗暗震动。因为，它和我听熟了的各种旧式和新式的叨热（调子）都不同。我走过数不清的清真寺，但从没有听过如此富于乐感的念法。见我听得发痴，她说，丈夫是朝觐过的阿吉，跟随着丈夫，她已经学习了三年。

维吾尔人的一些阿语借词省略了词首辅音，比如她把哈吉读成阿吉。但是音乐天赋使他们把经读得像是圣乐。不仅是简单的日子，在这个院落里，维吾尔和伊斯兰，已经变成了水乳交融的情调和生活。小院里，奇妙的旋律仍在抑扬回转，一阵阵听得人沉沉陶醉。我懂了，虽然不由得伤感——对气质不同的人，尤其是对音乐传统不同的人来说，神圣包括仪式的吸引力是大不一样的。

地毯上放着一本大开本的经，红色的塑料封皮上印着——我试着读，当然是一个一个字母地认——她赞许地和着念完：“无可置疑的经典。”我忍不住一个心里的愿望。犹豫了好久以后，我下定决心，开口说了出来。

我问道：如果不是为了我自己，而是为了能让我的女人和孩子看看维吾尔的女人——您愿意戴着盖头，和我照一张相么？

她答允了。

旅游喀什的文人骚客在做诗的时候，一般在诗头先写“哦，艾提尕尔”，诗尾则一律为维吾尔女人的盖头扼腕三叹，好像面纱是奴隶的标志。其实就在无人知晓的艰难日子里，仪礼的趋势正在被谨慎地探讨。关于规定必行的“菲力作”，关于被允许的“哈拉里”和被禁止的“哈拉目”。假如歧视能受到广泛的制止，这一变革或许已经实现了。早就有人响亮地歌唱过：是真主赐予我美丽的头发，把天经镌刻在玉杯之上。

这是一个过于严肃的题目，我当然不能浪言轻论。我只是忍不住探望一下的愿望。已经有人利用穆斯林女人的面纱对我进行造谣和攻击。歧视也是一种传统，面临的经常是无知的敌意。在一步步如履薄冰的日子里，我学会了缄默。我没有奢求心灵的节日，也决心放弃了倾诉。

但是，在天道巡航的又一个岁末，我想向他们传达我的蔑视。在喀什噶尔郊外的一个小院落里，我和一个虔诚而又深沉，看不见、但是最美丽的蒙面维吾尔女人一起，照了一张珍贵的合影。我戴着她丈夫的维吾尔式的白花帽，那帽子上绣着四朵绿色的叶子。连为我们照相的老李都激动了，他低声对我说：“别眨眼，这是非常难得的！”

院墙外，夕阳的金辉染得白杨梢头片片金箔。

蒙面的她，紧紧地抱着那本红封皮的大经。我并排蹲在她身边，盯着对面墙上的一枝弯曲的忍冬花纹。不知为什么我觉得自豪，喀什噶尔这座名城，维吾尔这个世界，总算和我有了第一步的交流。这个小院对我意义重大，它里面也许没有多少财富，但是有信仰、自尊、音乐和美貌。有由这几种宝藏合成的，喀什的秘密。

一共照了两张；第二张，轮到我抱着那本红皮的大经。我等着快门按下时，忽然觉得眼前晕眩了，那一瞬之间我清楚地感受到了陶醉。暮色昏暗的院落里，那天籁般的乐曲跌落下来，柔和地转出那么神妙的一个旋律。如同沙漠绿荫中穿行的风，如同抚摸着伤口的手。如同久久没有见到的和平，如同早已不再盼望的希望。

她说自己念得不好，把录音机关掉，换上了一个歌曲磁带。满院的旋律骤然一变。我惊醒了，一抬眼，看见了蓝紫的暮霭。

天色已经太晚。我们赶快起身告别。院子里响着音乐。突然我听见一个熟悉的句子。那是一首关于母亲的歌，叙述一颗死去以后挂在路边的母亲的心，突然之间开口了，对她的摔下马的儿子心疼地提醒什么。

我猛地觉得喉头哽咽，突兀的愤怒冲了上来。为什么我不能勇敢地说出来呢？为什么我不能向世界宣布——我们对真主，还有他许诺的世界的渴盼、仰仗、和深藏的爱呢？

难道只是为了规避有意的陷害么？难道只是为着追求廉价的理解么？不！

4

提到喀什人人都言必称艾提尕尔。好像它是喀什的市标，是花瓶和塑料树，是给浅薄诗人提示句子的小人书。文人骚客到了喀什就直奔艾提尕尔，简直比穆斯林还要急切。而只要看见艾提尕尔的尖塔，他们枯干的骚兴就变成了灵感。他们千篇一律地在诗头吁嘘“哦，艾提尕尔”，虽然不知道自己在咏叹：“哦，艾提节礼拜的地方。”

终于迈进了艾提尕尔大寺，迈进了它的三座尖塔三支镰月的拱门。寻觅般浏览着，我发现在瓷砖装饰的拱门里面，并没有想象的大殿。只有回廊，漆画着维吾尔情调的图案。在几重进深的院落里，毛拉的一间小屋，比预想的远为粗陋。

房子是用厚土坯盖成的，加上层层的浓荫，正午的屋里凉快适意。我企图利用见到毛拉的机会，在艾提尕尔听上哪怕短短的一课。十几年都过去了，我已经不能再容忍似是而非的粗糙解说。用一个白银般的金属碗，我啜着毛拉为我斟上的红茶。窗子外面一派葱茏，连人影都被绿荫滤得静悄悄的。我正式地询问了喀什噶尔最主要的仪礼。

那么，这是一种类似东干常见的、格迪目的礼仪么？是的，我们也讲格迪目这个词。那么比如说，清晨也诵读一些辅助的功课？……看来毛拉也喜欢我的提问。他给我在碗里加上两块方糖，饶有兴趣地回答着我的问题。——不，在晨礼后这里不念奥拉特，你说的奥拉特我知道，这里的依山派念。据我所知是一个11世纪的两河人，名叫阿不杜·尕底尔，是他传来了哲合忍耶。是的，有四个分支。此外还有契迪耶，库西迪耶。

散漫地听着，偶尔望见院子。树影之间，有三两的人在默默礼拜，还补欠落的功课。我总忍不住一个念头：此刻我是在新疆，也许是在整个中亚的心脏，求教着他们最核心的问题。毛拉并没有想象中的银髯飘飘，他的表情和善文雅，无法轻易估测。他的房间陈设简单，案上摊开的是常见的经典。他的回答简洁果断，有些概念闻所未闻。我抑制着惊叹，但这样大的题目不能轻易穷究。但是我提醒自己，艾提尕尔大毛拉的解答不易求得，它是一种见解的权威。我把小本子平摊开来，尽力一字不漏地疾疾记着。

也许，这一天艾提尕尔毛拉的讲授重要至极。世间的事往往如此，周知的常识往往似是而非。而偶尔的一次，仅有的几句，却准确地描述了本质。问答之间，不是艾提尕尔一座寺的事情，而是维吾尔，是使人神往又令人费解的维吾尔的形式，一阵阵被勾勒得清晰起来，又瞬忽地漫漶着隐褪而去。

这一天是聚礼日。午后的艾提尕尔，几重的庭院人声鼎沸。明亮日光下的人群色彩斑斓。眼前人头攒动，花帽，白帽，山里牧人的黑边毡帽，塔吉克人的镶边皮帽，在骄阳中像涂了油彩。下殿后就明白艾提尕尔的场所主要在廊下；浅蓝色的廊柱之间，刚刚聚礼过的人像潮水一样，缓缓向门口涌动。还有人在专心还补，男子的身旁跟着少年。旅人铺开自备的拜毡，行李和水壶就放在一旁。随着人流我也向门口移动着，心里盈满了亢奋和感动。这么多人聚到了一起，彼此并不相识。

大寺门口，也就是那三座园塔的入口，被拥挤的孩子们挤得水泄不通。男孩和女孩，扬着清脆的嗓子叫卖，每个人都高高举着一只金属的水杯。这是清净的水，今天多么炎热，请喝一杯吧！买一杯吧，买一盏主麻日的清水吧！孩子们睁着双眼皮的清澈眼睛，急切又充满希望。我从未见过清真寺前的卖水。也许这水真的特别干净呢，我犹豫时立即被孩子们包围了，大小的铁杯子和搪瓷杯子对着我晃动，清亮的、显得特别凉的清水，在杯盏的沿口迸溅。

和孩子们一起挤在最前面的是乞丐，著名的、永远唱歌的喀什噶尔乞丐。他们激烈嘶哑地唱着，凝视着从身边涌出的、刚刚向真主表白过的人。有一个妇女唱得哀伤至极，她号啕着，歌声和眼泪俱下，瘦瘦的两臂举向天空。门洞里坐着几个哲人般的白髯老者，微笑着望着人群。出寺的人流沉默着慢慢挪动，一张张两角、五角的钱，纸片一般扔到乞丐怀里。门外挤满的是各种各样的小贩，孜然的浓烈气味随着他们一拥而至。花布丝绸在哗哗抖动，羊肉在槽子里滋滋冒油，铁钎子蓬蓬地剁着刨冰。一片喧嚣的声浪，淹没了一切。

广场已是人山人海，我忽然发现这就是节日。这么多人，怕是所有的喀什人都来了，因为城市的习惯，也因为心的愿望。如此的场面，使任何东干人的古老名寺都望尘莫及。人人都来了，这才是“聚会”。何止是宗教，这是成为日常的仪礼，这是丰满的文化和人的生活。艾提尕尔突然显露了内涵，完全不顾我的震惊。人潮照样缓缓地蠕动着，经过大寺那弧线优美的拱门，太阳已经西斜了。

5

现在，沿着绿洲的两翼，大路朝南北两个方向，遥遥指着帕米尔和伊犁。高矗的白杨树像塔一样，碧绿的叶子居然没有烤焦。晃眼的白炽造成了一片死寂，它无声无息，泻满大地，在南疆大沙漠的边缘绿洲上，夏季的正午静得难以置信。

此刻千真万确，我站在喀什的滚烫热土之上。阳光，白昼，如火的风，所有的一切都是真实的。我的双脚踏着这块土地。心头掠过的快感或者伤感，都在曝晒之中蒸发逝尽了。就像正午射进树叶缝隙间的一束光，哪怕只是一眼，我看见了十五年前不懂也没有看到的东西。在注视中，在感受中，我多少还是探询了本质，在七彩贴瓷的高塔的里面，我多少还是轻轻地，触摸了一下这个美得耀眼的文明。

如果非要写下一两句结论式的感触，我想说，在喀什噶尔古城，在使人感到遥远和神秘的维吾尔世界，我感到了一种——柔和了、变成了艺术的仪礼的力量；我触着了一种——变成了传统、文化和气质以后的，信仰的魅力。

也许，秘密和奇迹就藏在这里。在这里，宗教成熟了，变成了和谐的文化。简洁的圣行，化入了每天的生计和日常的习惯，渗进了音乐和体质，变成了姑娘和男子头上的花帽，演化成饭前的洗手和饭后的感恩。这样的文明魅力十足。每一个儿童都在它的哺育中长大，每一个姑娘都觉得这样更美。甚至每一件坏事，都在它规定的限界到头和终止。

——我觉出了久违的喜悦，我的精神集中起来了。哪怕是来去匆匆，哪怕是不能深入，哪怕是严守禁忌，我明白此行于我，已是一次珍贵的体验。这是多么好的、参照的道路呵，我发觉自己又在放纵思想。可能性，或者只是奢望，好像又隐约地对我引诱，这使我常常独自笑起来。

愤慨在曝烤中散尽了，消失在沙漠绿洲上面的，千里万里的白炽阳光之中。麻木的心在苏醒，天性在复活。在正午的喀什，我开始计划着下一次。我不明白，造物主为什么只是对这里，才降赐了这么扰人的魅力。就像纲绳对于网，就像经纬对于布一样。我开始希望接近，虽然为时太晚，但门户却开启了。我甚至盘算着补习一点哈语或维语。即便不是为着文明的参照，只是为着自己的生而为人。

我在南疆的最后几天，是闲逛度过的。每一个巴扎，每一个小贩，都是我打招呼的对象。我一刻刻地记忆着这个喀什噶尔的夏季。

四望都是烫人的白色浮尘，炙烤迎面扑来，气流滚烫地裹住了身体。无论如何，总还是实现了一些宝贵的瞬间。多么难得，我独自想。我想着疏勒的马老汉，想着艾提尕尔的毛拉，尤其是想着那个蒙面女人。我已经迫不及待，想把对她的印象告诉我的女人，告诉孩子，告诉愿意理解她的朋友。我没有能够看见她的眼目；但正是她，为我揭开了喀什噶尔面纱的一角。

由于这种思想，我甚至珍惜在每一个烤肉摊子、在每一个卖炒面和薄皮包子的小铺吃饭的机会。不管和谁坐在一起，不管这里是根本不通行哈语的南疆首府，不管他是否能容忍我的蹩脚的一共不到二十句的哈萨克语，我一定要坚持着，把这些话说完。问好，自我介绍，问他的家乡、年龄、有几个孩子。

最后再告别：Kudayem berse，Jene korsermez。如果胡大允许，我们还会再见的——这是我特别喜欢的一句哈语。每一次，好奇的人看着我，又大笑又鼓励，对我笨拙的简单句，对我的固执相。可是对我来说，强行的对话是起码的表达，是我对憧憬的世界表达尊敬和爱情的形式。我沉浸其中，一瞬瞬的时刻那么美好。我有时也笑，但那是假装的。

离别前一天，和一个来自帕米尔的塔吉克老人并肩坐着，在尘土飞扬的集市上吃抓饭。看着他那风尘仆仆的旧靴子，我觉得自己和他那么相像。我们都不过是些牧羊人，终生不过依循了血统的教训。凝视着他，看着他在热风中一飘一飘的漂亮胡子，我觉出自己的孩子般的渴望。我想这样生存，想属于这样的气质。伤中华之多艰，我盼我的文明也有华美的色彩。是偏执的癖好还是浅薄的浪漫？我不究辨，我只凭直觉喜爱。

碗里有一块肥香的羊胸骨，被胡萝卜染成了金黄色。我用着他的小刀，细致地剔着吃着。他满意地点着头，重复着每一句听懂的话。我们费力地谈着，消磨着炎热的白昼。做饭的小伙子听着，不住地微笑，而我却差点哭出声来。

1995 年 11 月—1996 年 7 月

哦，神圣的树！

一

当那篇《幻视的橄榄树》写作时，我心里充满的是对西海固或新疆的干旱大地上、遍地栽满橄榄树的憧憬。对这个题目走火入魔的我，深知自己钻进的是植物学的未知领域，自然，对干扰这个梦想的种种因素都非常在意。

非逻辑的文学梦幻，依照着有逻辑的科学思路。在逻辑上我知道，西海固的橄榄梦将迎面的最大困难，无非是缺水与越冬两件事。

第一件，也就是缺水的问题，可以通过想象的滴灌或者渗灌来解决。而第二个难关，即越冬却不那么容易克服。每年一度巡视我们大陆的严冬，哪怕它年间只有一两个月，哪怕它最低不过零下十五度——对于不是只打算弄些盆景、而是要使广袤的荒山瘠岭披上橄榄绿装的、大规模山野栽种的热望——却几乎难以克服。大陆性气候的铁一般的规律，使幻视无法甜甜地继续，使美梦渐渐被寒风吹醒了。

这篇散文得到过一封读者来信。对我来说，这是一封很特殊的来信。显然，渊博的来信者不仅读懂了我的散文，而且看到了越冬难题给我的烦恼。但他以一种科学的大家手笔，给我以支持鼓励。信文如下：

（前略）

读大作《幻视的橄榄树》深受感动。据我所知，文革期间我自阿尔巴尼亚引进一大批橄榄树，其中有一部分曾被安排在陕西省汉中市城固县，有成片栽植。倘您欲得此苗木，给城固县林业局去函，我想会如愿以偿。若能在渭河流域或陇东试栽成功，未尝不是一大幸事。但油橄榄原产于地中海沿岸，气候温和，属阔叶常绿植物，移至秦岭白龙江以北，可能有一定难度。但若像对待竹子，在北京（北纬40度）一些背风向阳的小气候条件下，也可正常生长。所以，也可以一试，便于驯化成功。

特致撰安　　　　（某某）　　　　2001，12，30

这封信教给了我一个重要的植物地理概念：秦岭白龙江气候线。我的西海固，以及我更渴盼一望无际的戈壁上满视野都是橄榄的新疆，都在这道天堑难度的秦岭白龙江气候分界线以北！

在清冷的醒来时分，我捉摸着这道题。

有时，我仿佛听见了茫茫的西北大陆上，无言的农民不说的话。其实移植，可能已经悄悄地尝试过。即便没有那些神圣意味，单凭它果实的可食与榨油的价值，古代的人们也会竭力对它追求。

他们并非没有试过，但他们无法战胜天定的分界。远在茫茫古代的移植，随着风鸣水流，早已逝去得无影无踪。今天我要强求握里儿他姨父、我要把这使命强交给西海固的回族农民，是太难为他们了。

除了沿着秦岭白龙江的天堑实在难以飞度；由于饱受中国封建文化的浸濡，回族农民们还缺乏一些——浪漫的热情。比如，只是因为读到《古兰经》上记载着那些树，就满怀欢喜兴致无限地、要在自己的家乡把它们种活的热情。

因为他们的伊斯兰教是在中国发展了上千年的伊斯兰教，比起经典记载的橄榄和无花果，他们更重视中国式的父母孝悌家族伦理。不像维吾尔人或马来亚人，他们没有——被伊斯兰全面提升了一个民族的生活方式的体验。所以，他们做不到像维族人那样，把生活的每一个角落，都尝试用伊斯兰的色彩装扮一新。

去南疆，把橄榄树的事，找维族兄弟谈谈？我已经开始盘算。

二

新疆与西海固不同。

他们尤其具备实践《古兰经》教喻的悠久习惯。立即拿起坎土镘，去试试把刚学会的那条“阿耶提”，变成家门口的风景——他们有这样的气质。从姑娘头上的小花帽到老人身上的袷袢，他们从头到脚都是“逊尼”。唉，哪里用得着我来苦口婆心，哪里至于党委为了推动种树、在文件的题头印上《古兰经》！凭着对新疆的文化掌握，我直感——在逝去的古代，只要有一丝希望，对伊斯兰感情深重的维吾尔农民，早就一边吟唱着经句，一边把《古兰经》中的一切植物，都尝试着种遍了。

本来不用我幻视和梦想，本来在南疆大陆，满目都应该是这些植物。

问题在于：那道气候分界线是不理睬人的感情的。我经历过“火洲”吐鲁番的冬季，清楚记得扫荡盆地的寒风。南疆的冬天，逼迫所有的植物都冬眠了。wo 提尼，wo 宰墩，这个 wo 是阿拉伯语的起誓词。《无花果章》的第一个经句就是“以无花果起誓，以橄榄树起誓（wo al-Tini wo al-Zaituni）”。在西海固，比如他姨父的庄子里，寺里聚礼那天不变样地就念这一章。在美丽的中亚讲着突厥语的那些人，他们也特别喜欢这一章么？

在发觉自己家乡的寒冬之前，在意识到这些神圣树苗怕冷之前，也许他们曾经掀起过动人的移植大潮。我总觉得，他们会怀着誓言般的心境，一边不停地吟唱，一边栽下一根根橄榄和无花果的秧苗……

突然我眼前一亮。

什么？提尼！我一嘴一个地说“提尼”！

这个词就是无花果。阿拉伯语写做 al-Tin，维吾尔语经由波斯语引进了它，所以按照波斯借词的读音念做“Anjir，安吉尔”。我着魔的橄榄树，其实记在《无花果》里。他们在寺里念道：“喔——提尼，喔——宰墩（以无花果起誓，以橄榄树起誓）”，但他们在生活中却说："啊，安吉尔"，这个小小细节其实含蓄丰富，因为人们可以从中品味波斯的含义。

只是橄榄树消失了。从喀什到吐鲁番，干旱苍莽的大地上，不见一株橄榄树。

我估计，若是他们如我猜测，他们一定曾经企图栽活两种树。你想，天经的一组两种神圣的树，若是绿油油地在自己的家乡成活了，该是多么令人欢喜。我又禁不住发生了幻视，甚至我逼真地看见——就在喀什噶尔，特别是在阿图什的郊外，人们曾把两种树并排地栽在一起。他们挖着土，低吟着那美妙的章句。但是插下的橄榄苗，在遇上第一个冬天的时候就夭折了。也许这一场移植的试验发生在更偏西的撒马尔罕或者布哈拉，发生在临近波斯的石国。跃跃欲试的欣喜，化做了伤心的失败。火烧的南疆，炎热的南疆，谁想到如此的南疆，对于橄榄树是一个不能生存的寒冷世界？运来的树苗和技术，甚至没有抵达喀喇汗朝、没有抵达阿图什的绿洲。橄榄的脚步，远在遥遥的波斯边界就停止了。

但是无花果不同。这第二种植物的命运，与它的姊妹树截然相反。

为什么呢？为什么无花果的移植却大获成功呢？它那叫做"安吉尔"的波斯名字，回响梭巡于中亚的天空。它成了阿图什的象征，它覆盖了南疆的所有绿洲，它充斥着夏季的所有巴扎，它种满了每一家每一户的果园！

我的脑子里，一道亮光细细地射来。

三

心里怀着这个问题，去年我又去了南疆。

在库尔勒的马赫麦特江家做客那天，刚巧是一个主麻日。我们先在果园里散步，密不透风的果园里，我开始和马赫麦特江老汉仔细讨论无花果树的越冬问题。

“到了冬天么？把它埋起来！……”马赫麦特江兴致勃勃地说。

“埋起来？怎么埋？”我连连问。那一瞬我兴奋得语无伦次。我的思路在瞬间跳跃着，如果需要埋起来越冬，更说明无花果不是本地的土产野生！

他高兴地给我讲解，我们在低矮地遮蔽了果园的无花果树下面，转过来钻过去。

原来到了冬季，他们就把树的枝条压下来，让它低垂到地面。若是枝干太粗，就用草绳和土坯把长长的树枝坠下来，再培上土。“土不用压得很厚，有这么厚就行了，”马赫麦特江比划着。在坠下来挨着地面的枝干上，大约压上二十公分厚的土。

“这么一来，它就不怕冬天了么？”我惊奇地追问。多么不可思议，又多么简单啊，居然就用这样的办法，无花果躲过了异地的严冬，从此成了果园的主角。

“到了春天，看，把土挖掉，再把倒下的树枝用棒子支起来。”我终于看懂了，每株巨大的无花果树，粗干的下面，原来用一排木头柱子支撑着。“接着它就伸伸腰，长出叶子，结下这么多的果子！”

马赫麦特江递给我一捧新摘的果子。我学着他教给的吃法，把无花果平放在掌上一拍。真奇怪，在以前游荡新疆的日子里，我怎么没有尽量享受它！今天，我要把在新疆二十年没吃够的无花果吃个痛快。咬第一口之前我先念道：bismi Allāh（以真主的名义），又接着念了一声："wo al-Tini（以无花果起誓）"，然后一个接一个吃了起来。

马赫麦特江老人笑着连连点头。"是的，是的，wo al-Tini，安吉尔，提尼。"

吃饭之前，我们先去参加主麻。那是一个南疆小村的聚礼，炎热的骄阳在晴空照射，乡间的土路在绿洲穿梭。由于无花果，老人与我多了一种默契。我随着他，向人们一一致礼。简陋的寺，诚挚的人。当仪式开始的时候，我听见了《无花果章》。

维吾尔人随口而出的旋律，没有哪一种颂法能与之比拟。他们有天生的乐感。我似乎在珍惜什么，凝神一丝一分地欣赏。四周的农民们都肃立着，我觉得大家都陷入了倾听。一个沙哑的嗓音如诉如歌——喔——提尼，喔——宰墩……

不知是由于心里盛着放不下的心事，还是发觉这南疆小村的主麻日也和西海固的村子一样——诵读《无花果章》，我深深地感动了。那声音似乎在启示或召唤着什么，它纯如天籁，人的感受无法相容。

做过主麻回来，香喷喷的羊肉抓饭已经熟了。和抓饭并排摆在一起的，是两个巨大的盘子，满满的一个盛着无花果，另一个盛着葡萄。

也许在未来的人们会承认：维吾尔人用压枝越冬的技术，完成了植物栽培史上的伟大一步。我拿起一个无花果，在掌上放平，啪地一拍。没有非要种活它的热情，没有足够的聪明和韧性，今天就没有掌中的这个果子。本来该在冬季的打击下，试验就结束的。无花果的滋味是，淡淡清香中有一丝微甜。探究和感悟的余地还正宽广，不用我把这个题目做完。我慢慢咀嚼着，不知该怎样感叹。

四

弄懂了这一切的同时，我陷入了一种淡淡的、也是深刻的悲哀。

可能，我再也见不到那远溯《圣经》和《古兰经》的第一神圣植物、见不到使我梦系神牵的橄榄树了！

它的移植失败，在于它与灌木的致命区别。不是幻视，我看见了在冬季以后，那残酷的景象和人们的泪水。栽下的树苗冻死了，冻得又硬又枯。一个老人、一个酷似马赫麦特江一样的绿洲老农，皱纹纵横的脸上淌下两行浊泪。与它的姐妹不同，橄榄树不能压埋。它若长大了就更粗壮，人们对它束手无策。有什么办法呢？事情就是这样不给人以全美。在这内陆的腹地，人们只会像养育婴儿一样，压弯柔软的枝臂让它贴紧地铺，再用干燥的土，给它盖上一层厚被。但是这一招不能奏效，人们绝望了。

后来在香山植物研究所，我请教了一个研究植物分类学的院士。他当然没有我的心事，也不太明白我究竟想知道些什么。不过他使我明白了小乔木和灌木的区别。橄榄树，别看它也是用细枝插活的，但是一旦长大它就有了结实的主干。那树干盘枝缠根，异常粗大。谁能把它压枝埋土，让它躲避不仅是秦岭白龙江以北、而且是春风不度的玉门关祁连山以北的严冬呢？

姊妹树的梦想，被扫荡冬季绿洲的寒风吹散了。如同安达卢西亚一样的风景，如同摩洛哥北部黧阜山区的风景，没有出现在新疆。至今绿洲的维吾尔人，包括马赫麦特江老汉那样的园艺家，还没有见到过橄榄树的姿影。虽然每逢他们念起《无花果章》心头就掠过一丝遗憾，虽然他们在南疆的每个角落，都种满了无花果。

启发他们的，我想是葡萄的示范。

远在伊斯兰的文明濡染这片土地之前，葡萄就已经在这里落地生根。葡萄同样是从遥远的地中海传来的植物，也同样是倚仗着一种不屈不挠，农民们发现了特殊的御寒方法。这个法子非同小可，由于压枝越冬的成功，先是葡萄使新疆大名鼎鼎，后来无花果更让新疆丰腴富饶。

从葡萄移植的运动中，人悟出了伟大的技术。于是中亚的文明奠基了。更大的文明波浪接续而来，无花果随着新的历史又定居新疆。本来塔克拉玛干不该停留在沙漠；本来从库迷什向东、从库尔勒向南、至少在每个绿洲朝四外延伸的数百里方圆，都应该是无限绵延的橄榄树林。本来新疆人应该用橄榄油拌老虎菜，摊子上摆着腌橄榄和杏干。而它毕竟与葡萄相差太远、而且不如无花果随和——所以它只能遵循另外的前定，而无法实现一个辉煌的理想——把新疆直到西海固，都装点得斑驳银绿。

五

《史记》没有记载这种植物。

被《史记》记录了的西域植物，只有苜蓿和葡萄。也就是说，当纪元前后的汉代，在中国从西域移入的瓜果植物清单上，没有无花果。

我饶有兴趣地观察新疆的外来果木，显然，还有过地中海植物东传的第二个浪头。

无花果在唐代移入新疆。自唐以后，这种果子就频频见于记载。《酉阳杂俎》卷十八："波斯国呼为阿驿，拂林国呼为底实。"前者无疑就是"安吉尔"（Anjir）；而"底实"，则可能就是阿拉伯语"提尼"。

读了一些植物志，无花果东入新疆的年代是唐代。这个年代诱人联想。因为在唐代的域外，正值伊斯兰兴盛的大时代。波斯在那个时代里，是伊斯兰在东方的枢纽。不久维吾尔就经由波斯全面接受了伊斯兰化；恰巧，那时的农书又记载了无花果的传来——其中的逻辑一脉相承，还能怎样解释它呢？

即便如此，我也没有说——无花果的西来，一定就是伊斯兰传入的结果。因为文化尤其农业的传播，并不以政治或宗教的传播为前提。它们是风吹的种籽，是人类的本能接触与交流。

我只是说，我对新疆的理解提醒我——谁忽视了波斯的因素，谁就会视而不见；低估伊斯兰传入的文明意义，更会使知识丧失真实。

波斯语名称"安吉尔"提示了无花果的传入途径。是的，一切都经由波斯。早在公元637年，波斯已经变成伊斯兰文明的新中心。而大约在天宝十年（751年）怛逻斯大捷之后，伊斯兰文明就年复一年地、牢固地定驻于乌浒水和药杀河流域的广阔中亚。新鲜的文明之风强劲地吹来，熏陶着、包围着、叩击着喀什噶尔的土城门。

宛似风吹草籽一般的传播，商品、思想和物产的传播，最晚从这时起，突然变得频繁了。波斯的一切新品土产，都被活跃在香料盐茶之路上的驮商运来，推销到绿洲和农民中间。无花果的东进，不会晚于这个时期。

或者商人农民的心里曾记挂着《无花果章》，或者他们只不过为着交换和利润——总之，罕见的无花果，先是在集市上被吆喝叫卖，接着又被栽进了屋后的果园。当人们习惯了把果子放在掌上叭地一拍时——果树已经覆盖了绿洲，他们也已经头缠白巾。……

“喔——提尼，喔——宰墩”，等到无论老小，他们都习惯了这奇妙的旋律，等到大势已如叶尔羌的春水时，最后才有了汗王的宣言。就这样，一直到喀什噶尔完全伊斯兰化，没有出现过征服的军队。

至于说到10世纪的喀喇汗王朝——那时已经是移植运动的尾声和总结。我想，阿尔斯兰汗从小就吃惯了清香的无花果，而他那位受到南疆妇女爱戴的王后，更可能早就知道了用无花果养颜。

谁都没有记住——

那一天，在土曼河的峭岸上，有些无事闲谈的喀什人，使劲嘲笑一个阿图什果园的园丁。那憨厚的园丁不屑和他们争论；因为他来喀什，是为了找一个塔什干老人。他激动得声音颤抖，把秘密告诉了这些闲汉，没想到却招致了他们的哄笑、以及只有城里的巴扎商人才说得出口的恶言恶语。巴扎使他们变得多冷酷！他们已经忘了对奇迹的恐惧……阿图什的园丁脱身走了，他跑向老城深处，去寻找那个塔什干的白髯老者。

正是听从了白髯老人的劝诱，他在冬天开始之前，把安吉尔和宰墩的幼苗都用土埋了起来。一连几个冬天，他都坚持这么做。每逢冬天过去，他就用坎土镘刨开土，寻找希望。但是每一年树苗都死了。昨天他又刨开了去年的土，他的眼睛幸福地看到了奇迹：安吉尔活了，甚至在土层下面长出了两片嫩绿的新叶！……他跪在那株“安吉尔”面前，流着泪赞颂创造奇迹的主，又捧着冻死的“宰墩”树苗——白胡子老人曾说，从这种树的果实里能榨出最好的油——发誓一定要种活它。

他见人便想诉说衷肠，但是堕落的人不信奇迹。

后来的事就不用说了。喀什噶尔大绿洲整个都成了果园；而阿图什，成了世界上种植无花果最出名的地方。

最后的徘徊，是在喀什噶尔城的乡下，在离阿尔斯兰汗的王后陵墓不远的柏什克染木果园里。

无花果伸展着长臂，一排排的粗木棒支撑着，枝干上果实累累。我们拨开粗糙的叶片摘下青黄的果子，肥硕的叶片，使人联想到——夏娃以无花果叶为衣服的传说。

南疆的烈日在天空燃烧着。不知是气流声还是叶子响，果园里传动着一种沙沙的动静。

那么对一切新疆的果树，都有再端详一回的必要了。红花就是被西班牙人喜爱的阿飒夫兰，石榴恐怕也有神秘的来路。至于橘子，它一定遭遇了和橄榄树一样的命运，所以没能在新疆栽培成功。它们都是地中海的礼品，莫名地含有神圣的意味。

沙沙的响动中，我听见了历史的足音。

无花果在这里安下了家，但橄榄树却默默退回了波斯。

——严谨逻辑的遵循，已经走到了终点。不觉间，我又恍惚跟随着梦幻的指引。

正是这覆盖了南疆的无花果，是它们互为姊妹、连理而来的见证。它们曾经并肩携手，从地中海的东南出发。它们曾让每一块种下了它们的土地，都充满和平的感觉。它们目睹了欣喜万分的农民喃喃念着那些章句，发动着更大规模的栽培热潮。只是，在干旱、苦难、尤其是寒冬难度的中亚绿洲上，这对姊妹树分手了——尽管无花果获得了伟大的胜利，而橄榄树却未能被栽培成功。

我体会着舌尖齿缝的滋味。新疆认识的分寸，支持着梦境里的思路。

风起了，满园的叶子一齐摆动起来。我站在飒飒的浓叶密枝中间，视野里，沉沉垂挂的果子微摇着，仿佛无花果在呼唤它的姐妹。

2004 年 6 月

校定：2004 年 10 月 25 日

噢，迪丽拜尔

在《玛斯纳维》的一组联句里，“dil，心”及它衍生的语言和宗教近似词，比如（bidilan，无心的）、（dilbaran，掠夺心的），内涵很难区分。学者在这个词的主动被动形态上劳神，总企图规范译法，约定以“爱人”表示被追求的美丽对象；把“情人”专指苦苦求爱的人。

不用说这是徒劳的。我总说，“情人”“恋人”最是语焉不明，因为说到底，这些汉语词本是同义的。

可是当鬓上飞白，我也有了吟詠的心境。有趣的是，我爱用的词也恰是那暧昧的几个。

Allahunme……

一切都被你，绝代的爱人叼走了

哦，情人的心，哎，恋人的心！

一

当我还是一个无忧无虑的巴郎，我在伊犁的松山前麓游荡。聚集在石头梯子的九个民族簇居在长满黑醋栗、野罂粟和雪莲花的草坡上，小小的村落，终日披着一层薄薄炊雾，混着莫合烟的香味。每一座歪斜的松木屋都是一幅逼真的油画，它们使我以为，为我渐次打开的世界图卷，本应如此。我以为目击的只是开头，以后必然会有更美好和更有趣的村落，逐一迎着我开放。我不知道，在我迈入青春的一霎，也迈入了人生见识的极致——直至到了暮年时分我豁然彻悟了：石梯，乃是世界的美的尽头。

再也没有这么令人快意的地方了。哈萨克骑着大马，维吾尔穿着花裙，东干戴着白帽，蒙古吸着鼻烟。我夹杂其中，酗酒和纵马，学歌和串门。我不假思索推开每一扇微掩的小木门，在只会说蒙语的乌梁海姓氏的老猎人家，在不会说汉语的阿勒班部落的老母亲家。每一个家庭都端过奶茶，他们习惯了我。

我唯一没有进过的门是那土坯小寺，那时的它，使我感到禁忌和遥远。

我唯一没有接触过的人是迪丽拜尔，她的美丽，使我感到隔膜和紧张。

迪丽拜尔那一年系上了薄纱的花头巾。她宛如突然跳出了一堆蓬松黄毛小丫头的陌生人，好像天山南麓的石梯子村里，突然光临了贵客。我感到整个村庄都悄悄屏住了一丝气。谁也没说什么，但在无息无影之中，好像整个村子都陷入沉思，我听见轻轻的呼吸声。

迪丽拜尔挽着一只篮筐，穿过秋天的草原。她是到收割后的麦田去拾麦穗。哈萨克勒住了马，蒙古人收住了缰，小贩们丢下了摊上的货物，满拉们呆立在寺门的台阶。连麦地里的巨无霸般的康拜因也一时熄火，它笨头笨脑，停在渠边上不走，像生怕轧坏了零落的麦穗。

迪丽拜尔守着一篮子红葡萄，在巴扎上等着买主。紧靠她的篮筐，巴扎上的馕坑正在出馕。新磨小麦打成的馕！它们一个个跳出来，浓烈的焦香四下弥漫。人们围着馕坑。胡大呀，多香啊，多好的馕！他们围着说着挤着，眼睛却隔着一叠热馕，望着红葡萄旁的迪丽拜尔。

我牵着黑马到木扎特河边饮马，看见迪丽拜尔低头蹲着，用一柄铜勺朝桶里灌水。黑马埋头长饮，那一刻好难熬。她没有看见我，但是对我的黑马瞥过一眼。我的脑袋登时晕眩，两脚扑嗵踏入河水。在正午融化时淌下的冰川水，凛冽地浸过足踝。

汲水的迪丽拜尔离开河岸，水桶压得她腰肢斜倾。我中了魔，牵着马缰尾随其后。晶莹的水珠黏着她的裙裾，打湿了光滑的泥路。我看见一些窗户里的眼睛，一双双都随着桶里水珠，一拍一溅，一闪一亮。

她汗珠涔涔，提水走过一个去吐峪沟朝圣的乞丐。她不经意地回头——那白髯乞丐缩回了手。就在那一瞬迪丽拜尔的目光和我相遇，黑马的缰绳脱落了。南疆来的白胡子乞丐手掌摊向天空，Allahunme！……他叹道。他随后忽然颤抖嗓音，唱起了一支玛斯纳维，打破了久久的沉默：

一切都被你——绝代的爱人叼走了

哦，情人的心，哎，恋人的心！

我拣起马缰的时候，正巧走到白髯老者身边。迪丽拜尔又一次回头，随手扯过头巾，掩住了她姣美的脸颊。她瞥过的目光那么高傲，转过的背影与我隔着天堑。我的青春在那一瞬被宣判了死刑，我停下了。无处可去的我，伴着吟唱的白髯老人，宛如一对异乡的父子。

二

恬静的日子，被压迫的大火吞没了。

突兀的火，肆虐的火，骄横的火，隔断的火，毁灭的火！

蓝松林和绿草地都狰狞变貌，整条的山脉，就在眼前垮下和燃烧。啊，那真是——山如散绒，人如飞蛾，万物都终结了存在，变作了填炉的碎炭。昨天的通途，驼队的古路，成了不能逾越的天堑。

我疯狂地向那里奔去。一路上火焰发出怪异的吼声：“Allahunme huwo！ huwo！ huwo！”人们在惊恐地穿梭奔突，火！火！火！他们不知是询问，还是在号叫。

huwo！一段山脊轰然垮了下来，火苗顿时燎焦了我的头发。就在那一刹我看见了迪丽拜尔，她孤单地站在火海彼岸，褴褛的衣裙火苗飘飘。

我嘶哑地喊叫她的名字，我空洞的心里唯有绝望。我恨不能把整条山脉一拖而走，只盼天上降下倾盆雨，把这罪恶的孽火浇灭。但是不能，沿着大地的斜面熔岩开始流淌，到处炎炎烈火，空气虎虎灼烧，我看见——迪丽拜尔已经被隔离彼岸，如同一个点燃的梦。

那一瞬，我的心头古怪地掠过那条大地的裂缝。在中华的内地，唯有在黄河上游，有一处这样的地貌。那是切开的心瓣、割断的一根脉、剁成两截的一个故事、传说、盼望。大地那样被斩断，爱恋被那样一刀两断以后，斧口刀伤血凝结疤，就成了那样的风景。

那就是龙羊峡。从暮霭中，我一步踏到了它的边缘。谁敢低头垂眼？脚趾头挨着无底的漆黑深壑。离远了回首，昏茫的视野中，粗砺的石头光滑平缓，如远古时代凝固的熔岩。一条乌黑的地缝，凿刻在大地的胸脯上，恐怖而静谧。

若是没去过龙羊峡，你不妨在冬季最冷的几天里，去看看枯水的壶口。经久的腐蚀，顽固的压迫，不歇的剥夺，纠缠的伤害——可以毁坏坚硬的岩石。大地的伤痛年深岁久，最后留下一个骇人的深疤。

迪丽拜尔已经远隔彼岸！我的双手颤抖，我的心在狂跳。我无法放弃她给我的美好印象，我不能接受这么无情的结局。也许我的真诚能够解救？那时我如一个迷信的傻子，撕碎以往岁月写给她的情诗，拼命把页页碎纸抛入火中。

但是我的符咒不能奏效，狂怒的大火，哀伤的大火，报应的大火，清算的大火，吞没了世界。

鬼使神差的，不知什么时候白髯乞丐站在我身边。此岸唯有他依然与我站在一起了。他叹息着，拍了拍我的肩膀。他伸出手，像是在赞美，吟起了那首神秘的玛斯纳维：

一切都被你——绝代的爱人叼走了

哦，情人的心，哎，恋人的心！

三

就这样，我失去了自年轻时代就深藏内心的爱人，失去了她的印象，失去了鼓舞我的爱情。

这是一个秘密，一个歌手唱了一世不愿公开的秘密，一个老人弥留之际唯一牵挂的秘密。

其实为了救援迪丽拜尔，我艰难地一直努力。只为向人解说她的美妙，便积蓄了厚厚的诗集。那诗集行行洇着我的心血，Allahunme！从她辫发上的花帽，到她足踝上的衣裙。我注视她手制的喷香的羊肉抓饭，我考据她浇灌的葱郁的无花果园。我艰辛地朝着她的故乡跋涉，向一个个遇到的她的亲戚学习。九月吐鲁番的汗水，十二月固尔扎的寒风，迪丽拜尔，连你的兄弟都感动了，连你的父亲都点头了。迪丽拜尔，惟独你远不可即，美不可触。

我有时想，你可曾听见过我的歌颂，哪怕只听见了传闻的一句？但我接着摇头，不，美人不读凡人的诗歌。显然，迪丽拜尔根本不知道——有一个我，她的追求者的存在。

往昔的朋友不以为然。迪丽拜尔那么美？那么贵重？

我应该轻蔑地唾他们一口，但每次我都不怕对牛弹琴，一直说得嘶哑疲惫。你问她美在哪里？她本人就是造美的匠人，她完全是变美的魔术！你看无论什么，凡经过她一摸一碰，枯燥就变得滋润，宗教变成了艺术，日子变成了神话，艺术变成了真理。她是人类瑰宝，她是寓言警语，她，她活着就是为了让人渴望，她是万人仰慕的美神，她生来就是为着折磨我这样的家伙！ Allahunme！……

此刻已是我彻底缄口，皈依沉默的时候。烈火烧毁了大陆，地表烧出了裂缝。火势不能劝阻，失败已经来临。我无力地撕着自己的诗稿，最后的一页，不是我抛出，而是风从我手中夺走的。它如一片残破的心，我看着它扶摇飘舞，溶化于无情火海。

一切都结束了。我呆呆地站在原处，感到了自己的死亡。生命正丝丝离去，原来归宿就是这样。

白髯的老人陪伴着我的最后。他同情我，他是唯一的证人。我瘫软不堪，把头靠在他的肩上。

老人对着火海，摊开双手。我也跟着，无力地摊开双掌。泪水淌过我的烤焦的脸，我不知自己在为谁祈求。

他等待着。似乎等着火焰。火一阵强似一阵，发出“huwo！huwo”的吼声，似是攻打，又似是伴奏。破袷袢被燎焦了，老人抖动白髯，高声诵读起来：

一切都被你——绝代的美人叼走了……
呀，情人的心！
嘿，恋人的心！
呀呀！……情人的心！
嘿——嘿！……恋人的心！
Hu — hu — huwo！ 美人的心！

那不尽的叠叹，有力地应和着火焰的吼声，形成了一股强力的打击。我的肉身被它们轮番地击打着，衰弱的一缕游魂像进入了摇篮。

呀呀！……嘿——嘿！……Hu——hu——huwo！

我不觉喃喃哼诵，跟上了节奏。如被抚慰，如回襁褓。Hu——hu！如在摇篮，如已陶醉。Huwo，huwo！渐渐疼痛中出现了一丝快感，我不知不觉跳了起来，加入舞蹈的旋风，用力地踩住节拍。Allahunme！……当白髯老人长啸般一声唱起的时候，我忍不住，泪如泉涌，我猛地扑倒在地，号啕地大哭起来。

四

离开火灾和地缝，断念于爱慕的迪丽拜尔后，我接受白胡子老人家的劝诫。既然已经无家可归，就与他形影相伴。我学会了他传授的韵律，以一首情歌安慰自己。呵，怎能尽数那么多的眷恋、遗恨、抗议、不平、哀伤……只是，永别是真实的，我们已天各一方。

爱到了渴望把心剖出的程度，是一件恐怖的事。但若没有那样爱过，没见过那种俘掠人心的美人，则又生无意义。

啊，dilbar，Allahunme，dilbar！不管怎样，微渺的诗人，藉你获得了意义。如那抛向火舌的纸片，当烧成黑黑灰烬时，它和你化作了一体。

关于波斯情歌中的“迪丽拜尔”，一直是个被人长期琢磨的话题。

从波斯到中亚，神秘主义诗人使用令人劳神的这套“情人恋人”话语，抒解他们心里秘藏的苦难。感受压迫艺术变形，使一组术语流行不已。dil 是“心”，bar 是“给”。至于 dilbar 是“献出心”还是“夺走心”，奥秘的分寸不敢浪言。尽管它不过是女孩的常见名字，但起名字的父亲心思，却含而不露。

2006 年 9 月 12 日

从象牙塔到吐鲁番

近一个世纪以来，地处中亚的新疆，特别是它的考古发达地吐鲁番，一直是西方知识人追逐的地方。西方对它的发现，使得若干个学科分支发展得日益丰满，并且使语言研究淋漓尽致地进入到新型的考据之中。由于整部研究史也是帝国主义向亚洲扩张的一部分，因此，探险其实衬着恐吓的影子，史料往往出自掠夺的盗掘。而文物流进列强囊中以后，又养育了专业性极强的学科。对中亚的主人来说，不利是连环式的；民众无权，国家腐败。对过去的抗议尚未喊出声来，又必须正视过去中产生的学问。对于当时被侮辱、被席卷一空的人来说，世界确实是不公平的：19 世纪末的文化掠夺生下的儿子，今天一个个都是如山的科学巨人。谁也不能不承认，它们已经是地道的象牙之塔。挣脱昔日的屈辱，必须洞彻这些山和塔。马克思说，只有在科学小路上不畏艰险只顾攀登的人，才有希望达到顶点。但即便只是攀登，也不知耗尽了多少人生。学者已经代代更迭，智力还在急速发展，后人与过去恩怨之间的关系，确实愈来愈淡了。

不仅如此，所谓丝绸之路的流行在全球经久不衰，更多的人加入着对这个方向的追逐。不能不说，在漫长的追逐中存在着一种浪漫主义；也许是鲜活的中亚绚丽色彩，使人们禁不住憧憬吧。

学科尤其在语言方面分支。很多人都好奇地或者内行地，谈论着突厥语言，谈论吐火罗文之 A 或者 B，谈论和田文或者佉卢文，甚至古叙利亚文、粟特文。大陆腹心出土古文献的种类繁多，意味着这块大陆经久的沧桑之变。单是名称就够吓人的，艰深莫测的古语，大都湮灭了。

也有些没有湮灭。中亚同样发现了在专门研究之后，更期待现代人了解的古代语言资料。它既非不可解读的死语，又与当代住民的口语一脉相承，这就是突厥语系统的资料，尤其是吐鲁番出土的回鹘文文献。

社会有了科学发掘的手段，文献有了清白出土的可能，但历史却狡猾地收回了机会。无论考古队怎样努力，除了零星碎片之外，吐鲁番再也没有那样大规模的回鹘文世俗文献（区别于较多的佛经写本）出土。一些学者等待新资料等得白了头，一些人改行转向。在漫长的、细而又细的研究过程中，回鹘文社会经济文书的研究，渐渐地有了某种定格的趋势。

它逐步和佛经写本、语言研究分道扬镳，形成为探索古代史的一派；求全集成的资料书，愈来愈著名化。其中 1928 年出版，甚至制作了一套回鹘文铅字以供排版的、拉德洛夫（W.Radloff）名著《回鹘语言资料集》（*Uigurishce Sprachdenkmaler*），长期以来一直作为全面收录了回鹘文契约的基础资料书，不可或缺。贵族式的文化活动会积累成一种遗产；后来，基于对这些文献的反复切磋，历史研究中出现了一种由民族语言入门的方法。

应该说，以被研究民族自己的文字写成的文献作为主要研究入口的方法，是近百年来研究旅程的文化判断和人道思想的进步。这种其实不一定在方法论上能一较优劣，而是在资料上对本地住民一方的偏重，难能可贵地在象牙之塔里变成了倾向。在国外如日本，大多因循德国突厥学家葛玛丽（A. von Gabain）的路子，先打下现代土耳其语的基础，再钻研突厥文碑铭、回鹘文契约写经，然后广征博引，展开研究。必须指出，在我国的民族研究学界，除了民族语领域之外，从来没有把掌握民族语言作为研究者的条件来要求。这种现象虽然尚未从立场上受到批评，但是却受到了在一些领域里长期落后的现实的惩罚。幸而有少数大学或学者，如耿世民先生，依仗对维吾尔、哈萨克等语的熟悉入门攻研突厥碑铭和回鹘文书，使得这种缺陷多少获得了一些平衡。从七十年代中央民族学院设置第一个古代突厥语班以来，至今新疆已经成长起一批维、哈族青年学者，由于他们本人乃是以现代的突厥语族语言为母语，所以对自己的古文献的理解，显示出一种自然和余裕。

简称USp的拉德洛夫回鹘文资料集，是在他逝后才被编纂出版的。六十五年之后，已故的日本山田信夫氏遗著《回鹘文契约文书集成》三卷，也由日本和德国的后学编成问世。这是一部豪华本。第一卷收录山田论文；第二卷对编者收罗所至几乎全部迄今已知的契约类回鹘文书一百二十一件，都重新进行了一遍整理、转写和日、德文翻译。第三卷则为一百二十一件文书的清晰优质的图版。

此书缘起在山田信夫遍访散落世界各地的回鹘文书的1961年。

在原东德科学院的书库角落，山田信夫从灰尘堆里发现了当年普鲁士探险队从吐鲁番弄到手的写本。这批东西在被欧洲学者研究过以后，已经长期下落不明了。于是前东德科学院把研究与发表的优先权给了山田氏，据我所知，条件是研究成果中必须包括德文译文。

后来的漫长日子的遗迹，在山田氏主要是第一卷所收的诸篇论文，在学界则是对吐鲁番回鹘契约的持久的反复订正、转写、过细的考证。

在数十年的攻读中，有过不少花絮轶事。比如日本西域学术泰斗羽田亨曾发表《回鹘文女子买卖文书》，后来被严厉驳正。因为他把“葡萄园”（borluq）一词误读成了“女子”（borlug），买卖问题变成了奴隶问题。无独有偶，我国冯家昇先生 1961 年所著的《回鹘文斌通（善斌）卖身契三种附控诉主人书》虽是开创之作，但他把“我的儿子们”（oghlan-lar-im，即 oghul-lar-im 的古代语形式）错译成可以驮载人夫的“乌拉马”，把整整一篇“赎身”文书误读成了“卖身”文书。

这样的故事，若是让阿凡提知道了，无疑一定会被编成笑话。高深学术对日常生活的无知比比皆是，这是无法辩护的。但是一笑之后，如果认定学者就是白痴，则更是毫无道理。教训大概主要是，熟知母语的人不懂古代书面文字，而识文断字的人，胸中并不拥有自然的语言。

亚洲北部的文字演变极其有趣。成吉思汗向西扩张时，从吐鲁番学到了这套宝贵的文字。但是，虽然它后来成了蒙文和满文的源头，却被原来的主人舍弃了。回鹘人的后裔们在后日改用了阿拉伯文字来书写。由于那时正值察合台后王的时代，所以后人把取代了回鹘文来书写突厥语的文献，称做察合台文献。总之，文字变了，但语言没有变。它活着，而且像变化了的文字象征的一样，在新的历史时期发展得一片繁荣。

也许，在这里不易察觉地埋下了一个暗伤：由于不熟悉改变了的、又一种古文字体系（不用说，新的文字体系往往意味着全面的文化质变），学者们大都不能把一直活着的人，即昔日和后来都操突厥语言的民族，整体地加以观察。在回鹘文献学界，即便专家也大多不懂得丰富的察合台文献。因为都是另一个学科。更没有多少人了解极其丰富的、近代乃至现代的各种突厥语书面文献和民间语言资料。因为没有谁呼吁过——活的生活可以指导古代研究；想究明中亚古代的真实，必须熟悉在这亚洲的中心腹地存活的、人们心中的真实。

当我收到三大卷《回鹘文契约文书集成》的时候，心里曾经漾过一阵强烈的遗憾。曾经那么久，我一直把这个领域当成自己的奋斗目标，并且相当正式地摆开架势，向它的基础语和古代语进攻。山田信夫教授是位很有魅力的老人，在我留学期间，曾和我有过不少交往。那时见我求学心切，他连自己未发表的论文都复印给了我。如今，论文已经漂亮地结集，已经豪华地出版，而我却最终也没有读完那些在夹子里变旧发黄的复印件。1986年我随民族研究所代表团访日，那时他已经很衰弱。从大阪民族学博物馆出来时，门外下着大雨。我不容推让，催他上了第一辆出租车。车刚刚走动时，他抓着车门，突然对我说："以后，就见不到了！"那情景历历在目。他逝世于次年。

但是由于自己的愚惰，我渐渐离这个领域远了。只是一种熟悉，以及当年也曾抱有过的犹豫和思索，还一直留在心里。

丰富的突厥语族古文字资料，不仅说明中亚语言文化的发达和复杂，不仅指示着它们与所依存的环境的关系，还暗喻着这种文明的生命力。

这一点可以从现代维、哈等语言“被使用”的程度看出。比如，我发现，在一些民族语区，民族语使用的半径（如果以边境、牧区纵深、社会底层为语言的地理中心的话），勉强还能覆盖“乡”，到了“县”，就几乎完全是汉语的天下。非基层城市的少数民族干部，事实上以汉语为生活用语。民族语的使用者，已经快要只剩下底层的牧民、农民、猎民。而新疆则不同，新疆诸民族语，尤其是维语使用的彻底，不仅使得民族语当仁不让地成为有效的政令语言，而且使得基于这种富于生命的语言的音乐、诗歌、文学，一直能够枝繁叶茂。它们可以与操汉语的明星大家新潮旧制保持距离。尤其在歌和诗两个世界，谁也休想征服它们。望着这边的花样翻新的喧嚣，它们只是礼貌地微笑，然后自尊地与之分渠并进。

谁也不能忽视学术，但是博物馆里那些既珍贵又可怜的残片，在某种意味上确实已是一小群学者的私有。有些已被博学的专家恍然解读，但是由于资料本身近乎绝对的稀少，一旦解读成功，启发的可能也就将近枯涸了。有些则还被反复琢磨，继续攀登着已经接近百年的解读小径。

而世上兴衰艰辛，处处不平。专家们有时暗暗焦躁：因为与这个专门领域的世事直接关联的许多知识甚至常识，居然自己至今还没有学习和接触过。在象牙塔里，读不到在吐鲁番可怖的灼烤下，哪怕是微弱的人的语言。读不到祈求的低语、痛苦的呻吟，和欢乐时的歌声。这样的思索必然会出现：专家究竟是否懂得常识呢？精深的绝学，究竟是不是一种人类智力的奢侈的猎物呢？是否应该把吐鲁番盆地那终年不雨烈日炎炎的日子，当成更重要的学科呢？

学界中亚研究的重心早就发生了转移。与山田氏齐名的另一个专家护雅夫在《回鹘文契约文书集成》第一卷序中说，“研究则必须依据已刊布的文书，但其中自有限度。我如是考虑，后来遂离回鹘文书研究而去。”当然，他指的只是资料的限度。不过，他的例子揭示着一种学术的变迁游动的倾向。学术自身的规律，在使它向近代、向生活及常识靠拢。也许，它还会向正义和向民众靠拢。

这部书的出现，将替代长久以来被使用的USp，它对于学术界的贡献是不言而喻的。优质的照相图版，无论对六十年前挖空心思造出一套回鹘文铅字的欧洲人，还是对三十年前竭尽全力手抄全本的葛玛丽《古突厥语语法》的中国人，都曾经那么不可企及。但是，物质的追逐没有尽头。也许不该弄错的还有一点：回鹘文献的解读，不是靠写本或照片有多么清楚，而是靠懂多少现代突厥语。此外，干一件小事业的条件已经成熟：把古文献准确地对照印成现代维、哈等语，再译成汉语，各印一本小册子。那么连初中学生也可以阅读，人人都可能了解象牙塔。渐渐地，文化的主人就可能对文化的研究发言了。

（《回鹘文契约文书集成》，三卷，大阪大学出版会，1993年，山田信夫著，小田寿典、P.Zieme、梅村坦、森安孝夫编）

1996年6月

拾起沙粒

一次旅行就如一场不冒烟的战役，心里要摊开着一幅地图。此刻在我心底一页地图就静静地打开着，道里清晰，点线勾连，如一块逼真的沙盘。

皮山县，不如改名叫沙山。晃眼的白沙，滚滚的热风。不过它幸运地保持着旧貌，没有遭到倒霉的整治；县城如一个古老的巴扎，沙漠里藏着袖珍的小村。

那两天开车的是一个警界人物。他的体型并不太胖，但腰身与肩膀一样宽。我总在进寺门时问能不能随便进去，他也总随口答道跟着我不就进去了吗。他总是按捺不住满腹的牢骚，想让我留意这儿的沙子浮尘。我呢，也就尽量在需要调动他积极性的当儿，逗起沙子的话题。

于是他便说将起来，倾诉他在这个鬼地方喝沙子的无私贡献；

而车轮也就快快转动，把我们运到胡杨林深处，又运到沙漠的小村。

在胡杨的深处，看见一个破碎的文物标志，写着这里叫做什么“窟”。我以为是一个未被发现的石窟寺呢，进去一看，发现有一些褴褛的妇女和老者。破席和满是沙尘的被褥堆在土炕上。一个老妇迟疑着，不知是否继续往灶里添柴。一个白髯老人端着水瓶。尽头处，我看出那是一座墓——有两个汉子喃喃念着。他们侧过深陷的双目，怀疑地注视着我。明明这是一个麻扎尔，我暗想，而不是“窟”。

先要打消闯入者的形象。既然已经迈进了这座门，我便没有停下脚步。掩饰着心中的惊奇，一路行着礼穿过廊下。我亮出藏着的帽子戴上，径直走近他俩，随即念起祝愿安宁的句子。那两个汉子本来正要欠身离开，这时只有重新坐好。我们紧紧挨着，就这样开始了交流。

南疆的麻扎尔大都修有拱顶，为的是让流浪的人过夜。等他们的深目里消失了不信，我走近一个盘腿坐在炕上的老人，他赤露着瘦骨嶙峋的、多毛的胸脯，一个大瓷碗里剩着半盏茶。他一定是此地的首领，而我正像一个香客。我俯身握住他的手，看见破旧花帽上的一层尘土。虽然只能说很有限的几句，但我还是探问到某某地方有另一座，某某地方还有一座。都是长长的、陌生的地名和人名。都不是“窟”，是残存的公社，一些无助的人在这里就食，也许，还维持着自己的生活方式。

沙漠的风滚烫，白炽的太阳照射着耀眼的沙子。

麻扎尔修在一座坚硬的砂石山头上，登上山，眼底是空阔的喀拉喀什河的渠首。一道道细密溪流裹挟着灰白砂土，滚滚汇入闸口，变成巨大的渠，冲向无际的绿洲，我提醒自己——这是伟大的和田绿洲啊。骄阳下渠水泛白，恣意而坚忍，独自在暴晒之下，灌溉着古老的文明。

热风打着脸颊。左手是灌溉网，右手是麻扎尔。我想着，感觉到的那一股脉息，怦怦地好像重了。

警界朋友打了个哈欠，问我说：咱们这儿还有个文物，打算游览一下子？我忙说：当然啦，哪儿对我来说都是学习！于是一车人奔波，到了沙漠里的文物庄园。

牌子上写着：自治区级文物保护单位，胡达别尔迪庄园。可是显然没人把它当文物保管，房子岌岌可危，有些梁架倾斜，几处屋角已经半塌了。

这是一处巨大的、几进几出的木结构建筑。若是一个家庭的住房显然太大了，若说它是文物，又猜不出究竟有什么用处。我好奇地捉摸着看。主人说，这里是沙漠，没有树木所以盖房子没有木头。夏天一发洪水，就有木头顺水冲进沙漠。我的爷爷吗或者爷爷的爷爷就捞起木头放好，时间长了他积攒了很多木头，最后盖了这座房子。

迎面门楣上一行阿拉伯文。一行人只有我认出来了：我祈求真主使我免受魔鬼的侵扰。字体粗大，如一个匾。家居大门用这句经文装饰，是很罕见的。

木构民居能有多古老？爷爷的爷爷么，我估量这房子也就是20世纪中叶，清代或和卓时代的建筑。但是主人的年龄却不好估计，砂风磨砺的红脸膛，一柄磨亮的砍土镘，使我觉得他表里隐没。

不光是文物政策没有落实，更要紧的事大概也还悬挂着。他没心思高谈阔论文物价值，只是抓住了机会要求退还房产——先说我们是地主房子嘛没收，又说房子嘛文物叫我们保护！……

我当然同情他，就在一边添油加醋：必须赶快想个方案，这么珍贵的建筑，可是眼看就要塌了！

我在曲折的室内转悠，使用经文的装饰充斥着。我沉吟着继续参观。在大概是主卧室抑或主客厅，又一处纹饰令我狐疑。一句“啊，最仁慈的”，一半写成红色，另一半写成黑色。两半互为倒影，书法粗拙，黑红鲜明。我觉察到心里升起了一种敏感。这个建筑不简单，它充满了神秘的喻示。说不定它集中着这一片沙漠的往事，因为——我不觉间着迷了，下意识地做起不属于考古专业的考证。

他的爷爷，或者他爷爷的爷爷是个怎样的人呢？我悄悄凝视着那拿砍土镘的老汉。当夏季干枯的河床里冲下流木，他便一根根地拾起来。当没有一棵树的沙漠里矗立起着雄伟的建筑时，他又做了些什么呢？那红黑对应的花饰，究竟有着怎样的含义？

洞开的室内空荡荡的，木柱歪斜地支撑着。沙漠的风从空寂的室内穿堂而过，从门洞可以看见一簇高耸的大胡杨树。

砍土镘在老汉的肩头闪闪发光，他倔犟地走着，踩着塔里木的沙漠。

这时，一阵风猛地卷过，砂粒打在手上。一股灼烫突然烙了手一下，使我不能不意识到它的强烈。

猛想起一阵子忘记了同行的朋友。于是赶快转身，和他搭言：这沙尘真的刮了一天！他不屑于感叹：沙尘？若是冬天你来！……

和他搭讪着说了些什么，我已经忘记了。因为我那时感到了一丝沙漠的脉息。它在空气中若飘若散，时轻时重，挑逗地碰着我的手。

2003 年 10 月

圣山难画色

离开民族研究所时，只用一个多小时就办完了一切离所手续。

感叹过一瞬，觉得毕竟是求学钻研九年的旧地，人的缘分薄时也真是太薄了。走下大门台阶时突然怅惘了一会儿：我的一身色彩变啦，而且这么简单。有什么未清的事吗？

踌躇着停了一下，突然觉得不该还那本书。

那是一本中亚探险史，遍记了 19 世纪末以来踏查中亚的那些奇人事迹。然而使我怅怅然的不在那些艰苦大业，而是书中的一帧插页照片。

我恨我记不起那座山的名字，也记不清它究竟是坐落在巴基斯坦还是阿富汗了！只记得它的方位，仿佛当年夜里捧读时，我曾幻梦般感到：应当登上天山西部的某一座主峰来眺望它，而且若想看得真切而激动，非要经特克斯溯水而上，绕过玄奘西行的经路——木素尔冰岭关隘，从清朝卡伦（哨所）的波马边界攀援，紧贴着苏联国土靠近雪线，最后——在伟大的汗腾格里冰峰之巅眺望它才行。

上述路线不是遛半个月新疆就生虱子般生一沓子散文的骚人墨客懂得的。

而那座山，它只有在如上的汗腾格里顶峰才能呈示神姿。特克斯上游清冽的风刺着肌肤。那一年我进了有温泉的山口，想努力靠近汗腾格里——但是没有成功。山太陡了，后来走在一面镜面般光滑的、鹅绿色的山坡上时，骑在马上觉得人马都在悬崖边棱上走钢丝。不仅骑坐的俯仰散漫，当时恐惧得连气都屏住了。后来不敢控马，把命交给马儿。仗了它一步步走完坡脊，后来才勉强下了山——而我还是正经的蒙古草地骑手出身。我没能看见那山。

不先登上汗腾格里，是无法瞻仰那座被整个中亚崇拜的神山的。而我知道了，连汗腾格里都是绝顶。

19 世纪的探险大师们却不知在哪儿支上了相机，拍摄下如此一帧它的神异影像。这张照片，不，这座山是一座只需人对它的黑白照片望一眼就终身崇拜终生爱慕的，不可思议的高清神圣的极限。

那山无法描述，但该简略说几句：

那山是在一个山结正中，四面八方耸矗着著名山脉的顶峰主峰。它并不高于那些群峰，但它却浑圆怪异地从那山结央心升起，像一万只茫茫白羊中蜷着一头漆黑的驹犊。群峰都披冰肩雪，只有它如黑玻璃黑水晶，刻着坚硬光滑的纹理线。群峰峥嵘如吼，只有它静若处子。群峰组成一片山的狂涛骇浪，拥戴着神秘肃穆的这异情异色的它。

在一帧黑白照片中，该节略该掩饰的都不再存在，剩下的只有一种近乎恐怖的感觉——对于少数人来说，如果他们从东麓北麓踏遍了天山山脉，如果他们从西北麓熟读了帕米尔高原，如果他们透彻了昆仑、冈底斯和喜马拉雅几大山脉——他们在这一帧画面前将懂得崇拜的起源。

我从心底理解了一些百年前那些不安宁的探险大师，好像能试着揣摸他们那从未诉说的心境。

如果鲁迅的环境是在这群山之间，我想先生就不会再用匕首去攻打粪土了。而且，中亚也会增加一个虔诚的信者和一批绝好的赞美文。

我后悔过早地还了那册书，如今我手头身边失去了那幅画。

一连几天，也许是因苦夏的空寂吧，我病了一般只是痴痴想着那座圣山。

后来我也想冒一次险，我支起画板把我的印象画了一个轮廓。我用薄薄的蓝灰底色，使一座莹莹浑圆的峰从几条磅礴巨脉的钳锁中缓缓浮现了。接着我迟疑了，一直到今天我还神神鬼鬼地狐疑难定。

怎样为它着色呢？连一笔都不敢往上画。

险入这样的位置——如同驼蹄的凹窝和冰壁上凿出坑洞的位置——是可感慨的。因为面对着这奇观般的神圣以后，心就不可能再向其他崇拜，而这座山有谁见过，有谁想象过，有谁可能和它有缘呢？遭逢这样一座山以后只能把它永远藏在心底。探险结束了，回到山外，回到人流熙攘的地方，回到都市，遇上相知可以向他畅谈汗腾格里和木素塔格，畅谈小道怎样危险地缠着陡坡棱线滑下——若是净遇些异类呢？

谁都学会了和他们只扯扯“姑娘追”，只扯扯麦西莱甫，扯扯葡萄、哈密瓜、烽火台或者阿斯塔那的干尸。从新疆、蒙古、西藏归来的人们，哪一个没有一点浅浅的孤独呢？何况你们，何况怀里揣着普尔热瓦尔斯基、赫定、斯坦因的著作和地图，狂热地和他们默默赌命的你们呢？

文学界里熬成婆婆的小贩小农式的理论家们在说：啊，多么生动的特色！真正写出了西部诗情！遛了半个月旅游路线的骚客们兴奋地又掏出一本来。你们该怎么办呢，还准备同那些理论家们诉说一下关于着色的困难吗？还准备掏出那张黑白照片一样的画稿吗？

你们默默离开了，像我离开民族研究所的职业一样。爱上那些过分激动的大山脉是一种悲剧，而爱上那些山脉拱绕膜拜的一座黑水晶般坚硬无雪的浑圆圣山——则是可悲之极。有了这样的爱，与世间的交流就再也不能，而且，胸中激烈冲撞的感受和那永远沉默无法穷究的圣山之间，也寻不到一种和谐。

很久了，我寻不出哪种颜色可用，我空空地对着那底色的画，涂不上一笔。

对于中亚，对于我曾深深爱着的中亚的新疆，如今我算是尝到对她体味的苦处了。这样的火候使我像哑了的歌者，束手无策，不知所措，我被迫地向沉默皈依了。

连对浅近些的诸山，比如对汗腾格里峰，我也失去了表现的能力。记得有一部小说是曾经以“画”它的雄姿为动机写的，可是写时手脚突然沉滞呆笨，脑液凝固般愈转愈缓，一个心思只想摔笔。

我趁失败的黑暗吞没自己前的一会儿工夫，草草收了尾，然后就栽在床上，任自己全身心都堕入沉默的混沌。那件事——大约是在三年以前。

三年来我一直陷迷在这种呆滞而凝结的半睡半醒之中。昏睡中，看见或是听见什么葡萄烽火之类的流行曲，我已经心平气和，不争不怨。清醒时忆起自己独自珍藏的那圣山之影，心里又总是漾着沉沉的感动。

我不太想再试着为它着色了，我懂了自己能力的限度。

就让它如同一帧黑白照片一样，永远引诱我和启发我吧，让我终生都幻想着它的神奇瑰丽。

1988 年 6 月

一路三叹

我的这些朦胧印象，都发生在铁门关的那条路上。

铁门关就在丝绸之路，所以不少人都去过。他们说，哦，你说的是库尔勒！我却说：咦，我怎么记得是焉耆？

一

世上最热闹的地方，都在南疆的大寺门前。

那时我还年轻，第一回见识这样的事物。巴扎上有一个乞丐，他给我的印象一生难忘。他使用自残的手法来行乞的：用锤子把脚砸烂，鲜血顺着脚背流淌。他的伤脚在黑血黄土里搓踏。乞丐仿佛不理睬自己的这只脚，他摇着一个环棒，扯着莫合烟嗓子，对着毛驴、板车和行人唱歌。

我太年轻，不忍再看下去，就赶快走开了。

转到了下午，到一个摊子上休息。一抬头，发现那个乞丐正好坐在一旁，快活地啃着一块甜瓜。他的笑容灿烂，姿态悠闲。他挥着手，跺着脚，聊得非常起劲。

我偷偷瞟着桌子下面。

显然，他的脚有力地踏着地面。穿着鞋子，没有血迹。难道他伪装起来了？谁也不会相信的，他的脚刚刚还在流血。

哈哈！ Kudayem！（我的胡大）……他大声讲着，笑得半仰着身子。

摊子上的人听得津津有味。

二

知道铁门关北线么？

那是一条唐僧都不知道的、挖甘草的路。

晚上歇息时，哈柔乃兄弟脱下鞋来，给我看他的伤脚。他的脚趾生疮，脓血穿了一个洞，已经几个月了，怎么使药也治不好。医院不是没有去过，若打算弄个明白恐怕是要住院。可眼前的事情是哪里挖几个钱出来，而不是把钱送给医院。

疼得不行，他望着我说。

我沉吟许久，最后对他说；一是上药，二就是一个忍了！

他说，药使遍了，不行。

我说那怎么办？他把鞋子挖了一个窟窿，让脚趾头露出来。我狠狠心不再发愁，日子飞快过去，一转眼是几年以后了。

再见到哈柔乃兄弟的时候是夏天。

夜深了。我俩已经扯的困倦。

躺下睡时，他打着哈欠，用力一蹬被儿，就闭上了眼。

我却忽然想起了他的脚。咦，你的脚治好了？

早好了！

用了什么办法？

闯关西下苦农人的办法。我使钳子夹住刀片，先烧过，再把那些烂肉给烧了！你知道我啃过三国水浒。关云长不是刮骨疗毒么？我学他，一个钱没花！现在好利索了。

炕上看着他，我叹了口气。

三

晚饭后无事，顺着开都河的秋色，和沈老先生散步。那是在焉耆，古文献中的阿耆尼。它也叫喀喇沙尔——一座古色的小城，正当铁门关附近的古道。所谓的丝绸之路，其实就是穿过庄子里的车辙印。白帽子的东干，长袍子的毛拉，鲜艳的妇女，吵嚷着走在路上。人流熙攘，可以眺望路人的风景。

前一夜，沈老和我谈到邦达前夕。

老人有苍凉的心事，身后的牵挂。这位民国的若羌教育署长，解放后的头任县长，已是八十岁的人。儿女是继弦留下的，他不愿更多的依赖。如今只想卖了房子，凑一笔盘缠，临终前朝一趟哈知。

若是无常在圣地，我也就安心了！他说。

我忙反对，我说，还没有听够您讲的故事呢！

一个穿袷袢的白髯老者迎面走来。他在桥头看见了我们一行，特别看见了白帽整洁的沈老先生。他深深地施了一礼，口中讲起大串的问候语。

沈老先生掏出些零钱。告诉我说，这是穿过古道，去吐鲁番的香客。他俩互道平安，于是我们继续顺河走。开都河的木桥已经半颓，只是天山流下的雪水依旧清澈。

一圈转回来，又到了桥头。

突然看见那个虬髯老者在前面走。背对着我们蹒跚着，领着一个小姑娘。

我们随意散着步，跟在后边。

在一个烤肉摊子上，孩子停下了，回头望着她爷爷。老者摸出钱，给孩子买了一串烤肉。孩子香甜地吃着，小手举着钎子。老者捋着白胡须，微笑地站着，如一个天方夜谭里的绅士。

我们从一旁擦肩而过时，虬髯老者和沈老先生彼此一瞥，同时转身相对，然后欠身互道平安。他俩一个白帽一个花帽，彬彬有礼的做派。显然白帽先生没有让对方看出他的烦恼，花帽老人也不想让孩子看出他的困难。他们说完长长的问候语，最后轻轻地一拉手。我在一边看着，觉得说不出的有趣。

2003 年 8 月，立秋之后

陶醉的鸭儿看

那一年在新疆，和一个维族朋友聊到了十二木卡姆。我说，我在一篇叫《音乐履历》的散文里，流露了这个意思，我的直觉是：那时的汗国王妃不可能搞什么音乐运动。十二木卡姆，一定是那时流行的十二套苏菲颂词！……

她奇怪地望着我说："您走火入魔了吧？"

连他们也没有留意么？我沉吟许久，捉摸着分寸。开个玩笑比较好懂：这可是个学术发现哟。

刚靠近小城的边缘，空气里的浪漫就如阵阵热浪，扑打着我的面颊。我被领上铺满蓝红石榴花地毯的炕上的时候，鼻子先饱吸了地毯上烤馕的焦香。我靠着墙，敞开的窗扇如一排门户，混合着纯氧的无花果的气息，徐徐不绝地涌入。

终于等来了白髯的老者。在这瓜果鲜花和舞蹈之乡，你须知白髯老者的重要。他们是第一因素；他们不到，什么都不会开始——奶茶不会斟上，馕不会掰开，抓饭上那块令人馋涎欲滴的羊肉，没人把它切碎。

——这是馋鬼的思路。不会开始的，是歌子吗还是舞蹈呢？总之就像堆满地毯一动不动的食物，缺了白髯老者的一句话或一个眼神，整个场子，是安静的。

老人倾身对我，听着我的问候，微笑着握住了我的手。这非同小可，场子里顿时眼神流盼。满眼看见的都是信任，这真让人兴奋。

那等待的歌，还有旋转的舞，随之开始了。我仅仅停了一小会儿，我只犹豫了一个刹那，就明白了要紧的不是会不会，而是参加不参加。于是我加入了圈子，不会唱就跟上和声，不会跳就随着旋转。

哦，或许那一天真有冥冥的指引。我居然以一个白丁的本能，踩到了最准的步点。和声很容易学：俩、音、呼、哈格、嗨咿。至于旋转么，就是想象自己变成了自由的鸟儿，展开双臂，盘旋，享受。我在心在意地体会，有滋有味地旋转，而那时的屋子里，歌和舞，都已经燃烧起来了。

俩，俩，别再摆架子。白髯老者的赞许，是我无敌的通行证。你们，朋友，无论是诗人或是财主，不管是打馕的还是烤肉的，俩，在我面前已经不能骄傲。音，我们是朋友。我们歌唱，尽情舞蹈，音，在圈子里人人平等一致。

看过央视举办的民歌大奖赛么？传说的所谓刀郎，和我讲的差不多。那些评委不过是附庸风雅、皇帝新衣。因为在场外是看不懂的，谁若想听见和看到，就非要进到圈子里。

旋转的涡心有一股吸力，它是无法抗御的。身陷其中人只想拼命地唱，只想快乐地跳，只想加入幸福的陶醉。当你浸入了一种巨大的亲近、当你幻觉到大同与和平、当你攀住了那根绳子的时候，你也会控制不住，只顾大声地喊，迷恋地跳——呼、呼！

这座小城在史书上被写得五颜六色。亚儿岗、鸭儿看、叶尔羌，都是它的名字。岗、看、羌都是 -kend 音译，表示“地方”；至于亚儿、鸭儿、叶尔，众说纷纭，我喜欢把它译为 yar，情人。这个词儿在甘青两省用得也多，一般写成“亚热”，意思是自己人。

若依我大胆的诠释，小城的名字就是“情人国”。

——为什么它叫做 yarkend？因为在那里，专门聚会歌颂爱情。音，人们似乎以此为业，于是他们被外界称做情人。难怪如此！音——哈格！

我必须二次绷起面孔告诉你，我没说那小城一天到晚乏味地谈情说爱，像我们的电视一样。你要留神，情人这个词儿，完全不像小说的解释。爱恋的对象，是差强人意的生活，是含义奇妙的命运，是纯洁无瑕的理想，是庄严巡回的未来。爱一个人，哪怕你爱到歇斯底里，爱疯了爱傻了也不会达到那种境界，不会与人唱和、与人共舞，一起陶醉在一个圈子上。

懂了吗？

我和你一样。过多的拘谨教育，使得我最初总想反抗。但是那一波波的和声，那逐渐强烈的声浪直接撞击着心，我强忍，但忍不住，一头栽进了吸引的漩涡。一位阿皮兹在圈子中心领唱，他注视着我，眼里泪水渐渐盈满。我全神贯注，又灵魂出窍，仿佛我在盯着另一个我。圈子不住旋转，大家挽紧臂膀，步点愈踏愈整齐。在旋转中，好像想哭，但唯有唱，幸福正从头顶泻下，嗓音融入磁性的节奏。俩——音！不愿停下，只想旋转。呼——哈格！我盼一生一世就这样唱、跳、陶醉下去。嗨咿——yar！

白髯老者抬起手来。

一切突然停止。和声，步点，节奏和吸力，美好的歌唱，都突然消失了。那个阿皮兹扑倒在地毯上，嚎啕大哭！

我的泪水也涌上眼眶。

——以上被我记录的，是我在20世纪90年代初参加过的一次……我说它是木卡姆。

说来很有意思，离开那次体验的时间愈久，我对它的体会就愈深。是的，该试着做一次小结了：木卡姆，它应该由称作阿皮兹（harfiz）的领诵人唱出的成套赞词、与之应和的众人的成套赞辞、手鼓之类乐器的伴奏、以及循回不休的圈舞组成。——就像安达卢西亚弗拉门戈的核心不是卖钱的舞而是嘶哑的歌一样，它的核心是赞辞，是分部成套、章节层出、反复吁叹的、无数穆斯林对唯一创造者的爱。

请设想一个三千人参加的大圈子：要唱遍十二种成套的颂辞，除了大广场无法跳那么大的圈舞——显然，那种大规模的“木卡姆”，唯有国家的支持才能实践。叶尔羌汗国提供了这样的支持，于是便有了所谓“木卡姆是国王妃子阿曼尼莎汗的创作”、这一比喻说法的来源。

不消说学术的繁缛，无法用一篇树叶般短小的散文讲清。我多次想起那个维族朋友。在察觉到我的立论的较真后，她似乎已悄悄采用了我的“学说”。但我要强调我的方法论是参加一次才写一句，不知她会不会接受。本来我用这样的散文写上一连串的木卡姆论，奈何此刻银河隔断，俩，我只能叶上描花，勾勒一笔筋络。

——我如一个孤独的亚热，遥遥地眺望，但难能再近一寸。但恰恰因此，在痛苦中我看见了新疆的底蕴。它是一个文明的炼金炉；任谁进入腹中，它都能点石成金，化腐朽为神奇。人在其中陶醉，艺术熨慰了痛苦，又去迎送生活。携着的歌和舞，戏弄着学者和艺术家——这就是新疆，它的秘密。

至于小城，它只是一处地点而已。在它的各种称呼里，我喜欢“鸭儿看”这三个汉字，它们简直凑成了一种神秘的表示。为什么呢？“鸭儿”在看着，好像有一点陶醉的意思，不是吗？

（词语浅释：俩，不。音，是。呼，他。哈格，真理。嗨咿，永恒。均为阿拉伯语。）

于2007年5月31日写成

再2010年3月17日改定

树梢上的心

在觉得陷入了污水坑般的生存时，人会竭力地向音乐求救。的确这也许是非常有效的一着，纯净的音乐扫荡了满耳的污声秽气，人渡过了艰难的一刻。

这样的体验应该告诉你。

那一天我独自一人，从晨起到晚间沉默了一整天。但是我的内心却经历了黑白分明宛似两极的体验。也许这该称作一种被迫的相悖相反。一极是难以形容的恶心，另一极是丰满的感动。两者都是因为读了一篇关于新疆、关于天山的文字。

我不告诉你那令人作呕的篇什是什么了，反正你也每天都被这些无耻的文字包围；在我的书里我只写美好的一极。

读了我的一位哈萨克朋友写的，关于惨死于新沙皇枪下的哈萨克诗人恰卡里姆（Qaklem Kuday-berdi）的介绍那天——整个下午我欲哭无泪。忍受不住，不能控制地翻箱倒柜，找出了听说根据恰克里姆的诗谱成的歌曲《Jürêk》，颤抖着手指，把它塞进已经坏了很久的、灰垢蒙满的音响。

这里必须要说一句“赞美真主”，因为那个下午简直出现了神助，我那台哑了很久的破机器奇异地转起来了，为我不是尖细或闷沉而是完美地送来了恰克里姆的句子。

这样的体验一定要告诉你，朋友。哪怕在残酷的夏季也别灰心。可以用我偶然找到的这个办法，医治自己，抵御猖狂的病毒。

纯美的女声充盈着一方空间。那是一个健康的文化，从遥远的天山诉说。那女声给我们的联翩浮想与他们不一样，仍然是恰克里姆形容得好：

> 你不可能再遇上这可以交心的姑娘
> 我爱她，是因为她闪烁着真理之光

她低缓的叙述句句排比而来。每个连句都在结尾高昂，挑出一声呼喊。jürêk 是一个阿尔泰共同语词，不仅哈萨克，万里之外的蒙古人也能听懂它的意思：心。

这首歌用一个残酷的比喻，问了一个在道理和伦理的极限上的问题——有个年轻骑手，他被爱情俘虏，愿为美女献出一切。而美女的条件是绝对的：那么，把你母亲的心拿来。

尽管他在边缘上被折磨得痛苦不堪，但是他做了！他抱着那鲜血淋漓的心，飞一样地驰向情人。疾驰中不留神，马失前蹄他摔下鞍来，一颗心被抛了出去。

当他正挣扎着的时候，突然听见那颗心在唤他，原来母亲的心正挂在梢头，责备不知小心的莽撞儿子。

Aynalayen oy，jang bala oy　唉，小宝贝，我的孩子
Kuladeng oy，sên jaman　　摔成了那样，是你不好

我说不出这两句词给我的刺激。我知道这刺激也非要用哈语听才能获得。哪怕为了彻底弄懂这两句，也值得你我学习哈语。

而听懂了的那一点点，我能解释么？jang bala（小宝贝）难道能译成“好孩子”或者“小巴郎”么？

sên jaman（你不好）又能怎样说尽它的含义呢？“不听话”要么是“真淘气”么？……

我只能说，掠过心头的疼痛和浸过心头的温柔，都丝丝清晰。

你问结论么？和你一样我也在思索。但是无疑他们的命题浩大而庄严，一种健康，使我们羡慕。所以我说，用这样的音乐洗涤，是一个简便的办法。上午那股恶心，因世论的丧失正义和不顾事实而带来的不快，被一荡而尽。像一座青吉斯山矗立在绵延的天山山系中间一样，恰克里姆一如他的诗，他们将在天山中永恒。我们不仅可以去摹仿恰克里姆，就像他宣布自己是托尔斯泰的学生一样；我们也可以借助恰克里姆的歌和货真价实的艺术——陶冶自己，消遣时光，让日子过得丰满有致。

就这样，《Jürêk》使一方空间，使包围一下子变成了纯净的音乐。整整一晚，次日晨起伊始，我沉浸在冬不拉伴奏和清晰的女声诉说中，心中默默充盈着感激。人生中无论遭逢什么，只要有这样的音乐陪伴，就应该说，我赞美造化，回赐已经足够。

恰克里姆在诗的路上走到七十多岁。当他在天山深处的青吉斯狩猎行吟，住在蓝松白雪之间的圆木屋里，终日思索托尔斯泰的种种命题时，暴政的屠刀杀害了老人。

幸而天道还在庄严运行，一切最终还是被更强大的力量平衡了。当恰克里姆被恢复名誉以后，他的诗一下子传遍开来。好像他早就妇孺尽知一般，到处人们都在说着他的名字，到处都在演唱他的诗篇。

最初的那场音乐会已经变成传说。在那次演唱会上，据说，当温柔的女声讲述起一颗母亲的心，当《Jürêk》不尽的叠唱一遍遍向满场听众呼唤着 jang bala 的时候，台下呜咽渐起。从十二岁的童年就随着家人受难、经过了五十多年的牢狱流放刚刚归来的、恰克里姆的孙女，颤抖着白发，泣不成声。

哈萨克文化中的许多段子，都奇异地与欧洲的同类作品重叠。如著名民歌《在泉边》，如民间故事《Jürêk》。但我今天没心思谈论学术，我一点也没有心思细说突厥文化对欧洲的晕染。还是在年轻的时候，当我还在蒙古草原牧羊，我就懂得了“心”这个词。乌珠穆沁叫它 jürêh，几乎和哈萨克语一样。我的神经随时等着飘渺的呼唤声，虽然没有目击梢头挂着的一片心，但我不能假装，说自己没听见那声呼唤。心，连同那声对准我呼喊的 jang bala，使我年复一年，跟着黯淡的恰克里姆，迎着掠过的箭影刀光。

报刊上泛滥着代谢的文字，像暴雨后的垃圾场。蚊蝇在街角狂欢，一边唱起了民俗的猎奇，一角拥挤着探险的表演。忽而是下水道的报告，忽而是狂欢节的转播。

——而松林的树梢上，那片母亲的心一直淋漓地挂着。

记得在乌鲁木齐，我曾经对一位年轻诗人说：一天也不要耽搁了，快点学习语言！……但他转过了脸。

那么还是把一切托付给未来的公正。

其实关于天山，文学将迎接的审判将是简单的——那颗树梢上的心将宽恕一切。哪怕对最下流的动作，母亲的心里只有悲悯。

不，没有报复，没有清算，没有恐怖主义的反击，没有给劣等文人的打分。梢头上那颗心高高地照耀着，用不着探险家去发现，用不着教授们去评论。她教示我游牧民和穆斯林的文明中核，她传授我爱的武器。

是的，作为一名作家，我与你们非常之不同。因为我提着笔时，不仅视野中总是浮现出母亲的那颗 jürêk，而且耳际还总是听见那声深沉的 jang bala。

2004 年 8 月改定

双联璧

——读张治中序马良骏著《考证回教历史》

1

这本书到手的时候，我已经对马良骏阿訇神驰心往，想象许久了。那几年，只要我一脚跨入甘肃南部，就不禁默默地思索他的事。他背过身一去不返的家乡——张家川上磨乡的风景，就平铺在我的视野里，青山绿水的长条梯田，包裹着庄子，像一幅黄绿模糊的淡彩画。

不用说，若是赶上一个光阴，他会破例接纳我这五功不勤的瞎汉，一如在他以后，在西海固，在甘青新一样。

他不单是个念经阿訇，而是罕见的文人。那时候我弄不到这本《考证回教历史》，仅仅见过他翻译的《穆罕麦斯》。瞎汉藏经，我也留着一册。赠书的是川里弟的老父亲，译文是经堂语，滋味纯正且幽玄，最受苏菲家的喜爱。

怀着与古人交谈的一种奢想，那时我长久地伫立过。何止马良骏，整个张家川已没有他的族人。我感到人的不能尽意，站在山梁边，只有让一对眸子享受。

2

如今这本使我好奇的书，已经拿在我的手里。惊奇才刚开始：因为开卷读到的，竟然是一对琢磨剔透的玉璧：先是张治中将军的序，后是马良骏阿訇的书。头一次开卷的时候，我对张治中能写出些什么，心里微有保留。说实在话，在我的这一代光阴里，教授也好专家也罢，凡民间最紧要的东西，他们常常一问三不知。在中国知识人受教育的过程中，自古是小树苗灌醋不灌水。以后学而优则仕，当官的知识体系里，自然是天生就少长了这几根筋。

而张治中将军不然。翻开序，读进去，一种太罕见所以使人感动的文字，一种端庄、精确、真挚的文笔，悄然抓住了我。

读下去，突然觉得振聋发聩的震动，读了几遍仍然不能相信；咀嚼几过，仍无法摆脱被震撼的感觉。张治中写道：

> 真主的仆人在路上小心翼翼地走着，蒙昧的人呼喊他们，他们回头答曰：“和平”。

自1984年岁末初进大西北，我从未见过回教著述的任何一处，有过如此绝妙的概括。理解要等到第二次，那是在乌鲁木齐的八户地。我和一位阿訇议论起此事，他猜测地说，这话“大概就是那段阿叶提”。我要求立即查找。找到时，我更吃惊了。

张治中写的这句话，是一个普通的阿叶提（《古兰经》句），在经的25章63节。只是这一句翻译，超过了一个世纪十五个译本的苦心劳作。我激动得简直喊起来：这一句译的，水平高过了十五本！为什么你们当阿訇的就找不出这个译法？……

视野里莽莽苍苍铺展的，是陇东的一角，惊人的地像。隔着深壑又近在眼前的，是一条条老虎腿般的山梁。如此将军，早已久违隔世了。我的脑海中，联想到淞沪抗战和他主政新疆的经历，想到大时代里，人的波澜生涯。四野无声。无限的山地平塬，居然就这么无情地断成了道道深沟，让人咫尺难近。

张治中将军对于伊斯兰教的了解和描述，无疑依仗着马良骏的经典和解释。穆民世界的真实，于是获得了有识之士的证明。两者相互的善意和水平，成全了一个美谈。一瞬间，我仿佛看见一对晶莹的玉璧；以一个共同的举意，以两个深厚的功底，他们完成了对伊斯兰教的出色释义。

隔了一年在宁夏黑铁峡，和另一个阿訇又谈起此书。他说：“一个赛俩目，你看机密有多么大！……”是的，张序的功力，只在新译了一句话；而一句翻译的核心，又只是一个词。这个词，Al-salam，其实穆斯林天天都把它挂在嘴上，只不过，唯有在马良骏的判断和经文支撑下，张治中将军把它译为“和平”。

日后要再花费多少时光，人们才能体会这千钧一字的感觉呢——和平的宗教，和平的教义！

3

骑耕牛，过关山，大营扎在了上磨川——

是谁曾唱过这一段民谣？

此刻，我脚下山谷里的深沟，就一直弯弯地绕着，通到对面的上磨川。人称小马阿訇的马良骏，故乡就在这里。历史课，原来最好不是在北大，而是面对着山野和古人，慢慢地咀嚼吮吸，揣摩他们的隔世心事。

当年在这道川里，仗着自己的乃夫思（生性）一蹦子跑到新疆的哲合忍耶小马，后来做的可大发了。是他代表全新疆的回教，电贺的新中国成立。知道么？毛选五卷里，还收着一篇毛主席专门写给他的回电。满拉们在山道上歇息的时候，先要上一阵，喝足泉水，然后给我指点上磨的位置。

其实，这一本回教史体例罕见。它先用半部篇幅，解明了回回和卡费尔，以及乃夫思与伊玛尼这么两对概念。然后博采阿文“塔勒赫”（历史）与汉文古典，简练至极地勾勒了一个穆斯林世界简史。

人们说，他的乃夫思（脾性）没有压下，闹了气，跺跺脚走了新疆。走了新疆又恋着上磨，所以他给经堂翻译了《穆罕麦斯》。为着夜晚时分，悠扬地跟上调门，遥遥和家乡唱和呼应。人与人就是不一样，灵性的乃夫思，是天生的前定。他的译笔，不是蚊蝇之辈的小玩艺，他满心的重负一旦成书，便从西到东，被半个中国到处念诵。

我总发生幻视，总好像看到他在默默坐静。我悄猜想，他还有心事没有成全。那是家乡么？小马再也没有回家。他的事业和灵魂，都留在了新疆。他们是志在远方大学的阿林，不是一生纠缠乡土的农民。那是什么呢？

就这样，在几年的咂吮旧事里，在独自的体会中，我仿佛随着他当了一回陕西大寺的满拉。这种感觉奇特又新鲜，使我暗怀着欢喜。“瞎汉半道当满拉，经不好，凭参悟。”我从伊犁城到天水城，从上磨川到张家川，心里总细细地想这件事。

忘了究竟是在烟袋峡还是在黑铁峡，反正在黄河的一处庄户，我和几个弟弟闲聊。谈话间提到了“乃夫思”（nefus）的含义，大家说，在这一带说起这个词，大致还是贬义的。乃夫思一字常与另一个词海哇连用，专指人的坏脾气。然而这个词也带着更重要的褒义：乃夫思指人的天性。所以，人的精神意气、尊严气质、性格人品，也都在乃夫思的范畴。

确实，张序是百年不遇的慧眼之作。但阿訇的究里，也有将军难以洞知的层位。我执犟地感到——在马良骏的深处，他追求阐明一个乃夫思的道理。

我想，马良骏在回答自上磨庄的时候就遇到的乃夫思问题。比起回民社会常见的解释，他剖析的乃夫思涵盖要大得多。一己的乃夫思；所谓闹脾气、没修养，并不能与伟大的生命的冲动相比；不能与造物主给予生命（乃夫思）以信仰（iman，伊玛尼）后，那精神的价值相提并比。

西北把没有十年寒窗念过经的人，戏称做瞎汉（文盲）。对这样的哲学概念，毕竟一介瞎汉，不敢浪加解释。所以好几年里，我到处和圣职人士讨论求教。

后来有机会作客在马良骏后人的家里。终于找到了这里，我想着。于是对他的二儿子，提了一个又一个想了多年、已经发酵的问题。

“二师傅，您参悟——他老人家为甚么写了那么多的乃夫思呢？”

二师傅一手举起筷子：“吃菜，吃菜沙！”

也许是不知客人根底，主人不愿细谈。我在多少觉得突兀的同时，也觉悟到，这深沉的命题，已经不能再探究了。那饭菜非常丰盛，我吃着，满心惆怅的滋味。宝贵的机会，在马良骏的家族里确认本意的机会，与我交臂而去了。

4

细细读了张治中回忆录，不由得暗自做着比较。显然，他的处境诸般不便，结集的作品，固然是宝贵的文献；但就见识就文采而言，大都不能说超过这一篇。

从英勇地投入淞沪战场，与日本侵略军几万兵力血战；到重庆谈判，把毛泽东接到自宅就宿——张治中以一人之身，武有武道，文有文德。他主政新疆时期的政策文章，我坚信将被未来的人们回味不已。因为施政作文的背后，不仅修养见识高人一等；而且真的跳动着一颗赤子之心。

马先生之言曰：各宗教之精神，都是归向主、惧怕主，精神统一也。凡敬造物主者，应体主好生之心，推己及物，不以互相战争为然也。如是天下和平，世界战争熄灭矣。又曰：若能抱良善宗旨者，必能得其心平。人心平，则无不平矣，又何战争之有哉！斯数语者，可谓尽之。

……尝考伊斯兰一语，意谓和平，乃与战争仇恨相对待之词。古兰经云：真主的仆人在路上小心翼翼地走着，蒙昧的人呼喊他们，他们回头答曰："和平"。兹所谓蒙昧人者，盖轻薄骄矜好战之徒。穆圣以和平之教，普济群伦，后世不察，误谓左手执经，右手执剑。以讹传讹，流弊所及，岂可胜言。

……一切宗教，究其根本，不过无限之神，必死之人，及两者关系依次开展。亦不过人类精神脱离一切矛盾，而与绝对融合之过程。如假倭铿之语以明之，则所谓经过否定而达到肯定，承认苦痛而超越苦痛，次第发展自己生命而与无限大生命合为一体。国父论人格之发展，谓由兽性进于人性，由人性进于神性。夫既进于神性矣，安有所谓战争乎。质诸良骏先生，于意云何。

是为序。

我总感到，他在写上述的文字时，心里可能也会掠过特殊的感觉。在他的与苦难中国同步的复杂阅历中，与一名阿訇的合作，会给他留下怎样的回忆呢？

我只知阅读者如今只能感慨；为那难得的携手，为一册薄纸维系了两个那么不同的人，为读时心里涌起的纯净感觉。

张治中的回教史序，是中国知识分子水平的一个重要标尺。由于对伊斯兰教的一语中的理解和说透，他的序将被人们一读再读，品味不已。

5

就这样，这本书，从寻找到入手，再到一边读一边确认，我在从甘肃到新疆的广阔地域里，若有所思，寻寻觅觅。时间像流水迎着我淌过，地点如走马灯，围着我变幻循环。我沉湎在读书的乐趣中，顺着山川指引，读取着一词一义。

寺里的阿訇和世间的将军，是那么不一样的两界。偏偏他们两人却能相交相知，把事情办得天衣无缝。

阿訇忧愁的是械斗，将军反对的是战争。阿訇悟出了赛俩目中间的和平，将军看透了民族的前途在平等。马良骏全文讲的，只是生命的信仰；张治中一生求的，只是中国的救亡。

在这本书里，他们都总结了一世的教训，说出了最终的结论。事情其实就这么简单，他们大声疾呼的，其实就这么清楚，只是——人们似乎听不见。

春去秋来，我把世纪末尾的几年，就这么在大西北的徘徊里，消磨着度过了。此刻冰凉的金风，正长长地从伊犁方向吹来，直直扫过张家川的山岭。随着风，梯田上最后的庄稼，次第卷过滚滚的浪。

无论在伊犁汉人街的陕西寺里，还是在天水上磨川的黄土梁上，我翻弄着书页，与当地人谈论着马良骏。当然这个名字无人不晓；倾听着甘肃口音浓重的种种解释，我暗自判断和假定。就这样，一面在大地山野里推敲，一面在心中暗自叹惜。难道这是能轻易实现的么？现世和幽玄如此和谐，穆民和中国如此一致！

无论如何，那珍贵的心心相印，已经一去不返了。剩下我自作多情，为这罕见的双联文采，为这真挚的双手举意。

2000年7月

文明的入门

一

无疑各自都感到了紧要。所以一个多世纪以来，许多专门大家都不倦地撰写中亚的入门书。时至今日又是一个世纪过去了，已经可以说，诸如巴托尔德的《中亚突厥史十二讲》、拉铁摩尔的《中国的边疆》、羽田亨的《西域文明史概论》和《西域文化史》，已是经受了时光考验的大师著述。与大师们的时代不同，近期这个地域成了热点，所以新疆书出版的很多。随手便可举出许多，但值得一提的倒是法西斯主义政客的中亚新论；如俄国右翼党首日里科夫斯基的《俄罗斯的命运》，近年居然由这个骇人的极右狂人亲自授权翻译成中文，并在中国出版发行（新华出版社，1995 年）——总的说来，值得重视的新疆概要入门之书，作者不分良莠都有着中国学界最缺乏的民族语能力、以及基础知识的覆盖面积，他们熟悉的地理世界之辽阔，超出中国人的想象。

读巴托尔德尤其会有这样的感觉，他用深厚的语言基础进行勾勒。读者的语言以及地理预备愈丰富，获得的概括就愈准确。在接触过一两种语言的条件下，再使用一张地图，读得的脉络就是可信的。

与巴托尔德把突厥语言的边界作为论述的范围、与拉铁摩尔的吸引急功近利的读者的地缘政治眼光比较，羽田亨的《西域文明史概论》（东京，弘文堂，1931）和《西域文化史》（东京，1948，座右宝刊行会），以一种因为洞知、所以浅易的叙述，大笔勾勒几个文化，给初学者以比较可靠的常识。在一册之中，居然囊括了所有史前的、印欧系统和突厥系统的、历史的和考古美术的、宗教的和民族的全部线索。熟知甚至索性背熟这个概要是如此重要，所以在中国，钻研回鹘文古文献的耿世民先生干脆翻译了其中的《西域文化史》（新疆人民出版社，《西域文化史》，1981）。[补注]

斟酌再三，我迟疑地把这本《西域文化史》，列于推荐中亚新疆文化入门书的首选。主要为着它的小册子篇幅，也为它叙述大事时，敢于用语准确的特点。不能说它是第一名，无非因为我对这一本熟悉一点，毕竟二十年来不时翻阅它而已。

二

众多的综述书基本上都大同小异；因为对象的艰深，鹦鹉学舌者多，一针见血者少。国产的中亚书则更给人缺乏大的视野、缺乏个人体验和社会常识的读后感。尤其是：他们似乎无能学习文明中的语言和宗教这两大关键课程，这使得他们的作品里有一种挥之不去的视野误差、甚至浅薄的歧视色彩。

羽田《文化史》不过一本百页小书，就叙述的简练它是罕见的。而且游刃有余；作者使用余墨边幅，趣味盎然地讲述了波斯－印度的语言渗透关系，以及上个世纪的语言学者构建“古代印欧语”体系的故事。它介绍了不好懂的粟特、犍陀罗、塞种、吐火罗，粗线条地勾勒了南疆的文明底色和古语言分区。如今重读不能不佩服羽田亨，当人们还在概念之海挣扎的时代，他就能如此大笔触地勾画庞杂的文明进程：汉之经略西域、粟特队商的沟通、回鹘西迁以及突厥化、蒙古的大扫荡、中亚的伊斯兰化。他同时涉及了最学术性的几个专题：古代语言、佛教美术、文献整理。等一读终了之后，人悟到《概论》的目的，是描画一个中亚的轮廓。

一直使喜爱新疆文明的学生发愁的，是古代南疆的种族和语言脉络。如果允许省略并简单化地统而言之，这个脉络大概是：

①公元前 3—公元 3 世纪，住在塔里木东南部的古鄯善和楼兰国居民源自印度西北。他们的语言是犍陀罗语，文字是佉卢文。大批佉卢文书面遗物意味着南来于印度的文化影响。

②以和田为中心的是一批操中期伊朗语东部方言的人。他们的语言被称为塞语，他们用改造了的印度文字书写自己的语言，是为和田文。希腊史书所谓的“斯基泰人”，指的或是他们。5 世纪后，他们覆盖了塔里木南缘诸绿洲。

③大约在公元 5—8 世纪，与南缘的东伊朗－塞种人相对，一批不是说着印欧语的东部方言、而是说着一种与希腊－拉丁语类近

的西部印欧语的人，在从高昌到焉耆、龟兹一带活跃。他们的语言被研究界先称为吐火罗语A与B，后更名为焉耆语（A）和库车语（B）。他们是西部印欧语人群的最靠东的一支。

上述三种古代先民，都以印度文化以及佛教为文明的基调。还有通行于天山北麓的粟特语等等——古语言都死灭了，出土的书物残卷，引发了一个世纪里天才们的劳作竞争。必须说，能把这些天书的碎片解读梳理，已是人类智力和学术的奇迹。

优点本身也附生着缺点。入门书梳理了种族和语言的隐藏脉络，讲清了从祁连山到阿富汗的古代经纬，但它们没有说——这经纬铺衬在今日文明的底座上。不如说恰恰入门书关上了门：一道道学问墙挡着，背后是死语的迷宫。谁能学会那么多古语言呢？人们因无从入门而失望，于是淡漠了对鲜活文明的兴趣。

古语的流布范围，是古代人群的故国。但古语的死灭，是否就意味着人的消失？遗址里虽然只剩下了死语，但是社会上人的血脉活着。概论书没有提醒说，人虽然能够迁徙，但人也可能改名换姓地留下来。他们没有提醒一句：原住民是不会完全走光或绝灭的，人的本能是追求存活。古中亚住民的后裔，经过了漫长的融潜流化，进入了今日维吾尔和其他中亚民族的血脉之中。

他们都是语言专家，但他们没有说清语言对人的依存。语言的改变解释着人的文明跳跃；但文明的主体即人，不一定随舍弃的语言消失。

以语言研究为基础，出现过粟特学、吐火罗学、突厥学、回鹘学；以及以美术考古为基础的吐鲁番学、敦煌学的概念。但炫耀羽毛的名称，并不能概括朴素的文明。未能命中本质的概念必然会萎缩。当罩在文明头上的面纱一点点揭开以后，文明呈示的样相是左右渗透、亦此亦彼的。文明更主要的特征一定是简明的和条理的。若精通于破片而不能说清文明的大体，就意味着道路发生了偏离。

它们毕竟死去了，碎片毕竟不能替代全部，不能复原成古代的真实。它们如一片片沙漠，如一堆永远焦干的海绵，长久以来把学者的精力吮吸殆尽，也傲慢地排斥了普通人的疑问。

三

原来，维吾尔等中亚各突厥语民族的漂亮色彩，还遮住了他们先民的本质。那是一批体质语言都与波斯印度渊源密切的人。他们活动的东界，据汉代史籍记载是在“敦煌祁连间”，也就是说至少整个河西走廊都曾是这种异质文化的摇篮。过去狠批过的彩陶和文化的“西来说”，其实既不一定是帝国主义的扩张宣传，也未必是学术的无稽之谈。

后来因所谓张骞的“凿通”，他们如印第安人被哥伦布“发现”一样地被中国“发现”了，于是史称西域三十六国。沙漠和绿洲的地理环境，决定了这些语言与政权的隔离和弱小，它们在历史中被淘汰了。那时兴盛于这些绿洲的宗教，主要是佛教，它留下了灿烂的美术遗存。

不知为什么，文明水平更高的各绿洲语言，居然被向南渗透的游牧的突厥语同化了。这对恩格斯的“文化的反征服”理论，是一个有趣的驳难。也许散布沙漠的绿洲的孤立性，以及文明规模的过小是主要原因。

至此历史重重迈出了它的大步。生气勃勃穿过天山南下的突厥语，替换了分散塔里木的各印欧古语。至今依然可以看到：它有旺盛的生命力和广阔的前景。至11世纪又一次迎来文明的全面改容之前，它有过相当长的佛教时代。那时留下的以突厥语（已经可以具体地称为回鹘语）书写的佛经和少量世俗文书，造就了最后一个可能诱人脱离现实的专业。

在象牙之塔的迷宫寻觅是可以谅解的，但还是要说：从这一期开始，文明的脸庞已经浮出并渐次清晰；若学术的话语照旧暧昧，就是养痈为患了。因为紧接着几乎同步展开的，是历史上最重要的事情——“西域”的伊斯兰化。

这个过程绵延了数百年之久。如今深目高鼻的绿洲居民和天山牧人，不仅操着涵盖广阔的近代维吾尔等语言，而且因新文明而形成了与往昔不可同日而语的全套文化。不再是沙漠里驼队蹄印般的粟特语，也不是占据一隅几块绿洲的吐火罗A或B，今天从南到北到处的字迹，都是用阿拉伯字母表述的突厥语。

羽田亨《西域文化史》和诸入门书没有明言——在这个大时代里，旧的佉卢或和田、A或B的主人并没有离开更没有失踪。尽管迁徙是可能的，但更主要的是：中亚诸绿洲发生了大规模的联合与认同，他们在新的维系下成了一种联合体。直至很久的后来（比如20世纪70年代）还可以看到——他们并不使用族名自谓，而是称自己为turpan-liq（吐鲁番人）、kaxigar-liq（喀什噶尔人）等等。显然他们认为彼此的共同点不言而喻，区别只是居住地的不同。

与伊斯兰化几乎迈着一起的脚步，伟大的文明飞跃出现了。与喀什噶尔的皈依几乎同时，文学巨著《福乐智慧》问世。它宣布着突厥语诸族共同书面语的形成，宣布着从此开幕的、笔法浪漫的文学时代和诗歌传统。如秦始皇的贡献一样，《福乐智慧》给中亚的馈赠是“书同文”。它促进的共同语普及要到后日才显露意义。原来只能用于神圣的阿拉伯文，如今写出来的是自己嘴里的土话——谁敢想象金闪闪的经文能够变幻奇迹，瞬间成了可以记账、可以抒发自己感情的文字？谁能想象在那个时刻一定有过的、绿洲居民们的惊喜和赞叹呢？由于这件事那么巧妙地镶嵌在宗教和现世之间，更由于它如雷声隆隆触及着每一个人，由于它改变了社会和日子、它深含的意义发掘不尽，所以自觉不可思议的作者玉素甫－哈斯哈吉甫写道：我说了话，写了书，伸手抓住了两个世界。

再也不能绕开中亚的伊斯兰化问题。

它不仅早已是一个关键，而且还极尽趣味色彩绚烂。应该评价说，羽田家三代父子致力的对中亚文明的解读中，他们对突厥－伊斯兰化的叙述非常精彩，因为话题终于回到了突厥－维吾尔的语言区；而回鹘文的专长，使学者的概括游刃有余。可惜的是缺少一笔点睛——指出如今满目的克里木和买买提，就是写过佉卢文借据或吐火罗佛经的人们的后裔。

四

更多的迹象暗示着，维吾尔的伊斯兰化过程是经由波斯、而不是经由理应的阿拉伯途径实现的，虽然阿拉伯是伊斯兰的主角，阿拉伯语是神圣语言。为着远古那些吐火罗的底色、血统和迷幻气质，需要一个比阿拉伯熟悉些的中介。羽田亨指出：“古代语言灭亡之后，取而代之的波斯语，在蒙古时代甚至成了中亚迤东世界的国际语言。”

由于都有印欧的谱系——所以维吾尔对波斯化的伊斯兰教更易于接受。伊斯兰的波斯，它遮盖了住民们不习惯闪米特—阿拉伯文化的倾向、堂而皇之完成了使维吾尔皈依的使命。

不久前看过一个伊朗电影：《我同学的家在哪儿》。这么说吧：几乎画面中每一个因素——且不说村庄布局建筑样式，就连涂成蓝色的泥墙、窗台上的花、闲聊时的拌嘴习惯，都可以在新疆一模一样地看到。电影里，老木匠领着叫阿马布的那个可爱男孩走在昏黑街巷里，叹惜着如今流行铁门、他做的手工木门没有用了。漆黑的银幕上，次第映出一个又一个木窗子的剪影。雕刻美妙的窗格子如变移的图画，沉默着在黑视野里一个替换一个地亮起。那美感无法言说。而我要说的是，在库车、在喀什城里你可以找到一模一样的窗子。喀什或库车清真寺的木雕窗，简直就是伊朗电影里那移动图案的拼接。（参看刘致平《新疆伊斯兰教建筑》插图）

这不过是个随手拈来的例子而已。

P.K. 希提在名著《阿拉伯通史》里，用非理论的写法形容过柏柏尔人对伊斯兰教的皈依：“对于像柏柏尔人这样文化程度的民族，伊斯兰教有一种特别的吸引力。”应该说这个感觉更适合于维吾尔。不仅如此，也许维吾尔才是说明伊斯兰教适应第三世界文化的一个不逊于柏柏尔人的出色例证。

何止有男孩和老木匠走过的雕窗之廊！其实连维语的语调，似乎都呈着一种波斯味儿。一个认为伊朗电影妙不可言的朋友对我说：好像烤羊肉的维族人说话调子和电影里的伊朗人一样，是升调。我认为他有敏锐的听觉。

是的，从木匠到语调，从木窗子和铜皮箱子的花纹到《福乐智慧》的文体，从“坎儿井”（gariz）到巴杂尔（bazar，集市）和卡巴普（kivab，羊肉串），都是输入世界许多种语言的著名借词。还有，从涂蓝的墙和种花的风俗，从打馕（当然包括“馕”这个单词）的技术到吃抓饭和用右手抓饭的食文化，都是随着伊斯兰教，随着逊乃（伊斯兰教谓之圣行，即效法穆圣行为的宗教规定），同自波斯惠与的。

当然还有五番礼拜的名称、还有乃玛子（礼拜）和麻扎尔（圣墓），还有割礼的盛大节日和婚礼的尼卡哈（证婚词），还有文学、音乐，还可以数出诗歌风习和著述的伊斯兰史观，展示神秘的音乐传统和那歌唱的不可思议的尾腔，——它们都是伊斯兰带来的。只要不是视而不见，还可以列出花帽、裙裤、袷袢等鲜艳的衣着。它们各自是一件教规或逊乃的精美作品。当党的领袖来访时女孩们献上鲜花，然后把小花帽戴在领袖头上——你看，领袖们对这种维吾尔礼节化了的伊斯兰教逊乃圣行，是多么喜爱啊！

——总之，从一间涂蓝的建筑到整个社会的结构，伊斯兰化就是中世纪维吾尔文明的现代化，伊斯兰教如同在北非提升柏柏尔人的文明一样，在传入的同时全面提升了维吾尔的文明，使之发达到了丰满美丽的极致。

要紧的是这一切并不只是属于历史——生机蓬勃的穆斯林生活方式，是当代的中亚和新疆的文明中核。它渗透于绿洲戈壁下面，飘散于风土情调之中，那个流着古印欧的血液、操着一种突厥语的文明——在经过了伊斯兰波斯的提升以后，从此是文明花园中的奇葩。

应该再强调一遍：生活使宗教随和而平易，而宗教则化为了生活本身——未来的人将再三为这种形式赞叹不已。

五

当然无法追溯羽田亨的初衷。此书面世的那一年，正值日本发动了侵略中国的九一八事变，朝野的视线都集中到满蒙、回教、阿拉伯。军部及右翼对政党政治深怀不信，各种势力都狂热地投身实践。从北京到东北，许多浪人和间谍毅然改宗，于是深入了穆斯林社会。自蒙疆而河西甚至西亚，半似冒险半做特务的日本外语科学生到处出没——山雨欲来风满楼，整个皇国都正面对准了“回教圈”。后日的京都帝国大学校长羽田亨此时将《西域文明史概论》（[本文依据的《西域文化史》的先鞭、基础、姊妹篇。因为前述原因，本文把评论对象定为《西域文化史》，但涉及的乃是羽田亨的西域学术。] 后于 1948 年出版的《西域文化史》的姊妹作）付梓，其俨然的学术性令人吟味。

在日本的伊斯兰研究者中最具过人之见的板垣雄三，对那个时代的东洋学评价说：

> 在那个——即便为了向东方主义同化也须在自己世界观中加入伊斯兰的历史阶段，他们有过与伊斯兰世界紧密结合的感觉。……依靠着与欧洲人抗衡、甚至凌驾于欧洲人之上的对伊斯兰研究业绩，他们使自己的世界里加进了伊斯兰的世界。（《“反恐战争”与伊斯兰世界》，东京，2002 年）

这个总结非常有意思，它超越了对学问的锱铢计较。

这样的心态，大约对中国的中亚学者是陌生的。他们无法理解间谍怎么会改宗对方的宗教；追求浪漫的初心，怎么可能被军国的浪人实践。他们至多不过陶醉于专业技能的雕虫小技，一般不会思考学术的异化。

所以，虽然新的一代青年又在等待解说，虽然历史又有几次幕起幕落，但是对通说常识的指导仍然阙如。不知是该批评这种现象呢，还是该为这种落后庆幸。毕竟，在没有建立对他人的关怀之前，在没有清除文化和政治的歧视思想之前，对文明的不慎介入是危险的。

毕竟以前曾经攻读、此时又深感紧要，所以不管是在住进或者是在向往新疆的时候，我都奢望过写一本入门小书的心思。但是随岁月的推移，思索愈沉入，笔就愈不能提起。随着对那块魅人的大陆一丝丝的靠近，最低限的结论——反而更踌躇难定了。

在泡沫文化肆虐的时候，我撕碎了一页发黄的提纲。

我明白了，自己该做的不是写一本，而是呼吁一种正确的入门。该有准确的常识，更该有基本的感情、立场、以及途径。应该把它们梳理清楚，一一地传达给又一代人。虽然还不能奢求正义的文化理解，但是，对这个文明的入门，已经是一个关键。

2001 年 10 月初稿

2011 年 5 月再改，并加入对纠正本文错误的同学的谢语

补注　我的这篇文章发表之后，在“布衣书局”网上读到网名约是“八百民”的一位读者（提交日期：2009-06-26）针对这一段的批评。他指出羽田亨的《西域文明史概论》之外尚有《西域文化史》，这是两本不同的书。惊出了我一身冷汗！因离开民族研究所多年，当年读过的书早已还了，于是赶快查索《日本中亚关系研究文献目录》，方知这位读者所指完全正确，我又犯了一回学术错误。他的批评原文如下：“老张搞错了，这是羽田亨写的两本不同的书。《西域文明史概论》，弘文堂书房1931年初版，有郑元芳的中文译本，1934年刊于商务印书馆的史地小丛书。《西域文化史》是另一本书，1948年由座右宝刊行会出版，篇幅也小一些。耿世民1981年翻译的是这本。后来平凡社把两种收入东洋文库，合订为一册，书名就叫《西域文明史概论　西域文化史》，1992年出版。老张说的‘小册子’，应该是文化史。概论篇幅大一些，我有个再版本（实际比初版就晚两个月），196页，拿手里已经有点分量，内容念来也不轻松。”

我一直等着机会写这个补注。一是为了向八百民学兄认错和表示感谢，二是因自己学术的不严谨向读者致歉。糟糕的是：记忆中在民族所时我读的应该是《西域文明史概论》，而写作这篇书评时手头却只有耿世民的汉译本《西域文化史》。我至今无暇去把两本书都找来再读一遍。考虑再三，决定稍改文字，把评论的对象换为《西域文化史》——不仅因此书的耿译本易找，更因我的文章，说到底，不过是借羽田言其他。

如此半做小补半是阙如，再加一句约束：我一定要把此事清算，待我把两本重读之后，再用某种形式发表，用以作为向八百民学兄的真正答谢。（张承志记于2011年5月20日）

金卷银卷阿凡提

一

阿凡提，这个名字在中国几乎无人不知。这个来自新疆的名字一经传入，便流行于汉语世界。但在全世界，无论西欧或南美，人们多用霍加·纳斯尔丁的名字称呼他。中文译本也很多。如戈宝权先生译自俄文的《纳斯列丁的笑话》（中国民间文艺出版社，1983年），其中依据苏联突厥学家的分类，有“基本的传统的笑话”和“从19世纪手写本集子中选出的补充的笑话”等重要栏目。日本的突厥学家護雅夫则以Ercümed Ekrem Talu在1954年整理的《伟大的纳斯尔丁·霍加》土耳其文本为底本，编译了收有500故事的《纳斯尔丁·霍加故事——土耳其的知惠说话》。至于其他国家，或通俗或学术、尤其多以儿童读物的形式竞相出版，五彩缤纷的译本，不胜枚举。

流行于汉语世界的阿凡提（afandi）一词，是一个阿拉伯语尊称。就像波斯语的霍加（hūja，也转写为 Hoca）一样，可译为阁下或先生。在当代土耳其这两个称谓可以合用，如“霍加阿凡提”（Khojaefendi）。一旦这个行者东入嘉峪关来到北京上海，顺口的“阿凡提”一名便如胶入漆，固定下来。而在经由阿拉伯—波斯—突厥途径了解他的欧美世界，霍加·纳斯尔丁其名更不胫而走，一天天如雷贯耳。

毕竟阿凡提早为汉语世界喜闻乐见，阿凡提的最新一位翻译和搜集者、艾克拜尔·吾拉木就没有纠缠名字的孰长孰短，而径用阿凡提其名，编译了分为金卷银卷两大册的《阿凡提故事大全》。

他的特征是游方流浪。他的睿智，使他随时随地抛出一语道破的笑话。他给人们带来了不尽的欢乐，也带来大笑之后的无限回味。这个名字——被尊称为阿凡提或霍加的纳斯尔丁——不是藉借天使的翅膀而是倒骑一头毛驴，传遍了草原和绿洲，再传遍了欧洲和世界。

二

土耳其人喜欢考据他的起源，说他的家乡在小亚细亚。研究他的经历出身的学者分成几派，强调他是 14 世纪帖木儿汗的同时代人、和强调他墓碑的铭文以及古文书中有证实他生于 13 世纪的观点，长期争执。据说土耳其的文化枢纽科尼亚附近的阿克沙尔

（Akshar，白城），有一处圣墓就属于他，听说当地凡新婚夫妇都要到墓上拜偈，否则夫妇关系定生破绽。还说偈墓时谁若是不开口大笑，后日就一定会招致祸灾。

但是据護雅夫总结，所有的学术的较真，都遭到了学术的质疑。至今阿凡提突厥起源的观点，仍然不能确认。

这颗幽默的种籽，一直可能挖掘到一个早得多的阿拉伯原型，一位生于库法的滑稽人物朱哈（Juhā），10世纪末曾在阿拉伯非常流行。

在我们读到的维吾尔版本的汉译文中，诸如“库尔德语的热汤与冷汤”、“阿拉伯语的牛犊怎么说”等段子，显然都是母本曾在中东流行的痕迹。阿拉伯起源的逻辑是有力的。但是，幽默大师一旦出世，其诞生时日便不易深究。護雅夫在梳理了考据派各种论点之后，表明他赞成这样的观点：“纳斯尔丁·霍加的故事，乃是在世界文学史上处处可见的滑稽谭，采用了土耳其形式的一种表现。诠索这一人物的实在与否，其实并非大事。”（内陆亚细亚史论集1，国书刊行会，1964，p.186）

起源姑且不论，但幽默形象的固定，却大约可以判断在13—15世纪之间、或再稍晚一些。那时，包括维吾尔在内的中亚各族书面语还没有成形和固定下来，以阿拉伯文字书写各突厥语的采择，成了一个过渡时代。在那个所谓察合台文献时代的稍前偏后，可能还借助了苏非大师扎拉丁·鲁米的教派力量的传播，游走于阿拉伯的朱哈，在突厥语世界遇上了更加适合定居的风土。于是他换上突厥人的袷袢、接受了霍加的尊称、尤其是骑上了一头毛驴——阿凡提即霍加·纳斯尔丁（Hūja nasru-dini）在广袤的中亚步入了成年。

——那是一个苏非主义的空气，弥漫了整个中亚的时期。若想估量他在南疆拴住毛驴的时代背景，要兼顾书面语的形成、以及伊斯兰苏非派覆盖塔里木盆地的过程。我猜测他的“成年期”应该在伊斯兰神秘主义覆盖南疆以后，是因为他身上印满了那种文化的记号。包括霍加的称号、游方的行为、俗世的看破、清贫的生活、隐现的宿命论、反教条的宗教观、表述的诙谐。特别是那种毋论贫富强弱苦乐贵贱，一切尽数早在掌握之中的思想——都是这一年代判别的依据。

昔日商道的尘埃里，此时风尘仆仆走来云游的行者。他们被叫做苏非、达尔维什、依禅、皮尔，总之是异色的 Olar（他们）。不仅这些，由于当时的绿洲与蒙古人及游牧突厥人的密切接触，所以 Hūja nasru-dini 的名字也被游牧人喜爱并想揽入怀中。哈萨克说：那个老汉纳斯尔丁本来是我们哈萨克人的，不信你到哈萨克斯坦去问问。蒙古人则说：我们自古就有巴拉根仓（Bargen-cang），那些笑话么我们爷爷的爷爷早就听过——在游牧民族的草原上，他摘下了头巾，身材变胖了，骑的是一匹瘦马而不是毛驴。他滑下鞍子，掀开毡帐的门帘，先道一句问候，有时用的是蒙古语，有时却讲哈萨克话。

他的形象扩散到全世界，并在所到之处赢得人心。超越了奥斯曼帝国的疆域，任谁都把类似的机敏人物滑稽故事，作为阿凡提的新编，补充到阿拉伯－波斯－土耳其的文学之中，最晚近的例子，可能是新疆诗人克里木·霍加撰写的、讽刺四人帮的《阿凡提故事新编》。

因为维吾尔血液中的阿凡提基因，睿智幽默的色彩浸透了新疆的每一块绿洲。在塔里木绿洲的清风吹拂下，文学形象如鲜花怒放，并化作了人民的精神。确实，我们认识的他主要是一个维吾尔人，在莎车或者喀什，他牵着毛驴，时刻等着我们。

三

艾克拜尔·吾拉木二十年锲而不舍的劳作，旨在给儿童们快乐的知识。虽有一些重复或雷同，他居然收集翻译了1300余则纳斯拉丁–阿凡提的故事！而据以前的统计，世界上积攒的总数，大致是550条（伊斯兰事典，平凡社，1982年）。他用的是一种给小孩子讲故事的语言，毫不雕饰、娓娓耐心、随处解释。我猜孩子们一定爱不释手，哪怕捧着饭碗也舍不得放下，把笑话当成菜拌着饭咽下。

何止小孩，我也一读就上了瘾，每晚翻阅一会儿，然后忍俊不禁地入睡。久而久之，催眠书变作了启蒙书，我总想，这些故事更该给成人读。常常读着忍不住慨叹：古人的脑力何等发达，怎么对世事看得如此入木三分？而且先贤还最是能够踏禁忌如荒草，有些段子，今天读着都暗自吃惊，他们却坦然道来。

我还总想，小孩子们究竟最喜欢哪一些篇什呢？没料到，想多了以后，小小疑问成了学问难题。

阿凡提话语的内里，肯定藏着一些谜谶或幻药，否则怎能这么魅力过人。我想他的诀窍，其一就是它只是纯粹的笑话，并无其他的深奥大义。如護雅夫所说“只需读取无名百姓的幽默、人生智慧、对人的看法即可。说不定一读呵呵大笑，然后掩卷更好”。（護，同上，p.188）

比如这一则就只是语言游戏，可算对小孩脑筋的灵活训练吧：

一只老鼠掉进了阿凡提家装满水的水缸里。小阿凡提冲爸爸喊道："爸爸，一只可恶的老鼠掉进我们家的水缸里了！"

"哎呀，快把它捞上来！"爸爸喊道。

"不用，爸爸，我把我们家的猫扔进去了！"小阿凡提回答说。（金，p.28）

另外一类，则具备着政治和思想的含义。比如護雅夫译的这一则，同时对政教两方的体制表示了巧妙的嘲讽：

霍加小的时候，一天去经学院念书。那时身带刀子行走是严禁的。在市场上转悠的监察官（スバシ）突然看见，霍加的长袍下面露出一把很大的刀子，就问：那是什么？霍加说：我用这把刀子，改书上的错误。监察大怒道：用这么傻大的刀子能改错吗？

霍加回答：是呀长官，就连用这把还嫌太小，改不干净呢。经常有傻大的错误啊！（護，同上，p.187）

艾克拜尔·吾拉木译的下一则也一样，直指腐败的喀孜。所谓喀孜，元朝有"噶最、噶的"等译法，原为阿拉伯语 gādin，乃政教合一时代的法官。它被借入西班牙语后，音义兼用为"市长"（alcalde）。

一天阿凡提来找喀孜告状。"你叫什么名字？"喀孜问。

"我叫贿赂！"阿凡提回答道。

"哪有叫这个名字的？"喀孜笑着问。

“我听说您喜欢贿赂，所以改名叫贿赂了”。（银，p.8）

国王、喀孜、巴依（富人），都是阿凡提尖刻讽刺的主要目标，指三道四的智者总是坐在穷百姓的一边，就像骑着和他们一样的毛驴。这种机敏、睿智、乐观的脑筋和语言的游戏，是永远只属于百姓的法宝。民众的立场，在哄笑中一遍遍得到了申明。这分明是一本教育学：让儿童们听着笑话长大，总比听着哭声长大好得多。耳濡目染之间，维吾尔成了一个以韧性的达观，迎对苦难的民族。

去年，正值以色列在加沙用白磷弹实行屠杀的时候，这部书分为金卷和银卷，以豪华的装帧在北京问世发行。研讨会的窗外，杀戮正堂而皇之地进行。阿凡提的亲戚们，只剩下手中的石块，投向轰轰碾来的战车。就在那个瞬间，我突然悟到，在这时读一读阿凡提大有好处，因为它会告诉人：除了武器的抗击之外，幽默更是他们的武器。

这个道理无比深刻。我作为那个文明的仰慕者，又一次触碰到它的深沉。人民的语言，实在是太过丰富——对现世不平和苦难的抗议，居然不单能表达为投石的诉说，甚至还能变化为幽默的爆笑！

四

若还想做一点学究的追问，那么就可能陷入深潭。阿凡提的一半言谈举止，不同于快乐的插科打诨，而是一种思想的表达。

阿凡提话语对教条主义的尖锐攻击，使得不懂宗教文明的世俗学者常常发生了误会。尤其前苏联的突厥学家身处艰难的言论限制，为了语出便利，随口讨伐宗教。这一言说传来中国后，也就晕染了对阿凡提的狭隘解释。

即便如此，若尝试对苏非主义实行概括，仍觉会陷入不自量力的妄为。因为无论一杯水或是一个海，要想数清其中有几粒水滴，都是不可能的。他的一些笑话，讲出的瞬间就响起了听众的爆笑。但若接着再追问一步，笑话又似乎裹着一层厚皮，很难窥见本意。我们顶多能感受其中一股——乐天因为悲悯，洞悟所以达观的滋味。

> 国王的宫殿里来了一位邻国的乌力玛（宗教学者）。他要求国王对他所提出的四十个问题，只能用一个答案回答。国王左思右想得不出答案，只得下令把阿凡提找来。阿凡提进宫，知道了事情的原委，对那个乌力玛说："请提出您的问题吧，我洗耳恭听！"
>
> 那位乌力玛一口气接连不断地提出了四十个问题，然后说道："阿凡提，请回答吧！"
>
> 阿凡提站起来回答说："不知道。"（银，p.44）

这一则很难三言两语说明。其实我们至今仍在捉摸它的逻辑。猜不透它究竟是想讥讽繁琐的教条毫孔、还是要嘲笑学者的装腔作态。它是在主张简化到伊斯兰的基本概念"一"么？还是压根儿没考虑任何数字的哲学含义、只是戏谑故作玄奥的世界？

他一生都在流浪。裹着头巾、骑着毛驴、亦农亦商、寺里寺外、与绿洲上的芸芸众生相遇。他总是嬉笑怒骂，机灵的思路、戏耍的语言，到处摧枯拉朽地教训国王、财主、阿訇、学者。他以沧桑讽刺国王、用坟墓告诫财主、用真理对付教条、以智慧嘲笑学者。他横扫了一切死板的教条主义和腐朽的政教体制，他异色的教诲，随机而生，无所不包。但若追究核心，无非是一切尽托付给大能奥妙的造物主。最终还是没有完成一个概括——霍加·纳斯尔丁·阿凡提究竟是怎样一个人？也许只有说，老头是一个苏非，尚算一个最好的定义。

接着还需要添上一句：阿凡提的话语，他的插科打诨连同他的那头永恒的毛驴——又确实只是逗乐开心、只是一些语言的游戏。

正视这一点与正视他的苏非本质同样重要。解释不清的苏非概念，没准儿在这里能被一线光照亮。恰恰就是这种享受生活、鼓舞达观、尽数驱使语法的被动主动、词汇的双关隐指、舌尖耳际的细微奥妙，让人大笑、给人希望、藐视苦难——这种不言教条的信仰，才是苏非的最大特征。

阿凡提的内容无所不包，人称它是笑话版的百科全书。但在它的叙述里，几乎没有涉及战争。

也许这才是一个被人忽略的现象。确实，绿洲里那些连自己都没觉察的、平静慵懒的日子，须知就是亲爱的和平。阿凡提正微笑着在那里骑驴漫步，其实是在向我们暗示。

推开窗子就一涌而入的空气一般的和平，仿佛晴天里淋不湿甜瓜秧子的雨水，只渗入了人的心田。有谁特意去留意每天的空气呢？所以没人想过他们不意获得了和平。在和平的季节里，万物都循着开窍的思路，都吮吸着生命的愉悦。它使人愈来愈聪明，而且怀着“调一点皮”的乐趣。于是，僵硬的教条主义只剩下塌裂剥落一条死路了，保留它们可笑的存在，只是为了给阿凡提再添一些戏弄的由头。

所以最后要指出的，是对他的时代的判断。那个时代里中亚享受的和平，就像给予无花果的移植以丰沛的阳光雨水一样，给从阿拉伯移植而来的阿凡提，提供了温暖的襁褓。

愈是满卷讽刺到过分的辛辣、愈是放肆到大胆的语言——愈是诱人不禁思索，究竟那是怎样一个时代。阿凡提享有的话语空间，令人艳羡又发人深省。所以，对南疆前19世纪的历史社会，我们的知识，也许还停滞在盲人摸象的阶段、而远未触及它神秘丰满的全貌。

跟着阿凡提一人一驴，确能回溯南疆的古代。但多少需要一些知识和一点火候，就像观察伟大的维吾尔文明的其他领域一样。学会欣赏阿凡提也是一件美事，读多了他的笑话，会弄懂人民的话语和生存方式，能明白一个个从毛驴上瞥来的眼神。

今天高龄的他，还骑着毛驴辛勤巡逻，检查着文明的堤坝。我们和儿童们一起，快活地紧跟着他，等着他说出绝妙的下一个。

改定于2010年3月

四则故事引自：

護雅夫译『ナスレッディン・ホジャ物語＝トルコの知恵ばなし』平凡社，1965年。

艾克拜尔·吾拉木译《阿凡提故事大全》，二册，新疆青少年出版社，2007年。

相约来世

不知为了什么，无论见识过多少美丽的城市，我却总是向往着那里。

不知为什么我总是只要有一丝机会，就想去看看那座神秘的小城。不知为什么我总觉得此生若还有一件遗憾，那就是没有真正成为喀什的儿子。我说不清楚对喀什怀着的是怎样的一种感情，虽然它清晰地时时在我胸间涌涨。它不是嫉妒也不是后悔，它不是浪漫的幻想更不是梦，它只是一种因为觉察到“没有那样活过”而导致的深刻空虚。

十几年来我多少次写到喀什。近来我似乎觉得紧急，甚至提笔就只想写它。可是写了，出版了，对着苍白的文字，那是苍白的自己啊，我如怔似痴，心中久久漾动着一种此情难表的感觉。

而且不管我怎样勤奋学习调动知识，不管我怎么两脚泥巴。

唯有对它才使人陷入悲观：即便我满怀真挚，喀什噶尔是难以描述的。

我与他们天生异质。所以我不会——只因愚蠢至极才能佯狂无耻的作态。不，喀什噶尔，自从第一次见到了你，我就开始了思索。跋涉在你灼烤的绿洲，迷失在你秘境的街巷，虽然我尚还年轻，就在你强劲的剥蚀吹拂之下，片片剥落，层层开始了脱胎换骨的重生。

每一个陶罐，每一辆风尘仆仆的毛驴车，每一个白髯的老者和白瓷般的儿童，都连接着那么巨大的命题。我暗暗怀抱着一腔尊重，一步步地渴望走近。一切渐渐难以诉说，你莫名地涂着一抹忧郁。你这中亚的传奇名城！站在你的土地上，人会思索人道的含义。

阔别再来的时候，我如一个“私人的塔里甫”，刚从民间的师傅那里求学归来，带着接近你的钥匙。我被接受进入了你的幽深；你，我，还有“他”。我们舞蹈和赞叹，如醉如痴地交流在同一个圈子之上。

但是那不是我的本意。难道是不平和苦难使人远离本性么，我不愿做一个——哪怕是被欢迎的远客。喀什噶尔，这奇妙的小城是为了给世界补充一种生活方式才诞生的，正因此哲人们才感到陶醉。

不管我最终只能获得怎样的结局，不管我的一生过得多么苍白黯淡，我不会在这样的遐想中退却：我在自己的心中，会永远牢牢地抓着一张图画，它是我一世的憧憬。

在那幅图画中，绿荫遮蔽的白泥小巷错综曲折，一座座幽静的低矮院落栉次鳞比，簇拥着清真寺的园塔。在一座沉默的小院外面，一个小伙子总是仰望着院墙里的窗户，弹着琴唱着。浓郁的无花果和葡萄的气味弥漫着，远远地飘向土坯垒起高塔的清真寺。院墙用掺了天蓝的浆子涂过，凉爽而漂亮。隔着窗子，能看见里面的纱幔。它遮住了一个用陶壶背水的喀什噶尔姑娘，不管琴声响了多久，不管歌声已经嘶哑。路人已经司空见惯，大家微笑着，似是同情似是赞许地，点点头，和他擦肩而过。

对着这幅心中的画，我独自注视了那么久，日复一日，年复一年。后来我明白，这张图画已经如镂似蚀，慢慢地刻进了我的心房。我可能一直没有提及它，但是我没有一刻忘记它。年深日久，为了这幅画面，我甚至逐一雕刻细节，编上注解，添上路线，加上故事。我觉得它才是我此生的前定，只是醒悟得太晚，如今已是歧路之上，欲罢不能了。在这样的思念中我衰老了，从一个多感的少年，变成了一枝枯墨的秃笔。

今年还去么？我注视着临近的春日。我通常在夏秋之交出发，在那里盘桓一个季度。但我更愿意在寂静的冬天，在任何一个时刻赶赴那里，哪怕有一个瞬间的缝隙，哪怕判断一丝微弱的呼唤。

但是无论此世还有几次重逢再会，我不能实现那张图画里的命运了，那个苦恋着小巷深处背水姑娘的少年，已经不能在哗哗地掀动杨树叶子和催动滚滚渠水的晚风里，每天晚上地走向一座土坯的小院。他已经不能彻夜地给心上人唱歌了。

真是此恨绵绵。看来，只能相约来世了。

当然我还会去。开个玩笑吧：没能结识姑娘虽是遗憾，不过我毕竟结识了姑娘的父亲。

无论如何，秘境的中亚，毕竟对着我掀开了面纱的一角。如果能忍受一种年华远逝的苦楚，我的本质毕竟被她承认了。黑暗里我看见那小院木扉敞开，炉灶里通红的火闪跳得令我心醉。

只有对野蛮的强盗，道路才显得险恶。我将如同一个满怀虔诚的、求学的塔里甫。我认识姑娘的父亲，大路两旁都有人对我问好。我可以在穿过分水岭以后，露出本色，凭经取道。托克逊，库迷什，我将吃饱喷香的拉面，再提上一串紫红的葡萄。民众淳朴得简直令人流泪，我的本事就是和他们结为挚友。卡拉沙尔，阿克沙尔，我将一路顺风地奔赴喀什。

会有一个太平时代；会有一种深沉的和平，会有自然的秩序，更会有正义的降临。那时人将懂得敬重他人。那时文化如同清甜渠水浇灌的“古丽斯坦”，蔷薇的花园。

那时的小伙子可以不再为思想而痛苦。他可以学一种自然的技艺，比如打馕、镶嵌、木匠或者铁匠。白天让汗水出得酣畅，晚上拿上一把琴，热瓦甫或是吉他，到姑娘家住的深深巷子里去，一直唱到月上中天。

1997 年 4 月

鱼游小巷

抵达这个城市之前我一直想着一句话：至少可以像一条鱼，默默地游过去，再默默地游回来。

这个表达，是我向一位蒙古作家学来的。我们访问万顷金波的草海之国蒙古，那时他们连夸奖一句成吉思汗，都会被克格勃收拾。等他们回访北京，在欢迎的宴会上，那位矮身材的喀尔喀人最后一个发言。他说：原来我打算像一条鱼一样，闭着嘴，只默默地去北京游一回。但是我听见你在大笑。张，我听出这是心里的笑声，所以我准备开口了。

——这句话使我感动不已，也使我学会了这个表达。

第一天我试探着问了一下。出租司机回答说：霍加阿布白克尔汗麻扎儿么？知道！

但我沉默了一会儿，对出租司机说："今天不去。"

我回味着那句经典语言。审时度势，我判断自己最好应该像一条鱼，默默不语地旧地重游。我已经这样从北游到南，游过了天山，游过了东干和哈萨克的地区。做一条鱼是奇妙的，我甚至喜欢这种感觉：久别的两个朋友相聚了，但他俩只默默对视一眼，然后擦肩而过，没有交谈哪怕一句。

遥远的喀什已被横劈竖砍地改建。也许是托靠了地理的偏僻，此地还是昔日风情。系铃铛的毛驴车，闹嚷嚷的巴扎儿，货摊上做礼拜的汉子，戴着褐巾疾走的女人。沙目时分，我站在一座高耸的寺塔下，眺望流霞把天尽头染得一片紫红。

但这座城市是具有魔性的。由于她的引逗，第二天我就忍不住了。坐上出租车，我大声对司机说：霍加阿布白克尔汗麻扎儿！……

正是毛驴车的堵车高峰。

我从夏利的车窗伸出手，抚摸着一只又一只毛驴的耳朵。一个个活灵灵的儿童，一个个须髯蜷曲的老人，他们离我这么近。磨亮的铜铃铛，红绒球的驮鞍，擦着车门使劲挤过去。我估计这么挤，到那片朦朦胧胧的街巷要用上一个半小时。但心却莫名地兴奋，哈，还不如换一辆毛驴车！我喊道。

在一个理发铺子门前，出租车终于停住了，司机跳下车，跑到铺子门口，和几个看堵车的人交谈。一会儿工夫他回来了，领来一个戴白线编织小白帽的人。

我懂了。确实坐车是徒劳的。我下车，迎着他行礼，知道了他叫阿卜杜买买提："去霍加阿布白克尔汗麻扎儿的路，你知道吗？"

司机抱歉地拍了拍车棚，告诉我们："不远。他知道。他领路。"

我们跟着阿卜杜买买提，折过街角便进入了旧城，如几条鱼进入了中亚街巷的深潭。在一个雕花小门旁，几个妇女在闲谈。我们问路，一个嗓门高高、穿黑花坎肩的胖大娘指手画脚了一通之后，阿卜杜买买提领我们走进了巷子深处。

两边都是幽密的深巷，依偎的土屋，异样的木栏。阿卜杜买买提在前面走，他身板瘦削，步子却很大。我尽量追上他，想告诉他一点也不用急。

突然发现相机没有电了，走过一个维吾尔少妇开的铺子，她的一打子电池居然只要两块钱，但和她聊天有些不合适。继续走，几个儿童眨着水灵灵的眼睛盯着；还有一个穿长裙的慈祥老大娘，在井台边汲水边看我们。我真想留在他们这儿，可是，两脚却只能追着阿卜杜买买提。

又绕过了一个小寺，又转过了一个街角，诱人的生活水一般慢慢漾动，但是鱼却不能停下来。

阿卜杜买买提表情严肃。这维吾尔汉子戴着一顶白线小帽，头上沁出汗珠。离开雕花门大娘以后，他从一个涝坝边上，转进一条巷子。那是维族人汲水的涝坝，我照相时耽误了一会儿，收起相机已经落在后面。阿卜杜买买提在前面快步疾行，又转过一个黄砖贴面的小寺。

我追上他，又说起不知重复了几遍的话：

“霍加阿布白克尔汗麻扎儿……？”

“路吗，是对的……”

他一连地说了一大串。他满头是汗，敞着灰白的夹克，脚步更快了。

终于到了一个地方。四周都是院子，令人懊丧的是都挂着锁。阿卜杜买买提开始轻轻地叫门。“……bama？……”没有回音。“……bama？……”他再叫，一声比一声高。奇异的静寂，默默地环绕着。

我安慰地对阿卜杜买买提说：“霍加阿布白克尔汗麻扎儿……？”

我的意思是说，只要找到霍加阿布白克尔汗麻扎儿就可以了，我们不用麻烦主人，不是要和主人见面，只是到麻扎儿探望一下。

阿卜杜买买提急坏了。他倔犟地回答：“……霍加……麻扎儿……”

我活该。谁叫我这么多年不下功夫学维语。

我们听凭自己的脚，无精打采地走着。一个黄砖砌的小寺，又绕过一个栽着老树的涝坝。走着走着，突然看见了雕花的小门，穿黑花坎肩的胖大娘站在门口，正瞪着我们。

站在一旁看着雕花门胖大娘训斥阿卜杜买买提，我心里过意不去。但是缺乏词汇，我说不清我们只是鱼，只想在水里游逛。去那座麻扎儿只是为了到达、并不用找到麻扎儿的主人。但胖大娘不理睬。她显然是那种有指挥才能的女人，不管我的朋友阿卜杜买买提满头大汗，只管把他教训了一顿。

我找不到词儿，只能在一旁微笑。训斥还没有结束，一架毛驴车驶过路边，胖大娘突然吆喝一声，赶车的汉子赶快勒住了毛驴。他们谈了一会儿，胖大娘就笑了，挥手示意我上车。我犹豫了一下。但放弃找麻扎儿多不好意思，于是糊里糊涂爬上了毛驴车。

铃声叮咚，车子掉头，当我们朝来路驶去时，我发现阿卜杜买买提窘窘地站着，目送着我们。我大叫着与他告别，而毛驴车已轻快转弯。

在那一阵快速维语中，一定是胖大娘主持了一切：阿卜杜买买提被罢黜，赶车的粗壮大汉接受了向导使命。

一路的风景重新展开。

我怀着对阿卜杜买买提的歉意，与赶毛驴车的黑壮汉子阿卜杜克里木问好、自我介绍。毛驴车轻灵地小跑着，不时有一个搭车的人一跳坐上车梆，不说去哪里，也不问多少钱。路过了熟悉的涝坝，又路过了黄砖的小寺。阿卜杜克里木走得一步不错。显然胖大娘讲得清楚，他也听得准确。可是麻扎尔锁着门，主人也不在家，而我们依然兴致勃勃地向他们奔去。忽然心中涌过一道热潮，不知是觉得感动，还是觉得忍俊不禁。

看见我独自微笑，阿卜杜克里木也憨憨地笑了。

“赛俩目阿莱库目？”“阿莱库目赛俩目。”“去霍加阿布白克尔汗是这个路？”“阿布白克尔汗麻扎儿是这个路。”我们费力地交流，我们艰难地接近。我们是鱼，失去了美好的语言。我们只想默默游向你，我们只想和你们在一起。霍加的麻扎尔只是一个引子，只是系着我们的一根绳子。但是——领我们去吧！让毛驴车驮着我们，奔向锁着门的麻扎儿，寻找不在家的阿布白克尔汗吧！

又到了那个四合的空场。

又是那座锁着的门。又是敲门和没有回音。

我心里有一点好奇，不知阿卜杜克里木有什么高于阿卜杜买买提的本领。我甚至觉得这一天的体验已近尾声——难道鱼不是已经满足了愿望！不是已经在维吾尔的巷子里走了个够！……天色已晚，该打算一下去哪儿吃拉面啦。

阿卜杜克里木的表情严肃了。一瞬间，他和刚才的阿布杜买买提宛似一对兄弟。他愣愣听着我的拉面邀请，好像我的这个简单句又说错了。他微驼着虎背熊腰，咚咚地走过空地，到了另外一个巷子。

那儿站着一个戴眼镜的文雅女人。一看就猜得出，她是一位女教师或一位女苏菲。她像早就等着我们一样，不等我们的黑壮汉子开口，便滔滔不绝指示一番。我们的驾驶员立即转身，我也跟着，回到空场找到另一扇门，一敲，门开了。

走出来一个看麻扎儿的穷人，那人真是一身褴褛。

他一言不发，摸出一串钥匙，走到角落，打开了一座锁着的破木门。

门开了，里面是一座古老的墓。

主角轮到了我。

是的，你这来自北京的东干。你不是要找霍加·阿布白克尔·汗·麻扎儿吗？现在你找到了。不要说我们维族人不虔诚，当着穆斯林却不知麻扎儿在哪儿。我们的阿布杜买买提不行了阿卜杜克里木上，一定让你不是找到霍加买买提汗麻扎儿、也不是霍加克里木汗麻扎儿，而是你从北京一千里路来寻找的、霍加阿布白克尔汗麻扎儿！……

瞧，我们任务已经完成。现在请你讲话，东干朋友！

我站在酷日晒裂的土坯墓前，半张破碎的草席铺在深陷的松土里。左和右，两边站着看墓人和车夫阿卜杜克里木。看墓人低着头，阿卜杜克里木神态庄严，站定后他们再不出声，静静等着我。我还无法猜透他们的深奥。我想哭但觉得说清这股泪水的词儿不够，如肌肤触摸一般，我真实地觉得：他们实在是太纯朴了。

于是我对着远逝的霍加阿布白克尔汗，念起了追悼的篇章。

天空上，一个白炽的太阳悬挂着。我一边念一边感到满意，今天的调子很准，维吾尔人会满意的。最后，大家都捧起手，表达共同的祈求——意识着一切要结束了，我心里那么舍不得。

握手，道别，再拉手，又告别，我们乘上了黑粗汉子阿卜杜克里木的毛驴车，向归途走去。暮霭已经罩住小城，日落的时分快到了。毛驴车颠簸着，我打定了主意：要拉阿卜杜克里木一块去吃晚饭，最好能把戴白线帽的阿布杜买买提也找来。

远近的寺里传来了梆克声。这维吾尔的唤礼，简直是纯美的音乐！别看它来自阿拉伯，但比阿拉伯人的声音更悦耳。它一声飘去，远远传开，如同解释，又像叹赞。

我听得入了迷。

不一会儿车到了——一个雕花的木门前。

穿黑花坎肩的胖大娘欣喜地望着我们。她做着一种庆祝我们从麻扎尔归来的快乐表情，脸上如写着欢迎的字样。我还没来得及想出一个词儿，她已经一手掀开了帘子。

2003 年 10 月 26 日

面纱随笔

以前，我从未留心过女人的头巾。更不用说面纱——使我注意穆斯林女人头上面纱的，是一次无聊的中伤。有人说我主张女人全要戴头巾，抓革命促生产，禁止娱乐活动。我很吃惊，因为我不仅不可能有这样的言论，而且正兴致十足地研究苏菲主义，企图探寻挣脱教条束缚的思想和传统的源流。

波澜又沉降下去，中伤因为仅仅是谣言，也并没有造成伤害。然而我开始注意面纱了；从南疆八月的骄阳中走过，我望着川流不息的人潮，觉得每个蒙面的维吾尔女人都与自己有关。那真是一种奇特的感觉，当你正对着歧视的时候，你胸中突然涌起了为你并不赞成的事物，挺身辩护的冲动。

那是一个令人感动的夏天，我穿过四溢的明晃晃的银色阳光，钻进高插晴空的杨树林。浓荫下幽暗凉爽，心猛然静了下来。再推开漆蓝的小门，土坯花墙里面，葡萄架挡开的一方空间更加幽暗。阿富汗式的雕花廊下，摆着粗糙的宽敞凉床。再进屋，酷热完全被隔绝，凉快地坐在满地优雅的波斯连理枝花纹上，心情因为凉爽，莫名地变得愉悦。

然后就看见了她，蒙面的维吾尔女人。

那天她谈得拘谨。问到一些较深的知识，她便说，还是问阿吉吧。她穿着一袭宽大的黑绸袍，棕色的头巾垂在胸前，随着她的话语不住抖动。我能感觉到她呼吸的气流，被显然是高高的鼻子挑起的褐色面纱，在轻微的抖动中把一个个词句分开连起。

四壁和地上都是浓郁的地毯图案。汗珠在皮肤上凝住了，我不顾擦汗，怕扰乱那和谐的维吾尔气息。面纱隔开了我们两个民族；我想最好的做法就是平常地对着它的遮挡，若无其事地寻找我们两族人都喜欢的话题。

只有当我请求和她一块留影纪念时，我才提到了她的头巾。若戴着头巾，能允许我和您照一张相么？

这张照片如今被我珍藏着。画面上我戴着她的阿吉丈夫的有四瓣绿叶的小白帽，怯生生像一个进了叶尔羌汗王宫的青年。而她黑袍褐巾，胸前紧紧搂着一册巨大的红皮书。我的神情，她的蒙面，都小心地注视着镜头，认真地望着临近的瞬间。

离开后很久，我几乎失明了，视而不见地穿行在多姿的杨树巷子以及蜿蜒的土坯花墙街区里，我的视野里只有满溢的波斯图案，还有那神秘的蒙面巾。

一年后，我选的是稍稍凉爽的秋天，那漆蓝的小门又出现在我面前。

推开门时，我听见一个女声惊叫了一个词——仍是蒙面的她，身边有一个高高身材的女儿。

她急促地说着，飞快地给我们端来茶和馕，麻利地收拾着地毯上的东西。我看出她真的高兴了；因为我感到她要表达的，恰恰是无从表达的懊恼。

我是随着她的阿吉丈夫一块来的。不过这并非主要原因。要紧的是主人和客人中间蹿进来一只叫做信赖的兔子，它弄得我们都莫名地兴奋了。

可以大开照相戒。这回不用那么谨慎了。在廊下，在静谧的小院，在真正的天方夜谭的风景中，我们拍了一张又一张。她快乐地换了鲜艳的裙子和西服上装，褐色头巾在胸前一摇一晃。

阿吉激动了。是不耐烦转译的费时，还是他相信更直截的交流？他粗声地独自吟唱起赞主辞："俩依俩海——印兰拉！俩依俩海——印兰拉！……"

吟到尾音时重重地把头摇向左胸。他们的高身腰的女儿皮肤微黑，她不蒙面，发髻上束一条红花手绢，与银须飘飘的虬髯父亲，与褐巾遮盖的母亲各各不同。

当然吃了她俩亲手拉出来的拌面。这地道的喀什噶尔女人手制的面条，当然白细韧长，嚼着色浓味香。但是我觉察出他们生活的窘迫，拉条子端上以后，我在细嚼慢咽之间，发觉他们只是注视着。那么就是说，这精致的面食依然只供待客。

饭后，阿吉送女儿回婆家，戴面纱的女人急急倾诉起来。我们已经是亲戚，以后希望你们全家都来。这里你们已经熟悉了，你已经了解我们。这块衣料不好，但是请你一定带回北京，代我送给你的妻子。啊，若是我能够朝觐，那我也许会在北京看到你们……黄昏在那一天降临得那么迅疾，映在地毯上的庭院杨树的婆娑疏影，已然是渲染的黑色。她显然意识到时光的短暂，想尽量多表达一些。而我则只能点头。我不会给她讲述关于面纱的闲话，那会玷污这难得的一刻。对于我，如此一刻贵重无比，与一个民族的相遇，与一种传说的接触，眼看就要结束了。

回到北京已是岁末，我小心地包好了洗印好的照片，又包上了一本精致的国外印制的《古兰经》，用摹仿的维吾尔文和汉文写好地址，给他们一家寄去。

同时寄出的还有几包，都是那一年在南疆结识的“一千零一夜”里的人们。仔细核对了邮政编码，亲眼看着邮局人员收下以后，我就不再操心。

礼貌已经顾全，更多的也再难做到。曾经想找民族学院的朋友帮忙，给他们写一封维文信，想想又觉得未必妥当。接着世事工作，人渐渐忙乱起来，心思便引向别处了。

如同默契，他们也都不再写信。

两个月之后，有一封信寄来。它夹杂在许多信刊中间，我不经心地撕开封口，习惯地向外一抽——

一帧她们母女的全身照片，拿在我的手中。她没有蒙上面纱，穿着一件新大衣，静静地站着，一双苍凉的深目注视着我。这是一位中年的维吾尔妇女，平凡而端庄，正如常常见到的一样。一瞬间我感到强烈的震动，心里一下涨起难以形容的感受。

我从未料到会有这样的结果。她的表达出人意料，她的行为背后的逻辑耐人寻味。她用摘下面纱的方式，传达了严肃的信赖。我凝视着照片上那典型的维吾尔脸庞，却觉得看见的是他们的心情。受到信任的惊喜很快变成沉思，我回忆着两年来的风风雨雨，回忆着我在她们面前的举动。一幅面纱掀起，那时的一言一语突然闪光，有了含意。

是的，对于可以信任的人，面纱头巾可以除去。纱巾只是女人的传统，只是文明的传统，当你懂得尊重这传统的时候，纱巾就为你掀起来了。

我把三次的照片并排放在一块，久久地端详着。我不禁笑了：确实，我不知道在露面与蒙面之间，究竟哪一种更美。

我只知道，能够体验这样一个始终，能够让照片编成这样的奇遇，是我个人履历上的一件大事。它远比那些出名得奖之类，更具备成功的性质。

1998 年 5 月

你的微笑

若回忆的话，那正是我青春二十几岁的时候，正是所谓打底子夯基础的季节。我一头撞上的，感谢主，就是他，那城市标志般的、见了他就懂了这座城市的老人。

学业把我赶到了新疆，我却一头被他魅惑了。

他坐在喀什大十字路口的一个把角，在车水马龙之间摊开双手，静静地数着自己的手指头。我正在大街上蹓跶，不留神一眼看见了他。

那张画就一下刻进了我的心，任日月磨蚀从未销褪。车水马龙的十字路口上，人声鼎沸喇叭轰鸣，匆匆的人群就在他的身边流过，他却毫不知晓一般，若有所思地独坐当中，一人陷入自己。隔着路口，我在一眼看见他的那个瞬间两脚就被钉牢一般呆呆停在了原地，人群却流淌着从他旁边涌过，伴着喀什噶尔料峭的春风。他像是一幅油画中阳光穿过树叶间隙照射的一条林间小径，像是一幅万顷波涛中的一点海心白帆。隔着一条河似的路口，这一边的我在那一刻感到心被一束光滚烫地射透，我听见心里的低低的惊呼——宛似突然一眼瞥见了一个绝色美人，在目击的一霎就被俘虏一样。

我佩服这座古老的小城；人们对什么都司空见惯，对什么都不觉得新奇。他们只顾蠕动流走，没有一人停下或者围观——当然他也就没有被人打搅。一直到我似一根铁针被磁石吸引、慢慢渡河过路、挪到了他的跟前，并在他对面站住，痴痴注视着他为止，没有人发觉我们的存在。

他一袭白旧的长袍，一脸垂胸的银髯。头巾盘在头上，一角搭在肩膀。他像是在沉思，更像在微微浅睡，汽车锐声响着驶过，尘埃在飞旋沉降。行人疾疾地川流两侧，他在其中，摊开两掌，手指微动，像在数着什么。在我的凝视中，他低垂双目，唯手指在轻轻颤动。一共数了多少遍，当时的我哪里知道。

他抬起眼皮，看见了我。他的眼睛像是聚焦，先是渐渐浮起光泽，接着便对我微微一笑——

那一刻，干燥微凉的微风，正拂动着他美丽的白髯。简直是无敌的微笑！那一丝微笑镂刻心灵的感觉，我虽耗尽半生，仍无话语形容。

我从来也没有向科研处、或者我的学问恩师坦白。

我装模作样地提出了实习调查报告；却完全不提自己曾魂不守舍、寻寻觅觅、终日围着巴扎儿转悠、并和一位白髯老者结交的事情。就这么无人察觉地、我度过了荒废而美妙的“研究生”阶段；

谁也不知我干了些什么，连我自己也不知发生了些什么。

一切都在下意识中。我不过是想和一个什么——像是一个精灵的什么厮守。正午的骄阳，浸漫的暮色，于我都亲切而舒适。我背着黄文弼和斯坦因的大部头来了，却在喀什的大十字直奔歧路。我遇上了一位活着的神仙，中了魔法，无法脱身，不由自主地向无底的深渊沉没。

他是一个慈祥的老爷爷，优雅和蔼。那一天他微笑着，打量着表情激动的我。秋季的南疆，清风扫尽了酷暑。他的职业——不，我不能使用乞丐这个语焉不详的词儿，该有更深刻的语汇描述——他从来不是行乞，唯是屈尊的交流。

幸亏我有一个疏勒舅舅，轻拉一把，使我迈过了门坎。那时因为他的微笑如一道光扫来，舅舅连忙停下，手探进衣兜。我猜舅舅一定比我更深地感到了什么，舅舅只是伸臂过去，紧紧握住了他的手——他们俩握在一起的手里有什么，永远无人知道。

疏勒舅舅是一方长老。民国时在沙漠南缘，当过若羌的县长。赋闲以后，以扶贫助教著名，而且精通维语。疏勒舅舅指着我对他介绍，他的银髯美目随之闪动。所以那一瞬就如一扇门对我开启；白帽和花帽，黑须和虬髯，东干的严谨和维族的浪漫，都摄入了我年轻的眼帘。我被迷住，瞠目结舌，久久地凝望。其实那一刻如河里的一朵浪花转瞬即逝，但我却自认得到了介绍。以后——我差点在毕业论文中把他写进去；在幼稚的习作中，我自比他的弟子、喀什的情人。啊，美好的 1980 年！美好的、“研究生”的年轻岁月！

那一年，我习惯了跑到街上，有事没事挨着他坐一会儿。

我记不清他叫什么名字了，感谢上苍，那时我虽人在懵懂，但鬼使神差总算在一点开窍——我美滋滋坐在他的身边。我欣赏着他，暗地试图模仿他的举手投足。甚至我也感到了一些哲理，觉得不是褴褛乞丐、而是有钱的路人才凄凄失助，需要特加怜悯和施舍。

那是一个杜尚白（星期一）的傍晚。

我去看他，发觉老人神情倦怠。他腿上血流淋漓。不知是擦伤，还是遭了抢劫。看不清伤口，只见他的一条腿都染红了。我想伸手摸摸，他却拉过袷袢的前襟，盖住了血迹。

我想说一些什么，我想送他去医院，无奈可恨的我不会那么多维语。我只能尽量让自己做出同情唏嘘的神色，拉住他的袷袢使劲摇。但是我看见他笑了。他用那个微笑，轻轻地制止了我。

于是我只能靠着他坐下。

暮色迅速降下，天色渐变昏黑。我们对坐着，默默不语，像在守候着什么。随着时间，我觉察老人疲倦了。他的头几次低低垂下来，又一次挨到了我的肩膀。在缕缕抽走的时光里，我感到了一个生命，正在分秒之间垂老。他掩饰着、也许是在享受着疼痛。而我却在焦急中煎熬。

夜深了，他缓慢地沉入恍惚。唯因我守在一边，他才没有堕入睡眠。我心里震动但一语不发，只是静静在一旁陪伴。当我的注视与他的目光相碰时，他都递给我一个意味深长的眼色：不，俩，吆克，艾麦斯。不要声张。既然暮色降临，那就等着日出。一切总是要发生的，你要知道谁也不能逃避。你既然来到这里，就要学会不动声色。血流或骨折、清晨和黑夜、死灭或诞生，一切都会来的，一切都会离去。你懂了么？要顺从和接受！不要把一丝一毫的真实，让别人尤其是孩子们察觉。他微微地一笑。

那无敌的一笑！

于是我闭上了嘴。孤儿一样的僵硬感觉，包裹着我的周身。确实这一切只发生在我俩之间，没有一人知道。市井寂静，悄无人影。我注视着他的血，在袷袢的掩护下淌进沙地。他久久地微笑着，轻轻抚着我的一只手。我舒服地感觉着那温热的抚摸，在时间流逝中，渐渐地冷了。

在南疆的那次旅行的后半，我终日只是放浪。

如今已经记不清，那次“实习”究竟都干了些什么。虽然后来我长期混迹于研究所，也写过十数万字的论文；但是，每当我翻阅那些大部头的资料，眼前闪烁的形影，唯他而已，再无其他。

再以后，久而久之，我也在点滴地改变。偶尔或有新伤旧创，肌肤掠过疼痛，心头便浮现出一个虬髯老者。他独坐十字街头，用指尖数过九十九遍。他独自与我相视而笑，交换一个莫名的秘密。

后来，就如歌里唱的，亲爱的塔里木，我将离开那地方。而且孰料关山难越，音讯两无，再也难能重访旧地。

在后来的日子里，我见过了数不清多少老者、乞丐、或哲人。我对中亚的乞丐，偏爱得有些走火入魔。回到自己的地场以后，在我的生活中，何止导师一般的他？值得记忆的穷人确实太少。常常见到的，多是恨不成钢的软铁，缺乏天生的高贵。穷困的酸液腐蚀着，使他们锈掉了脊骨。

但我仍觉远远未能尽兴。我常去地铁口碰运气，或者在周五的寺门，徜徉寻觅，心怀忐忑，如研究生去拜见导师，像马驹子去寻找伯乐。

在我心里，一个暗示已然扎根。在人全然不知之际，它秘密潜流，如坎儿井流在地底，暗中浇灌着我的生命。

道理尚未穷究深考，但我已牢记了一个记号。没错，那要紧的记号，就是你的微笑。哦，你是何等的神秘辽远，我深信你就是文明的深奥，你就是人的丰满。我的求学已不会停住，就像我的心窍已然洞开。让我也像你一样地看待命运、看待自己、看待魔鬼和坏蛋吧！让我仿效你仁者的胸怀，哪怕只摹仿皮毛，让我随你而去，一生追求那丝微笑！

——倒霉的是，我一学微笑，朋友们就问：咦，你傻笑什么？

写于 2009 年 2 月 12 日，久旱初雨中

改定于 2010 年 3 月 28 日，晚来的春日

老友重逢

火一样的阳光，和以前一样灼烤着。

千佛洞已经俨然旅游胜地。游客轻佻地问，导游放肆地说。那时我还年轻，模糊中记得就是从这柏孜克里克找到了你。那个文物管理员和你讲了些什么，我们怎样找到了又退回了那匹马，我们第一天是怎样从哪里出发的，都已经记不清了。记忆如被水浸泡得太久的一页纸一样，颜色褪尽，黏连稀烂，只剩下影子般的一些漶印。

但你的眼神却牢牢地浮升着，在这么多年的流逝中，微笑着摇晃着，从我的脑海里注视，使我无法忘怀，诱促我再次寻找。

血红的这道山脉，仍然像一条凝固的火焰。一条砂子路从高处绕过柏孜克里克的后山。尘土爆卷而起，一辆卡车运着煤；隆隆驶过头顶。我突然一阵激动，决定去找你。

顺着路绕过去就是木头沟。

那一年研究生要进行毕业实习。我盼实习能有些意思，就先骑马翻越了冰大坂，再坐你的毛驴车，走遍了火焰山。

人生中有些时候，人固执地盼望证明些什么。若是过去残留了一根要紧的线头，人会不辞千里去找到它续上。可能就是这么一种心理，鬼使神差地把我引向了这条山沟。我把路径记得丝丝明晰。二十三年里，我总觉得丢在那里的一根线，必须要去续接。所以就有了今天。麦尔燕和小马的岳父不可能猜透我全数的心思，但他们正是续上断线的手。

居然又是由我来指挥路径。我茫然而没有把握，往事如同虚构。二十三年的时光，没有解决我的语言问题。我们凭着三个单词，居然结下了一种友情。如今我乘着一辆毛驴车般的夏利。司机麦尔燕，同行的小马岳父，他们都会说维语。

狰狞的赤裸山石一派鲜红，粗野的壑谷道道渴裂。我又进入了这座火焰山下的小村。葡萄晾房的土坯，维族土屋的大门，简陋的小寺，还有莫名的麻扎儿。眼睛里的一切，都苍凉地摆成图案。这是我记忆中的木头沟么？

停在一座土坯的寺旁。这个小村座落在山背后，静悄悄的。麦尔燕向一个女人问路，我走开几步环顾四方。隔着洞开的门看见几个妇女，席地坐成一个圈子。果然路走对了，这里就是木头沟，而且也有里铁甫这个人。外面的棚下，一只锅在煮着汤。四野静寂极了，一切都显得隐秘。

小村荒凉无人，似乎所有的人都去赶巴扎了。我眺望着高耸的杨树，黏满尘土的叶片簌簌抖着。麦尔燕的翻译只是哗哗地说，偶尔转头扔给我一句。似乎不巧出了事，里铁甫跌伤了。那几个农妇坐着不知在做什么，心中一阵遗憾，事情总是不如人意。就在这时，听见了“Huo”“Huo”的赞叹声。我暗想，一群女苏菲在这儿念呢。那时候我的两耳如在失聪，而今天我的身心都富于听力。那时我放纵形骸，而今我不露声色。从这个小村我们出发了，先是骑马，后来赶毛驴车。我要把我的下篇向着你打开，为着你引导我走过的每一条吐鲁番的山沟。

记忆在丝丝清晰地复活，院门已不是那个栅栏。

家里没有人；在参加乃孜尔的路上，三轮车翻进了沟壑。

我心里一霎间乱了分寸，该不是一个不祥之兆吧？听说你伤得很重。头嗡嗡地响着，难过浮上心头。站在你家铁焊的大门口，我感到世事的不尽人意。怎么办呢，我们决定去吐鲁番的人民医院。

病床上的你，原样是那年的面容。麦尔燕和小马阿訇的岳父说了以后，你勉强朝我摇了摇手。你的头和手都摔伤了，但眼睛在和我对视。你的妻子，这淳朴的维族女人，她连神情都和那年一样。

她忍不住哭了。说若在家里多好，葡萄和水果都有。她说话时我历历地看到了二十多年前她那爽朗的表情。里铁甫卷了我的一根莫合烟，我和她突然笑了起来。我和她说里铁甫跟着我学坏了——但是，我并不会维语，我是怎样表达的、我和她是怎样说着就笑起来了呢？

丈夫躺在病床上。他只能微微瞟过来一眼。他一句话也不能说，但我确认了：他用这么一眼向我致了意；感谢真主，我被他想起来了。

对视的一瞥，使我的心簌地热了。

我在二十三年后突兀闯来，而你们好像不觉得意外。为什么呢？包括病床上的你。虽然你如被绑牢，一动不动。蹦蹦车从火焰山的红石崖上翻下，你被重重地压在车下，手臂、头颅、肋骨，都受了伤。

我需要一个过门，介绍自己解释过去，然后才能进入交流。把一九八〇年那个戴鸭舌帽穿蓝制服的年轻人，解释成今天住在亚儿湖的小村里、身边簇拥着一群吐鲁番阿訇的我，是一件困难的事。突然的事故不但打断了寒暄，还拦截了正题。我心里难过。二十三年的事，一句也没说。等一会儿再次分别，我们的交往，怕就真的结束了。

耳际仿佛响起“Huo”“Huo”的赞叹。那声音单调而重复，好像大口呼吸着、粗声叹息着，抒发心头的纠缠。你真的记得么？里铁甫的头上满是绷带，唯有眼神里隐现着一丝浅浅笑意。你真的记得。病床上，你的眼神如在复述我们的往事，赞叹声又一阵阵传来，神秘而缥缈。

临别时总要说句什么。直到今天我也没有学会维语——关于这一点，我是该谴责自己呢还是该做忏悔？我怎能表白说，不，里铁甫江，我学了不少！……我只有套用赞词，对你妻子说：Allahu Akber，Litep yahxi bol。（真主是伟大的，里铁甫会好的）

那一年我们只用三个词交流了一路，这一次我们又用一句话交待了关键。你妻子点着头，泪水又涌了出来。一边站着一双儿女，一个高身材的小伙子，一直注视着我。当年骑在我的红马鞍上不肯下来的小儿子，今日已是一个英俊的维吾尔青年。见到他，我莫名地安心了。不仅是那种走正路、懂道理、能劳动的好青年，既是人才也是威严英俊。

我问青年你还记得我么，他不转睛地望着我，轻声说了些什么。小马岳父翻译着：他说那时你只要毛驴车。我不知回答什么。二十三年前的那一瞬几天，怎么会被他们记住呢？人怎么能记住那么短暂的相处呢？我不明白。

小儿子那时只有马镫高，他欣喜地坐在鞍子上，并不问陌生的叔叔是谁。在戈壁滩的骄阳中走了一天我就明白了：大红马徒然漂亮而已，火焰山和吐鲁番盆地的交通，只有仰仗造物主规定的毛驴车。后来我们三人同路，木头沟、七泉湖、煤窑沟、葡萄沟，走遍了火焰山的每一条崎岖山沟。但是语言不通，完全没有畅谈，这使那次旅程像一道没解完的题。我把它封存心底，保留了二十三年。

我们互留了地址，在吐鲁番医院的门前分别。他眼里也闪着泪光。我满心怅惘，把一点礼物塞给你妻子时，她的泪又流出来了。

那时我喊你“里铁甫江”，记得你妻子曾笑话这个称呼。我忘了是从电影还是哪儿学来的，“江”好像是一个敬称，我觉得加上“江”更有味儿。但今天我不愿讲错，说那句“真主是伟大的，里铁甫会好的”时，我没有说“里铁甫江”。

那一年在戈壁上，你曾在一座小小的麻扎前停留；这一次在村子里，我听见“Huo”“Huo”的赞颂声。那一年我麻木无心，这一年我丝丝留意——但都已经不能再求深知，都已经让它们随风飘逝。就好像跑到吐鲁番只吃了一粒葡萄一样，我们的重逢，只是默默地看了一眼。

——无论有多少还没有讲，虽然连一句也没有讲，习题已经解完了。

哦，老朋友，不用怀疑，你的伤一定能够治好！……

2004年12月再改

附录一　张承志著作集目录

1.《老桥》，小说集，北京十月文艺出版社，1984 ☆

2.《张承志集》，小说集，海峡文艺出版社，1985

3.《蒙古大草原游牧誌》，日文，朝日新闻社，1986

4.《北方的河》，小说集，北京十月文艺出版社，1987 ☆

5.《北方的河》，小说集，台湾新地出版社，1987

6.《黄泥小屋》，小说集，宁夏出版社，1987

7.《金牧场》，长篇小说，作家出版社，1987 ☆

8.《黄泥小屋》，小说集，台湾林白出版社，1988

9.《奔驰的美神》，小说集，四川文艺出版社，1988

10.《北望长城外》，小说集，中原农民出版社，1988

11.《张承志代表作》，小说集，黄河文艺出版社，1988

12.《骑马民族国家》，译著（江上波夫著），光明日报社，1988

13.《The Black Steed》，小说英译本，中国文学出版社，1989

14.《绿风土》，新散文集，作家出版社，1989 ☆

15.《心灵史》，长篇小说，花城出版社，1991 ☆

16.《Les Rivieres du Nord》，小说法译本，中国文学出版社，1992

17.《神示的诗篇》，小说集，江苏文艺出版社，1992 ☆

18.《神示的诗篇》，小说集，香港南粤出版社，1992

19.《张承志回族题材小说选》，小说集，青海人民出版社，1993

20.《热什哈尔》，译著（署名参与），三联书店，1993
21.《红卫兵的时代》，日文，学术类，岩波书店，1992
22.《从回教看中国》，日文，学术类，中央公论社，1993
23.《错开的花》，新诗集，北京师范大学出版社，1993
24.《美丽瞬间》，小说集，北京师范大学出版社，1993
25.《殉教的中国伊斯兰——哲合忍耶史》，日文，亚纪书房，1993
26.《清洁的精神》，散文集，安徽文艺出版社，1994 ☆
27.《金草地》，长篇小说，海南出版社，1994
28.《荒芜英雄路》，散文集，上海知识出版社，1994 ☆
29.《绿风土》，散文集，香港天地图书，1994
30.《黑骏马》，日译，早稻田大学出版社，1994
31.《黑骏马》，小说集，长江文艺出版社，1994
32.《大地散步》，散文集，群众出版社，1995
33.《张承志文学作品选集》（四卷），海南出版社，1995
34.《清洁的精神》，散文集，香港牛津大学出版社，1995 ☆
35.《鞍与笔》，以日文写作，散文集，太田出版，1995
36.《牧人笔记》，随笔集，花城出版社，1996 ☆
37.《张承志卷》，散文集，人民文学出版社，1997
38.《北方的河》，日译，露满堂，1997
39.《鞍与笔》，散文集，北京师范大学出版社，1998 ☆
40.《大陆与情感》，摄影散文集，山东画报出版社，1998
41.《张承志》，散文集，香港明报出版社，1999
42.《以笔为旗》，散文集，中国社会科学出版社，1999 ☆
43.《张承志文集》（五卷），湖南文艺出版社，1999
44.《北方的河》，作家出版社，2000

45.《一册山河》，散文集，作家出版社，2001 ☆

46.《东岳文库》，七卷袖珍本，山东文艺出版社，2001

47.《西省暗杀考》，小说集，北岳文艺出版社，2001

48.《金草地》，长篇小说，北岳文艺出版社，2001

49.《金牧场》，长篇小说，时代文艺出版社，2001

50.《鞍与笔的影子》，摄影散文集，学林出版社，2001

51.《张承志 20 年散文选》，散文集，青海人民出版社，2001

52.《粗饮茶》，散文集，春风文艺出版社，2003

53.《谁是胜者》，散文集，现代出版社，2003 ☆

54.《音乐履历》，散文集，上海三联书店，2003

55.《辉煌的波马》，江苏文艺出版社，2003

56.《金牧场》，长篇小说，春风文艺出版社，2004

57.《文明的入门——张承志学术散文集》，北京十月文艺出版社，2004

58.《金牧场》，作家出版社，2005

59.《鲜花的废墟》，游记，中国文学出版社，2005 ☆

60.《北方的河》，人民文学出版社，2005

61.《风土与山河》，散文集，作家出版社，2005

62.《张承志散文》，人民文学出版社，2005

63.《海骚》，小说集，台湾正中书局，2005

64.《草原印象》，散文集，浙江大学出版社，2005

65.《鲜花的废墟》，游记，台湾允晨出版，2005

66.《张承志精选集》，燕山出版社，2006

67.《正午的喀什——张承志新疆题材作品选》，新疆人民出版社，2006

68.《金牧场》，人民文学出版社，2006

69.《张承志自选集》（三卷），花城出版社，2007

70.《牧人行歌》，散文集，盲文出版社，2007

71.《长笛如诉》，散文集，盲文出版社，2007

72.《聋子的耳朵》，散文集，河南文艺出版社，2007 ☆

73.《五色的异端》，散文集，香港大风出版社，2007

74.《金牧场》，人民文学出版社，2007

75.《大西北》，散文集，中国青年出版社，2007

76.《鲜花的废墟》，游记，中国友谊出版公司，2008 再版

77.《荒芜英雄路》，散文集，中信出版社，2008 再版

78.《清洁的精神》，散文集，中信出版社，2008 再版

79.《鞍与笔》，散文集，中信出版社，2008 再版

80.《敬重与惜别——致日本》，中国友谊出版公司，2009 ☆

81.《黑骏马》插图本，上海人民美术出版社，2009

82.《黄土：张承志的放浪笔记》，江苏文艺出版社，2009

83.《饮虎池》，作家出版社，2009

84.《金草地》，作家出版社，2009

85.《你的微笑》，散文集，青海人民出版社，2010 ☆

86.《大草原与大西北》，散文集，广东教育出版社，2010

87.《匈奴的谶歌》，上海文艺出版社，2010

88.《张承志寄小读者：向常识的求知》，21 世纪出版社，2011

89.《黑骏马》，青海人民出版社，2011

90.《北方的河》，青海人民出版社，2011

91.《涂画的旅程》，青海人民出版社，2011 ☆

92.《金牧场》，长江文艺出版社，2012

93.《常识的求知：张承志学术散文集》，三联书店，2012

94.《心灵史》改订版，珍藏纪念版，2012 ☆

95.《相约来世》，作家出版社，2013

96.《张承志作品》（四卷），华文天下，2013

97.《北方的河》，花城出版社，2013

98.《骑手为什么歌唱母亲》，译林出版社，2013

99.《敬重与惜别》，台湾行人文化实验室，2014

100.《张承志作品系列》（十卷），东方出版社，2014

注：带星号的为初版。

附录二　张承志文学创作年表

1978 年

夏天，在研究生考试后写作蒙文诗《Arat-un hu boln-a》（做人民之子）及短篇小说《骑手为什么歌唱母亲》，因后者获第一届全国优秀短篇小说奖而开始文学道路。

1981 年

夏天，重返阔别的内蒙古草原。是年 10 月，毕业于中国社会科学院研究生院民族历史语言系，获历史学硕士。12 月，中篇小说《黑骏马》完成。

1982 年

年底，第一本小说集《老桥》编成。

1983 年

5 月，赴日本东洋文库进修。参加 UNESCO 举办的暑期土耳其语基础讲座。在东京外国语大学旁听小泽重男的《元朝秘史》。写作游牧社会学概要书《蒙古大草原游牧誌》（日文版）。同时被歌手岡林信康的艺术吸引，归国前完成《绝望的前卫》。中篇小说《北方的河》

在日本校订。

1984 年

6 月初自日本归国。为梵 · 高的绘画和故事所震撼。是夏，再回乌珠穆沁草原。秋天，赴新疆调查。12 月，初次进入西海固腹地的农村。此后多年，在甘、宁、新疆等地的农村下乡。

1985 年

6 月写成短篇小说《GRAFFITI——胡涂乱抹》，刊于同年 11 期《上海文学》。12 月，由业师翁独健先生亲笔题署书名的小说集《北方的河》编成。

1987 年

长篇小说《金牧场》出版。

8 月调入海军创作室。

翌年开始，写作下列诗体作品：4 月写成《黑山羊谣》；1988 年 3 月，《海骚》；1989 年 3 月，《错开的花》。

同时更频繁地在黄土高原的回族农村下乡。

1989 年

第一个散文集《绿风土》出版。6 月号《文汇月刊》发表中篇小说《西省暗杀考》。

是年 9 月，开始写作《心灵史》。12 月，从海军退职（复员），辞退一切公职待遇。

1990 年

3 月，《心灵史》写成，交花城出版社。

为青年阿訇做秘书工作，校订他们译自阿拉伯—波斯文的宗教史典籍《热什哈尔》。

8 月，散文《天道立秋》出版。

11 月，赴日本。在日本岩波书店《世界》杂志连载，并在“岩波新书”出版文库本《红卫兵时代》。

1991 年

《心灵史》出版。

为冈林信康的 CD《信康》写作“解说”。

在日本的中央公论社出版《从回教看中国》。此为第一册独立使用日文写成的著作。

1992 年

在东洋文库，与友人合作学术著作《殉教的中国伊斯兰》。

诗体作品集《神示的诗篇》在香港出版。

1993 年

4 月，就职日本爱知大学法学部。带领学生进行“六十年代的世界与青年”讲座研讨。

应约为《世界》毛泽东诞辰 100 周年纪念专辑写作《毛主席 Greffitti》

1994 年

年初，提前结束契约，归国。

散文集《荒芜英雄路》出版。
秋，母亲病逝。
初访云南。

1995 年
3 月：《三舍之避》及《心上关山》。
4 月：获首届爱文文学奖。发表《首届爱文文学奖获奖致辞》。
自是年起，连续三年赴新疆，比较和学习维吾尔文明的知识。此年赴塔什库尔干，在帕米尔高原，决定逐步写作系列的阐释新疆的论文与散文。10 月：《冰山之父》，11 月：《正午的喀什》，1996 年 6 月：论文《从象牙塔到吐鲁番》，1998 年：《面纱随笔》，2001 年：《文明的入门》。编辑了新疆题材专集，由香港明报出版为“当代中国文库精读”之一。此书并被湖南文艺版五卷本《张承志文集》收入，书题《冰山之父》。
在北京完稿的日文散文集《鞍与笔》在东京出版。
《张承志文学作品选集》四卷本出版。

1996 年
在云南农村的小村寨里，迎来元旦。
散文集《清洁的精神》（修订版）出版。
3 月，针对攻讦和诽谤，以及对穆斯林世界的歧视与偏见，写成《墨虽浓惊无语》。
6 月，在内蒙古额吉去世后，亦是八十年代以来，又一次重赴乌珠穆沁草原。
8 月，因无法前赴西北，在北京家中，接待来自西海固回民区的农民朋友。

9 月赴南疆，在维吾尔社会深处探寻苏非的源流。

岁末，为纪念这一年写作《让潮水三次淹没》。

《牧人笔记》出版。

12 月，在中国作协第一届全国委员会上的表决中，就选举方法投唯一的弃权票。

1997 年

为宗教史译著《热什哈尔》的台湾繁体字版代理著作权事务。

删改长篇小说《金牧场》，以《金草地》为题重新出版。

7 月，赴乌珠穆沁草原。

12 月，又赴新疆。在寒冬季节的吐鲁番和伊犁，度过宝贵的日子。归途再去河州、宁夏、平凉，并抵达枯水的黄河壶口。

岡林信康在日文版《北方的河》封面围带上撰写短文。

1998 年

散文集《鞍与笔》(与同名日文书内容不同) 出版。

3 月起，主编《三联人文地理》杂志试刊。写作发刊词《人文地理概念下诸学科的方法论问题》。此文与散文《二十八年的额吉》等作品一起，提出了“文明的内部发言”“文明代言人的资格”等理论观点。

抵达以前在小说中想象的黑龙江。

有意识地写作包含复数文化的散文。是年 3 月《粗饮茶》、4 月《音乐履历》写成。

1999 年

出版摄影散文集《大陆与情感》。

3 月赴江西，登庐山，踏查陶渊明的粟里。继赴绍兴，拜访山阴道上的名胜古迹。

7 月遍游甘肃河州各县。过河入青海，西马营。再访关川。

新散文集《以笔为旗》出版。自己设计的封面，以亲身参加的艾提尕尔大寺的聚礼为主题。

开始在大西北的清真寺，讲解学术研究的方法论。与这一实践同步的论文《寺里的学术》，已至三稿。

10—12 月，开拓新的世界学习，首次奔赴西班牙。深入地中海西部的穆斯林历史。

2000 年

3 月，再访江西。登梅岭、井冈山。

8 月盛夏，赴酷暑的乌珠穆沁草原。

是年前后，继续留意作品的学术性。它们涉及的学科分别有：

考古学：《时代的召唤与时代的限制》；

社会学：《一页的翻过》（2000.4）；

伊斯兰研究：《刘介廉的五更月》、《双联璧》（2000.7）；

古代交通史：《水路越梅关》（2000. 斋月）；

思想史：《波斯的礼物》（2000.6）。

腊月，再入黄土高原，在久别的山村，与农民朋友重逢。

2001 年

于除夕归京。

3 月，第三次游学江西，访景德镇、婺源、王安石故乡东乡、吉水吉安、瑞金；并进入福建，拜访泉州圣友寺、厦门鼓浪屿。

7 月赴青海，踏查祁连山脉南麓，大通河流域及扁都口。黄河李家峡以及东部农业区。

8 月，继腊月之旅后，再进旱灾中的西海固。

继续写作学术类散文。

建筑：《石头的胜利》（2001.10）；

植物：《幻视的橄榄树》（2001.8）；

新疆研究：《文明的入门》（2001.12）等。

新散文集《一册山河》出版。

10 月，游浙江，再上山阴道，访徐锡麟烈士遗迹。游舟山、上海，看古代港口形势。回山东故乡。

青海人民出版社出版《张承志 20 年散文选》。

2003 年

1—4 月，第二次西班牙调查。遍走西班牙、摩洛哥、葡萄牙的历史旧地和各种农村。

9 月，赴新疆。在天山南北巡游新疆全境。遍及昌吉、伊犁，从库尔勒经沙漠路进入塔里木南缘，遍访昔日的旧友。

2005 年

应《南方周末》纪念苏珊·桑塔格而写作的《他人的尊严》，反被《南方周末》拒绝发表。西方知识分子“左派的傲慢”的命题，与标榜自由的媒体之可疑背景的命题。

出版《鲜花的废墟——安达卢斯纪行》，此为对世界学习的一次总结，也是第一本描述外国的著作。

6 月，讲演河州城。

2006 年

远赴秘鲁、墨西哥三个月。开始尝试学习西班牙语。了解拉丁美洲的16 世纪及殖民世纪历史。对安第斯山腹地、亚马逊河丛林、太平洋沿岸、印第安人、殖民地及教育，白银、土豆、玉米等作物的传播，有了宝贵的认识。

为反省“文革”中的血统论并纪念“红卫兵”诞生 40 周年，写作《四十年的卢沟桥》。

秋，赴日本两月，日本历史文化调查。

组织阿拉伯文与汉译对照的宗教典籍《曼丹叶合》的出版。

2007 年

独自以学术散文《掩卷追怀亦邻真》纪念蒙古史业师翁独健先生诞辰100 周年。

新散文集《聋子的耳朵》出版。

四川，松潘。经若尔盖抵达甘南。再访东乡，帮助流落红军。

2008 年

曲阳、龙泉关、五台山。

4—6 月，赴古巴、西班牙两个月。了解古巴的殖民时代与革命时代。在西班牙南部调查摩里斯科历史。

第二本描述外国的著作、散文体日本概论《敬重与惜别——致日本》出版。书中以对大中华天朝思想的自省、以警告中国思想界浸淫传染的大国主义危险为武器，分析批判日本明治维新以来的“脱亚入欧”国策，呼吁新的亚细亚主义。

2009年

1月，在两岸四地华人抗议以色列入侵加沙的网上联合声明书上动员中国知识分子和穆斯林踊跃签字。

在《读书》杂志开设题为“尚能学否”的不定期专栏。

夏季赴柴达木盆地西端，访问荒漠尽头的马海哈萨克安置地。

10月，再访西海固、将台堡与陈田玉。散文《重逢关川》。

多年神交的北庄老人家马进城逝世。用手机短信发出的唁电刊载在甘肃媒体。

组织印成一册农民学者研究乃格什板丁耶源流的粗糙论文集《为泥足者序》。批判体制豢养的伊斯兰学者及其方法论。

2010年

2月，写成寓言《磨坊目击记》。

3月正式开始《心灵史》修改。

4月，《敬重与惜别》获“第八届华语文学大奖盛典”年度散文家奖，在发奖会上使用1995年的旧作《首届爱文文学奖获奖致辞》。

6月20日，在北大国家发展研究院讲演，题为《常识的求知》。

6月，全国高考语文试题采用《大河家》为试题。

夏季赴青海与编辑共同工作，新散文集《你的微笑》出版。

动员西宁穆斯林援建的哈萨克马海安置区清真寺建成。

总结对从祁连山到积石山的甘青边界地域长达十数年的文化追究，发表《凡生命尽予收容》。

11月，再访日本，在明治学院大学发表日文写作的讲演稿，题为《四十年之初衷未曾敢弃》（敢えて四十年の初心を抱えて）。

2011 年

2 月第二次倾注全力于《心灵史》修改版作业。

夏季赴青海，就地即写即编，编成绘画、速写、草图合集的美术散文集《涂画的旅程》，9 月出版，召开西北各族农村友人汇聚新书签售式的聚会。

9 月，《心灵史》修订版完成。在西北两座城市前后进入编辑阶段。编辑过程中，仍有重要的修改。

2012 年

《心灵史》改定版 750 册以真皮封面、银徽嵌饰、毛笔签字、孤版钤封的豪华装帧问世。书上明印对读者的允诺：收益将全数用于扶贫。

5 月 24 日，精装版成品运抵北京。7 月上旬，书以每册 1500 元的收藏价格销空。

9 月 7 日，前赴中东。

9 月 12—15 日，在约旦境内的巴勒斯坦难民营，将《心灵史》改定版所获收益实施捐献。一共对 5 个村庄、计 476 户巴勒斯坦难民及约旦穷苦农民，捐献了 10 万美元。五次演讲《越过死海》。

10 月—11 月，在上海亚洲思想论坛、南京大学、复旦大学以及北京，共五次公开汇报此次巴勒斯坦难民营的捐献行动。

为强调少数民族的母语权利，长篇散文《启蒙的历程》发表。

2013 年

这一年的时间主要用在印刷两批各 5 万册简装本《心灵史》修订版的工作上。此版由友人印成，10 万册免费赠送不取分文。封底明印“全部赠阅，严禁营利”。

4月，短暂韩国之旅。江华岛、釜山、首尔清真寺的印象。

9月，念盼的土耳其之旅实现。震惊于奥斯曼帝国的文化辉煌，流连忘返。

10—11月，赴日本，从北海道至对马岛，旅行一个月。

10月26日，在日本中央大学骏河台纪念馆，用日语进行最后一次以《心灵史》收益援助巴勒斯坦难民行动的宣传讲演。题目为《从红卫兵到巴勒斯坦》。

12月，《张承志文学创作年表》完成。

图书在版编目（CIP）数据

张承志作品系列 . 第 5 卷， 散文 . 草原边疆 / 张承志 著 . — 北京 ： 东方出版社， 2014.4

ISBN 978-7-5060-7369-1

Ⅰ . ①张… Ⅱ . ①张… Ⅲ . ①中国文学—当代文学—作品综合集 ②散文集—中国—当代 Ⅳ . ① I217.2

中国版本图书馆 CIP 数据核字 (2014) 第 068373 号

张承志作品系列：卷五 · 散文 · 草原边疆
(ZHANGCHENGZHI ZUOPIN XILIE JUANWU SANWEN CAOYUANBIANJIANG)

作　　者：张承志
策 划 人：张　杰
产品经理：傅　愈
责任编辑：姬　利　傅　愈　王丽娜
责任审校：刘福生
书籍设计：张志伟　纸墨春秋设计工作室
统　　筹：吴玉萍
责任营销：王莉莉 010-64258071
出　　版：东方出版社
发　　行：人民东方出版传媒有限公司
地　　址：北京市东城区朝阳门内大街 166 号
邮政编码：100706
印　　刷：三河市金泰源印务有限公司
版　　次：2015 年 2 月第 1 版
印　　次：2015 年 2 月第 1 次印刷
印　　数：1—6000 册
开　　本：880 毫米 ×1230 毫米　1/32
印　　张：21.75
字　　数：505 千字
书　　号：ISBN 978-7-5060-7369-1
定　　价：68.00 元
发行电话：(010)64258117　64258115　64258112